F. Paul Wilson

Leiser Verdacht

Roman

Aus dem Amerikanischen
von Ulrike Röska

GOLDMANN

Die Originalausgabe erschien 1997 unter dem Titel
»Deep as the Marrow«
bei Forge Books, New York

Umwelthinweis:
Alle bedruckten Materialien dieses Taschenbuches
sind chlorfrei und umweltschonend.
Das Papier enthält Recycling-Anteile.

Der Goldmann Verlag
ist ein Unternehmen der Verlagsgruppe Bertelsmann

Genehmigte Taschenbuchausgabe 8/99

Umschlaggestaltung: Design Team München
Umschlagfoto: Photonica
Druck: Elsnerdruck, Berlin
Titelnummer: 44396
BH · Herstellung: Heidrun Nawrot
Made in Germany
ISBN 3-442-44396-2

1 3 5 7 9 10 8 6 4 2

Für Meggan und Coates,
die jetzt ihr gemeinsames Leben beginnen

Mittwoch

1

»… und weißt du, was Jimmy dann gemacht hat?«

John VanDuyne versuchte angestrengt, sich darauf zu konzentrieren, was seine Tochter ihm über den größten Schlingel in ihrer Vorschulklasse erzählte. Aber es fiel ihm nicht leicht. Immer wieder schweifte sein Blick zu dem ärgerlichen Gesicht auf dem Bildschirm des kleinen Fernsehgeräts auf der Küchentheke.

»Nein, Katie«, sagte er. »Was denn?«

Katie schob sich einen großen Löffel Cornflakes in den Mund und kaute, so schnell sie konnte.

In den Morgenstunden war die Küche am freundlichsten; doch selbst jetzt, da die Frühlingssonne durch die Fenster fiel, wirkte sie immer noch düster. Es war eine Küche aus den siebziger Jahren, mit dunklen Eichenfronten, Linoleumboden und messingfarbenen Armaturen und Arbeitsflächen. Sollte er das Haus jemals kaufen, würde er als erstes die Küche heller gestalten. Doch Jahr für Jahr schob er diese Entscheidung vor sich her und verlängerte statt dessen den Mietvertrag.

John beobachtete Katie, die krampfhaft schluckte. Sie gierte danach, ihre Geschichte loszuwerden, und ihre strahlend blauen Augen funkelten vor Aufregung.

Sie hat *meine* Augen, dachte John. Das rundliche Gesicht, die klare Haut, das lange, dunkle und glänzende Haar hatte sie von ihrer Mutter geerbt; und sie war zierlich, genau wie Marnie. Aber sie hatte die Augen der VanDuynes.

Endlich war ihr Mund leer und sie fuhr fort: »Also, Jimmy nahm den Bleistift und …«

John hörte die Worte »Rassist« und »Genozid« und konnte nicht umhin, wieder einen verstohlenen Blick auf den Bildschirm zu werfen. Ein äußerst ungehaltener schwarzer Kongreßabgeordneter, dessen Kinn vor Zorn bebte, attackierte den Präsidenten der Vereinigten Staaten. John kannte den Mann, zumindest vom Hörensagen. Floyd Jessup, D-NY. Demokrat aus New York, fuhr es ihm durch den Kopf. Er mußte über den Reflex lächeln … eine natürliche Reaktion, wenn man eine Weile in Washington, D. C., gelebt hatte.

Jessups Worte waren keine Überraschung. Der Präsident hatte gestern abend seine offizielle Ankündigung gemacht, und nun, kaum zwölf Stunden später, machte der Kongreßabgeordnete in *Good Morning America* seinem beträchtlichen Unmut darüber Luft. Seine Mitarbeiter hatten keine Sekunde verloren.

Wenn ich mir überlege, daß ich Thomas Winston sogar geholfen habe, in das Weiße Haus einzuziehen! Und was tut er? Er rammt der ohnehin unterdrückten afroamerikanischen Gemeinschaft das Messer in den Rücken!

John riß sich los und wandte sich wieder seiner Tochter zu, mußte aber feststellen, daß ihm entgangen war, was Jimmy Clifton, der Bengel, angestellt hatte. Er versuchte, sich nichts anmerken zu lassen.

»Oh, wow! Dann saß er wohl in der Patsche?«

»Und wie!« rief Katie mit heftigem Nicken und einem zufriedenen Lächeln, wobei die Lücke in ihrer oberen Zahnreihe zum Vorschein kam. Erst letzte Woche hatte sie ihren ersten Zahn verloren. Der rechte Schneidezahn gehörte jetzt der »Zahnfee«.

»Er wurde sogar zu Schwester Louise geschickt!«

»Ist das denn so schlimm?«

Katie starrte ihn an, als hätte er zwei Köpfe. »Sie ist doch die Direktorin, Daddy.«

»Ach ja, natürlich, Schwester Louise.«

Obwohl er selbst im baptistischen Glauben erzogen worden war, hatte er sich dazu entschlossen, Katie in eine katholische Schule zu schicken – Holy Family Elementary in Bethesda. Sie hatte einen großartigen Ruf und galt als eine der besten Grundschulen im Beltway. Hatte sogar eine Warteliste.

John war mehr als froh, daß Katie neuerdings geradezu begeistert zur Schule ging. Anfangs hatte sie unter Trennungsangst gelitten – völlig verständlich, wenn man bedenkt, was sie alles hinter sich hatte –, aber jetzt freute sie sich jeden Morgen auf den Schulbus, mit dem sie und ihre Freundinnen zur Schule fuhren. Es hatte sich wirklich gelohnt, all die Fäden zu ziehen, um sie da rein zu bekommen.

Fäden ziehen … das war der Name des Spiels, das in diesen Breitengraden gespielt wurde. Damals, als einfacher Internist in Atlanta, hatte er noch keine Ahnung von diesem Spiel gehabt. Aber er lernte schnell: Einige Jahre im Gesundheitsministerium, und er konnte es mit den Besten von ihnen aufnehmen.

Er sah auf seine Armbanduhr. »Ups, du wirst den Bus verpassen!«

Sie grinste. »Dann bin ich die späte Käte.«

»Ja, allerdings. Hast du deine Tablette genommen?«

Sie suchte um ihren Frühstücksteller auf dem Tischtuch herum. »Nein, …«

»Ich hab sie.«

John sah auf, als seine Mutter mit einer bernsteinfarbenen Glasflasche hereinkam.

»Danke, Nana«, sagte Katie und streckte die Hand aus.

Nana – für ihre Freunde war sie immer noch Helga, und für John war sie einst ›Ma‹ gewesen, aber für die Familie war sie ›Nana‹ geworden, als Katie zu sprechen begonnen hatte. Es verging kein Tag, an dem John dem Himmel nicht dankte, daß seine Mutter mit ihnen nach Washington gezogen war. Ohne sie wären er und Katie wohl kaum zurechtgekommen.

Sie schüttelte eine pinkrot gesprenkelte Tablette in die Handfläche ihrer Enkelin.

John betrachtete seine Mutter und bemerkte wieder einmal, wie sehr sie während der letzten paar Jahre gealtert war. Fünfundsiebzig, und sie sah keine Minute jünger aus. Ihr Haar war zwar auch vor zwei oder drei Jahren schon weiß gewesen, aber da hatte sie noch ausgesehen wie fünfundsechzig. Ein eindeutiger Beweis, daß Streß alt macht.

Doch der Alterungsprozeß schien sich verlangsamt zu haben oder gar zum Stillstand gekommen zu sein, seit sie im letzten Herbst mit Yogakursen begonnen hatte. In den letzten Monaten war eine neue Spannkraft in ihren Bewegungen festzustellen.

Sie war groß und drahtig, entwickelte aber neuerdings einen Altersbuckel. Dennoch pflegte sie sich tadellos und hatte immer eine leichte Dauerwelle in ihrem dünner werdenden weißen Haar; stets trug sie einen zartrosa Lippenstift, der ihren hellen Teint und das tiefe Blau ihrer Augen betonte.

Sie besaß keinen übervollen Kleiderschrank, aber sie kaufte qualitativ hochwertige Kleidung und trug sie dann lange. Keine Kleiderschürzen, kein Polyester, und Gott verhüte, daß sie jemals etwas trug, was nicht zusammenpaßte. An diesem Morgen hatte sie sich für leichte beigefarbene Hosen und einen passenden blaubeigen Rollkragenpullover entschieden.

Katie steckte die Tablette in den Mund und spülte sie mit einem Schluck Orangensaft hinunter. Sie hätte sie auch kauen können, aber sie hatte den Geschmack noch nie gemocht und deshalb gelernt, sie im Ganzen zu schlucken. Mittlerweile war sie darin ein Profi.

Eine dieser Tabletten, zweimal am Tag, jeden Tag, für ... ja, für wie lange noch? John wünschte, er wüßte es. Er *wußte* allerdings, was passieren würde, wenn sie eine oder zwei Dosen verpaßte.

Es schnürte ihm die Kehle zu, und er mußte die Hand ausstrecken und Katie berühren. Er strich ihr einige lose Strähnen des glänzenden dunklen Haares aus dem Gesicht. Es war so fein ... wie bei einem Baby. Nana kämmte es jeden Morgen und flocht es zu zwei Zöpfen. Katie hätte zwar einen lockeren Chignon, wie ihn die älteren Mädchen trugen, vorgezogen, aber Nana hielt das für nicht ordentlich genug. Nana war eben ordnungsliebend.

Katie sah ihn an. »Was ist los, Daddy?«

»Nichts, warum?«

»Du schaust so komisch.«

Er schielte auf seine Nasenspitze. »So besser?«

»Nein«, rief sie. »Jetzt siehst du doof aus!«

»Und er wird noch doofer aussehen«, warf Nana vernünftig wie immer ein, »wenn du den Bus verpaßt und er dich zur Schule bringen muß.«

John sah auf seine Armbanduhr und sprang auf. »Unmöglich. Hab einen Termin mit Tom heute morgen.«

»Wegen diesem Chaos, das er da angerichtet hat?« fragte sie und nickte in Richtung Fernsehapparat.

»Nein, nur der übliche Check-up.«

Sie kniff mißbilligend die Lippen zusammen und schüttelte den Kopf. »Na, dieses Mal hat Tommy es aber wirklich übertrieben.«

Er nickte. »Das hat er, Mom. Das hat er.«

John knöpfte Katies marineblauen Blazer über dem karierten Trägerrock zu. Das war auch so eine Sache, die er an der Holy Family Elementary schätzte – die Schuluniform. So gab es wenigstens keine täglichen Auseinandersetzungen über ihre Kleidung und die anderer Kinder, und keine Warum-kann-ich-das-nicht-auch-anziehen-Diskussionen. Alle Mädchen trugen diesen blaugrau karierten Trägerrock über einer weißen Bluse mit nettem kleinen Stehkragen, blaue Kniestrümpfe und Halbschuhe; Jungen trugen Blazer mit dem gleichen Karo, blaue Hosen, und damit hatte sich die Sache.

Aber es gab keine vorgeschriebene Kopfbedeckung, und daher konnte Katie ihre geliebte rote Baskenmütze tragen. Als sie sie aufgesetzt hatte, begannen sie ihr Abschiedsritual:

»Hast du dein Sandwich?« fragte er.

Sie hielt es ihm entgegen. »Okay!«

»Deine Milchflasche?«

»Okay!«

»Apfel?«

»Okay!«

»Federmäppchen?«

Sie hielt es hoch. »Okay!«

»Deinen Notfallgroschen?«

Sie suchte in ihrer Jackentasche. »Okay!«

»Ich glaube, wir sind marschbereit. Verabschiede dich von Nana.«

Er sah zu, wie sich seine Mutter und Tochter mit einer kurzen Umarmung und einem Küßchen voneinander verabschiedeten. Dann nahm er Katies kleine Hand, und sie verließen das Haus.

Es war ein frischer Aprilmorgen. Der Frühling hatte schon begonnen, aber ganz wollte der Winter noch nicht weichen. Es war einer jener Morgen, an denen man das Leben lebenswert fand.

John liebte die Morgenstunden; es war die beste Zeit des Tages, die Zeit, in der er sich seiner Tochter am nächsten fühlte. Er suchte diese Nähe, ja, er brauchte sie, und er wußte, daß es Katie ebenso ging. Er hatte angestrengt an ihrer Beziehung gearbeitet, hatte alles getan, um seiner Tochter zu zeigen, daß sie innigst geliebt wurde und daß niemand sie jemals wieder verletzen würde.

An der Ecke blieben sie stehen und warteten auf den Bus.

»Glaubst du, daß Jimmy Clifton heute wieder Ärger kriegt?«

Sie zuckte die Achseln. »Kann schon sein. Ich hoffe nur, sie werfen ihn nicht raus.«

»Oh«, sagte er neckend und stieß sie leicht mit der Hüfte an. »Das hört sich ja an, als ob jemand, den ich kenne, Jimmy Clifton ganz gerne mögen würde.«

»Das tu ich nicht!« rief sie. »Ich finde ihn nur ulkig!«

Mich dünkt, die kleine Dame protestiert zu laut, dachte er, forderte Katie aber nicht weiter heraus. Sie schien sich ehrliche Sorgen zu machen, daß der Junge rausgeschmissen werden würde.

John bezweifelte das – schließlich handelte es sich um Senator Cliftons Sohn –, aber man wußte ja nie. Diese Nonnen waren nicht so leicht zu beeindrucken. Und sie hatten ungefähr fünfzig Kinder auf der Warteliste, die Jimmys Platz nur zu gerne eingenommen hätten.

»Wenn er wirklich so ulkig ist«, meinte John, »vielleicht behält ihn Schwester Louise ja wegen seiner Späße.«

»*So* lustig ist er auch wieder nicht«, entgegnete Katie.

John lachte, und da bog der gelbe Bus der Holy Family Elementary um die Ecke und kam die Straße hinauf.

John kniete sich hin, zog Katie eng an sich und umarmte sie zärtlich. »Daddy hat Katie lieb.«

Sie warf ihren freien Arm schwungvoll um seinen Nacken. »Katie hat Daddy lieb.«

Er hielt sie fest und genoß den Augenblick. In ein paar Jahren würde sie die öffentliche Zurschaustellung ihrer Zuneigung als peinlich empfinden. Im Moment jedoch genoß Katie die Umarmung ihres Daddys noch.

Er ließ sie los, als der Bus am Bordstein zum Stehen kam, und sie lief auf die geöffnete Tür zu. Sekunden später winkte sie fröhlich aus einem der Fenster. Er sah ihr nach, bis der Bus und die rote Baskenmütze außer Sichtweite waren, und ging dann zurück zum Haus.

Gar kein schlechtes Haus, dachte er beim Näherkommen. Es war ein zwanzig Jahre altes Backsteingebäude mit weißen Fenster- und Türrahmen, in dessen Nachbarschaft Häuser gleichen Stils und solche im Kolonialstil auf kleinen bewaldeten Grundstücken standen. Es lag in einem der typischen Vororte von Washington, DC, und Nana hatte sich damit abgefunden, obwohl sie es etwas veraltet und zu abgelegen fand und hier nur selten spontane Besucher vorbeikamen.

Aber wer sollte ihnen schon einen Besuch abstatten?

Sollte er sich je zum Kauf des Hauses entscheiden, müßte er größere Renovierungen vornehmen lassen. Als er nach Washington gekommen war, hatte er nicht absehen können, ob es ihm hier gefiele. Und daran hatte sich bis zum heutigen Tag nichts geändert.

Als sein alter Jugendfreund Tom Winston Präsident der Vereinigten Staaten von Amerika geworden war, hatte er John gebeten mitzukommen. Er sagte, er brauche in Washington ein paar Jungs aus Georgia um sich und daß er auf John, der bereits damals seinen Bluthochdruck behandelte, nicht verzichten wolle. Aber John ahnte den wahren Grund: Tom hatte gewußt, wie sehr sein alter Freund gelitten hatte, seit sein Leben zerbrochen war, und er wollte ihm einfach eine Atempause verschaffen.

Als John ihm dann nach Washington gefolgt war, hatte er sich mehr als einen Wechsel der Routine und der Umgebung erwartet, er hatte auf ein ganz neues Leben gehofft.

Noch wußte er nicht, ob seine Hoffnung sich erfüllt hatte. Aber er hatte zumindest einigermaßen Frieden gefunden, und das war immerhin ein Anfang. Ein guter Anfang.

2

MacLaglen war jetzt ganz im Snake-Modus.

Letzte Nacht war er vor der Röhre gesessen – oder besser der zweieinhalb mal sechs Meter großen Projektionswand seines Fernsehgeräts – und hatte verfolgt, wie Präsident Winston politischen *seppukku* beging, als der Anruf endlich kam. Er hatte ihn erwartet.

Nur ein Wort. »Los.«

Dieses Wort hatte die Veränderung in Gang gesetzt. Er hatte Paulie angerufen und ihm mitgeteilt, daß das Kidnapping am nächsten Morgen stattfinden mußte. Dann war er mit seinem Computer *On-line* gegangen und hatte sich in verschiedene Systeme eingeloggt. Als er ins Bett ging, war er noch größtenteils Michael MacLaglen gewesen.

Am Morgen, beim Aufstehen, war er jedoch bereits ganz ›Snake‹. Der Adrenalinstoß hatte eingesetzt, bis jetzt nur ein leises Summen, aber er wußte, es würde sich im Lauf des Tages zu einem Rauschen steigern, das bis zum Ende der Entführung anhalten würde. Und dieses Mal konnte es Wochen dauern – locker.

Das hoffte er zumindest.

Snake war dem gelben Bus schon mindestens einen Kilometer mit seinem Jeep Grand Cherokee gefolgt. Er klopfte nervös auf das Lenkrad und bemühte sich, ebenso ungeduldig zu wirken wie all die anderen zehn oder zwölf Fahrer, die hinter dem Bus festsaßen. Innerlich jedoch war er absolut cool und freute sich, daß es Gesetze gab, die ihn zwangen, hinter dem Schulbus zu bleiben, zu stoppen, wann immer ein weiteres Kind einstieg, und die es ihm verbaten, daran vorbeizufahren, wenn die roten Lichter aufleuchteten. Nichts leichter, als einem Schulbus zu folgen.

Mit Genugtuung beobachtete Snake, wie der Bus hielt und das ›Paket‹ im blauen Blazer einsteigen ließ. Genau nach Zeitplan, wie an jedem anderen Schultag auch.

Als er am Vater des ›Pakets‹ vorbeifuhr, wagte er einen verstohlenen Blick. Dr. John VanDuyne. Ganz schön groß, der Fatzke – 1,87 m, schätzte Snake. Circa vierzig, längeres braunes Haar, graue Schläfen.

Hatte Ähnlichkeit mit Charlie Rose in der Glotze, bis auf die intensiv blauen Augen. Sportlich-konservativ gekleidet, bevorzugt wahrscheinlich bequeme Hosen, Buttondowns und Pullover. Wie ich, dachte Snake amüsiert. Bewegt sich gut, geht mit langen, federnden Schritten. War in der High School sicher Basketballspieler, und kein schlechter, jede Wette. Schlank, gute Schultern, achtet bestimmt auf seine Ernährung. Snake wußte, daß VanDuyne regelmäßig trainierte, ja sogar einem festen Trainingsplan für jeden Tag der Woche folgte.

Äußerlich sah der Doc ja ganz fit aus, aber Snake hielt ihn für ein Weichei. Wohnte mit seiner Mutter zusammen. Ein Muttersöhnchen. Ein Waschlappen. Gut. Er würde zusammenklappen wie nasse Pappe und genau das tun, was man von ihm verlangte.

Und so sollte es ja auch sein. Snake würde sich von diesem Typen keine Heldentaten oder Stegreifaktionen bieten lassen. Es war sowieso schon ein sonderbares Geschäft, da die Bezahlung von einer dritten Partei kam, nicht, wie üblich, von der Familie des Pakets. Die Familie – der Doc – würde sich sein kleines Paket auf andere Weise zurückkaufen müssen.

Mach dich bereit, Doc, dachte er, als er VanDuyne hinter sich ließ und unmittelbar hinter dem Bus weiterfuhr.

Dir stehen gewaltige Veränderungen bevor. Und das ziemlich bald.

3

Zurück im Haus, fand John seine Mutter vor dem Fernseher in der Küche. Sie sah sich eine Wiederholung der wichtigsten Ausschnitte der gestrigen Ansprache des Präsidenten an.

»... wir werden dieser kriminellen Gewalt das Rückgrat brechen. Wir können ihnen den ökonomischen Boden unter den Füßen wegziehen, indem wir ihnen die zig Milliarden Dollar verweigern – nicht zig Millionen, nein, zig Milliarden Dollar –, die sie jährlich mit ihren illegalen Aktivitäten einheimsen. Und dazu müssen wir weder unser Militär mobilisieren, noch einen bewaffneten Angriff auf sie ausüben. Wir müssen lediglich ein paar Gesetze ändern ...«

Sie sah John an. »Ist dieser Tommy Winston verrückt geworden? Hat er gestern etwa zu tief in die Flasche geschaut, bevor er auf Sendung ging?«

Schon dem Rhythmus ihrer Worte konnte John entnehmen, daß sie aufgebracht war. Sein Vater, halb holländischer, halb amerikanischer Abstammung, der sein ganzes Leben in den Südstaaten verbracht hatte, hatte ein Mädchen vom alten Kontinent, geboren in Brügge, geheiratet. Immer, wenn sie aufgeregt war, sprang ihre Stimme eine Oktave höher, und ein holländischer Akzent schwindelte sich in ihr ansonsten perfektes Englisch.

»Nein, Mom, er war nüchtern.«

»Dann muß er verrückt geworden sein. Das ist die einzig mögliche Erklärung.«

John zuckte die Achseln. »In dieser Stadt mußt du nicht weit laufen, um jemanden zu finden, der deine Meinung teilt. Seine Berater wollten es ihm ja ausreden, aber du kennst doch Tom, wenn er sich was in den Kopf gesetzt hat.«

»Wie, du hast es gewußt? Warum hast du mir nichts davon erzählt?«

»Die Sache war doch geheim. Ich habe davon Wind bekommen, als ich das letzte Mal im Weißen Haus war, aber ich hätte niemals gedacht, daß er sie tatsächlich durchziehen würde. Außerdem mußte ich versprechen, mit niemandem darüber zu sprechen.«

»Nicht mal mit deiner Mutter?«

»Nicht mal mit meiner Mutter.«

Sie hielt die Fernbedienung in der Hand und schaltete von einem Programm zum anderen.

»Schau dir das an! Auf jedem Kanal dasselbe Thema. Das ist alles, worüber sie reden. In Holland würde kein Mensch soviel Aufhebens davon machen. Aber hier ...«

Sie ging zur anderen Seite der Küchentheke und holte sich frischen Kaffee. Sie bot John eine Tasse an, aber er lehnte ab.

»Tom hat das erwartet«, meinte er. »Er rechnet damit – er hofft –, daß sich das anfängliche Tohuwabohu legen wird und die Leute anfangen zu denken, statt ihren Emotionen freien Lauf zu lassen.«

»Soll ich dir sagen, was ich glaube, John VanDuyne?« versetzte sie – und wenn sie seinen Vor- und Zunamen benutzte, bedeutete das, daß sie *wirklich* verärgert war. »Ich denke, es ist ganz gut, daß du dieses Haus nur gemietet hast. Denn dein alter Freund Tommy Winston wird sehr bald mit seiner gesamten Gefolgschaft nach Georgia zurückgejagt werden.«

»Da könntest du recht haben«, brummte John.

4

Auf der Massachusetts Avenue schien der Verkehr stadteinwärts stärker zu sein als gewöhnlich. So blieb John mehr Zeit, die Radiokommentare zu Toms gestriger Rede an die Nation zu verfolgen. Er stellte den Tuner auf SCAN ein, und fast augenblicklich erklang Toms Stimme.

»... obwohl wir das Problem seit nunmehr einem Vierteljahrhundert mit der vollen Kraft sämtlicher bundesstaatlicher Vollstreckungsbehörden sowie den lokalen Polizeibehörden attackiert haben, hat uns das kaum weitergebracht. Wir haben eine dreiviertel Billion Dollar verschwendet, Hunderttausende inhaftiert, aber haben wir das Problem gelöst? Nein, es wurde ständig schlimmer. Sind denn die Straßen sicherer, nach all den Hunderten von Milliarden Dollar? Nein, sind sie nicht. Wo liegt die Lösung? Sollen wir einfach so weitermachen ...?«

John wählte die nächsten Sender und hörte kurz zu, wann immer er eine zornige Stimme hörte – was nicht selten geschah.

Jedermann schien schockiert, doch nicht alle waren wütend. Howard Stern hielt es offenbar für eine gute Idee, die längst überfällig war; Imus schien noch nicht zu wissen, was er denken sollte.

Aber die Sendungen, die Anrufe von Hörern entgegennahmen, präsentierten einen Chor der Mißbilligung aus allen Lagern des politischen Spektrums: rechts, links und Mitte.

»Tommy, Tommy«, murmelte er. »Damit hast du dir keinen Gefallen getan.«

Während sein Auto Richtung Stadtmitte kroch, vergaß John das Radio. Seine Gedanken wanderten zurück in seine Kindheit und zu all den Jahren, die er mit dem Jungen von der Nachbarsfarm verbracht hatte. Von der Grundschule bis zur Georgia State University waren er und Tommy unzertrennlich gewesen.

Und was sie alles angestellt hatten ... Ja, sie hatten wirklich Glück gehabt, überlebt zu haben.

Sie waren beide übermütig gewesen, und wie die meisten Kids hatten sie geglaubt, ihnen könne nichts passieren. Ernsthaften Schaden trugen nur andere davon, die eben nicht so pfiffig und flink waren wie sie selbst. Doch Tommy war stets der größere Draufgänger gewesen. Immer war er es gewesen, der die waghalsigsten Stunts ausgeheckt hatte.

John erinnerte sich an die Zeit, als er entdeckt hatte, daß er mit dem Auto den Abhang einer Sandgrube außerhalb von Freemantle, Georgia, hinunterfahren konnte. Die Wände der Grube waren reichlich steil. Aber eines Nachts versuchte er, mit seinem alten Chevy – einer Rostlaube, die längst reif für den Schrottplatz war – so knapp wie möglich an die Kante heranzufahren. Dabei geriet er zu nahe ran und rutschte den Hang hinab. Zu seiner Erleichterung war der Untergrund weich und verlangsamte dadurch seinen Schwung. Er kam heil unten an und schaffte es, auf der anderen Seite hinauszufahren. Danach holte er sofort Tom ab und jagte ihm eine Heidenangst ein, indem er geradewegs auf den Abhang zusteuerte und über die Kante rutschte. Was Tom auf eine grandiose Idee brachte.

Am nächsten Tag verfrachteten sie Eddie Hennessy, einen üblen Rowdy, auf den Rücksitz und gaben vor, im Wald nach Pärchen in parkenden Autos zu suchen, die sie erschrecken konnten. Während der Fahrt jammerte Tom, von Bonnie Littlefield wegen eines anderen verlassen worden zu sein, weshalb er fürchterlich litte und keinen Sinn mehr im Leben sähe. Als sie die Sandgrube erreicht hatten, schien Toms gespielte Verzweiflung an ihrem Tiefpunkt angelangt zu sein, und er schrie: »Scheiße! Ich kann ohne sie nicht leben!«, riß das Lenkrad nach rechts und fuhr über die Kante der Sandgrube.

Ja, und da quollen Eddie auf dem Rücksitz in panischer Angst die Augen hervor und er stürzte vorwärts, schlang die Arme um Toms Gesicht und Hals, brüllte, er wolle noch nicht sterben, schrie nach seiner Mutter.

John hatte so laut gelacht, daß er sich fast bepinkelt hätte, bemerkte aber nicht, daß Tom wegen Eddies verfluchten Armen vor dem Gesicht nichts sehen konnte. Tom verlor die Kontrolle über das Auto, es brach zur Seite aus und überschlug sich dreimal, bevor es auf dem Grund der Grube liegenblieb.

Keiner von ihnen hatte den Sicherheitsgurt angelegt, doch wie durch ein Wunder waren sie alle drei mit ein paar Kratzern davongekommen.

John schüttelte den Kopf. Tja ... Glück gehabt.

Nach dem College trennten sich dann ihre Wege: Tom ging zum Jurastudium an die renommierte Duke University und John an die Tufts School of Medicine. Er hatte gerade seine Assistenzzeit beendet und sich als Internist niedergelassen, als er einen Anruf von Tom bekam: »Ich denke, ich lasse mich für den Kongreß aufstellen. Wirst du mir helfen?«

Seit dieser Zeit hatte John bei jeder von Toms Kampagnen mitgemischt. Die Zerrüttung von Johns Ehe fiel zeitlich mit dem Beginn der Präsidentschaft von Tom Winston zusammen. Als Tom ihm dann einen Posten im Gesundheitsministerium anbot, hatte John gleich zugegriffen.

Und hier war er nun und kämpfte sich durch den Verkehr am DuPont Circle. Auf der Connecticut Avenue löste sich der Stau auf, aber statt zum Büro fuhr John weiter Richtung Stadtmitte. Heute morgen wurde er im Weißen Haus erwartet.

5

»Du mußt hier nicht warten, Mac«, sagte Paulie, als der Friseur ihm das Plastikcape umlegte. »Ich denke, ich kann mir alleine einen Haarschnitt verpassen lassen.«

Snake erstarrte, als Paulie ihn ›Mac‹ nannte – er sollte doch wissen, daß in Gegenwart Fremder keine Namen genannt werden durften. Er zwang sich zur Ruhe. Mac war ja ein ziemlich alltäglicher Name. Vermutlich kannte beinahe jeder jemanden, der so hieß. Er mochte es zwar nicht, aber es war okay ... solange Paulie ihn nicht Snake nannte. Aber wie könnte er? Den Namen hörten doch ausschließlich die Familien oder Geschäftspartner der ›Pakete‹. Für Paulie war er einfach Mac. Nicht Mike, nicht MacLaglen ... einfach Mac.

Mac kippte seinen Stuhl gegen die Wand der Kabine und betrachtete Paulie DiCastro. Paulie war ein stämmiger Kerl, Durchschnittsgröße, ungefähr dreißig Jahre alt, mit langem roten Haar, einem Bart, blauen Augen und heller Haut. Paulie war der untypischste Italiener, den er je kennengelernt hatte. Mac hatte für ihn bei einem dieser Hair-Stylisten an der Connecticut Avenue einen Termin vereinbart, denn er erwartete Qualitätsarbeit. Wer wußte schon, wo Paulie gelandet wäre, hätte er den Friseur selbst wählen können?

Snake hatte ihn während der letzten Jahre bereits des öfteren angeheuert, denn Paulie war, obwohl er ständig jammerte und quengelte, eine Kämpfernatur. Außerdem hielt er sich strikt an die Anweisungen, und das war für Snake das Wichtigste. Selbst als die Lage während der letzten Entführung ziemlich heikel geworden war, hatte Paulie die Nerven behalten. Poppy war zwar ausgeflippt, aber schließlich hatte die Sache doch noch geklappt. Normalerweise fungierten Paulie und Poppy nur als Babysitter der ›Pakete‹, bis deren Familien oder Firmen mit dem Lösegeld rausrückten, aber diesmal sollte Paulie auch das Kidnapping übernehmen.

Daher auch der Bart. Snake hatte ihn bereits vor zwei Monaten angewiesen, sich das Haar nicht mehr zu färben und den Bart wachsen zu lassen. Im Moment sah er reichlich struppig aus, aber der Typ mit der Schere würde ihn schon zurechtmachen.

Und heute abend, wenn das ›Paket‹ sicher verstaut war, konnte Paulie den Bart abrasieren. Sollte dann jemand nach einem Mann mit Bart suchen, würde er an Paulie jedenfalls keinen zweiten Blick verschwenden.

Nach dem Haarschnitt mußte er nur noch in passende Klamotten gesteckt werden. Paulie und seine Tussi hatten beide diesen Schwarzfimmel. Man mußte ihn nur ansehen: schwarzes T-Shirt, schwarze Lederhose, fingerlose schwarze Handschuhe, schwarze Stiefel, schwarzer, langer Mantel – meistens färbte er sogar sein Haar noch schwarz. Und Poppy … Sie trug diese kerzengeraden, strengen Ponys und schulterlanges, burgunderfarbenes Haar, das aussah, als wäre es mit einem Laserstrahl geschnitten; sie schien eine Vorliebe für enganliegende, tief dekolletierte Kleider mit spinnwebartigen Spitzen an den Ärmeln und Netzstrümpfe zu haben. Hatte sogar schwarzen Lippenstift und schwarze Nägel. Sie sah aus wie eine Vampir-Nutte. Und all die Tattoos auf den Armen und die Masse von Ohrringen! Sie mußte zehn davon allein im rechten Ohr gehabt haben, als er sie das letzte Mal getroffen hatte. Und als ob das nicht genügt hätte, trug sie auch noch Piercings im Nasenflügel und an der Braue. Weiß der Himmel, wo sie sonst noch Ringe hatte! Das einzige, was an den beiden nicht schwarz war, war ihre Haut und Poppys Haar – und vielleicht wäre das von Natur aus schwarz gewesen, hätte sie es nicht in dieser abartigen Farbe gefärbt.

Snake verstand es einfach nicht. In Paulies Outfit hätte er nicht mal begraben sein wollen! Es war, als trügen sie eine blinkende Leuchtreklame mit der Aufschrift: Schaut mich an! vor sich her. Zur Hölle damit! Snake hätte eine unauffälligere Aufmachung vorgezogen.

»Ich bezahle die Rechnung, Paulie. Ich überwache also nur meine Investition.«

»Is ja gut, aber ich komme mir vor wie ein kleines Kind. Was kommt denn noch? Ein Kindersitz?«

Snake erlaubte sich ein Grinsen. Paulie fühlte sich einfach nicht wohl, wenn er nicht lamentieren konnte.

»Ich gehe nur auf Nummer sicher, daß – wie war doch gleich ihr Name?« fragte Snake den Friseur – oh, sorry, den Hair-Stylisten.

»Raynaldo«, antwortete dieser. Er hatte eine zierliche Figur, ein ebenso zierliches Bärtchen, und sein dunkles Haar schmiegte sich ölig glänzend um seinen Kopf.

»Ach ja, Raynaldo. Ich will nur sichergehen, daß Raynaldo seine Sache gut macht. Und das heißt, runter mit dem Pferdeschwanz.«

»Oh, verdammt, muß das sein?« protestierte Paulie. »Geht das nicht 'n bißchen weit?«

Snake ignorierte die Frage. Über den Pferdeschwanz ließ er nicht mit sich diskutieren.

»Außerdem will ich mich vergewissern, daß der Bart gut aussieht«, fuhr er fort. »*Ordentlich* heißt die Parole. Verstanden, Raynaldo? Ordentlich.«

»Ja, Sir«, antwortete Raynaldo und bedachte Snake mit einem kurzen, süffisanten Lächeln. »Er wird ordentlich aussehen.«

Der glaubt bestimmt, Paulie und ich hätten eine schwule Kiste laufen, dachte Snake.

»Der Bart ist mir ja egal«, jammerte Paulie wieder. »Den hab ich mir ja nur für diesen Job wachsen lassen. Aber der Pferdeschwanz, Mann! Viele Chauffeure tragen so was. Ich kann ...«

Jäh aufflammender Zorn übermannte Snake. *Der gottverdammte Quatschkopf! Jetzt hat er auch noch Chauffeur gesagt!*

Snake sprang auf und riß Raynaldo die Schere aus den zierlichen Fingern. Dann packte er Paulies Haartracht, zog sie straff und schnitt sie fünf Zentimeter vom Kopf entfernt ab.

»Du quasselst zuviel, Paulie«, zischte er zwischen den Zähnen hervor, gab Raynaldo die Schere zurück und warf Paulie die Haarbüschel in den Schoß. »Ende der Diskussion.«

Paulie funkelte ihn böse an, aber er beherrschte sich.

Gut so, dachte Snake. Solange du nur weißt, wer hier der Boß ist!

Wie üblich flaute sein Zorn ebenso schnell wieder ab, wie er ausgebrochen war. War er gerade eben noch fähig gewesen, einen Mord zu begehen, so war es Sekunden später, als wäre nichts passiert.

Er konnte diese Ausbrüche selbst nicht leiden, aber manchmal hatten sie auch ihr Gutes. Wie jetzt: Er würde sich jedenfalls keine weiteren Klagen von Paulie über den bevorstehenden Kleiderwechsel anhören müssen. Paulie würde für die Entführung angemessen gekleidet sein: komplette Chauffeurslivree.

Snake sah auf seine Armbanduhr.

»Okay«, sagte er zu Raynaldo. »Ans Werk. Mach, daß er manierlich aussieht, und beeil dich. Die Zeit läuft.«

6

»... wir werden den Drogen den Glanz der Gesetzlosigkeit nehmen. Wir werden Drogen als stumpfsinnig entlarven und die Menschen, die sie konsumieren, zu Dummköpfen stempeln. Eine mögliche Definition von Dummheit ist das Unvermögen, aus Erfahrung zu lernen. Keine unserer Anstrengungen hatte bislang Erfolg. Es ist längst überfällig, daß wir die Taktik ändern ...«

Als John in der Nähe der Pennsylvania Avenue auf einen größeren Stau traf, schaltete er das Radio aus und schnitt Tom damit das Wort ab.

In der 17. Straße stand ein Auto am anderen. Am Lafayette Square entdeckte er dann den Grund.

»Was, jetzt schon?«

Hunderte von Menschen hatten sich auf dem Rasen versammelt, hatten Tische und Stühle aufgestellt, wo immer sie ein freies Fleckchen ergattern konnten. An einer Ecke improvisierte jemand sogar eine Gebetsversammlung. Auf der anderen Seite des Parks, an jenem Ende der Pennsylvania Avenue vor dem Weißen Haus, das 1995 in eine Fußgängerzone umgewandelt worden war, sah er singende, Transparente tragende Demonstranten vor dem schmiedeeisernen Zaun auf und ab marschieren.

Der Zirkus hatte also bereits begonnen.

Langsam steuerte John seinen Wagen in Richtung der bewaffneten, finster blickenden Truppe einer Abteilung des Secret Service, die das Besuchertor bewachte. Heute waren es doppelt so viele wie gewöhnlich. Zunächst wiesen sie ihn durch Handzeichen ab, als er aber seinen Ausweis und Passierschein aus dem Fenster hielt, winkten sie ihn heran.

Die Mehrzahl der Wachen kannte er mittlerweile, doch dieser Bursche mußte Teil der Verstärkung sein.

Während seine Papiere kontrolliert wurden, meinte John: »Die haben keine Zeit verloren. Sind wohl lauter Frühaufsteher.«

Der Posten seufzte. »Die erste Gruppe tauchte bereits gestern abend gegen zehn Uhr auf.«

Er überprüfte im Pförtnerhaus den Terminkalender des Präsidenten, eilte zurück und händigte John seine Papiere aus.

»Entschuldigen Sie die Verzögerung, Dr. VanDuyne. Sie hätten mir gleich sagen sollen, wer Sie sind.«

Ja, der Leibarzt des Präsidenten zu sein hatte eben doch gewisse Vorteile.

»Kein Problem«, meinte John. »Ist doch verständlich.«

Während sich das gewaltige Tor hinter ihm schloß, schob sich als zusätzlicher Schutz ein Stahlpfosten aus dem Pflaster hervor. John hatte gehört, daß er einen zwei Tonnen schweren Lastwagen mit einer Geschwindigkeit von achtzig km/h zum Stehen bringen könnte.

John parkte, nahm seine schwarze Tasche aus dem Kofferraum und heftete sich den Ausweis an die Brusttasche seiner Jacke. Dann wandte er sich nach links.

Das Weiße Haus … oder die ›Krone‹, wie es der Secret Service nannte. Er konnte sie nicht sehen, war sich aber sicher, daß die Secret Service-Spezialeinheit des Weißen Hauses auf dem Dach postiert war. Mehr denn je war er sich der Infrarotsensoren, der elektronischen Augen, der Audiomonitoren, der Drucksensoren und der Videokameras bewußt, die jeden seiner Schritte aufzeichneten und an W-16, die Kommandozentrale des Secret Service unter dem Oval Office des Präsidenten, übermittelten.

Er versuchte, all das zu vergessen und die Umgebung zu genießen. Im südlichen Park grünte es bereits, die Bäume begannen auszutreiben, und das Washington Monument überragte die Szene wie ein monolithischer Wächter. Am Ufer des Potomac blühten die Kirschbäume, und er nahm sich vor, mit Katie und Nana am Wochenende einen Ausflug zum Gezeitenbecken zu unternehmen. Im Frühling war Washington einfach wunderschön.

Das kommende Frühjahr könnte allerdings eine Ausnahme werden …

John beschleunigte seine Schritte. Gut, daß er diesen Termin im voraus vereinbart hatte. Er machte sich Sorgen wegen Toms Blutdruck. Heikel genug, an vorderster Front für die Gesundheit des Lenkers der freien Welt zu kämpfen und überdies sein ältester Freund zu sein …

Am Eingang zwischen den zwei Treppenfluchten, die den Südportikus umrahmten, wurden Johns Papiere erneut kontrolliert. Das war ungewöhnlich. Normalerweise schneite er einfach so herein.

Er betrat das Gebäude, ging links durch die Empfangshalle für Diplomaten und erreichte dann den Westflügel, in dem sich die labyrinthischen Büroräume des Präsidenten befanden. Im Flur entdeckte er ein bekanntes, aber trübseliges Gesicht.

»Hallo, Bob«, rief John. »Ich suche den Boß.«

Robert Decker, Supervisory Special Agent des Secret Service, war ein Veteran dieses exklusiven Clubs, des Sonderkommandos zum Schutze des Präsidenten. Heute wirkte er abgekämpft und erschöpft. Sein grauer Anzug sah ungewöhnlich zerknittert aus, als hätte er ihn die ganze Nacht angehabt. Da bemerkte John die müden Augen des Agenten – offensichtlich war dem auch so.

Decker deutete mit dem Daumen über seine Schulter. »Hinten, in seinem Büro. Ist sein Check-up fällig, Doc?«

John schüttelte den Kopf. »Ich will nur den Blutdruck kontrollieren, wie jeden Monat.«

»Tun Sie mir einen Gefallen, untersuchen Sie ihn doch vom Hals aufwärts, okay?«

»Die ganze Sache beunruhigt Sie wohl?«

»Wir bekommen jetzt schon Morddrohungen der Stufe drei. Ich habe die Besichtigungstouren gestrichen und deswegen scharfe Kritik geerntet. Reden Sie mit ihm, bitte.«

»Ich glaube, da bin ich machtlos. Er kann die gestrige Rede ja nicht einfach zurücknehmen.«

»Und ob. Er muß doch nur heute abend nochmals vor die Kameras treten und behaupten, er hätte das nie gesagt – es wäre sein schurkischer Zwillingsbruder gewesen.«

John wartete auf ein Lächeln Deckers … und wartete.

»Das meinen Sie doch wohl nicht ernst, oder?«

»Sehen Sie mich an«, knurrte Decker grimmig. »Ist das ein Gesicht von jemandem, der zu Witzen aufgelegt ist?«

»So schlimm, hm?«

»Schlimmer«, versetzte Decker und ging weiter.

John setzte seinen Weg durch den Flur fort und blieb vor dem kleinen, verliesartigen Untersuchungszimmer stehen, das sich diesen Teil des Erdgeschosses mit der hauseigenen Arztpraxis teilte, um Jeff Stein, den jungen Hausarzt, kurz zu begrüßen. Jeff hätte Toms Blutdruck täglich messen können, wenn die Notwendigkeit bestanden hätte. Doch Tom zog es vor, von seinem alten Freund behandelt zu werden.

Und John hatte nichts dagegen, denn so blieb er mit ihm in Kontakt und konnte ab und an einen Blick hinter die Mauern der *splendid isolation* werfen, die sich unerbittlich um Tom geschlossen hatten.

Eine blonde Arzthelferin, deren Name John vergessen hatte, saß an einem Schreibtisch und löste ein Kreuzworträtsel.

»Wo ist Dr. Stein?«

Blitzartig bedeckte sie ihr Rätsel mit einem Ordner. John konnte sich gut vorstellen, wie eintönig es in einer derart kleinen Ambulanz werden konnte.

»Er holt sich einen Kaffee, Dr. VanDuyne. Kann ich Ihnen helfen?«

»Nein, sagen Sie ihm nur, daß ich im Haus bin. Vielleicht treffe ich ihn später.«

Er setzte seinen Weg zu der Tür mit dem Siegel des Präsidenten fort und trat ein.

Der Bürokomplex des Präsidenten – normalerweise ein Ort der Ruhe und Disziplin – brodelte vor Aufregung. Assistenten und Sekretärinnen eilten hastig herum, schrien quer durch die Räume, und alle Telefone schienen gleichzeitig zu klingeln.

Nur grimmige Gesichter waren zu sehen. Das grimmigste zeigte eine kleine Frau mittleren Alters mit dichten Locken, die sich soeben John näherte: Stephanie Harris, Pressesprecherin des Weißen Hauses.

»Sie bringen die Einweisungspapiere, stimmt's?« schnappte sie.

Vor den Kameras würde sie später optimistisch und unerschütterlich hinter ihrem Boß stehen, doch nicht jetzt.

»Nein, lediglich der übliche Blutdruck-Check.«

Sie streckte einen Arm aus. »Wollen Sie mal meinen messen? Der ist rekordverdächtig!«

»Sie können wohl Bob Decker noch übertrumpfen?«

»Mit Sicherheit! Er glaubt bestimmt, das hier wäre eine Sicherheitskatastrophe? Das ist noch gar nichts gegen den PR-Alptraum! Die Telefone stehen nicht still, keine Sekunde. Wissen Sie, wie viele Anrufe wir an einem Durchschnittstag bekommen? Achtundvierzigtausend. So viele hatten wir heute bereits kurz nach Mitternacht, und die meisten Anrufer schnaubten vor Wut. Den verdammten Faxgeräten ging so oft das Papier aus, daß wir mit dem Nachfüllen gar nicht mehr fertig wurden. Ha! Deckers Blutdruck übertrumpfen? Ich kann ihn *verdoppeln*!«

John lachte und fragte sich, ob Toms Blutdruck wohl Stephanies noch überbieten würde. »Wo ist er?«

Sie drehte sich um und deutete auf den großen, gelassen wirkenden Herrn im dunkelblauen Anzug, der soeben mit einer hübschen, jungen Frau, vermutlich einer seiner Assistentinnen, sprach. John mußte über seinen alten Freund schmunzeln, der eine Insel der Ruhe inmitten einer stürmischen See war. Präsident Thomas Winston, Secret Service-Codename »Klinge«. Er sah aus wie immer: Jede Strähne seines dunklen, an den Schläfen mit exakt der richtigen Menge von Grau durchsetzten Haares lag an der exakt richtigen Stelle; seine gebräunten, scharf geschnittenen Züge, die die Kameras so gut zur Geltung brachten, drückten Zuversicht und Ruhe aus. Fast hätte John wetten mögen, daß Toms Blutdruck in Ordnung war. Dieser Mann erzeugte bei seinen Mitarbeitern mehr Hypertonie, als er selbst aufzuweisen vermochte.

Tom blickte auf und entdeckte John. Er lächelte und deutete ihm an, zu bleiben wo er war, sprach noch ein paar abschließende Worte mit der jungen Dame und kam dann auf seinen Freund zu.

»Willkommen im Tollhaus«, begrüßte er ihn händeschüttelnd.

»Ich hab dich gewarnt!«

»Das hast du, Kumpel. Du und eine Menge anderer Leute.« Er drehte sich um und deutete auf die junge Dame, mit der er soeben gesprochen hatte. »Siehst du das engelgleiche junge Wesen dort hinten? Das ist Heather Brent. Sie wird in der Entkriminalisierungsangelegenheit unsere Sprecherin in den Massenmedien sein.«

»Sie sieht wie zwölf aus.« John übertrieb etwas, aber sie wirkte wirklich schrecklich jung.

»Sie ist achtundzwanzig, glücklich verheiratet und hat zwei Kinder. Sie ist eine Weltklasserednerin und glaubt fest an die Entkriminalisierung. Sie kann dich verbal zerfleischen und zerhacken, ohne dabei einen Jota ihres frischen Charmes zu verlieren. Sie wird eine äußerst wirksame Waffe in diesem Feldzug sein.« Er blickte sich um. »Komm, laß uns raufgehen, dort kannst du mich in Ruhe untersuchen.«

7

Poppy brach in schallendes Gelächter aus, als sie Paulie erblickte.

Sie hatte soeben vor dem »Muskeln aus Stahl«-Video ihr Krafttraining absolviert, als er hereinkam. Ein Blick auf sein kurzes, geföntes Haar, und sie warf sich lachend auf den Boden. Sie bekam kaum noch Luft.

»So blöd seh ich nun auch wieder nicht aus«, meinte er und grinste einfältig. »Oder doch?«

Endlich gelang es Poppy, ihr Gelächter zu unterdrücken. Nach Luft schnappend, starrte sie ihn an. Er hatte schon vorher ulkig ausgesehen, als er sich sein von Natur aus rotes Haar nicht mehr nachfärbte. Doch nun, mit exakt ausgeschnittenen Ohren, kurzem Nacken, millimeterkurz gestutztem und an Wangen und Hals scharf rasiertem Bart, hätte sie ihn kaum mehr wiedererkannt.

»Du siehst total ... spießig aus. Wie ein Buchhändler oder so.«

Sie stand auf und legte ihm die Arme um den Hals. Dabei streichelte sie seinen Nacken, wo noch vor kurzem sein Pferdeschwanz gebaumelt hatte. Erneut brach sie in wildes Gelächter aus. »Oh, dein Nacken! Ich habe noch nie deinen Nacken gesehen!«

Er schob sie von sich – sanft zwar, aber sie spürte, daß er allmählich die Nase voll hatte. Er ging zu dem gesprungenen Spiegel über dem zusammengesackten Sofa und betrachtete sich eingehend.

»Du hast recht! Ich könnte ein verdammter Bücherwurm sein!«

»Ein Bücherwurm in schwarzem Leder.«

»Ja, aber nicht mehr lange. Ich ziehe mich jetzt besser um.«

Poppy zupfte einige Teppichfusseln von ihrem Gymnastikanzug. Diese Bude, die Mac für das Ding gemietet hatte, war ein verwahrlostes Loch. Nur gut, daß sie nicht lange hierbleiben mußten.

Als ihr bewußt wurde, was der Haarschnitt bedeutete, wurde sie schlagartig ernst: Die Entführung stand unmittelbar bevor, und Paulie würde sie diesmal tatsächlich alleine durchziehen.

Sie schluckte, und ihr Magen krampfte sich zusammen. Damals, vor drei Jahren, als sie Paulie zum erstenmal geholfen hatte, eines von Macs ›Paketen‹ zu bewachen, schien alles ein lustiger Streich zu sein. Sie hatten es sich gemütlich gemacht, hatten Musik gehört, sich von Fast Food ernährt und abwechselnd ein Auge nach nebenan auf den Kerl in Handschellen und Augenbinde geworfen. Als das Lösegeld dann bezahlt war, fuhren sie ihn zu einer einsamen Stelle in den Wäldern abseits der Freeways und ließen ihn laufen.

Primitiv. Keine Strapaze, keine Schinderei, dafür aber 'ne Menge Kohle, als Paulie von Mac ausbezahlt wurde.

Aber soviel es auch war, irgendwie hatte das Geld nie lange gereicht. Sobald sie es hatten, verpulverten sie es und lebten in Saus und Braus.

Und bei Poppy war *verpulvern* auch wörtlich gemeint. Damals war sie schwer von Speed abhängig gewesen, zwischendurch ein bißchen Kokain oder Gras, aber Speed war ihr am liebsten gewesen.

Deshalb hatten sie auch immer gerne zugesagt, wenn Mac zwei-, dreimal im Jahr anrief und ihnen einen Babysitter-Job anbot.

Sie hatte sich immer gewundert, daß keines ihrer sogenannten ›Pakete‹ jemals als vermißt gemeldet wurde. Mac hatte Paulie einmal erzählt, daß man es kaum glauben würde, wie viele Menschen jedes Jahr entführt wurden. Kidnapping war offenbar eine Wachstumsbranche, und Mac ihr Hauptakteur.

Doch Wachstumsbranche oder nicht, das letzte ›Babysitting‹ hatte ihr den Job gründlich vermiest.

Sie folgte Paulie in das kleinere Schlafzimmer und sah zu, wie er in seine Chauffeurskluft stieg.

»Hat Mac dir ’nen Wink gegeben, wen du dir da schnappen sollst?«

»Nein.«

»Es wäre mir lieber, du würdest es nicht tun.«

Er nahm die Ohrringe ab und zog sich bis auf die schwarzen Jockeys aus, die sie ihm zu Weihnachten geschenkt hatte. Paulie war etwa sechs Jahre älter als Poppy, sah aber für einen Kerl von fast dreißig noch ganz gut aus. Obwohl seine Nase einem Erker glich und sein Gesicht ein bißchen pockennarbig war, mochte sie doch sein lockiges Haar, wenn es sich am Hinterkopf auch etwas lichtete. Was sie aber auf den ersten Blick hingerissen hatte, waren seine tiefblauen Augen gewesen. Und so war es immer noch. Er betrieb zwar kein Krafttraining, war aber von Natur aus muskulös. Und er hatte coole Tattoos. Am besten gefiel ihr der grimmige Sensenmann auf seinem rechten Oberarm. Der Anblick hätte sie auch jetzt richtig angeturnt, wenn sie nicht so verdammte Angst gehabt hätte.

Er sah sie an. »Warum nicht? Er legt extra was drauf, und wir können das Geld gut gebrauchen.«

»Ich weiß ja, aber …«

»Aber was?«

»Aber ich hab irgendwie Angst, daß dir was passiert.«

Er grinste. »Keine Bange. Das Paket denkt, es macht einen Ausflug mit der Limousine. Ich komme hin, öffne die Tür, das Paket steigt ein, ich schließe die Tür und fahre los. Basta.«

»›Paket‹«, maulte Poppy. »Warum muß er sie denn immer ›Paket‹ nennen?«

Paulie zuckte mit den Achseln und nahm das weiße Hemd vom Bügel. »So ist er eben. Soll *ich* dir etwa erklären, wie Mac funktioniert? Er ist ein Genie. Wie könnte *ich* dir ein Genie erklären?«

Poppy trat zu ihm und half ihm mit den Knöpfen.

»Ich weiß nicht. Ich wünschte nur, er wäre nicht so boshaft.«

»Er ist doch nicht boshaft. Und er hat uns nie gelinkt. Hat er's jemals versucht? Nein.«

»Ja, aber letztes Mal –«

»Stimmt«, gab Paulie zu und schlüpfte in eine graue Hose. »Ich geb ja zu, da lief alles ein bißchen schief, aber das lag doch nicht an uns. Daran war nur die Familie des Pakets schuld.«

Poppy schauderte. »Ein *bißchen* schief? Das war schon mehr als ein *bißchen*. Der Junge –«

»Also, mein Fall war das auch nicht gerade, aber es hat ja dann noch alles geklappt, oder? Ich meine, er ist wieder bei seiner Familie, stimmt's? Und so viel schlechter ist er doch gar nicht dran, oder?«

»Du hast leicht reden. Aber, wie gesagt, so etwas mache ich nie mehr wieder mit.«

Paulie trat auf sie zu und legte ihr die Hände auf die Schultern. »Schau, Poppy. Haben wir nicht einen Deal gemacht? Hab ich dir nicht versprochen, daß es das letzte Mal sein wird? Ich schwöre es. In dieser Sache steckt viel Geld, deshalb bezahlt uns Mac auch so gut. Wenn er dabei gut wegkommt, tun wir das auch. Da kann man ihm nichts vorwerfen.«

Der Gedanke an einen Haufen Geld war einfach zu verlockend … nur noch ein angenehmes Leben, keine Gaunereien mehr … kein Mac.

»Also gut«, lenkte sie ein. »Ich will das Geld auch. Aber so viel Geld könnte mir niemand bezahlen, als daß ich so was wie den letzten Job noch mal machen möchte.«

»Diesmal läuft alles wie am Schnürchen, das verspreche ich dir. Wir müssen uns keine Sorgen machen, daß die Familie des Pakets das Lösegeld nicht bezahlt, denn das Geld kommt von jemand anderem.«

Poppy starrte ihn an. »Das kapier ich nicht.«

»Tja, ich auch nicht ganz. Mac hat keine Einzelheiten erzählt, nur daß ihn eben jemand anderer bezahlt. Das einzige, was wir tun müssen, ist das Paket für eine Woche oder so zu hüten, damit hat sich's. Keine Druckmittel, kein Fracksausen, daß jemand kein Lösegeld herausrücken könnte – ganz sichere Sache.«

Als Poppy »Druckmittel« hörte und sich daran erinnerte, wozu sie beim letzten Mal gezwungen worden waren, begann sie zu zittern. »Trotzdem mag ich's nicht.«

»He, Poppy – zweihundert Riesen in bar für eine Woche Arbeit. Und dann verschwinden wir auf Nimmerwiedersehen.«

Sie umarmte ihn fest.

»Oh, das hoffe ich. Und dann will ich Mac nie mehr wiedersehen. Er macht mir angst.«

»He, du verknitterst mein Hemd.«

Poppy ließ ihn los und knotete sorgfältig seine dunkelgraue Krawatte. Dann schlüpfte er in sein Jackett und setzte sich diese alberne Kappe auf.

»Kaum wiederzuerkennen!« rief sie.

Er grinste. »Ha, das ist noch gar nichts! Paß mal auf.«

Er drehte sich um, raschelte kurz in einer Papiertüte auf der Kommode und machte sich an seinem Gesicht zu schaffen. Dann wirbelte er herum und sah sie triumphierend an. »Tara!«

Er hatte sich derart schauerlich entstellt, daß Poppy einen Schritt zurückwich. Sein ansonsten kantiges Gesicht sah nun rundlich aus, die Nase war breit und flach geworden, und die Augen waren hinter einer schwarzen Sonnenbrille verborgen. Seine Haut kam lediglich zwischen dem oberen Rand des Bartes und der unteren Kante der Brille zum Vorschein.

»Himmel, Paulie! Wie zum Teufel –?«

Er zog einen weichen, weißen Wattezylinder aus der Wangeninnenseite und hielt ihn ihr hin.

»Ein paar Wattestöpsel« … er deutete auf seine Nase … »zwei Nasendehner, Sonnenbrille, und ich wette, meine eigene Mutter würde mich nicht wiedererkennen.«

Er ging um die Ecke und musterte sich, offensichtlich äußerst zufrieden, im Badezimmerspiegel.

»Das ist ja toll! Stell dir vor, ich tauche bei meiner Mutter auf und sage, ›Mrs. DiCastro, haben Sie mal wieder was von Paulie gehört?‹ Das wäre doch cool, oder nicht?«

Poppy schlang die Arme von hinten um ihn. Paulies Verwandlung tröstete sie ein wenig. Und dennoch …

»Sei vorsichtig, Paulie. Hol das Paket, wer immer es auch sein mag, und komme heil und gesund zurück, hörst du?«

Er nickte ihr im Spiegel zu. »Und dann rasiere ich diesen verdammten Bart ab, färbe meine Haare wieder schwarz und …«

»Und ich bekomme meinen alten Paulie wieder.«

Er drehte sich um und küßte sie. »Stimmt.«

Sie drückte sich an ihn. Eine Woge der Zärtlichkeit überflutete sie, und am liebsten hätte sie ihn nicht gehen lassen.

»Mmm, ich bin ganz verrückt auf Männer in Uniform. Wie wär's mit uns, Süßer?«

»Bloß nicht!« Er machte sich frei und entwischte ins Schlafzimmer. »Das fehlt mir noch, das Kidnapping zu verpennen! Weißt du, was Mac mit mir anstellen würde? Ich will gar nicht drüber nachdenken!«

Poppy schauderte.

Sie folgte ihm und bemerkte ein Paar schwarzer Lederhandschuhe – mit Fingern – auf dem Bett.

»He, Paulie, sind das deine?«

Er folgte ihrem Blick. »Oh, ja. Meine Autohandschuhe. Fast vergessen.«

»Keine Fingerabdrücke, hm?«

Er schüttelte den Kopf und hielt die Fäuste hoch. »Keine Tattoos.«

»Oh, stimmt ja!«

Sie hatte sich derart an die Buchstaben auf seinen Fingern, zwischen dem ersten und dem zweiten Knöchel, gewöhnt, daß sie sie gar nicht mehr wahrnahm. Fremde würden sich jedoch sicher an sie erinnern: L-O-V-E auf der linken Hand, H-A-T-E auf der rechten.

Er zog die Handschuhe an und bewegte knarzend die Finger. »Wie sehe ich aus?«

»Als ob du den Präsidenten chauffieren wolltest.«

»Wer weiß?« Er grinste. »Vielleicht.«

»Sei nicht albern, Paulie.«

»Ja, das wäre sogar für Mac eine Nummer zu groß.« Er sah sie forschend an. »Du bist bereit?«

»Ich denke schon.«

»Laß uns das Zimmer noch mal checken.«

Sie folgte ihm in das größere, verdunkelte Schlafzimmer und zog die Nase kraus, als sie einatmete. Die letzten Mieter mußten sich hier einen Hund gehalten haben. Ein saurer, strenger Geruch erfüllte den Raum.

Paulie schaltete das Licht an und prüfte die zwei Fenster. Er hatte Verdunkelungsblenden angebracht und Sperrholz darübergenagelt. Mit dem Schuh stieß er gegen eine Kiste neben dem Bett.

»Unsere Ausrüstung ist komplett, oder?«

»Klar.«

»Sicher?«

»Für wen hältst du mich, einen Appleton?«

Er lächelte gereizt. »Nein. Ich weiß ja immer noch nicht, was ein ›Appleton‹ ist. Du gebrauchst das Wort zwar ständig, aber –«

»Entschuldige.« Sie hielt besser ihre Klappe über die Appletons. »Ein alter Familienwitz.«

»Ich will ja nur sichergehen, daß wirklich alles bereit ist, klar?«

»Klar.« Sie kannte die Kontrolliste auswendig. »Drei Paar Handschellen, fünfzehn Meter Seil, Leukoplast, zwei Taschenlampen, plus Reservebatterien, drei Augenbinden, Verbandkasten, ein Knebel, unsere Masken und ein netter Vorrat an ›Wespen‹.« Letztere waren die Downer, die sie früher immer geschluckt hatte, wenn ihr die Sicherungen durchbrannten. Sie benutzten sie jetzt immer, wenn die Geisel verrückt spielte oder zu laut wurde.

»Gut, dann kann's ja losgehen.«

Sie verließen den Raum, und Paulie nahm seine Kappe ab, zog den langen, schwarzen Ledermantel an, so daß seine Livree nicht mehr zu sehen war.

Poppy strich über sein Revers. »Nervös?«

»Nöö …«

»Na«, scherzte sie. »Ehrlich: Du mußt doch ein *bißchen* nervös sein?«

»Okay, vielleicht ein bißchen. Ich weiß zwar, daß Mac alles bis ins kleinste Detail ausgetüftelt hat, aber trotzdem … es kann immer mal was schieflaufen. Scheiße passiert eben.«

Und ob! Poppy wußte nur zu gut, welche Scheiße passieren konnte!

Und plötzlich beschlich sie ein Gefühl des Grauens. Wenn nur Paulie nichts passierte! Er war ein guter Kerl. Sie hatten gute Zeiten hinter sich und guten Sex, und er demütigte sie nicht, was sie von den Widerlingen nicht behaupten konnte, mit denen sie sich früher abgegeben hatte, seit sie … ja, seit sie alleine war.

Aber es war mehr als das. Paulie paßte gut auf sie auf, was sie auch dringend nötig hatte, denn sobald sie auf sich alleine gestellt war, baute sie ständig Mist.

Sie konnte sich gut vorstellen, immer mit Paulie zusammenzubleiben. Denn soweit sie wußte, wollte er keine Kinder, und das war ihr gerade recht.

»Wird schon gutgehen«, tröstete sie ihn.

»Mhm, bin nur 'n bißchen gereizt. Könnte ein paar Joints durchziehen … zur Beruhigung.«

»Das fehlte noch! Du weißt doch, was Mac von Drogen hält. Wenn der spitz kriegt, daß du gekifft hast, bringt er dich um.«

»Du hast recht.« Er straffte seine Schultern, nahm ihren Kopf zwischen seine behandschuhten Hände und küßte sie fest auf den Mund. »Bis später.«

Bevor sie ihn zu einer letzten Umarmung an sich ziehen konnte, war er schon auf dem Weg zur Garage.

»Sei vorsichtig!«

Poppy sah zu, wie er den alten, weißen Lieferwagen aus der Garage holte und davonfuhr.

»Bitte, laß alles gutgehen«, murmelte sie gen Himmel.

Es klang fast wie ein Gebet. Früher hatte sie oft gebetet, aber konnte man für ein derartiges Vorhaben beten? Vielleicht konnte sie dafür beten, daß dieses Mal keiner verletzt würde. Ja, wenigstens dafür könnte doch da oben jemand sorgen.

Als der Wagen außer Sicht war, wandte sie sich vom Fenster ab.

Nun kam der schwierigste Teil: das Warten.

Sie streckte sich. Sie fühlte sich kribbelig. Früher hätte sie eine Pille eingeworfen, um sich zu entspannen. Jetzt hatte sie eine andere Methode gefunden.

Sie drehte sich zu der kleinen Portable-TV-Videocombo um und startete erneut ihr »Muskeln aus Stahl«-Video. Das war der beste Weg, die Zeit totzuschlagen. Sie stellte den Ton ab, legte die neueste Scheibe in den tragbaren CD-Player und machte sich ans Werk.

Sie war entschlossen, sich wieder in Form zu bringen. In der High School war sie in Topform gewesen, aber sie hatte sich gehenlassen. Drogen und Fast Food – keine gute Idee!

Sie aß zwar immer noch genügend Müll, aber auch das sollte sich ändern. Doch zuerst die Drogen, sie wollte endlich damit Schluß machen.

Die letzte Entführung hatte sie derart durcheinandergebracht, daß sie sich hinterher Hals über Kopf in Koks gestürzt hatte und sich dabei fast umgebracht hätte. Noch nie war sie so ausgepumpt gewesen. Himmelangst war ihr geworden.

Damals hatte sie beschlossen: kein Koks und keine Downers mehr. Na ja, ab und zu gestattete sie sich einen Schuß, würde vielleicht sogar ein paar Notfallampullen bereithalten – lediglich zur Unterstützung ihrer Diät –, aber ansonsten wollte sie auf sich achten und beginnen, sich richtig zu ernähren. Und wenn dieses Babysitting erst mal vorbei wäre, sollte das auch so bleiben.

Wenn es doch schon vorbei wäre …!

Der Job hatte noch nicht mal richtig begonnen, und sie hatte bereits dieses mulmige Gefühl.

Sie konzentrierte sich auf die Mattscheibe und trainierte ihren Oberkörper mit zweipfündigen Stahlhanteln. Ihr Herz begann zu klopfen, und Schweiß glänzte auf ihrer Haut. Bald würde sie in einen rauschhaften Zustand geraten, der fast so gut war wie ein Drogenrausch.

Fast.

8

»Einhundertfünfzig zu neunzig«, bemerkte John wenig begeistert, dennoch erleichtert, daß die Werte nicht noch höher waren.

Normalerweise untersuchte er Tom in der Ambulanz im Erdgeschoß, heute befanden sie sich jedoch im obersten Stockwerk im Monroe Room. John war schon öfter hier gewesen, hatte aber die Untersuchung noch niemals hier durchgeführt.

»Na, was sagst du?« fragte Tom. Er hatte sein Jackett ausgezogen und den Hemdärmel hoch gerollt.

»An der Grenze – in Anbetracht der Umstände –«

»Nicht schlecht.«

John öffnete die Blutdruckmanschette an Toms Arm. »Du mußt auf Salz verzichten. Der diastolische Druck gefällt mir gar nicht; sollte er über neunzig gehen, werde ich dir ein paar Pillen verabreichen.«

»Heißt das, keine Schweinerippchen mehr?«

»Richtig! Das ist pures Fett *und* Salz. Das reinste Gift für jemanden wie dich.«

Tom schwieg, während John die Blutdruckmanschette aufrollte und in seiner Tasche verstaute. Tom schaute aus dem Fenster, und John betrachtete sein scharfes Profil. Plötzlich verstand er, warum der Secret Service den Codenamen ›Klinge‹ gewählt hatte. Tom beobachtete die Demonstranten vor dem Zaun und wirkte plötzlich sehr einsam.

»Überrascht von der Reaktion?« fragte John.

Tom drehte sich um und zuckte mit den Schultern. Er hatte sein »Lenker-der-freien-Welt-Gesicht« im Büro gelassen. »George Reedy behauptet, das Weiße Haus würde die Menschen ihres politischen Instinkts berauben. Man fängt an sich einzubilden, man könne alles erreichen.« Er lächelte verkrampft, und in seinen Augen lag Traurigkeit. »Vielleicht hat er recht. Schau sie dir an. Am liebsten würden sie mich ans Kreuz nageln.«

»Was hast du denn erwartet?«

»Ich dachte, ich hätte gestern abend sehr überzeugend gewirkt. Eine ganze Stunde der besten Sendezeit ... ich hatte geglaubt, wenigstens *einige* überzeugen zu können.«

»Das hast du auch. Aber die sind nicht da draußen und schwenken Plakate. Vielleicht versuchen sie, dir per Telefon oder Fax ihre Zustimmung mitzuteilen, und kommen nicht durch. Vermutlich versucht es mancher sogar per E-Mail.«

Tom lachte bitter. »E-Mail! Die Liste ist endlos.«

»Möglicherweise findest du im Internet positive Resonanz. Dort tummeln sich doch jede Menge Freidenker.«

Tom schaute seinem Freund tief in die Augen. »Und wie steht's mit dir, alter Kumpel? Konnte ich dich überzeugen?«

Offenbar war ihm das sehr wichtig, und John hätte sich gewünscht, ihm die erhoffte Antwort geben zu können.

John hatte am Vorabend am Fernseher Toms Ankündigung verfolgt, daß er sich nächste Woche beim internationalen Drogengipfel in Den Haag für eine Waffenruhe im Kampf gegen die Drogen aussprechen wolle. Die meisten Argumente waren John bereits bekannt gewesen, dennoch hatte er gehofft, daß irgendein rhetorischer Zauber ihn auch überzeugen könnte.

Schulterzuckend antwortete er: »Vom intellektuellen Standpunkt her gesehen ja, aber gefühlsmäßig ...« Er schüttelte den Kopf und klopfte sich auf die Brust. »Etwas hier drinnen kann sich mit der Vorstellung eines Amerika nicht anfreunden, in dem ich in einen Drugstore gehe, um Zahnpasta, Zahnseide und einen Schuß Heroin zu kaufen.«

Tom lächelte bitter. *»Et tu, Brute?«*

»Was soll ich sagen? Du hast einen Kampf vor dir. Den Kampf deines Lebens.« *Und du wirst in den Flammen untergehen, alter Freund.*

»Ich brauche deine Unterstützung, Johnny.«

»O nein. Ich bin nur einer. Du brauchst die Unterstützung dieser 450 Leute da draußen auf dem Hügel.«

»Nein, Johnny«, sagte er leise, wobei er die Hand aufs Herz legte. »Ich brauche deine Unterstützung. Ich muß wissen, daß der einzige, auf den ich mich immer verlassen konnte, mir auch jetzt den Rücken stärkt. Aus irgendeinem Grund würde mir der Kampf leichter fallen, wenn ich wüßte, daß du an mich glaubst.« Trotzig schob er das Kinn vor und schaute zu den Demonstranten hinaus. »Aber so oder so, ich werde gewinnen.«

John kannte den Blick. Er erinnerte sich an einen Fall, als sie etwa siebzehn waren und hinter Ebersols Tankstelle in Freemantle ein paar Bierchen gezischt hatten. Ein paar der Jungs hatten sich über Toms alten, zerbeulten Karman Ghia lustig gemacht und behauptet, er würde keine fünfzig Sachen mehr machen. Da Tom das nicht abstreiten konnte, blaffte er: »Ja, aber ich kann bis nach Hause fahren, ohne auch nur einmal auf die Bremse zu treten.«

Na ja, das glaubte ihm natürlich keiner, also forderten sie den Beweis. Eine verrückte Idee, ein idiotisches Wagnis – mußte er dafür doch das Zentrum von Freemantle durchqueren und bis ans andere Ende der Stadt fahren. Auf dieser Strecke waren mindestens vier Ampeln, die nicht einmal in Reihe geschaltet waren.

John hatte nicht erwartet, daß Tom die Herausforderung annehmen würde, aber der hatte nur sein Bier ausgetrunken und gesagt: »Klar. Fahrt mir nach. Wenn ihr meine Bremslichter ein einziges Mal aufleuchten seht, gehört der Wagen euch.«

Natürlich war niemand scharf auf diesen alten Rostkübel, aber nachdem sich die Jungs von der Funktionstüchtigkeit der Bremslichter überzeugt hatten, waren alle in ihre Autos geklettert, um hinterherzufahren. Alle, außer John. Er hatte sich ganz selbstverständlich neben Tom gesetzt. Keine Frage.

Und dann ging es los. John zitterte heute noch, wenn er an jene Fahrt dachte. Die erste Ampel war grün – prima. Aber die nächsten drei schalteten auf Rot, als Tom sich näherte. Er trat nicht auf die Bremse, spielte aber mit der Handbremse wie auf einer Stradivari, passierte stehengebliebene Autos links oder fuhr gar auf dem Bürgersteig an ihnen vorüber. Aber nicht einmal trat er aufs Bremspedal. Jedesmal, wenn er über eine Kreuzung geflitzt war, hatte er denselben Ausdruck im Gesicht gehabt wie jetzt eben, dasselbe trotzige Kinn.

Auch heute noch schien er dieselbe Loyalität von seinem alten Jugendfreund zu erwarten. John konnte sich jedoch nicht ganz dazu aufraffen, in dieser Angelegenheit auf dem Beifahrersitz Platz zu nehmen.

»Warum, Tom?« fragte er. »Es ist nicht nur schlechte Taktik, sondern auch schlechte Politik. Nicht mal deine eigene Partei –«

»Die zieht schon noch nach.« Tom schmetterte die Faust in die Handfläche. »Am meisten ärgern mich diese Haushalts-Knicker. Ständig jammern sie wegen der zu hohen Ausgaben des Bundes – nun gebe ich ihnen eine Chance zum Sparen: sechzig Milliarden im Jahr. Jedes Jahr! Wofür? Auf der Straße sind mehr Drogen denn je erhältlich. Sechzig *Milliarden,* Johnny. Ehrlich gesagt, ich will das Geld. Ich könnte es anderweitig besser investieren.«

»Aber die Sozialkosten …«

»Die können doch nicht höher werden, als sie es ohnehin bereits sind, Johnny. Du kannst dir nicht vorstellen, daß Drogen im Drugstore an der Ecke verkauft werden? Das kannst du doch bereits, John – an jeder Ecke *außerhalb* der Drugstores! Die Legalisierung ändert doch nichts an der Verfügbarkeit der Drogen – Drogen gibt's *überall.* Und du sprichst von Sozialkosten? Wie fändest du es, wenn sich jeder Soziopath der Welt eine Scheibe vom Profit abschneiden wollte?«

»Genau meine Meinung«, antwortete John. »Aber warum willst du dich zu ihrem Feind machen?«

»Johnny«, sagte Tom. »Sieh die Sache doch von einer anderen Seite. Im Drogengeschäft steckt so verdammt viel Geld, daß es die Kartelle fertiggebracht haben, ganze Polizeibehörden, ja ganze Stadtverwaltungen – von Millionenstädten! – zu korrumpieren. Das ist doch verrückt! Zumal sie diesen Profit aus einem einzigen Grunde machen: Wir haben ihre Ware für illegal erklärt. Würden wir sie legalisieren, könnten wir den Profit aus dem legalen Verkauf ebendieser Drogen sogar besteuern. Ich rechne mit einem Nettogewinn von siebzig bis achtzig Milliarden Dollar.«

»Lauter schmutziges Geld«, konterte John.

»Auch nicht schmutziger als die Steuern auf Tabak und Alkohol. Das Geld könnten wir sowohl in die Erziehung der Menschen, damit sie endlich die Finger von Drogen lassen, als auch in die Rehabilitation der Süchtigen investieren.«

»Komm schon, Tom. Willst du wirklich Steuergelder an Crack verdienen? Haben wir nicht schon genug Crackgeschädigte und Crackbabys?«

»Crack würde doch gar nicht existieren, könnte Heroin legal erworben werden. Das ist wie mit dem hundertprozentigen Industriealkohol zu Zeiten der Prohibition, den die Leute in ihre Drinks kippten. Es war ein *Riesenmarkt* … der über Nacht zusammenbrach, als Scotch, Bier und Wein wieder legalisiert wurden. Und so wird es auch mit Crack sein, wenn du Kokain, kokainhaltige Getränke – wo, glaubst du eigentlich, kommt das ›Coca‹ in Coca-Cola her? –, ja sogar Kokain-Kaugummi kaufen kannst.«

»Kokain-Kaugummi – um Himmels willen!«

Das Telefon klingelte. Tom hob ab, bedankte sich Sekunden später und legte auf. Er forderte John auf, ihm in den angrenzenden Raum zu folgen. Hier, in den Privaträumen des Präsidenten, lief bereits ein riesiger Fernsehprojektor. John war bei verschiedenen Gelegenheiten, wie Dinners und privaten Empfängen, bereits mehrmals hiergewesen. Tom schnappte sich die Fernbedienung und schaltete um auf *Today*. Ein älterer Herr mit schütterem Haar und dicker Hornbrille sprach in die Kamera. Die Bildunterschrift lautete: *Milton Friedman*.

»Friedman?« fragte John. »Der Volkswirtschaftler? War er nicht –?«

Der Bildschirm gab die Antwort, indem er *Ehemaliger Berater von Präsident Reagan* hinzufügte.

Bryant Gumble fragte Friedman nach seiner Vision von Amerika nach der Entkriminalisierung der Drogen, und der Professor antwortete, er sähe nur noch halb so viele Gefängnisse, halb so viele Häftlinge, zehntausend Morde weniger pro Jahr und Innenstädte, in denen Unterprivilegierte eine Chance haben würden, ein Leben ohne Angst zu führen …

Professor Friedman beantwortete noch diverse Fragen, wobei er mit jeder Antwort die Richtigkeit – sowohl in wirtschaftlicher als auch in philosophischer Hinsicht – der Legalisierung von Drogen betonte.

Als der Sender Werbung einblendete, wandte sich Tom an John.

»Exakt aus *diesem* Grund werde ich gewinnen. Meine Mitarbeiter sind seit Wochen mit den Massenmedien im Gespräch, und die wichtigsten Sendestationen sowie die größten Wochen- und Tageszeitungen werden mich unterstützen.«

»Als ich vorhin im Auto Radio hörte, klang das aber gar nicht so.«

»Sie können ja nicht sofort eindeutig Stellung beziehen, aber du hast sicher bemerkt, daß alle meine Rede *in toto* sendeten. Sie starten mit unterschwelliger Unterstützung – wie eben Milton Friedman. Er hat von Anfang an – bereits zu Reagans Zeiten – gegen die Drogengesetze opponiert. Aber die Millionen, die ihn gerade sahen, wissen das nicht. Sie hörten ihn sagen, Drogen sollten legalisiert werden, und sahen *Ehemaliger Berater von Präsident Reagan.«* Er imitierte einen Zuschauer: »*›Reagan? Wirklich? Hm …‹* Glaube mir, das alles war kein Zufall. Milton Friedman wirst du in den kommenden Monaten häufig zu sehen bekommen. Ebenso William F. Buckley, und –«

»Buckley?« John war verblüfft. »Du und William F. Buckley an einer Front?«

»Er befürwortet seit Jahren die Entkriminalisierung und hat sich auch nicht gescheut, das kundzutun. Wir werden Richter aus dem ganzen Land zeigen, die sich weigern, Drogendelikte zu verhandeln, weil sie die Gesetze für unfair halten …«

»Wenn du glaubst, du könntest die Sachlage ändern …«

»Jede willkürliche Gewalttat, jeder Schußwechsel, jede Überdosis, jedes einzelne Verbrechen, das auf den *immensen, unvorstellbaren* Profit aus dem *illegalen* Drogengeschäft zurückzuführen ist, wird – und glaube mir, ich werde nicht zimperlich sein – vor die Augen der Zuschauer gezerrt. So auch jede Statistik, die den Anti-Drogen-Krieg als verlorene Schlacht darstellt. Die Fakten sind auf meiner Seite, John.«

»Möglich, aber nicht das *Volk.*«

»Das kommt noch. Es wird kapieren, daß ein beträchtlicher Teil der Menschheit immer Drogen konsumieren und sich diese auch beschaffen wird. Millionen davon leben in unserem Land, allein schon zwölf Millionen Leute, die gelegentlich Marihuana rauchen. Es gibt sie nun mal, und auch neue Gesetze werden daran nichts ändern. Verdammt, wir können sie doch nicht alle einsperren!«

»Ich kann mir nicht vorstellen, daß der Durchschnittsamerikaner vor den Junkies kapituliert.«

»Die Taktik zu wechseln bedeutet nicht, zu kapitulieren. Schau, es gibt doch Millionen von Amerikanern, die sich mit verschiedensten Chemikalien vollknallen. Meistens schaden sie sich nur selbst, wenn sie aber anderen Schaden zufügen, während sie sich im Rauschzustand befinden, gibt es dagegen Gesetze. Laß sie uns doch behandeln wie Leute mit einem Kater, nicht wie Kriminelle.«

John starrte seinen alten Freund an. Tom strahlte Aufrichtigkeit und Überzeugung aus. Er war ein faszinierender Redner und beherrschte die Massenmedien. Und er glaubte, was er sagte.

»Weißt du«, meinte John bedächtig. »Du schaffst es vielleicht sogar.«

»Ich *werde* es schaffen. Möglicherweise gelingt es mir nicht, die Legalisierung aller Rauschgifte durchzusetzen, aber sicherlich gelingt es mir für Marihuana. Und dann habe ich den Fuß in der Tür, und wenn sie mal offen steht, ist es nur noch eine Frage der Zeit.«

John begann allmählich, ihm zu glauben.

Das Telefon läutete erneut. Tom hob ab und hörte kurz zu. Dann drehte er sich um. »Ich muß zurück ins Büro. Heather bereitet sich auf den Talk-Show-Zirkus vor, und wir müssen noch einiges durchsprechen. Willst du mitkommen?«

John schüttelte den Kopf. »Ich muß in mein Büro. Ich bin sicher, ihr werdet bis zum Kragen in dieser Sache versinken, bevor der Tag zur Neige geht. Aber vor deiner Abreise zum Drogengipfel möchte ich deinen Blutdruck noch mal kontrollieren.«

»Gut. Aber du bist mir noch eine Antwort schuldig: Stehst du mir in dieser Sache bei?«

»Vor der Öffentlichkeit stehe ich hinter dir. Aber privat … da bin ich mir noch nicht so sicher, Tom.«

»Das kommt noch«, grinste Tom spitzbübisch. »Ich weiß, daß ich mich auf dich verlassen kann.«

John erwiderte nichts, er war sich jedoch bei weitem nicht so sicher wie sein alter Freund.

9

Snake saß über seine Tastatur gebeugt, starrte in den Monitor und schlängelte sich durch die mittlerweile vertrauten Speicherbänke des Zentralrechners der C & P-Telefongesellschaft. Er hatte die ganze Woche damit verbracht, Wege durch die verschiedensten Programme zu finden, ebenso wie den einfachsten Zugang – den, der die geringsten Spuren hinterließ. Das war nur selten der direkteste Weg.

Er hatte sich während der letzten beiden Wochen mit dem System vertraut gemacht, bis er sich jetzt darin wie zu Hause fühlte. Er erinnerte sich an seine Zeit in der High School, als er, der Computerfreak mit seinem Apple II+, die Nachtschwärmer unterhalten hatte, indem er sich in die Computersysteme der Telefongesellschaften, Banken und Universitäten im ganzen Land hackte, sich im Cyberspace tummelte und dem Hackergral, das System zu beherrschen, hinterherjagte, wobei ihn pure Freude an seinem Tun erfüllte. Niemals hatte er Daten gestohlen oder zerstört, niemals spöttische elektronische Graffitis hinterlassen, wie manche seiner bescheuerten Hackerfreunde. Er wollte keine Aufmerksamkeit erregen; er wollte lediglich sehen, wie weit er gehen konnte, wie viele Barrieren er überwinden und wie tief er eintauchen konnte. Sein Ziel war es immer gewesen, das System zu knacken, seine Sicherungsmechanismen zu bezwingen, alle Türen zu öffnen, und sich klammheimlich einzuschleichen.

Sogar jetzt empfand Snake ein Echo der Spannung jener Zeit. Er grinste. Mikey MacLaglen war ein Idealist gewesen. Ein beknackter Pedant. Ein Schwachkopf, der aus Ehrfurcht vor der Neuheit, der Größe und der Grenzenlosigkeit des Cyberspace die endlosen Möglichkeiten seiner Macht nicht genutzt hatte.

Die Wahrheit war, er hatte seine Macht *nicht erkannt.*

Vielleicht besser so. Ansonsten hätte er ihr womöglich nicht widerstehen können, wäre vielleicht sogar geschnappt worden und stünde immer noch auf der Hackerliste des FBI.

Nein danke. Er hätte bereits im College ertappt werden können. Damals, kurz vor der Diplomprüfung zum Ingenieur am Massachusetts Institute of Technology, hatte er seinen Schulfreunden freien Zugang zum Kabelfernsehen verschafft, indem er den Decoder geknackt hatte. Irgendwie hatte damals ein Videopirat, Hackername ›Brushman‹, Wind von Mike MacLaglens Fertigkeiten bekommen und ihm einen Job angeboten. Er sollte Videokarten für den Satellitenempfang hacken. Die sechsstellige Summe, die er angeboten bekam, war viermal so hoch gewesen wie das Einstiegsgehalt nach dem Diplom gewesen wäre – vorausgesetzt, er hätte überhaupt einen Job gefunden –, und sie war steuerfrei.

Alles war prima gelaufen, bis Fuller Mac, nachdem er sich äußerst elegant in die neueste Video-Cipher-Karte gehackt hatte, ihn über den Tisch ziehen wollte. Als Mac sich beschwerte, hatte ihm Fuller ins Gesicht gelacht. »Was willst du? Mich verklagen?«

Damals war in Mac etwas zerbrochen. Er war schon immer äußerst reizbar gewesen, aber damals hatte er zum erstenmal völlig die Kontrolle über sich verloren. Ohnmächtiger Zorn hatte ihn ergriffen, und plötzlich hatte er einen Wagenheber in der Hand, den er Fuller auf den Kopf schlug. Bevor er wußte, was er tat, war Fuller schon bewußtlos. Schokkiert hatte Mac den Dreckskerl angestarrt, der übel zugerichtet vor ihm lag. Am liebsten hätte er ihn getötet, so wütend war er. Aber plötzlich konnte er wieder klar denken ... und da schoß ihm eine Idee durch den Kopf.

Er warf Fuller in den Kofferraum seines Wagens und rief dessen Frau an. Er ließ sie wissen, daß sie ihren lieben Mitchell nie mehr lebend zu Gesicht bekäme, es sei denn, sie bezahlte 100 000 Dollar in bar. Als Fuller das Bewußtsein wiedererlangt hatte, ließ Mac ihn mit seiner Frau telefonieren, damit er ihr sagte, wie sie an das Geld käme. Fullers Blick, als er erneut in den Kofferraum gezwungen wurde, die Angst in seinen Augen, die Frage, ob er jemals das Tageslicht wieder erblicken würde ... all das hatte Mac ganz neue Perspektiven eröffnet.

Binnen Stunden hatte Fullers Ehefrau das Geld geliefert. Sie hatte weder die Polizei noch das FBI informiert. Sie konnte gar nicht. Die hätten sich schließlich dafür interessiert, woher das Einkommen ihres Mannes stammte. Alles lief so zügig und glatt, daß Mac bereute, nicht mehr gefordert zu haben. Aber Geschäft war Geschäft, und schließlich hatte er in wenigen Stunden hundert Riesen verdient. Er ließ Fuller laufen und verließ die Hackerszene. Er hatte eine lukrativere Branche aufgetan.

Snake war geboren.

Es war erstaunlich, wie viele Menschen illegal Tonnen von Geld scheffelten oder legale Geschäfte betrieben, ohne einen Dollar Steuern zu bezahlen.

Diese Menschen wurden Snakes Beute. Sie waren keine Kämpfernaturen. Schon der Anblick einer Pistole, die Andeutung kleinerer, notfalls auch größerer Brutalitäten sowie das Bewußtsein, keine Person mehr zu sein, sondern eine Handelsware, ein *Paket,* versprach in der Regel sofortige Kooperation. Snake genoß es, den Familien oder Geschäftspartnern mit allerlei Repressalien zu drohen, sollten sie sich weigern, umgehend und verschwiegen zu bezahlen. Auch wenn sie den Kerl haßten, sie mußten blechen.

Snake erinnerte sich an einen Fall, als der Partner eines Pakets ihn aufgefordert hatte, den Trottel doch zu töten ... und zwar möglichst langsam. Darauf war Snake nicht vorbereitet gewesen, doch er hatte das Problem gelöst. Er hatte dem Partner erklärt, er werde die Geisel tatsächlich langsam töten, ihr dabei aber sämtliche Details ihres Waffenschmuggels entlocken, diese aufzeichnen und an die Behörden schikken. Wenige Stunden später war er im Besitz des Lösegeldes gewesen.

Schließlich wollten diese Clowns auf keinen Fall die Aufmerksamkeit der Bundespolizei auf sich ziehen.

Das Problem war, Snake konnte nicht alleine arbeiten. Er brauchte jemanden, der auf die Pakete aufpaßte. Zu diesem Zweck hatte er Paulie DiCastro angeheuert. Paulie war ein Gelegenheitsarbeiter, ein Glücksspieler. Keine große Leuchte, aber auch kein Blödmann. Auf ihn war Verlaß: Ein Kerl, der da war, wenn er gebraucht wurde, tat, was man ihm sagte – meist übernahm er auch die Freilassung der Geiseln –, und anschließend nach Hause ging und den Mund hielt.

Snake hatte ihn für die ersten Jobs engagiert, die alle reibungslos verlaufen waren. Doch beim dritten Mal hatte Paulie seine neue Freundin mitgebracht: Poppy. Paulie schwor auf ihre Zuverlässigkeit, meinte, daß es besser wäre, wenn sie sich während der Bewachung der Pakete ablösen könnten. Snake war mißtrauisch gewesen, schließlich kannte er die Frau nicht – doch es war zu spät gewesen, das Ding abzublasen.

Während des ganzen Jobs war er ziemlich nervös gewesen, aber die beiden hatten sich bewährt. Paulie und Poppy wurden sein Babysitter-Team.

Die aktuelle Sache war jedoch etwas anderes. In der Regel übernahm Snake selbst das Kidnapping. Er hätte behaupten können, mehr Erfahrung darin zu haben, es besser zu können und eben verläßlicher zu sein. Die Wahrheit aber war, daß er den Blick in die Augen der Geiseln genoß, wenn diese ihre Lage erfaßten.

Noch nie hatte Snake etwas erlebt, was ihm auch nur annähernd einen solchen Kick verschafft hätte wie der Moment, in dem die Geisel erkannte, daß sie Besitz, *gestohlenes* Eigentum geworden war und ihr Leben nicht mehr ihr selbst gehörte, daß ein anderer die Kontrolle über ihr Leben übernommen hatte.

Jemand, der sich Snake nannte.

Schon jetzt verspürte Snake den Kitzel.

Aber dieser Fall war grundverschieden. Dieses Mal handelte es sich um ein Kind, und die hatten ohnehin keine Kontrolle über ihr Dasein. Also verzichtete er auf die eigentliche Entführung.

Außerdem mußte er mehr Auto fahren. Fremde waren involviert. Einflußreiche Leute. Snake zog es eigentlich vor, allein zu arbeiten, aber diese Leute hatten ihm ein Angebot unterbreitet, dem er unmöglich widerstehen konnte. Boten ihm ein Vermögen für den Job. Doch selbst wenn das Angebot weniger verlockend gewesen wäre, diese Herren akzeptierten kein Nein.

Er war erschrocken gewesen, daß sie sein kleines Unternehmen überhaupt kannten, doch *was* sie alles wußten! Sie hatten ihm lediglich mitgeteilt, daß sie seine Erfahrung schätzten und ihm einen Auftrag erteilen wollten. Das war alles. Keine Frage *»Würden Sie für uns jemanden entführen?«*, es hatte eher nach Befehl geklungen: *»Folgendes erwarten wir von Ihnen …«*

Snake vertraute Paulie; er würde die Sache schon nicht verbocken. Er wußte ohnehin, daß dies das letzte Ding mit Paulie sein würde. Dafür würde Poppy schon sorgen. Snake hatte den Eindruck, Paulie machte nur noch mit, weil eine nette Summe für ihn dabei heraussprang. Poppy hatte völlig die Nerven verloren, als sich während der letzten Entführung Schwierigkeiten ergeben hatten. Als er sie kurz danach gesehen hatte, hatte sie ausgesehen wie eine Versuchsratte, die auf den nächsten Stromschlag wartete.

Schade. Paulie war ein verläßlicher Kerl. Würde schwer zu ersetzen sein. Das hatte man nun davon, wenn man sich mit jemandem einließ.

Snake streckte sich, nahm die kurze .38er Spezial, eine Colt-Cobra, in die Hand, und drehte sich mit seinem Stuhl. Dabei betrachtete er die Spielsachen, die seine derzeitige Bleibe füllten. Drei Computer – zwei Pentium 133 MHz und eine Mac 7100/80 Power Station –, jeder mit einem Hex-Speed-CD-ROM-Laufwerk. Die PCs liefen vierundzwanzig Stunden am Tag und waren mit einem HP-1200-C Drucker und einem Flachbett-Scanner verbunden; drei Mobiltelefone, alle mit derselben Nummer; ein Projektions-TV-Gerät mit Stereosound, ein Laser-Disc-Player, zwei Videorecorder, ein CD-Player mit automatischem Wechsler, und all das war mit Bose-701-Lautsprechern und gewaltigen 14-Inch-Subwoofern gekoppelt.

Ja, sein Wohnzimmer glich einem Elektronikgeschäft, und hier *lebte* er – wenigstens zur Zeit. Er liebte seine technischen Spielereien, vor allem das USSB-Satellitensystem, das er kürzlich geknackt hatte, und doch gab es nichts, was er nicht sofort hätte aufgeben können. Er hatte in der ganzen Welt Bankkonten und konnte sich jederzeit neue Spielereien zulegen. Und einmal pro Jahr zog er sowieso um. Zur Zeit hatte er in einer ruhigen Straße in Alexandria ein kleines Haus im Stil der Cape-Cod-Ferienhäuser gemietet. Er grüßte seine Nachbarn, war aber froh, keine Namen zu kennen. Warum auch? Nach diesem Coup würde er ohnehin wieder verschwinden.

Nur keine Bindungen. Sie beeinflußten das Denken und legten einem Fesseln an. Am schlimmsten waren Frauen. Saugten sich fest wie Blutegel. Auf diese Scherereien konnte er verzichten. Er konnte sich alle Frauen, die er wollte, aus dem Internet holen.

Snake beugte sich wieder über seine Tastatur und gab die letzten Feinheiten ein. Die Computer der C & P-Telefongesellschaft betrachteten jetzt seine Leitung und die von Dr. VanDuyne als ein und dieselbe.

Snake wählte die Nummer der Holy Family Elementary School in Bethesda. Man hatte ihm jede Menge Infos über die Schule zugespielt. Viele Politiker und Leute mit guten Beziehungen schickten ihre Kinder dort hin, und die Direktorin, eine Schwester Louise, stand in dem Ruf, eine harte Nuß zu sein. Wer weiß? Womöglich verfügte sie sogar über eine Einzelverbindungsübersicht? Snake ging kein Risiko ein.

Er meldete sich als Dr. John VanDuyne und wünschte in einer dringenden Angelegenheit die Direktorin zu sprechen. Eine halbe Minute später ertönte eine kühle Stimme.

»Dr. VanDuyne, hier spricht Schwester Louise. Kann ich Ihnen helfen?«

Snake schloß die Augen und versuchte, sich in einen anderen hineinzuversetzen.

»Guten Morgen, Schwester. Es geht um meine Tochter Katie.«

»Ist etwas passiert?«

»Hm, ja. Katies Mutter hatte einen schweren Unfall in Atlanta.«

»Oh, das tut mir aber leid –«

»Danke. Ich bekam soeben einen Anruf aus der Intensivstation, ihr Zustand wird als kritisch betrachtet. Ich muß Katie leider ein paar Tage aus der Schule nehmen und mit mir nehmen. Ich weiß nicht, wie lange …«

»Die Osterferien beginnen doch nächste Woche, also machen Sie sich keine Gedanken wegen der Schule.«

Ostern? War schon Ostern? Daran hatte Snake gar nicht gedacht.

»Ach, das ist gut«, sagte er. »Vielleicht ist es das letzte Mal, daß Katie …« Er ließ seine Stimme verebben.

»Es tut mir ja so leid! Wenn wir irgendwie helfen können –«

»Danke. Ich muß noch schnell in mein Büro, anschließend packe ich sofort. Ich schicke einen Fahrer, der Katie abholt und nach Hause bringt.«

»Einen Wagen? Welches Unternehmen werden Sie beauftragen?«

Alarmglocken schrillten. Snake hatte nicht geplant, es ihr vorab mitzuteilen, sie würde es vielleicht überprüfen.

»Oh, ich habe noch niemanden beauftragt. Ich benutze diverse – wer am schnellsten bei Ihnen sein kann, schätze ich.«

Stille am anderen Ende der Leitung. Offenbar war es ihr nicht geheuer, nicht zu wissen, wen sie erwarten sollte.

Snake sah auf die gefälschten Papiere, die er entworfen hatte. Der Reliance Limousine Service existierte zwar, aber er hatte keine Ahnung, wie ihr Firmenlogo aussah. Auch Schwester Louise nicht – hoffte er. Erst wenn es sich nicht mehr vermeiden ließ, würde er ihr den Namen des Unternehmens verraten.

Das machte Spaß.

Endlich sagte sie: »Also gut, aber überzeugen Sie sich davon, daß der Fahrer sich ausweisen kann. Es gehört zu unseren Prinzipien, außergewöhnliche Vorkommnisse bei unseren Schützlingen umsichtig zu handhaben.«

»Das ist mit ein Grund, warum ich Katie zu Ihnen geschickt habe. Erwähnen Sie bitte noch nichts von dem Unfall. Sprechen Sie nur von einer Überraschungsreise nach Georgia.«

»Was leider der Wahrheit entspricht.«

»Unglücklicherweise, ja. Ich werde es ihr selbst erzählen, sobald sie zu Hause ist.«

»Sehr gut. Ihr Fahrer möchte bitte in meinem Büro vorstellig werden, ich werde dann nach Katie schicken.«

»Vielen Dank, Schwester.«

Snake beendete das Gespräch und lehnte sich mit rasendem Puls, aber hochzufrieden zurück. Er fühlte sich so großartig, daß er laut auflachte.

»Himmel, ich liebe meine Arbeit!«

10

Wie verabredet parkte Paulie den Lieferwagen auf der untersten Ebene der Tiefgarage und sah sich um. Kaum Autos hier unten, weit und breit kein Mensch.

Er schaltete das Radio wieder an. Die alte Kiste sendete nur noch AM. Er drehte den Sendersuchknopf und hoffte vergeblich auf Musik. Irgendeine. Nur Idioten, Nachrichten-Freaks und Grufties hörten AM.

Irgendwo zwischen den Frequenzen 800 und 900 hörte er Ausschnitte aus dem Drogengeschwätz des Präsidenten vom gestrigen Abend.

Er grinste. Das war 'n Knüller! Drogen legalisieren! Wer hätte das gedacht? Die Kommentatoren behaupteten allerdings, daß es für Leute, die aufgepaßt hatten, keine große Überraschung mehr sei. Angeblich hatten der Präsident und seine Jungs die Absicht bereits während des letzten halben Jahres signalisiert, aber Paulie hatte für Politik noch nie viel übrig gehabt.

Legale Drogen? Komische Vorstellung, beim Spirituosenhändler vorbeizuschauen und einen Sechser-Pack Rolling Rock Longnecks zu kaufen, und – äh, weil ich gerade mal da bin, haben Sie vielleicht ein paar B-40er und eine Packung Wowie Maui Filter Kings? Oder eine Schachtel Little Debbie Hash Brownies?

So ein Quatsch! Das Ritual auf der Straße war doch schon der halbe Spaß ... den Dealer zu finden, um den Preis zu handeln, die Knete hinzublättern, den Stoff in der Tasche verschwinden zu lassen und mit dem coolen Feeling abzutauchen, es wieder mal geschafft zu haben.

Das Zeug jetzt legal besorgen zu können, war so verdammt ... spießig. So bürgerlich. Verärgert schaltete er das Radio ab. Wo soll das verflucht noch mal hinführen?

Er mußte sich beruhigen. Fühlte sich wie eine überdehnte Feder – *pling!* gleich würde er im Wageninneren herumspringen. Wenn er die Sache nur schon hinter sich hätte!

Ein Paket zu babysitten war geschenkt: Snake bringt dich hin, du verbringst einige Tage in einem gemieteten Haus, der Typ wird mit verbundenen Augen ans Bett gefesselt, ab und zu gefüttert und aufs Klo begleitet. Wenn dann der Kies da ist, läßt man ihn frei und verduftet. Peanuts!

Aber jetzt ... die Entführung selbst durchzuführen! Das war was anderes. Plötzlich überkam ihn die Vorstellung von einem halben Dutzend Streifenwagen mit Blaulicht und Sirenengeheul, die ihn mit quietschenden Reifen einkreisten, von auffliegenden Türen und einem Schwarm stahläugiger, bis an die Zähne bewaffneter SWAT-Typen, die ihm ihre Kanonen vors Gesicht hielten.

Paulie schauderte. Er haßte Schußwaffen. Er besaß nicht mal eine .22er.

Love and Peace, das war sein Motto.

Er wollte schließlich seinen dreißigsten Geburtstag noch erleben.

Wie hieß doch die alte Redensart? Bring's hinter dich, bevor du dreißig wirst! Na ja, er war fast dreißig und hatte kaum etwas ausgelassen.

Als Kind war er meist alleine gewesen. Seine Mutter hatte zwei Schichten gearbeitet, um die Teller voll zu bekommen, während sich sein Vater, der Fettsack, am anderen Ende der Stadt bei irgendeinem

Flittchen eingenistet hatte und keinen Cent verdiente, weil er ja ›behindert‹ war. Irgendein Rechtsverdreher und ein zugekiffter Quacksalber hatten ihn nach einem Autounfall zum Schwerbehinderten erklärt. Yeah! Aber Gewichtheben konnte er, in der Garage seiner Freundin! So schwer behindert war er!

Doch bevor Paulie für immer von zu Hause weggegangen war, hatte er aus seinem Vater noch einen ehrlichen Mann gemacht. Er hatte ihm auf dem Parkplatz vor seiner Lieblingsbar aufgelauert und ihm einen Baseballschläger über den Schädel gezogen. Sein Vater erfuhr nie, was ihn da getroffen hatte. Paulie hatte ihm die Brieftasche abgenommen, um es wie einen Raubüberfall aussehen zu lassen, und ihn mit einem Haufen gebrochener Knochen liegen gelassen.

Jetzt bist du schwerbehindert, du Hurensohn!

Eigentlich war das nicht seine Kragenweite – es war die erste und letzte Gewalttat seines Lebens gewesen.

Ansonsten hatte er allerdings schon alles hinter sich gebracht: Diebstahl, Trickbetrug, Schwindeleien, Drohungen, Helferdienste; er hatte sich als Schmuggler, Kurier und Fahrer von Fluchtautos betätigt. War irgendwo ein krummes Ding zu drehen, rief man Paulie DiCastro.

Aber damit war jetzt Schluß. Nach dieser Sache. Mit dem Geld, das Mac diesmal bezahlte, mußte er *lange* nicht mehr arbeiten.

Außerdem hatte Poppy die Nase voll. Seit dem letzten Babysitting war sie wie umgewandelt. Neuerdings machte sie Gymnastik und aß Gemüse und so 'n Zeug. Sah auch bombig aus, das mußte er zugeben.

Sie war schon immer ein Klasseweib gewesen. Er erinnerte sich noch gut an den Abend, als er sie zum erstenmal gesehen hatte. Er hatte an der Bar des Incarnate Clubs in Manhattan gestanden, als sie hereinkam. Sie hatte sich in diesen enganliegenden schwarzen Latexfummel geworfen, der jede Kurve ihrer nicht zu dünnen und nicht zu dicken Figur zeigte. Groß – fast einsachtzig, prächtige Hüften, lange Beine und ein echt süßes Gesicht. Er war ihr sofort ausgeliefert gewesen, war völlig verrückt nach ihrem roten Porzellanpuppenhaar, das beim Gehen hin- und herwippte, nach ihren schwarz umrandeten, blauen Augen unter den schweren Ponyfransen, die aussahen, als wären sie mit dem Skalpell geschnitten. Zudem der Ring an der Augenbraue, der Nasenstecker und die coolen Tattoos: rote Herzen auf beiden Oberarmen, in einem stand ›Glory‹, im anderen ›89‹. Er hatte sie zu einem Drink eingeladen und erfahren, daß sie wegen der Goth-Industrial-Battle-Music in diese Bar gekommen war – wie er selbst. Und dann hatte es gar nicht lange gedauert, bis sie in Paulies Bude gelandet waren.

Hatte er sie mit ihrem Fummel schon toll gefunden, aber erst ohne ihn – mammamia!

Allein der Gedanke an sie verursachte ihm schon eine pralle Hose.

Ja, Poppy war schon cool – in mehrfacher Hinsicht. Doch da gab es etwas, worüber sie nie sprechen wollte, nicht mal, wenn sie zugekifft war. Irgendein großer, tiefsitzender Schmerz – vielleicht hingen damit auch die Tattoos zusammen? Immer wieder schaffte sie es, Erklärungen über deren Bedeutung aus dem Weg zu gehen. Na egal – jedenfalls war sie bei ihm geblieben. Paulie hatte eigentlich nur eine weitere kurze und heftige Affäre erwartet, doch es war mehr daraus geworden. Viel mehr.

Komisch, aber Paulie war an einem Punkt angelangt, wo er sich ein Leben ohne Poppy nicht mehr vorstellen konnte.

Ein Klopfen am Seitenfenster riß ihn aus seinen Gedanken: Macs Gesicht klebte fast an der Scheibe, und er starrte ihn durchdringend an. Paulie kurbelte das Fenster herunter.

»Mac! Mein Gott, hast du mich erschreckt!«

»Fahr mir nach«, sagte er kurz und ging weg.

»Oh, danke, dir auch einen schönen Tag, Mac«, murmelte Paulie und startete den Lieferwagen.

Es liefen ja viele Sonderlinge herum, aber Mac war bestimmt der eigenartigste von allen. Er sah aus wie ein Collegeprofessor oder so. Er war mindestens einsfünfundachtzig, breite Schultern – also ein durchtrainierter Professor. Mit Vorliebe trug er Dockers, sportliche Slipper und Pullover mit Schildkrötkragen oder Jacketts, wovon eines sogar Wildlederflecken auf den Ärmeln hatte. Braunes kurzes Haar, keinen Bart, keinen Schmuck, nicht mal einen Ohrring. Der typische Spießer!

Bis man in seine Augen blickte! Paulie kannte Profikiller, die einen freundlicheren Blick hatten als Mac. Mac. Der Name hatte Paulie schon immer geärgert, denn er war das einzige, was er von dem Kerl wußte.

Mac und weiter? Mackie Messer? Möglich. Er trug stets ein großes Messer und eine .45er Automatik. Mac, die Kanone?

Jedenfalls war Mac mysteriös. Zwischen den einzelnen Coups bekam Paulie ihn nie zu Gesicht. Irgendwann rief er dann plötzlich wieder an und zitierte Paulie nach Kansas City, Phoenix, West Palm oder sonst irgendwo hin – dort bewachte Paulie dann das Paket, bekam sein Geld, und das war's. Anschließend verschwand Mac bis zur nächsten Entführung von der Bildfläche. Nicht, daß Paulie das etwas ausgemacht hätte, er war keineswegs scharf darauf, seine Zeit mit dem Typ zu verbringen. Vermutlich eine Vorsichtsmaßnahme, damit Paulie ihn nicht verpfeifen konnte. Hätte er auch niemals gemacht, schließlich wollte er seinen guten Ruf in gewissen Kreisen nicht aufs Spiel setzen. Und außerdem, Mac war immer ehrlich zu ihm gewesen, hatte ihn nie hängenlassen und zahlte pünktlich und gut.

Das mußte man schließlich respektieren.

Man mußte auch respektieren, wie glatt Macs Dinger immer liefen. Wie gut geölte Maschinen. Exakt nach Plan …

Außer beim letzten Mal.

Wäre es nach Poppy gegangen, hätten sie von Mac keinen weiteren Auftrag mehr angenommen. Sie hatten sich deswegen schwer in die Haare bekommen, sich angebrüllt, und Poppy hatte mit allerlei Gegenständen um sich geworfen und wäre fast abgehauen. Damals hatte Paulie erkannt, wie wichtig sie ihm geworden war.

Also hatten sie ein Abkommen getroffen: noch ein letztes Mal mit Mac, und dann Schluß damit. Sie würden das Geld nehmen und auf eine Insel verduften, wo sie nur noch schlafen wollten … sonnenbaden, essen, trinken und vögeln.

Herrlich.

Paulie lenkte den Lieferwagen in die Parkbucht, aus der Mac soeben seinen glänzenden, neuen Lincoln herausgefahren hatte. Dann stieg Paulie aus und fuhr mit der behandschuhten Hand über den schimmernden, schwarzen Lack der Limousine.

»Prunkvolles Gefährt. Wo hast du das denn her?«

»Steig ein. Wir reden drinnen.«

Die Fenster glitten lautlos hoch, während Paulie auf den Beifahrersitz rutschte. Sobald die Tür geschlossen war, verstummten alle Geräusche der Außenwelt. Paulie kam sich vor wie in einem versiegelten Sarg.

»Er ist gemietet«, sagte Mac leise und sah dabei geradeaus, während er aus der Innentasche seines Jacketts – heute mit Fischgrätenmuster – einen Umschlag zog. Paulie musterte Mac genau: Diesmal keine Lederflecken auf den Ellbogen. »Die Nummernschilder aus Maryland sind geliehen.«

Paulie versuchte nicht allzu neugierig in den Umschlag zu sehen, aber er hoffte sehr, darin ein paar Scheine zu finden. Er war ziemlich abgebrannt.

»Hier sind einige Papiere, die du brauchen wirst«, sagte Mac und überreichte ihm den Umschlag. »Sicher ist sicher.«

Paulie hob die Lasche und suchte nach grünem Papier. Als erstes entdeckte er Visitenkarten. Er las: »›Reliance Limousine Service‹. Bin ich das ?«

»In der kommenden Stunde, ja. Du hast die Papiere des Limo-Service und einen Führerschein, ausgestellt in Maryland, alles mit entsprechenden Namen. Plus einer Wegbeschreibung zu deinem Ziel, die sauber auf Geschäftspapier des Reliance Limo Service gedruckt ist.«

Paulie leerte den Umschlag, enttäuscht wegen des fehlenden Geldes, doch voller Bewunderung für Macs Gründlichkeit. Der gefälschte Führerschein und die Papiere waren perfekt.

»Wo hast du die denn her?«

»Ich habe sie gemacht.«

»Du – ja wie denn?«

»Alles, was du brauchst, ist ein Farbscanner, ein bißchen DTP-Software und ein wenig Zeit.«

»Irre. Ich –« In dem Moment fiel sein Blick auf eine Reihe von Wörtern in der Beschreibung seiner Route. Er richtete sich auf. »He, Mac. Hier steht Holy Family Elementary? Heißt das …?«

Mac sah immer noch geradeaus. »Du hast's kapiert.«

»Heißt das, daß ich ein *Kind* entführe?«

»Genau.«

»Oh, Scheiße! Verdammt! Doch kein Kind!«

Jetzt drehte sich Mac herum und durchbohrte ihn mit diesem eisigen Blick aus seinen schmutzigbraunen Augen.

»Magst du etwa keine Kinder, Paulie?« Seine Stimme war weich wie Seide … und ebenso kalt.

»Doch. Ich habe rein gar nichts gegen Kinder. Deshalb entführe ich sie auch so ungern.«

»Sieh es nicht als Kind. Sieh es einfach als Paket. Nichts als ein weiteres Paket.«

»Ja, aber ein *junges* Paket. Die Leute rasten schon aus, wenn ein alter Knochen entführt wird, aber, Mann, bei einem Kind drehen sie völlig durch!«

»Wir belästigen sie doch nicht sexuell oder so was.«

»*Sie?* Oh, Mist! Ein kleines Mädchen? Ist ja toll! Poppy mag keine Kinder.«

»Dieses sollte sie aber lieber mögen.«

»Sie wird ausflippen.«

»Poppy wird tun, was ihr gesagt wird.«

Paulie hätte sich etwas mehr Herzlichkeit in den Worten gewünscht. Aber Mac sprach mit der gleichen geschmeidigen, fast tonlosen Stimme, mit der er eine Tasse Kaffee bestellt hätte … schwarz, zwei Stück Zukker.

Tatsache war, Poppy würde tun, was man von ihr verlangte … bis zu einem gewissen Punkt …

»Du hast Poppy ins Spiel gebracht«, sagte Mac. »Ich habe sie akzeptiert. Und bis jetzt hatte sie freie Kost und Logis. Nun wird es Zeit für sie, sich ihren Unterhalt zu verdienen … Für eine Woche oder so kann sie wohl Kindermädchen spielen.« Er grinste höhnisch. »Wir haben den Job schon immer Babysitting genannt. Jetzt ist es das auch.«

»Ja«, antwortete Paulie und sank in seinen Sitz zurück. Diese Sache gefiel ihm nicht … gefiel ihm gar nicht. »Wie alt ist dieses ›Baby‹?«

»Sechs. Ihr Alter tut nichts zur Sache. Das wird ein Spaziergang. Ich habe die Schule angerufen. Man erwartet dich. Du fährst vor, schnallst sie wie ein guter, auf Sicherheit bedachter Chauffeur auf dem Rücksitz an, dann fährst du los und kommst hierher zurück. Nichts einfacher als das!«

»Wie wär's, wenn du es machst? Das wäre noch einfacher!«

»Stimmt. Aber ich muß mich um was anderes kümmern.«

Paulie erwiderte nichts, da bohrte sich Macs Finger in seinen Oberarm. Paulie versteifte sich. Er konnte es nicht ertragen, von Mac angefaßt zu werden. Als er ihn jedoch ansah, entdeckte er etwas, was er kaum für möglich gehalten hätte: Macs Blick war noch ausdrucksloser und kälter geworden.

»Du springst doch nicht ab, Paulie?«

»Nein«, seufzte Paulie. »Ich kneife nicht.«

Er mußte sich jedoch eingestehen, daß es pure Angst vor Mac war, die ihn daran hinderte, jetzt noch zu kneifen.

»Gut. Denn ein Deal ist ein Deal.«

»Stimmt. Ein Deal ist ein Deal.«

Verdammt, wie sollte er das nur Poppy erklären?

11

Snake schlenderte in die Lobby des Marriott Hotels in Bethesda und ging geradewegs auf eine Reihe von Telefonkabinen zu. Er hatte die meisten der größeren Hotels innerhalb des Beltway ausgekundschaftet, und er wußte, welche Hotels die Telefone hatten, die er benötigte. Natürlich hätte er auch mit seiner mobilen PCMCIA-Modem-Karte im Laptop von zu Hause, einem Spielplatz oder vom Auto aus anrufen können, doch das hätte ein Funktelefonat bedeutet, und das war etwa so abhörsicher wie ein Megaphon.

Er fand ein AT & T Dataphone 2000 und setzte sich davor. Diese Art Telefon fand man am häufigsten auf Flughäfen und in den Empfangshallen größerer Hotels. Sie hatten eigene Tastaturen oder eine Steckkarte für Laptops und Notebooks. Snake hatte seine eigene Steckkarte dabei. Nachdem er den Anruf auf die Kreditkarte eines Charles Porter gebucht hatte, eine Karte, die er sich extra für diesen Coup beschafft hatte, öffnete er sein Notebook, und die Butterfly-Tastatur schob sich heraus.

Während er wartete, bis das Notebook hochgebootet war, schaute er sich unauffällig in der Halle um. Niemand schenkte ihm auch nur die geringste Beachtung.

Er loggte sich in die Delphi-Benutzerkennung ein, die er kürzlich für einen nicht existierenden Eric Garter eröffnet hatte, klickte sich beim E-Mail-Service ein und lud den Text, den er zuvor eingegeben und gespeichert hatte. Dreißig Sekunden später, während seine Nachricht bereits durchs Internet raste, loggte er sich wieder aus. Er löste die Verbindung des Thinkpads vom Dataphone, klappte das Notebook zu und verließ das Hotel.

So einfach, so anonym und unaufspürbar.

So *mühelos*.

Zu mühelos vielleicht. Zu sicher.

Einfach beschämend.

12

Langsam brachte Paulie den Lincoln vor dem Haupteingang der Holy Family Elementary School zum Stehen. Sah gar nicht wie eine Schule aus. Eher wie ein großes, altes Wohnhaus mit zwei behäbigen Stockwerken aus dunklem Stein, die von Efeu überwuchert waren.

Zögernd zog er den Schlüssel aus der Zündung.

Alles in ihm wehrte sich gegen das, was nun bevorstand.

Es war einfach nicht richtig.

Es war eine Sache, einen Kerl zu kidnappen, okay. Er war erwachsen, ein Mann. Er hätte eben besser auf seinen Hintern aufpassen müssen, dann wäre ihm das nicht passiert. Muß ihn eben jemand zurückkaufen. So ist das Leben, Freundchen: Du mußt für all deine Fehler bezahlen.

Aber ein Kind … Scheiße. Kinder konnten sich nicht schützen. Sie kannten die Regeln nicht. Sie waren leichte Beute. Und jemandem die Daumenschrauben anzulegen, indem man sein Kind entführte … das war mies. Schlimmer noch … es war unmännlich.

Zornig schlug Paulie mit der Faust gegen das Lenkrad. Verdammt, Mac!

Die Versuchung war groß, das Gaspedal durchzutreten und schnellstens abzuzischen, Poppy aus dem gemieteten Schuppen in Falls Church rauszuholen und Richtung Unbekannt abzutauchen.

Aber Mac – er wäre stinkwütend. Er würde sie suchen und früher oder später auch aufspüren, und das könnte häßlich werden. Nur einer von ihnen würde die Szene lebend verlassen, und Paulie zweifelte nicht daran, daß er das sein würde.

Und außerdem, er hatte schließlich einen Deal gemacht.

Er hatte zwar nicht gewußt, daß es sich um ein Kind handelte, aber wie gesagt … ein Deal war eben ein Deal.

Ist es wirklich so? fragte er sich. Oder habe ich nur die Hosen voll?

Wie tief wirst du noch sinken, Paulie? Wann ist es endlich genug?

Er hätte auf Poppy hören und sich da raushalten sollen.

Widerwillig zog er den Schlüssel ab und stieg aus. Er setzte die alberne Chauffeurskappe auf und stieg die Treppe zum Eingang hoch.

Hinter der Tür am Schreibtisch saß eine Dame mittleren Alters. Sie telefonierte kurz und führte ihn dann in das Büro der Direktorin.

Obwohl der Raum eher düster war, behielt Paulie seine Sonnenbrille auf. Je weniger man von seinem Gesicht sah, desto besser.

Das Büro der Direktorin … oh, Mann, er fühlte sich fast in seine eigene Schulzeit zurückversetzt!

Schwester Louise war eine ältere Nonne, schwarz vom Kopf bis zu den Fußspitzen. Die einzige Haut war an Händen und in ihrem Gesicht zu sehen. Ihren Kopf umgab etwas Schachtelartiges. Sah ziemlich unbequem aus. Daraus starrte sie ihn durch dicke, rahmenlose Brillengläser an, die ihre wässerig blauen Augen riesig erscheinen ließen. Wegen des vorspringenden Unterkiefers verzerrte sich ihr Mund, als sie ihn jetzt zur Begrüßung anlächelte.

»Guten Tag, Mr. …?«

»Anderson«, antwortete er und war froh, noch mal einen Blick auf die Papiere geworfen zu haben, die ihm Mac gegeben hatte. »James Anderson.«

»Und wen wollten Sie …?«

Was soll das werden? Ein Quiz? Sie wußte doch verdammt genau, wen er abholen wollte.

»Das VanDuyne-Mädchen. Katie VanDuyne.«

»O ja. Dr. VanDuyne rief bereits an und kündigte Ihr Kommen an.« Sie rief aus der Tür. »Camille, würden Sie bitte Katie VanDuyne aus ihrer

Klasse holen und sie hierherbringen?« Dann drehte sie sich zu Paulie um und streckte ihre Hand aus. »Ihre Papiere bitte, Mr. Anderson.«

Paulie griff in seine Jackettasche. Mißtrauische alte Ziege, dachte er. Mac mochte ja ein gemeiner, argwöhnischer Bastard sein, aber er dachte an alles. Paulie zog seine Papiere hervor und hoffte, sie würde das Zittern seiner Hand nicht bemerken, als er sie überreichte. Den Führerschein hielt er noch zurück. Kein Grund, *allzu* kooperativ zu sein.

Schwester Louises Brauen zogen sich zusammen, während sie die Papiere studierte.

»Auf diesem Ausweis ist kein Foto.«

»Nein, Ma'am.«

Sie sah auf und studierte mit diesen alten blauen Augen sein Gesicht. Sie lächelte immer noch, doch Paulie beschlich allmählich ein ungutes Gefühl. Die Nonne hatte diese Liebe-alte-Frau-Masche drauf, aber sie war eine listige Gewitterziege und verdammt mißtrauisch.

»Leiden Sie unter einer ophthalmologischen Krankheit?«

»Wie bitte?«

»Einer Augenkrankheit, Mr. Anderson. Stimmt etwas nicht mit Ihren Augen?«

»Nein, Ma'am.«

»Warum nehmen Sie dann Ihre Sonnenbrille nicht ab?«

Paulie brach der Schweiß aus. Die Unterhaltung gefiel ihm gar nicht, und die Art, wie Schwester Louise ihn ansah, mochte er noch weniger.

»Gewöhnungssache, denke ich.«

»Sie dürfen die Brille abnehmen.«

Paulie kämpfte mit sich. Sollte er Folge leisten oder sich weigern und damit ihre übertriebene Vorsicht in offenes Mißtrauen kehren?

Schließlich gab er sich geschlagen und nahm die Brille ab.

»Na sehen Sie«, sagte Schwester Louise und durchbohrte ihn regelrecht mit ihren Blicken. »Ist es nicht besser so?«

»Ja, Ma'am«, antwortete er und versuchte, ihrem Blick standzuhalten.

»Und nehmen Sie die Kappe ab. Man trägt in geschlossenen Räumen keine Kopfbedeckungen. Es wäre ein schlechtes Beispiel für unsere Kinder.«

»Ja, Ma'am«, preßte er zwischen zusammengebissenen Zähnen hervor.

Er fühlte sich nackt.

In dem Moment öffnete sich die Tür, und ein kleines, dunkelhaariges Mädchen in karierter Uniform wurde in das Büro geschoben.

»Hallo, Katie«, rief Schwester Louise. »Das ist Mr. Anderson. Ich sagte dir doch, daß dein Vater dich auf eine Reise nach Georgia mitnehmen würde. Mr. Anderson wird dich jetzt nach Hause fahren.«

Das Mädchen sah Paulie aus babyblauen Augen an und lächelte. Oh, war sie klein. Und niedlich!

»Du bringst mich zu meinem Daddy?«

»Das mache ich, kleines Fräulein«, sagte Paulie und versprühte seinen Charme sowohl für Schwester Louise als auch für Katie. »Ich fahre dich jetzt nach Hause, und anschließend bringe ich dich und deinen Daddy zum Flughafen. Und auf geht's nach Georgia in die Ferien.«

»Oh«, sagte Katie nur und verstummte. Schien sich nicht besonders zu freuen.

Paulie streckte ihr seine Hand entgegen. »Na, reisefertig?«

Sie stülpte sich ein rotes Barett über und nickte, dann wandte sie sich an Schwester Louise. »Auf Wiedersehen, Schwester.«

»Einen Moment«, sagte die Nonne und starrte Paulie mit Argusaugen an. »Sag mal, Katie. Hast du Mr. Anderson schon einmal gesehen?«

Das Kind schüttelte den Kopf. »Nein.«

Schwester Louise trommelte mit den Fingern auf ihren Schreibtisch. »Bevor ich Sie gehen lasse, möchte ich doch noch ein Telefonat führen.«

Verdammt! Wen wollte sie anrufen?

»Wir sind etwas in Eile, Ma'am«, entgegnete er.

»Es dauert nur eine Sekunde«, sagte Schwester Louise und tippte eine Nummer in ihren Apparat.

Paulies Herz blieb stehen. Sein Mund, wegen der Wattetamponagen ohnehin schon trocken, fühlte sich an wie ein Highway in der Wüste. Das war schlecht. *Sehr* schlecht. Er stellte sich breitbeiniger hin, um nicht ins Wanken zu geraten, und plante seine Flucht. Sollte er sich das Kind schnappen und wegrennen? Oder sollte er ohne Kind einen Spurt zum Auto hinlegen und in die Berge flüchten?

Er atmete tief durch und wartete. Hoffentlich hatte Mac auch diese Situation im Griff.

13

Snake saß zu Hause vor seinem Desktop-PC. Das Gerät war noch immer mit dem Zentralrechner der C & P-Telefongesellschaft und VanDuynes Telefonanschluß gekoppelt und überwachte dessen Anrufe. Bis jetzt waren es zwei gewesen, beide für seine Mutter: einer von einer Bridgepartnerin, der andere vom Doc selbst. Da beide aus demselben Distrikt gekommen waren, hatte Snake sich nicht eingeschaltet. Der Anruf, auf den er lauerte, würde, wenn überhaupt, aus dem Distrikt der Schule, aus Maryland kommen. Diese kleine Vorsichtsmaßnahme war vielleicht übertrieben, aber es wäre doch verdammt schade, wenn die Sache scheitern würde, weil er die halbe Stunde nicht investieren wollte, um den Anschluß zu –

Da!

Snake fuhr auf. Ein Anruf aus dem Umkreis der Schule. Er überprüfte die Nummer und tatsächlich – es war die Holy Family Elementary! War etwas schiefgelaufen?

Er drückte ENTER auf seiner Tastatur und gab damit den vorprogrammierten Befehl, den Anruf auf seine Leitung umzuleiten. Die Hand über dem Hörer schwebend, wartete er.

Und wartete.

Als es nicht läutete, warf er einen Blick auf seinen Monitor. Hatte Holy Family aufgehängt? Nein! Der Anruf ging zu VanDuyne! *Scheiße!*

Außer sich hämmerte Snake einen weiteren Befehl in seine Tastatur. Zweimal hatte es bei VanDuyne bereits geläutet, wenn nun seine Mutter abhob …

Da – Snake sprang auf, als das Telefon neben ihm plötzlich klingelte. Dann lehnte er sich zurück, holte tief Luft und hob inmitten des zweiten Läutens ab. Er räusperte sich und gab seiner Stimme einen ruhigen, sanften Klang.

»Hallo?«

»Dr. VanDuyne, hier spricht Schwester Louise von Holy Family.«

»Ja, Schwester. Ist der Fahrer etwa noch nicht da? Ich habe ihm doch gesagt –«

»Nein, er ist hier, Doktor. Ich wollte mich nur vergewissern, bevor ich Ihre Tochter einem Fremden anvertraue.«

Snake schloß die Augen und dankte dem Himmel, für diesen Fall gerüstet gewesen zu sein.

»Ich schätze Ihre Umsicht sehr, Schwester. Der Fahrer vom Reliance Limousine Service sollte ein Mr. Jim Anderson sein.«

»Das ist korrekt. Sehr gut. Dann lasse ich Katie jetzt mit ihm fahren. Entschuldigen Sie die Störung, Doktor.«

»Keine Ursache, Schwester. Man kann heutzutage gar nicht vorsichtig genug sein.«

Er legte auf, sank in seinem Stuhl zurück und starrte auf den Monitor, wobei er das wilde Klopfen seines Herzens genoß.

Nein, mein Lieber ... man kann einfach nicht vorsichtig genug sein.

14

Wie hatte Mac dieses Kunststück nur wieder fertiggebracht? Paulie war immer noch starr vor Staunen, fast hätte er versäumt, das Kind auf dem Rücksitz anzuschnallen. Hastig riß er die hintere Tür nochmals auf und legte dem Kind den Gurt an.

Schwester Louise stand an der Eingangstreppe und beobachtete jede seiner Bewegungen. Sehr gut.

Seine Finger zitterten, und seine Knie fühlten sich wackelig an. Dort im Büro hatte er gedacht, es wäre alles aus, doch Mac hatte auch das im Griff gehabt. Kein Zweifel: Der Kerl war ein Genie.

»Was ist in der Schachtel?« fragte das Kind.

»Oh, das sind Süßigkeiten.«

»Für mich?«

»Sicher. Für all unsere besonderen Kunden. Bedien dich.«

»Meine Nana mag es nicht, wenn ich vor dem Lunch Süßigkeiten esse.«

»Das ist ein besonderer Tag. Dein Daddy hat mich ausdrücklich beauftragt, es dir zu erlauben. Greif zu. Sei nicht schüchtern, es ist genügend da!«

Paulie setzte sich ans Steuer und betätigte die Zündung.

»Winke deiner Direktorin«, forderte er Katie beim Wegfahren auf und hob selbst die Hand zum Gruß.

Bye-bye, du alte Hexe. Du magst ja ein heller Kopf sein, aber meinem Partner bist du nicht gewachsen!

Apropos ... er zog ein Handy heraus und drückte zwei Tasten, um eine programmierte Nummer anzuwählen. Sekunden später meldete sich Mac. »Ja?«

Paulie hätte ihn gern gefragt, wie er diesen Telefontrick fertiggebracht hatte, aber er beschloß, sich ans Drehbuch zu halten.

»Ladung übernommen und unterwegs.«

»Okay«, sagte Mac und unterbrach die Verbindung.

»Wen hast du denn angerufen?« fragte die kleine Stimme vom Rücksitz.

»Oh, das war meine Dienststelle. Habe ihnen nur gesagt, daß wir auf dem Weg zu deinem Vater sind. Wie schmeckt's?«

»Mmh, prima!«

»Hervorragend. Dann iß nur.«

»Wofür ist diese Decke?«

»Na, wenn dir kalt wird, oder du ein Nickerchen machen möchtest.«

»Oh. Mein Daddy ist Arzt, weißt du.«

»Wirklich?«

»Ja, aber er besucht keine Kranken mehr.«

Paulie hatte sich gefragt, worum es bei dieser Sache eigentlich ging. Vielleicht bekam er von dem Kind einen Hinweis. »Was macht dein Daddy denn?«

»Er arbeitet mit anderen Ärzten, aber dort ist niemand krank.«

»Wo arbeitet er denn?«

»In einem großen, großen Haus.«

Mehr konnte er wohl von der Kleinen nicht erfahren. Paulie sah in den Rückspiegel. Das Kind wühlte genüßlich in der Schachtel mit den Süßigkeiten.

Iß nur, dachte er.

»Möchten Sie auch ein Stück, Mister? Schmeckt wirklich gut.«

»Nein danke. Ich bin gerade mitten in einer Diät.«

Noch einmal sah er zurück. Süße Kleine. Freute sich so über die Schokolade. Und so vertrauensselig … nur weil er gesagt hatte, ihr Vater habe ihn geschickt.

Paulie fühlte sich wie eine Ratte.

15

Bevor er das Weiße Haus verließ, schaute John VanDuyne noch kurz im Pressebüro vorbei, um Terri Londergan zu besuchen. Ihr Schreibtisch war mit bekritzelten gelben Zetteln übersät. Zwischen Ohr und Schulter hatte sie einen Telefonhörer geklemmt und machte sich auf einem weiteren gelben Zettel hektisch Notizen.

Lächelnd sah sie zu ihm hoch, wobei sie die dunklen, dunklen Augen verdrehte und auf den Hörer deutete.

»Ja, das wird er«, sprach sie in die Muschel. »Ich bin sicher, er wird …«

John beobachtete, wie die Pressesprecherin die Fragen irgendeines Zeitungs- oder Zeitschriftenredakteurs beantwortete.

Er liebte die Art, wie ihr das rabenschwarze, geradegeschnittene Haar ins Gesicht fiel, wenn sie den Kopf neigte, und wie sie sich mit energischem Ruck wieder davon befreite.

Ihre spitze Nase und das ausgeprägte Kinn verloren durch ihre lächelnden, vollen Lippen die Strenge. Oh, dieses Lächeln! Es hatte ihn quer durch die Bürofluchten des Präsidenten in seinen Bann gezogen, als er sie vor einem Jahr zum erstenmal gesehen hatte. Sie war in ein Gespräch mit Stephanie Harris vertieft gewesen, und er hatte wie ein Tölpel dagestanden, bis ihn Stephanie vorgestellt hatte. Bereits nach wenigen Minuten der Unterhaltung mit ihr war er völlig hingerissen gewesen. Danach hatte er sich bei seinen regelmäßigen Besuchen im Weißen Haus stets bemüht, ihr über den Weg zu laufen. Doch erst vor wenigen Monaten hatte er den Mut aufgebracht, sie um ein Rendezvous zu bitten. Seither gingen sie regelmäßig miteinander aus.

Terri war Mitte Dreißig – also etwa zehn Jahre jünger als John –, aber sie hatte die Sicherheit und das Selbstbewußtsein einer weit älteren Person. Katie hatte sie mittlerweile einige Male auf dem neutralen Territorium von Restaurants getroffen, und die beiden schienen sich bestens zu verstehen. Katie fragte oft, wann sie Terri wiedersehen würden.

Allmählich begann John wieder an die Möglichkeit zu glauben, daß es ein Leben oder gar eine Liebe nach Marnie geben könnte.

»... natürlich«, sagte sie. »Er wird all diese Fragen in der Pressekonferenz beantworten. Das ist richtig. Exakt. Schönen Tag. Auf Wiederhören.«

Sie legte auf und barg ihr Gesicht in den Armen auf dem Schreibtisch. Sie stöhnte in das Papierchaos unter ihrer Nase.

»Keine Anrufe mehr. *Bitte,* keine Anrufe mehr!«

John stellte seine schwarze Tasche ab und begann ihre verspannte Schulterpartie zu massieren, indem er mit dem Daumen jeden einzelnen Kapuzenmuskel bearbeitete.

Ihr wohliges Seufzen erregte ihn.

»Oooh, das ist gut. Du weißt, was uns Mädchen guttut.«

»Schlimmer Morgen?«

»Der schlimmste überhaupt. Hoch zehn. Ich – da ... o ja ... genau da! Gestern abend, als ich ihm zuhörte, war ich noch hundertprozentig seiner Meinung.«

»Tatsächlich?«

Das überraschte John. Er wußte, daß sie Drogen verachtete, und hatte angenommen, sie würde wegen ihrer strengen irisch-katholischen Erziehung der Legalisierung der Drogen ablehnend gegenüberstehen. Allerdings hatte sie sich in puncto Sex bereits als bemerkenswert freizügig erwiesen, warum also nicht auch gegenüber Drogen?

»Ja. Aber jetzt bin ich mir nicht mehr so sicher.«

»Worauf ist deine Meinungsänderung zurückzuführen?«

»Die Telefone! Die Leitungen aus Europa waren schon um sechs Uhr morgens heißgelaufen. Und es wird immer verrückter! Jeder Journalist, jeder Radiomoderator, jedes Käseblatt, jeder On-line-Freak, jedermann in der westlichen Welt verlangt mehr Informationen.« Verzweifelt richtete sie ihren Blick zur Decke. »O Gott, und an der Westküste stehen sie gerade erst auf. Ich drehe noch durch!«

John lachte. »Aha, da haben wir ja den Grund für deinen Meinungsumschwung!«

»Ich habe zwar eine Meinung«, erklärte sie lächelnd, »aber in dieser Stadt lernt man schnell, daß man zudem auch praktisch veranlagt sein muß.«

»Mit anderen Worten, wenn dir die Sache zusätzlich Arbeit verursacht, dann sollten Drogen doch besser illegal bleiben.«

»Du sagst es, Doc.« Immer noch lächelnd, zog sie ihn an der Krawatte zu sich herunter. »Komm her«, sagte sie leise. »Gib mir einen Kuß.«

Das ließ er sich nicht zweimal sagen. Er küßte sie auf die Lippen, die er so gerne spürte. Seine Gedanken wanderten zu …

Der elektronische Triller ihres Telefons rüttelte ihn aus seinen Phantasien. Ohne den Kuß zu unterbrechen, nahm sie ab und hielt den Hörer ans Ohr. John vernahm ein stakkatoartiges Summen.

Terri entzog sich ihm. »Weiter«, sagte sie in den Hörer. »Oh, gut. Ja, verbinden Sie.«

Sie flüsterte John zu, »Den muß ich annehmen.«

»Klar«, antwortete er. »Klappt es heute abend?«

Ihr Gesicht verdüsterte sich. »Oh, ich glaube kaum. Der Boß hat ein Meeting angekündigt, und wer weiß, wie lange das dauern wird. Es könnte zehn oder elf Uhr werden. Vielleicht sogar später.«

»Verstehe.«

Sie lächelte. »Du bist ein Engel. Treffen wir uns doch morgen, gleiche Zeit, gleicher Ort.«

»Okay, abgemacht.«

Dann konzentrierte sie sich auf ihr Telefonat. »Hallo? Ja, ich bin es.« Sie warf John noch eine Kußhand zu. Mit trübseligem Lächeln verließ er ihr Büro. War er dieser ganzen Legalisierungssache vorher schon nicht wohlgesinnt gewesen, so war er jetzt *definitiv* dagegen.

16

Als Paulie den Lincoln wieder ins Parkhaus steuerte, schlief das Kind dank der mit Valium präparierten Süßigkeiten tief und fest. Tolle Idee. Vielleicht sollte er die Reste ja behalten, für später.

Paulie kreuzte durch die ganze untere Parkebene und überzeugte sich, daß er keine Zeugen zu erwarten hatte. Es war alles ruhig. Er parkte den Lincoln hinter seinem alten Lieferwagen, so daß seine rückwärtige Passagiertür parallel zu dessen Ladefläche zum Stehen kam. Dann stieg er aus, öffnete die Hecktür des Lieferwagens und wickelte das Kind auf dem Rücksitz in eine Decke. Nun wurde es spannend. Jetzt durfte nichts dazwischenkommen.

Paulie richtete sich auf und sah sich nochmals prüfend um. Niemand in Sicht. Er biß die Zähne zusammen, und – eins, zwei, drei – hob er das schlaffe, mit einer Decke umwickelte Bündel aus dem Lincoln in den Lieferwagen. Schnell schloß er die Heckklappe und sperrte ab.

Er atmete schwer, jedoch weniger von der körperlichen Anstrengung. Geschafft. Das Schlimmste hatte er hinter sich. Nun mußte er nur noch den Lincoln in die Parkbucht des Lieferwagens fahren. Mac würde sich später um das Auto kümmern.

Entspannt konnte er jetzt nach Falls Church zurückfahren und das Kind ins Haus bringen und –

Oh, verdammt! Poppy! An die hatte er gar nicht mehr gedacht! Sie würde total ausflippen, wenn er mit dem Kind ankam! Hatte er wirklich gedacht, er hätte das Schlimmste hinter sich? Nicht annähernd!

17

John brauchte eine Weile, um sich aus dem Stau in der Nähe des Weißen Hauses zu befreien. Als er endlich das Gebäude des Gesundheitsministeriums erreichte, mußte er sich durch eine scheinbar endlose Reihe von Freunden, Kollegen und nur vage bekannten Mitarbeitern kämpfen, die in der Lobby, im Aufzug und auf den Korridoren die gestrige Rede des Präsidenten diskutierten.

Endlich erreichte er die relative Abgeschiedenheit seines Büros. Phyllis, seine Sekretärin, brachte ihm eine Tasse Kaffee und fragte: »Womit soll ich anfangen?«

Sie war um die fünfzig, mager und hatte sehr schwarze Haut. Eine kurze Naturkrause umrahmte ihr schmales Gesicht. Trotz ständiger Warnungen von John rauchte Phyllis immer noch – selbst an den kältesten Tagen des Jahres stand sie während ihrer Pause auf dem Hof und zog an ihrer Kippe. Sie lächelte selten und sah meist aus, als hätte sie soeben in eine Zitrone gebissen. Heute morgen schien sie eine besonders saure erwischt zu haben.

»Wie wär's mit einem Thema, das nichts mit der Drogenlegalisierung zu tun hat? Zum Beispiel OG?«

Sein hauptsächliches Augenmerk galt derzeit einem Programm, das sich Operation Grundversorgung nannte. Damit wollte man in den Curricula der medizinischen Ausbildung der ärztlichen Grundversorgung größere Bedeutung verleihen und die Medizinstudenten dazu bewegen, der Allgemeinmedizin mehr Interesse entgegenzubringen. Bis dato hatte das Programm gute Resonanzen erzielt.

»Gut ...«, sagte sie bedächtig und blätterte durch ihre blauen Notizzettel. »Einige der Universitäten, die an einem Vortrag zu diesem Thema interessiert wären, haben angerufen, um einen Termin zu vereinbaren.«

»Na, wenn das keine guten Nachrichten sind.«

»Aber sie fragten auch an, ob Sie sich über die aktuelle Drogenfrage äußern würden.«

»Brrr ...« Er kratzte sich am Kinn. Ob es ihm paßte oder nicht, auch er stand im Rampenlicht. »Also gut«, brummte er. »Sortieren Sie sie aus, und vereinbaren Sie Termine.«

»Und die Drogenfrage?«

»Äußern Sie sich so vage wie möglich.«

Er würde sich davor drücken. Er war schließlich kein Experte für Drogen und entsprechende Gesetze. Es war nicht sein Job, über dieses Thema zu sprechen. Er wollte den dringenden Bedarf an Allgemeinmedizinern zur Sprache bringen, und dafür wollte er jede Gelegenheit nutzen und vor möglichst vielen Studenten sprechen.

John plumpste in seinen Schreibtischstuhl. Der Monitor lief bereits – gute alte Phyllis. Ein Ausbund an Effizienz. Er bemerkte das blinkende E-Mail-Symbol in der unteren rechten Hälfte des Bildschirms.

Das war das einzige, was Phyllis nicht für ihn erledigen konnte. Er tippte das Paßwort ein und sah, daß dreizehn Messages eingegangen waren.

Laß mich raten, wovon werden die wohl handeln?

Rasch überflog er sie. Keine Überraschungen. Sie alle hatten ein Thema …

Außer der letzten. Sie war nicht intern. Sie kam aus dem Internet …

Item 4321334 10:31

From: DAEMON@ANON.NonetUKInternet Gateway

To: J.VANDUYNE01 John VanDuyne

Sub: Katie

From daemon@anon.nonet.uk

Received: from anon.nonet.uk by relay 1 with SMTP

(1.37.109.11/15.6) id AA080380591; 16:13:11 GMT

Return-Path: <daemon@anon.nonet.UK>

Received: by anon.nonet.uk (5.67/1.35)

id AA26085; 10:31:16+0200

Message-Id:<9502271831.AA26085@anon.nonet.uk>

To: vanduyneO1@hhs.com

Subject: Katie

Wir haben Katie. Sie ist wohlauf. Wir wollen kein Geld. Wir wollen lediglich, daß Sie uns einen Dienst erweisen. Tun Sie, was wir verlangen, und Katie wird nichts geschehen.

!!!ABER!!!

Sie werden uns diesen Dienst nur erbringen können, wenn kein Mensch weiß, daß Sie unter Druck stehen. Niemand darf von Katies Entführung erfahren.

!!!NIEMAND!!!

Ist das klar??? Hoffentlich. Sollten Sie lokale oder bundesstaatliche Stellen von Ihrer Lage in Kenntnis setzen, sind Sie für uns wertlos. Dasselbe gilt für Ihre Tochter. Wir werden sie ebenso beseitigen wie andere nutzlose Objekte.

****HABEN WIR UNS KLAR AUSGEDRÜCKT?***

Zweifeln Sie nicht an unserer Entschlossenheit. Das Leben Ihrer Tochter hängt davon ab.

Tun Sie nichts Unüberlegtes. Wir erfahren es.

Sie werden bald wieder von uns hören.

Snake

=Ende=

John starrte auf den Monitor. Wenn sich da jemand einen Scherz erlaubte, so fand er ihn jedenfalls *nicht* lustig. Wer zum Teufel …?

Er las die Adresse und bemerkte die Endung UK. Die Message war aus Großbritannien gekommen. Kannte er jemanden in England, dem er solch krankhaften Humor zutraute?

Und dann erkannte er, daß die Nachricht durch einen dieser Anonymous-Remailer gekommen war, von denen er gelesen hatte. Dabei wurde die E-Mail durch den Remailer-Server von ihren Ursprungsdaten befreit und anonym weitergeleitet.

Eisige Kälte breitete sich in seinen Arterien aus. Er riß den Telefonhörer an sich und hämmerte auf die Schnelldurchwahltaste von Katies Schule. Als die Sekretärin abhob, erkundigte er sich nach seiner Tochter.

»Oh«, antwortete sie. »Katie wurde bereits vor einer Weile abgeholt.«

Johns Büro begann zu schwanken. Er klammerte sich an den Schreibtisch. Er versuchte zu sprechen, aber er fand keinen Laut, der das Entsetzen auch nur annähernd hätte ausdrücken können, das ihn nun überfiel. Jegliche Artikulationsfähigkeit war ihm plötzlich abhanden gekommen.

»Dr. VanDuyne?« rief die Sekretärin. »Stimmt etwas nicht?« Als er immer noch keine Antwort gab, sagte sie: »Ich stelle durch zu Schwester Louise.«

Währenddessen saß er zitternd da und rang nach Luft. Sein Herz pochte bis zum Hals und drohte seine Brust zu zersprengen.

Nur ein Gedanke raste in einer endlosen Schleife durch seine Gehirnwindungen: *Nicht meine Katie! Bitte! Lieber Gott. Nicht meine Katie!*

Seine vor Entsetzen geweiteten Augen hefteten sich auf die E-Mail-Nachricht auf dem Monitor … Ein ganz bestimmter Absatz drängte sich in sein Bewußtsein:

Sie werden uns diesen Dienst nur erbringen können, wenn kein Mensch weiß, daß Sie unter Druck stehen. Niemand darf von Katies Entführung erfahren.

!!!NIEMAND!!!

Schwester Louises Stimme ertönte am anderen Ende der Leitung. Ihre Stimme klang besorgt. »Dr. VanDuyne? Stimmt etwas nicht? Ist Katie noch nicht zu Hause? Ihr Fahrer ist bereits vor einer halben Stunde abgefahren.«

John schluckte. Sein Mund war staubtrocken. Er mußte vorsichtig sein, aber er mußte *etwas* sagen. »Mein Fahrer ...«

»Ja. Mr. Anderson von Reliance Limousine. Ich rief Sie doch noch an, bevor er fuhr. Ich habe doch mit Ihnen gesprochen? Lieber Himmel, sagen Sie nicht –«

Er hätte schreien wollen – *Wie konnten Sie sie nur gehen lassen?*

»Nein, nein«, rief er hastig. »Alles in Ordnung. Meine Allergie schlägt nur wieder mal zu ...«

»Gott sei Dank. Einen Moment lang dachte ich ... Aber sie sollte schon zu Hause sein, nicht? Wenn Sie möchten, rufe ich die Polizei und ...«

O Gott, nein!

Gequält lachte er auf – ein grausiger Laut entrang sich seiner Kehle. »Na, was sagen Sie, da kommt sie doch gerade die Einfahrt hereingefahren. War wohl viel Verkehr. Danke, Schwester. Entschuldigen Sie die Störung.«

»Keine Ursache. Ich bin froh, daß sie gut angekommen ist. Guten Flug nach Atlanta.«

»Ja ... danke.«

John ließ den Hörer auf die Gabel fallen und lehnte sich an den Schreibtisch.

Atlanta ... *Atlanta?*

Er starrte auf den Monitor. Trotz der E-Mail-Nachricht, trotz des Gesprächs mit Schwester Louise – er konnte es immer noch nicht fassen. Die Situation hatte etwas Unwirkliches an sich. Es mußte ein Traum sein. Das war's. Bald würde er aufwachen und –

John fuhr zusammen, als das Telefon klingelte. Er riß den Hörer hoch. »Ja?«

»Minister Grahmann auf 22. Er möchte –«

»Sagen Sie ihm, ich rufe zurück.«

»Ja, aber –«

»Ich rufe ihn *zurück,* Phyllis.« Am liebsten hätte er sie angebrüllt. Wie konnte sie ihn *jetzt* stören? »Verschonen Sie mich mit Anrufen! Ich will jetzt niemanden sprechen.«

»Geht es Ihnen gut?«

»*Keine* Anrufe!«

»Ja, Sir.«

John stand taumelnd auf und torkelte um seinen Schreibtisch. Das Büro drehte sich um ihn. Es schien kleiner geworden zu sein. Die Wände schienen ihn zu erdrücken.

Katie! O Gott, Katie. Wo war sie? Was taten sie ihr an? Was wollten sie von ihr? Was wollten sie von *ihm*?

Er stürzte wieder zum Monitor und las erneut die Nachricht.

Wir wollen kein Geld. Wir wollen lediglich, daß Sie uns einen Dienst erweisen. Tun Sie, was wir verlangen, und Katie wird nichts geschehen.

Einen Dienst? Welchen Dienst? Was bedeutete das? Er hatte doch keine besonderen Fertigkeiten. Was konnten die nur wollen?

Im Moment konnte er jedoch keinen klaren Gedanken fassen. Er konnte nur an Katie denken, allein, inmitten von Fremden, verängstigt …

Wenn er sie verlor …

Er stand am Fenster und sah in den bedeckten Himmel.

Hatte sie nicht schon genug mitgemacht, lieber Gott?

Er brauchte Hilfe. Er mußte das FBI anrufen. Das Hauptquartier war doch gleich unten an der Pennsylvania Avenue. Zum Teufel, nein, er würde Tom anrufen, und Tom würde den Direktor informieren, und der ganze verdammte Verein würde das Land nach dieser Ratte, die sich Snake nannte, absuchen.

Doch nun brannte sich eine andere Zeile der Message in seine Retina:

Sollten Sie lokale oder bundesstaatliche Stellen von Ihrer Lage in Kenntnis setzen, sind Sie für uns wertlos. Dasselbe gilt für Ihre Tochter. Wir werden sie ebenso beseitigen wie andere nutzlose Objekte.

Aber damit konnte er allein nicht fertig werden. Was wußte er schon vom Umgang mit Kidnappern? Möglicherweise konnte er mit Toms Hilfe den Einsatz des FBIs ultrageheim halten?

Tun Sie nichts Unüberlegtes. Wir erfahren es.

Das war der unheimlichste Teil: *Wir erfahren es.* Offenbar wußte dieser Snake bereits eine ganze Menge von seinem und Katies Tagesablauf. Er kannte seine E-Mail-Nummer, und was hatte Schwester Louise gesagt? *»Ich habe Sie doch noch angerufen, bevor er fuhr.«* Das bedeutete, dieser Snake hatte den Anruf von Holy Family abgefangen. War seine Leitung angezapft? Wußten sie *alles*? Was war mit …?

Ein Gedanke traf ihn wie ein Vorschlaghammer: Katies Tegretol! Sie brauchte es zweimal täglich! Wenn sie es nicht bekam, dann –

»O Gott!« stöhnte er und sackte auf seinen Stuhl.

Er schlug auf die Funktionstaste für Reply-Mail und hämmerte eine Nachricht in die Tastatur. Am liebsten hätte er diesen Kotzbrocken mit allen möglichen Obszönitäten bespuckt, doch er hielt sich zurück. Wenn er Snake verärgerte, wen würde die Hauptwucht seines Zorns treffen?

Beherrsche dich, mahnte er sich. Bleib cool. Denke nach. Laß diesen Bastard nicht spüren, daß er ein Nervenbündel aus dir gemacht hat. Besänftige diesen schleimigen Hurensohn.

Snake –

Nachricht erhalten und verstanden. Ich bewahre Stillschweigen. Ich werde Ihren Anweisungen Folge leisten. Sie haben mich in der Hand. Bitte tun Sie Katie nichts. Aber bitte hören Sie zu.

ES GIBT ETWAS, DAS SIE WISSEN MÜSSEN!

Katie leidet unter Anfällen, einer Art von Epilepsie. Sie braucht täglich zweimal ein bestimmtes Medikament. Ohne das bricht sie in Spasmen aus, einen nach dem anderen, bis …

Seine Finger verharrten über den Tasten, sie scheuten vor den nächsten Worten zurück. Er zwang sich weiterzutippen.

… der Gehirntod eintritt.

Sie müssen mir glauben. Ich treibe keine Spiele mit Ihnen. Sie haben meine Tochter. Sie ist das Wichtigste in meinem Leben. Ich ahne nicht, wie ich Ihnen von Nutzen sein kann, aber ich werde tun, was Sie von mir verlangen, alles tun, wenn Sie ihr nur diese Medizin besorgen. Ich könnte es arrangieren, Ihnen wel-

che zu schicken, oder sie irgendwo deponieren. Ich könnte sie auch in einer Apotheke für Sie bestellen. Sie müssen mir glauben: DIES IST KEIN TRICK!!! ES IST EIN ÄUSSERST ERNSTES MEDIZINISCHES PROBLEM!!!

John lehnte sich zurück und durchforschte sein panikgelähmtes Gedächtnis nach allem, was er über die Psychologie von Kidnappern wußte. Er erinnerte sich gelesen zu haben, daß sie dazu neigten, ihr Opfer nicht als menschliches Wesen zu sehen. Er wollte unbedingt noch etwas hinzufügen, was Katie in den Augen dieses Verrückten zur menschlichen Person machte.

Katie hatte es nicht leicht in ihren sechs kurzen Lebensjahren. Ich weiß, es klingt unglaublich. Wie schwer kann es die Tochter eines Arztes schon haben, stimmt's?

Aber glauben Sie mir, das Schicksal hat es mit Katie nicht gut gemeint. Ihre Epilepsie ist nur ein Teil der Geschichte. Bitte, machen Sie es ihr nicht noch schwerer. Bitte, tun Sie ihr nicht weh. Bitte. Ich werde alles tun, was Sie verlangen, aber tun Sie Katie nichts.

John hörte einen Laut … wie ein Schluchzen … und bemerkte, daß es aus seiner eigenen Kehle gekommen war. Er weinte.

Schnell wischte er sich die Augen, setzte seinen Namen unter die Nachricht, drückte auf die entsprechende Taste, die den Brief ins Internet leitete und über den Remailer an Snake schicken würde – wer immer der auch war.

Nach England und zurück – wie lange mochte das dauern? Zehn Minuten? Eine Stunde? Zwei? Er hatte keine Ahnung. Er wußte nicht allzuviel über das Internet. Es war so überdimensional, so anarchistisch.

Er wußte nur eins: Hier konnte er nicht bleiben. Er würde verrückt werden, während er auf den Monitor starrte und auf das Blinken des E-Mail-Symbols wartete. Er –

Da fiel ihm etwas ein – er mußte das Geheimnis für sich behalten. Wenn nun Phyllis doch sein Paßwort kannte und ihm behilflich sein wollte, indem sie seine E-Mail-Nachrichten durchsah? Dann würde sie alles erfahren. Er setzte sich wieder an den Computer und änderte das Paßwort. Aus »Katie« machte er … ja, was?

Es wollte sich einfach kein klarer Gedanke bilden. Auf dem Monitor stand immer noch die Nachricht, und jetzt fiel ihm ein Wort ein, das er unmöglich vergessen würde.

Er tippte »Snake«.

Danach schnappte er sich seinen Mantel und flüchtete mit abgewandtem Gesicht an Phyllis vorbei aus dem Büro.

»Dr. VanDuyne«, rief sie überrascht. »Gehen Sie weg?«

»Ja«, sagte er, ohne sich umzudrehen.

»Stimmt etwas nicht?«

»Ich habe den Piepser dabei.«

Er eilte den Flur entlang und vermied jeglichen Augenkontakt. Als er eine Traube von Menschen vor den Aufzügen warten sah, schlüpfte er ins Treppenhaus und rannte die Stufen hinunter.

Minuten später fuhr er durch Washingtons Innenstadt. Er wollte nach Hause, aber vorher mußte er sich eine Geschichte für seine Mutter ausdenken. Nicht nur wegen der Nachricht, die befohlen hatte

… *Niemand darf von Katies Entführung erfahren.*

!!!NIEMAND!!!

– sondern auch, weil er nicht wußte, wie sie reagieren würde.

In Johns Fantasie faßte sich Nana an die Brust und kippte ohnmächtig um.

Wenn er sich nur *irgend jemandem* anvertrauen könnte! Einer Person, die seine Last teilen und mit ihm darüber *reden* würde.

Niemals in seinem Leben, nicht einmal in den dunkelsten Stunden, als Katie vor drei Jahren im Krankenhaus gelegen hatte und man noch nicht absehen konnte, ob sie überleben würde, hatte er sich so einsam gefühlt.

Warum Katie? Wegen mir? Was habe ich denn, das jemand haben möchte? Welchen ›Dienst‹ werden diese Leute verlangen, die meine Tochter gefangenhalten?

Plötzlich vernahm er ungeduldiges Hupen und sah auf. Die Ampel hatte auf Grün geschaltet. Er trat auf das Gaspedal, aber plötzlich konnte er nicht mehr. Er fuhr an den Straßenrand, lehnte den Kopf ans Lenkrad und begann hemmungslos zu schluchzen.

Und wenn Katie bereits tot war?

18

Paulie manövrierte den Lieferwagen in die schmale Garage, stellte den Motor ab, stieg aus und zog sofort das Tor herunter.

Dunkel. Sicher. Ruhig.

Aber es würde nicht lange so bleiben. Nur so lange, bis Poppy das Kind sah.

Er konnte natürlich grob werden, ihr sagen, sie solle den Mund halten und sich damit abfinden. Aber wenn Poppy nicht fröhlich war, konnte er es komischerweise auch nicht sein. Und das war ihm noch nie passiert. Er kapierte es einfach nicht.

Aber es hatte keinen Sinn, die Sache aufzuschieben. Früher oder später würde er es durchziehen müssen. Also, warum nicht gleich.

Er öffnete die Hecktür des Wagens, hob das in Decken gewickelte Paket auf und ging durch die Garage ins Haus. Auch das zeugte von Macs Handschrift: Er wählte stets ein Haus mit direktem Zugang zur Garage.

»Hallo, Liebling!« rief er betont locker, vermied es aber, ihren Namen zu nennen. »Hier bin ich; hatte einen harten Tag im Büro!«

Sie stand mitten im Wohnzimmer und grinste, wie er es erhofft hatte.

»Hallo, Liebling«, rief sie. »Ging alles ...?« Ihr Grinsen erlahmte, als sie das Bündel in seinen Armen wahrnahm. »Was zum Teufel ist das?«

»Das ist das ›Paket‹.«

Ihr Gesicht bekam einen eigenartigen Ausdruck. Sie wich ein paar Schritte zurück, als hätte er ihr eben eröffnet, Aids oder so was zu haben.

»O nein. Gott im Himmel. Kein Kind! Sag bloß nicht, daß es ein Kind ist!«

»Doch. Es ist ein Kind. Sechs Jahre alt.«

»Oh, Scheiße, Paulie! *Scheiße!*«

»He, schrei nicht so. Und keine Namen. Sie ist noch bewußtlos, aber sie kann jeden Moment aufwachen.«

»Bring sie zurück! Sag deinem Kumpel, daß du nichts mit einer Kindesentführung zu tun haben willst!«

Allmählich wurde es ihm zu blöd, mit dem Kind, das immer schwerer wurde, hier rumzustehen und mit Poppy zu quatschen. Er trat ins ›Gästezimmer‹ und legte das Bündel vorsichtig aufs Bett. Je länger Poppy draußen blieb, desto besser.

»Das haben wir doch schon«, sagte er. »Ich kann das nicht rückgängig machen. Wir müssen uns damit abfinden, ob es dir nun schmeckt oder nicht.«

Poppy lehnte an der Tür, ihr Blick ging von Paulie zu dem Häufchen auf dem Bett und zurück zu Paulie. Der Schock war vorbei, aber ihr Gesicht war jetzt rot vor Zorn.

»Ich kann es einfach nicht glauben, daß du mir nichts davon gesagt hast.«

»Ich hatte doch selbst keine Ahnung! Wie hätte ich es dir sagen sollen? Er hat es mir erst gesagt, als ich heute morgen die Limousine abholte.«

»Ich will damit nichts zu tun haben.«

»Ich auch nicht, aber wir stecken nun mal mit drin.«

»Wie meinst du das, ›wir‹? Ich habe mich nicht verpflichtet, auf ein Kind aufzupassen. Ich haue ab.«

Sie drehte sich um und rannte ins andere Schlafzimmer.

Das ging ja gut los. Paulie lief hinter ihr her und packte sie am Arm. Am liebsten hätte er gebrüllt, doch er mäßigte seine Stimme zu einem scharfen Flüsterton.

»Du kannst mich doch nicht sitzenlassen!«

»Dann paß mal auf.«

»Wir haben einen Deal gemacht!«

Ihre Augen blitzten. »Aber da war nicht die Rede von einem Kind! Könnte sich ja zu so was entwickeln wie diese Lindbergh-Sache damals. Damit hab ich nichts zu schaffen. Laß mich jetzt los!«

Er gab ihren Arm frei. Schließlich konnte er sie nicht zwingen; womöglich mußte er ja dann Poppy *und* das Kind babysitten. Er mußte es auf eine andere Art versuchen. Die Jahre mit Poppy hatten ihm gezeigt, daß ihr Schuldgefühle ziemlich zusetzten.

»Okay. Laß mich hängen. Geh doch und laß mich mit einem Kind sitzen, mich, der ich keinen Schimmer von Kindern habe. Schlimm genug, wenn es ein Junge wäre, aber das ist ein kleines *Mädchen*. Was soll ich denn mit einem kleinen Mädchen anfangen?«

Sie drehte sich um, und ihre Augen funkelten vor Wut. »Zum Teufel mit dir, Paulie!«

»He, hör auf, dauernd meinen Namen zu sagen.«

»Man sollte ihn laut von diesem verdammten Dach herunterposaunen.«

»Du mußt mir helfen, Pop-Maus. Wir sind beide über den Tisch gezogen worden. Ich dachte, wir wären ein Team. Du kannst doch das Schiff nicht verlassen, nur weil die See ein bißchen rauher wird.«

Leise fluchend lief sie im Zimmer auf und ab und zischte vor sich hin, »verdammt, verdammt, verdammt!« Das war gar nicht schlecht für den Anfang … wenigstens hatte sie ihren Kram noch nicht zusammengepackt.

»Ich verstehe gar nicht, warum du auf mich so wütend bist«, begann er wieder. »Ich wußte ja auch von nichts.«

Sie fuhr herum. »Ich hab gewußt, daß man ihm nicht trauen kann. Ich *wußte* es. Ich wollte diesen Job von Anfang an nicht machen, aber du …! Nein! Du wolltest unbedingt …«

Paulie ließ sie wettern. Sie ließ Dampf ab – in ein paar Minuten würde es vorbei sein.

Es dauerte zwar länger als ein paar Minuten, aber schließlich beruhigte sie sich. Mitten im Wohnzimmer stehend, fauchte sie ihn an. »Okay. Ich helfe dir. Aber – Gott stehe mir bei – es ist das letzte Mal, daß wir uns mit du weißt schon wem einlassen. Ist das absolut klar?«

»Wie Kloßbrühe«, entgegnete er und zog sie an sich, um das Versprechen mit einem Kuß zu besiegeln.

Poppy entzog sich ihm. »Ich muß nach dem Kind sehen. Und ich hasse nichts mehr als Kinder. Hab ich dir das schon mal geflüstert?«

»Eine Million Mal.«

»Tja, stell dir vor, daran hat sich nichts geändert.«

»Du hast mir aber nie gesagt, warum eigentlich.«

»Einfach so. Wenn ich Kinder möchte, hätte ich selbst welche. Ich werde nie Kinder haben. Nie. Verstanden?«

»Klar.« Oh, Mann, sie benahm sich wie eine Verrückte. »Keine Kinder, keine Probleme. Das ist meine Meinung.« Er versuchte die Situation zu entschärfen. »Dieses hier haben wir ja nur gemietet. In wenigen Tagen geben wir sie wieder zurück.«

Der Blick, der ihn jetzt traf, war gemeingefährlich, als wollte sie ihm Löcher in den Schädel bohren oder so was Ähnliches.

»Das hoffe ich«, schnaubte sie. »Denn ich kenne mich mit Kindern genauso wenig aus wie du. Was mache ich jetzt überhaupt mit ihr?«

»Na, was schon? Kümmere dich darum, daß sie nicht laufen und schreien kann, wenn sie aufwacht ... Wir behandeln sie wie jedes andere Paket.«

»Prima, Paulie«, zischte sie giftig. »Ein kleines Mädchen fesseln. Ganz *prima.*«

Er sah ihr nach, wie sie sich in das große Schlafzimmer trollte. Zunächst wollte er ihr Hilfe anbieten, ließ es aber dann bleiben. Da sie sich wie eine tollwütige Raubkatze gebärdete, würde sie ihm womöglich die Augen auskratzen, wenn er ihr zu nahe käme.

Besser, er hielt sich erst mal zurück und ließ sie vorerst allein.

19

Vorsichtig näherte sich Poppy dem Bündel auf dem Bett, als hätte sie Angst, es würde aufspringen und sie beißen. Sie wollte es nicht aufwekken.

Ein Kind. Ausgerechnet. Ein verdammtes Kind.

Na ja, kam daher nicht das Wort? *Kid*napping?

Was sollten sie nur mit einer greinenden Heulsuse anfangen? Behutsam zog sie die Decke beiseite und riskierte einen Blick.

Mageres kleines Ding. Trug eine Schuluniform. Wahrscheinlich Privatschule. Also Kind reicher Eltern. Aber dieses alberne rote Barett – schauderhaft! Poppy kniete sich nieder, um das Gesichtchen betrachten zu können. Rund und niedlich, mit schokoladeverschmiertem Mund. Schönes Haar ... lang, dunkel, zu Zöpfen geflochten.

Poppy fragte sich, welche Farbe ihre Augen wohl haben mochten, nahm aber Abstand davon, ein Lid hochzuziehen.

Während sie vor dem Kind kniete und es betrachtete, kam ihr ein Gedanke. Wie alt wäre Glory jetzt? Etwa gleich alt. Hätte Glory wohl so ähnlich ausgesehen wie die Kleine hier? Sie hatte ebenfalls dunkles Haar gehabt und ...

Poppy beugte sich vor und zog nun doch vorsichtig ein Lid hoch – ganz vorsichtig und gerade so lange, bis sie die Farbe erkannt hatte. Blaue Augen ... genau wie Glory.

Poppy schüttelte sich. Sie hatte schon seit Jahren nicht mehr an Glory gedacht – hatte sich den Gedanken an sie einfach nicht gestattet. Glory war fort. Lange schon. Und von dort, wo sie hingegangen war, gab es kein Zurück.

Sie versuchte sich abzulenken und die Sechsjährige zu fesseln, zu knebeln und ihr die Augen zu verbinden. Aber all ihre Utensilien waren auf Erwachsene zugeschnitten.

20

»Verdammt!«

Snake schlug mit dem Handballen gegen das Dataphone – diesmal hatte er das Mayflower Hotel gewählt – und hätte es am liebsten aus der Wand gerissen.

Er sah sich um. Ein Passant in der Lobby war stehengeblieben und hatte ihn kurz gemustert, dann aber seinen Weg fortgesetzt. Dachte wahrscheinlich, Snake hätte schlechte Nachrichten von seinem Börsenmakler erhalten.

Snake zähmte seine Wut. Schließlich benutzte er diese Hoteltelefone, um *nicht* entdeckt zu werden. Auf keinen Fall wollte er Aufsehen erregen. Doch verdammt, im Moment war er kurz davor, die Beherrschung zu verlieren und das blaue Display des Dataphones kurz und klein zu schlagen.

Wieder las er VanDuynes E-Mail auf dem Monitor seines Notebooks – nur um sicherzugehen, daß er richtig gelesen hatte. Dann speicherte er die Nachricht auf die Festplatte.

Das Kind war eine gottverdammte Epileptikerin! All diese Vorabinformationen über VanDuyne und sein Gör, aber kein Ton darüber, daß sie Epileptikerin war und Medikamente brauchte.

Ein defektes Paket – das fehlte ihm noch!

Das hatte er nun davon, daß er sich mit Fremden eingelassen hatte! Er selbst hätte sich erstens niemals an anständigen Bürgern vergriffen; zweitens nicht an den Kindern anständiger Leute; und drittens hätte er nie einen Kranken entführt – das konnte böse enden.

Und was hatte er nun? Das kranke Kind eines anständigen Bürgers!

Am liebsten hätte er geschrien und getobt.

Mißmutig klappte er sein Notebook zu und ging, bevor er sich doch noch zu einer Dummheit hinreißen ließ. Nach einer Weile, als er sich etwas beruhigt hatte, betrat er eine andere Zelle und tippte Salinas' Privatnummer ein.

»Il Giardinello.«

Snake hatte die Stimme von Allen Gold, dem Vertrauten von Salinas, erwartet. Aber die Stimme, die er jetzt hörte, hatte einen starken Akzent.

»Ich bin's«, fauchte er. »Sag deinem Boß, wir haben das Paket, aber es ist defekt. Ich will ihn sprechen – sofort!«

»Defekt? Was –?«

»Das erzähle ich *ihm*. Ich sage es nur einmal.«

»Moment.«

Snake wartete, und es kam ihm wie eine Ewigkeit vor, bis der Kerl wieder an der Leitung war. »Er ist momentan nicht da, aber er ist auf dem Weg hierher. Geben Sie mir Ihre Nummer und warten Sie. Er ruft Sie so schnell wie möglich zurück.«

Snake gab ihm die Nummer des Telefons und legte auf. Er lehnte sich zurück und wartete. Er mußte sich beherrschen. Keine bissigen Kommentare während der kommenden Unterhaltung. Er mochte Carlos Salinas nicht, traute ihm nicht über den Weg und hätte nie für ihn gearbeitet, wenn er die Wahl gehabt hätte. Aber man schnauzte den Mann nicht an, der seine Finger in fast allen Drogengeschäften östlich des Mississippi hatte.

21

Es stank. Carlos Salinas konnte in dieser dicken, feuchten schwefelhaltigen Luft kaum atmen. Das grelle Licht der 600-Watt-Natriumdampflampen bohrte sich durch die Sonnenbrille in seine Augen.

Und doch, Carlos Salinas war beeindruckt. Tief beeindruckt.

Er war in dieses kleine Appartement im Südosten Washingtons gekommen, um eine Geschäftsmöglichkeit zu inspizieren. Statt dessen hatte er ein Wunder entdeckt.

»Beachten Sie meine Zwerghybriden«, bemerkte ihr Gastgeber, ein schlaksiger und bärtiger Exhippie mittleren Alters, der einen Cowboyhut trug und sich stets nur als Jeff vorstellte. Carlos wußte, daß er Henry Walters hieß, fünfundvierzig Jahre alt war, am DuPont Circle wohnte und den größten Teil seines Lebens als unabhängiger Dealer von Halluzinogenen verbracht hatte. »Ich nenne sie ›Lizard King Indica Hybrid‹. Sehen Sie sich die Knospen an. Ich habe diese Babys erst vor knapp sechs Wochen geklont, und man könnte jetzt schon mit der Ernte beginnen.«

Carlos starrte verwundert auf die »grüne See«, wie Jeff es nannte. Der ganze Raum wurde von fast fünfzig Zentimeter großen Pflanzen mit gezähnten Blättern und haarigen Blütenkelchen ausgefüllt. Sie bewegten sich leicht in der sanften Brise, die von drei surrenden Ventilatoren erzeugt wurde. Die Pflanzen drängten sich in Babyplanschbecken aus Plastik, die wiederum auf Metalltischen standen. Jalousien, Klebebänder und dichte Vorhänge dichteten die Fenster ab. Plastikschläuche schlängelten sich von Pflanze zu Pflanze und belieferten sie mit Wasser und Düngemittel; Heizschlangen wärmten ihre Wurzeln, und die Natriumdampflampen badeten sie zwölf Stunden am Tag in künstlichem Sonnenlicht. Ein großer Metalltank reicherte die Luft mit Kohlendioxyd an, um das Wachstum zu beschleunigen.

»Das Genialste daran ist, daß alles computergesteuert läuft«, sagte Jeff. »Der ganze Raum ist mit Sensoren ausgerüstet, die Licht, Temperatur, Luftfeuchtigkeit, CO_2 und Wasserstand überwachen. Das Computermodem ermöglicht es, jede einzelne meiner Pflanzen von einer Telefonzelle aus zu kontrollieren, und über eine smarte Schnittstelle kann ich sogar kleine Korrekturen über das Telefon vornehmen. Das Appartement ist zudem mit Bewegungsmeldern ausstaffiert, sollte hier jemand einbrechen. Und schlußendlich sind meine Computer mit Deicide infiziert, einem Virus, der die Festplatte löscht, sollte sich ein Unbefugter Zugang verschaffen wollen.«

»Sie scheinen ja an alles gedacht zu haben«, sagte Carlos. Er war schweißgebadet. Männer seines Körpergewichts waren eben nicht für einen Besuch im Dschungel geschaffen. Trotz seines Unbehagens war er fast hypnotisiert von der sanft schwingenden Bewegung der Blätter und der Blütenkelche. Sie schienen fast … glücklich zu sein. Wo waren Pflanzen jemals so gut behandelt worden?

Einen Moment lang überwältigte ihn eine Welle der Nostalgie. Am Anfang seiner Karriere im Drogenhandel hatte Marihuana gestanden. Unzählige mondlose Nächte hatte er am Strand westlich von Cartagena verbracht und Ballen um Ballen Columbian Red von Lastwagen auf Schiffe verfrachtet, die zur amerikanischen Golfküste fuhren. Die ›redlichen Barsche‹, wie sie genannt wurden, waren der profitabelste ›Fang‹ der Schleppnetzfischer damals in den frühen Siebzigern, als Amerikas heimischer Marihuanaanbau noch in den Kinderschuhen steckte.

Schmuggel … es lag ihm einfach im Blut. Schließlich war er ein *paisa*. Seine Vorfahren hatten im siebzehnten Jahrhundert das spanische Baskenland verlassen und sich in der Provinz von Antioquia in den Anden, in der Gegend des späteren Medellin, ansässig gemacht. Als dann Spanien in Kolumbien den Goldpreis bestimmte, hatten seine Ahnen das Gold nach Jamaika geschmuggelt, wo sie einen höheren Marktpreis erzielen konnten. Im Laufe der Jahrhunderte hatte sich in Antioquia eine Tradition entwickelt: Kaffee, Smaragde und Chinin wurden aus dem Land geschmuggelt; Elektronik, technische Geräte und Parfum wurden an den räuberischen Importzöllen vorbei hereingeschwindelt.

Gemäß einer anderen *paisa*-Tradition hatte ihn sein Vater im Alter von sechzehn Jahren aus dem Haus geworfen: Wenn du Erfolg hast, schick Geld; wenn du scheiterst, komm nie zurück.

Carlos hatte Erfolg gehabt.

»Ja, die Technologie ist hervorragend«, sagte Jeff und holte Carlos in die Gegenwart zurück. »Aber die Pflanzen sind geradezu ehrfurchtgebietend – vier Pfund feinstes Marihuana pro hundert Stück. Das ist kein Maui Zowie, verstehen Sie? Das Zeug, mit dem ich in den Sechzigern zu rauchen angefangen habe, war höchstens ein Prozent THE. Lizard King ist Connaisseur-Stoff, Mann – in der Analyse hat es vierzehn Prozent gebracht. Erzeugt ein göttliches *high*! Bringt pro Unze im Minimum fünfhundert Scheine.«

»Wie viele Pflanzen sind in diesem Raum?« fragte Carlos.

»Zweihundert.«

Carlos warf Allen Gold, seinem hageren und ausgekochten Monetenzähler, einen kurzen Blick zu. »Allen?«

Gold, von Kopf bis Fuß in Armani gekleidet, stand in der Nähe der Tür und hatte die Arme vor der Brust verschränkt. Die Natriumdampflampen wurden von seinem blonden Haar und der Goldrandbrille reflektiert.

»Das macht vierundsechzigtausend pro Ernte«, sagte er ohne zu zögern. »Bei circa acht Ernten pro Jahr schätze ich eine halbe Million pro Jahr und Raum.«

Carlos sah Jeff an. »Damit läßt sich's doch leben. Wozu brauchen Sie mich?«

»Ich möchte expandieren«, sagte Jeff. »Sehen Sie, Gras ist eine Industrie, da stecken mehr als dreißig Milliarden Dollar drin. Ich kann gar nicht schnell genug produzieren, um meine Kunden zufriedenzustellen. Ich möchte in Lagerhallen umziehen.« Er breitete die Arme über seinem kleinen Dschungel aus, als wolle er ihn segnen. »Stellen Sie sich vor, Mann – zwanzigtausend Quadratmeter ›grüne See‹. Kosmisch!«

»Sie haben wohl keine Angst, daß Präsident Winston Ihre Ernte legalisieren könnte?«

»Ach, niemals. Dies ist eine Wachstumsindustrie, und ich brauche einen Banker – jemanden mit guten Verbindungen ... Sie wissen ja, wegen der Sicherheit und so. Sie sind mein Mann.«

Allens Handy piepste, bevor Carlos antworten konnte. Er sah, wie ein besorgter Blick über das Gesicht des jungen Betriebswirts huschte, während er äußerst einsilbig in das Telefon murmelte.

»Alles okay?« fragte Carlos und drehte sich zu ihm um.

»Es ist Llosa«, antwortete Allen. »Er hatte soeben einen Anruf Ihres neuen Auftragnehmers. Irgend etwas wegen eines defekten Pakets. Er besteht auf Ihren sofortigen Rückruf.«

»Defekt?« Carlos verspürte plötzlich eine Beklemmung in der Brust. War etwas schiefgegangen? War das Kind verletzt worden? Er betete, daß ihm nichts passiert war.

»Llosa soll sich die Nummer geben lassen. Ich rufe ihn dann vom Büro aus zurück.« Während Gold die Instruktionen weitergab, wandte sich Carlos bereits zur Tür. »Wir müssen gehen«, sagte er.

»War's das etwa?« maulte Jeff. »Ich bin schließlich ein Risiko eingegangen, Sie hierherzubringen.«

»Wir melden uns.«

»Ich möchte aber bald eine Antwort. Schließlich werde ich auch nicht jünger.«

»Sie müssen Geduld haben«, sagte Carlos und drückte dem Mann leicht die Schulter. »Ansonsten müssen Sie sich Sorgen machen, ob Sie überhaupt noch älter werden.«

Jeff wurde unter seinem Bart bleich. »He, ich wollte doch nicht ...«

»Wir setzen uns mit Ihnen in Verbindung«, sagte Carlos mit grimmigem Lächeln. Dann trat er hinaus in die kühlere, frischere Luft des schmutzigen Hausflurs. Carlos ließ sich nicht drängen.

»Irgendwelche Details von unserem Freund, die du da drinnen nicht erwähnt hast?« fragte er Gold, als sie in seiner Limousine Platz genommen hatten und der Chauffeur den Wagen Richtung Georgetown lenkte.

Gold schüttelte den Kopf. »Nein. Ziemlich schleierhaft, die Sache.« Er klang zerknirscht. »Wie überhaupt das ganze Kidnapping. Wenn Sie mich nur ins Bild setzen würden, vielleicht könnte ich ja helfen.«

So sehr Carlos Gold auch vertraute, dieses ›Bild‹ blieb besser unter Verschluß.

»Alles zu seiner Zeit, Allen«, sagte er. »Aber sag mal, was denkst du über die kleine Demonstration vorhin?«

Carlos wollte eigentlich nicht über Marihuana sprechen – vielmehr interessierte ihn der »Defekt« des Pakets, von dem MacLaglen gesprochen hatte –, doch er hatte keine Lust, sich Allens Gejammer über sein mangelndes Vertrauen anzuhören.

»In der Größe eines Lagerhauses wäre das äußerst rentabel. Aber ich hoffe doch nicht, daß Sie investieren …«

»Nein, ich nicht«, entgegnete Carlos. »Aber ich könnte ihn mit entsprechenden Interessenten bekannt machen –«

»Und dabei mitverdienen.« Gold grinste. »So gefallen Sie mir. Einen Moment lang befürchtete ich, Sie wollten wieder in den Handel einsteigen.«

»Nein.« Carlos schüttelte den Kopf. »Ich habe in meinem Leben genug gehandelt.«

Wie viele Jahre war er in dem Geschäft gewesen? Sicher die Hälfte seines Lebens – und er konnte immerhin bereits fünfzig Jahre zurückblicken.

Seinen ersten Kontakt mit Kokain hatte er, als er sich mit seinem *paisa*-Gefährten Pablo Escobar zusammentat, der das weiße Pulver kiloweise in Ersatzreifen von Chile in die USA expedierte. Damals war Kokain noch ein kleines Geschäft gewesen, das in Chile in Heimarbeit betrieben wurde. Erst als Pinochet 1973 an die Macht gekommen war, hatte sich das geändert. Die Kokainanbauer waren nach Kolumbien in die Arme von Pablo Escobar und Jorge Ochoa geflüchtet … just in dem Moment, als in den USA der Kokainkonsum explodierte.

Kolumbien, Medellin, ja, und die ganze Welt – vor allem aber auch Carlos' Welt – waren von diesem Zeitpunkt an nie mehr dasselbe gewesen.

Carlos arbeitete als Schmuggler in ›Los Pablos‹, hatte sich jedoch mit der Zeit zum Friedensstifter der Gruppe entwickelt. Er schien ein Geschick dafür zu haben, streitende Parteien zu besänftigen, eine Übereinkunft zu erzielen und dabei beiden das Gefühl zu vermitteln, der eigentliche Sieger zu sein.

Als dann Jorge Ochoa – ›El Gordo‹ – ein Gipfeltreffen der Hauptakteure des Kokainhandels einberief, war es für Pablo Escobar nur natürlich, Carlos Salinas als Vertreter seiner Interessen zu entsenden.

Es war am 18. April 1981 gewesen – Carlos würde das Datum nie vergessen –, als er auf Ochoas privater Landebahn auf dessen Anwesen gelandet war. Der Besitz lag an der karibischen Küste, in der Nähe von Barranquilla. Jorge Ochoa – ›der fette Mann‹ – war persönlich an die

Landebahn gekommen, um sie zu begrüßen und sie zum Haupthaus zu begleiten. Hazienda Veracruz, wie Ochoa seinen Besitz nannte, hatte die Größe einer kleinen Provinz. Es gehörten ein eigener Zoo, eine private Stierkampfarena und ein Stall preisgekrönter Gangpferde – *caballos de paso* – dazu.

Die Händler waren als argwöhnisch wetteifernde Fraktionen angekommen, als Feudalherren, die heimtückisch ihre Lehensgüter verteidigten, und sie waren mit der Überzeugung abgereist, ihre Ressourcen und ihr Produkt einem Verband zu unterstellen, um gemeinsam sicherzustellen, daß die Nachschubwege in ihren größten Markt, die Vereinigten Staaten, weit offen blieben.

Später sprach man in Amerika davon, daß dieses Treffen die Geburtsstunde des Medellin-Kartells gewesen sei. Stimmt, schätzte Carlos, aber sie selbst hatten sich nie als Kartell bezeichnet, sondern nur als *la compañia*.

»Rufen Sie ihn an«, befahl Carlos Llosa, als sie wenig später das kostbar ausgestattete Büro hinter seinem Restaurant betraten. Llosa wählte und reichte Carlos den Hörer des Telefons im Louis-XVI-Stil.

Als Carlos MacLaglens Stimme erkannte, ließ er ihn zunächst nicht sprechen. »Moment, wir prüfen die Leitung.«

Er signalisierte Llosa, die Leitung zu testen. Llosa war darin Experte.

Carlos wuchtete seine zweihundertachtzig Pfund in seinen überdimensionalen Stuhl und wartete. Sein Rücken brachte ihn um.

Obwohl nur eine Handvoll Personen Carlos' Privatnummer kannten, hatte er seit Jahren keine Telefonate mehr angenommen. Wer konnte schon sagen, wo sie herkamen? Carlos' Nachforschungen hatten ihm bestätigt, daß MacLaglen ebenso umsichtig war. Aber auch öffentliche Telefone waren nicht mehr sicher. Amerika wurde langsam zu einem faschistischen Staat. Fast so schlimm wie sein Heimatland.

Daher rief er immer zurück, rief jedoch *niemals* ein Mobiltelefon an, und er benutzte ausnahmslos seine Sicherheitsleitung. Selbst sein eigener Anschluß war ihm suspekt, deshalb ließ er ihn auch ständig überprüfen.

Carlos fragte sich, welches seiner Lieblingstelefone MacLaglen wohl im Moment benutzte. Er kannte die meisten Gewohnheiten des Mannes, seine bevorzugten Hotellobbys und Telefonzellen, seine Komplizen, Paulie DiCastro und Poppy Mulliner. Höchstwahrscheinlich wußte Carlos mehr über Michael MacLaglen als sonst ein Mensch auf der Welt.

Carlos hätte auch einen seiner *paisa*-Freunde für diesen Job einsetzen können. Schließlich war Kidnapping eine kolumbianische Spezialität. Doch er hatte sich für einen Amerikaner entschieden. Sollte etwas schiefgehen, waren wenigstens keine Landsleute im Spiel.

Carlos war auf MacLaglen aufmerksam geworden, als dieser einen Waffenschmuggler entführt hatte, mit dem Carlos gelegentlich zusammenarbeitete. Danach ließ er MacLaglen bei der Arbeit beschatten und beobachtete, wie er einen Videoschmuggler entführte. Gute Arbeit. Er hatte Talent. Das war sein Mann.

Llosa blickte von den Lichtern und Skalen seiner Scanner-Box auf und nickte. Carlos drückte die Aufnahmetaste, ehe er sprach. »Also, Miguel, ich höre, Sie haben das Paket. Ich bin entzückt, daß die erste Phase abgeschlossen ist.«

Saubere Leitung oder nicht, Carlos hatte es sich angewöhnt, sich am Telefon stets möglichst diffus auszudrücken.

»Ja. Alles glattgelaufen. Aber der Inhalt ist defekt.«

»Das hörte ich bereits. Was ist passiert?«

»Schon mal was von Epilepsie gehört?«

»Epilepsie?« Carlos strich über seinen Schnurrbart und warf Gold einen Blick zu. *Epilepsie?* Er wußte, daß Menschen nach zu hohem Kokaingenuß Anfälle bekommen konnten. Aber ein Kind? »Sie wollen sagen, sie ist Epileptikerin?«

Gold stand am Fenster, hob achselzuckend die Hände und bedachte Carlos mit seinem Mir-sagt-ja-keiner-was-Blick.

»Genau, verdammt!« fauchte MacLaglen. »Warum wußte niemand davon?«

Berechtigte Frage, dachte Carlos. Er hatte beachtliche und tiefgreifende Informationen über den Präsidenten und seinen Freund, den Doktor, bekommen, und das alles kostenlos. Daß etwas derart Wichtiges übersehen worden war, ärgerte ihn. Na ja, dachte er, man bekommt eben, wofür man bezahlt.

»Wußte etwa jemand davon?« fragte MacLaglen, und Carlos konnte den Zorn in seiner Stimme hören. »Haben Sie nur vergessen, es mir mitzuteilen?«

»Beruhigen Sie sich, Miguel. Es war keine böse Absicht, es wurde schlichtweg übersehen. Schließlich ist es eine Sache, die wohl kaum jemand gern zur Sprache bringt. Für einen Mann mit Ihren Talenten dürfte das aber doch keine unüberwindliche Schwierigkeit darstellen.«

»Hören Sie auf damit. Das ist eine Riesenstümperei. Inkompetenz an der Basis. Gibt es noch etwas, was wir nicht wissen, Señor?«

»Ich habe tiefstes Vertrauen zu Ihnen, Miguel. Ich bin sicher, Sie schaffen das.«

»Für mich bedeutet das, daß ich ausgiebigeren Kontakt mit der Herkunft des Pakets aufnehmen muß. Dadurch vergrößert sich die Schnittstelle. Je mehr Kontakt, desto höher die Chance, daß etwas schiefläuft.«

Carlos wurde allmählich ungeduldig. Zeit, MacLaglen auf seinen Platz zu verweisen. »Ich habe vier Worte für Sie, Miguel: Werden Sie damit fertig.«

Eisiges Schweigen am anderen Ende der Leitung. Sekundenlang beließ es Carlos dabei. Das war die Peitsche, jetzt kam das Zuckerbrot.

»Übrigens«, fuhr er dann etwas herzlicher fort, »Ihre zweite Rate ist fällig. Sie können sie heute abholen, dann bekommen Sie auch Informationen zu Phase zwei.«

»Ich werde gegen fünf Uhr kommen.«

Dann war die Leitung tot.

»Manejate!« rief Carlos. »Unser Freund ist verstimmt.«

»Zu Recht«, entgegnete Gold. »Das ist nicht zu entschuldigen. Man hätte es uns sagen müssen.« Er zuckte die Achseln. »Aber es hätte ja noch schlimmer kommen können. Wäre sie Diabetikerin, hätte MacLaglen lernen müssen, Insulinspritzen zu verabreichen.«

Gold hatte recht: Es hätte schlimmer kommen können, und es war *nicht* entschuldbar. Mangelhafte Informationen konnten alles ruinieren. Carlos hätte dem Verantwortlichen gern die entsprechende Strafe zukommen lassen, doch das war unmöglich, nicht bei einem derartig hohen Regierungsbeamten der Vereinigten Staaten.

»MacLaglen kommt später vorbei, um seine zweite Rate zu holen.«

»Okay«, sagte Gold und kritzelte eine Notiz in seinen Terminkalender, den er stets bei sich hatte. »Wie viele weitere Raten?«

»Eine.«

Gold pfiff. »Der braucht eine Schubkarre, um die letzte in bar zu transportieren.«

»Er wird keinen Penny davon sehen, bis alles vorbei ist.«

»Kommen Sie schon, Carlos. Worum geht es denn bei diesem Kidnapping? Welches Ziel verfolgen wir damit?«

»Alles zu seiner Zeit, Allen.«

Er fragte sich, ob er Allen jemals sagen würde, daß es sein Ziel war, Präsident Winston entweder tot oder seines Amtes enthoben zu sehen.

Carlos seufzte und lehnte sich zurück. Er drückte einen Knopf, um die automatische Bandscheibenmassage einzuschalten. Wärme und weich gepolsterte Noppen linderten seine ständigen Rückenschmerzen. Mmm, gut.

Es war unangenehm, die ganze Last alleine tragen zu müssen, doch die Sache war viel zu brisant, um jemanden einzuweihen, nicht einmal Allen.

Ich hätte ablehnen oder lieber gleich meinen Mund halten sollen, als ich von Winstons Legalisierungsplänen hörte.

Aber wie hätte er Stillschweigen bewahren können? Was den Drogenhandel bedrohte, bedrohte ihn persönlich.

Und *la compañia* war noch mehr bedroht.

Wäre er nur nicht *El Mediador* gewesen!

Diesen Titel hatte er 1981 nach dem Drogengipfel auf der Hazienda Veracruz bekommen. Carlos hatte damals Jorge Ochoa tief beeindruckt, und zwar so sehr, daß El Gordo immer dann nach ihm rief, wenn er jemanden brauchte, um die nur allzu häufig aufflackernden Rivalitäten der Untergruppen zu beschwichtigen.

Also wurde er *El Mediador* – der oberste Vermittler der *compañia*. Er verhandelte mit kleinen Fischen und hohen Tieren. Mit *cara de Pina* Noriega arrangierte er den Bau von Kokainlaboratorien in den Dschungeln im Süden von Panama. Später bezahlte er die Sandinisten für die Erlaubnis, ihre Flugplätze zum Auffüllen der Tanks kokainbeladener Flugzeuge benutzen zu dürfen. Carlos' eigene Bezahlung bestand stets aus dem Produkt selbst, das er durch sein eigenes Verteilungssystem in Miami vertrieb. Alles hatte sich wunderbar entwickelt.

Doch dann war 1988 der sogenannte ›Kartell-Krieg‹ ausgebrochen, und das Blutbad war durch nichts mehr zu verhindern gewesen. Carlos hatte versucht, die Botschaft in ihre dicken Köpfe zu hämmern, ihnen klar zu machen, daß es genug Geld für jeden zu verdienen gab, aber keiner hatte auf ihn gehört. Sein alter Freund Pablo Escobar hatte verrückt gespielt und sowohl dem rivalisierenden Cali-Kartell als auch der kolumbianischen Regierung den Krieg erklärt. Das Blut war buchstäblich durch die Straßen von Medellin geflossen.

Carlos Salinas hatte das Gemetzel mit wachsendem Unbehagen beobachtet. Zu der Zeit hatte er gerade die schöne Maria geheiratet und hätte sie gerne aus der Schußlinie gehalten. Aber was konnte er alleine schon ausrichten?

Damals hatte Carlos beschlossen, aus seinem Ruf als *El Mediador* ein Geschäft zu machen und einen Hilfsservice aufzubauen.

Dazu brauchte er jedoch einen Berater. Als er von einem jungen Betriebswirt vom Wharton College namens Allen Gold hörte, der wegen eines Betrugsdelikts in Zusammenhang mit Kokain festgenommen worden war, holte er ihn aus dem Gefängnis und stellte ihn ein. Mit Hilfe verschiedener Strohfirmen, die alle von Gold aufgebaut worden waren, begann Carlos, groß in die Aktien kleiner, unabhängiger Banken an der ganzen Ostküste zu investieren. Sobald er die Anteilsmehrheit hatte, manövrierte er seine eigenen Leute auf die Direktorensessel.

Das war sein genialster Schachzug gewesen. Sogar während der Zeit des Kartell-Kriegs floß der weiße Puder ebenso unvermindert wie der Profit. Und all das schmutzige Geld mußte gewaschen werden. Wem sollte man mehr vertrauen als *El Mediador,* Carlos Salinas?

Seine Fertigkeiten als Vermittler waren selbst dann noch gefragt, als die Cali-*Compañia* Medellin ins Abseits drängte. 1992 nahm Miguel Rodriguez Orejuela, ein Cali-Führer, seine Dienste in Anspruch, um NAFTA durch den Kongreß zu bekommen. Carlos zog in die Umgebung von Washington, D. C., und stellte sicher, daß das Geld der Cali-*Compañia* in die richtigen Taschen floß. Natürlich blieb auch bei ihm etwas hängen, und er strich schöne Summen ein, als die Gesetzesvorlage endlich verabschiedet war.

Freier Handel ... geradezu wunderbar. Keine der Küste vorgelagerten Flugplätze, keine riskanten Nachtflüge mehr. Von nun an konnten die Mexikaner Tag für Tag lastwagenweise die kolumbianische Ware nach Texas transportieren.

Und mit der Zeit lernte Carlos Salinas Washington schätzen. Es war ein viel bequemeres Operationszentrum für sein Bankgeschäft, als es Miami je gewesen war. Nicht zuletzt deswegen, weil er während der legislativen Machtkämpfe eine Menge einflußreicher Freunde gewonnen hatte.

Das Leben wurde immer schöner. Der Kokainhandel veränderte sich jährlich – na und? Kokain-Prinzen kamen und gingen, Pablo Escobar war tot, und die meisten Führer der Cali-*Compañia* saßen im Gefängnis – aber Carlos Salinas war immer noch im Geschäft. Hatten die Verhaftungen und die Morde den Handel beeinflußt? Nicht ein Jota. Das einzige Ergebnis war die Konsolidierung der Macht der kolumbianischen *Compañias* in den Händen weniger – hauptsächlich in denen von Emilio Rojas –, aber was machte das schon. Solange Drogen illegal blieben, mußte das Geld gewaschen werden.

Und Carlos war hier, um zu helfen ... gegen eine kleine Beteiligung natürlich.

Für seine Hilfestellung bei der aktuellen Sache würde er jedoch keine Beteiligung bekommen. Statt dessen hatte man ihm eine hübsche, runde Summe geboten, um Präsident Winston an der Durchführung seines Plans zu hindern: eine Milliarde Dollar.

Hatte er Erfolg, würde er gigantisch reich sein.

Er würde eine Legende werden.

Falls er Erfolg hatte.

An ein *Falls* durfte er gar nicht denken, nur an das *Wann*.

Sollte er nämlich scheitern ...

Lieber nicht daran denken. Lieber daran denken, wie ihm die Möglichkeit, eine Legende zu werden, vor etwa zehn Wochen in den Schoß gefallen war, als er den ersten einer ganzen Serie von anonymen Anrufen erhielt. Zwar hatte der Anrufer einen Stimmverzerrer benutzt, doch

Carlos hatte sehr bald herausgefunden, wer es war. Er war schockiert gewesen. Kein Geld der Welt hätte den Mann kaufen können, und doch lieferte er ihm Informationen über den Präsidenten. Anfangs hatte ihm Carlos nicht geglaubt. Drogen legalisieren? *Alle* Drogen? Unmöglich ... *undenkbar!* Niemals! Mußte ein Trick sein, Teil eines Plans, um ihm eine Falle zu stellen.

Carlos gab die Geschichte, zusammen mit seinen Befürchtungen, an Emilio Rojas, den momentanen Kopf der Cali-*Compañia* weiter.

Zunächst spottete Rojas, stellte aber dann Nachforschungen an, wobei er Quellen, die bis ins Weiße Haus reichten, anzapfte.

Und Rojas fand heraus, daß die Information der Wahrheit entsprach. Nicht nur Marihuana und LSD, nein, *alle* Drogen. Auch Kokain.

Und wie sie damals über diesen verrückten Präsidenten gelacht hatten! Das amerikanische Volk würde seine Idee doch niemals akzeptieren. Als jedoch Carlos' hochkarätiger Verräter aus dem Weißen Haus weitere Informationen lieferte, stellte die *compañia* eigene Ermittlungen an. Das Ergebnis jagte ihnen eine Heidenangst ein.

Emilio Rojas reiste selbst in die USA, um Carlos zu treffen. Emilio kam *hierher*!

Carlos erinnerte sich, wie sie beide allein in ebendiesem Raum gesessen hatten und er mit flauem Magen zugehört hatte. Rojas hatte ihm erklärt, daß Präsident Winston seinen Plan, der niedrigere Kriminalitätsraten und niedrigere Steuern versprach und außerdem auf die Unterstützung der Massenmedien, der pharmazeutischen Industrie und der Tabakländer bauen konnte, sehr wohl durchsetzen könnte. Möglich, daß die Legalisierung vorerst nicht alle Drogen betreffen würde, aber es wäre der Anfang vom Ende der Anti-Drogen-Gesetze.

Und früher oder später würde der Rest der Welt dem Beispiel Amerikas folgen.

Rojas gab zu, daß die *compañia* anfangs in Panik geraten war. Dann hatten sie sich zusammengetan und Pläne geschmiedet. Sie hatten diverse Möglichkeiten in Erwägung gezogen, wobei sie keine Kosten scheuten. Warum auch? Monatlich flossen Milliarden von Dollar in ihre Kassen; Geld spielte also keine Rolle.

Obwohl sich Rojas Mühe gegeben hatte, ruhig und zuversichtlich zu wirken, hatte Carlos seine Angst, seinen Zorn gespürt. Das war keine Balgerei um das größere Stück Torte – das war ein Kampf ums Überleben. Dieser Emporkömmling, dieser Gringo Thomas Winston, konnte ihre globale Machtposition mit einem Federstrich auslöschen.

Carlos und Rojas waren sich einig, Winston mußte Einhalt geboten werden. Aber wie?

Ihr erster Gedanke war eine Kugel, doch diese Möglichkeit verwarfen sie sogleich wieder. Mord würde einen Märtyrer aus Winston machen – und das war das letzte, was sie anstrebten. Sie konnten die Ansprachen förmlich hören: Ein heroischer Präsident wurde von niederträchtigen Drogenbossen ermordet. Wir werden seinen kühnen Plan in die Tat umsetzen und diesen mächtigen, anmaßenden Kriminellen ein Ende bereiten, die nicht davor zurückschreckten, den Präsidenten der Vereinigten Staaten von Amerika zu töten, um sich ihren Profit zu erhalten. Laßt uns gemeinsam gegen die Macht der Drogenbosse kämpfen. Wir wollen das Engagement unseres ermordeten Präsidenten ehren! Laßt uns die Drogen endlich legalisieren!

Nein, als Märtyrer wäre Winston ein noch mächtigerer Feind als gesund und lebendig in Amt und Würde. Sie mußten einen Weg finden, der nach Unfall oder Selbstverschulden aussehen würde.

La compañia wühlte in Winstons Vergangenheit und betrachtete sie mikroskopisch genau. Sie fanden zahlreiche Fälle jugendlicher Ausgelassenheit, aber nichts, was ihn diskreditiert hätte. Es war hoffnungslos erschienen, bis ...

... ja, bis Carlos' geheimnisvolle Kontaktperson eine Information lieferte, von der Winston angenommen hatte, er hätte sie vernichtet. Irgendeine US-Behörde hatte sie während der Prüfung seines Lebenslaufs anläßlich seiner ersten Kandidatur für das Amt des Präsidenten ausgegraben und aufbewahrt.

Carlos hatte ihr wenig Bedeutung beigemessen.

Aber sie hatte sich als *äußerst* brauchbar entpuppt.

Und so hatten Carlos und Rojas in diesem abhörsicheren Raum gesessen und hatten einen phantastischen und grausamen Plan ausgeheckt ...

»Es geht um die Drogenlegalisierung, nicht wahr?« fragte Gold und riß Carlos aus seinen Tagträumen.

»Was hast du gesagt?«

»Das Kidnapping. Es ist doch schon seit Wochen geplant. Und kaum geht der Präsident mit seinem Plan an die Öffentlichkeit – schwupp! –, schon rufen Sie MacLaglen an. Da muß doch ein Zusammenhang bestehen.«

War das so offensichtlich? fragte sich Carlos, als er seine Massen aus dem Stuhl hoch stemmte und begann, im Büro herumzustapfen.

Oder war Gold einfach *zu* klug? Gerade wegen seiner Klugheit hatte ihn Carlos ja engagiert. Er wußte, Allen würde von dem Plan gegen seinen Präsidenten nicht schockiert sein, aber je weniger Leute davon wußten, desto sicherer. Ein altes *paisa*-Sprichwort lautete: Drei Männer können ein Geheimnis bewahren ... wenn zwei davon tot sind.

Carlos blieb vor einer gerahmten Fotografie mit Autogramm von Präsident Nixon stehen. Sie war zwar jemand anderem gewidmet, aber das zählte nicht. Der *Mann* zählte.

»Ich mache mir keine Sorgen wegen einer Memme wie Thomas Winston. Er hat keinen Mut.« Er deutete auf Nixons Foto. »Wie kann er die Frechheit besitzen, im selben Büro zu sitzen wie *dieser* Mann? *Das* war ein Präsident.«

»Nixon?« rief Gold, wobei seine Stimme eine Oktave nach oben sprang. »Er war ein Idiot.«

Carlos wirbelte so schnell herum, wie es ihm bei seinem Umfang möglich war, und richtete drohend den Finger auf Gold.

»Wenn du von diesem Mann sprichst, zeigst du gefälligst Respekt! Er ist der Präsident, der 1972 als erster den Drogen den Krieg erklärte. Du stündest nicht hier, hätte er das nicht getan. Du würdest nicht in Designeranzügen herumlaufen und deutsche Sportwagen fahren, die dir ja soviel bedeuten. Diesem Mann verdankst du alles – ihm und allen Präsidenten nach ihm, die seinen Krieg fortgeführt haben. Das waren *Männer.*«

Carlos wandte sich wieder dem lächelnden Konterfei Nixons zu und betrachtete es. »Warum kann Winston nicht sein wie alle anderen? Einfach ihren Spuren folgen? Aber nein. Er ist ein feiger *hijo de puta,* der alles ruinieren wird!«

»Er hat doch keine Chance«, versuchte Gold ihn zu beruhigen. »Das einzige, was er ruinieren wird, ist seine politische Karriere.«

Wenn du wüßtest, was ich weiß, dachte Carlos.

Er ließ sich wieder in seinen Stuhl plumpsen. Die automatische Massage lief immer noch. Wieder brachte er seine Bandscheiben in die optimale Position, empfand aber nur wenig Erleichterung. Er mußte die kleine Chinesin rufen lassen, Baumblüte oder wie sie sich nannte. Sie war die einzige, die seine Schmerzen lindern konnte. Wenn sie mit ihren zarten Füßen seine Wirbelsäule rauf und runter trippelte und ihn mit ihren Zehen massierte, fühlte er sich dem Himmel nahe ... fast wie bei seiner Frau.

Der Gedanke an Maria machte ihn traurig. Er hatte sie bei einem Besuch zu Hause kennengelernt. Damals war sie ein Mädchen gewesen, fast noch ein Teenager, reines *paisa*-Blut, wie er selbst, kein kolumbianisches Blut. Konnte ihren Stammbaum bis nach Spanien zurückverfolgen. Das erste Mal im Leben hatte Carlos die Liebe kennengelernt. Er hatte ihr den Hof gemacht, sie geheiratet und sie mit in die USA genommen. Zehn Jahre lang war er selig gewesen.

Dann hatte sich Maria plötzlich verändert. Sie war launisch und unzufrieden geworden, schließlich sogar aus dem gemeinsamen Schlafzimmer ausgezogen. Und dann, vor drei Wochen, hatte sie die Koffer gepackt und sich ein Haus in Georgetown gemietet.

Bis zu diesen Zeitpunkt hatte Carlos sich nicht vorstellen können, daß ihn eine Frau derartig niederschmettern konnte. Aber noch war nicht alles verloren. Es war nur eine Frage der Zeit, dann würde sie zurückkommen. Er könnte sie natürlich zurückbringen *lassen,* aber was hätte das für einen Sinn? Er wollte sich nicht als ihr Wärter aufspielen. Er war jedoch ihr Wachhund, denn er ließ sie rund um die Uhr beschatten.

»Was gibt's Neues von der P-Street?« fragte er Allen.

Allen zuckte die Schultern. »Sie geht einkaufen. Geht in Museen. Geht wieder einkaufen. Geht in Bibliotheken. Sie hat einen Kurs an der Georgetown University belegt. Sie –«

»Welchen Kurs?«

»Irgendwas aus dem Programm für Frauen. Ich habe den exakten Titel in meinen Aufzeichnungen. Soll ich –?«

»Bemüh dich nicht«, seufzte Carlos. »Kein anderer Mann?«

Allen schüttelte den Kopf. »Auch keine Frau. Sie kommt mir vor wie eine Nonne – mit einer AmEx-Karte.«

Carlos knetete frustriert die fleischigen Hände. *La perra!* Er konnte einfach nicht begreifen, was in ihr vorging.

Und doch, er ahnte den Grund. Er kannte das Problem: die USA. Sie hatte sich korrumpieren lassen. Sie war eine *Amerikanerin* geworden. Er mußte sie wegbringen, weg von den Talk-Shows, den Seifenopern und Hochglanzmagazinen, die ihr Flausen in den Kopf gesetzt hatten. Er mußte sie nach Hause bringen ... nach Kolumbien ... ob sie wollte oder nicht. Wenn er den Job hier abgewickelt hatte, wenn er ein Milliardär war. Dann würde er einen Landsitz kaufen wie Jorge Ochoas Hazienda Veracruz, würde prächtige *caballos de paso* züchten, wie es Marias Vater getan hatte. Dort, in ihrem Heimatland, würde sie schon wieder Vernunft annehmen. Sie würde wieder seine Maria werden.

Alles war davon abhängig, Präsident Winston zu Fall zu bringen. Alles hing davon ab, diesen *cabrón* loszuwerden.

Carlos griff nach der Fernbedienung. Das riesige Großwandgerät erwachte summend zum Leben. Er sah zwei vage bekannte Politiker, einen Schwarzen und einen Weißen, die hinter einem Podium standen. Es schien eine Pressekonferenz zu sein.

»O Gott! Das sind ja Jessup und Wagner, Seite an Seite! Sehen Sie nur!« rief Gold. »Politik vereint doch die erbittertsten Feinde!«

Die Bildunterschriften identifizierten den Afroamerikaner als »Abgeordneter Floyd Jessup (Demokrat – New York)«, den Weißen als »Abgeordneter Quincy Wagner (Republikaner – South Carolina)«. Sie übertrafen sich gegenseitig in ihren harten Worten gegen den Präsidenten. Der Abgeordnete Jessup sprach von einem »Genozid auf einer Ebene, von dem Adolf Hitler nur geträumt hatte«, während Wagner vor der »Zerstückelung des moralischen Rückgrats des amerikanischen Volkes« warnte.

Gold lachte. »Das ist das erste Mal, daß die beiden einer Meinung sind. Das ist geradezu unheimlich!«

»Allen«, sagte Carlos. »Finde die Adressen der Wahlkampforganisatoren dieser beiden heraus und stelle ihnen je einen Scheck über zweitausend Dollar aus. Sie sollen ihre ausgezeichnete Arbeit fortsetzen und den Drogen weiterhin den Kampf ansagen.«

Gold grinste. »Ich liebe es! Diese Ironie!«

»Und ich liebe Sicherheiten!«

Carlos zappte durch die Kanäle, obwohl er gar nicht wußte, wonach er eigentlich suchte. Etwas, was ihm ein Gefühl für die Stimmung im Volk vermittelte. Die *compañia* hatte diese heftigen Reaktionen am Anfang vorhergesehen. Ihnen würde eine Phase der Abkühlung folgen, wenn die Gaukler in Medien und Verwaltungsapparaten beginnen würden, ihren Zauber über Öffentlichkeit und Kongreß auszustreuen.

Carlos hielt inne, als er auf einen Sender stieß, der einen Mann auf einer Bühne zeigte. Hinter ihm prangte ein großes Schild mit dem Wort DROGEN in einem roten Kreis, quer darüber leuchtete ein breiter, roter Balken. Am unteren Bildschirmrand war eine Telefonnummer eingeblendet. Carlos erkannte Reverend Bobby Whitcomb. Jedermann kannte ihn. In den vergangenen Jahren hatte er bei christlichen Fundamentalisten mehr und mehr Einfluß gewonnen. Im Hintergrund der Bühne sah man in Dreierreihen hektische Telefonisten sitzen.

»Sieht aus wie ein Telefon-Marathon«, bemerkte Gold.

Reverend Whitcomb stand auf Zehenspitzen wippend am Bühnenrand, preßte sein Mikrofon an die Lippen, seine freie Hand krallte sich in die Luft, und er schien buchstäblich Schaum vor dem Mund zu haben.

»... und ich sage euch, wir werden unter den Augen des Herrn nicht leben, nicht arbeiten und nicht spielen können, wenn wir das zulassen. Wir werden nicht erhobenen Hauptes vor unseren Herrn treten können, wenn unsere Zeit gekommen ist. Der Herr wird für unsere Gebete nur taube Ohren haben, wenn wir diesen nichtswürdigen Mann nicht aus dem Weißen Haus jagen! Wenn wir diesem Mann, dem Führer unserer Nation, unsere Anerkennung nicht entziehen!«

Die Studiogäste sprangen auf und rissen jubelnd die Arme in die Höhe.

»Und deshalb spenden Sie *jetzt*! Spenden Sie, soviel Sie können, damit wir unsere Petitionen einreichen können, damit wir unsere Diakonie in jeden Winkel unseres Landes schicken können, um Unterschriften zu sammeln zur Unterstützung des Absetzungsverfahrens gegen Präsident Thomas Winston!«

Während der nächste wilde Jubel losbrach, wandte sich Allen an Carlos.

»Absetzen! Sie müssen mich ihm eine Spende zukommen lassen! Eine große! Das muß ich einfach!«

»Wie groß?«

»Zehn. Sie wollen Sicherheiten, hier ist die beste Möglichkeit, sich diese zu verschaffen.«

Carlos war verblüfft. »Zehn Mille? Wofür?«

»Ich muß schon eine fünfstellige Zahl bieten, um seine Aufmerksamkeit zu erregen. Sie werden sehen! Das wird ein Knüller!«

»Na gut. Mach schon.«

Auf der Bühne sang ein Chor in langen Gewändern »The Battle Hymn of the Republic«, während Gold die gebührenfreie Nummer wählte. Als er zu sprechen begann, hatte er plötzlich einen starken Südstaaten-Dialekt.

»Hallo? Spreche ich mit Reverend Whitcomb? Also, ich will mit dem Reverend selber sprechen. Sagen Sie mir nicht, daß das nicht möglich ist, Darling. 'türlich is das möglich. Ich hab zehn Mille, dann ises doch möglich! Ja, stimmt. Zehn Mille, damit dieser satanische, koksschnüffelnde, dopekiffende, drogenspritzende Ketzer aus dem Weißen Haus verschwindet. Aber ihr kriegt es nur, wenn ich mit dem Reverend selber reden kann. Das stimmt, ich bin Sinus ... Billy Bob Sinus. Stimmt. Das mach ich.«

Grinsend und übermütig wie ein Schuljunge legte er die Hand über die Muschel und sagte kichernd, »Es klappt. Sie holen ihn!«

Carlos fragte sich, ob sein junges Finanzgenie wohl selbst eine Prise Koks intus hatte.

Gold sprach wieder in den Hörer. »Ja? Mein'n Fernseher leiser stellen? Okay.« Wieder deckte er die Muschel zu. »Ich gehe nach nebenan. Sie sehen hier zu.«

Bevor Gold ging, drückte er den Aufnahmeknopf des Videogeräts.

Fast gleichzeitig brach der Chor inmitten des Gesangs ab, und die Kamera blendete Reverend Whitcomb ein. Sein Zorn schien vergessen, als er jetzt in die Kamera strahlte.

»Preiset den Herrn! Wir haben eine rechtschaffene Seele in der Leitung, die alles für die gute Sache zu geben bereit ist.« Er hob den Hörer ans Ohr. »Hallo? Mit wem spreche ich?«

Carlos hätte Golds Stimme fast nicht erkannt. *»Reverend Whitcomb. Sind Sie's ehrlich? Preiset den Herrn! k' das aufregend! Ich bin Billy Bob Sinus aus Washington, D. C., und ich schau mir Ihre Show immer an. Sie sind echt die Stimme des Herrn!«*

»Danke, Billy Bob.«

»Und ich will Ihr'n Kampf gegen den Satan im Weißen Haus unterstützen.«

»Der Herr wird es Ihnen danken, Billy Bob. Woran hatten Sie gedacht?«

»Ich steuere zehntausend Dollar bei.«

Das Publikum brach in frenetische Beifallsstürme aus, als Reverend Whitcomb die Arme hob und himmelwärts blickte.

»Preiset den HERRN!«

»Zeigen Sie's ihm, Reverend Whitcomb«, konnte man Gold durch den Jubel vernehmen. *»Zeigen Sie's ihm anständig, bis er wieder in die Feuer der Hölle hinunterfährt, wo er hergekommen ist.«*

»Das werde ich, Billy Bob. Und mit der großherzigen Hilfe von rechtschaffenen Menschen wie Ihnen werden wir *gewinnen*!«

»Stampfen Sie ihn ein, Reverend Whitcomb. Stampfen Sie diesen Satans-Präsidenten ein und streuen Sie Salz darüber, daß er sich nicht mehr erhebt!«

»Danke, Billy Bob. Das wird –«

»Rotten Sie den Antichrist aus, spucken Sie ihn an und –«

Die Kamera blendete wieder den Chor ein, und Sekunden später stolperte Gold laut lachend in Carlos' Büro. Er warf sich aufs Sofa, strampelte mit den Füßen in der Luft und japste nach Luft.

Carlos erlaubte sich ebenfalls ein Lachen, eine kurze Erholung von dem Druck, der sich unbarmherzig in seinen Rücken geknotet hatte.

Als Allen schließlich zu lachen aufhörte, setzte er sich auf und wischte sich die Augen.

»Oh, Mann! Ich kann mich gar nicht erinnern, wann ich das letzte Mal so viel Spaß hatte!«

»Für einen Spaß steht aber ziemlich viel auf dem Spiel, oder? Lachst du auch noch, wenn der Präsident Erfolg hat?«

»Eher geht ein Kamel durch ein Nadelöhr!«

»Das hoffe ich auch«, versetzte Carlos bitter.

Und leider konnte er sich nicht zurücklehnen und sich auf Fremde verlassen.

22

John fuhr noch eine halbe Stunde in der Stadt umher, bevor er endlich den Heimweg einschlug. Um ihn herum war alles verschwommen. Er hatte auf Autopilot geschaltet, konnte nur daran denken, ob Katie noch am Leben war und wie man sie behandelte.

Schließlich zwang er sich dazu, sich zu konzentrieren und nachzudenken. Er mußte sich Ausreden für seine Mutter einfallen lassen, warum er das Büro so früh verlassen hatte und sie heute nachmittag Katie nicht vom Schulbus abholen könnte. Die Ausreden mußten verdammt gut sein. Normalerweise genügte ein Blick, und seine Mutter wußte, daß etwas nicht stimmte.

Als er in die Einfahrt einbog, hatte er eine Erklärung für sein Kommen. Aber für Katies Aufenthaltsort …

Wenn er nur einen klaren Gedanken fassen könnte!

Kaum hatte er die Tür geöffnet, da traf ihn schon die erste Frage seiner Mutter. »John! Du – zu Hause? Ist etwas passiert?«

Er rieb sich den Magen. »Eine kleine Gastroenteritis. Der Bazillus ging in der ganzen Abteilung herum. Er hat mich erwischt, kurz nachdem ich ins Büro kam.«

»Du siehst schrecklich aus«, sagte sie und sah ihn besorgt an.

»Ich fühle mich noch viel schlimmer, als ich aussehe.«

»Soll ich dir etwas bringen? Eine Suppe vielleicht?«

»Danke. Ich könnte keinen Bissen essen.« Wenigstens das entsprach der Wahrheit. »Ich trinke einen Schluck 7-Up und lege mich hin.«

»Geh schon mal hoch. Ich bringe dir ein Glas.«

»Laß nur, ich nehme es gleich mit.«

Unter den wachsamen Augen seiner Mutter goß er sich in der Küche ein halbes Glas ein.

»Nicht so schlimm, Nana. So etwas dauert vierundzwanzig Stunden, dann ist es, als wär's nie gewesen.«

Sie stand unten an der Treppe und sah ihm nach, wobei sie sich besorgt die Hände rieb.

Was sollte er ihr nur wegen Katie erzählen? Sie war ja nicht dumm. Ihre Anwesenheit und ihre Hilfe mit Katie war zwar ein Segen, doch im Moment wünschte er, sie wäre daheim in Atlanta.

Da kam ihm ein Gedanke. Er drehte sich um. »Ich glaube, ich werde mich im Arbeitszimmer hinlegen«, sagte er. »Dort kann ich mir auf C-SPAN das Hearing des Senats ansehen.«

»Hoffentlich geht es dir bald besser«, meinte sie und rieb sich noch immer die Hände.

Im Arbeitszimmer schloß John die Tür hinter sich und steuerte direkt auf seinen Computer zu. Sein alter Dell 486 war zwar nicht mehr das Neueste auf dem Markt, war aber für seine häuslichen Bedürfnisse immer noch mehr als angemessen. Bald nachdem er den Posten im Ministerium angetreten hatte, hatte er sich mit seiner Abteilung vernetzen lassen, um seine Dokumente auch daheim einsehen zu können. Er hatte die Möglichkeit nicht oft genutzt, doch im Augenblick empfand er sie wie ein Geschenk des Himmels.

Sobald der Computer hochgefahren war, loggte er sich ins Netz des Ministeriums ein, gab seinen persönlichen Code ein und wartete auf das E-Mail-Symbol.

Keine E-Mail.

Auch gut. Ihm waren eine Menge Dinge eingefallen, die er in seiner ersten Message nicht erwähnt hatte.

Zur Sicherheit stellte er das Fernsehgerät an, schaltete auf C-SPAN und begann zu tippen.

Am dringendsten brauchte er einen Beweis, daß Katie noch am Leben war. Grauenhaft genug, daß sie in der Hand von Fremden war, aber der Gedanke, sie könnte tot sein, brachte John beinahe um.

Er mußte Gewißheit haben.

Die einzige Möglichkeit war, mit ihr zu sprechen. Wie schwer würde es wohl sein, ein Telefonat zu arrangieren und sie ein paar Worte wechseln zu lassen? Dann wüßte er, daß sie am Leben war, und könnte sich darauf konzentrieren, sie zurückzubekommen.

Er entschied sich für einen sachlichen, geschäftsmäßigen Ton.

Snake –

Addendum zu vorhergehender E-Mail. Ich muß einen Beweis haben, daß Katie am Leben ist. Sie wollen einen ›Dienst‹ von mir, okay. Als Gegenleistung will ich meine Tochter lebend und wohlbehalten zurück. Im Moment weiß ich nur, daß sie ebensogut schon tot und irgendwo vergraben sein könnte.

John lehnte sich zurück und atmete tief durch. Lieber Gott, laß das nicht wahr sein.

Ich werde keinerlei Dienste erbringen, es sei denn, Sie liefern einen überzeugenden Beweis, daß meine Tochter lebt. Tun Sie das nicht, muß ich annehmen, daß Sie sie ermordet haben. In dem Fall wende ich mich sofort an das FBI.

Er hätte gern hinzugefügt, in diesem Fall würde er alles aufgeben und denjenigen, der hinter dieser Sache steckte, bis an das Ende der Zeit und des Raumes persönlich verfolgen. Aber das hätte Snake mit Sicherheit als Provokation empfunden.

Dennoch entsprach es der Wahrheit.

Er mußte seinen Ton mäßigen und nochmals versuchen, diesem Ungeheuer klar zu machen, daß Katie ein kleiner Mensch war.

Sollte Katie noch am Leben sein, bitte behandeln Sie sie gut.

Sie ist ein heikler Esser, aber sie liebt Cornflakes, Doritos und McDonald's Cheeseburger. Sie können sich vorstellen, welch schreckliche Erfahrung das für sie ist. Sie ist verängstigt. Bitte, werden Sie nicht zornig, wenn sie viel weint. Sie hat nicht darum gebeten, entführt zu werden. =Bitte= seien Sie nett zu ihr.

Das war's. Mehr konnte er nicht schreiben, ohne vor dem Computer zusammenzubrechen. Er schickte die Message ab.

Wenn er nur den Mut hätte, das FBI zu informieren! Ob sie wohl die E-Mail zu Snakes Versteck verfolgen könnten?

Nein, er wagte es nicht. Wenn Snake schon Zugang zu seiner Telefonleitung hatte, was wußte er dann noch alles? Vielleicht ließ er ihn sogar beobachten? Er konnte das Risiko nicht auf sich nehmen, nicht, wenn Katies Leben auf dem Spiel stand.

Er stand am Fenster und sah hinaus. In der Nachbarschaft gingen die Leute aus, kamen mit ihren Einkäufen zurück, spielten mit ihren Kleinkindern oder führten die Hunde spazieren. Alle gingen ihrem normalen Leben nach, während seines komplett auf den Kopf gestellt worden war.

Merken die denn nichts? Katie ist nicht mehr da!

Es geht ihr gut, betete er sich wieder und wieder vor. Es muß ihr gutgehen!

C-SPAN berichtete über die aktuellen Ereignisse im Kongreß, und John stand am Fenster und versuchte seiner Gefühle Herr zu werden und nachzudenken, und er tat sein Bestes, um nicht laut zu schreien.

23

»Hast du das gehört?« Poppy zuckte erschrocken zusammen.

Sie saß Paulie gegenüber am Küchentisch. Zwischen den beiden lagen Reste eines Sandwiches. Poppy war noch immer wütend auf ihn, wünschte sich aber trotzdem, er würde sich den Bart abrasieren und sich die Haare wieder schwarz färben, damit er endlich wieder aussah wie ihr alter Paulie.

»Was denn?« fragte Paulie.

»Schhh!« Sie stand auf und stellte den Fernseher leiser. »Horch!«

Da war er, im Schlafzimmer, leise, der Laut, den sie am meisten gefürchtet hatte.

Gedämpftes Schluchzen.

»Sie ist wach.«

»Schau besser mal nach«, forderte Paulie sie auf.

»Warum ich? War doch deine Idee!«

»Na komm schon, Poppy. Du willst doch nicht etwa die ganze Zeit so weitermachen?«

»Ich passe nicht auf ein Kind auf. Das war nicht Teil der Abmachung.«

»Na, gut«, versetzte er. »Dann lassen wir sie eben heulen.«

Er biß in sein Sandwich und blätterte in einer Zeitschrift weiter.

Wenn er das konnte, konnte sie es auch. Sie griff zu *The Star* und öffnete sie. Sie versuchte, sich auf die Titelgeschichte über Sharon Stone zu konzentrieren, gab aber entnervt auf, als sie denselben Absatz x-mal gelesen hatte.

Ersticktes Schluchzen aus dem Nebenraum marterte ihre Nerven.

»Verdammt!« fauchte sie und schleuderte die Zeitung über den Tisch. »Du verdammter ...!«

Sie rauschte aus der Küche, schnappte sich die Roseanne-Maske vom Sofa und stülpte sie sich über das Gesicht.

Vor der Tür zögerte sie. Ein weinendes Kind. Was konnte sie denn nur mit einem verängstigten, weinenden Kind machen? Jedenfalls mehr als Paulie, aber das besagte nicht viel.

Oh, verflucht, bring's hinter dich!

Sie öffnete die Tür und streckte den Kopf hinein. Das Kind lag auf dem Rücken im Bett, beide Hände an den Bettrahmen über ihrem Kopf gefesselt. Die Augenbinde und der Knebel saßen richtig, das Barett war heruntergefallen, und sie hatte die Decke weggestrampelt.

Welch magere Beine sie hatte!

Sie weinte.

Kein Wunder, diese Situation mußte für ein kleines Kind ja grauenhaft sein!

Poppy trat ein und schloß die Tür hinter sich.

Das Kind erstarrte und lauschte. Das Weinen verstummte.

Besser, ihr nicht noch einen größeren Schrecken einzujagen. Sie mußte etwas sagen.

»Hab keine Angst ...« Verdammt, sie wußte nicht mal ihren Namen. »Es ist gut. Alles in Ordnung. Niemand tut dir was.«

Poppy näherte sich, bis sie direkt über dem Kind stand. Sogar in dem dämmrigen Licht des verdunkelten Raumes sah sie die glitzernden Tränen, die unter der schwarzen Schlafmaske, die sie als Augenbinde verwendeten, hervorkullerten.

»Paß auf, wenn du versprichst, nicht zu schreien, nehme ich dir das Tuch aus dem Mund. Abgemacht?«

Das Kind nickte.

»Also, nicht schreien.«

Erneutes Nicken.

Poppy nahm den Knebel heraus.

»Wo bin ich?« fragte das Kind mit verängstigter Stimme. »Wer bist du? Warum bin ich festgebunden? Wo ist mein Daddy?«

»Du bleibst eine Weile bei uns.«

»Ich will zu meinem Daddy. Warum ist er nicht hier?«

Poppy entschied sich für eine Erklärung. »Er weiß nicht, wo du bist.«

Wieder begann sie zu weinen. Dicke Tränen rollten über das Kindergesicht.

»Ich will nach Hause.«

»Denke an unsere Abmachung. Ich muß dir das Tuch wieder in den Mund stecken, wenn du brüllst.«

Das Kind biß sich auf die Unterlippe und versuchte, das Schluchzen zu ersticken. Es klang so jämmerlich, daß Poppy fast das Herz zersprang. Sie kniete sich neben das Bett.

»He, hör mal«, sagte sie sanft. »Hab keine Angst. Niemand tut dir etwas. Du besuchst uns nur ein paar Tage.«

»Ich w-will zu meinem Daddy.«

Poppy mußte sie ablenken. »Wie heißt du denn eigentlich?«

»K-Katie.«

»K-Katie? Ich habe den Namen K-Katie noch nie gehört.«

»Nein. KAY-tie.«

»Oh, Katie! Den kenne ich. Schöner Name. Hör mal, Katie, hast du Hunger?«

Sie schüttelte den Kopf.

»Mußt du mal zur Toilette?«

Sie nickte. »Deine Stimme klingt so komisch.«

»Das kommt daher, weil ich eine Maske trage.«

»Warum?«

»Weil ich nicht will, daß du mein Gesicht siehst.«

»Ich kann ja gar nichts sehen.«

»Ich weiß. Nur für den Fall, daß die Binde verrutscht. Wir sind damit hier sehr vorsichtig.«

Das Kind zuckte mit den Schultern – entweder sie verstand nicht, oder es interessierte sie nicht.

»Okay. Die Sache läuft so: Ich binde deine Hände los und bringe dich ins Badezimmer. Du gehst rein und klopfst, wenn du fertig bist. Verstanden?«

Sie nickte.

»Also gut.«

Poppy löste den Strick von den kleinen Handgelenken. Der Toilettenjob war ansonsten stets Paulies Aufgabe gewesen, aber bis dato hatten sie ja auch ausschließlich Männer gehabt. Paulie arbeitete dann immer mit Handschellen, damit die Kerle nicht auf schlaue Ideen verfielen. Bei einem Kind hielt Poppy diese Vorsichtsmaßnahme aber für übertrieben.

»Paß auf, Katie. Deine Augenbinde kommt erst im Badezimmer weg. Wenn du fertig bist, legst du sie wieder an und klopfst. Dann lasse ich dich raus. Okay? *Du nimmst die Augenbinde nur ab, wenn wir es dir erlauben.*«

»Warum denn?«

Poppy war verblüfft. Das hatte noch niemand gefragt. Klar, die anderen Pakete hatten die Antwort gewußt.

»Weil ich nicht will, daß du mein Gesicht siehst.«

»Ich dachte, du trägst eine Maske?«

Was ist sie, dachte Poppy, ein Anwalt oder was?

»Stimmt. Aber ich will auch nicht, daß du die siehst.«

»Warum nicht?«

»Weil … weil ich's eben nicht will. Darum«, antwortete Poppy und löste den letzten Knoten. »Du kannst dich jetzt aufsetzen.« Sie faßte Katie an den Schultern und zog sie hoch. Durch den Stoff ihrer Kleidung konnte Poppy spüren, wie der kleine, magere Kinderkörper zitterte.

Genauso hatte sie sich gefühlt, als ein Typ, mit dem sie zusammenlebte, plötzlich ausgerastet war und auf sie eingeschlagen hatte. Sie erinnerte sich an das Gefühl des Ausgeliefertseins und des Entsetzens, als ihr bewußt geworden war, daß sie niemanden hatte, an den sie sich um Hilfe wenden konnte. Wahrscheinlich das schlimmste Gefühl der Welt … und geradeso mußte sich dieses Kind jetzt fühlen.

Poppy verspürte den plötzlichen Drang, die Arme um Katie zu schlingen, sie festzuhalten und zu trösten. Nein, lieber nicht. Wer weiß, wozu ein verängstigtes Kind fähig ist.

Aber ein kleiner Trost konnte nicht schaden. »Hab keine Angst. Betrachte es als kleinen Urlaub bei komischen Verwandten.« Ja, dachte Poppy, wie Ferien bei den Appletons. Sie schauderte. »Und wenn die Ferien vorbei sind, gehst du wieder nach Hause.«

»Ich will aber jetzt nach Hause.«

»Jetzt nicht. Aber bald, okay?«

Ein trauriges Nicken. »Wie heißt du denn?«

Die Frage verblüffte Poppy. Noch nie hatte ein Paket nach ihrem Namen gefragt. Aber sie hatte eine Antwort parat. »Jane«, antwortete sie. »Jane Doe. Ich wohne hier mit meinem Mann John Doe.« Sie und Paulie nannten sich während des Babysittens immer Jane und John. »Du nennst mich Jane, ja?«

»Okay.«

»Also, dann gehen wir jetzt ins Badezimmer. Stehe auf, ich lege die Hände auf deine Schultern und führe dich hin. Denk daran zu klopfen, wenn du fertig bist.«

Poppy führte das Kind zur Toilette und sperrte sie ein.

»Vergiß nicht, lege die Augenbinde wieder an, wenn ich dich rauslasse.«

Auf der anderen Seite der Türe begann das Mädchen wieder zu schluchzen. »Ich will zu meinem Daddy.«

»Keine Angst, Katie. Du kommst wieder zu deinem Daddy. Nur ein bißchen Geduld.«

Scheiße, das war wirklich das Schlimmste, was man einem Kind antun konnte.

Aber warum fragte sie eigentlich nie nach ihrer Mommy?

24

Diesmal setzte sich Snake in der Lobby des Hyatt vor ein Dataphone 2000. Er hatte die Anweisungen zur Beschaffung des Medikaments für das Paket vorbereitet und in seinem Thinkpad gespeichert. Als er sich mit Eric Garters Benutzerkennung einloggte, war er erschrocken, eine E-Mail vorzufinden.

Konnte nur von einer Person stammen.

Das gefiel ihm nicht. Eigentlich sollte es so laufen, daß Snake VanDuyne die Situation klar machte und VanDuyne sie akzeptierte; dann würde Snake VanDuyne sagen, was er zu tun hatte, und VanDuyne würde Folge leisten und so weiter; Snake – VanDuyne, Snake – VanDuyne … und nicht immer dieser ständige Bockmist, wann immer es diesen Typ danach verlangte. Wofür hielt sich dieser Kerl eigentlich? Er hatte gefälligst nur zu sprechen, wenn er dazu aufgefordert wurde!

Snake sah sich um. Wenn er jetzt die E-Mail las, mußte er sich unnötig lange hier aufhalten, wodurch sich die Chance, daß jemand auf ihn aufmerksam wurde, erhöhte. Aber niemand schien ihn zu beachten. Hastig rief er die Message ab, wobei er den Bildschirm des Notebooks von der Hotelhalle abwandte.

Klar, es war wieder eine Message von VanDuyne; jetzt hatte er sie über den Remailer an Snakes Delphi-Benutzerkennung geschickt. Es war ein Ultimatum! Ein verdammtes *Ultimatum*! Wo nahm der Kerl nur den Mumm her?

Snakes Kopf dröhnte vor Zorn. Aber okay, der Kerl tat nur, was in seiner Situation jeder gemacht hätte, er versicherte sich, daß Snake die Ware wirklich hatte.

Ich hab die Ware, Freundchen. Und du kannst dir kaum vorstellen, wie schnuppe es mir ist, ob die Kleine Cornflakes mag oder nicht! Hier bestimme ich. Gewöhn dich dran. Und schlag dir eins aus dem Kopf: Kommt überhaupt nicht in Frage, daß du mit ihr telefonierst!

Wie stellt der sich das eigentlich vor? Ein Kind mit Augenbinde zur nächsten Telefonzelle schleppen, damit sie mit ihrem Daddy ein Schwätzchen halten kann? Denkste!

Er lud seine Nachricht für VanDuyne auf den Monitor, fügte ein paar Zeilen hinzu und schickte sie ins Internet.

Dann klappte er das Thinkpad zu und strebte dem Ausgang entgegen. Langsam ging ihm dieses Ding auf die Nerven. Erst der Murks mit der Epilepsie, und jetzt brachte ihn dieser VanDuyne schon am ersten Tag zur Raserei.

Noch mehr Ärger, und Snake würde ihm wohl ein Druckmittel zukommen lassen müssen.

25

Endlich!

John war die ganze Zeit im Arbeitszimmer umhergeschlichen und Nana möglichst aus dem Weg gegangen. Wieder und wieder hatte er seine E-Mailbox gecheckt, wobei er sämtliche Qualen der Hölle durchlitten hatte, hatte aber nur geschäftlichen Alltagskram vorgefunden.

Warum antwortete Snake nicht? Er mußte Katies Tegretol beschaffen – noch vor heute abend.

Aber jetzt begann sein Herz zu hämmern, als er in der ersten Zeile die Buchstabenkombination *anon.monet.uk* sah – der Anonymous-Remailer! Alle Feuchtigkeit verschwand aus seinem Mund und sammelte sich dafür in seinen Handflächen, als er zu lesen begann.

Bestellen Sie im CVS-Drugstore, Ecke 17th und K Street, Stadtmitte, Washington, D. C., telefonisch einen Vorrat des Medikaments Ihrer Tochter für mehrere Wochen. Es wird abgeholt. Dies ist ein Zeichen unseres guten Willens. Versuchen Sie nicht, uns übers Ohr zu hauen. Ein Hinweis darauf, daß der Laden beobachtet wird, und es gibt keine Übergabe – Ihr Kind wird leiden. Sollte mir jemand folgen oder gar versuchen, mich festzuhalten, dann stirbt sie binnen Minuten. Wie gesagt, ich habe nichts gegen Sie persönlich oder Ihr Kind, aber wir scherzen nicht. Kooperieren Sie, und Sie bekommen sie so gut wie neu zurück.

Mit Ihrer Tochter zu sprechen ist nicht möglich. Zu aufwendig. Üben Sie keinen Druck aus, Doc. Unser Geduldsfaden ist nicht besonders lang. Arbeiten Sie mit uns zusammen, dann wird Ihrer Tochter nichts geschehen.

Snake.

John starrte auf den Monitor und las ein ums andere Mal die Nachricht. Die Sätze *Ihr Kind wird leiden* und … *dann stirbt sie binnen Minuten* brannten sich förmlich in seine Augen.

Sein Magen rebellierte. Er fürchtete, sich übergeben zu müssen, sprang auf und rannte über den Flur ins Badezimmer. Schwer atmend hing er über der Toilette, konnte sich aber nicht übergeben.

Schließlich verging die Übelkeit. Über das Waschbecken gebeugt, schaufelte er sich Wasser ins Gesicht. Da hörte er einen spitzen Schrei. Er fuhr hoch … und da war es wieder, diesmal mischte sich ein Wimmern in den Schrei … er kam aus dem Arbeitszimmer.

O nein! »Ma!«

Er rannte hinüber und sah sie vor dem Computer stehen. Die schmalen Hände hatte sie um die Rücklehne seines Stuhls gekrampft, und sie starrte auf den Monitor. Sie wirbelte herum, aschgrau im Gesicht, die Augen in panischer Angst weit aufgerissen.

»Johnny …!« Ihre Stimme versagte. »Johnny, sag, daß das ein grausamer Scherz ist.«

Sein erster Gedanke war zu lügen, aber wozu? Wenn Katie später nicht aus der Schule kommen würde …

John trat zu ihr, legte den Arm um die Schultern und führte sie sanft zum Sofa.

»Komm … setz dich.«

»Lieber Gott! Es ist wahr! Jemand hat Katie entführt! Warum? Lieber Gott, warum?«

»Ich weiß es nicht, Ma.«

John erzählte ihr, was passiert war und warum er Angst hatte, das FBI einzuschalten. Während er sprach, schien sie sich wieder in den Griff zu bekommen. Hysterie lag ihr nicht. Sie stellte all die Fragen, die John sich selbst schon zigmal gestellt hatte. Warum Katie? Und welchen »Dienst« erwarteten sie von ihm?

»Wenigstens besorgen sie Katies Medikament«, sagte sie. »Das ist ein gutes Zeichen, denke ich. Das bedeutet, sie ist am Leben und soll es auch bleiben.«

Oder sie wollen nur, daß ich glaube, sie wäre am Leben, dachte John, behielt es aber für sich. Sie könnten die Tabletten auch abholen und in den nächsten Mülleimer werfen.

»Ich will – ich *brauche* – mehr als ein Zeichen«, sagte er laut. »Ich muß *Gewißheit* haben, Ma.«

Sie umklammerte seinen Arm. »Verärgere sie nicht. Sie würden es an Katie auslassen.«

Möglich, wenn sie noch am Leben war.

Er nickte. »Ich werde vorsichtig sein. Und höflich. Ich werde ihren Hintern küssen, aber ich *muß* es wissen.«

»John«, sagte seine Mutter langsam. »Hast du schon mal daran gedacht, daß Marnie dahinterstecken könnte?«

Verblüfft starrte er sie an. »Marnie?«

»Na ja, sie *ist* verrückt.«

»Sie ist sogar sehr verrückt!« John war bestens vertraut mit dem bizarren Verhalten seiner Exfrau, aber das hier war sogar für sie eine Nummer zu groß und lag weit über ihrem Horizont. Außerdem befand sich Marnie in einer geschlossenen Anstalt in Therapie. »Aber ich garantiere dir, daß sie *damit* nichts zu tun hat.«

»Was sollen wir nur tun?«

»Zunächst bestellen wir die Tabletten.«

Er rief die Auskunft an, ließ sich die Nummer des Drugstores geben und bestellte fünfzig Tegretol 100 mg zum Kauen für Katie VanDuyne. Da sie noch nie von ihm gehört hatten, mußte er sowohl Geschäftsadresse und Telefonnummer als auch seine Krankenversicherung angeben.

»So, und nun zu Snake.«

»Bitte, sei vorsichtig.«

»Ich sage ihm nur, daß das Medikament zur Abholung bereitliegt. Und ich stelle ihm eine Frage, die nur Katie beantworten kann. Außerdem teile ich ihm mit, daß ich bereit bin, ihnen jeden ›Dienst‹ zu erweisen, wenn ich sicher sein kann, daß Katie lebt.«

»Jeden ...?«

»Ich hoffe es, Ma.«

Aber was dann? Herumsitzen und warten? Alle fünf Minuten die Apotheke anrufen, um zu fragen, ob das Medikament bereits abgeholt wurde?

Er wußte, er würde zusammenbrechen. In Kürze wäre er nur noch ein schlotterndes Nervenbündel, wenn er nicht *irgend etwas* unternahm.

26

Es war später Nachmittag, als Paulie den Lieferwagen an der DeSales Street parkte und zum Mayflower Hotel hinüberging. Am Eingang zur Bar blieb er stehen und suchte unter den Gästen nach Mac.

Das sollte eine Bar sein – nur halb voll und nichts als Anzüge! Gepolsterte Sitze und polierter Fußboden, kaum Raucher. Das war keine Bar – das war eine verdammte Cocktailparty!

Mac hatte angerufen und Paulie um eine Besorgung gebeten. Das machte ihn nervös. Normalerweise verließ er nie das Haus, sobald das Babysitting begonnen hatte. Vielleicht machte Mac eine Ausnahme, weil es ein Kind war. Mac hatte ziemlich sonderbar geklungen. Paulie sollte das Kind fragen, ob es Tabletten schlucken könne und welches ihre Lieblingsfigur im Fernsehen sei.

Poppy hatte ihr die Antworten ohne Schwierigkeiten entlockt, aber was sollte das alles?

In einer Ecke winkte jemand. Paulie ging hinüber und bemerkte, daß die Anzugtypen seine Lederklamotten musterten. Er fiel auf. Normalerweise störte ihn das nicht, in Anbetracht der Umstände wäre er jedoch lieber unsichtbar gewesen.

Mac saß mit dem Rücken zum Raum. Er trug ein weißes Hemd und einen blauen Blazer mit einer Spiderman-Nadel am linken Revers. Er trank etwas Klares mit Eiswürfeln.

»Warum treffen wir uns immer in Hotels?« flüsterte Paulie, als er ihm gegenüber Platz genommen hatte. »Es muß doch verschwiegenere Plätzchen geben?«

»Was würdest du denn vorschlagen?« sagte Mac mit hämischem Grinsen um die schmalen Lippen. »Eine miese Spelunke, die vierundzwanzig Stunden am Tag von den Bullen beobachtet wird, und in der wir unter den Stammgästen auffallen würden?«

»Nein, aber –«

»Sieh mal, Paulie, wir treffen uns an Orten, an denen ein unbekanntes Gesicht die Regel, nicht die Ausnahme ist. Wenn dir das nicht einleuchtet, hast du ein echtes Problem!«

»Ist ja gut«, gab Paulie widerwillig zu. Wie immer hatte Mac recht. Als der Ober kam, bestellte er ein Heineken.

Mac fragte: »Hast du die Antworten, die ich wollte?«

Paulie nickte. »Ja, sie sagt, sie könne Pillen prima schlucken. Und am liebsten sähe sie Maggie Simpson. Also, was soll ich erledigen?«

»Das Paket braucht Medizin.«

»Oh, Mist!« Ein Kind war schon schlimm genug, und jetzt auch noch ein krankes! Das erklärte die Frage nach den Tabletten.

»Beruhige dich. Sie muß nur zweimal täglich eine Tablette nehmen, das wär's. Kein Problem.«

»Du hast leicht reden. Wo ist das Medikament?«

»In einem Drugstore, ein paar Blocks von hier.«

»Und ich soll's abholen?«

»Du hast es erfaßt.«

Paulie schwieg, da der Ober sein Bier servierte. Er war sauer und besorgt, versuchte aber, nur seinen Ärger zu zeigen.

»Was bekomme ich dafür, daß ich den Kopf hinhalte?«

»Nichts«, versetzte Mac. »Das gehört zum Job.«

»Tut es nicht.«

»Schau mal, Paulie«, flüsterte Mac noch leiser als zuvor, lehnte sich vor und sah ihn mit stechenden Augen an. »Mir gefällt das ebensowenig wie dir. Ich bekam die Information erst, nachdem wir das Kind schon hatten. Ich bekomme deshalb auch keine Sonderzahlung.«

Paulie war nicht bereit, schon aufzugeben.

»Was ist, wenn ich die Tabletten nicht abhole?«

»Dann wirft sie sich wie ein Breakdancer mit einer Überdosis Koks auf dem Boden herum und stirbt. Du und Poppy, ihr könnt euch dann ausdenken, wie ihr die Leiche loswerdet. Außerdem hast du dann einen Mord anhängen. Aber nicht lange.«

»Warum nicht?«

Der Ausdruck in Macs eisigen Augen sagte alles.

Paulie trommelte nervös mit den Fingern auf den Tisch. »Das gefällt mir nicht, Mann.«

»Bring's hinter dich. Du hast deinen Bart noch; setz eine Sonnenbrille auf, zieh dir statt der Lederklamotten ein Sweat-Shirt mit Kapuze an, und in Null Komma nichts ist es vorbei. Ich geb dir Dekkung.«

»Na, dann«, knirschte Paulie bissig. »Besteht doch kein Grund zur Sorge, was?«

27

John erschien es wie eine Ewigkeit, seit er in den Drugstore geschlichen war. Er hatte jede Osterkarte, jedes Osterei und alle Eierkörbchen mehrmals betrachtet und hatte die Aufschriften sämtlicher Medikamente in den Regalen gelesen. Er hätte sich am Zeitschriftenregal aufhalten können, doch das wäre zu weit von der Pharmazietheke entfernt gewesen, die er nicht aus den Augen lassen wollte.

Nichts von dem, was er sah oder las, drang in sein Bewußtsein. Er war zu nervös, um sich auf etwas anderes als die Namen der Medikamente, die an der Theke genannt wurden, zu konzentrieren.

Immer wieder sagte er sich, daß er verrückt war. Warum tat er das? Ich gefährde Katies Leben, wenn ich mich hier herumtreibe.

Warum war er hier? Impulsives Handeln war eigentlich nicht seine Sache. Sein Stil war eher weitsichtiges Planen, Fakten sammeln, handeln wenn nötig, und ansonsten bereitstehen und beobachten, wie sich die Dinge entwickelten – Eigenschaften, die aus ihm zwar einen lausigen Chirurgen, aber dafür einen hervorragenden Internisten gemacht hatten.

Aber welche Art Vater war er gerade durch diese Eigenschaft geworden? Katie wäre viel erspart geblieben, hätte er früher gehandelt, als er Marnies Kompensationsstörungen erkannt hatte. Aber schließlich hatte er Marnie geliebt und hatte geglaubt, sie unter Kontrolle zu haben.

Falsch. Er hätte sich nicht träumen lassen, daß sie tun würde, was dann geschah.

Vielleicht stand er deshalb hier. Vielleicht hatte er gelernt, daß es mit beobachtendem Abwarten nicht immer getan war. Besonders wenn Katie betroffen war.

Für Situationen wie diese war er jedenfalls nicht geboren. Das Warten hatte ihn zu einem flattrigen Nervenbündel gemacht. Er –

Plötzlich durchfuhr ihn ein schrecklicher Gedanke:

Snake muß wissen, wie ich aussehe! Er muß uns doch beobachtet haben, bevor er Katie entführte!

Was geschähe, wenn Snake ihn längst entdeckt hatte und sich jetzt sagte, zur Hölle mit VanDuynes Gör? Fast hätte er die Ostereierfarben fallen lassen, so laut pulsierte das Blut plötzlich in seinen Ohren.

O Gott, was habe ich getan?

Er mußte hier verschwinden. Vielleicht war es noch nicht zu spät.

In dem Moment vernahm er die Stimme des Mädchens an der Theke. »VanDuyne? Moment bitte.«

John klammerte sich an ein Regal. Da war er! Snake war hier! Er holte die Tabletten!

Er bekämpfte den Drang, über die Verkaufsständer zu spähen, doch das Verlangen überwältigte ihn. Nur ein Blick. Er mußte wissen, wie dieser Bastard aussah.

Verstohlen linste er zwischen den Osterkörbchen auf dem obersten Regal hindurch. Zwei Leute standen dort – eine ältere, blauhaarige Dame und ein Bursche im Jogginganzug mit Kapuze. John bezweifelte, daß die ältere Dame Snake war.

Er sah, wie das Mädchen dem Jogger eine weiße Papiertüte über die Theke reichte. Er trug Handschuhe.

Snake … er mußte es sein. Nach allem, was zwischen Bart, Sonnenbrille und Kapuze zu sehen war, hätte es ebensogut Elvis sein können. Aber es war Snake. Er mußte es sein.

Johns momentaner Schwächeanfall wich Hammerschlägen des Zorns, die nun durch seinen Kopf dröhnten. Der Hundesohn, der seine Tochter entführt hatte, stand nur wenige Schritte entfernt. Wenn er ihn nur in die Finger bekäme, nur ein paar Minuten – er würde ihn schon zum Sprechen bringen – John und Mr. Snake – und er wüßte alles … *alles* …

Ein Teil seines Selbst rebellierte gegen seine wilde Wut, dennoch weidete er sich in grausamer Lust an dieser Phantasievorstellung. Sinnlos. Snake würde nicht alleine arbeiten, wie sollte er auch. Er mußte mindestens einen Komplizen haben. Wenn John diesem Kerl auch nur ein Haar krümmte, könnte das entsetzliche Folgen für Katie haben.

Konnte er denn gar nichts machen? Nur zusehen, wie dieses Monster auf die Straße hinaustrat und im Nachmittagsgetümmel verschwand?

Oh, wie er darauf brannte, sich in seiner Not an jemanden zu wenden, der wußte, was zu tun war! Am liebsten hätte er Bob Decker angerufen – Kidnapping war zwar nicht Sache des Secret Service, aber Decker wußte bestimmt mehr darüber als er selbst.

Er beobachtete, wie der Jogger sein Wechselgeld einsteckte und zum Ausgang ging. John folgte ihm, ehe ihm bewußt wurde, was er tat.

Was *tue* ich da? schrie eine Stimme in seinem Kopf.

Gute Frage.

Keine Heldentaten, ermahnte er sich. Keine Verfolgungsjagd. Kein Katz-und-Maus-Spiel. Ich will doch nur sehen, wohin er geht. Ich bleibe weit hinter ihm. Er wird mich nicht bemerken. Wenn er mit einem Auto wegfährt, merke ich mir Farbe, Marke und präge mir die Nummer ein. Das ist alles. Ich werde nicht in mein Auto springen und ihm folgen.

Wenn er jedoch zu Fuß unterwegs ist, folge ich ihm. Dieser Drugstore war seine Wahl. Warum? Hält er Katie etwa irgendwo in der Nähe gefangen? Wenn ja, mußte er es wissen.

Er folgte dem Jogger hinaus auf den Bürgersteig und beobachtete, wie er Richtung 17. Straße lief. Die Wut nagte an ihm, und der brennende Zorn unter der Haut suchte ein Ventil, aber er riß sich zusammen.

Er gab dem Jogger dreißig Meter Vorsprung, dann heftete er sich an seine Fersen.

28

Verdammt!

Snake stand gegenüber dem Drugstore und starrte den Mann an, der Paulie folgte. Er hatte das Geschäft eine ganze Weile beobachtet und keine Anzeichen von Überwachung festgestellt. Keinerlei Aktivitäten, nachdem Paulie eingetreten war. Aber wenn das hier eine Falle war, würde sie erst zuschnappen, wenn Paulie nach dem Medikament auf den Namen von VanDuyne fragen würde.

Nichts Verdächtiges. Paulie kam heraus und nahm den vereinbarten Weg. Snake blieb noch stehen, um sich zu vergewissern, daß niemand ihm folgte.

Aber verdammt, da war doch …

VanDuyne.

»Scheiße!« Er zischte das Wort zwischen gefletschten Zähnen hervor. War der Kerl verrückt? Was glaubte er, mit wem er es zu tun hatte?

Doch dann entspannte er sich. Wenn das alles war – VanDuynes Gegenwart bewies, daß er das FBI nicht informiert hatte, denn in dem Fall wäre er selbst nicht hier aufgetaucht.

Er war also alleine hier. Was für ein Kerl! Wollte er Paulie etwa folgen und seinen kleinen Liebling befreien? Vergiß es!

Snake wußte, Paulie würde am Farragut Square den nördlichen Eingang zur Metro nehmen. Snake spurtete quer über den Platz und wartete an einer Bushaltestelle, bis Paulie an ihm vorbeiging. Einen Moment flackerte Paulies Blick in Snakes Richtung, aber er gab kein Zeichen des Erkennens.

Fünfzehn Sekunden später lief VanDuyne vorüber. Sein Blick war auf Paulies Rücken fixiert, als wäre er der einzige Mensch auf der Straße. Snake erhaschte einen guten Blick auf diese Augen, und was er sah, gefiel ihm nicht.

Er mußte sich etwas einfallen lassen – sofort. Aber was?

Sein Gehirn arbeitete fieberhaft, als er VanDuyne im Abstand von wenigen Metern folgte. Wie geplant, betrat Paulie die Metrostation. VanDuyne folgte. Die Rushhour hatte noch nicht eingesetzt, folglich war es noch ziemlich menschenleer. Als VanDuyne zurückblieb und sich an eine Wand lehnte, während Paulie einen Fahrschein löste, näherte sich Snake von hinten. Er mußte jetzt handeln. Und er mußte vorsichtig sein. Man konnte nicht ahnen, in welcher physischen und emotionalen Verfassung VanDuyne sich befand. Da er in diesem Drugstore aufgetaucht war, schien er zu allem fähig zu sein. Womöglich würde er hochgehen wie eine Heulboje. Und das letzte, was Snake brauchte, war eine Szene mitten in der Stadt.

Vorsichtig … ganz vorsichtig griff er nach VanDuyne.

29

Fast hätte John laut aufgeschrien, als er die Finger um seinen Nacken spürte und eine Stimme hinter seinem linken Ohr erklang.

»Stehenbleiben, du Arschloch. Dreh dich bloß nicht um! Wenn du mein Gesicht siehst, bist du tot. Deine Tochter übrigens auch.«

Haltsuchend griff John nach der Wand. Er zitterte vor Schreck. Passanten mochten denken, ihm wäre übel geworden und sein Freund stünde ihm tröstend zur Seite. Wenn sie nur wüßten!

O Gott, jetzt hatte er alles vermasselt! Arme Katie. Jetzt würden sie ihr weh tun, und es war allein seine Schuld.

Er wollte sprechen, aber er brachte keinen Ton heraus. Er brachte nur ein heiseres Krächzen zustande.

»Bitte … Hören –!«

»Schnauze!« Die Hand im Nacken drückte fester zu, und die Stimme wurde schärfer. »Sie hören zu! Sie sind ein verdammter Idiot, und Sie wissen es! Wollen Sie Ihr Kind als Leiche wiedersehen! Wollen Sie das?!«

»Nein! Bitte nein!«

»Warum folgen Sie dann meinem Mann?« Der Druck im Nacken wurde stärker. *»Warum?«*

… meinem Mann …

Das war Snake, nicht der Kerl im Jogginganzug. *Das* war der Mann, den er überreden mußte, Katie gut zu behandeln.

John preßte seine Augen zu und konzentrierte sich voll auf seine Worte. Er mußte zu diesem … diesem Tier durchdringen.

»Weil sie mir so viel bedeutet. Sie ist alles, was ich auf der Welt habe. Sie ist mein *Kind*. Verstehen Sie das? Sie ist meine Tochter, und sie ist so klein und wehrlos, und ich bin doch verantwortlich für sie. Wenn ihr etwas passiert, ist es meine Schuld. Und wenn ihr etwas … wirklich Schlimmes passiert … ich glaube, dann könnte ich nicht weiterleben. Verstehen Sie?«

»Kein Wort, Doc«, zischte Snake. Die vollkommene Emotionslosigkeit dieser Stimme jagte John einen eisigen Schauer der Verzweiflung über den Rücken. Die zärtlichen Gefühle, die er eben zum Ausdruck gebracht hatte, waren diesem Mann fremd. Ebensogut hätte er Suaheli sprechen können.

»Und wissen Sie, was ich auch nicht begreife? Wie konnten Sie meine Anweisungen ignorieren und meinem Mann nachspionieren? Sie wissen, was das heißt, oder?«

Panik ergriff John. Er wußte es nicht und wollte es auch nicht wissen.

»Ich habe niemandem etwas gesagt!« stammelte er. »Keiner Menschenseele habe ich etwas gesagt. Aber ich muß es wissen, verstehen Sie das nicht? Hierherzukommen war idiotisch, aber das kommt daher, weil ich nicht weiß, ob Katie noch am Leben ist. Das macht mich *verrückt*! Sie müssen mir glauben!«

Es folgte eine längere Pause. John hielt den Atem an. Endlich sprach Snake weiter. »Na ja. Wir wollen ja nicht, daß Sie verrückt werden. Das liegt nicht in unserer Absicht.« Die Hand ließ Johns Nacken los. »Sie schlagen jetzt hier Wurzeln, Doc. Sie betrachten sich die Wand und sehen auf Ihre Uhr. Sie warten zehn Minuten, bevor Sie sich auch nur einmal bewegen.«

»Aber Katie …«

Ein harter Hieb in den Rücken brachte ihn zum Schweigen.

»Kein Wort mehr, verstanden?«

Verzweifelt nickte John. Er fühlte sich hilflos. Wenn er doch nur den Mut gehabt hätte, sich umzudrehen und Katies Aufenthaltsort aus diesem Kerl herauszuwürgen. Aber das würde Katies Ende bedeuten … wenn sie nicht bereits …

John vernahm Schritte, die sich in Richtung Aufzug entfernten. Er schob seinen Ärmel hoch und sah auf die Uhr: 16.11 Uhr. Bis 16.21 mußte er hier stehen, während Snake und sein Komplize ungehindert verschwinden konnten.

Da hörte er aus der Richtung des Aufzugs zwei Worte: »Maggie Simpson!«

Im ersten Moment begriff er gar nicht, was das bedeutete. War das Snake oder jemand anderer, der –

Maggie Simpson! Das kleine Mädchen mit dem Schnuller aus Katies

Lieblingssendung im Fernsehen! Katie liebte sie! Das konnte doch nur bedeuten … sie konnten das doch nur herausgefunden haben, wenn …

Sie lebt! Katie lebt!

John preßte die Hände vor die Augen und begann vor Erleichterung zu schluchzen.

30

Snake hörte VanDuynes Schluchzen, sah seine bebende Gestalt an der Wand lehnen und betrat den Aufzug, mit dem er sich auf Straßenniveau befördern ließ.

Snake hatte nicht vorgehabt, John zu trösten. Eigentlich wollte er ihn für sein Verhalten bestrafen, doch dann hatte er es sich anders überlegt. Wenn VanDuyne die Ungewißheit um seine Tochter wirklich an den Rand des Wahnsinns trieb, war es klüger, ihn zu beruhigen. Der war ja wie ein Pulverfaß! Welcher Wahnsinn fiel ihm wohl als nächstes ein?

Dieser Typ mußte verrückt sein. Sicher, jetzt stand er da und heulte wie ein Baby, aber Snake hatte das ungute Gefühl, einen Fehler zu machen, wenn er ihn als Feigling abstempelte. Er hatte seine Gefährlichkeit gespürt, als er ihn oben an der Bushaltestelle auf Paulies Fährte beobachtet hatte. Der Ausdruck seiner Augen – bestialisch. Raubgierig. Paßte zwar nicht zu dem Geschluchze eben, aber Augen logen nicht.

Snake schlug wütend gegen das Kunststoffgeländer des Aufzugs. Genau aus dem Grund entführt man eben keine Kinder. Erwachsene sind etwas anderes … Entführung ist der Preis, den sie für ihre miesen Geschäfte, für ihre Unvorsichtigkeit bezahlen mußten. Die Pakete leckten ihre Wunden und tauchten unter. Ärmer, aber um eine Erfahrung reicher.

Aber mit einem Kind begab man sich auf eine andere Ebene. Urinstinkte kamen ins Spiel. Man spielte mit anderen Karten. Plötzlich nahmen es alle persönlich. Und genau dann wurden Menschen unberechenbar … *gefährlich*.

Snake verstand es zwar nicht, aber er konnte es erkennen, wenn er es sah. Und in VanDuynes Augen hatte er es verdammt genau gesehen.

Deshalb hatte er ihm Maggie Simpson genannt. Um ihn zu beruhigen. Machte ihn berechenbarer. Würde er glauben, sein Kind wäre bereits tot, käme ihm sehr bald der Gedanke, nichts mehr zu verlieren zu haben, und das wäre für alle Beteiligten eine äußerst *ungute* Situation.

Er sah auf seine Uhr. Er hatte zuviel Zeit mit VanDuyne vertrödelt. Sein Auto hatte er am Mayflower Hotel geparkt, deshalb begann er jetzt die Connecticut Avenue hinaufzulaufen. Er mußte sich beeilen, um rechtzeitig bei Salinas einzutreffen.

Wieder dachte er an VanDuyne, und sein Instinkt sagte ihm, daß der Typ eine harte Nuß war. Ohne Druckmittel würde diese Sache mit Sicherheit nicht abgehen.

31

Wie geplant bestieg Paulie die Metro und wartete, bis der Bahnsteig sich geleert hatte. Dann sprang er in letzter Sekunde wieder hinaus. Er sah sich um, aber außer ihm verließ niemand den Zug.

Er beobachtete, wie sich die Türen schlossen und der Zug im dunklen Schlund des Tunnels verschwand.

Alles klar! Niemand folgte ihm.

Beruhigt strebte er dem Ausgang entgegen. Er war kribbelig gewesen wie ein Crack-Junkie auf Entzug, seit er den Drugstore betreten hatte, ständig darauf gefaßt, von einer Meute FBI-Typen umringt zu werden, sobald er nach den Tabletten fragte.

Mit einem Griff in seine Tasche versicherte er sich, daß er die Tüte mit dem Medikament noch hatte. Ein großes Risiko für eine derart kleine Flasche.

Aber es war ja alles gutgegangen. Besser noch. Er hatte Snake um Geld für den Jogginganzug und das Medikament angepumpt und zusätzlich einen kleinen Bonus eingestrichen, um Poppy bei Laune zu halten.

Paulie prüfte seinen Piepser in der anderen Hosentasche. Er zeigte keine Anrufe an. Aha, es war ihm also niemand gefolgt – Snake hätte ihn angepiepst, wenn sich jemand an seine Fersen geheftet hätte.

Er spürte, wie die Anspannung langsam von ihm abfiel.

An der Wand lehnte ein Typ, der aussah, als ob er heulte. Vielleicht war er krank. Oder betrunken.

Das brachte Paulie auf eine Idee. Wie wär's, wenn er Poppy eine Flasche Champagner mitbrächte? Die Sache mit dem Kind hatte sie ziemlich fertiggemacht. Champagner würde sie aufmuntern.

Super Idee. Am besten gleich eine Magnum. Oder sogar zwei.

32

Es dauerte eine Weile, bis Snake in der Nähe der M Street, nur einen halben Block vom *Il Giardinello* entfernt, einen geeigneten Parkplatz gefunden hatte, denn sein Auto durfte nicht zu weit entfernt sein. Er öffnete das Handschuhfach und schaltete den Kassettenrecorder ein, dann schnippte er vor der Brust mit den Fingern. Das Mikrofon in einem Hemdknopf fing das Geräusch auf, und die Nadel des Empfangsgeräts schlug aus. Gut. Das System funktionierte, solange er sich nur nicht zu weit von seinem Auto entfernte.

Um sicherzustellen, daß er nicht verfolgt wurde, ging er noch eine Weile in Georgetown spazieren, bevor er sich dem Restaurant näherte.

Worin lag wohl der Reiz, ein Restaurant zu besitzen? fragte er sich, als er auf den Hintereingang zuging. Schauspieler, Komiker, Muskelprotze, TV-Gecken, alle schienen sie scharf auf ein eigenes Restaurant zu sein. Warum wohl? Ihm ginge das auf die Nerven.

Er schloß sein Jackett, prüfte seine Anstecknadel und klopfte. Eine von Salinas' Wachen, ein dunkelhäutiger Tarzan namens Llosa mit ausgeprägten indianischen Zügen, öffnete ihm. Snake händigte ihm seinen .45er aus, wurde aber dennoch abgetastet. Überzeugt, daß Snake seinen Boß nicht um die Ecke bringen wollte, führte Llosa ihn dann ins Büro.

»Miguel!« rief Salinas aus seinem Lehnstuhl. Sein beigefarbener Seidenanzug hatte dort, wo er sich um die Fettwülste spannte, Knitterfalten. Salinas fletschte die Goldzähne. »Sie kommen spät.«

Ach, Mr. Fettsack-Drogenboß konnte nicht warten? Pech für ihn.

Snake legte es zwar nicht darauf an, ihn zu reizen, aber sich bei ihm einzuschleimen, lag ihm ebenso fern.

»Mußte noch das Medikament für das Kind besorgen«, versetzte Snake scharf. »Sie erinnern sich, das Kind, von dem niemand wußte, daß es krank war? Dauerte länger, als ich angenommen hatte.«

»Aber jetzt ist alles in Ordnung?«

»Ja, alles okay.«

»Exzellent!« Jetzt zeigte Salinas ein ehrliches Lächeln. »Allen, bieten Sie unserem Freund einen Drink an. Scotch, stimmt's?«

»Richtig. Mit einem Schuß Soda.«

»Gib ihm von unserem besten.«

Salinas' rechte Hand stürzte sich geradezu auf den Auftrag. »Wir haben einen phantastischen, sechzig Jahre alten Macallan Single Malt«, klärte er Snake auf. »Kostete Carlos dreizehn Mille auf einer Auktion.«

Dreizehn Mille für einen Scotch? Wenn das kein Luxus war! Snake sah sich um. Wie der Rest der Kaschemme hier: fein geschnitzte dunkle, schwere Möbel, echte Tiffany-Lampen und Perserteppiche. Und die Wände erst: schwere, burgunderfarbene Vorhänge und jede Menge grellbunte kolumbianische Kunst. Und inmitten der Gemälde ein signiertes Foto von Tricky Dick.

Sehr seltsam.

Gold reichte Snake seinen Scotch. »Ich habe statt des Sodas Quellwasser genommen«, sagte er dienstbeflissen. »Damit die Kohlensäure den Geschmack nicht beeinflußt.«

Snake verkniff sich eine spitze Bemerkung, es hatte ja keinen Sinn, unfreundlich zu sein. Dennoch wunderte er sich über einen Kerl mit Collegeabschluß als Betriebswirt, der als Laufbursche fungierte.

»Auf den Erfolg des Projekts!« sagte Salinas und hob sein mit Rotwein gefülltes Glas.

Sie tranken, und Snake ließ den sechzig Jahre alten Scotch im Mund kreisen. Ganz gut, aber keine fünfhundert Mäuse pro Glas wert.

»Allen«, sagte Salinas und strich sich über den Bart. »Gib Miguel seine nächste Rate.«

Gold bückte sich zu einem ledernen Attachékoffer und reichte ihn Snake.

»Wollen Sie nachzählen?«

»Nicht jetzt«, sagte Snake. »Später zähle ich nach.« Er grinste, um zu verdeutlichen, daß er spaßte.

Salinas kicherte, wobei sein Wanst wie ein Pudding wabbelte. Wahrlich ein runder Mann, dieser Salinas – rundes Gesicht mit rundem Mund und einem kugelrunden Körper. Strahlend weißgoldenes Lächeln, bis auf die Lücke zwischen den beiden oberen Schneidezähnen, die groß genug war, um Wassermelonenkerne hindurchzuspucken.

Stets höflich, sanft, ja fast feierlich sprechend. Und doch wußte Snake, daß hinter dem jovialen Aussehen ein diamantenharter, laserscharfer Verstand steckte. Und ein obsessiv sicherheitsbewußter Kopf. Das hatte er schon während des ersten Zusammentreffens mit ihm erkannt. Snake hatte das Gespräch damals zur eigenen Sicherheit mit einem gewöhnlichen Übertragungsmikrofon aufgezeichnet. Als er das Band abhören wollte, hörte er dreißig Minuten lang nur Zischgeräusche, was bedeutete, daß Salinas ein Wanzenstörgerät im Büro hatte. Und zwar ein gutes, das laufend Frequenz und Amplitude änderte.

Aber es gab schließlich Mittel und Wege …

Snake nippte an seinem Scotch und setzte sich.

»Also, zur Sache. Ich habe das Kind. Der Vater hängt am Haken. Welchen Dienst soll er denn nun leisten?«

Salinas sah Gold an. »Allen, würdest du uns bitte entschuldigen?«

»Sie sind immer noch der Meinung, mich in dieser Angelegenheit nicht ins Vertrauen ziehen zu können?« fragte Gold sichtlich verletzt.

»Man kann dir alles anvertrauen, Allen. Aber ich denke, du würdest es vorziehen, in dieser Sache nicht ins Vertrauen gezogen zu werden. *Comprende*?«

Sekundenlang sah Gold ihn an, blickte dann Snake an und zuckte schließlich die Achseln. »Okay. Wenn Sie es so wollen.« Er ging zur Tür.

»Ich will dich nur nicht unnötig belasten, Allen«, meinte Salinas und lächelte versöhnlich.

»Gut. Ich bin an der Bar.«

Als sich die Tür geschlossen hatte, sagte Salinas: »Er ist verärgert. Er glaubt, über all meine Geschäfte Bescheid wissen zu müssen, und vielleicht hat er recht. Aber gerade in dieser Angelegenheit bin ich mir nicht so sicher.«

Langsam beschlich Snake ein ungutes Gefühl wegen »dieser Angelegenheit«.

»Ich glaube«, fuhr Salinas fort, »Ihre Frage betraf den Dienst, den Dr. VanDuyne uns erbringen soll?« Er nahm noch einen Schluck Wein. Nachdem er geschluckt hatte, war seine Stimme kalt und sachlich. »Ich erwarte von Dr. VanDuyne, seinen alten Freund, Thomas Winston, aus dem Weißen Haus zu entfernen.«

Beinahe wäre Snake das Scotchglas aus der Hand gerutscht.

»Den P-Präsidenten?« Snake hatte im Leben noch nie gestottert. »Den Präsidenten der Vereinigten Staaten?«

Salinas nickte.

Snake überkam ein eigenartiges Schwindelgefühl. Er schloß die Augen und atmete tief durch. Die ganze Zeit hatte er gewußt, daß die Sache risikoreich sein würde – niemand würde so viel Geld für eine mickrige Erpressung eines Arztes bieten, der als Bürokrat in einem Ministerium arbeitet. Er hatte sich den Kopf zerbrochen, aus welchem Grund VanDuyne so wertvoll sein konnte.

Das Risiko war hoch, okay. Zu hoch vielleicht.

Snake öffnete die Augen. »Winstons Legalisierungspläne ... darum geht es also?«

Wieder nickte Salinas. »Dieser Feigling will unser Geschäft ruinieren. Fünfzig Milliarden im Jahr – futsch.« Er schnippte mit den Fingern. »Einfach so. Verstehen Sie, daß wir da nicht einfach die Hände in den Schoß legen können?«

»Ja, sicher«, antwortete Snake. Fünfzig Milliarden im Jahr rechtfertigten fast alles. »Aber wie soll dieser VanDuyne Ihr Problem lösen?«

Salinas lächelte. »VanDuyne ist Präsident Winstons Leibarzt. Er soll seinem Freund eine Dosis Chloramphenicol verab –«

»Chloram – was?«

Salinas deutete auf einen Schreibblock auf dem Tisch rechts neben Snake. »Schreiben Sie.«

Salinas wiederholte den Namen, und Snake buchstabierte laut mit. »Chlor ... am ... phe ... nicol. Was ist das? Ein Gift?«

»Nein, das ist ja das Schöne. Chloramphenicol ist ein altes Antibiotikum. Es wird heutzutage kaum mehr verwendet.«

Snake starrte auf das Blatt Papier in seiner Hand. »Ich verstehe nicht.«

»Einer der Gründe, warum Chloramphenicol kaum mehr in Gebrauch ist, ist seine Auswirkung auf das Knochenmark bei einem kleinen Prozentsatz der Patienten.«

»Was bedeutet das?«

»Wirkt wie die Atombombe in Hiroshima: Das Knochenmark produziert keine roten Blutkörperchen mehr. Den Zustand nennt man aplastische Anämie. Auch ich hatte noch nie davon gehört, aber was weiß ich schon von Medizin? Ich habe mich jedoch in den letzten Monaten informiert, seit mir jemand erzählte, daß Winston im Alter von drei Jahren beinahe an aplastischer Anämie gestorben wäre. Der Grund war Chloramphenicol.«

»Das bedeutet?«

»Das bedeutet, daß dieselbe Reaktion einsetzt, sobald er eine weitere Dosis des Medikaments verabreicht bekommt: Sein Knochenmark streikt. Er wird krank. Er könnte sogar sterben.«

»*Könnte* sterben. Und wenn nicht?«

Salinas zuckte die Schultern. »Er muß nicht unbedingt sterben, obwohl ich es vorziehen würde. Aber zumindest wird er schwer krank, viel zu krank, um am Drogengipfel in Den Haag teilzunehmen. Sollte er überleben, wird es lange dauern, bis er sich erholt. Jedenfalls zu lange, um im Amt zu bleiben. Er wird zurücktreten müssen.«

»Wodurch Robert Baldwin ins Weiße Haus kommt. Wenn er aber nun ebenfalls die Legalisierung unterstützt?«

Salinas schüttelte lächelnd den Kopf. »Wir kennen Vizepräsident Baldwin. Wir haben ihn« ... und mit vollendeter Geste ließ er die Hand in die Jackettasche gleiten.

»Warum bringen Sie Winston nicht gleich um die Ecke?« fragte Snake. »Wäre doch einfacher und effizienter als dieser ganze Umstand. Dann *wüßten* Sie, daß er sein Amt nicht mehr ausüben kann.«

»Nein, nein«, entgegnete Salinas und lehnte sich halb über den Schreibtisch. Und nun erklärte er Snake, warum *la compañia* diese Idee verworfen hatte.

Snake nickte, hörte aber nur halb zu. Er sah bereits weitere Probleme. »Okay. Ihn umzulegen hat keinen Sinn. Aber was passiert, wenn Van Duyne sein Kind zurück hat und der Welt erzählt, daß er gezwungen wurde, Winston das Chlor-wie-immer-es-heißt zu verabreichen? Gleiches Resultat: Winston gilt als Märtyrer, und Sie sind aus dem Geschäft.«

Salinas lächelte. »Er wird zwar sein Kind zurückbekommen, aber nur kurzfristig. Sofort nach ihrer freudigen Wiedervereinigung werden sie einen schrecklichen Unfall haben.«

Snake rieselte es eiskalt den Rücken hinunter. »Das ist nicht mein Ding.«

»Ich weiß. Dafür werde ich sorgen.«

»Gut. Aber wird nicht der Arzt, der Winston dann behandelt, zwei und zwei zusammenzählen und sich ausrechnen, daß er mit diesem Zeug behandelt wurde?«

»Nur, wenn VanDuyne es ihm verrät. Das Chloramphenicol ist nur kurze Zeit nachweisbar, und seine Ärzte können von seiner früheren Erkrankung an aplastischer Anämie nichts wissen.«

»Warum nicht?«

»Weil Winston vor Jahren höchstpersönlich diese Tatsache aus seinen medizinischen Aufzeichnungen eliminierte. Thomas Winston wollte eine fleckenlose Anamnese, als er sich der amerikanischen Öffentlichkeit als Präsidentschaftskandidat präsentierte.«

»Woher haben Sie dann diese Information?«

Salinas lächelte. »Mein bester Miguel, sollte es Sie überraschen, daß ich über exzellente Quellen verfüge?«

»Nein«, antwortete Snake. »Nein, ganz und gar nicht.«

Er begann Salinas' Macht zu begreifen. Der Präsident hatte gestern abend seine Absicht zum erstenmal öffentlich verkündet, und doch hatten er und Salinas die Entführung bereits seit zwei Monaten geplant. Salinas hatte es schon die ganze Zeit gewußt und war für den Moment gerüstet, wenn Winston an die Öffentlichkeit treten würde. Zudem wußte er Dinge, die Winston schon vor Jahren aus seiner medizinischen Akte verbannt hatte.

Salinas mußte über beste Verbindungen zum Weißen Haus verfügen, er schien geradezu *vernetzt* zu sein.

Salinas lehnte sich zurück. »Sehen Sie? Alles arrangiert. Ein perfekter Plan.«

Snake tropften die Beteuerungen von den Lippen wie einem Gebrauchtwagenhändler die leeren Versprechungen. Innerlich wurde ihm jedoch immer kälter, als er nun eine Bestandsaufnahme machte: Allen Gold, der mit sämtlichen Feinheiten von Salinas' Imperium vertraut war, wurde aus dem Raum geschickt. Daraus zog Snake den Schluß, daß sich Salinas bei dieser Sache von niemandem in die Karten schauen ließ. Vermutlich kannten nur er und die Bosse in Kolumbien das wahre Ziel. Die einzigen, die noch davon wußten, waren VanDuyne und er selbst. VanDuyne und das Kind sollten eliminiert werden. Blieb nur noch seine Wenigkeit ... ›Miguel‹ MacLaglen und seine beiden Kumpane.

Wie hoch ist wohl die Lebenserwartung dreier Menschen, die genug wußten, um das Cali-Kartell zu Fall zu bringen?

Nanosekunden waren vermutlich großzügig bemessen.

Und wer würde der erste sein? Die beiden Komplizen oder derjenige, der mit Salinas den ganzen Plan ausgearbeitet hatte?

Snake stürzte den Rest Scotch hinunter. Er benötigte dringend ein Antifrostmittel gegen das Eis, das sich in seinen Adern gebildet hatte.

Er blinzelte auf das Mikrofon in seinem Hemdknopf. *Ich hoffe, du funktionierst heute.*

Morgen früh, so hoffte er, würde er als erstes ein kleines Geschenk für den Big Boß vorbeibringen.

Vorerst mußte er sich jedoch auf seine nächsten Schritte konzentrieren. Diese Sache schien ein Balanceakt zu werden. Wenn er sie verbockte, war seine ›Versicherung‹ keinen Pfifferling mehr wert.

Snake räusperte sich. »Na gut. Wie sieht der nächste Schritt aus?«

»Das sollte doch klar sein. Morgen kontaktieren Sie als erstes unseren ehrwürdigen Doktor und teilen ihm mit, wenn er seine Tochter wiederzusehen wünscht, muß er seinem Freund und Patienten eine saftige Dosis Chloramphenicol verabreichen.«

»Wie soll er das denn anstellen?«

»Das überlassen wir ganz ihm. Er ist ein hingebungsvoller Vater, der sein Kind wiederhaben will: Er wird einen Weg finden.«

»Und was ist, wenn er sich – ja, wenn er sich weigert?«

»Sie teilen ihm mit, wenn der Präsident nächste Woche auf der Konferenz in Den Haag erscheint, werden Sie seine Tochter töten, aber nicht, bevor Sie ihr ein paar häßliche Dinge angetan haben. Als Beweis können Sie ihm vorab schon mal ein Stück seiner Tochter schicken. Ich glaube mich erinnern zu können, daß Sie sich dieser Methode bereits bedienten.«

Snake nickte. »Ja, sie wirkt sehr überzeugend. Ich mußte nie mehr als einen Teil schicken.«

So nervös und besorgt dieser VanDuyne um sein Kind war, würde er eventuell gar kein Druckmittel brauchen. Oder höchstens eines, um seine Kooperationsbereitschaft zu erhöhen.

»Gut, dann wissen Sie, was zu tun ist. Rufen Sie mich morgen an, wenn Sie mit Dr. VanDuyne gesprochen haben.«

»Ich komme persönlich vorbei«, sagte Snake. »Derartige Dinge bespreche ich ungern am Telefon.« Er beabsichtigte jedoch, mehr als nur seinen Bericht abzugeben.

»Wie Sie wünschen«, entgegnete Salinas. »Llosa wird Sie hinausbegleiten. Guten Tag.«

Offensichtlich betrachtete Salinas das Meeting als beendet. Gut. Für heute hatte Snake ohnehin genug von ihm.

Auf dem Weg nach draußen bekam er von Llosa die Pistole wieder und stellte sich vor, daß dieser stämmige Bodyguard möglicherweise bald den Auftrag bekommen würde, Miguel und seine Leute umzulegen. Es sei denn, Salinas mußte seine Pläne ändern.

Als er in die Nacht hinaustrat, traf ihn die Monstrosität dessen, worin er verwickelt war, mit voller Wucht. Erschüttert strebte er seinem Auto entgegen.

Ich werde den Präsidenten – den Präsidenten der Vereinigten Staaten – seines Amtes entheben. Vielleicht sogar ins Jenseits befördern! Ich werde den Lauf der Geschichte ändern! *Ich!*

Er mußte jetzt nicht nur ein wachsames Auge nach vorne werfen, wichtiger denn je war nun, auch genau zu beobachten, was hinter seinem Rücken ablief. So sehr er diesen Adrenalinpegel auch liebte, diesmal könnte es selbst ihm zuviel des Guten werden.

Doch verdammt, er genoß das Gefühl der Spannung!

Und morgen würde es noch besser werden. Morgen würde er dem Doc beibringen, daß er zwischen seiner Tochter und seinem Freund zu wählen hatte … zwischen diesem Kind und dem Führer der freien Welt!

Ja, wenn er diese Sache heil überstehen würde, wäre er so leicht mit nichts mehr zufrieden. Wo konnte er denn jemals wieder mit vergleichbar hohem Risiko spielen? Das war's: der ultimative Kick. Er würde ihn bis zum letzten Tropfen auskosten!

33

»Das arme Kind!«

John umarmte seine Mutter und ließ sie an seiner Schulter schluchzen. Der Rollentausch – die Mutter weint an der Schulter des Kindes – verwirrte ihn. Noch nie hatte er sie so erlebt, nicht einmal, als Dad gestorben war.

»Keine Angst, Ma. Es wird alles gut. Wir wissen, daß Katie lebt, und das ist das Wichtigste. Sie lebt, und wir werden alles tun, daß das so bleibt. Ich werde alles tun, was sie von mir verlangen, dann bekommen wir sie zurück.«

»Das arme Kind«, jammerte sie wieder. »Das arme, arme Kind!«

Sie hatte den Satz immer und immer wiederholt. Sie hörte sich an wie eine hängengebliebene Schallplatte, und John begann sich um sie Sorgen zu machen. Er konnte jetzt nicht gebrauchen, daß sie die Fassung verlor. Schließlich mußte er sich mit jeder Faser seines Körpers darauf konzentrieren, Katie zurückzubekommen.

»Sie ist zäher als wir glauben, Ma. Wir alle sind das. Wir haben schon so vieles überstanden, wir werden auch das hier schaffen. Sie haben ihr Tegretol besorgt, also brauchen wir uns darüber wenigstens keine Sorgen zu machen.«

Hoffentlich, betete er, geschah das nicht nur zur Schau.

Bitte, dachte er, wer immer ihr seid, gebt ihr das Medikament zweimal am Tag. Wenn sie es nicht bekommt, dann …

»Das arme, arme Kind!«

34

Paulie lag auf dem Rücken und starrte an die Decke des Schlafzimmers. Poppy döste an seiner Schulter.

War das nicht ein toller Abend gewesen?

Auf dem Nachhauseweg vom Drugstore hatte er zwei Pizzen und ein paar Magnumflaschen Sekt gekauft. Es war zwar kein echt französischer Champagner gewesen und daher auch nicht teuer, aber er hatte seinen Zweck erfüllt. Paulie hatte sich das Gesöff schon in allen Preisklassen hinter die Binde gegossen, und er war stets gleich betrunken davon geworden.

Der prickelnde Sekt hatte seine Wirkung nicht verfehlt. Poppy hatte sich über die Gemüsepizza richtig gefreut. Sie war ja gerade auf diesem vegetarischen Trip. Er selbst hatte sich Salamipizza mitgebracht.

Poppy hatte das Kind gefüttert, das sich ebenfalls für Salami entschieden hatte – gute Wahl, Kind! –, und dann waren sie über ihr eigenes Essen hergefallen und hatten die erste Flasche entkorkt.

All das hatte den gewünschten Effekt gehabt: Poppy konnte gar nicht mehr genug bekommen von ihm – zuerst auf dem Fußboden im Wohnzimmer, dann noch mal hier im Bett.

Was wollte er mehr? Er hatte zu essen und zu trinken, ein Dach über dem Kopf und Poppy im Bett. Und bald würden sie einen Haufen Geld bekommen, mit dem sie, wenn sie schlau waren, lange, lange Zeit auskommen konnten.

Er gähnte zufrieden und dachte kurz an die Pillen für das Kind. Sie waren immer noch in seiner Hosentasche. Sollte sie nicht zweimal am Tag welche einnehmen?

Er schloß die Augen, und langsam übermannte ihn der Schlaf. Morgen … morgen würde er Poppy von den Tabletten erzählen.

Donnerstag

1

In den Gefängnissen der Vereinigten Staaten befinden sich derzeit über 1,1 Millionen Häftlinge. Wir haben einen höheren Prozentsatz der Bevölkerung inhaftiert als jede andere zivilisierte Nation der Welt. Über die Hälfte davon sitzen wegen Drogendelikten. Man stelle sich das vor: 500 000 Häftlinge, wovon jeder einzelne 30 000 Dollar im Jahr kostet, fünfzehn Milliarden pro Jahr; jedes Jahr, und die Tendenz steigt. Mancher sitzt lebenslänglich – lebenslänglich für den Anbau von Marihuana zum Beispiel. Der durchschnittliche Mörder sitzt nur neun Jahre, und wir entlassen mehr und mehr davon, um Platz zu schaffen für Marihuanaraucher. Eine halbe Million Amerikaner hinter Schloß und Riegel, wovon ein Großteil noch nie jemandem Schaden zugefügt hat, außer sich selbst – und wofür? Für den Wunsch, high zu werden.

John öffnete die Augen in der Dunkelheit. War er eingeschlafen? Im Fernsehen lief eine Wiederholung von Heather Brents Bemerkungen in der gestrigen *Larry King Show.* Er sah Licht durch die Rolläden. Wieviel Uhr war es wohl? Die rot leuchtenden Ziffern zeigten 7.02 Uhr.

Er stand auf, rieb sich die Augen und das Gesicht. Er mußte beim Fernsehen eingeschlafen sein. Das letzte Mal hatte er um fünf Uhr dreißig auf die Uhr gesehen. Aber er brauchte Schlaf – physisch und emotional. Wenigstens eine kleine Erholung von dieser grauenhaften Situation. Er war völlig erschöpft, doch sein Kopf konnte nicht abschalten. Er hatte versucht, sich mit der frühmorgendlichen Mischung von Information und Werbung zu betäuben.

Er wankte aus dem Bett in den Flur hinaus. Zum x-tenmal öffnete er die Tür zu Katies Zimmer und sah hinein, sehnlichst hoffend, es wäre alles nur ein gräßlicher Alptraum gewesen. Falsch. Katies Bett war leer.

Er ging weiter in das Gästezimmer und loggte sich erneut – zum wievielten Mal wohl in dieser Nacht? – in das Netz des Ministeriums ein.

»Komm schon«, flüsterte er, als sich die Software ihren Weg zu seiner elektronischen Mailbox suchte. »Komm schon … melde dich.«

Er starrte auf den Bildschirm. Es hatte keinen Sinn, er würde wieder ins Bett gehen. Um diese Zeit war noch nichts zu erwarten, viel zu früh. Kidnapper waren bestimmt keine Frühaufsteher.

Da ertönte das akustische Signal aus den Lautsprechern des Computers: eine E-Mail!«

Langsam und zittrig ließ er sich auf seinen Stuhl nieder. Er wartete, bis die Nachricht auf seinem Monitor erschien. Sein Herz klopfte schneller, als er die Kopfzeile des Anonymous-Remailers erkannte. Er übersprang alles und las nur die Nachricht.

Gehen Sie zu der Telefonzelle an der nordwestlichen Ecke des Franklin Square. Erscheinen Sie pünktlich um 9.00 Uhr.

Snake.

Das ist alles?

John drückte mehrmals auf die Taste PAGE DOWN, um zu sehen, ob das wirklich alles war, fand aber nichts. Wo zum Teufel war der Franklin Square? Noch nie gehört.

Hastig kramte er durch die unterste Schreibtischschublade und zog den Stadtplan heraus, den er sich anläßlich seines ersten Besuchs in Washington gekauft hatte. Der Index führte ihn zu einem kleinen Park, dessen nordwestliche Ecke an der K Street und an der 14. Straße lag – nur ein paar Blocks entfernt von dem Drugstore, in dem gestern Katies Rezept abgeholt worden war.

Warum konnte Snake nicht einfach sagen, Ecke K – 14. Straße? Was beabsichtigte er? Welches Spiel betrieb er? Wollte er ihn zum Narren halten?

Wahrscheinlich. Vielleicht bekam er dadurch seinen Kick.

Und warum benutzte er jetzt ein Telefon? Bis jetzt hatte er alles per E-Mail erledigt. Was war heute anders? Was konnte er am Telefon besser ausdrücken als schriftlich?

Zweifellos handelte es sich um den Dienst, den er erbringen mußte. John wurde übel. Was zur Hölle konnten sie nur von ihm wollen?

Er sah auf seine Armbanduhr. Genügend Zeit. Eine schnelle Dusche und einen kleinen Happen zu essen, dann würde er aufbrechen. Er wollte bereits eine Weile vor dem Anruf an der Telefonzelle sein.

Bevor er das Arbeitszimmer verließ, löschte er die Nachricht. Nana mußte sie nicht unbedingt sehen. Je weniger Details sie erfuhr, desto besser.

Allmählich überwand er seine Müdigkeit. Wenigstens war diese endlose Nacht des Wartens vorüber. Jetzt konnte er etwas tun. Aber wie würde es weitergehen? Er schüttelte das blanke Entsetzen ab, das ihn erneut überfiel. Was diese Leute auch von ihm verlangten, er mußte damit fertigwerden. Das Wichtigste war momentan das Gefühl, Katie einen Schritt näher zu kommen.

2

»Paulie! PAULIEEE!«

Paulie rollte erschrocken aus dem Bett, verhedderte sich mit dem Fuß im Laken und landete unsanft auf dem Boden. Noch halb bewußtlos rieb er sich die Augen und sah sich um. Zunächst wußte er nicht, wo er war. Er wußte nur, daß Poppy nach ihm schrie, als wäre jemand mit dem Ochsenziemer hinter ihr her. Sie war nicht im Zimmer. Sie mußte in einem anderen Raum des Hauses sein. Welches Haus? Ach ja – das Haus in Falls Church.

Noch immer schrie Poppy, als Paulie endlich auf die Füße kam und ins Wohnzimmer stolperte. Leer. Er hastete in das andere Schlafzimmer und fand Poppy tränenüberströmt und völlig aufgelöst am Bett des Kindes. Sie drehte sich um und warf sich an seine Brust. »Was hat sie, Paulie? Was ist los mit ihr?«

Paulie starrte das Mädchen an. Ihre Hände waren noch immer an das

Bett gefesselt, doch der Rest des kleinen Körpers warf sich auf dem Bett umher wie ein gestrandeter Fisch. Ihr Atem zischte zwischen den zusammengebissenen Zähnen hervor, und ihre Pupillen waren verdreht, so daß nur noch das Weiße der Augen zu sehen war. Etwas Derartiges hatte Paulie noch nie gesehen.

»Mach, daß sie aufhört, Paulie!« jammerte Poppy, wobei ihre Stimme zu einem Schrei anschwoll. »Bitte, mach, daß sie *aufhört*!«

Und dann kam – wie in dem Film *Der Exorzist* – dieser gellende Ton, halb Knurren, halb Schrei, und das Kind bog den Rücken durch, bis nur noch die Fersen und der Hinterkopf das Bett berührten. So verharrte sie, Gott weiß wie lange, bis Paulie dachte, sie würde entweder auseinanderbrechen oder im nächsten Augenblick über dem Bett schweben.

Da fiel sie plötzlich zurück und blieb bewegungslos liegen.

»O Gott!« flüsterte Poppy. »O Gott! Paulie, ist sie tot?«

Verdammt, sie sah tatsächlich so aus, blaß wie ein Geist, regungslos und keine Atembewegung. Er hatte fast Angst, sich ihr zu nähern, aber irgend jemand mußte ja nachsehen. Als er an das Bett treten wollte, schubste ihn Poppy beiseite. Sie war neben dem Kind in die Knie gegangen und fuchtelte mit den Armen in der Luft herum wie ein Holy Roller während einer Gebetsversammlung. Vor Angst wagte sie nicht, das Kind zu berühren.

»Was mache ich nur?« klagte sie. »Was soll ich tun?«

Endlich packte sie das Kind an den Schultern und schüttelte es. »Katie! Katie! Wach auf!« Mit beiden Fäusten hämmerte sie auf die Brust des Kindes. »Atme, verdammt noch mal!«

Plötzlich zuckte das Kind zusammen, hustete und holte Luft.

»Gott sei Dank!« stöhnte Poppy. »Komm, hilf mir, sie loszubinden.« Sie beugte sich über das Kind, tastete aber plötzlich auf dem Laken herum. »O je. Sie hat sich naß gemacht.«

Paulie und Poppy lösten jeweils an einem Handgelenk den Strick. Die Haut war durch das heftige Zerren rot unterlaufen und zerschunden. Poppy massierte die Gelenke.

»Was ist nur passiert, Katie?« fragte sie. »Bist du okay?«

Doch das Kind starrte an Poppy vorbei ins Leere.

Poppy sah Paulie mit Panik in den Augen an. »Sie wird doch wohl nicht noch mal anfangen, oder? Paulie, sag, daß sie das nicht noch mal macht!«

Paulie war erschrocken. Noch nie hatte er Poppy so völlig außer sich erlebt. Sie war doch immer so cool, zumindest, wenn sie nicht wütend war. Aber jetzt … Mann, sie war das reinste Nervenbündel.

»Beruhige dich, Poppy«, sagte er leise und sanft. »Sie wird sich schon erholen.«

»Woher weißt du das?« fuhr sie ihn an. »Stimmt etwas nicht mit ihr? Hat Mac nichts gesagt?«

Himmel, die Tabletten! Er fühlte sich wie das größte Arschloch.

»Doch«, sagte er kleinlaut. »Deshalb hat er mich ja gestern antanzen lassen. Um ihre Pillen zu besorgen. Sie hat Epilepsie.«

»Was!« Poppy sprang auf die Füße und starrte ihn mit weit aufgerissenen Augen an. Sie war jetzt ebenso bleich wie das Kind … und sah sehr seltsam aus. »Sie hat Epilepsie, und du hast mir nichts davon gesagt?«

»He, ich hab's doch auch erst gestern nachmittag erfahren. Mac wurde auch erst nachträglich davon informiert. Aber keine Angst, ich habe Tabletten für sie.«

»Warum hast du nichts davon gesagt?« preßte sie zwischen den Zähnen hervor. »Warum hast du sie ihr nicht gegeben?«

»Na, du weißt doch, wie es gestern abend lief. Ich kam nach Hause, und wir haben gegessen, getrunken und – na, und dann hab ich's vergessen.«

Poppy schloß die Augen. Sie sah aus, als würde sie jede Sekunde explodieren. »Hol sie. Gib sie mir – sofort.«

»He, hör doch –«

»JETZT!«

Paulie hastete ins Schlafzimmer zu seiner Jacke. Er wußte, daß er nun einen schweren Stand hatte. So schnell würde er kein Bein mehr auf den Boden bekommen, nicht mal eine Zehe. Das hatte er anständig verbockt. Schlimm genug, daß Poppy ihm eine Lektion erteilte, aber wenn Mac das herausfand …

Er holte das Fläschchen, reichte es Poppy und sah zu, wie sich ihr Gesicht rot verfärbte, als sie die Aufschrift las.

»Hier steht, sie soll zweimal am Tag eine Tablette nehmen. Sie hätte gestern abend eine schlucken sollen, verflucht.«

Und plötzlich stürzte sie sich auf ihn und bearbeitete seine Brust mit ihren Fäusten. »Du Dreckskerl! Du gottverdammter Hundesohn! Du lausiger –«

Er packte ihre Handgelenke und schüttelte sie. »Beruhige dich, Poppy. Du führst dich auf wie eine Irre! Was ist nur in dich gefahren?«

Sie kämpfte sich frei und kehrte zu Katie zurück. »Sie könnte jeden Moment wieder einen Anfall bekommen. Wieder und wieder und wieder, und nicht mehr damit aufhören! Bis sie tot ist! Nur, weil du so verdammt blöd bist!«

»He, hör mal. Ich wußte doch –«

»Wir müssen sofort versuchen, eine der Tabletten in sie reinzukriegen«, sagte sie.

»Also gut. Wir versuchen es.«

Sie sah ihn an und nickte. Im Moment wirkte sie wieder ganz vernünftig.

Sie stellten fest, daß es Kautabletten waren. Und nun? Das Kind schien bewußtlos zu sein; in dem Zustand würde sie wohl kaum irgend etwas kauen.

Poppy nahm die Flasche mit in die Küche und versuchte, mit einem Messerrücken eine Pille zu zerdrücken, doch sie war viel zu zappelig.

»Komm, laß mich mal«, sagte Paulie und griff nach dem Messer. Bereits der erste Versuch war erfolgreich, und er hoffte, in Poppys Gesicht ein kleines Lächeln der Anerkennung zu finden, doch ihr Blick war immer noch eisig; kein Tauwetter in Sicht.

»Noch eine«, kommandierte sie.

»Aber sie soll doch jetzt nur eine nehmen.«

»Ich will wettmachen, daß sie gestern abend *keine* bekam.«

Scheiße. Schlimm genug, diesen Riesenärger am Hals zu haben; schlimmer noch, das Wissen, daß man ihn verdiente. Er zerquetschte die zweite, Poppy löste das Pulver in einem Schuß Wasser auf.

Wie sollten sie dem Kind die Mixtur nur einflößen? Sie wachte ja nicht auf.

Schließlich plazierten sie den Kopf des Kindes auf Poppys Schoß und Paulie preßte ihr die Kiefer auseinander, während Poppy ihr die

Flüssigkeit einträufelte. Das Kind hustete und würgte, aber Poppy hielt ihr den Kopf, bis sie geschluckt hatte.

Erleichtert atmete Paulie auf. »Super. Sie wird schon wieder. Alles in Ordnung.«

Poppy funkelte ihn böse an. »Woher willst du denn das wissen?«

»Na, klar. Jetzt hat sie doch ihr Medikament –«

»Verschwinde«, fauchte Poppy. »Laß mich mit ihr allein.«

Paulie hätte ihr gerne den Kopf zurechtgesetzt und ihr gesagt, daß sie mit ihm nicht so umspringen konnte, doch er schien Luft für sie zu sein, als hätte er sich in einer Rauchsäule aufgelöst. Poppy hatte das Kind auf ihren Schoß gezogen und wiegte sie wie ein Baby hin und her, wobei sie ihr zärtlich ins Ohr summte. Sie schien sich in einer anderen Welt zu befinden, als wäre sie die Mutter der Kleinen oder so was.

Paulie ließ sie alleine. Komisch. Sie sollte sich jetzt lieber am Riemen reißen. Sie mußten doch zusammenhalten, zumindest bis dieser Job vorüber war.

Das kapiere ich nicht, dachte er, und warf einen Blick zurück auf das Bett, wo Poppy begonnen hatte, dem Kind leise vorzusingen. Sie hatte doch immer behauptet, Kinder zu hassen, und nun benimmt sie sich wie die leibliche Mutter dieses Mädchens!

3

Um 8.45 Uhr erreichte John die nordwestliche Ecke des Franklin Square. Die Telefonzelle war leer, aber wie lange noch? Jede Minute konnte einer der Drogendealer, die sich hier so zahlreich herumtrieben, das Telefon für den Rest des Tages in Beschlag nehmen.

Um das zu verhindern, nahm John den Hörer ab, der nach Erbrochenem stank, und gab vor, eine Nummer zu wählen.

Dann stand er mit dem schmierigen Hörer am Ohr, täuschte eine rege Unterhaltung vor und hielt mit der freien Hand die Gabel gedrückt.

Um ihn herum strömten Arbeiter aus der Metrostation MacPherson Square, und Penner krochen aus ihren Unterschlupfen hervor, um ihr

Tagwerk als Bettler zu beginnen. Die Sonne blinzelte durch die dunstige Luft und wärmte den Park, verschlimmerte aber auch den widerlichen Geruch des Hörers. Johns Magen rebellierte. Der Nachgeschmack seines Kaffees lag wie morastige Brühe auf seiner Zunge.

Lieber Gott, wie lange mußte er die ernsthafte Unterhaltung mit dem tutenden Hörer denn noch vortäuschen? Kam ihm vor, als stünde er bereits den ganzen Morgen hier.

Da läutete das Telefon. Erschrocken riß er die Hand von der Gabel.

»Hallo? Hier VanDuyne.«

»He, das ging aber schnell.«

John erkannte die Stimme: Es war die Stimme aus der Metrostation.

»Ich habe gewartet. Ich habe doch versprochen, daß ich alles tue, was Sie wollen. Sie haben mich für neun Uhr herbestellt, also bin ich hier.«

»Tränen wieder trocken?«

Der spöttische Ton weckte in John den Wunsch, Snake anzuschnauzen, aber er verkniff es sich. Warum sollte er ihm diese Genugtuung geben? »Ja. Was wollten Sie mir mitteilen?«

»Nicht so hastig. Erst gehen Sie noch zu einem anderen Telefon.«

»Soll das ein Spiel werden?«

Tonloses Lachen. »Keine Sorge. Auch ich habe diese Filme gesehen. Nein, reine Vorsichtsmaßnahme. Ich schicke Sie zu einem anderen Park – Lafayette Square. Wissen Sie, wo das ist?«

John kannte ihn. »Gegenüber dem Weißen Haus.«

»Genau. Nordostecke gegenüber dem VA-Gebäude. Nur vier Blocks von Ihrem augenblicklichen Standort entfernt. In fünf Minuten hören Sie dort von mir.«

Dann war die Leitung tot.

John sah auf die Uhr. 9.02 Uhr. Vier Blocks in fünf Minuten. Selbst rückwärts gehend hätte er es leicht geschafft, trotzdem verfiel er in Laufschritt. Nur nichts dem Zufall überlassen.

Binnen zwei Minuten hatte er den Lafayette Square erreicht und die Telefonzelle erspäht, doch sein Mut sank, als er sah, daß sie besetzt war. Eine dicke Frau in beigen Polyesterhosen und einem Button mit der Aufschrift »Wir sagen NEIN! Winston geh heim!« an ihrem weißen Polyesterpulli – eine aus der Horde der Demonstranten, die sich immer noch auf dem Platz vor dem Weißen Haus drängten – quasselte vor sich hin.

John wartete eineinhalb qualvolle Minuten, während der Zeiger Richtung 9.07 Uhr wanderte. Sie schien kein Ende zu finden.

»Entschuldigen Sie, Ma'am«, unterbrach er sie. »Ich erwarte in wenigen Minuten einen dringenden Anruf an diesem Telefon.«

Verständnislos blickte sie ihn an.

»Bitte, Ma'am. Es ist äußerst wichtig.«

Sie bedeckte die Sprechmuschel und glotzte ihn an. »Yeah?« sagte sie mit New Yorker Akzent. »Was ist das? Ihr Büro? Suchen Sie sich gefälligst ein anderes Telefon. Stehen ja genügend davon herum.«

»Sie verstehen mich nicht. Ich kann nicht einfach an ein anderes Telefon gehen. Ich erwarte den Anruf an *diesem* Apparat.«

»Wenn Sie nicht sofort abhauen, rufe ich einen Cop.«

Das konnte er nun gar nicht brauchen – und doch mußte er sie aus der Zelle locken.

Sie gab ihm durch ein Handzeichen zu verstehen, er solle verschwinden, und wandte sich wieder ihrem Gespräch zu.

Da hatte John eine Idee.

»Sehen Sie«, sagte er und kramte in seinen Taschen. »Ich bezahle Ihnen das Telefonat.«

Plötzlich zeigte sie Interesse. »Nehmen Sie mich auf den Arm?«

John zog zwei Fünfdollarnoten heraus und wedelte damit vor ihrem Gesicht herum. Ihre Augen wurden schmal. Wollte sie etwa noch mehr? Er hatte keine *Zeit* mehr, verdammt.

»Zehn Dollar für das Telefon, Ma'am. Jetzt oder nie.«

Während sie die Scheine anstarrte, dachte er, nimm sie, Lady, bevor ich dir das Telefon aus deinen schwammigen Fingern reiße und dich mit einem Fußtritt auf den Rasen vor dem Weißen Haus befördere.

»Abgemacht«, sagte sie schließlich.

Mit diesen Worten griff John an ihr vorbei und schlug mit der Hand auf die Gabel.

»He!« schrie sie. »Ich konnte mich nicht mal verabschieden!«

»Abgemacht ist abgemacht.« Damit schnappte sich John den Hörer und drückte ihr die zwei Scheine in die Hand. »Besten Dank.« Dann quetschte er sich an ihr vorbei in die Zelle.

Sie watschelte davon und murmelte etwas über »Männer«. Sollte sie doch denken, er wäre Attila, der Hunnenkönig – John war es egal, er hatte das Telefon. Zehn Sekunden später klingelte es.

»VanDuyne.«

»Sie haben es also geschafft. Gut, dann kommen wir zum Geschäft. Es ist alles sehr einfach. Wir möchten, daß Sie uns einen Dienst erweisen. Sie tun es und bekommen Ihr Kind zurück.«

»Einen Dienst. Ja. Was erwarten Sie von mir?«

»Sehr einfach. Nicht im geringsten kriminell. Alles, was Sie zu tun haben, ist einem Ihrer Patienten eine Dosis eines gewissen Medikaments zu verabreichen.«

John lehnte sich an die Zellenwand. »Patienten? Ich praktiziere nicht. Ich glaube, Sie haben den falschen Mann.«

Konnte das sein? Konnte es einen derart grauenhaften Irrtum geben?

»Wirklich? Wie steht es mit Ihrem Orientierungssinn, Doc?«

»Wie meinen Sie das?«

»Wenden Sie sich nach Süden. Können Sie das?«

John blickte sich um. »Ich sehe bereits nach Süden.«

»Gut. Was sehen Sie?«

Er sah das Telefon. Die Zelle öffnete sich nach Norden, und er sah auf ihre rückwärtige Glaswand. Er meinte doch nicht etwa …?

Ein ahnungsvoller Schauer der Angst überkam ihn.

John trat einen Schritt nach rechts und sah es. Jenseits des Platzes und der Promenade, hinter dem schmiedeeisernen Zaun … »Das Weiße Haus?« Er mußte die Worte gewaltsam hervorpressen.

»Erraten.«

»Aber …« Worte und Gedanken waren in seinem Gehirn knirschend zum Stillstand gekommen, erstarrt in dem Eissturm, der durch seine Arterien tobte.

»Kein ›Aber‹, Doc. Sie sind der persönliche Arzt des Präsidenten, und vor dem Ende dieser Woche werden Sie ihm eine Dosis Antibiotikum verpassen.«

John brachte noch immer keinen Ton hervor. Er konnte nur auf das Weiße Haus starren.

»Hören Sie, Doc? Wenn Sie nicht –«

»Ja, ich weiß!« stieß John hervor. Er kannte das Ultimatum. Er brauchte keine Details.

O Gott! Sie hatten es auf Tom abgesehen.

John fühlte sich wie ein Ertrinkender. Er suchte nach einem Halt, etwas, was ihn über Wasser halten würde. Da drängte sich ihm ein Wort Snakes ins Bewußtsein.

»Antibiotikum? Sagten Sie Antibiotikum?«

»Stimmt. Aber nicht ein x-beliebiges. Es muß Chloramphenicol sein.« Er sagte es sehr bedächtig. »Verstanden, Doc? Chloramphenicol.«

»Ja«, antwortete John tonlos. »Verstanden.«

»Haben Sie davon gehört?«

»Natürlich.« Chloramphenicol ... ein altes Antibiotikum, das kaum mehr verwendet wurde, außer bei Typhus und gelegentlich bei einer Meningitis. »Aber warum ...?«

Und dann dämmerte es ihm ... Etwa vor zwölf Jahren ... als Tom sein Ziel in der Präsidentschaft zu sehen begann ... damals hatte er John gebeten, seine medizinische Vorgeschichte nach etwas zu durchforsten, das man eines Tages gegen ihn verwenden könnte. In den pädiatrischen Aufzeichnungen hatte John damals in großen roten Lettern auf jedem Blatt die Warnung »Kein Chloramphenicol« entdeckt. Daraufhin hatte John die Aufzeichnungen bis in Toms frühe Kindheit durchforstet und entdeckt, daß der kleine Tommy Winston als Dreijähriger fast an aplastischer Anämie gestorben wäre. Die Ursache: Chloramphenicol.

John hatte es damals in seinem Bericht erwähnt, da er keine Konsequenzen befürchtet hatte. Die Wahlkampfstrategen waren allerdings anderer Meinung gewesen. Jedes Anzeichen physischer Beeinträchtigung – sogar potentieller Beeinträchtigung – könnte irgendwann einmal Schaden anrichten. John und Tom hatten dies zwar als lächerlich empfunden, aber da Tom für den Sachverstand dieser Leute bezahlte, hielt er sich an ihren Rat: Von nun an galten die alten Aufzeichnungen als »verloren«.

Das hatten sie wenigstens angenommen. Wo hatte Snake oder seine Auftraggeber sie nur ausgegraben?

Aber das war im Moment sekundär. Viel wichtiger war die Frage, was mit Tom geschehen würde, wenn er eine weitere Dosis Chloramphenicol bekommen würde. Die Antikörper, die ihn damals fast das Leben gekostet hätten, waren immer noch in seinem Immunsystem. Sie waren wie schlafende Wachhunde, eingesperrt, ruhig und vergessen. Aber sie würden in dem Moment zu neuem Leben erwachen und ausbrechen, in dem sie ein Molekül Chloramphenicol schnupperten. Das Dumme war, daß es sich um falsch gepolte Antikörper handelte. Das letzte Mal hatten sie Tom angegriffen, indem sie einen Blitzkrieg gegen sein Knochenmark führten und es stillegten. Würden sie aktiviert, geschähe dasselbe wieder. Nur eventuell schlimmer.

Möglicherweise hatte Tom eine Chance zu überleben. In den letzten vier Jahrzehnten seit Toms erster Reaktion hatte sich in Hämatologie und Immunologie viel getan – neue Medikamente, Knochenmarktransplantationen –, heute standen viel mehr Behandlungsmethoden zur Verfügung.

Und trotzdem, immer noch starben Menschen an aplastischer Anämie.

Tom könnte daran sterben.

John bewegte die Lippen, doch es formten sich keine Worte. Das war ungeheuer. Sie konnten ihn doch nicht zwischen Katie und Tom wählen lassen, konnten doch nicht erwarten –

»Sind Sie noch dran, Doc?«

»Nein!« Das Wort platzte laut aus ihm heraus, und er bemerkte, daß er mehrere Blicke auf sich zog. Er mäßigte seine Stimme. »Das kann ich nicht.«

»Dann sehen Sie Ihre Tochter nie wieder.«

Snakes kalter, sachlicher Ton erschütterte John. Er sackte gegen die Wand der Zelle.

»Nein, warten Sie. Bitte. Er könnte daran sterben.«

»Etwas in der Art hatten wir uns vorgestellt, Doc«, erwiderte Snake.

»Ja, ja. Aber andererseits könnte er auch nicht sterben.« Johns Gehirn lief plötzlich auf Hochtouren, er suchte nach einer Möglichkeit, nach Vorwänden und Auswegen, nach irgend etwas, um den »Dienst« nicht erbringen zu müssen. »Es brachte ihn das erste Mal nicht um, also gibt es eine Chance, daß er es auch dieses Mal überlebt.«

»Dann geben Sie ihm eben noch eine Dosis. Und noch eine. Und wenn es sein muß, noch eine. Bis er entweder tot ist oder so krank, daß er zurücktreten muß. So oder so, wir wollen, daß er sein Amt niederlegt.«

»Das können Sie doch nicht von mir verlangen!«

»Ach, kann ich nicht?«

»Ich brauche Zeit.«

»Sicher.« Die Worte troffen vor Sarkasmus. »Nehmen Sie sich Zeit, soviel Sie wollen. Stellen Sie nur sicher, daß er für den Drogengipfel, der nächste Woche in Den Haag stattfinden wird, zu krank sein wird.«

»Darum geht es also.«

John warf einen Blick auf die Antilegalisierungsdemonstranten, die sich um ihn herum drängten. Beobachteten ihn einige davon etwa?

»Ja, Doc. Genau darum geht's. Taucht Ihr alter Kumpel nächste Woche in Den Haag auf, können Sie die Wiedersehensfeier mit Ihrer Tochter vergessen.«

»O Gott!« John fühlte, wie sich in seinem Hals ein Kloß bildete.

»Und keine Tricks! Nicht, daß Ihr Kumpel etwa nur krank spielt. Glauben Sie mir: Wir haben die besten Verbindungen. Wir erfahren alles. Das wäre das Ende Ihres kleinen Mädchens.«

»Bitte! Ich bezahle Sie! Ich verkaufe alles, was ich besitze und gebe Ihnen jeden Cent, aber tun Sie Katie nichts!«

»Wir treiben hier keinen Handel, Doc. Entweder, Sie verabreichen ihm das Mittel, oder nicht. Wie lautet Ihre Entscheidung?«

John war wie gelähmt und starrte auf das C & P-Logo auf dem Telefon. Unterdessen versuchte sein betäubtes Gehirn, eine Antwort zu formulieren. Er mußte ja sagen – ansonsten würde Katie sterben. War er denn dazu überhaupt fähig? Wie konnte er Tom vergiften?

John rang nach einer Antwort, da schoß plötzlich eine Hand an ihm vorbei und drückte auf die Gabel.

»Was?« John wirbelte herum und erblickte die fette Polyester-Lady von vorhin. Er riß ihre Hand weg und schrie in den Hörer. »Hallo? Sind Sie noch dran? Hallo?«

Es ertönte nur noch monotones Tuten. John knallte den Hörer auf die Gabel und drehte sich zu der Frau um. Glühender Haß wallte in ihm hoch. Er wollte schreien, er wollte weinen, aber am liebsten hätte er ihr den Kopf abgerissen.

»Wissen Sie, was Sie gerade getan haben?«

»Ich will mein Telefon zurück«, fauchte sie und fuchtelte ihm mit einem Fünfdollarschein vor der Nase herum, wobei sie wie ein Maschinengewehr schnatterte. »Alle Telefone in der Gegend sind belegt, also will ich meins zurück.«

»Sie haben mein Telefonat unterbrochen!«

»Ach! Und was haben Sie vorhin getan? Gleiches Recht für alle. Hier, fünf Dollar zurück. Fünf behalte ich, weil ich Ihnen mein Telefon abgetreten habe.«

John biß die Zähne zusammen. Hätte er nicht gehofft, Snake würde noch mal anrufen, er hätte den Hörer gepackt und ihn ihr in den Rachen gestopft.

»Verschwinden Sie«, stieß er drohend hervor.

Ihr Geschnatter verstummte. Verunsichert wich sie einen Schritt zurück. »He, was ist denn mit Ihnen los?«

Er beugte sich vor, und sprach immer noch durch die Zähne, wobei er jedes einzelne Wort langsam und deutlich betonte. »Gehen Sie, oder ich bringe Sie um.«

Niemals zuvor in seinem Leben hatte er jemandem gedroht, schon gar nicht mit Mord. Aber im Moment war es ihm ernst.

Sie mußte es wohl gespürt haben, denn sie tat noch einen Schritt rückwärts und lief dann davon. »Ich hole die Polizei!«

John drehte sich wieder zum Telefon. »Bitte, klingle!« flüsterte er. »Bitte, rufe zurück.« Er schlug mit der Faust gegen die Wand der Zelle. *»Bitte!«*

Aber das Telefon blieb stumm. Inmitten der Menschenmasse wartete John in der Morgensonne, stützte sich mit beiden Händen gegen die Seitenwände der Zelle und bewachte sie wie sein persönliches Eigentum.

Nach fünf Minuten verlor er die Hoffnung. Nach fünfzehn Minuten wußte er, Snake würde nicht wieder anrufen. Trotzdem blieb er – und wartete. Er konnte einfach nicht gehen.

Da entdeckte er in der Menge die Polyester-Lady, die – einen Polizisten im Schlepptau – auf ihn zusteuerte. Mit der Polizei konnte er sich jetzt nicht einlassen. Was geschähe, wenn Snake ihn beobachten ließ? Wenn Snake hörte, daß er mit einem Polizisten gesprochen hatte? Lieber nicht darüber nachdenken.

John drehte sich um und zwang sich, ruhig davonzugehen und in der Menge unterzutauchen.

Es war ohnehin sinnlos, länger zu warten. Snake würde nicht wieder anrufen. Das klügste, was er nun tun konnte, war, ihm von seinem Computer zu Hause eine E-Mail zu schicken und alles zu erklären. Je schneller, desto besser.

Und doch, in tiefster Seele, wurde er das Gefühl nicht los, soeben seine Tochter geopfert zu haben.

4

Er hatte aufgelegt!

Snake stand auf der Pennsylvania Avenue im Stau und konnte es immer noch nicht glauben. Doktor John VanDuyne, dieser angeblich so liebende und hingebungsvolle Vater, hatte das Telefonat mit dem Mann beendet, der seine Tochter in Händen hatte. Was dachte sich der Typ eigentlich?

Snake mußte zugeben, daß er einen Moment lang verwirrt war, nachdem die Leitung tot war. Er hatte ihm gesagt *Entweder, Sie verabreichen ihm das Mittel, oder nicht. Wie lautet Ihre Entscheidung?* Und Dr. VanDuyne hatte sich erdreistet, den Hörer hinzuknallen!

Da Snake eine fast schlaflose Nacht hinter sich hatte, war er jetzt ziemlich aufgebracht. Er hatte es ja geahnt, der Kerl würde eine harte Nuß sein.

Vielleicht war es auch eine Art Reflex gewesen. Schließlich hatte VanDuyne es sicherlich als verbalen Schlag ins Genick empfunden, als er hörte, was von ihm erwartet wurde.

Snake grinste. War ja auch ein teuflisches Dilemma. Der Stoff, aus dem Mythen entstanden: Wähle zwischen deinem besten Kumpel, dem Lenker der freien Welt, und deinem Kind.

Hatte fast etwas Kosmisches an sich. Und Snake war es, der den kosmischen Takt vorgab.

Nur, VanDuyne tanzte noch nicht nach seiner Pfeife. Wieder ein Beweis dafür, daß der Kerl unberechenbar war. Doch Snake wußte sich zu helfen. Paulie würde sich darum kümmern …

Gleich nach seinem Treffen mit Salinas.

Snake klopfte auf die Kassette in seiner Jackettasche und schluckte. Die nächste Stunde würde eine Gratwanderung werden. Dieses Treffen mußte äußerst geschickt gehandhabt werden.

5

»Also, Miguel, wie hat unser Doktor die Nachricht aufgenommen?«

Carlos Salinas saß zurückgelehnt in seinem ausladenden Ledersessel hinter dem Schreibtisch. Heute morgen trug er einen dunkelgrauen Anzug. Ein kleines, amüsiertes Lächeln spielte um seinen Schnurrbart.

»Nicht gut«, antwortete Snake und zwang sich, ruhig sitzen zu bleiben, obwohl er lieber aufgestanden und herumgegangen wäre. Sie unterhielten sich auch heute unter vier Augen. Keine Spur von Gold. »Wir haben ihn ziemlich durcheinandergebracht.«

»Sie mußten ihn nicht über die medizinische Vorgeschichte seines Freundes aufklären?«

»Nein, darüber schien er informiert zu sein.«

»*Bueno*. Wie stehen die Dinge im Moment? Hat er unser Ultimatum akzeptiert?«

Snake überlegte, ob er Salinas erzählen sollte, daß VanDuyne das Telefonat unterbrochen hatte, entschied sich aber dagegen. Salinas sollte ruhig den Eindruck gewinnen, er hätte die Sache völlig unter Kontrolle.

»Er wird es tun. Im Moment leidet er unter einer Art Bombenneurose. Ich werde ihm ein kleines Druckmittel zukommen lassen, damit er sich besser konzentrieren kann. Morgen früh wird er es sehr eilig haben, Winston eine Dosis Chloramphenicol zu verabreichen.«

»Exzellent!« Salinas klopfte sich auf die massigen Oberschenkel. Er grinste. »Miguel, ich bin sehr glücklich, Sie mit dieser Angelegenheit betraut zu haben.«

In Kürze bist du darüber nicht mehr so glücklich, dachte Snake. Er räusperte sich. Also los.

»Da wir gerade über ›diese Angelegenheit‹ sprechen«, begann er. »Sie ist doch bedeutender, als ich sie mir vorgestellt hatte.«

Salinas Augen wurden zu schmalen Schlitzen. »Ich hoffe, Sie verlangen nicht mehr Geld. Wir haben eine Abmachung –«

Snake hob abwehrend die Hände. »Absolut nicht. Es bleibt bei unserer Abmachung. Nein. Ich will nur sagen, die Sache ist so bedeutend, daß Sie mich hinterher vielleicht gerne aus dem Weg räumen möchten.«

»Ja«, sagte Salinas langsam, nickte und strich sich den Bart. »Ich verstehe Ihre Befürchtung. Aber das entspricht nicht meiner Art.«

»Die Schwierigkeit ist jedoch, ich kenne Ihre Art nicht. Wir kennen uns ja erst seit kurzem.«

»Miguel, wenn ich jeden töten würde, der einen Job für mich erledigt, wäre ich längst aus dem Geschäft.«

»Möglich. Dies ist jedoch kein Routinejob. Es ist absolute Topliga, das größte Ding, das Sie und ich je drehen werden. Ich möchte nur nicht, daß es auch mein *letztes* ist.«

»Miguel –«

»Nein, warten Sie. Sie sagten mir bereits, daß mein Team geopfert wird.«

»Ja. Paulie DiCastro und Poppy Mulliner. Gestern Abend schien Sie das nicht besonders zu stören.«

»Es gefällt mir nicht, aber ich weiß, daß die beiden ein Risikofaktor sind. Ich möchte nur vermeiden, mit den beiden in einer Grube zu landen.«

Salinas starrte ihn an wie eine Kobra den Mungo. »Ich habe das Gefühl, Sie wollen auf etwas Bestimmtes hinaus.«

Snake griff in seine Tasche und zog die Kassette hervor. Er legte sie vor Salinas auf den Schreibtisch.

»Was ist das?«

»Aufnahmen von einigen unserer Gespräche.«

Salinas lächelte schmallippig und hämisch. »Das ist nicht möglich.«

»Weil Sie ein Wanzenstörgerät haben?« fragte Snake. »Das funktionierte bei der Aufnahme unserer ersten Unterhaltung – damals hatte ich nur Rauschgeräusche auf dem Band. Daraufhin habe ich mir einen Filter zugelegt, der die Interferenzen ausschaltete.« Snake deutete auf das Band. »Ich denke, Sie werden Ihre Stimme gut erkennen. Vor allem während unserer gestrigen Unterhaltung, als Sie mir den eigentlichen Zweck dieses Unternehmens erklärten.«

»Mierda!« Salinas lief dunkelrot an, schlug mit der Faust auf den Tisch und ließ eine Reihe spanischer Flüche vom Stapel.

Er bringt mich nicht um, sagte sich Snake. Ich habe das Kind, VanDuyne hängt an meinem Haken. Er braucht mich. Er wird mich *nicht* umbringen.

Salinas hatte die Augen geschlossen und rang um Fassung. Dann öffnete er die Augen und starrte Snake an.

»Sie beleidigen mich. Wir haben doch eine Abmachung.«

»Und ich habe eine Abmachung mit meinen Leuten, die ich nicht einhalten werden kann. Dinge ändern sich, nicht wahr?«

»Beabsichtigen Sie, mich zu erpressen?«

»Absolut nicht. Meine Stimme ist auf dem Band ebenfalls identifizierbar. Ich bin derjenige, der das Kind entführte und der VanDuyne mitteilte, woraus das Lösegeld besteht. Ich werde um jeden Preis verhindern, daß dieses Band in falsche Hände gerät. Ich möchte lediglich sicherstellen, daß Ihr Interesse an meiner guten Gesundheit nicht erlahmt. Ich habe zwölf Kopien und –«

»Zwölf Bänder? *Chingate!*«

Tatsächlich hatte er nur noch vier – ein weiteres in seiner Tasche, zwei im Safe seines Hauses und eines bei einem Anwalt. Wenn Salinas diese fände, sollte er auf der Suche nach dem Rest verrückt werden.

»Die Bänder befinden sich an sicheren Orten. Sollte mir jedoch etwas zustoßen, gehen die Bänder an das FBI, den Secret Service, die Rauschgiftbehörde und so weiter. Ich weiß, daß Sie eine Menge Leute gekauft haben, aber wenn diese Kacke am Dampfen ist, möchte sicher *niemand* im Gegenwind stehen.«

Salinas starrte ihn noch immer schweigend an. Snake war sich bewußt, daß Salinas sehr wohl wußte, wie schwierig es für das FBI sein würde, ihn auf Grund der Tonbänder zu verurteilen. Doch zumindest würden sie seiner Geldwäscherei ein Ende bereiten und sein Leben in einen Alptraum verwandeln. Snake versuchte ihn zu besänftigen. Zwar konnte er sich nun in Sicherheit wiegen, aber er wollte sich diesen Mann nicht zum Feind machen.

»Sehen Sie, ich weiß, wie Sie sich fühlen. Sie haben all diese ausgeklügelten und aufwendigen Sicherheitsvorkehrungen gegen heimliche Lauscher und Wanzen getroffen, und trotzdem landet Ihre Stimme auf einem Tonband. Betrachten Sie das doch als Investition in die Zukunft. Die Technologie ist stetig im Wandel; Sie müssen schon immer auf dem neuesten Stand sein, damit Sie nicht übervorteilt werden.«

Salinas entgegnete nichts, schien aber ruhiger geworden zu sein.

»Sehen Sie es doch so: Jetzt, da ich diese Art der Lebensversicherung habe, kann ich wesentlich besser arbeiten. Ich jongliere bereits mit dem Kind und VanDuyne, und in Kürze werde ich die gesamte Regierung in die Krise treiben. Ich möchte nicht dauernd über die Schulter sehen müssen, um Ihre Absichten in bezug auf mich im Auge zu behalten. Das könnte mich mehr von meiner Arbeit ablenken, als Ihnen lieb ist.«

Salinas starrte noch immer vor sich hin, doch sein Zorn hatte sich offenbar verflüchtigt.

Snake lehnte sich vor und sagte versöhnlich: »Sagen Sie die Wahrheit: Wenn Sie in meiner Haut steckten, hätten Sie nicht genauso gehandelt?«

Jetzt lächelte Salinas und nickte. Snakes Muskeln entspannten sich. *Du hinterlistiger Teufel, du.*

»Ich gebe es zu«, seufzte Salinas. »Ich kann es Ihnen nicht verübeln, daß Sie sich schützen. Und Sie haben recht. Ich werde daraus lernen.« Und stirnrunzelnd fuhr er fort: »Aber ich hoffe, Sie wollen Ihre beiden Helfer nicht zu Nutznießern dieser Lebensversicherung machen.«

Snake dachte darüber nach. Hier war die Chance, Paulie und Poppy zu retten. Er hatte den sprichwörtlichen Daumen auf Salinas.

Und dann dachte er an das Nachspiel: Paulie und Poppy mit den Taschen voller Geld. Sie würden sich jeden Tag volldröhnen. Dann würde einer der beiden in der Zeitung vom Tod VanDuynes und des Kindes lesen und daß er der persönliche Arzt unseres toten oder todkranken Präsidenten war … man mußte kein Wissenschaftler sein, um sich den Rest zusammenreimen zu können.

Konnte man diesen Junkies vertrauen? Hm, richtig. Sie würden plappern, einer schneller als der andere.

Nein, Salinas' Lösung war die sauberste.

Snake hielt Salinas' Blick stand und schüttelte den Kopf. »Nein, die Versicherung läuft nur auf mich – keine weiteren Nutznießer.«

6

Hatte sich Snake gestern abend, als er das *Il Giardinello* verlassen hatte, schon in einem Hochgefühl befunden, so fühlte er sich jetzt geradezu stratosphärisch. Er hatte es getan! Er hatte das kolumbianische Kartell in seinen Grundfesten erschüttert! Sie strichen die Flagge! Zumindest Salinas. Aber das genügte. Er hatte die Botschaft klar und deutlich vernommen: Man spielt nicht mit Snake!

Auf dem Weg zum Auto begann er in die Luft zu boxen – rechts-links-rechts. Er war Ali und Tyson in einer Person, schwebte wie ein Schmetterling und war gefährlich wie eine Cruise Missile. Als er das Auto erreichte, wurde ihm bewußt, daß er viel zu aufgeputscht war, um sich hinters Steuer zu setzen.

Ein Auto? Ein *Auto*? Selbst eine Concorde wäre ihm im Moment zu langsam gewesen!

Er nahm sein Notebook aus dem Kofferraum und spazierte durch Georgetown wie ein Gutsherr, der seinen Besitz inspiziert. Er ging die Wisconsin Avenue hinauf, wandte sich nach links und stolzierte über die Kopfsteinstraßen mit den alten Straßenbahnschienen Richtung Georgetown University, vorüber an Backsteinhäusern und hinauf zum Universitätsgelände.

Der Spaziergang hatte seinen Adrenalinpegel so weit normalisiert, daß er sich in die Bibliothek setzen und in eine der Computerbuchsen einklinken konnte. Er loggte in seine Delphi-Benutzerkennung ein und überprüfte seine Mailbox.

Grinsend las er VanDuynes Brief, worin der Arzt winselnd und flehend um Verzeihung bat und beteuerte, daß es sich um einen unglücklichen Zufall gehandelt habe. Snake möge doch noch mal Kontakt aufnehmen und das Mißgeschick doch bitte, bitte nicht an seiner lieben kleinen Katie auslassen.

Na ja, kann sein, daß es ein unglücklicher Zufall gewesen war, kann aber auch nicht sein. Wollte VanDuyne ihn etwa zum Narren halten? Aber hier war Snake der Boß. Selbst die Kolumbianer hatten das jetzt erkannt. Und Snake erlaubte weder Tricks noch Mißgeschicke.

Genau das wollte er VanDuyne jetzt mitteilen. Doch dann hatte er plötzlich eine bessere Idee.

Nein, keine Antwort. Der soll nur kochen. Das Warten auf eine Antwort soll ihn an den Rand des Wahnsinns treiben.

VanDuyne würde seine Antwort schon bekommen.

Morgen früh.

In seinem Postkasten.

7

Poppy beobachtete durch die Schlitze ihrer Maske, wie Katie das Glas Milch leerte.

»Möchtest du noch etwas?«

Katie schüttelte den Kopf. Poppy sah auf ihre Armbanduhr. Drei Stunden seit dem Krampf. Das Kind war vor einer Stunde aufgewacht, schien aber immer noch nicht ganz bei sich zu sein. Sie hatte wieder etwas Farbe bekommen, aber ihr feines Haar war völlig zerzaust.

Gott sei Dank hatte sie nicht noch einmal einen Krampf bekommen. Würde sie auch nicht, jedenfalls solange Poppy das verhindern konnte.

»Bist du nicht hungrig?«

Wieder schüttelte sie den Kopf und seufzte. »Ich will nach Hause.«

Poppy schlang die Arme um sie und zog sie an sich. »Ich weiß, mein Kleines. Das wirst du auch, bald. Ich verspreche es dir.«

»Wann denn?«

»Ich weiß es nicht genau, aber es dauert nicht mehr lange.«

»Das sagt mein Daddy auch immer.«

»Wann sagt er denn das?«

»Wenn wir im Auto sitzen und ich ihn frage, wie lange es dauert, bis wir da sind, dann sagt er immer das gleiche: Es dauert nicht mehr lange. Sogar, wenn wir gerade erst abgefahren sind, sagt er, es dauert nicht mehr lange.«

Poppy lachte. »Ja, mein Daddy hat auch immer etwas Ähnliches gesagt. Ich glaube, daß alle Daddys gleich sind.«

Aber mein Daddy ist tot.

Sie dachte an ihren Vater und daran, daß sie erst sechs Monate nach seiner Beerdigung von seinem Herzinfarkt erfahren hatte. Und sie erinnerte sich an Onkel Jakes Stimme am Telefon: »Das war kein Herzinfarkt. Dein Vater ist an *gebrochenem* Herzen gestorben. Und wir wissen wohl beide, wer es ihm gebrochen hat.«

Ja, sie wußte es. Genau.

Katie entzog sich ihrer Umarmung und sah sie an. »Warum trägst du eine Minnie-Mouse-Maske?«

»Ich sagte dir doch, daß du mein Gesicht nicht sehen sollst. Aber ich dachte, diese hier würde dir besser gefallen als die Roseanne-Maske. Ist es nicht so?«

»Ja.«

»Und wie gefallen dir deine neuen Kleider?«

Katie sah an sich hinunter und musterte das karierte Hemd und die Oshkosh-Latzhose. »Sie sind okay.«

Sie hat recht, dachte Poppy. Sie sind okay. Aber mehr auch nicht. Sie hatte Paulie die Größe angegeben und ihn losgeschickt, Kleidung für Katie und neue Masken zu kaufen. Die Masken waren gut – Minnie für sie und Mickey Mouse für ihn – aber die Kleider …

»Na ja, wenigstens sind sie trocken.«

Katie wurde rot und sah zu Boden. »Es tut mir leid.«

Poppy zog sie wieder an sich und drückte sie. »Das muß doch dir nicht leid tun! Es war ja nicht dein Fehler. Es war unserer. Wir haben vergessen, dir die Tablette zu geben. Aber es wird nicht wieder passieren.«

Was ist nur mit mir los? fragte sich Poppy, als sie den mageren kleinen

Körper an sich drückte. Sie konnte doch Kinder nicht ausstehen und wollte nie welche haben. Und nun wünschte sie nichts sehnlicher, als dieses hier zu halten und zu beschützen. Das bin doch nicht mehr ich?!

Sie erinnerte sich, mit Kopfschmerzen aufgewacht zu sein und dieses Rattern und Klopfen im Haus gehört zu haben. Sie hatte versucht, Paulie aufzuwecken, aber vergeblich. Also war sie aufgestanden und hatte selbst nachgesehen …

… und war fast verrückt geworden, als sie das Kind mitten in einem Krampf entdeckte.

Es war nicht das erste Mal, daß Poppy einen derartigen Krampf erlebte. O Gott, sie hatte mehr als genug erlebt, und sie hatte gehofft, ja gebetet, nie mehr wieder etwas Derartiges sehen zu müssen.

»Ich verspreche dir, Glory«, flüsterte sie in das dunkle Kinderhaar, »es wird nie mehr wieder passieren.«

Katie protestierte, »Ich heiße doch nicht Glory!«

Poppy erschrak. Glory? Hatte sie sie wirklich Glory genannt?

»Du hast recht«, sagte sie. »Natürlich nicht. Woran habe ich nur gedacht?«

War das etwa der Grund für ihr sonderbares Verhalten? Sah sie in Katie das Kind, das Glory heute sein könnte?

Wenn sie noch am Leben wäre?

Sie unterdrückte einen Schauder. Das war unheimlich. Und doch …

Draußen klingelte das Telefon. Sie setzte Katie aufs Bett und öffnete die Tür einen Spalt. Paulie hob ab. »Ja?«

Mußte Mac sein.

»Ja, es geht ihr gut … Nein. Keine Probleme. Hab ihr die Tablette nach Vorschrift gegeben …«

Poppy fing seinen Blick auf und starrte ihn durch die Maske an. Er zuckte die Achseln, als wolle er ausdrücken: *Was soll ich sonst schon sagen?*

Halte lieber deinen Mund, Paulie. Wenn Mac herausfindet, daß du sein kleines Paket fast umgebracht hättest, kannst du was erleben!

Sie war immer noch stocksauer auf Paulie. Wie konnte ein Mann nur so dumm sein? Er hatte doch die Tabletten in seiner Tasche. Er mußte doch nur …

Sie verscheuchte den Gedanken. Sie würde nie wieder wütend werden.

»*Was?*« rief Paulie. »Ah, komm schon! Quatsch doch nicht solchen Scheiß, Mann!«

Oh, oh, was war denn nun passiert?

Paulie warf ihr einen Blick zu und sprach leise weiter. Aber sie konnte an seinen Schulterbewegungen erkennen, daß er heftig argumentierte. Er warf ihr einen Blick zu, der sie an einen schußscheuen Hund erinnerte, und verzog sich dann mit dem Telefon in ihr Schlafzimmer.

Offensichtlich lagen sich Paulie und Mac wegen irgendeiner Meinungsverschiedenheit in den Haaren. Was war es wohl diesmal? Na, egal. Sie würde es früh genug erfahren. Sie schloß die Tür und kehrte zu Katie zurück.

Es dauerte lange, bestimmt fünfzehn Minuten, bis Paulie an die Tür klopfte. »Kommst du mal?«

Poppy schlüpfte zur Tür hinaus, schloß sie hinter sich und zog sofort die Maske vom Gesicht. Die kühle Luft auf dem Gesicht tat ihr gut. Hinter der Plastikmaske war es heiß und feucht. Mit dem Ärmel wischte sie sich den Schweiß vom Gesicht und sah dann Paulie an.

Du meine Güte, er sah ja total erschrocken aus! Sein Blick flackerte heftig, aber er vermied es, Poppy anzusehen.

»Was ist passiert?« fragte sie schließlich.

»Es war Mac.«

»Überraschung! Was wollte er?«

»Er sagt, der Vater der Kleinen weigert sich, mit uns zusammenzuarbeiten.«

»*Waaas?* Du meinst, er will sie nicht zurück?«

»Weiß ich nicht genau. Mac sagt, er macht ihm das Leben zur Hölle.«

Poppy sah Richtung Schlafzimmertür. Himmel! Jemand klaut seine Tochter, und er feilscht um den Preis! Was für ein Vater ist das denn?

»Der Mistkerl!«

»Ja. Also, …« Paulie fixierte angestrengt den Fußboden. »Also, Mac will, daß wir dem Kerl ein kleines Druckmittel zuschicken.«

Poppy erstarrte und blickte verständnislos auf Paulie, dessen Blick immer noch auf den Fußboden geheftet war. Sie war vor Jahren einmal in den Magen geschlagen worden, und genauso fühlte sie sich im Moment. Ihr war speiübel.

Doch sie beherrschte sich. Und sie beherrschte das Verlangen, sich auf Paulie zu stürzen und zu kreischen wie ein altes Klageweib. Sie beherrschte jede Faser ihres Körpers.

Und langsam wurde sie kalt wie Eis.

Dann hart wie Stahl.

Diesem kleinen Mädchen wird niemand etwas antun.

Ruhig, aber bestimmt sagte sie: »Vergiß es.«

Paulie riß den Kopf herum, als hätte ihn jemand ins Gesicht geschlagen. Er sah sie an wie eine Fremde. Anscheinend hatte er eine andere Reaktion erwartet.

»He, Poppy, wir haben keine Wahl.«

»Ach ja? Wer sagt das?«

»Mac. Ich sagte doch –«

»Mac befiehlt ›Spring‹, und du fragst ›Wie hoch?‹ Läuft das Spiel so?«

»Glaubst du etwa, mir macht das Spaß? Glaubst du, ich will dem Kind das antun? Hör doch auf! Aber wenn Mac es verlangt …!«

»Es ist mir völlig schnuppe, was er verlangt – dieses Kind faßt jedenfalls niemand an.«

Sie drehte sich um, doch er packte sie am Arm.

»Hör mal. Mac wollte dem Kerl einen ihrer Finger schicken. Ich hab ihn wenigstens auf eine Zehe herunterhandeln können. Eine *Zehe,* Poppy. Eine alberne Zehe! Die wird sie niemals vermissen.«

Poppy riß sich los. »Nicht einen *Fingernagel,* Paulie. Nicht mal ein *Haar*! Kapiert?«

»Wir müssen aber, Poppy.«

Sie ging auf Katies Zimmer zu, drehte sich noch mal um und sah ihm fest in die Augen.

»Nur über meine Leiche.«

Sie wußte, daß Paulie ihr nicht glaubte. Wie konnte sie ihn nur überzeugen? Wie konnte sie ihn davon abbringen?

Er kam einen Schritt näher. »Ob du willst oder nicht, wir müssen.«

»Du mußt mich schon windelweich schlagen, Paulie, bevor du ihr nahe kommst. Ich weiß, du *kannst* es. Aber *wirst* du es auch tun? Ich glaube kaum, daß du so weit gehst. Aber wenn, dann bringst du mich besser um. Das ist alles, was ich zu sagen habe, Paulie. Dann mußt du mich zuerst umbringen. Denn ich bringe *dich* um, falls du dem Kind zu nahe kommst. Eines Nachts, wenn du schläfst, steche ich dir ein Messer in die Brust. Das verspreche ich dir: Wenn du dem kleinen Mädchen etwas antust, wirst du demnächst morgens als Toter aufwachen!«

Verblüfft blieb er stehen und hob verzagt die Arme. »Gottogott! Du meinst es anscheinend wirklich ernst!«

Sie nickte und war selbst überrascht. Sie kannte doch diese kleine Katie kaum und war trotzdem bereit, für sie zu sterben. Was war nur mit ihr los, verdammt?

»Leider vergißt du Mac, nicht wahr?« fauchte Paulie. »Wenn wir nicht tun, was er erwartet, wachen wir *alle* tot auf. Und dann kann er ihr abschneiden, wonach ihm zumute ist, verdammt.«

Sie war geschockt. Paulie hatte recht. Mac verlangte absoluten Gehorsam. Er zahlte, und dafür erwartete er die strikte Einhaltung seiner Anordnungen. Wer wußte schon, wozu er fähig war, wenn sie sich weigerten, ihm das Druckmittel zu verschaffen?

Entnervt fuhr sich Paulie mit beiden Händen durch die Haare. »Das ist ja prima! Mach ich, was Mac will, bringst du mich um. Mach ich, was du willst, bringt Mac mich um. Zum Teufel, womit habe ich das verdient?«

Poppy bekam Mitleid mit ihm. Sie hatte ihn richtig in die Klemme gebracht. Eigentlich wollte sie, daß weder Katie noch Paulie etwas zustieß.

»Es muß doch einen Ausweg geben«, klagte sie.

»So?« höhnte er. »Und welchen? Mac will dem Vater einen Teil seiner Tochter schicken. Mit etwas anderem wird er sich wohl kaum zufriedengeben.«

Da hatte Poppy eine Idee und sie platzte heraus: »Okay. Schicke ihm eine meiner Zehen.«

Paulie glotzte sie mit offenem Mund an. »Spinnst du? Das ist nicht nur verrückt, das ist auch noch blöde. Als ob ihr Vater den Unterschied nicht erkennen würde! Was ist nur mit dir los, Poppy? Was ist mit dir und diesem Kind? Ich dachte, du haßt Kinder!«

»Ich ... ich mag sie auch nicht«, meinte sie. »Aber die Kleine ist eben eine Ausnahme.«

Poppy lehnte sich gegen den Türrahmen. Plötzlich fühlte sie sich hundeelend. Eis und Stahl schmolzen dahin. Sie zitterte am ganzen Körper.

»Waffenstillstand?« fragte sie kleinlaut.

»Meinetwegen«, knurrte Paulie. Er hatte die Hände in die Hüften gestemmt und lief im Kreis herum. »Aber das hilft uns nicht, wenn Mac demnächst anruft und mir die Adresse angibt, an die ich das Druckmittel liefern soll. Was sag ich dann?«

»Wir finden eine Lösung.«

Er blieb stehen und sah sie besorgt an – wirklich besorgt. »Sei dir da mal nicht so sicher.«

»Ich glaube, ich brauche eine Umarmung«, seufzte sie und ging einen Schritt auf ihn zu. Hilflos schüttelte er den Kopf und nahm sie in die Arme. Er lächelte nicht, und sie ahnte, daß ihm nichts ferner lag, aber ihr war jetzt nach seiner Nähe zumute. Eng schmiegte sie sich an ihn.

»Laß uns nicht streiten, Paulie. Wir sitzen doch im selben Boot, und gemeinsam sind wir stärker und besser als Mac.«

»Da bin ich mir nicht so sicher. Sicher ist nur, daß wir nicht so gemein sind, und das wird uns noch in Schwierigkeiten bringen.«

»Es wird uns schon noch etwas einfallen.«

»Hoffentlich!« Er küßte ihren Scheitel. »Du machst mich verrückt, weißt du das? Du bringst mich noch ins Grab.«

Poppy zog ihn näher an sich. Lieber Gott, bitte nicht.

8

Daniel Keane beobachtete seinen Enkel, der auf dem Kletterturm von Sprosse zu Sprosse baumelte, und ihm war übel. Nicht aus Angst, daß der Kleine fallen könnte. Nein, auf dem Spielplatz hier im eleganten McLean in Virginia war der Boden unter den Rutschen, den Schaukeln und dem Klettergerüst weich wie ein Kissen. Danny war bereits zweimal heruntergefallen und geradewegs wieder hochgefedert.

Der kleine Danny – er hatte den Namen seines Großvaters bekommen – war fünf Jahre alt und steckte voll grenzenloser Energie. Wie ein kleiner Schimpanse turnte er dort herum. Während Dan daran dachte, wie sehr sein Enkel der ganzen Familie ans Herz gewachsen war, war ihm plötzlich VanDuynes kleine Tochter eingefallen. Daher rührte auch die Übelkeit.

Dan wußte ihren Namen ... Katie ... wußte alles über sie und ihren Vater, und hatte sein Wissen an Carlos Salinas weitergegeben.

Und der hatte es genutzt und hatte das Mädchen entführen lassen.

Dan wußte nicht sicher, ob es bereits geschehen war, aber er hatte gestern nach VanDuyne gefragt und erfahren, daß er gleich nach seiner Ankunft im Büro wieder gegangen war und man seither nichts von ihm gehört habe. Dan hatte eine ziemlich genaue – und ziemlich ekelhafte – Vorstellung, was das bedeutete. Der arme Mann! Was mochte er durchmachen?

Dan versuchte sich vorzustellen, wie es wäre, wenn jemand Danny gekidnappt hätte. Es lag jenseits seiner Vorstellungskraft.

Und das kleine Mädchen ... welche Angst mußte es ausstehen, von Fremden geschnappt und gefangengehalten zu werden!

Er schluckte aufstoßende Gallenflüssigkeit.

O Gott, hoffentlich behandelten sie das Kind gut und ließen es unversehrt wieder frei, wenn das alles vorüber war.

Doch das entzog sich seinem Einfluß. Er hatte diesen Abschaum der Menschheit, diesen Salinas, mit Informationen versorgt und das war's. Zwar hatte er Vorschläge gemacht, wie sie am effektivsten zu nutzen waren, aber die Entscheidung lag nun bei Salinas.

Dan versuchte sich auf seinen Enkel zu konzentrieren. Schließlich war dies eine Art Abschiedsbesuch in seinem Lieblingspark. Carmella würde mit ihrer Tochter und den Enkeln für einige Wochen in ihr Haus in Florida reisen. Dan wäre liebend gerne mitgefahren und hätte in der Sonne sitzend Vergessen gesucht, aber jetzt, da Winston seine Legalisierungsbombe hatte platzen lassen, konnte er Washington unmöglich verlassen.

Da er die Räder nun in Bewegung gesetzt hatte und sie nicht mehr zum Stillstand bringen konnte, fragte er sich, ob er wieder so handeln würde, könnte er die letzten paar Monate noch mal erleben.

Ja. Zweifellos. Es stand zuviel auf dem Spiel. Dies war wichtiger als das Wohlergehen eines einzigen kleinen Mädchens. Die *ganze Nation* stand auf dem Spiel, eine Nation *voller* kleiner Mädchen wie Katie VanDuyne … und kleiner Jungen wie Danny.

»Verzeih mir«, flüsterte er ins Nichts.

Schuld an der ganzen Misere ist dieser lausige, rückgratlose Präsidentenverschnitt. Das Land glich ohnehin bereits einer Kloake. Die Legalisierung der Drogen aber hieße, sie zum Überlaufen zu bringen. Man hatte Tom Winston diesen verrückten Kreuzzug nicht ausreden können – und Gott allein wußte, wie viele Leute es versucht hatten. Der einzige Ausweg schien zu sein, ihn *auszuwechseln.*

Auch wenn das bedeutete, sich mit Leuten zusammenzutun, die Dan mehr verachtete als den Präsidenten selbst. Es war im wahrsten Sinne des Wortes ein Abkommen mit dem Teufel, wofür er womöglich in der Hölle schmoren mußte. Sei's drum. Irgend jemand mußte Winston in die Knie zwingen.

Daniel Keane schickte ein Stoßgebet zum Himmel – nicht für sich, sondern für das kleine Mädchen. Er betete, daß sich dieser wahnwitzige Plan vollzöge, ohne daß jemand dabei zu Schaden käme …

Außer dem Präsidenten.

9

Der Computermonitor sagte *no mail.*

John schlug sich mit der Faust auf den Oberschenkel. Er hätte viel lieber auf den Schreibtisch geschlagen, aber das hätte seine Mutter alarmiert, und Fragen über Fragen wären über ihn hereingebrochen. *Was ist passiert? Hast du eine neue Nachricht? Glaubst du, daß es ihr gutgeht? Warum teilen sie dir nicht mit, was sie wollen?* Er hatte sie nach seiner Rückkehr vom Lafayette Square angelogen und erzählt, daß die Kidnapper nicht angerufen hätten und er nur dumm herumgestanden habe.

Es war eine gute Lüge. Nanas Angst wurde dadurch auf dem gegenwärtig gerade noch erträglichen Niveau gehalten. Und die Lüge erklärte, warum er nach seiner Rückkehr sofort an den Computer gestürzt war, um mit den Kidnappern Kontakt aufzunehmen. Nana nahm an, er wolle sie fragen, warum sie nicht angerufen hatten. In Wirklichkeit wollte er erklären, was vorgegangen war, und um einen weiteren Anruf bitten.

Eine Lüge war der einzige Ausweg. Wie sollte er Nana jemals gestehen, was sie von ihm verlangten? Und schlimmer noch, wie sollte er sagen, daß irgendeine schwachsinnige Frau das Telefonat unterbrochen hatte. Nana würde vor Wut platzen.

Das Telefon klingelte.

John starrte es an. Wer war das? Wieder Phyllis? Er hatte sich heute morgen krank gemeldet und sich mit einem schlimmen Magen-Darm-Infekt, der es ihm nicht erlaubte, sich weit von der Toilette zu entfernen, entschuldigt. Höchst unwahrscheinlich, daß er morgen bereits wieder auf dem Damm sein würde. Also, dann bis Montag.

Das hatte sie aber nicht davon abgehalten, noch mehrmals anzurufen, um Treffen mit diesem oder jenem Komitee, Termine für Vorträge und Arbeitsessen mit diversen Anwaltsgruppen zu bestätigen. Irgendwie hatte er es geschafft, sich verständlich auszudrücken, doch er wußte nicht, wie lange er noch dazu fähig sein würde. Sollte es wieder Phyllis sein, mußte er ihr sagen, daß er sich zu krank fühlte, um weitere Entscheidungen zu fällen.

Er hob ab, aber er hörte nicht Phyllis', sondern Terris Stimme. »Du hörst dich gar nicht so krank an.«

Sekundenlang mußte er nachdenken. Hatte er bereits mit ihr gesprochen? Diese Lügerei war neu für ihn. Er durfte seine Geschichten nicht durcheinanderbringen.

»Du solltest mal meine Innereien knurren hören! Aber woher weißt du es denn?«

»Ich habe in deinem Büro angerufen. Phyllis hat mir von deiner Erkrankung erzählt. Ist es schlimm?«

»Ich glaube nicht. Wahrscheinlich einer dieser Zwei-drei-Tage-Viren.«

»Sieht nicht gut aus für unsere Verabredung heute abend, hm?«

John suchte krampfhaft nach einer Antwort. Verabredung? Welche Verabredung? O je! Er war ja heute abend mit Terri zum Abendessen verabredet. Das hatte er total vergessen.

»Essen? Bitte sprich nicht davon! Ich hatte gehofft, heute wieder fit zu sein, aber leider … Ich wollte dich gerade anrufen.«

»Soll ich rüberkommen und deine Hand tätscheln und dir kalte Kompressen auf die Stirn legen?«

»Klingt verlockend, aber ich werde es mit einer Schlafkur versuchen. Außerdem will ich dich nicht anstecken. Glaube mir, du würdest nicht mit mir tauschen wollen.«

Niemand auf der ganzen Welt möchte mit mir tauschen.

Nichts hätte er sich mehr gewünscht, als ihr alles erzählen und diese zermalmende Last mit irgendwem teilen zu können. Vielleicht hätte ja Terri eine Idee, die ihm einen Ausweg aus dieser Misere eröffnete.

Aber wäre es denn ratsam, sie damit zu belasten? Wenn sie wüßte, daß der Präsident in Gefahr war – wie lange würde sie Stillschweigen bewahren, wo sie doch täglich zigmal Bob Decker und vielen anderen Secret-Service-Agenten über den Weg lief?

Nein. Er mußte es für sich behalten – und alleine damit fertig werden.

Er wehrte ihr Angebot, ihm eine Hühnerbrühe vorbeizubringen, ab und verschob das Abendessen auf nächsten Dienstag, dann legte er auf.

Nächsten Dienstag. Wie sollte das nur enden? Die Virus-Geschichte würde ihn über das Wochenende retten, aber am Montag mußte er sich etwas Neues einfallen lassen.

Erneut checkte er seine E-Mailbox. Wieder nichts! Verdammt!

Er sah auf die Uhr. Wann war er heute morgen zurückgekehrt? Halb elf vielleicht? Jetzt war es 16.30 Uhr. Schon sechs Stunden, seit er Snake die E-Mail geschickt hatte, und immer noch keine Antwort. Hatte er die Nachricht erhalten? Warum antwortete er nicht? War es vorbei? War Snake zu der Ansicht gekommen, daß John nicht kooperieren würde, und schaffte sich jetzt Katie vom Hals?

Daran durfte er nicht denken. Nein, das konnte nicht sein. Und es würde auch nicht sein. Snake spielte mit ihm. Er sollte im Wind baumeln, bevor Snake sich wieder meldete.

Okay, das hatte er bereits erreicht, und die Angst schnürte ihm fast die Kehle zu.

Aber wenn Snake wieder Kontakt aufnahm, welche Antwort würde er ihm geben? Würde er ihm die Zusage geben, Tom zu vergiften?

Ja. Er hatte keine andere Wahl. Zunächst würde er seine Zusage machen und anschließend versuchen, einen Ausweg zu finden.

Aber wie, verflucht? Snake hatte ihn bereits gewarnt: Keine Tricks. Wir werden es erfahren. John durfte das nicht vergessen. Jemand, der Toms Reaktion auf Chloramphenicol aufspüren konnte, mußte über erstklassige Verbindungen verfügen.

Gab es denn gar keinen Ausweg? Hätte John nur einen klaren Gedanken fassen können – er wußte, er hätte eine Lösung finden können, um Tom *und* Katie zu retten.

10

»Das ist es!« rief Poppy.

Sie markierte den Artikel und riß das Blatt aus der Zeitung. Ihre Lebensgeister erwachten, als sie nun vom Küchentisch aufsprang. Der Tag war ihr wie ein langer, dunkler Tunnel erschienen, doch jetzt hatte sie am Ende ein Licht erspäht.

Sie ging ins Wohnzimmer, wo Paulie auf dem Sofa saß und argwöhnisch das Telefon beäugte.

Er saß so weit wie möglich davon entfernt, als hätte er Angst, es würde zum Leben erwachen und ihn anfallen.

»Bist du endlich fertig mit deiner Lektüre?« fauchte er. »Kennst du jetzt den neuesten Klatsch?«

Poppy hatte ihn geschickt, um alle Lokalzeitungen zu besorgen – *The Washington Post, The Post, The Banner* und so weiter. Dann hatte sie begonnen, sie systematisch durchzukämmen.

»Ja, ich bin fertig«, entgegnete sie zufrieden.

Sie biß sich auf die Innenseite ihrer Wangen, um nicht wie ein Appleton zu grinsen. Sie hatte die Lösung für all ihre Probleme gefunden. Na ja, vielleicht nicht für alle, aber wenigstens für das brisanteste. Sie war so verdammt stolz auf sich, daß sie am liebsten getanzt hätte. Doch zunächst wollte sie sich einen Spaß mit Paulie erlauben. Sie hatte ihre Idee für sich behalten und wollte ihm nun eine Überraschung liefern.

»Also«, sagte er, »vielleicht kannst du mir flüstern, was ich sagen soll, wenn Mac anruft? Er könnte jede Minute anrufen, darauf kannst du deinen süßen Po verwetten.«

»Oh, er wird zweifellos anrufen.«

»Und, was sag ich dann? ›'Tschuldige, Mac. Diesmal gibt es kein Druckmittel. Poppy erlaubt es nicht.‹ Glaube mir, schneller als du denken kannst, tritt er uns hier die Tür ein!«

»Du sagst ihm einfach, alles klar, wir sind zur Lieferung bereit.«

Paulie zog jenes saure Gesicht, das er immer aufsetzte, wenn er seiner Meinung nach etwas Dummes hörte. »Also gut. Und wenn wir *nicht* liefern? Was dann?«

»Och, mach dir keine Sorgen. Wir liefern genau nach Plan.«

Mit hervorquellenden Augen und hängendem Unterkiefer starrte er sie sekundenlang an. Poppy genoß den Anblick. Beinahe hätte sie sich das Lachen nicht mehr verkneifen können. Dann sprang er auf und breitete entnervt die Arme aus.

»Wie denn, Poppy? Bist du verrückt geworden? Woher soll ich denn einen kleinen Mädchenzeh nehmen?«

Okay. Jetzt war's genug. Sie drückte ihm das Zeitungsblatt in die Hand.

»Hier«, sagte sie, als er verständnislos auf das Papier blickte. »Ich habe eingekreist, was dich interessiert.«

Er las eine Weile, dann sah er sie an. »Das ist ja ... Ich soll ...?«

Sie zuckte mit den Achseln. »Wer ist der beste Langfinger im ganzen Land, wenn nicht du, Paulie?«

Darüber schien er nicht diskutieren zu wollen, er las weiter. Schließlich sah er auf, und der halb ärgerliche, halb besorgte Blick, den er während des ganzen Tages zur Schau getragen hatte, war verschwunden. Er grinste – wenn auch nur schwach.

»Weißt du was, Poppy? Das könnte klappen.«

»Natürlich klappt das.«

Jetzt dachte er nach, und grinste wieder. »Du bist ziemlich schlau für ein Mädchen.«

Sie knuffte ihn in den Arm. »Schlau? Ich bin hochintelligent!«

Er umarmte sie, und sie lachten befreit. Er schien stolz auf sie zu sein, und, um die Wahrheit zu sagen, sie war selbst verdammt stolz auf sich. Wie lange war es her, seit sie zum letztenmal Grund dazu gehabt hatte?

Schließlich schob er sie auf Armeslänge von sich und war plötzlich wieder ganz ernst. »Mac darf das nie erfahren. Selbst wenn das hier alles vorbei ist, dürfen wir ihn nicht mal ahnen lassen, was wir getan haben.«

»Wenn das hier vorbei ist, werden wir Mac nie mehr wiedersehen, stimmt's?«

»Stimmt. Sollte er jemals wieder anrufen, sind wir einfach nicht zu Hause!«

Poppy umarmte ihn. Sie fühlte sich, als hätte man ihr das Gewicht der ganzen Welt von den Schultern genommen. Sie liebkoste mit den Lippen sein Ohr. »Du mußt los.«

11

Paulie brauchte länger als angenommen, um sein Ziel zu finden. Doch die Leute in Arlington, Virginia, waren hilfsbereit und gaben gerne Auskunft. Unterwegs kaufte er in einem Baumarkt eine robuste Gartenschere. Das süße junge Ding an der Kasse erklärte ihm den letzten Teil des Weges zum MacDougal-Bestattungsinstitut.

Dort fanden soeben zwei Totenwachen statt. Paulie hatte das Gefühl, in seiner schwarzen Kluft durchaus angemessen gekleidet zu sein. Er wanderte herum, setzte eine der Angelegenheit entsprechende Trauermiene auf und erkundete unauffällig das Sicherheitssystem des Gebäudes.

Auf der Suche nach elektronischen Augen, Bewegungs- und Glasbruchmeldern fühlte er sich ganz in seinem Metier. Bevor er für Mac das ›Babysitten‹ angefangen hatte, waren Einbrüche sein tägliches Brot gewesen. Ein kleiner Bruch ab und zu kam ihm immer noch gelegen, wenn die Kasse leer war. Saubere Arbeit. Man ging rein, wenn das Gebäude leer war, klaute, was so herumlag, und machte sich davon. Rein – raus. Keine große Sache. Leer gehst du rein, und mit Geld und Juwelen beladen kommst du raus.

Diesmal würde er mit einer kleinen Zehe wieder rauskommen.

Sonderbar, Mann.

In der Nähe des Hintereingangs fand er das Kontrollbord – aha:

Einzelraumüberwachung. Das Sicherheitssystem schien ziemlich primitiv zu sein: Fenster, Türen, das war's. Hätte er sein Werkzeug gehabt, nichts hätte ihn aufgehalten. Doch das war leider zu Hause in Brooklyn. Aber irgendwie mußte er sich Zugang verschaffen.

Er las noch einmal den Namen auf dem Zeitungsausschnitt, den ihm Poppy mitgegeben hatte. Edward Hadley, sieben Jahre. Laut Todesanzeige war der kleine Eddie das Opfer eines Autounfalls.

Tut mir leid, Kleiner. Hoffentlich sind sie dir nicht über die Füße gefahren.

Er betrat den Raum, in dem der Junge aufgebahrt war, und sah sich unauffällig um. Grauenhafte Szene. Eine Menge heulender Erwachsener und verständnislos dreinschauender Kinder. Paulie schlenderte am Sarg vorbei. Der kleine Eddie – wenigstens die sichtbare Vorderseite seines Oberkörpers – sah ziemlich heil aus.

Paulie ging zu einem der Fenster. Das Fensterbrett war an die Alarmanlage angeschlossen. Super, alles, was er brauchte, war ein Glasschneider und ein Saugheber, und schon war er drinnen. Er schaute hinaus auf den Parkplatz. Schade, zu viele Laternen und Wohngebäude. Somit schied diese Möglichkeit aus, er brauchte keine Zeugen.

Paulie kehrte in die Halle zurück, wo dieser Typ mit dem großen, roten Irengesicht herumstand und den Trauergästen Auskünfte erteilte. Da kam Paulie auf eine Idee. Er ging auf ihn zu und las auf seinem Namensschild: Michael L. MacDougal. Aha, einer der Besitzer. Der konnte seine Frage bestimmt beantworten.

»Sie leisten hervorragende Arbeit«, schmeichelte Paulie.

»Danke sehr. Wir tun unser möglichstes. Aber es ist schwer, wenn sie so jung sterben.«

»Das kann ich mir vorstellen. Wo ist –?«

»Heutzutage sterben viele bereits in so jungen Jahren.« Michael L. MacDougal schüttelte den Kopf. »Vor wenigen Stunden erst bekamen wir die Leiche eines jungen Mädchens – kaum ihren Teenagerjahren entwachsen. Sie sind alle so jung. Was geht nur vor?«

»Ich wünschte, ich wüßte es.« *Und ich wünschte, ich könnte mal ein Wort dazwischenzwicken.* »Übrigens, wo ist die Herrentoilette, bitte?«

MacDougal deutete an dem Raum mit dem kleinen Hadley vorbei. »Erst links, dann die Treppe hinunter.«

»Unten?« fragte Paulie. *Hervorragend!*

Auf seinem Weg passierte Paulie eine Frau in Rüschenbluse und Tweedkostüm mit einem Pferdegesicht. Ihr Namensschild lautete *Eileen Lynch*. Die zweite Besitzerin. Ein Ehepaar? fragte er sich. Oder Bruder und Schwester? Wer mochte mit jemandem wie der schon verheiratet sein?

Er eilte die Stufen hinunter und fand einen holzgetäfelten Raum mit einigen durchgesessenen Sofas. Darauf drängten sich Trauergäste, die gierig an ihren Zigaretten sogen. Eine Entlüftung an der Decke sorgte für den Rauchabzug. Ein Raucherraum. Wie rücksichtsvoll.

Er sah zwei Türen und eine dritte mit der Aufschrift PRIVAT. Er betrat die Herrentoilette und stellte fest, daß er sie für sich alleine hatte. In der abgeschlossenen Toilette entdeckte er ein kleines Flügelfenster, das anscheinend nicht an das Sicherheitssystem angeschlossen war. Es führte in Augenhöhe auf den hinteren Parkplatz hinaus.

Äußerst rücksichtsvoll.

Er schob den Riegel beiseite und zog am Griff. Das Fenster gab ein wenig nach, klemmte dann aber. Es war bestimmt Jahre nicht geöffnet worden. Aber man mußte sich von außen nur ein wenig dagegenstemmen, und es würde aufschwingen.

Er steckte ein Stück Toilettenpapier in die Halterung des Riegels und ließ den Riegel selbst offenstehen. Dann trat er ans Waschbecken und wusch sich die Hände. Er lächelte sich im Spiegel zu.

Das reinste Zuckerlecken.

Dann dachte er an Poppy, die mit dem Kind allein zu Hause war, und er runzelte die Stirn. Hoffentlich tauchte nicht plötzlich Mac auf, um sich persönlich von der Durchführung seiner Anordnungen zu überzeugen.

Das würde großen Ärger bedeuten.

12

Poppy zog sich die Minnie-Mouse-Maske vors Gesicht und nahm Katie die Augenbinde und die Handfessel ab.

»Mußt du mal ins Badezimmer, Katie?«

Die Kleine schüttelte den Kopf und sagte nichts. Sie sah so niedergeschlagen aus, das arme Kind. Poppy setzte sich neben sie und massierte ihre Handgelenke.

»Na, wie ist das? Fühlt sich das nicht gut an?«

Katie sah sie aus diesen großen blauen Augen an und nickte traurig, dann wanderte ihr Blick zu Poppys Händen. »Warum sind deine Fingernägel ganz schwarz?«

»Weil ich sie immer schwarz lackiere.«

»Oh. Wann darf ich wieder zu meinem Daddy?«

»Bald. Sehr bald.«

Erneut fragte sich Poppy, warum das Kind nie nach seiner Mutter fragte. Aber auch Poppy hatte eine enge Beziehung zu ihrem Dad gehabt. Mom war ja meistens nicht zu Hause gewesen, da sie bei K-Mart als Kassiererin arbeitete. Dad dagegen war Saisonarbeiter und oft wochenlang daheim. Da er Basketball liebte und sie sein einziges Kind war, hatte er ihr das Spiel früh beigebracht. Zahllose Nachmittage hatten sie damit verbracht.

Dad … ich wußte doch gar nicht, daß du krank warst.

Sie betrachtete Katie und bemerkte, daß ihr feines, dunkles Haar völlig verfilzt war. War ja klar, nachdem sie immer an das Bett gefesselt war.

»Wie wär's, wenn ich dir deine Zöpfe flechten würde?«

Katie strahlte plötzlich. »Könntest du mir einen französischen Zopf flechten? Meine Nana läßt mich nie einen haben.«

»Nichts leichter als das. Einen französischen Zopf, bitte sehr.«

Katies Lächeln, ihre Zahnlücke, all das jagte Poppy einen wohligen Schauer über den Rücken. Wenn dich das glücklich macht, kleines Mädchen, bekommst du eine Million französische Zöpfe.

Da verdüsterte sich Katies Gesicht. »Aber du machst mein Haar nicht wie deins, oder?«

Poppy griff sich ins Haar. »Wieso? Was ist damit?«

»Die Farbe ist so komisch.«

»Komisch?« lachte Poppy. »Das nennt sich ›Tödlicher Nachtschatten‹, Süße. Es ist das tollste Pink auf dem Markt. Wenn man dunkles Haar, so wie meins, damit färbt, sieht es hinterher wie Rotwein aus.«

»Trotzdem, ich möchte nicht solche Haare haben.«

»Keine Bange. Wir ändern deine Farbe nicht, nur die Frisur. Also, dreh dich um, dann kämme ich dich.«

Während sie mit Katies Haaren beschäftigt war, dachte sie unwillkürlich wieder an Glory und fragte sich, wie es wohl gewesen wäre …

»Wie heißt du noch mal?« fragte Katie.

Gedankenverloren antwortete Poppy. »Poppy.«

Verdammt! So etwas konnte doch nur einem Appleton passieren! O Gott, was mach ich jetzt? Das Kind kennt meinen Namen!

»Das ist ein schöner Name«, sagte Katie. »Ist er nicht auch ein Blumenname?«

Also gut. Das Mißgeschick war eben passiert. Wird schon nicht so schlimm sein. Jedermann, der Katie nach den Namen der Kidnapper fragen würde, würde annehmen, daß sie falsche Namen benutzt hatten, und ›Poppy‹ keine Beachtung schenkten. Hoffentlich.

»Ja, es ist eine kleine Blume. Mein Daddy nannte mich immer so. Seine kleine Blume. Als ich größer wurde, nannte er mich Sonnenblume.«

»Wo ist dein Daddy jetzt?«

Poppys Augen verschleierten sich einen Moment. »Weit weg.«

»Bist du dort groß geworden? Weit weg?«

»Nein. Ich bin hier in der Gegend groß geworden.«

Das war natürlich gelogen, aber es sollte jedermann von ihrer Spur ablenken, der später nach einer Poppy suchen würde, die im nördlichen Virginia aufgewachsen war. Der Name ihres Heimatorts würde ihr bestimmt nicht herausrutschen, den hatte sie noch niemandem verraten.

Mal ehrlich, wie sollte man auch jemandem sagen, daß man aus Sooy's Boot in New Jersey stammte? *Sooy's Boot!* Niemals mehr würde ihr das über die Lippen kommen.

»Ich bin ganz weit weg groß geworden«, sagte Katie. »In Georgia.«

»Ich habe mir schon gedacht, daß du aus dem Süden stammst.«

»Warum denn?«

»Dein Akzent, Kleines«, sagte Poppy und ahmte ihre gedehnte Sprechweise nach.

»Ich habe keinen Akzent.«

»O doch, du –« Poppy verstummte, als sie eine Vertiefung in Katies linker Kopfhälfte – in der Schädeldecke – bemerkte.

»He, wo hast du denn die Delle im Kopf her?«

»Ich … ich hatte einen Unfall.«

»Welchen Unfall denn?«

»Ich habe mir den Kopf gebrochen.«

Poppy drehte sich der Magen um. »Scheiße! Äh … Scheibe! Wann ist das denn passiert?«

»Als ich klein war.«

»Als du klein –?« Poppy mußte lachen. »Du bist ja immer noch nicht besonders groß. Wenigstens bist du nicht mit dieser Delle geboren. Sonst würde ich denken, du wärst ein Appleton.«

»Was ist ein Appleton?«

»Das sind ganz komische Leute aus der Gegend, wo ich aufgewachsen bin. Viele von ihnen haben ganz komisch geformte Köpfe.«

»Ich dachte, du bist hier in der Gegend aufgewachsen?«

»Na ja«, antwortete Poppy schnell. »Nicht weit von hier.«

In Kilometern war es nicht weit. Zweihundert vielleicht. Aber in anderer Hinsicht war es so weit entfernt wie der Mars oder so.

Sooy's Boot … es war wie ein Schluckauf auf einer der Straßen durch New Jerseys Pine Barrens. Sie war dort geboren und aufgewachsen, also ein waschechter ›Piney‹. Die meisten Leute betrachteten die Pineys als arme Hinterwäldler. Doch sie konnte sich nicht erinnern, sich als Kind jemals arm gefühlt zu haben. Mom hatte in May's Landing den Job bei K-Mart, und Dad arbeitete im Rhythmus der Jahreszeiten in den Kiefernwäldern: Er stach Torf im Frühjahr, pflückte Heidelbeeren und Schwarzbeeren im Sommer, Kranbeeren im Herbst, und im Winter hackte er Brennholz. Sie hatten alles, was sie brauchten.

Bis Mom starb. Sie hatte schon immer Probleme mit den Venen in den Beinen gehabt, und eines Tages war ein Bein rot und wund geworden. Sie hätte natürlich sofort zum Arzt gehen müssen, verschob es aber ständig, bis sie sich eines Tages im Supermarkt an die Brust faßte und vornüberstürzte. Sie starb noch auf dem Weg ins Krankenhaus. Der Leichenbeschauer sagte, ein riesiger Blutklumpen habe sich in ihren Beinvenen gelöst und das Herz verstopft. Oder so ähnlich.

Übrig blieben Poppy und Dad. Poppy war alles, was er hatte, und er war vernarrt in sie. Und zweifellos würde sie immer noch in den Kiefernwäldern wohnen, wäre als ›Piney‹-Mädchen groß geworden, hätte einen ›Piney‹-Jungen geheiratet und eine Horde kleiner ›Pineys‹ aufgezogen … wäre da nicht der Basketball gewesen.

Sie bürstete immer noch Katies Haar und lächelte in der Erinnerung an jene glorreichen Tage. Mann, war sie gut gewesen! Schon vor ihrem zehnten Geburtstag hatte Dad ihr die Grundbegriffe eingedrillt, und bald spielte sie in der Pause mit den Jungs und zeigte ihnen, wo es langging. Während eines Ausscheidungsspiels war ein Coach der High School auf sie aufmerksam geworden und hatte sie in der ersten Fünf der Unimannschaft aufgestellt. Zunächst hatte sie eine Menge Gehässigkeiten zu ertragen gehabt, bis sie dann Siege erzielten, von denen die Mannschaft bislang nur geträumt hatte.

Und das nur wegen mir.

Nein, keine Angeberei. Ehrlich. Sie war gefürchtet, konnte um jedermann herumdribbeln, der sich ihr in den Weg stellte, und wenn sie eine Mauer bildeten, um sie abzublocken, blieb sie zurück und erzielte einen Drei-Punkte-Wurf. Wenn die Gegner dann so frustriert waren, daß sie mit Fouls begannen, glückten ihr in fünfundneunzig Prozent der Fälle ihre Freiwürfe.

Bereits während ihres vorletzten Jahres auf der High School hatte man ihr dann ein Stipendium an der Rutgers University angeboten. Dad war völlig aus dem Häuschen gewesen. Seine kleine Poppy würde aufs College gehen! Dieser große runde Ball würde ihr Fahrschein sein, fort aus der Armut, fort aus den Wäldern.

Doch dann tat sie etwas, was typisch für die Appletons war: Sie verliebte sich. Ausgerechnet in Charlie Pilgrim!

Sogar jetzt noch zuckte sie bei dem Gedanken daran zusammen. Wie hatte sie nur so blöd sein können?

Na ja, und so kam, was kommen mußte – Poppy wurde schwanger. Nachdem eine Abtreibung überhaupt nicht in Frage kam – schließlich war es ja Charlies Baby, und sie liebten sich –, mußte sie den Basketball aufgeben. Dad war am Boden zerstört. Es wurde zur Tortur, jeden Tag, wenn sie nach der Schule nach Hause kam, statt mit dem Team zu trainieren, seine Trauermiene zu sehen. Schließlich war es nicht mehr auszuhalten gewesen.

Also waren Charlie und sie ausgerissen. Sie waren nach New York gegangen, wo sich Charlie einen Job suchen und sie heiraten wollte. Aber Charlie fand keinen festen Job, und irgendwie schafften sie es auch nicht zu heiraten. Schließlich lebten sie von Sozialhilfe und teilten sich mit zwei weiteren Paaren ein schäbiges Apartment an der Lower East Side.

Dann war das Baby zur Welt gekommen. Sie war das hübscheste Mädchen, das man sich vorstellen konnte, und sie hatten sie Glory genannt.

Doch schon bald hatte Glory Krämpfe bekommen, und die Ärzte am New York University Medical Centre hatten einen Gehirnschaden vermutet, der die Epilepsie verursachte. Unzählige Medikamente bewirkten keinerlei Besserung, sie hatte einen Krampf nach dem anderen – die Ärzte nannten es Anfall –, bis sie an ihrem neunundachtzigsten Lebenstag den letzten, nichtendenwollenden Krampf hatte, an dem sie schließlich starb.

Die Ärzte hatten mit ihr gelitten; manche Schwestern hatten geweint. Keiner wußte genau, warum sie all diese Krämpfe bekommen hatte, aber Poppy wußte es. Es war das Blut der Appletons. Poppy hatte es in sich. Dad hatte es zwar stets geleugnet, aber was mit Glory passiert war, war der Beweis. Poppy hatte schlechtes Blut. Appleton-Blut.

In der Zeit danach war es nicht leicht gewesen, mit ihr auszukommen. Sie haßte die Ärzte, haßte jedermann um sich herum, haßte Charlie, weil er sie geschwängert hatte, aber am allermeisten haßte sie sich selbst. Charlie hatte bald die Nase voll. Er wollte sie nach Sooy's Boot zurückbringen, doch sie weigerte sich, ihren Vater wiederzusehen. Nicht, nachdem sie ihr Baby wegen des Appleton-Blutes verloren hatte.

Charlie ging ohne sie. Wahrscheinlich erzählte er zu Hause Schauermärchen über sie. Poppy war es egal. Am liebsten wäre sie gestorben – und vielleicht hätte sie auch Selbstmord begangen, hätte sie nicht die Unheilige Dreieinigkeit entdeckt: Gras, Speed und Koks. Der Stoff heilte zwar den Schmerz nicht, aber er erleichterte ihn, machte ihn erträglicher.

Es folgten einige lange, dunkle Jahre, die jetzt wie in dichtem Nebel lagen. Poppy versuchte zu vergessen, was sie alles getan hatte, um über die Runden zu kommen. Sie hatte sich mit Pack herumgetrieben, Betrügereien begangen, sich Schüsse gesetzt, war zusammengeschlagen worden und wäre vermutlich nicht mehr am Leben, wäre sie nicht eines Tages Paulie begegnet.

Paulie hatte ihr Leben verändert, und Poppy klammerte sich an den Gedanken, auch sie hätte aus ihm einen besseren Menschen gemacht.

Sie bedauerte lediglich, nie mehr wieder nach Hause gefahren zu sein, nicht mal zu einem Besuch. Sie war mit sich selbst zu beschäftigt gewesen, hatte gar nicht daran gedacht, daß mit Dad etwas passieren könnte … daß er nicht ewig leben würde. Und dann … war er plötzlich nicht mehr, würde nie mehr sein … und sie hatte es erst erfahren, als er bereits sechs Monate unter der Erde lag.

Vielleicht mache ich das, wenn die Sache hier vorbei ist, dachte Poppy, als sie Katies französischen Zopf flocht. Katie hatte eine Sehnsucht in ihr erweckt. Sie hatte geglaubt, Sooy's Boot nie wiedersehen zu wollen, aber jetzt …

Sie sehnte sich nach zu Hause.

Sie hatte ja noch Verwandte in den Wäldern. Vielleicht konnte sie Verbindung aufnehmen … wenn noch jemand mit ihr sprechen würde.

»Ich muß auf die Toilette«, sagte Katie.

»Okay, Süße. Dann kannst du gleich deinen Zopf im Spiegel betrachten.«

Sie war schon fast im Badezimmer, als das Telefon klingelte. Poppy drängte Katie schnell hinein.

»Bleib drinnen, bis ich wiederkomme«, sagte sie und stürzte ans Telefon.

Beim vierten Klingeln hob sie ab und schob ihre Maske vom Gesicht. »Hallo?«

»Wo bleibst du so lange?«

Diese Stimme erkannte sie sofort: Mac.

»Ich habe das Paket« – oh, wie sie das Wort haßte – »zur Toilette gebracht.«

»Hol ihn her.«

Ihn. Das bedeutete Paulie. Poppy kannte Macs paranoide Vorsicht, am Telefon Namen zu nennen oder sich genau auszudrücken. Mit ihm zu sprechen hieß, möglichst *nichts* zu sagen. Das konnte sie ja noch begreifen, aber wie wär's mit einem gelegentlichen Hallo oder Wie geht's? Wie sie den Kerl haßte! Je früher sie ihn loswurden, desto besser. Sie konnte es kaum mehr erwarten.

»Er ist nicht da.«

»Wo zum Teufel ist er denn?«

»Weg.« Wenn er Infos will, dachte sie sich, soll er drum bitten.

»Rede kein Blech, Mädchen. Wo ist er?«

»Einkaufen. Er braucht Werkzeug.«

»Werkzeug? Was redest du denn? Hat er, was ich brauche? Ist es fertig verpackt und zur Lieferung bereit?«

»Noch nicht.«

Stille am anderen Ende, dann eine drohende, leise Stimme, so frostig, daß Poppy fast den Hörer fallen ließ. »Erklär mir das.«

Darauf war Poppy vorbereitet, sie hatte es einstudiert.

»Wir erledigen es. Aber diesmal ist es schwieriger. Unser Operationsgebiet ist wesentlich kleiner, wenn du weißt, was ich meine.«

»Dann nehmt doch das gleiche wie letztes Mal.«

Klar, Mac, dachte sie. Ihren Finger. Darauf kannst du warten, bis du schwarz wirst!

»Trotzdem, es ist eine schwierige Situation. Wir können dieses Paket ja kaum mit Schnaps vollpumpen wie das letzte.« Was für ein Alptraum das gewesen war!

»Dann laßt euch was einfallen. Vielleicht sollte ich vorbeikommen und mal nachsehen.«

O nein – auf keinen Fall.

»Laß nur, Mac. Wir werden schon damit fertig. Sobald er zurückkommt, machen wir uns ans Werk.«

»Okay. Welches Werkzeug besorgt er denn?«

»Ein Hackmesser.«

Wieder blieb es eine Weile still in der Leitung, und als Mac dann sprach, klang er lockerer. »Ja, das müßte gehen.«

»Schnell und sauber«, zwang sie sich zu sagen und konnte nicht widerstehen hinzuzufügen, »Aber wie auch immer, es ist eine verdammt scheußliche Sache. Ich meine, sie ist ja erst –«

»Paß auf! Paß auf, was du sagst!«

»Okay, aber –«

»Kein Aber. Und versuch nicht, mir mit der Mitleidstour zu kommen. Ein kleines Druckmittel, und alles läuft wie geschmiert und wir bringen die Sache schneller hinter uns. Außerdem, sie wird ihn kaum vermissen.«

Und sie wird nie vergessen, was ihr im Alter von sechs Jahren zwei Fremde im Schlafzimmer eines fremden Hauses angetan haben, dachte Poppy. Aber ich werde mich darum kümmern, daß es nichts gibt, was sie vergessen müßte.

Poppy seufzte so bedauernd sie nur konnte. »Wahrscheinlich hast du recht.«

»*Wahrscheinlich?* Ich habe *immer* recht! Er soll mich anrufen, wenn es Probleme gibt, ansonsten weiß er, wohin er liefern soll.«

Während sie noch zu einer Antwort ansetzte, hatte er bereits aufgelegt.

Oh, wie sie ihn haßte.

Sie zog die Minnie-Mouse-Maske wieder vors Gesicht und holte Katie aus dem Badezimmer. Sie brauchte jetzt die Gesellschaft des kleinen Mädchens, um Macs üblen Nachgeschmack loszuwerden.

13

Paulie wartete gegenüber dem Lynch-MacDougal-Bestattungsinstitut in einer kleinen Baumgruppe, bis die Trauergäste gegangen waren. Zufrieden beobachtete er, wie ein Fenster nach dem anderen dunkel wurde und gleich darauf Michael und Lydia aus dem Hintereingang traten.

He, Leute, schaltet die Parkplatzlaternen aus! Wäre doch Energieverschwendung!

Aber das Paar schien sich nicht darum zu kümmern. Sie schlossen ab und gingen zu ihren Autos – MacDougal zu einem Buick Riviera und Lynch zu einem kleinen Beamer – und fuhren dann in dieselbe Richtung davon. Paulie war sich immer noch nicht klar geworden, in welcher Beziehung die beiden zueinander standen, und eigentlich war es ihm auch egal. Er hatte ein anderes Problem: Die Parkplatzbeleuchtung tauchte selbst das Gebäude noch in grelles Licht – es gab keinen einzigen Schatten. Paulie hätte ebenso zur Mittagszeit einsteigen können.

Aber er hatte keine Wahl. Wenigstens befand sich das Kellerfenster auf der Rückseite des Gebäudes, dort war er sicherer.

Noch einmal ging er den Inhalt seiner Taschen durch: Taschenlampe, Gartenschere, die Autohandschuhe seiner Chauffeurmontur von gestern – alles da. Prüfend blickte er die Straße hinunter. Kein Auto in Sicht. Schnell flitzte er hinüber, quer über den Parkplatz und zur Rückseite des Beerdigungsinstituts. Außer Atem blieb er stehen und sah sich mit unschuldiger Miene um, ob er jemandes Aufmerksamkeit erregt hatte. Nichts rührte sich. Er kauerte sich hin und sah das Stückchen weißes Toilettenpapier, mit dem er das Fenster markiert hatte. Er drückte gegen den Rahmen, und das Fenster schwang geräuschlos auf.

Mit den Füßen voran rutschte er auf dem Bauch durch die Öffnung. Er hatte Schwierigkeiten, seine Schultern hindurchzuzwängen, aber schließlich schaffte er es und kam mit den Füßen auf der Toilettenschüssel zu stehen. Er schloß das Fenster und knipste die Taschenlampe an.

Dann schlich er sich hinaus ins Raucherzimmer und suchte die Tür mit der Aufschrift PRIVAT. Er hatte darüber nachgedacht, was sich wohl hinter der Tür verbarg, und nun kam ihm eine Idee. Er ging hinein und leuchtete umher. Aha, wie er erwartet hatte: hochglanzpolierte Holzkisten, schön aufgereiht. Hier bewahrten sie also ihre Särge auf.

Die Taschenlampe zwischen den Zähnen, ging er von Sarg zu Sarg, tastete nach den Schnappschlössern, entriegelte sie und hob die Deckel. Nichts dabei. Sie waren alle in etwa identisch. Gut. Er hatte befürchtet, mit Eddies Sarg womöglich Probleme zu bekommen, und da die Räume oben eine Menge Fenster hatten, wollte er den Gebrauch seiner Taschenlampe möglichst vermeiden.

Er war bereits am Gehen, als er im Schein der Taschenlampe im hinteren Teil des Raumes eine silbrige Reflektion bemerkte. Sah aus wie Edelstahlwaschbecken und Tische. Hier balsamierten MacDougal und Lynch wohl ihre Leichen ein. Auf einem Tisch entdeckte er einen Körper, der mit einem weißen Laken abgedeckt war. Der nächste Kunde?

Paulie war sich bewußt, daß er eine Etage höher eine Verabredung mit Eddie Hadleys Zehe hatte, fühlte sich aber unwiderstehlich von dem Tisch angezogen. Nur ein Blick. Dauert nur eine Sekunde …

Wo war wohl oben und unten? Er hob das Tuch und leuchtete auf das Gesicht eines jungen Mädchens mit langem braunen Haar. Sie war weiß wie die Wand, hätte aber ebensogut auch schlafen und bei der geringsten Berührung die Augen aufschlagen und ihn ansehen können. Das mußte das junge Mädchen sein, von dem MacDougal gesprochen hatte.

Paulie hob das Leichentuch noch ein Stück, sie war nackt und bestens gebaut. Woran mochte sie wohl gestorben sein? Schade. Sie war ein steiler Zahn. Er deckte sie wieder zu und ging nach oben. Er fand Eddies Aufbewahrungsraum sofort. Ein kurzer Lichtstrahl seiner Lampe zeigte ihm den Weg durch die Stuhlreihen. Er erreichte den Sarg und stellte fest, daß er mittlerweile geschlossen worden war.

Kann mir nur recht sein, dachte er. Der Gedanke, Eddie könnte ihn beobachten, während er ihm knirschend eine Zehe abzwickte, war ihm ohnehin nicht angenehm gewesen.

Er tastete unter dem Deckelrand der unteren Hälfte nach dem Riegel, hakte ihn auf und öffnete den Sarg. Nochmal ein kurzer Lichtstrahl zur Orientierung –

»Verdammt!«

Das Kind trug weder Hosen noch Schuhe und Socken. Das erleichterte ihm zwar die Arbeit, schockierte ihn aber trotzdem. Man konnte doch wenigstens erwarten, daß sie einen für diesen Anlaß vollständig bekleideten!

»Okay, Eddie«, murmelte er. »Zeit für dich, etwas zu diesem Fall beizutragen.«

Jetzt konnte er nicht umhin, seine Lampe zu benutzen, aber wenigstens hatte er den Sargdeckel zwischen sich und dem Fenster. Er zog die Gartenschere aus der Tasche, steckte sich die Lampe zwischen die Zähne und beugte sich über die Füße des Kindes. Er ertastete den kleinen Zeh des rechten Fußes, legte die Schere an und drückte. Er hatte viel mehr Widerstand erwartet. Ein kleiner Druck, ein leises Knirschen, und hier war sie, die Kinderzehe, wie befohlen. Er steckte die Schere wieder ein und nahm die Zehe. Noch nie zuvor hatte er einen Körperteil in der Hand gehalten. Winziges Ding – halb so groß wie ein Zigarettenfilter, ebenso weiß, aber schwerer. Als er ihn genauer betrachtete, sah er, daß das abgeschnittene Ende feucht und rötlich war, aber es schien kein Blut zu sein. Das könnte ein Problem werden, aber darüber würde er sich später Gedanken machen. Nun, da er hatte, wofür er hergekommen war, wollte er so schnell wie möglich verschwinden.

Paulie sah auf seine Uhr. Nicht schlecht: von Tür zu Tür – oder besser, von Fenster zu Fenster – zehn Minuten.

Er zog die Butterbrottüte mit dem Zipverschluß aus der Tasche. Doch bevor er die Zehe hineinstecken konnte, entschlüpfte sie seinen Fingern. »Verflucht!«

Er tastete die Tüte ab. Nein, sie war nicht hineingefallen. Das hieß, sie lag auf dem Boden. Leise scheltend kniete sich Paulie auf den Fußboden und suchte im Strahl der Taschenlampe umher. Prima ... der Teppich war beige ... und bei seinem Glück auch noch ziemlich hochflorig.

Das einfachste wäre, eine andere Zehe abzuschneiden und diese hier zu vergessen. Aber todsicher würde sie morgen jemand finden und wissen wollen, woher sie stammte. Und dann würde er seinen Hintern verwetten, daß Fernsehen und Presse lauthals von einem irren Typ berichten würden, der kleinen Kindern die Zehen abschnitt, und Mac käme dadurch mit Sicherheit auf ungesunde Ideen.

Nein, er mußte die hier wiederfinden. Wenigstens lagen die Fenstersimse so hoch, daß man von der Straße den Lichtkegel seiner Taschenlampe nicht entdecken konnte. Verdammt, wo war das Ding nur?

Er wußte nicht, wie lange er auf dem Teppich herumgekniet und -gekrabbelt war und auf dem Bauch liegend den Lichtkegel abgesucht hatte. Jedenfalls kam es ihm wie eine Ewigkeit vor, bis er endlich, über einen Meter vom Sarg entfernt, dieses helle Klümpchen zwischen den Teppichschlaufen entdeckte. War es die Zehe?

Ja. Vor Erleichterung hätte er beinahe laut aufgeseufzt. Wie zum Teufel kam sie denn da hinüber? Sie mußte abgeprallt und gerollt sein. Sorgfältig steckte er sie in die Plastiktüte, die er dann tief in die Vordertasche seiner Jeans schob.

Er richtete sich auf, schloß und verriegelte den Deckel von Eddies Sarg.

»Danke, Kleiner. Du warst eine echte –«

Die Worte blieben ihm im Halse stecken. Draußen … mitten auf dem Parkplatz …

Ein Auto.

Mist. Wo kam das denn her? Mußte wohl gekommen sein, während er auf dem Boden herumgekrabbelt war. Aber wer –?

Da hörte er das schwache Klicken eines aufschnappenden Riegels. Paulie erstarrte und lauschte. Knarzend öffnete sich eine Tür. Er hörte das Piepen des Kontrollbords, das verstummte, als jemand den Sicherheitscode eintippte. Der Jemand summte leise vor sich hin – mußte ein Mann sein. MacDougal? Ja. Das Auto draußen auf dem Parkplatz war ein Riviera, es mußte der von MacDougal sein.

Aus der Halle drang ein schwacher Lichtschein herein. Paulie ging hinter dem Sarg in Deckung. Doch MacDougal kam nicht herein, er lief die Treppe hinunter. Paulie fluchte, denn dadurch war sein Fluchtweg abgeschnitten. Er würde hier festsitzen, bis MacDougal das Haus wieder verließ, und wer wußte, wie lange das dauern würde!

Paulie konnte sich nur einen Grund vorstellen, warum der Typ zu dieser Stunde zurückgekommen war – vermutlich wollte er das hübsche Kind da unten auf dem Tisch einbalsamieren.

Scheiße, das konnte Stunden dauern, und Paulie hatte nicht ewig Zeit. Mac würde nervös werden, wenn er nicht bald die Bestätigung bekam, daß das Druckmittel zur Lieferung bereit lag. Womöglich kam er noch auf den Gedanken, dem Paket einen persönlichen Besuch abzustatten!

Da hatte Paulie eine Idee: Der Alarm war sicher abgestellt, er konnte also ganz bequem durch den Hinterausgang spazieren und mußte sich nicht mehr durch das Fenster zwängen. Er grinste. Schenkt dir jemand eine Zitrone, mach doch Limonade draus!

Er schlich sich in die Halle und bewegte sich Richtung Hinterausgang, wobei er sich vorsichtig an der Wand entlangschob, wo der Boden voraussichtlich am wenigsten knarzte. Als er das Kontrollbord erreichte, blieb er entsetzt stehen: Die Signallampe leuchtete rot – MacDougal hatte das Alarmsystem wieder aktiviert!

Okay, dann gab es nur eins. Wenn MacDougal im Hinterzimmer war und sich an der Leiche zu schaffen machte, würde er wahrscheinlich nicht hören, wenn sich Paulie hinunterschlich und aus dem Toilettenfenster schlüpfte. Riskante Sache, aber machbar – wenn man den Mumm hatte.

Paulie wußte, selbst wenn er den Mumm nicht hätte, dann müßte er ihn sich jetzt einreden, denn er mußte hier verduften.

Vorsichtig, Schritt für Schritt, schlich er die Treppe hinunter, wobei ihm der Teppichbelag sehr gelegen kam.

Unten angekommen, äugte er ins Raucherzimmer. Leer.

Hervorragend.

Die Tür zum PRIVAT-Zimmer stand halb offen, und er hörte MacDougals Stimme. Er summte jetzt nicht mehr, er sprach. Paulies schlimmste Befürchtung auf dem Weg nach unten war gewesen, sich in die Toilette zu schleichen und dort MacDougal beim Pinkeln zu erwischen.

Er schlich zur Toilettentür und war gerade dabei, sie zu öffnen, als er in MacDougals Stimme eine Veränderung bemerkte. Er stöhnte jetzt und gab eigenartige Laute von sich. Paulie wußte, daß er ein unnötiges Risiko einging, aber er mußte einfach sehen, was da vor sich ging. Lautlos drückte er sich an die PRIVAT-Türe und streckte den Kopf gerade so weit vor, daß er um die Ecke blinzeln konnte.

Im hinteren Teil des Raumes hüpfte MacDougals fetter nackter Körper auf dem toten Mädchen und dem Balsamierungstisch herum. Fasziniert und zugleich abgestoßen beobachtete ihn Paulie sekundenlang und riß sich dann los.

Die animalischen Laute, die MacDougal ausstieß, waren ein perfekter Schutz für seine Flucht. Kopfschüttelnd strebte Paulie nun der Toilette zu. Verrückte Welt! O Mann, die Welt war wirklich voller perverser Typen!

14

Poppy hörte, wie sich das Garagentor öffnete. Sie warf einen Blick durchs Fenster und sah den Lieferwagen.

Na endlich! Paulie war so lange weg gewesen, daß sie schon Angst gehabt hatte, es wäre etwas passiert. Diese lange Zeit konnte nur eines bedeuten: Schwierigkeiten. Wenigstens wußte sie jetzt, daß er nicht erwischt worden war. Aber was, wenn er diese Zehe nicht hatte? Er *mußte* sie einfach haben! Einen anderen Ausweg aus dieser Klemme konnte sie sich nicht vorstellen.

Vor Aufregung konnte sie kaum atmen, bis er endlich zur Tür hereinkam. Sofort stürzte sie auf ihn zu.

»Hast du sie? Bitte sag ja! *Bitte!*«

Mit Unschuldsmiene sah er sie an. »Was soll ich haben? Sollte ich etwas mitbringen?«

»Paulie! Komm, laß das!«

Da machte sich ein Grinsen auf seinem Gesicht breit. »Natürlich hab ich sie.«

Poppy sackte an seine Brust. »Gott sei Dank! Ich hatte solche Angst!«

»War nichts dabei. Willst du einen Blick drauf werfen?«

»Nein, danke. Ich passe.«

»Vielleicht solltest du aber.«

Sie trat einen Schritt zurück und sah ihn an. »Warum? Sag bloß nicht, das Kind war schwarz oder so was.«

»Nein, genauso weiß wie unser Mädchen da drinnen. Aber es fehlt etwas, was wir dringend brauchen, um damit durchzukommen.«

»Was denn?«

»Blut. Ohne Blut wirkt sie nicht besonders überzeugend. Wir müssen etwas frisches Blut daran schmieren.«

Poppy schluckte. Damit hatte er recht. Daran hatte sie nicht gedacht. »Okay, wir nehmen meins. Ich werde …«

Paulie schüttelte den Kopf. »Und was passiert, wenn der gute Daddy das Blut untersuchen läßt und feststellt, daß es nicht von seiner Tochter stammt? Das können wir nicht riskieren. Wir brauchen ihr Blut.«

»Hu-uh«, jammerte sie und trat noch einen Schritt zurück. »Auf keinen Fall.«

»Poppy«, sagte er tröstend. »Ich bin zur Hölle und zurück gelaufen, um deiner kleinen Freundin diese Tortur zu ersparen! Wir brauchen nur ein paar Tropfen ihres Blutes, damit die Sache auch klappt. Ein Nadelstich, um Himmels willen. Ansonsten bist du dafür verantwortlich, wenn der Vater der Kleinen behauptet, die Zehe wäre nicht von seiner Tochter, und Mac mit dieser Neuigkeit hier auftaucht.«

Das war ein Argument – ein grausiges Argument. Es widerstrebte Poppy, aber ein kleiner Stich war ein geringer Preis, verglichen mit dem, was sie der Kleinen erspart hatten.

Sie seufzte. »Also gut. Aber laß mich erst mit ihr reden.«

Sie war überzeugt, daß Katie Verständnis zeigen würde. Sie waren sich im Laufe des Abends ziemlich nahe gekommen. Ja, sie beide hatten sich richtiggehend angefreundet.

Freitag

1

»Der volle Name von Marihuana lautet Cannabis-Hanf. Es ist eine äußerst nützliche Kulturpflanze. Sie liefert die widerstandsfähigste natürliche Faser, die derzeit bekannt ist. Der erste Denim und das meiste Segeltuch der Welt wurden daraus hergestellt. Tatsächlich bedeutet das holländische Wort für Cannabis ›Leinen‹.

Wußten Sie, daß man vier Morgen zwanzigjähriger Bäume benötigt, um die gleiche Menge Papier herzustellen wie aus einem Morgen Hanf? Und das ohne Bleichmittel und Dioxin! Man kann daraus Methanol, Speiseöl, vegetarische Proteine sowie diverse Medikamente herstellen. Die Liste ließe sich beliebig fortsetzen. Cannabis ist eine äußerst ertragreiche Pflanze, die keine Subventionen bräuchte. Es wäre dumm, ihren Anbau nicht zu legalisieren.«

John stellte den Fernseher leiser, und Heather Browns Stimme verstummte.

Hatte er gerade ein Piepsen gehört? Kam es aus dem Arbeitszimmer … vom Computer etwa? War es ein wirklicher Ton oder nur Wunschdenken gewesen? Wahrscheinlich hatte er es sich eingebildet. Er setzte sich auf die Bettkante und rieb sich das Gesicht.

Wieder eine schlaflose Nacht. Mehrmals war er aufgestanden und zum Computer gelaufen, in der Hoffnung, endlich eine E-Mail von Snake vorzufinden. Die ganze Nacht hatte er darum gebetet, von den Kidnappern zu hören. Und jetzt schien er bereits zu phantasieren.

Trotzdem, er mußte einfach nachsehen. Er hatte die Verbindung zum Netz des HHS während der Nacht aufrechterhalten. Sollte eine E-Mail kommen, würde sein Computer einen Signalton von sich geben.

Dieser Bastard, dachte John, als er den Flur entlang Richtung Arbeitszimmer und Computer stolperte. Er versucht mich doch tatsächlich für das unterbrochene Telefonat zu bestrafen. Vermutlich rechnet er damit, daß ich nach einem Tag der Funkstille derart gerädert bin, daß ich alles mache, was er verlangt.

Womit er genau ins Schwarze getroffen hatte.

John hatte beschlossen, sich mit allem vorbehaltlos einverstanden zu erklären, was Snake verlangte. Gleichzeitig hatte er einen Ausweg gesucht, um Tom nicht wirklich vergiften zu müssen. Noch hatte er keine Idee, aber irgendeine Lösung *mußte* ihm noch einfallen.

Er trat ins Arbeitszimmer und warf einen Blick auf den Monitor. War etwa –? Er trat näher. Tatsächlich. Das E-Mail-Symbol blinkte in der Ekke. Er holte sich den Brief auf den Bildschirm.

Dank sei Gott – es war der Anonymous-Remailer! Die Nachricht bestand nur aus wenigen Worten.

Sehen Sie in den Briefkasten. Schicken Sie Ihre Antwort per E-Mail.

John sprang in die erste Hose, die er erwischte, und rannte ins Freie. Er öffnete den Postkasten und fand einen dieser gepolsterten Umschläge. Er streckte die Hand aus, zögerte aber, als er plötzlich an Briefbomben und Sprengfallen dachte. Er verwarf den Gedanken, war aber mehr als beunruhigt, als ihm klar wurde, daß Snake oder einer seiner Leute – der aus dem Drugstore vielleicht – vor kurzer Zeit genau an dieser Stelle gestanden war. Hätte er aus dem Fenster gesehen, würde er ihn gesehen haben.

Mit spitzen Fingern faßte er nach dem Umschlag. Leicht. *Sehen Sie in den Briefkasten. Schicken Sie Ihre Antwort per E-Mail.* Konnte nur Papier drin sein. Bestimmt weitere Anweisungen. Oder vielleicht neue Forderungen.

Es gab nur einen Weg, das herauszufinden. Mit einem Stoßseufzer zog er an der ›Hier öffnen‹-Lasche. Er faßte hinein, fühlte aber kein Papier. Nur eine kleine Plastiktüte. Er nahm sie heraus und starrte sie an. Zuerst glaubte er, sie wäre leer, dann ertastete er etwas Winziges, das sich in einer Ecke versteckt hatte. Klein. Nicht größer als einer seiner Fingernägel. Weiß … und rot … und das Rot hatte sich an der Innenseite des Tütchens verschmiert.

Sein Herz begann wild zu pochen … die Tüte zitterte in seinen Händen, während er den Inhalt näher betrachtete. Als er erkannte, was es war, knickten ihm die Beine weg, er fiel auf die Knie und stieß einen grauenvollen Laut des Schmerzes und der Verzweiflung aus, so laut und lang, daß die Hunde der Nachbarschaft in sein Heulen einfielen.

2

Snake stürmte den Gartenweg zum Haus hinauf. Er hätte es vorgezogen, den Kontakt zu Paulie auf gelegentliche Telefonate und Treffen in wechselnden Hotelbars zu beschränken, aber es schien ihm wichtig, wenigstens einmal die Arrangements zu inspizieren.

Er wollte allerdings vermeiden, daß sich jemand an ihn oder sein Auto erinnerte, sollte dieses Haus jemals mit der Entführung in Verbindung gebracht werden. Daher hatte er sich eine Baseballkappe der Orioles aufgesetzt und den Jackenkragen hochgestellt. Die Nummernschilder am Jeep hatte er sich ausgeliehen und würde sie später in den Potomac werfen.

Trotz all dieser Vorsichtsmaßnahmen fühlte er sich splitternackt. Dennoch konnte ihm heute nichts seine gute Laune verderben. Schon früh am Morgen hatte er eine E-Mail von VanDuyne erhalten, und jetzt hatte er alles unter Kontrolle.

Er warf einen Blick auf den Garten, der das angemietete Haus umgab. Selbst die gelben Blüten der dürren Forsythien um den Sockel des Hauses konnten den insgesamt ungepflegten Eindruck nicht verbessern. Der Rasen hatte unter dem Winter gelitten. Zwar beinhaltete der Mietpreis die Gartenpflege, aber bis der Rasen gemäht werden mußte, würden sie alle längst über alle Berge sein.

Snake klopfte. »Ich bin's. Ist die Luft rein?«

Er hatte seinen Besuch angemeldet, denn er wollte das Paket sicher verstaut wissen, wenn er ankam.

Paulie öffnete die Tür. »Ja, alles klar. Komm rein.«

Kaum war die Tür geschlossen, ergriff Snake Paulies Hand. »Gute Arbeit, das mit dem Druckmittel, Mann. Wirkte Wunder.«

Es gehörte zu seiner Taktik, seinem Fußvolk ab und zu ein kleines Lob auszusprechen, wenn sie es verdienten. Ein paar Streicheleinheiten kosteten nichts und bewirkten manchmal mehr als Geld. Manchmal.

Er bemerkte Poppy, die auf dem Sofa saß und in einer Zeitschrift blätterte. Sie sah nicht auf, und er machte sich auch nicht die Mühe, sie zu begrüßen. Das Miststück ging ihm total auf die Nerven.

»Tatsächlich?« grinste Paulie durch seinen Bart. »Erzähl schon!«

»Heute morgen kam eine Nachricht von ihm. Der Typ überstürzt sich förmlich vor Kooperationsbereitschaft.«

»Also hat er's gekauft, hm?«

Snake bemerkte einen kurzen Blickwechsel zwischen Poppy und Paulie. Was wurde hier gespielt?

»Gekauft?« fragte Snake. »Was sollte er kaufen? War ja schließlich ein Körperteil seiner Tochter.«

»Schon, aber er hätte ja denken können, daß sie bereits tot ist und wir dann die Zehe abgeschnitten hätten oder so. Andererseits – mit dem frischen Blut, muß er ja glauben, daß sie noch lebt.«

Snake hatte von Paulie noch nie derartig wirres Geplapper gehört, und es gefiel ihm nicht.

»Stimmt etwas nicht, Paulie?«

»Wieso?« Paulies Augen hatten einen eigenartig wachsamen Ausdruck angenommen.

»Weil du dich so eigenartig benimmst.«

»Er mußte auch noch nie ein Kind verstümmeln«, mischte sich Poppy ein.

Snake beachtete sie gar nicht. »Hier wurde niemand verstümmelt. Und außerdem, wer hat dich denn um deine Meinung gebeten?«

»Wie nennst du es denn, wenn man einer Sechsjährigen die Zehe abschneidet?« fuhr sie fort. »War nicht gerade ein Spaziergang! Und wir hatten verdammtes Glück, daß sie nicht einen ihrer Krämpfe bekam.«

Nun konnte er nicht mehr umhin, er mußte sie ansehen – und er war schockiert von ihrem Gesicht, aus dem ihm Ekel und blanker Haß entgegensprangen. Er unterdrückte den Drang, ihr den Ausdruck aus dem Gesicht zu schlagen. »Krämpfe?«

»Ja, die Krämpfe, für die sie die Tabletten schluckt.«

Ah, jetzt verstand er. »Oh, du meinst Spasmen«, bemerkte er bissig. »Du solltest an deinem Wortschatz arbeiten, Schätzchen.«

»Und du solltest an deinen Nachforschungen arbeiten. Wie kommt es denn, daß du von ihren ›Spasmen‹ nichts wußtest?«

Jetzt hatte Snake die Nase voll von dieser Schlampe. Er wandte sich an Paulie. »Sag deiner Freundin, sie soll den Mund halten, bis sie gefragt wird.«

»Sie hat ein Recht darauf, ihre Meinung zu sagen.«

»Wenn ich die Meinung von jemandem mit purpurfarbenem Haar hören will, werde ich es kundtun.«

Paulie hielt die Hände hoch. »Ist ja gut. Sie wollte ja nur sagen, daß es eine verdammt haarige Angelegenheit war, diese Zehe abzuschneiden. Ich hoffe wirklich, daß es sich auch gelohnt hat, zum Teufel.«

Snake brauchte ein paar Sekunden, um sich wieder in den Griff zu bekommen.

»Ja, es hat sich gelohnt. Du solltest mal die Nachricht ihres Vaters sehen. Er ist wahnsinnig vor Angst. Hätte er sie auf Papier geschrieben, hätte man sie vor lauter Tränenflecken nicht lesen können.«

Snake grinste. Als er die Zeilen gelesen hatte, konnte er VanDuynes Flehen förmlich hören. Bitte o bitte o bitte o BITTE, tut ihr nicht noch einmal weh!

»Ich schätze, du bist richtig stolz auf dich?« schnappte Poppy.

Die schrie ja förmlich nach ... ja, wirklich, die schrie nach einem Schlag ins Gesicht!

»Komm schon, Poppy«, rief Paulie und sah sie strafend an.

»Ja«, fuhr Snake fort und ignorierte sie. »Keine weiteren Diskussionen mit Daddy. Er macht alles, was wir verlangen.«

»Und was ist es genau, was wir von Daddy verlangen?« fragte Paulie.

»Das geht nur mich und unsere Auftraggeber etwas an. Besser, ihr wißt nichts.«

Um nichts in der Welt hätte er zugegeben, daß er es selbst erst seit rund sechsunddreißig Stunden wußte. Den Teufel würde er tun und gerade diesen beiden erzählen, was er *wußte*.

»Also, wo ist das kleine Paket?« fragte er Paulie.

Paulie deutete mit einer Kopfbewegung auf eine der Türen im Wohnzimmer. »Dort.«

»Gut, ich werfe mal einen Blick hinein, dann ist meine Inspektion wieder beendet.«

»Sie schläft«, meldete sich Poppy erneut zu Wort.

Weiß diese Hexe nicht, wann sie ihren Mund zu halten hat?

»Augenbinde?« fragte er Paulie.

»Klar, wie immer.«

»Gut.« Er ging auf die Tür zu. »Dann werfe ich eben mal einen Blick hinein.«

Da sprang Poppy auf, stellte sich schützend vor die Tür und schaute mit unruhig flackernden Augen abwechselnd Snake, Paulie und die Türe an.

»Nein, du weckst sie auf. Du hast ja keinen Schimmer, was hier los war, bevor sie endlich einschlief.«

»Dafür werden Babysitter gewöhnlich bezahlt.«

Er rauschte an ihr vorbei, öffnete die Tür und schaltete das Licht ein.

Poppy schlüpfte an ihm vorbei und stellte sich schützend ans Fußende des Bettes. Unruhig wie eine Wildkatze, biß sie sich auf die Lippen und rieb hektisch die Hände aneinander. Man hätte sein halbes Jahreseinkommen verwettet, daß das Kind in dem Bett ihr eigenes war.

Aber sogar Snake mußte zugeben, daß alles in Ordnung war: Das Kind hatte die Augen verbunden und war an den Bettrahmen gefesselt, wie es sein sollte. Sie trug ein kariertes Hemd und einen Overall, einen Turnschuh am linken und einen dicken Verband am rechten Fuß.

Er nickte und ging hinaus, ohne Poppy eines Blickes zu würdigen. Aber Paulie gefiel ihm noch immer nicht, und das bereitete ihm Sorgen. Er wollte vermeiden, daß die beiden kalte Füße bekamen. Das Spiel war noch nicht zu Ende.

»He«, sagte er mit einem Lächeln, »sie sieht verdammt gut aus. Kein Grund zur Sorge, soweit ich sehen kann. Sie wird diesen Zeh nie vermissen.«

»Also, ich bin ehrlich froh, daß es geklappt hat«, seufzte Paulie. »Ich weiß nicht, ob ich es noch einmal schaffen würde, wenn du einen weiteren Körperteil bräuchtest.«

»Was ist los mit dir? Wirst du weich?«

»Nein. Ich meine –«

Snake fühlte, wie sein Zorn aufflammte. Zeit, diesen Arschlöchern klarzumachen, was hier Sache war.

»Du meinst *gar nichts*! Du arbeitest für mich. Und wenn ich dir sage: Schneide ihr die verdammte Hand ab, dann hast du höchstens zu fragen, ›Welche Seite‹?, oder du bist raus.«

Paulie schüttelte den Kopf. Er sah auf den Boden, blieb aber hartnäkkig. »Okay«, sagte er, »dann sind wir raus. Suche dir jemand anderen für deine Drecksarbeit. Wir zerstückeln keine kleinen Kinder. Es ist einfach nicht richtig.«

Paulies Worte erschreckten Snake nun doch. Jemand anderen? Woher sollte er jetzt, mitten im Spiel, einen neuen Babysitter finden?

Diese ganze Sache nervte ihn. Zuerst mußte er sich eine Lebensversicherung gegen Salinas besorgen, dann sich mit diesem unberechenbaren VanDuyne herumschlagen, und nun drohten die Bauern mit einem Aufstand. Was würde als nächstes passieren?

»Willst du mir drohen?«

Paulie schüttelte den Kopf. »Nö. Ich sage dir nur, wie es steht. Wir machen, was du willst, aber wir liefern keine weiteren Druckmittel.«

Snake fiel keine passende Antwort ein, die ihn nicht in ein schlechtes Licht gerückt hätte. Und da er das, wonach ihm zumute war – nämlich mit der .38er ein Loch durch Paulies Kopf zu pusten –, nicht tun konnte, beschloß er, einen schnellen Abgang zu machen.

Das war das beste. Sie sollten sich ruhig fragen, was er als nächstes plante. »Ich rufe wieder an«, sagte er und verließ das Haus.

Snake kochte vor Wut. Und dabei hatte er noch Schuldgefühle gehabt, weil er Poppy und Paulie Salinas' Wölfen vorgeworfen hatte. Das zeigte wieder einmal, wie wertlos Gefühle waren. Es war eine prima Idee, die beiden loszuwerden. Er hatte ohnehin die Nase voll von Paulie und seiner Schlampe.

3

Kaum hatte sich die Tür hinter Mac geschlossen, warf Poppy ihre Arme um Paulie.

»Paulie! Du warst großartig! Wie du dich ihm entgegengestellt hast … einfach toll!«

Paulie zitterte, aber nicht für eine Million Dollar hätte sie ausgesprochen, daß sie es bemerkt hatte.

»Na ja, ich konnte es nicht mehr ertragen, wie er mit dir umging. Weißt du, was ich meine? Es hat mir einfach gereicht.«

Sie sah ihm ins Gesicht. Irgend etwas ging in ihm vor.

Seit er gestern abend Katie das Blut abgenommen hatte, hatte er sich verändert. Poppy hatte sie in den Armen gehalten, während Paulie mit der Ecke einer Rasierklinge ihre kleine Zehe aufritzte. Den Fuß hätten sie ohnehin bandagieren müssen, um es so aussehen zu lassen, als hätten sie die Zehe wirklich abgeschnitten, also hatten sie gleich das Blut von dort genommen. Und Katie war so tapfer gewesen, ein echter Champ. Sie hatte kurz zusammengezuckt und einen Moment gejammert, aber das war alles. Sie sagte, sie wäre es gewöhnt, gepiekst zu werden, weil ihr Blut regelmäßig kontrolliert wurde, solange sie das Medikament nehmen mußte.

Als Paulie dann zurückgekommen war, nachdem er das Druckmittel geliefert hatte, war er noch stiller gewesen, und daran hatte sich den ganzen Morgen nichts geändert. Zunächst hatte Poppy angenommen, er wäre sauer auf sie, weil sie ihn in dieses Beerdigungsinstitut geschickt hatte. Doch seine Schweigsamkeit schien einen anderen Grund zu haben.

»Was ist los mit dir, Paulie? Bedrückt dich was?«

Er löste sich aus ihren Armen und ging zum Fenster. Die Hände in die Hosentaschen gestemmt, starrte er in den Vorgarten hinaus.

»Ich weiß nicht«, murmelte er. »Hab schlecht geschlafen letzte Nacht. Ich hab nachgedacht, was ich ja eher selten mache, aber gestern konnte ich's nicht abstellen. Ich mußte ständig daran denken, wie du mir gestern die Stirn geboten hast. Ich meine, Mac befiehlt mir, ›Schneide ihr den

Finger ab‹, ich handle ihn zwar auf eine Zehe runter, aber das hätte ich gemacht. Doch du hast einfach nein gesagt – du hättest es weder getan, noch hättest du es zugelassen. Du hättest dein Leben gegeben, um die Kleine zu beschützen. Ich war stinkesauer, aber später hat es mich wie eine ganze verdammte Tonne voller Ziegelsteine getroffen: Du hast einen Strich gezogen und gesagt: ›Bis hierher und nicht weiter. Keinen Schritt. Ich überquere diese Grenze nicht und genausowenig tut das ein anderer, solange ich es verhindern kann.‹ Und so lag ich letzte Nacht wach und dachte: Wo ist meine Grenze? Ich meine, habe ich überhaupt eine Grenze? Oder warte ich nur auf jemanden wie Mac, der mir sagt, was ich zu tun habe, und führe dann wie ein verdammter Roboter seine Befehle aus? Was für ein Mann bin ich? Ich sage dir, Poppy, es war nicht besonders angenehm, darüber nachzudenken.«

Poppy trat hinter ihn, schlang die Arme um ihn und preßte das Gesicht an seinen Rücken. Ihr Herz drohte zu zerspringen. Sie wagte nicht zu sprechen aus Angst, sie könnte anfangen zu heulen. Erstaunlich ... Paulies Gedanken waren dieselben, die sie seit dem letzten Babysitterjob gequält hatten. Aber bei ihr war es ein schleichender Prozeß gewesen, und erst als Katie diesen Anfall gehabt hatte, war sie zu einer Entscheidung gekommen. Paulie hingegen hatte es aus heiterem Himmel getroffen.

»Im November werde ich dreißig«, fuhr er fort. »Mann, ich lag da letzte Nacht und schaute auf mein Leben zurück. Und weißt du, was ich sah? Nichts. Ich meine, wenn ich jetzt sterbe – was bleibt von Paulie DiCastro? Nichts. Also habe ich mich entschlossen, einen Strich zu ziehen. Ich werde lernen zu sagen, ›Stop, bis hierher und nicht weiter‹. Ich meine, man muß im Leben ja für irgend etwas eintreten. Etwas Anständiges muß man doch in seinem Leben machen, und das habe ich jetzt vor: Ich werde mich ändern. Das sage ich nicht nur so dahin. Verstehst du, was ich meine?«

Poppy umarmte ihn noch fester. »Und wie! Vielleicht ist das ein Wendepunkt in unserem Leben, Paulie. Wir könnten aus dieser scheußlichen Sache sogar etwas Gutes machen. Wir stecken das Geld ein, gehen fort von hier und bauen uns etwas auf.«

»Ja, aber was? Ich kann doch nichts Legales. Was kann ich denn schon, außer Befehle auszuführen?«

»Mach dir keine Sorgen. Wir finden etwas. Wir sind doch keine totalen Schwachköpfe. Das Wichtigste ist, einen Strich zu ziehen, zwischen dem alten und dem neuen Leben. Und wir werden nie mehr zurückblicken, Paulie.«

»Ja«, sagte er, drehte sich um und sah sie an. Seine Augen wanderten über ihr Gesicht. »Du und ich. Wir können es schaffen.«

Poppy preßte ihr Gesicht gegen seine Schulter. Sie hatte sich ihm noch nie so nahe gefühlt.

4

»Wirst du denn so viel Geld zusammenbringen können?« fragte Nana.

John sah besorgt von seinem Computer auf. Sie wußte nicht einmal die Hälfte, nicht einen Bruchteil, und war doch völlig aufgelöst. Ihr Haar war nachlässig frisiert, ihre Kleidung verknittert, und ihre einst rosigen Wangen waren blaß und eingefallen. Und ständig tastete sie an ihrem Hals herum, als bekäme sie keine Luft.

Nein, auf keinen Fall durfte er ihr die Wahrheit sagen, weder über den Dienst, der von ihm erwartet wurde, noch über Katies Zehe. Also hatte er ihr vorgelogen, die Kidnapper wollten Geld von ihm – eine Million Dollar.

»Ja«, sagte John beruhigend. »Ich arbeite dran. Ich habe mehrere Leute angerufen, die mir einen Gefallen schuldig sind, und ein paar Kreditfachleute in der Bank kümmern sich darum. In ein paar Tagen müßte ich es geschafft haben.«

»In ein paar Tagen? Dann bleibt ja Katie noch die ganze Zeit ihre Gefangene! John, wie kannst –?«

Bevor er es verhindern konnte, brauste er auf und schrie sie an. »Glaubst du etwa, ich wollte sie nicht zurückhaben? Heute? Sofort? Aber leider kann ich nicht einfach einen Scheck ausschreiben!« Als er sah, wie sie zusammenzuckte, zügelte er seine Wut und griff nach ihrer Hand. »Entschuldige, Mom. Ich bin völlig mit den Nerven fertig. Ich tue mein möglichstes, so schnell ich kann.«

Sie tätschelte seine Hand. »Ich weiß, John. Es ist nur – ich kann den

Gedanken nicht ertragen, daß Katie auch nur eine Minute länger als erforderlich als Gefangene bei diesen Leuten ist.«

Gefangene, dachte er bitter, wenn es nur das wäre!

»Ich lege mich ein wenig hin. Deine Tabletten machen mich so müde.«

Seit gestern abend gab er ihr Tranquilizer. Am liebsten hätte er selbst ein paar geschluckt, aber er mußte auf dem Posten bleiben und durfte sich keine Schwäche erlauben.

»Mach das, Mom. Versuch zu schlafen, dabei vergeht die Zeit am schnellsten.«

Als sie gegangen war, stand er auf und lief hinunter in die Küche. Er öffnete den Kühlschrank und sah hinein. Er wußte, er müßte etwas essen, doch sein Appetit war verflogen, vermutlich für immer. Er schloß die Tür, bewegte sich aber nicht vom Fleck. Sein Blick blieb am Tiefkühlfach hängen.

Er konnte sie fast durch die Tür hindurch sehen, immer noch in der kleinen Plastiktüte, versteckt hinter den Eiswürfelbehältern: Katies kleine Zehe.

Er gab sich nicht der Illusion hin, daß sie jemals wieder angenäht werden könnte, und wenn, wäre Einfrieren nicht die richtige Konservierungsmethode gewesen. Aber was hätte er sonst damit machen sollen?

Nachdem er sich vom Postkasten zurück ins Haus geschleppt und sich übergeben hatte, war er mit dem Tütchen in den Keller gegangen, wo er hemmungslos schluchzen konnte, ohne von seiner Mutter gehört zu werden. Er konnte sich nur an wenige Minuten erinnern, in denen er gezittert, geschwitzt und geheult hatte. Plötzlich war es, als hätte der Überdruck in einem Dampfkessel ein Ventil zum Bersten gebracht. Danach war er wie betäubt gewesen. Mit dem Beutelchen in der Hand war er aufgestanden und im Kreis umhergelaufen und hatte versucht, sich zu konzentrieren. Er durfte sich seinem Kummer nicht hingeben. Er mußte eine Entscheidung treffen. Katies Leben hing davon ab.

Dann hatte er überlegt, was er mit der Zehe anfangen sollte … mit dieser schauerlichen, wertvollen, blutigen kleinen Zehe. Nana durfte sie auf keinen Fall sehen, aber er konnte den Gedanken nicht ertragen, sie verwesen zu lassen. Irgend etwas *mußte* er damit machen. Das einzige, was ihm eingefallen war, war der Gefrierschrank gewesen. Lieber Gott, es war so entsetzlich schwierig, einen klaren, sinnvollen Gedanken zu fassen!

Nachdem er die Zehe versteckt hatte, riß er sich zusammen und setzte sich an den Computer, um eine Antwort für Snake zu formulieren. Sie klang nicht besonders logisch, aber das störte John nun nicht mehr. Er wollte diesem Monster einzig und allein zu verstehen geben, daß er alles – wirklich alles – tun würde, was von ihm verlangt wurde, aber er solle um Himmels willen Katie nicht noch mehr weh tun!

John hatte seine Wahl getroffen. Snake hatte ihm klargemacht, wer die Trümpfe in der Hand hatte. Snake war der Boß. Die Entscheidung zwischen seinem besten Freund und seiner Tochter war für John eine Qual gewesen. Aber Katies Zehe hatte den Konflikt gelöst. Katie … er hatte sich für Katie entschieden.

Katie würde leben.

Snakes eisige Antwort hatte seine Entscheidung bestätigt.

JETZT verstehen wir uns! Sie wissen, was Sie zu tun haben. Tun Sie es bald. SEHR bald. Oder wir testen Ihre Fähigkeiten beim Puzzlespielen.

John schleppte sich ans Telefon. Er zwang sich, alle bohrenden Fragen und Spekulationen auszuschalten und sich nur auf die vor ihm liegende Aufgabe zu konzentrieren. In den Gelben Seiten ging er die Liste der Ärzte durch. Er fand einen Dr. Adelson, einen Internisten aus Friendship Heights. Er schrieb sich die Telefonnummer und Adresse auf. Als Dr. Adelson rief er in mehreren Apotheken in der Stadtmitte an, bis er eine gefunden hatte, die einen kleinen Vorrat an Chloramphenicol hatte.

So sachlich und geschäftsmäßig er nur konnte, bestellte er für einen Herrn Henry Johnson das Rezept: »Geben Sie ihm Chloramphenicol 250, zwanzig Kapseln, 4 x täglich, eventuell auch Generikum.« Als der Apotheker nach Adresse und Telefonnummer seiner Praxis fragte, gab er Dr. Adelsons an. Gut … Mr. Johnson konnte seine Tabletten in einer halben Stunde abholen.

John lehnte sich in seinem Stuhl zurück und schloß die Augen. Schritt eins war erledigt.

Nun zu Schritt zwei.

Soeben wollte er den Hörer abnehmen, da klingelte es an der Haustür. *Bitte, kein Bote ... lieber Gott, nicht noch ein Stück von Katie!*

John zwang sich, an die Tür zu gehen, die wie das Portal zur Hölle vor ihm lauerte. Er biß die Zähne zusammen, faßte an die Klinke und riß dann energisch die Tür auf.

Draußen stand eine attraktive, ungefähr vierzigjährige Dame. Sie trug einen Nerzmantel und hochhackige Pumps. Ihr langes, glänzend schwarzes Haar wurde von einer goldenen Spange zurückgehalten. Sie war perfekt geschminkt und lächelte herausfordernd.

John wäre beinahe zurückgetaumelt, als er sie erkannte. Das war doch nicht möglich!

»Hallo, John.« Ihre Stimme ... so ruhig, so gefaßt ... so perfekt moduliert.

»Marnie!« Seine eigene Stimme klang wie Blech, das über einen Betonboden gezerrt wurde. »Was machst du hier?«

»Ich möchte meine Tochter besuchen.«

»Du – du müßtest doch in Georgia sein.«

»Ich bin entlassen worden.«

»Das glaube ich nicht.«

»Es ist wahr, John. Ich bin geheilt. Ich muß zwar Medikamente nehmen, aber solange ich die regelmäßig schlucke, geht es mir gut. Dr. Schuyler meinte sogar, er könnte im Herbst die Dosis eventuell herabsetzen, wenn ich so weitermache. Ist das nicht wunderbar?«

Johns Gedanken wirbelten in seinem Kopf herum. Das konnte doch nicht sein! Marnie sollte doch im Marietta Psychiatric Centre sein. Was suchte sie in Washington? Und warum jetzt? Warum mußte sie ausgerechnet jetzt hier auftauchen?

»Es ist mir egal, was Dr. Schuyler oder sonst irgendwer sagt – das Gericht verfügte, daß du Georgia nicht verlassen darfst.«

Sie lächelte immer noch. »Dr. Schuyler hat das für mich geregelt. Es geht mir wieder so gut, daß ich reisen kann. Und ich möchte Katie sehen.«

»Nein«, entgegnete John bestimmt und schüttelte vehement den Kopf. »Keine Chance. Nicht die Bohne einer Chance.«

»Ich bin ihre Mutter, John.« Das Lächeln wurde unsicher. »Ich habe ein Recht, sie zu –«

»Du hast gar kein Recht!« zischte er und spürte, wie ihn jäher Zorn übermannte. Oh, war das gut, etwas anderes zu empfinden als Übelkeit und Kummer! »Du hast deine Rechte aufgegeben. Erinnerst du dich? Die Abmachung lautete: Kein Gefängnis für dich, aber das alleinige Erziehungsrecht für mich. Und so wird es auch bleiben.«

Das Lächeln war nun restlos aus ihrem Gesicht verschwunden. »Ich *will* Katie sehen. Du kannst mir doch nicht verbieten, meine eigene Tochter zu sehen!«

»O doch. Das kann und werde ich! Und wenn du jetzt nicht verschwindest, rufe ich die Polizei und behaupte, du wärst aus einer psychiatrischen Anstalt in Georgia entlaufen.«

»Das ist nicht –«

»Und ich erzähle ihnen von dem Gerichtsurteil, das dir verbietet, dich ihr zu nähern. Soll ich jetzt anrufen, oder verschwindest du freiwillig?«

Marnie trat einen Schritt näher. Ihre Lippen bebten. »Das ist nicht fair, John.«

»Bei mir wirkt das nicht. Und erzähle du mir nichts von Fairneß. Tu uns allen einen Gefallen und fahr zurück nach Georgia. Sofort.«

»Ich hoffe, du achtest auf Katie mehr als auf dich. Du siehst schrecklich aus.«

»Guten Tag, Marnie.«

Er schloß die Tür und lehnte seine Stirn an die Innenseite. *Bitte geh. Ich habe Probleme genug. Ich kann mich nicht auch noch mit dir beschäftigen.*

Oh, wie er sie haßte – allein ihr Anblick widerte ihn an! Als gebildeter Mann der neunziger Jahre, als Arzt obendrein, wußte er natürlich, daß man psychisch Kranke nicht für ihre Taten verantwortlich machen konnte. Aber das hieß nicht, daß er auch verzeihen mußte.

John würde Marnie jedenfalls nie verzeihen, was sie getan hatte. Egal, welche Armee von Psychiatern Marnie auch aufmarschieren ließ, um ihre geistige und mentale Stabilität sowie die Fähigkeit, sich in die Gesellschaft zu reintegrieren, zu bescheinigen. Er würde sie keinesfalls je wieder an Katies Leben teilhaben lassen.

Er stellte sich auf die Zehenspitzen und blinzelte durch das fächerförmige Fensterchen im oberen Teil der Türe. Der Vorgarten war leer. Marnie war weg. Hoffentlich blieb sie auch weg; sie könnte alles verderben.

Aber John zweifelte nicht eine Sekunde daran, daß sie zurückkommen würde.

»John?« rief seine Mutter von der oberen Etage herunter.

»Ja, Mom?«

»War eben jemand an der Tür?«

»Nur ein Vertreter. Leg dich wieder hin. Wenn etwas passiert, sag ich dir's sofort.«

Katie, Tom, Mom, Marnie – wie lange würde er die Bälle noch jonglieren können, ohne einen fallen zu lassen?

Völlig am Ende mit den Nerven begab er sich in die Küche und widmete sich erneut der Aufgabe, den Präsidenten der Vereinigten Staaten zu vergiften.

Er riß sich zusammen und wählte die Direktdurchwahl von Betty Kenny. Betty hatte bereits als Sekretärin für Tom gearbeitet, als er noch ein kleiner Kongreßabgeordneter gewesen war. Sie hatte ihn in den Senat begleitet und fungierte nun als seine persönliche Sekretärin, die seinen eminent wichtigen Terminkalender koordinierte. Um zu Tom durchzudringen, mußte man erst das Schlachtschiff Betty überwinden. Aber Betty und John mochten sich, und John wußte, wie sehr sie sich um die Gesundheit des Präsidenten sorgte.

»Hallo, Betty«, sagte er so unbeschwert und leichthin wie er eben konnte. »Hier spricht John VanDuyne. Ich möchte morgen Ihren Boß ein paar Minuten sehen, um seinen Blutdruck zu kontrollieren. Ist er da?« Er drückte sich selbst den Daumen. *Bitte, sag ja!*

»Hallo, John. Lassen Sie mich sehen. Waren Sie nicht erst vor ein paar Tagen hier?«

»Ja, am Mittwoch. Aber er gefiel mir nicht.«

Ihre Stimme senkte sich. »Wirklich? Und, ist es schlimm?«

»Ich hätte es Ihnen nicht sagen sollen. Vergessen Sie's.«

»Ich sage kein Wort, das wissen Sie doch. Aber Sie müssen es mir sagen: Besteht Grund zur Sorge?«

John machte sich ihre Angst zunutze. »Na ja, sein Blutdruck war an der obersten Grenze, und ich möchte ihn im Auge behalten. Insbesondere, da er nächste Woche diese Reise nach Den Haag plant.«

»Verstehe. Also … er hat um zehn ein Meeting im Oval Office … es dauert ja nicht lange, oder?«

»Zehn, fünfzehn Minuten höchstens.«

»Okay, dann halte ich zwischen 9.30 Uhr und 10.00 Uhr für Sie frei. Geht das?«

»Hervorragend.« Das Wort hinterließ einen bitteren Nachgeschmack in seinem Mund. Nach einem kleinen Smalltalk legte er auf und lehnte sich schwitzend zurück.

Phase zwei erledigt.

Am Telefon war er noch beherrscht gewesen, doch jetzt wurde ihm die Tragweite seines Planes erneut berwußt. *Insbesondere, da er nächste Woche diese Reise nach Den Haag plant.*

Aber ich werde mein möglichstes tun, damit er nicht nach Den Haag kommt, verdammt. Betritt er europäischen Boden, ist Katie tot.

Ich mache ihn lediglich krank, tröstete er sich zum tausendsten Mal, seit er heute morgen den Postkasten geöffnet hatte. Er wird nicht sterben. Die Elite der amerikanischen Ärzteschaft wird den Präsidenten der Vereinigten Staaten schon durchbringen.

Wenn aber das Chloramphenicol nun keine Auswirkung auf Toms Knochenmark zeigte? Die Möglichkeit bestand immerhin. Was dann? Oder wenn die Reaktion erst in ein paar Wochen einträte? Würde Snake glauben, daß er Tom das Medikament verabreicht hatte?

Keine Sekunde.

Am liebsten hätte John sich durch einen Tobsuchtsanfall Luft verschafft, doch das hätte seine Mutter aufgeweckt.

Zeit, auf Autopilot zu schalten. Er sah auf die Uhr. Er mußte sich auf den Weg zur Apotheke machen und als Henry Johnson das Chloramphenicol abholen.

Ich werde noch ein meisterhafter Betrüger, dachte er zynisch. Ich habe meine Mutter, Terri, mein Büro, einen Apotheker und Toms Sekretärin angelogen. Und morgen lüge ich meinen besten Freund an.

Voller Bitterkeit erkannte er, daß der einzige, den er heute nicht angelogen hatte, Snake war.

Samstag

1

»John?«

Er erkannte die Stimme und erstarrte. Er hatte vor dem Aufzug zum ersten Stock des Weißen Hauses gewartet und im stillen gefleht, der Aufzug möge kommen, bevor er einen Bekannten träfe.

Zu spät. Er drehte sich um und sah Terri, die den Korridor entlang auf ihn zukam. Er quälte sich ein Lächeln ins Gesicht.

»Terri! Ich wußte nicht, daß du auch am Wochenende arbeitest!«

»Es gibt kein Wochenende während einer PR-Krise solchen Ausmaßes.« Ihr Lächeln schwand, als sie näher kam. »Bist du okay?«

»Ich denke schon«, antwortete er. »Warum?«

»Du siehst schrecklich aus.«

Ich wette, ich sehe hundertmal besser aus, als ich mich fühle.

»Danke für die Blumen.«

»Nein, im Ernst.« Sie runzelte die Stirn und betrachtete ihn. »Das muß ein schlimmer Virus gewesen sein.«

Virus? Welcher –? O ja. Die Viruslüge. Allmählich mußte er aufpassen, damit er seine Geschichten nicht durcheinanderbrachte.

Mühsam grinsend entgegnete er: »Du glaubst hoffentlich nicht, ich würde einen Abend mit dir deswegen verschieben?«

»Ich dachte nicht … Bist du sicher, daß du schon aufstehen solltest? Du siehst sehr mitgenommen aus.«

»Ich bin noch ziemlich müde, das ist alles. Ein bißchen Ruhe und ein paar Medikamente, und ich habe es überstanden.«

Der Aufzug öffnete sich, und John trat eilig ein, wobei er inständig darum betete, daß Terri nicht auch auf dem Weg nach oben war. Glücklicherweise blieb sie vor dem Aufzug stehen. Sie lächelte ihn besorgt an.

»Paß auf dich auf, John.«

»Mach ich. Ich ruf dich an! Bis bald!«

Die Türen schlossen sich und trennten sie. Seufzend lehnte er sich zurück. Oh, wie schrecklich! Wenigstens hatte sie ihm die Geschichte mit der Krankheit abgekauft.

Er tastete die Seitentasche seines Mantels ab und fühlte das Tablettenröhrchen. Das Chloramphenicol. Er hatte das Etikett entfernt. Die Kapseln waren jetzt anonym … kleine, maskierte Mörder.

Er konnte immer noch nicht fassen, was er da tun sollte.

Es geschah für Katie …

Auf dem Flur der ersten Etage traf er Bob Decker. Ihm wollte er heute morgen am allerwenigsten begegnen. Mit seiner jahrelangen Erfahrung und Ausbildung würde der erfolgreiche Secret-Service-Agent auf den ersten Blick sehen, daß etwas nicht stimmte. Plötzlich fühlte sich das Tablettenröhrchen in Johns Tasche viermal so groß und schwer an. Wie eine Konservendose voller gebackener Bohnen, so daß jedermann die Ausbuchtung im Stoff sehen konnte.

»He, Doc. Sie sehen ja nicht gerade knackig aus heute.«

»Ein Virus, Bob. Aber es geht schon wieder.« Er deutete auf die Tür zum Oval Office. Da er bemerkte, daß seine Hand zitterte, steckte er sie wieder ein und nickte statt dessen zu der Tür hin. »Ist er da?«

»Ja. Sagte schon, daß er Sie erwartet. Wie geht's ihm?«

»Das werde ich jetzt gleich sehen.« John winkte und eilte weiter. Vor der Tür zögerte er.

Ich kann das nicht.

Doch, er konnte! Er hatte sich einen Weg ausgedacht, der ihm durch die Tat helfen würde: Gib Tom die Schuld! Es war alles Toms Schuld. Hätte er nicht sein idiotisches Legalisierungsprogramm verkündet, wäre Katie niemals entführt worden. Sie wäre zu Hause in Sicherheit und würde sich im Fernsehen ihre Lieblingscartoons ansehen. *Katie hätte noch zehn Zehen!*

Ja, Tom. Dein Patenkind, das dich »Onkel Tom« nennt, wurde verstümmelt. Nicht, weil sie etwas angestellt hat – o nein! – weil du etwas angestellt hast.

Er starrte auf das Amtssiegel des Präsidenten auf der Türe und dachte: Was dir auch zustößt, Tom, es ist deine eigene Schuld … nicht meine … es ist deine. Du hast das alles in Gang gesetzt, also mußt du auch die Konsequenzen tragen.

So würde es gehen. Werde zornig. Und schüre deinen Zorn, bis zu dem Punkt, an dem du zu allem fähig bist.

John korrigierte seine Gesichtszüge, klopfte an und trat ein.

Er war schon öfter im Oval Office gewesen, aber es war immer wieder dasselbe. Tom hinter dem Schreibtisch zu sehen, das Licht, das durch die hohen Fenster fiel, der königsblaue Teppich mit dem Amtssiegel des Präsidenten, die Flaggen der USA, des Präsidenten und der Streitmächte, die um ihn herum angeordnet waren, das alles flößte ihm stets aufs neue Ehrfurcht ein. Tommy Winston – war er wirklich Präsident der Vereinigten Staaten von Amerika?

Tom sah lächelnd auf, zog aber sogleich die Stirn in Falten. »He, Johnny, Junge! Du siehst beschissen aus!«

Ja, und es ist deine Schuld.

John ließ erneut seine Virusgeschichte vom Stapel, bemerkte aber, daß Tom kaum zuhörte.

»Rate mal, wer heute mittag hier reinschauen wird?« fragte Tom und wies auf ein Blatt Papier auf seinem Schreibtisch. Er wirkte aufgeregt, angespannt, aber voll kaum bezähmbarem Enthusiasmus.

»Floyd Jessup und Reverend Whitcomb, um mir ihre Unterstützung zuzusagen.« Er lachte und klopfte wieder auf das Blatt. »Nein, Spaß beiseite, aber fast die ganze Südstaaten-Delegation – wenigstens die aus den Tabak anbauenden Staaten.«

»Wovor haben sie denn Angst? Daß der Marihuanakonsum dem Zigarettenumsatz schaden könnte?«

»Machst du Witze? Nein, sie wollen es anbauen – obwohl sie darauf bestehen, es als ›Hanf‹ zu bezeichnen. Sie erkennen die Zeichen der Zeit. Der Tabakkonsum sinkt laufend, also brauchen sie eine neue Ertragsmöglichkeit. Und ›Hanf‹ füllt die Lücke.«

Siehst du? Genau deshalb wurde Katie entführt und verstümmelt! Wegen deines verbohrten, selbstgefälligen Plans!

»Wollen sie in Zukunft Joints verkaufen statt der Sargnägel? Gratuliere!«

»Um die Wahrheit zu sagen«, meinte Tom, »ich denke, sie wären zufrieden, wenn jemand eine blütenlose Hybride entwickeln würde, die sich nicht zum Rauchen eignet. Wir haben uns doch verflucht bemüht, ihnen den kommerziellen Nutzen von Hanf nahezulegen. Sieht so aus, als hätten sie endlich begriffen, daß es in ihrem ureigensten Interesse ist, eine Gesetzesänderung zu unterstützen. Sie sind nur die ersten. Es wird klappen, John. Der Schneeball ist ins Rollen gekommen.«

Du bist also auch noch stolz, daß Katie wegen dir leiden muß.

Tom schwadronierte noch immer, während John die Hörstücke seines Stethoskops einsetzte. Er pumpte die Manschette auf, beobachtete den An- und Abstieg der Nadel. Er lauschte dem Blut, das sich seinen Weg durch die Arterien bahnte, stark und vital klang es, und jedes flüsternde Pochen verdeutlichte ihm die Konsequenzen dessen, was er im Begriff war zu tun. Der Nachschub der Thrombozyten und der roten und weißen Blutkörperchen würde abgeschnitten werden, das Blut würde dünner und schwächer werden und schließlich zu einem Tröpfeln versickern, das die Zellen nicht mehr versorgen konnte, so daß diese schließlich verhungerten.

John verbot sich den Gedanken, verbot sich jegliche Gedanken. Er konnte es sich im Moment nicht leisten, etwas anderes als Zorn zu empfinden. In den nächsten zehn Minuten durfte er nur eine leere Schale sein, ein Automat, der sein gespeichertes Programm abspulte: Blutdruck messen, Besorgnis wegen des Ergebnisses vortäuschen, Tabletten verabreichen und schnell wie der Teufel verschwinden.

Toms Blutdruck war 140/88. Besser als am Mittwoch. Normal, leicht erhöht.

»Na, wie geht es mir?« fragte Tom, als John ihm die Manschette abnahm.

»Er ist höher.«

Eine Lüge. Siehst du? Du hast mich zum Lügner gemacht.

»Wirklich? Das überrascht mich, weil ich viel weniger unter Streß stehe als noch vor ein paar Tagen. Ich war mir sicher, daß er heute niedriger sein würde.«

»Dann messen wir noch am anderen Arm, um sicherzugehen.« Johns Bewegungen liefen automatisch ab. Die zweite Messung ergab 138/88. Er schüttelte den Kopf. »Nein. Hier ist er noch höher.«

Noch eine Lüge.

»Verdammt«, schimpfte Tom. »Ich nehme kaum noch Salz. Was soll ich denn noch machen?«

»Ich denke, ich verpasse dir ein Medikament.«

»Ach, John. Lieber nicht. Du kennst mich doch!«

Keine Widerrede.

»Ja, aber du fährst doch nächste Woche zu dieser internationalen Konferenz, und du weißt, du wirst dich fühlen wie im Dampfdrucktopf. Ich will nicht, daß dein Blutdruck in die Höhe schnellt, während du dort drüben bist.«

Tom schüttelte den Kopf. »Ich weiß nicht …«

Komm schon. Schluck deine Medizin wie ein Mann.

»Ich verschreibe dir eine kleine Dosis eines ACE-Hemmers, etwas sehr Leichtes, du wirst gar nicht merken, daß du etwas nimmst.«

Tom zuckte die Schultern. »Na gut. Wenn du meinst. Ich vertraue deinem Urteil. Wenn ich dir nicht vertrauen könnte, wem dann?«

Bitte, sag so was nicht.

John wagte nicht, Tom anzusehen. Statt dessen griff er in seine Tasche. »Ich habe deine Reaktion vorausgesehen, deshalb kam ich nicht unvorbereitet.«

Tom lachte. »Wie der Pfadfinder, der du nie gewesen bist.«

»Ja, stimmt.«

Seine Hände schwitzten und zitterten, als sträubten sie sich, das Röhrchen zu greifen. Endlich bekam er es zu fassen und fummelte den Stöpsel herunter.

»Halte die Hand auf.«

»Hier?« fragte Tom. »Jetzt gleich?«

John bemühte sich zu grinsen. »Ich kenne dich, Tom. Wenn ich dir ein Rezept gebe, dann verschiebst du die Einnahme ja doch. ›Ach, ich fange nächste Woche damit an.‹ Stimmt's?«

»Du hast mich durchschaut!«

»Genau. Und ich weiß, daß diese ›nächste Woche‹ niemals kommt.« Irgendwie brachte er es zustande, zwei Kapseln in Toms Handfläche gleiten zu lassen. *Nicht denken. Nichts fühlen. Nur Zorn.* »Also hier. Ich hoffe, du nimmst sie auch, wenn ich nicht dabeibin. Aber bei diesen beiden werde ich dich jetzt noch kontrollieren.« John ging zu einem Beistelltisch, auf dem ein Krug und Gläser standen, und füllte ein Glas mit Wasser. Er reichte es Tom.

Tom nahm es und sah John an. »Bist du okay? Du zitterst ja wie ein Säufer im Delirium.«

»Der Virus. Ich glaube, ich bin noch nicht über den Berg.«

Aus Angst, sich übergeben zu müssen, drehte John sich um und starrte aus dem Fenster auf den südlichen Park. Zusehen konnte er nicht. In einer halben Minute würde es passiert sein. Die Gelatinekapseln würden sich in Toms Magen auflösen und ihren Inhalt freigeben. Das Antibiotikum konnte sich einen Weg in seinen Blutkreislauf bahnen, die mörderischen Antikörper auf den Plan rufen, die ihren Kamikazeangriff auf Toms Knochenmark sofort starten würden. Und bald würde es langsam zugrunde gehen. Bald –

»Nein!« John wirbelte herum und warf sich auf Tom. »Stop! Nimm sie nicht!« Tom hatte das Glas bereits zum Mund geführt. John schlug es ihm aus der Hand, so daß es durch den ganzen Raum flog und an der Wand zersplitterte. Er packte Tom um den Hals. »Spuck sie aus! Um Himmels willen, nicht schlucken!«

Toms Augen quollen vor Schreck hervor. Ineinander verkrallt stolperten die beiden Männer umher und warfen dabei einen Stuhl um.

»Spuck sie aus, verdammt! Spuck sie *aus*!«

Tom befreite sich aus Johns Griff, drehte sich um und spuckte die Dragees auf den Boden. John sprang hinzu und prüfte, ob beide Tabletten da waren. Da wurde er von hinten unsanft gepackt.

»Mr. President! Alles in Ordnung?«

John erkannte die Stimme: Bob Decker.

Tom lehnte am Schreibtisch, rieb sich den Hals und starrte John mit aufgerissenen Augen an.

»Ich bin okay. Aber er anscheinend nicht. In Gottes Namen, John, bist du übergeschnappt?«

Das Oval Office schien über John zusammenzustürzen. Decker war hier … jetzt war der Secret Service in die Sache verwickelt … und Snake hatte gesagt, er werde Katie töten …

Plötzlich konnte er nicht mehr. Drei schlaflose Nächte, in denen ihn die Last, die er ganz alleine zu tragen hatte, fast umgebracht hatte … Er brach in Deckers Armen zusammen.

»Katie … sie haben Katie!«

Plötzlich stand Tom vor ihm und schüttelte ihn an den Schultern.

»Katie? Wer hat Katie?«

John schüttelte den Kopf. »Ich weiß es nicht. Sie haben sie schon seit Mittwoch.«

»Entführt?« sagte Tom. »O Scheiße! O Gott! Nicht Katie!«

Deckers Griff um John lockerte sich. »Wenn es um Kidnapping geht, rufe ich –«

»Nein!« schrie John. »Die bringen sie um! Bitte nicht!«

»Schließen Sie die Tür, Bob«, bestimmte Tom. »Jetzt wollen wir doch mal hören, was passiert ist.«

»Aber –«

»Wir sprechen hier von meinem Patenkind.« Plötzlich lag schneidende Schärfe in Toms Stimme. »Schließen Sie die verdammte Tür, Bob.«

»Ja, Sir.«

2

»Ihre Zehe?« Tom schlug mit der Faust auf den Tisch. Sein Gesicht war wachsbleich geworden. »Sie haben dir ihre *Zehe* geschickt?«

John nickte. Er hatte ihnen die ganze Geschichte erzählt. Es war ein wirrer Bericht, aber er glaubte, nichts Wichtiges ausgelassen zu haben.

Er sah zu Decker hoch, der seitlich von ihm mit auf dem Rücken verschränkten Händen stand, dann zurück zu Tom.

»Tom, es tut mir so leid. Ich … ich weiß nicht mehr, was ich dachte … ich habe keine andere Möglichkeit gesehen …«

Ich habe Katie zum Tode verurteilt. Der Gedanke hämmerte in seinem Kopf. Warum habe ich Tom die Tabletten nicht schlucken lassen? Was für ein Vater bin ich? Snake wird es herausfinden. Dann wird er Katie …

»Du hattest keine Wahl«, sagte Tom. »Und trotzdem konntest du es nicht tun. Obwohl Katies Leben auf dem Spiel steht, konntest du's nicht durchziehen. Ehrlich, John, ich hätte an deiner Stelle genauso gehandelt.« Wieder schlug er mit der Faust auf den Schreibtisch. »Diese gewissenlosen Bastarde! Ich kann es immer noch nicht fassen!« Er sah Decker an. »Womit beginnen wir, Bob?«

Decker rieb sich verlegen das Kinn. »Hm, als erstes müssen wir uns wohl mit dem Verbrechen beschäftigen, das vor wenigen Minuten in diesem Raum begangen wurde.«

»Was?«

»Der Mordanschlag auf den Präsidenten der Vereinigten Staaten. Das ist –«

Tom hob abwehrend die Hand. »Stop! Sofort. Was mich betrifft, ist nichts passiert.«

»Tut mir leid, Sir. Aber ich darf nicht ignorieren, daß –«

»Ignorieren? Haben Sie gesehen, daß mir jemand etwas angetan hat oder versucht hat, mir etwas anzutun?«

»Ich habe doch seine eigene Aussage über diese Tabletten gehört.«

»Und jetzt hören Sie meine Aussage: John hat keine Aussage abgegeben. Und ohne Bestätigung des angeblichen Opfers haben Sie keinen Fall. Also lassen wir dieses Thema und fahren fort. Was machen wir als erstes?«

Decker seufzte. »Na gut, als erstes informieren wir das FBI. Sie sind Kidnapping-Spezialisten, und wir brauchen Zugang zu ihrem Kriminallabor. Als nächstes –«

»Nein!« schrie John und sprang auf. »Das können Sie nicht machen. Sobald ich entlarvt bin, bin ich wertlos für sie. Und somit auch Katie – die werden sie töten!«

»Wir werden es geheimhalten. Wir –«

»Nein!« Johns Stimme klang schrill, aber es war ihm egal. Er mußte es ihnen klarmachen. »Sie werden es erfahren! Sie haben einen Insider.

Wahrscheinlich sogar hier im Weißen Haus!« Er wandte sich an Tom. »Wenn sie von deiner Chloramphenicol-Reaktion erfahren konnten, können sie mit tödlicher Sicherheit auch herausfinden, daß ich dir das Medikament nicht verabreicht und dir alles gestanden habe! Bitte! Es muß doch eine andere Möglichkeit geben!«

»Er hat recht, Bob«, meinte Tom. »Sie müssen eine verdammt gute Informationsquelle haben. Übrigens, irgendeine Idee, wer ›Sie‹ sein könnten?«

»Da sie Doktor VanDuyne sagten, sie wollten Ihre Teilnahme an der Konferenz in Den Haag verhindern«, meinte Decker bedächtig, »vermute ich, daß die Kidnapper aus dem Dunstkreis der Drogenmafia stammen. Vielleicht Kolumbianer oder auch Mexikaner.« Wieder rieb er sich sein Kinn. »Und ich glaube, Sie haben recht mit dieser erstklassigen Quelle. Sie haben das kleine Mädchen am Morgen nach Ihrer Rede entführt.«

Tom nickte. »Was bedeutet, daß sie den Inhalt bereits kannten und auf Abruf bereitstanden.« Er schwenkte seinen Drehstuhl Richtung Fenster und sah hinaus. »Wer ist dieser Hundesohn? Ich schwöre, wenn ich ihn jemals …« Abrupt drehte er sich wieder um. »Wir werden ihn schon finden. Frage ist, wie gehen wir vor?«

Decker sagte: »Lassen Sie mich nachdenken.«

John beobachtete den Agenten, der nun im Oval Office umherwanderte und abwechselnd den Fußboden und seine glänzendbraunen Schuhspitzen und die Decke fixierte. John hätte gern mit einem eigenen Plan aufgewartet, aber sein Gehirn war taub und leer, wie tot.

Schließlich trat Decker vor Toms Schreibtisch.

»Okay, ich habe eine Idee. Sie ist zwar nicht perfekt, aber mehr fällt mir in der kurzen Zeit nicht ein. Wir versuchen einen Annäherungsschlag in zwei Gruppen. Nur drei Personen wissen mit Sicherheit, daß Sie die Pillen nicht geschluckt haben. Das muß so bleiben. Wir bilden die erste Gruppe.«

»Wer ist die zweite?« fragte Tom.

»Eine kleine Sondereinheit«, sagte er mit einem schnellen Seitenblick auf John. »Eine winzige Sondereinheit, die nur aus ausgewählten Mitgliedern des Secret Service, des FBI und der DEA besteht.«

»Das kriegen sie raus!« rief John in panischer Angst. »Sobald die hören, daß es eine Sondereinheit gibt, ist Katie tot!«

»Nicht, wenn ich sie strikt auf Leute begrenze, die ich seit langem kenne, und nicht, wenn der Präsident selbst sie auf diese Aufgabe ansetzt und ihnen strikte Anweisung erteilt, die Details mit niemandem, nicht einmal mit ihren Vorgesetzten, zu diskutieren.«

»So gut wie erledigt«, sagte Tom.

John wußte nicht, was er dazu sagen sollte. Kannte Decker absolut vertrauenswürdige Personen? Gab es überhaupt jemanden, der absolut vertrauenswürdig war? Vielleicht könnte es ja klappen. Vielleicht. Und wenn nicht ...?

»Aber ihr habt etwas vergessen«, sagte John zu Tom. »Sie erwarten, daß du krank wirst. Wenn nicht –«

»Das könnten wir bewerkstelligen«, meinte Decker und wandte sich an Tom. »Das bedeutet aber, daß Sie sich für einige Tage ins Bethesda Naval Hospital begeben müßten. Ihr Pressebüro wird verkünden, Sie wären zu einem Check-up dort, während die Leute, die hinter dieser Sache stecken, dies als Zeichen Ihrer Krankheit deuten werden.«

Tom preßte die Fingerspitzen gegeneinander und lehnte sich nachdenklich zurück.

»Gut, im Bethesda könnte ich von der Präsidentensuite aus die Amtsgeschäfte für ein paar Tage weiterführen ... Der Zeitpunkt ist zwar äußerst ungünstig ...« Er sah auf und blickte John in die Augen. »Aber das machen wir.«

Johns Kehle war wie zugeschnürt. »Danke, Tom. Du weißt nicht, was das –«

»Es geht um Katie. Sie wurde wegen unserer Freundschaft entführt und verletzt. Dadurch stecke ich mit in dieser Sache. Mach dir keine Sorgen, wir bekommen sie zurück.«

Mit geschlossenen Augen lehnte sich John zurück. Er wollte es so gerne glauben. Er mußte es glauben.

3

Bob Decker brachte Dr. VanDuyne zum Aufzug und kehrte dann zum Oval Office zurück.

Er war ziemlich ausgepumpt, das mußte er zugeben. Das wäre ja um ein Haar danebengegangen, vorhin im Oval Office. Die Katastrophe war zwar abgewehrt worden, aber das war nicht das Verdienst des Secret Service. Hätte VanDuyne Winston die Tabletten schlucken lassen, wäre der Secret Service erbarmungsloser Kritik ausgesetzt gewesen. Von welcher Seite man die Situation auch betrachtete, hier waren keine Lorbeeren zu gewinnen.

Aber das war vorbei. Winston war in Sicherheit, der Plan gescheitert. Nun kam der erbaulichere Teil: die Verfolgung dieser Hundesöhne.

Was ihn jedoch bis auf die Knochen ärgerte, war das Leck. Direkt unter dem Oval Office lag W-16, die Kommandozentrale des Secret Service im Weißen Haus. Befand sich der Maulwurf etwa unter den hundert Agenten der Sondereinheit, die direkt von hier aus arbeitete? Dekker haßte den Gedanken, durfte ihn aber nicht außer acht lassen. Es war äußerste Vorsicht geboten.

Der erste Schritt war bereits getan. Er hatte VanDuyne nach Hause geschickt, um den Kidnappern per E-Mail mitzuteilen, daß er den Präsidenten mit was immer es auch war vergiftet hatte. Decker verstand den medizinischen Teil immer noch nicht ganz. Dann sollte er mit Kopien aller E-Mails der Kidnapper sowie der Zehe seiner Tochter, inklusive der Verpackung, zurückkommen. Wer weiß? Vielleicht hatten sie ja Glück und fanden einen Fingerabdruck oder irgend etwas, was der Ermittlung dienlich sein konnte.

Bob betrat das Oval Office. Winston stand am Fenster und sah in den Frühlingsmorgen hinaus. Als Decker die Tür hinter sich geschlossen hatte, drehte er sich um. »Ich will, daß diese Sache schnell erledigt wird, Bob«, sagte er mit glühendem Blick. »Ich will diese Hunde. Ich will, daß sie sich der Verhaftung widersetzen und man ihnen sämtliche Knochen im Leib bricht! Ich will, daß sie richtig, *richtig* schwer verletzt werden, bevor sie verhaftet werden!«

Decker hatte Winston noch nie so wütend erlebt; er erkannte, daß hier Emotionen im Spiel waren, und das beste würde sein, einfach zuzustimmen. »Ja, Sir.«

»Ich kann nur noch mal betonen: Schnell! Ich will das kleine Mädchen *vor* der Konferenz in Den Haag wiederhaben.«

»Wir tun unser Bestes, aber ohne volle Mobilisierung –«

Winston nickte. »Ich verstehe. Ihnen sind die Hände gebunden. Aber wie sieht Ihr Plan aus? Wen wollen Sie einweihen?«

»Nun, ich denke, ich kann die zweite Gruppe auf einen Mann vom FBI und einen von der DEA begrenzen. Ich werde ihnen sämtliche Informationen geben, bis auf die Tatsache, daß Sie die Tabletten nicht wirklich geschluckt haben.«

»Warum jemand von der Rauschgiftbehörde?«

»Wegen der Drogen-Connection. Wir brauchen Hintergrundwissen über mögliche Akteure. Vielleicht zapfe ich sogar die CIA an, um –«

»Du liebe Güte, warum das denn?«

»Dieser Anonymous-Remailer-Server in Großbritannien. Wenn wir diesen Kerl ausfindig machen würden, könnten wir eventuell von seinem Computer aus Snake auf die Schliche kommen.«

»Okay, aber lassen Sie die Männer soweit wie möglich im dunkeln. An wen hatten Sie denn konkret gedacht?«

»An Gerry Canney vom FBI. Er hat geholfen, den Duncan-Lathram-Fall zum Abschluß zu bringen, erinnern Sie sich?«

Winston erlaubte sich ein bitteres Lächeln. »Wie sollte ich das vergessen?«

»Er wurde kürzlich in eine leitende Position befördert. Er ist zuverlässig und hat einen messerscharfen Verstand. Außerdem kann er den Mund halten.«

»Perfekt. Und wen von der DEA?«

»Da gibt es mehrere Möglichkeiten. Ich dachte an Dan Keane. Er gehört zum Washingtoner Büro.«

»Ich kenne ihn. Guter Mann.«

»Stimmt. Ich kenne ihn seit Jahren und kann mir niemanden vorstellen, der mehr über Drogenhandel wüßte und Dealer mehr verabscheute als Dan.«

»Okay, Canney und Keane. Sie sollen herkommen, ich möchte sie persönlich treffen und ganz klarstellen, daß *Sie* hier das Sagen haben, obwohl Kidnapping eigentlich FBI- und Drogendealer DEA-Angelegenheiten sind. Ich will hier keine Grabenkämpfe zwischen den Büros. Das sollen sie noch von mir hören, bevor ich nach Bethesda gehe.«

Decker bewunderte Winstons Handhabung der praktischen Probleme, die sich angesichts der Minisondereinheit ergaben. Er erinnerte sich an den Nahkampf zwischen Justiz- und Finanzministerium, als 1994 durchgesickert war, daß im Weißen Haus jemand Marihuana geraucht hatte. Das listige Taktieren um die Kontrolle über den Fall zwischen Secret Service, FBI und ATF war mehr als peinlich gewesen.

Aber wenn der Chef von Anfang an die Hackordnung festlegte, war sich Decker sicher, daß alles glattlaufen würde.

»Wann gehen Sie ins Hospital?«

»Heute nachmittag, nachdem ich mit Ihrem Team gesprochen habe.« Er senkte seine Stimme. »Erledigen Sie das, Bob. Erledigen Sie es bis Dienstag. Denn was auch immer geschieht, am Dienstag fliege ich nach Den Haag zur internationalen Drogenkonferenz.«

Decker schluckte schwer. Er hatte das Gefühl, es hätte ihm jemand einen Magenhaken versetzt. »Drei Tage, Sir? Das ist nicht viel!«

»Mehr kann ich Ihnen nicht geben. Ich liebe John. Er ist der beste Freund, den ich jemals haben werde. Und ich liebe seine Tochter wie meine eigene. Verdammt, ich bin schließlich ihr Pate. Aber ich bin auch derjenige, der dieses Amt innehat. Als Präsident kann ich mich nicht von Terror und Erpressung beeinflussen lassen, und ich denke nicht im Traum daran, mir von einem schleimigen Drogenboß von eigenen Gnaden die politische Linie diktieren zu lassen. Ich fliege am Dienstag nach Den Haag, und wenn ich an Bord der Air Force One gehe, will ich wissen, daß Katie VanDuyne wieder bei ihrem Vater ist. Habe ich mich klar ausgedrückt, Bob?«

»Vollkommen, Sir.«

»Dann an die Arbeit.«

Bob Deckers Eingeweide schienen sich zu verknoten, als er das Büro des Chefs verließ und zu W-16 eilte.

Dienstag! Wie zum Teufel sollte er diese Sache in drei Tagen erledigen?

4

»Bis jetzt habe ich über Praktisches gesprochen, aber lassen Sie mich einen Moment philosophisch werden. Wir stimmen doch alle darin überein, daß unser Körper uns allein gehört. Das scheint mir ein Eckpfeiler der Menschenrechte zu sein. Wenn wir darin übereinstimmen, woher nimmt dann eine andere Person das Recht, uns die Substanzen, die wir unserem Körper zuführen – seien es Lebensmittel, Getränke, was auch immer –, zu diktieren? Das ist doch unsere höchst persönliche Entscheidung! Und wenn eine Person nicht das Recht hat, uns das zu diktieren, haben es zwei … oder zehn, oder hundert, oder eine Million ebensowenig. Es ist immer noch unser Körper. Meiner Meinung nach ist es sehr dumm, Drogen zu nehmen, und dennoch betrachte ich es als Menschenrecht.«

Paulie drehte das Radio leiser. Hatte er da eben das Kind im Wohnzimmer kichern hören? Er lehnte seinen Stuhl zurück, so daß er gerade einen Blick durch die Küchentür werfen konnte. Das war ja eine ulkige Szene da drinnen: Poppy mit der Minnie-Mouse-Maske und das Kind mit dem vorgetäuschten Verband am Fuß saßen auf dem Sofa und spielten *Fang den Hut*. Paulie hatte sich in die Küche verkrümelt, um die verdammte Maske vom Gesicht ziehen zu können, die er vor dem Kind tragen mußte. War ja vielleicht gar nicht so wichtig, da sie ihn ja bereits als Chauffeur gesehen hatte und er den Bart immer noch trug, aber warum etwas riskieren, wenn es nicht unbedingt nötig war?

Poppy sah ihn an. »Willst du mitspielen?«

Er konnte zwar wegen der Maske ihr Gesicht nicht sehen, aber er wußte, daß sie lächelte.

»Nö, außer ihr spielt eine Runde Poker mit mir.«

»Na, vielleicht machen wir das noch. Könnte durchaus sein. Dann lassen wir es dich wissen.«

Er grinste und schüttelte den Kopf. Die gestrige Szene mit Mac hatte das Eis zwischen ihnen gebrochen. Sie waren wieder ein Team, und das war gut so.

Er sah ihnen noch eine Weile zu. Poppy war ein ganz anderer Mensch, wenn sie mit diesem Mädchen zusammen war. Weicher, ausgelassener, vergnügter, als sie es jemals zuvor gewesen war. Was ist denn mit mir los? dachte er. Bin ich etwa eifersüchtig? Vielleicht. Er war nicht gerade glücklich darüber, Poppy mit jemandem teilen zu müssen, nicht mal für eine Woche. Aber wie konnte er auf ein kleines Mädchen eifersüchtig sein? Das war so typisch für Mädchen: Kaum lernten sie einander kennen, fingen sie sofort an, sich Geheimnisse anzuvertrauen, die ein Mann einem anderen nicht mal erzählen würde, wenn er ihn eine Million Jahre kennen würde.

Aber das hier sah nach mehr aus. Die Freundschaft zwischen den beiden schien ziemlich tief zu gehen.

Doch was es auch war, in einer Woche etwa würde es vorbei sein, wenn das Kind zu seinen Leuten zurückkehren würde. Und plötzlich überkam Paulie eine üble Vorahnung.

Er winkte und pfiff leise. Als Poppy in seine Richtung sah, sagte er, »Kann ich dich mal kurz sprechen?«

Poppy nickte und sagte dann zu der Kleinen, »Ich komme gleich wieder. Du bleibst da … aber daß du mir ja nicht diese Hütchen hier anfaßt!«

Das Kind kicherte. »Nein, mach ich nicht.«

Poppy kam in die Küche, ließ sich in einen Stuhl fallen und schob die Maske hoch. Sie wischte sich über das erhitzte Gesicht. Ihre Wangen glühten.

»Ganz schön warm unter der Maske, nicht?« sagte Paulie.

Poppy nickte und lächelte. »Warum wolltest du mich sprechen?«

Paulie zögerte – er wußte nicht, wie er das Problem angehen sollte. »Es geht um dich und das Kind.«

»Das Kind hat einen Namen; du kannst sie Katie nennen.«

»Ich will sie nicht Katie nennen. Ich will nicht das geringste über sie wissen.«

»Warum denn nicht? Sie ist ein süßes Kind.«

»Sicher ist sie das, Poppy. Aber du bist dabei, dich mit ihr anzufreunden.«

»Wie meinst du das?«

Oh, oh! Gleich würde sie aus der Haut fahren. »Ich meine – schau Paulie, sie ist ein verängstigtes kleines Mädchen, und das hier ist bestimmt das Schlimmste, was ihr jemals passiert ist. Ich versuche doch nur, ihr die Zeit so angenehm wie möglich zu machen. Das ist doch nicht schlimm.«

»Du gewöhnst dich an sie.«

»Und?«

»Du gewöhnst dich zu sehr an sie. Du benimmst dich wie ihre Mutter oder so.«

»Hm, ich glaube, sie hat gar keine Mutter.«

»Das kann ja sein, aber du kannst dir doch nicht einbilden, diese nichtvorhandene Mutter ersetzen zu können. Nächste oder spätestens übernächste Woche heißt es Abschied nehmen.«

Poppy lehnte sich zurück, und ihr Blick wanderte ans Ende des Tisches. »Ich weiß.«

»Wenn du so weitermachst, wird dir der Abschied weh tun. Ziemlich weh womöglich.«

»Ich werde schon damit fertig.«

Paulie glaubte das keine Sekunde. In seiner Vorstellung sah er eine weinende Poppy, die sich an das Kind klammerte und es am Übergabeort nicht gehen lassen wollte. Die Entführung selbst war immer der kniffligste Teil des Coups, die Übergabe des Pakets aber war fast ebenso heikel. Da fehlte es noch, daß jemand im kritischen Moment gefühlsduselig und emotional wurde.

Vor allem aber wollte er verhindern, daß Poppy im nachhinein völlig am Boden zerstört sein würde.

»Da bin ich mir nicht so sicher.« Er beugte sich über den Tisch und streichelte ihre Hand. »Ich sehe jemanden mit gebrochenem Herzen, wenn die Zeit zum Abschied gekommen ist.«

Lächelnd sah sie ihn an. »Ich schaffe es schon. Ich will nur nicht, daß sie Angst hat.« Sie kam um den Tisch, setzte sich auf seinen Schoß und küßte ihn auf den Mund.

»Das ist für die Sorgen, die du dir um mich machst.«

Dann setzte sie sich die Minnie-Mouse-Maske wieder auf und kehrte zu Katie zurück. Paulie beobachtete sie, wie sie mit dem Kind das Spiel fortsetzte. Plötzlich überkam ihn die alptraummäßige Vorstellung, Poppy würde hinterher versuchen herauszufinden, wo das Kind wohnte, würde vor ihrem Heim lauern, um einen Blick auf sie zu erhaschen … »Nur um zu sehen, ob es ihr gutgeht«.

Bei dem Gedanken lief Paulie ein Schauer über den Rücken. Das waren ja selbstmörderische Gedanken. Apropos selbstmörderisch, was geschähe, wenn Mac jetzt hereinspaziert käme? Wenn er sein Paket ungefesselt im Wohnzimmer beim Gesellschaftsspiel entdeckte? Er würde vor Zorn an die Decke gehen. Und wenn er jemals herausfände, daß das Kind noch alle zehn Zehen hatte? Oh, lieber nicht darüber nachdenken!

Paulie hatte zwar gestern seinen Mann gestanden, aber er fragte sich, was er tun würde, wenn Mac ausrasten sollte. Und das wäre mit Sicherheit der Fall, sollte er jemals erfahren, welches Risiko sie eingegangen waren, um sich die Zehe eines anderen Kindes zu beschaffen.

Wenn er das herausfindet, dachte Paulie nervös, gehört dieser Coup hoffentlich längst der Vergangenheit an.

5

Snake sah sich in der Lobby des Sheraton um. Niemand konnte auch nur eine Zeile auf seinem Notebook lesen. Er las sich VanDuynes letzte E-Mail nochmals durch.

Erledigt. Zwei Kapseln Chloramphenicol (à 250 mg), verabreicht heute morgen um zehn Uhr. Ich habe meinen Teil geleistet. Wann bekomme ich Katie zurück?

Verabreicht, hä? Klingt ja so professionell, Doc.

Wann bekomme ich Katie zurück? Nie, du Blödmann.

Doch das konnte er VanDuyne schlecht sagen. Mac sah sich erneut um – immer noch niemand in der Nähe – also lud er seinen vorbereiteten Text auf den Monitor. Er nahm noch ein paar kleine Veränderungen vor, aber alles in allem hatte er ziemlich ins Schwarze getroffen.

Wir hatten es bereits erwähnt; anscheinend haben Sie nicht zugehört. Also noch einmal. Wie schnell Sie Ihr Kind zurückbekommen, hängt davon ab, wie krank

Ihr Freund wird. Je kränker, desto besser. Wenn er in ein paar Tagen wieder auf den Beinen ist, sollten Sie etwas nachhelfen. Auf keinen Fall bekommen Sie Ihr Kind früher als in zwei Wochen zurück.

Lassen Sie es mich klarstellen, damit es kein Mißverständnis gibt: Wir wollen, daß der Kerl das Amt niederlegt. Wenn wir das nicht erreichen können, soll er wenigstens für lange Zeit erkranken. Sollte auch das nicht funktionieren, soll er zumindest den Drogen-Gipfel versäumen. Einfacher ausgedrückt: Sollte es Ihr Kumpel zum Drogen-Gipfel schaffen, sehen Sie den Rest Ihrer Tochter nie wieder.

Snake grinste zufrieden. Am besten gefiel ihm der Teil *den Rest Ihrer Tochter.* Das machte die Angelegenheit wohl klar. Er lud die Nachricht über Eric Garters Delphi-Benutzerkennung zum Remailer hoch und loggte sich aus. Dann löste er die Verbindung zu seinem PCMCIA-Modem und wählte Salinas' Nummer.

»Hallo?« ertönte Golds Stimme.

Snake verspürte ohnehin keine Lust, mit Salinas zu sprechen, also benutzte er Gold als Botenjungen.

»Teilen Sie Ihrem Boß mit, daß die Sache heute morgen gegen zehn erledigt wurde. Nun warten wir.« Er legte auf und grinste. Das war gut. Es würde Salinas daran erinnern, daß er nicht alle Fäden in der Hand hatte. Snake war kein Söldner, der auf jeden Fingerzeig reagierte. Er war ein unabhängiger Unternehmer.

Snake betastete die Kassette in seiner Jackettasche, die er stets bei sich trug. Dieses Baby war die Garantie für seine Unabhängigkeit und Schutz vor Salinas' Schergen.

Er verließ das Hotel und beobachtete den Mittagsverkehr auf der Connecticut Avenue. Nicht viel los für einen sonnigen Samstag. Wahrscheinlich waren alle braven Vorstädter zu Hause, pflegten ihre Gärten und düngten den Rasen.

Was fange ich mit dem Rest des Tages an? fragte er sich. Sollte er unter dem Vorwand, das Paket kontrollieren zu wollen, in Falls Church vorbeischauen und Paulie etwas auf die Finger klopfen? Denn Paulie war ein Söldner ... einer, der begonnen hatte, sich wie ein unabhängiger Unternehmer aufzuführen. Snake war immer noch stinkewütend auf ihn. Welch verfluchte Frechheit, ihm zu sagen, es gäbe keine weiteren Druckmittel mehr von diesem Paket! Mit wem zum Teufel glaubte er eigentlich, es zu tun zu haben?

Snake hatte seine Pistole im Jeep eingeschlossen. Wäre das nicht eine gute Gelegenheit, sie Paulie unter die Nase zu halten? Nein, keine Schießerei, keine offenen Drohungen, aber die beiden sollten ruhig sehen, daß sie in seinem Gürtel steckte, daß sie gegenwärtig war, geladen und stets schußbereit.

Zeit, die Hackordnung wieder herzustellen.

6

Marnie saß in ihrem Leihwagen und beobachtete Johns Haus. Sie war ganz steif und fühlte sich abgespannt von der langen Wache, aber es würde sich lohnen, wenn sie nur ihre Katie wieder zu Gesicht bekäme.

Wo ist meine Tochter, John?

Sie stand vor einem Rätsel. Den ganzen gestrigen Nachmittag hatte sie das Haus beobachtet, hatte aber nicht gesehen, daß Katie von der Schule nach Hause gekommen wäre. John mußte sie irgendwie ins Haus geschwindelt haben. Und zweifellos hatte Katie gerne mitgespielt. Die beiden liebten ja Verschwörungen und hatten immer schon Geheimnisse gehabt, an denen sie sie nie teilhaben ließen.

Du verdienst sie nicht, John. Ich habe größere Rechte auf sie. *Du* hast sie nicht neun Monate lang in dir getragen, mit all den Beschwerden und dem lästigen Bauch. *Du* hast nicht stundenlange Todesangst ausgestanden, um sie schreiend vor Schmerz auf die Welt zu bringen. *Du* hast kein Übergewicht und häßliche Schwangerschaftsstreifen davongetragen. *Du* mußtest nicht Tag für Tag mit ihr zu Hause verbringen und ihr unaufhörliches Geplärre ertragen.

Sie gehört mir – ich hab sie mir *verdient.* Du hast kein Recht, sie von mir fernzuhalten.

Und wenn nicht deine Freunde, diese beknackten ›medizinischen Experten‹, und dieses Weichei von Richter gewesen wären, wäre Katie bei mir. Wo sie hingehört.

Du bist nicht gut für sie, John. Gehst viel zu lahm mit ihr um. Zu viel Nachsicht schadet einem Kind. Sie braucht mich, John – mehr denn je. Vielleicht hast du ja Katie völlig gegen mich aufgebracht, aber das kann ich ändern. Alles, was ich brauche, ist –

Sie duckte sich, als plötzlich Johns Wagen am Ende der Straße auftauchte. Das war heute bereits die zweite Ausfahrt. Wo kam er nur her? Hatte er Katie gesehen? Brachte er sie nach Hause?

Vorsichtig hob sie den Kopf und beobachtete, wie der Wagen die Einfahrt zum Haus hinaufrollte.

7

John bemerkte das Auto, während er die Haustür aufschloß. Ein brandneuer weißer Taurus. Hatte er nicht bereits an der Ecke gestanden, als er losgefahren war, um Katies Zehe zu Bob Decker ins Weiße Haus zu bringen? Es hatte etwas Surreales an sich gehabt, mit einer Gefrierbox, die die Zehe seiner Tochter enthielt, auf dem Beifahrersitz durch die Innenstadt Washingtons zu fahren. Doch zu diesem Zeitpunkt war John bereits jenseits jeglicher Reaktionsfähigkeit gewesen.

Nun glaubte er, denselben weißen Taurus gegenüber seinem Haus wiederzuerkennen. Es saß mindestens eine Person im Wagen, vielleicht sogar zwei. FBI? Secret Service? Oder einer der Kidnapper?

Besser, es nicht zu wissen.

Nana stand im Morgenmantel im Flur und erwartete ihn. Sie sah ungepflegter und älter aus denn je und drückte sich ständig die Fingerspitzen an den Hals.

»Gibt es etwas Neues?« fragte sie.

John hatte mit sich gerungen, ob er Mom mitteilen sollte, daß sich bundesstaatliche Stellen eingeschaltet hatten. Schließlich war er jedoch zu der Überzeugung gelangt, daß sie sich nur noch mehr Sorgen machen würde, wenn sie es wüßte. Also würde er bis auf weiteres bei seiner Lösegeldgeschichte bleiben.

»Bis jetzt noch nicht, aber bis zum späten Nachmittag könnte ich das Geld zusammenhaben.«

»Oh, Gott sei Dank! Und dann kommt Katie nach Hause?«

»Bald, nachdem ich es übergeben habe. Hoffe ich. Ich habe mich genau an ihre Anweisungen gehalten, aber bis jetzt haben sie mir noch nicht mitgeteilt, was mit dem Geld zu geschehen hat, wenn ich es zusammenhabe.«

»Das viele Geld«, jammerte sie und krallte ihre Finger tiefer in den Hals. »Wie wirst du das jemals zurückzahlen?«

Er zuckte die Achseln und sagte, was er wohl auch gesagt hätte, wenn die Kidnapper wirklich Geld verlangt hätten. »Darüber mache ich mir jetzt keine Sorgen. Die Gedanken mache ich mir, wenn Katie wieder bei uns ist.«

»Ja, ja«, sagte sie. »Katie zurückbekommen. Das ist das Wichtigste.«

Nana schlurfte in die Küche, und John trat im Wohnzimmer ans Fenster und spähte hinaus.

Der weiße Taurus stand immer noch an der gegenüberliegenden Straßenseite. Und plötzlich interessierte es ihn brennend, wer in dem Wagen saß. Er wollte gar kein Gespräch, keine Konfrontation, wollte keine Namen … nur schauen.

Vorbei an seiner kaffeetrinkenden Mutter rannte er durch die Küche und zur Hintertür hinaus. Er lief durch den rückwärtigen Garten seines Nachbarn, stürmte dann in Richtung der baumgesäumten Straße und überquerte sie. Jetzt war er auf der gleichen Straßenseite wie der Taurus. Von hinten pirschte er sich heran. Er sah den Aufkleber einer Autovermietungsfirma auf der Stoßstange. Es war also ein Leihwagen.

Er schlich sich näher … war auf der Höhe der Hintertür … der Beifahrertür … Beifahrersitz leer … Motorhaube … ein kurzer Blick über die Schulter – »Marnie!«

Jäh übermannte ihn rasende Wut. Sie würde noch alles verderben! Er rannte um den Wagen herum und riß die Fahrertür auf. Er mußte sich zusammenreißen, um sie nicht aus dem Auto zu zerren und zu erdrosseln.

»Was zum Teufel *machst* du hier?«

Sie duckte sich, die Hand vor dem Mund. »John! Ich –!«

»Was? Raus mit der Sprache! Was willst du damit erreichen, daß du hier draußen herumhockst?«

»John … du hast ja völlig die Nerven verloren!«

Am liebsten hätte er gesagt, *Du solltest das ja kennen – du könntest ein Buch darüber schreiben, wie man die Nerven verliert,* aber er verkniff es sich. Sie hatte ja recht. Sein ganzes *Leben* war außer Kontrolle. Er trat zurück, atmete tief durch.

»Geh weg.«

»Ich will meine Tochter sehen. Wenn du mich schon nicht mit ihr sprechen läßt, hoffte ich, wenigstens einen Blick auf sie werfen zu können.«

»Sie ist nicht mehr deine Tochter.«

»Sie wird immer meine Tochter bleiben! Und ich will wissen, was du mit ihr gemacht hast?«

»Mit ihr gemacht? Was –?«

»Sie ist gestern nicht aus der Schule heimgekommen. Ich habe das Haus beobachtet.«

»O nein!« Was sollte er nur mit ihr anfangen? Sie würde alles kaputtmachen!

»O *ja*! Wo versteckst du sie? Was hast du mit meiner Tochter gemacht?«

Darauf fand John keine Antwort; er konnte sich nicht noch eine Lüge ausdenken. Einige Herzschläge lang starrte er sie an, dann entschied er sich für die Offensive.

»Du schleichst ihr nach, stimmt's?« stieß er hervor.

Marnie riß die Augen auf. »Was?«

»Ich hätte es wissen müssen, daß du etwas Derartiges tun würdest. Du willst sie entführen.« Er zog einen Bleistift und ein Stück Papier aus der Brusttasche. »Damit kommst du nicht durch.« Er ging um den Wagen herum und begann zu schreiben. Marnie lehnte sich aus dem Wagen und beobachtete ihn.

»Was soll das?«

»Ich rufe das FBI an und gebe ihnen dein Kennzeichen durch. Ich werde ihnen mitteilen, daß du das Gerichtsurteil mißachtest, das besagt, daß du dich von deiner Tochter fernzuhalten hast. Außerdem werde ich ihnen sagen, daß du, obwohl du Georgia nicht verlassen dürftest, Bundesgrenzen überschritten hast, um Katie zu bespitzeln und zu entführen. Dann wird daraus eine Angelegenheit des FBI.«

»Du bluffst.«

»Warum sollte ich bluffen? Der Gerichtsbeschluß ist gültig; ich habe Zeugen, daß du hier auf der Lauer liegst. Dann können dich sämtliche Dr. Schuylers der Welt nicht vor dem Knast bewahren.«

Ihr Mund verzerrte sich zu einem bösartigen Knurren. »Du elender Dreckskerl!« Sie knallte die Tür zu, ließ den Wagen an und brauste davon.

John sah auf seinen Zettel. Er hatte Marnies Autonummer. Warum sollte er seine Drohung nicht wahrmachen und Decker die Nummer geben – ihr das FBI an den Hals hetzen –, um sie endgültig zu verscheuchen. Die Situation war an einem kritischen Punkt angelangt. Das Letzte, was sie brauchten, war eine Zeitbombe wie Marnie, die alles verpfuschen und Katie am Ende noch das Leben kosten könnte.

Sie hatte Katie bereits einmal fast umgebracht. Eine zweite Chance würde sie nicht bekommen. Selbst wenn Katie zu Hause und in Sicherheit wäre, würde Marnie eine Bedrohung darstellen. Was zum Teufel führte sie nur im Schilde?

John stopfte den Zettel in die Tasche und lief ins Haus. Er kannte den Mann, der diese Frage beantworten konnte. Dr. William Schuyler vom Marietta Hospital in Georgia. Es war zwar Samstag, und Dr. Schuyler hatte möglicherweise frei, aber John hatte seine Privatnummer.

Er schleppte sich ins Arbeitszimmer, suchte die Nummer und wählte.

Schuylers Frau hob ab. John gab nuschelnd seinen Namen als Doktor Soundso an und verlangte, sofort Bill zu sprechen. Zähnefletschend und schäumend vor Wut wartete er. Dr. William Schuyler, dieser aufgeblasene Fatzke, der sich einbildete, magische Heilkräfte gepachtet zu haben. So geistesgestört konnte doch kein Mensch sein, sich auf seine eigenartigen Behandlungsmethoden einzulassen!

»Hallo?«

»Hier spricht John VanDuyne.«

»Oh!«

»Ja. ›Oh.‹ Wollen Sie wissen, wer vor meinem Haus herumschleicht?«

»Also, kommen Sie, John! ›Herumschleichen‹ ist doch wohl sehr emotionsgeladen.«

Dieser honigsüße Ton, die exakte Diktion, dieses hoheitsvolle Verhalten! Blitzartig wurden in John Erinnerungen daran wach, wie der Mann damals im Zeugenstand gesessen hatte: Sein kahler Kopf hatte unter der Deckenbeleuchtung geglänzt, die schwammigen Hände auf seinem stattlichen Bauch geruht, während er seinen unerschöpflichen Schwall dieses Psychogewäschs ausspuckte, bis der Gerichtssaal mit leeren, selbstgefälligen Worthülsen angefüllt war.

»Sie finden, ›herumschleichen‹ wäre emotionsgeladen? Wie wär's mit ›belauern‹? Ja, so ist es. Sie belauert Katie! Und sie behauptet, Sie hätten ihr Vorhaben gutgeheißen.«

»Das ist doch absurd, John, und Sie wissen das. Ich sagte lediglich, daß ihre Genesung an einem Punkt angelangt sei, wo überwachte Besuche für Mutter und Kind sehr wahrscheinlich von Vorteil wären. Das muß sie wohl dahingehend mißinterpretiert haben, daß –«

»Sie bringen wohl Ihren Arsch immer ins Trockene, was? Aber diesmal sitzen Sie in der Patsche. Sie haben kein Recht, einer geistesgestörten Patienten so etwa vorzuschlagen. Sie –«

»›Geistesgestört‹ ist doch wohl –«

»Halten Sie den Mund, und hören Sie zu! Sie kennen die Bedingungen: kein Gefängnis für Marnie, wenn ich das alleinige Sorgerecht für Katie bekomme, und Marnie bleibt für zehn Jahre in intensiver psychotherapeutischer Behandlung. Das war die Abmachung. Von Wahrscheinlichkeiten war nicht die Rede. Sie darf Katie zehn Jahre lang nicht nahe kommen.«

»Aber das ist doch so unklug.«

»Aber Katie fast umzubringen ist wohl klug, was? Sie kennen ihre Geschichte fast so gut wie ich! Um ein Haar hätte sie Katies Schädel mit einem Schürhaken zerschmettert. Sie haßt Katie seit dem Tag ihrer Geburt. Ich –«

»›Haß‹ ist so ein vages –«

»Halten Sie das Maul, verdammt. Ich weiß nicht, warum sie Katie haßt, und Sie wissen es ebensowenig. Wir werden es wahrscheinlich nie wissen. Es interessiert mich auch nicht. Alles, was mich interessiert, ist Katie. Und wenn meiner kleinen Tochter wegen Ihrer Fahrlässigkeit etwas zustößt, dann werden Sie dafür büßen, Schuyler.«

»Wenn Sie glauben, mich verklagen zu können –«

»Verklagen?« John hörte sein eigenes Lachen, und es klang grauenhaft. »O nein, Schuyler. Sie werden nicht mit Geld oder Ihrer Zulassung bezahlen. Sie werden auf die gleiche Art bezahlen wie Katie. Denn alles – *alles* –, was Katie zustößt, wird auch Ihnen zustoßen. Doppelt. Kapiert? *Kapiert?*«

Erstaunlich. Dr. med. William Schuyler, der berühmte Dr. Schuyler, war sprachlos.

John knallte den Hörer auf die Gabel und sah hinaus auf die Bäume. Er hatte jedes Wort, das er eben gesagt hatte, ernst gemeint. Irgendwie, irgendwo und irgendwann in den letzten vierundzwanzig Stunden hatte er beschlossen, den Rest seines Lebens damit zu verbringen, die Leute zu finden, die Katies Zehe auf dem Gewissen hatten. In seiner Phantasie sah er ratlose FBI-Agenten, aber er, der unnachgiebige John VanDuyne, blieb den Verbrechern auf der Spur ... trieb sie in die Enge ... und metzelte sie mit einer Kettensäge nieder. Und nun setzte er auch den hochverehrten Dr. Schuyler auf die Liste. Sollte Katie wegen Marnie noch mehr Schaden erleiden, würde er dafür sorgen, daß Dr. Schuyler dasselbe am eigenen Leib zu verspüren bekam.

John verschränkte die Arme auf seinem Schreibtisch und legte den Kopf darauf. Er stieß einen Ton zwischen Lachen und Schluchzen aus.

Marnie ist nicht die einzige, die einen Psychiater nötig hat.

8

»Ich möchte wissen, warum dieser Verrückte immer noch frei herumläuft?«

Bob Decker blickte von seinen Notizen auf. Die Frage hatte Dan Keane von der Rauschgiftbehörde DEA gestellt; seit Bob begonnen hatte zu erklären, warum sie sich hier versammelt hatten, hatte sich die blühende Gesichtsfarbe des schlanken, silberhaarigen Mittfünfzigers zusehends zu fahlem Grau verwandelt. Er saß zwischen dem blonden, gutaussehenden Gerry Canney vom FBI und Jim Lewis von der CIA, durch dessen schütteres Haar rote Kopfhaut schimmerte.

»Dafür gibt es eine Reihe von Gründen«, erklärte Bob. »Der erste ist, daß es der Präsident so will. Ihr habt es doch von ihm höchstpersönlich vor ein paar Minuten gehört.«

Er war immer noch erstaunt darüber, daß er seine kleine Sondereinheit in so kurzer Zeit versammelt hatte. Wunderbar, was man erreichen konnte, wenn man die ganze Autorität des Präsidenten hinter sich hatte.

Die vier hatten sich in ein kleines Büro in W-16 gezwängt, Bob hatte die Jalousien heruntergelassen, die Türe verschlossen und zwei uniformierte Agenten vor dem Raum postiert, die den Befehl hatten, niemanden näher als zehn Schritte heranzulassen.

Er hatte seinem Team kurz berichtet, was bis dato geschehen war. Er war nur insoweit von der Wahrheit abgewichen, als er ihnen mitteilte, daß der Präsident die Pillen geschluckt und VanDuyne, von Schuldgefühlen übermannt, alles gestanden hatte. Da es zu spät gewesen sei, Winston den Magen auszupumpen – Bob wußte zwar nicht, ob das zutraf, hoffte aber, sie würden es schlucken –, begäbe er sich zur Beobachtung ins Hospital.

Bob hatte es nicht für nötig gehalten, diesen Männern die Wahrheit vorzuenthalten; er kannte sie alle und wußte, daß er ihnen vertrauen konnte, aber Winston hatte darauf bestanden. »Der andere Grund ist«, führte Bob weiter aus, »daß VanDuyne das Bindeglied zu den Leuten ist, die hinter dieser Sache stecken. Wir brauchen ihn da draußen, um den Kontakt mit diesen Kerlen aufrechtzuerhalten. Und drittens versuchen wir, das Leben eines kleinen Mädchens zu retten. Katie ist Winstons Patenkind, und er will den Rest von ihr möglichst lebendig und in einem Stück zurück.«

Letzterer Kampfzweck war für Bob sekundär; sein Hauptinteresse galt dem Schutz von Winstons Leben.

»Den ›Rest‹ von ihr?« fragte Canney sichtlich alarmiert.

Bob drehte sich um und hob den Kühlbehälter auf den Tisch. »Ja. Die Kidnapper schickten ihrem Vater ihre kleine Zehe, um zu unterstreichen, daß sie es ernst meinen. Sie ist da drin.«

Canney wich zurück. Seine Grimasse betonte die feinen Narben, die er bei einem Autounfall vor sechs Jahren davongetragen hatte; er und seine kleine Tochter, die etwa in Katies Alter sein mußte, hatten überlebt, seine Frau war dabei ums Leben gekommen.

»O Gott!« flüsterte Keane. Er sah plötzlich noch fahler aus, und Schweißtropfen glänzten auf seiner Stirn. Bob wußte, daß er Enkel hatte; vielleicht stellte er sich vor, wie es wäre, wenn sie in eine derartige Situation gerieten.

Nur Jim Lewis schien unbeeindruckt. Aber was konnte ihn überhaupt erschüttern?

»Ich bringe sie so schnell wie möglich ins Labor«, sagte Canney. »Aber was sage ich denen? Ich muß es doch einem bestimmten Fall zuordnen.«

»Winston spricht gerade mit deinem Direktor. Er wird mir die Nummer des Falles noch mitteilen, bevor du gehst.«

»Was erwartest du von meinen Leuten?« mischte sich nun Lewis ein.

»Diesen Anonymous-Remailer in Großbritannien.« Bob reichte ihm einen Aktendeckel. »Dies sind die Ausdrucke sämtlicher E-Mails von VanDuyne. Findet den Remailer, und wir wissen, wer ›Snake‹ ist – dann geht der Fall bereits in die Zielgerade.«

»Snake?« rief Canney. »Hast du Snake gesagt?«

»Schon mal von ihm gehört?«

»Ja. Den Namen habe ich schon mal gehört … in Verbindung mit Entführungen … Ich glaube, ich hörte, daß er bei einer seiner Entführungen einen Finger verschickte, als die Sache nicht so lief, wie er es sich vorgestellt hatte.«

»Muß derselbe Typ sein.« Bob klatschte in die Hände und rieb sie aneinander. Das lief ja großartig! Das Team bestand noch keine halbe Stunde, und schon geriet die Sache ins Rollen. »Okay, bring die Akte, und wir –«

»Tut mir leid. Es gibt keine Akte. Die Information ist nur flüchtig – du weißt schon, was man eben so aufschnappt, wenn man nach etwas sucht. Wir wissen null über den Kerl, außer, daß er sich anscheinend auf Entführungen von Leuten spezialisiert hat, die mit Sicherheit nicht die Polizei informieren.«

»Dann haben wir also einen erfahrenen Gegner«, meinte Bob. Schlechte Nachrichten. Es bedeutete, daß Snake seine Vorgehensweise perfektioniert hatte, bevor er das VanDuyne-Mädchen gekidnappt hatte. Er wandte sich an Keane.

»Wir glauben, daß hier eine Verbindung zu Drogen besteht, Dan. Wer könnte denn deiner Meinung nach dahinterstecken?«

»Hm?« Keane schien nicht ganz bei der Sache zu sein. Wie hypnotisiert starrte er die Kühlbox an. Bob fragte sich, was ihn wohl beschäftigte. Er wiederholte die Frage

»Da kann ich nur raten«, meinte Keane bedächtig, als suchte er nach Worten. »Das Cali-Kartell – und das heißt heutzutage Emilio Rojas – hat das meiste Geld. Die Mexikaner haben allerdings die besseren Kontakte in unserem Land. Könnte sein, daß Rojas mit den Mexikanern zusammenarbeitet, könnte aber auch sein, daß die Mexikaner auf eigene Faust arbeiten.«

Bob zeigte seine Verärgerung nicht. Er hatte sich vom stellvertretenden Direktor der DEA eine fundiertere Analyse erhofft.

»Dein Tip?«

»Mein Tip? Ich würde auf die Mexikaner tippen. Kidnapping ist sozusagen eine kolumbianische Spezialität; sie würden ihre eigenen Leute einsetzen. Ich könnte mir allerdings vorstellen, daß die Mexikaner hiesige Talente anheuern würden. Wir beobachten Carillo, Garcia, Esparragosa und die anderen Bonzen. Ich frage mal nach, ob einer von ihnen kürzlich im Lande war.«

Das war schon besser. »Gut. Wir wissen, was wir zu tun haben. Wir dürfen keine Zeit verlieren. Das ist am allerwichtigsten.« Er hätte ihnen gern mitgeteilt, daß sie nur bis Dienstag Zeit hatten, aber auch diese Information sollte geheim bleiben. »Ich würde sagen, wir treffen uns um 18 Uhr wieder – es sei denn, es ergibt sich etwas Wichtiges.« Als sie sich erhoben, fügte Bob noch hinzu, »Ich brauche wohl die Anweisung des Präsidenten nicht zu wiederholen, aber trotzdem: Wer auch immer fragt, ob es euer Direktor, ein Senator oder ein Kabinettsmitglied ist, ihr schweigt. Winston hat entsprechende Anweisungen unterschrieben, ihr seid also aus dem Schneider. Ihr *sollt* die Sache nicht nur mit niemandem besprechen, es ist euch ausdrücklich *verboten,* dies zu tun. Und ich will den Namen dessen, der euch dazu zwingen will, sofort wissen.«

Dan Keane war als erster draußen – er schien ziemlich in Eile zu sein –, gefolgt von Jim Lewis. Gerry Canney blieb zurück; die Kühlbox baumelte in seiner Hand.

»Danke, daß du mich informiert hast. Ich weiß dein Vertrauen zu schätzen.«

Bob lächelte und dachte an den kniffligen Fall um Dr. Lathram vor ein paar Jahren. »Nicht das erste Mal, daß wir in einem Fall, bei dem es um das Leben des Präsidenten geht, zusammenarbeiten. Nur diesmal dürfen wir kein Wort darüber verlauten lassen.«

Canney zog die Schultern hoch. »Das hebe ich mir für meine Memoiren auf. Das Wichtigste ist für mich, das kleine Mädchen lebend wiederzubekommen.«

»Du denkst wohl an Martha?« fragte Bob.

»Wie sollte ich auch nicht? Katie VanDuyne ist nur ein paar Jahre jünger als Martha.« Er warf einen Blick auf die Kühlbox. »Ich wüßte nicht, was ich täte, wenn jemand ...« Er schüttelte sich.

»Ich wüßte es«, sagte Bob. Seine eigenen Jungen waren mittlerweile Teenager, aber es kam ihm vor, als wäre es erst gestern gewesen, als sie noch klein und schutzbedürftig waren.

Nachdem sich auch Gerry verabschiedet hatte, setzte sich Bob und begann seine Informationen schriftlich niederzulegen. Er konnte keine Sekretärin damit beauftragen, also mußte er den Schreibkram selbst erledigen.

Kein schlechter Anfang. Dan Keane verfolgte die Spur von den Drogenbossen zu Snake, Jim Lewis von dem Anonymous-Remailer zu Snake und Gerry Canney von Katie VanDuynes Zehe zu Snake.

Snake, wer immer du auch bist und wo du dich auch aufhältst, du bist der Schlüssel, und du sitzt tief in der Scheiße. Denn wir finden dich. Und wenn wir dich haben, werden wir dich ausquetschen. Wir quetschen dich aus, bis du ausspuckst, für wen du arbeitest. Und deine Auftraggeber quetschen wir wieder aus. Und ziemlich schnell werden wir den Drahtzieher dieses Komplotts haben!

Bis Dienstag, bitte, lieber Gott.

9

Dan Keane holte seine Aktentasche aus seinem Büro und eilte dann über die 6. Straße Richtung Mall. Die Chance, am Samstag in der Stadtmitte Bekannte zu treffen, war gering, dennoch war er wachsam, sah sich ständig um und wurde das Gefühl nicht los, verfolgt zu werden. Verfolgungswahn, dachte er bei sich. Und zu Recht. Vor seinen Augen löste sich der Plan in Nichts auf. VanDuyne war immer das schwache Glied gewesen, er war die Bruchstelle.

Wenigstens hatte er Winston das Antibiotikum noch verabreicht, das war schließlich das Ziel: Winston außer Kraft zu setzen. Und sicherzustellen, daß der Plan nicht mit den Drogenkartellen in Verbindung gebracht wurde. Denn wenn das publik würde, bekäme Winstons Legalisierungsprogramm Auftrieb, und genau das wollte Dan ja verhindern.

Dan selbst war jedenfalls über jeden Zweifel erhaben. Es gab nichts, was ihn mit VanDuyne, den Kidnappern oder Salinas in Verbindung bringen könnte.

Um die Wahrscheinlichkeit, daß Salinas mit der Sache in Verbindung gebracht wurde, zu verringern, mußte das Kidnapping sofort abgebrochen werden.

Aber was würde dann mit dem Kind geschehen? Was passierte mit ihr? Er verdrängte den Gedanken an das kleine Mädchen. Ja, sie hatte einen Namen, aber er wollte nicht daran denken und sagte sich immer wieder, daß alles gut werden würde, obwohl er wußte, daß das Gegenteil wahrscheinlicher war.

Großer Gott im Himmel, welches Ungeheuer kann einem kleinen Mädchen die Zehe abschneiden?

Dan kannte diese Bastarde genau. Und das war nur ein weiterer Beweis dafür, daß diese elenden Hunde eliminiert werden mußten – nicht dadurch, daß man ihr schmutziges Gewerbe legalisierte, sondern indem man sie gnadenloser Verfolgung aussetzte, sie einsperrte und den Schlüssel versenkte.

Mit einem dieser Ungeheuer würde Dan heute sprechen. Jetzt gleich.

Das kleine Mädchen würde es hoffentlich überleben. Aber selbst wenn nicht …

Dan konnte seine Gedankengänge kaum fassen, doch selbst wenn sie es nicht überlebte, wenn sie nie mehr nach Hause käme, es war schließlich nur ein Leben. Das kleine Mädchen war das Mittel, das Winstons Legalisierungsplan ein Ende bereiten würde, ihr kleines Leben würde zahllose andere Leben retten.

Denke nur an den Großen Plan, sagte er sich immer wieder. Laß dich nicht von Kleinigkeiten ablenken. Was wog schon ein kleines Leben gegen die Zerstückelung des moralischen Rückgrats einer ganzen Nation?

Ein kleines Leben …

Neben dem Luft- und Raumfahrtmuseum entdeckte er eine Telefonzelle. Er holte den batteriebetriebenen Stimmverzerrer aus dem Aktenkoffer und sah sich um. Niemand in der Nähe. Er brachte das Gerät an der Sprechmuschel an, warf eine Münze in den Schlitz und wählte. Zweifellos würde Salinas diese Anrufe alle aufzeichnen und versuchen, ihren Ursprung festzustellen. Viel Glück! Dan benutzte stets unterschiedliche Telefone, und in dem höchst unwahrscheinlichen Fall, daß die Tonbänder jemals vor Gericht gehört würden, würde der Stimmverzerrer jeden Versuch der Stimmanalyse vereiteln.

Als am anderen Ende jemand abhob, sagte Dan, »Gib mir Salinas.«

Die ersten Male, die Dan angerufen hatte, hatte man ihn immer zurückrufen wollen, aber er hatte stets abgelehnt. Diese Zeiten waren vorbei. Wenn sie jetzt seine verzerrte Stimme hörten, wurde er umgehend verbunden.

»Ja?« hörte er Salinas' Stimme. »Wer spricht?«

Dan stellte sich den Fettsack auf einem Stuhl sitzend vor, sein Bauch hing zwischen den gespreizten Oberschenkeln. *Wann hast du das letzte Mal dein Ding gesehen, du Schwein?* Oh, wie er den Typ haßte! Deshalb war er zur DEA gegangen – um die Welt von Verbrechern wie ihm zu befreien.

Aber Salinas war nicht dumm. Auch er nahm an, daß die Anrufe aufgezeichnet würden, deshalb spielte er stets den Unwissenden. Niemand würde Carlos Salinas in eine Falle locken.

Also begannen sie ihren verbalen Eiertanz.

»Sie wissen verdammt gut, wer spricht«, schnauzte Dan.

»Tut mir leid, ich erkenne Ihre Stimme nicht, muß wohl an der Verbindung liegen.«

»Ja, so schlecht war sie noch nie. Ich habe eine Information für Sie: Das Zielobjekt geht heute noch ins Krankenhaus.«

»Das tut mir aber leid für ihn. Aber ich glaube nicht, daß ich ihn kenne.«

»Vielleicht kennen Sie seinen Arzt. Kurz nachdem er das Zielobjekt behandelte, gab er seinen Fehltritt zu. Sämtliche Ermittlungsbehörden sind mittlerweile mit der Sache beschäftigt.«

Am anderen Ende der Leitung herrschte sekundenlang Schweigen. Dan wußte, das war das Letzte, was Salinas hören wollte.

»Aber das Zielobjekt ist krank?«

»Noch nicht, aber man erwartet es. Jedenfalls ist der Doktor nicht mehr von Nutzen, deshalb müssen Sie den Apparat, mit dem Sie ihn unter Druck setzten, sofort auflösen und die Wertgegenstände zurückgeben.«

»Wertgegenstände?«

»Ja, den wertvollen Gegenstand, den Sie ihm entwendeten.«

»Nein«, entgegnete Salinas. »Das kann ich leider nicht. Sehen Sie, er hat den Vertrag nicht erfüllt und kann daher nicht erwarten, sein Eigentum zurückzubekommen. Außerdem ist es ... wie soll ich sagen ... diskreter, wenn sein Eigentum nie mehr wieder auftaucht.«

Dan schloß die Augen und wiederholte sein Mantra ... der Große Plan ... vergiß die Kleinigkeiten ... nur der Große Plan zählt ...

Er schluckte. »Werden Sie mit den anderen Bestandteilen des Apparats ebenso verfahren?«

»Natürlich. Es ist ein kleiner Apparat. Niemand wird die Einzelteile vermissen.«

»Ja, und niemand wird Sie oder Ihr Geschäft damit in Verbindung bringen.«

»Es wird keine Spuren geben. Wie soll ich mit etwas in Verbindung gebracht werden, was nie existierte?«

Ja, wie? Dan legte auf und würgte.

... vergiß die Kleinigkeiten ... nur der Große Plan zählt ...

Wie zum Teufel war er nur da hineingeraten? Er fragte sich, wie viele Personen in der DEA wohl Winston und seinen Plan verabscheuten. Klare Antwort: jedermann. Wie sollte man auch sonst reagieren, wenn jemand deine Karriere, dein ganzes Lebenswerk der Vernichtung preisgab?

Aber wie viele hatten eine Verschwörung mit dem Feind erwogen, um Winston Einhalt zu gebieten? Er hatte keine Ahnung … vielleicht einige wenige. Er kannte jedenfalls nur einen, der den Mumm hatte, nur einen, dem seine Pflicht und sein Land soviel wert waren, um wirklich etwas zu unternehmen.

Daniel J. Keane.

Aber hatte er wirklich nur aus reinem Idealismus gehandelt? Der Gedanke war ihm lieb, aber um drei Uhr morgens, wenn er keinen Schlaf fand und in die Dunkelheit starrte, verhöhnte ihn sein Gewissen und flüsterte ihm zu, daß er nicht um seiner Prinzipien willen, sondern aus reinem Selbsterhaltungstrieb handelte.

Er hatte den Großteil seines Berufslebens bei der DEA verbracht. Und jetzt, kurz vor seiner Beförderung zum Vorsitzenden, legte Winston einen Plan vor, der die Auflösung der gesamten Behörde zur Folge haben mußte, und machte dadurch seine ganze Karriere zunichte. Die DEA würde möglicherweise fortbestehen, aber doch nur als Schale, als rudimentäres Organ, dem menschlichen Blinddarm vergleichbar.

Hatte er den Bund mit dem Teufel geschlossen, nur um seine eigene Karriere zu retten? Nein. So konnte er es nicht betrachten. Nein, so niederträchtig war er nicht. Dennoch quälte ihn die Frage: Wenn du mit dem Feind paktierst, wirst du nicht *selbst* zum Feind?

Aber er paktierte ja nicht mit dem Feind, er *benutzte* ihn lediglich. Sein Ziel war edel.

So edel und erhaben, daß es das Leben eines Kindes wert war?

Ich mache es wieder gut, tröstete er sich. Ich schwöre beim Leben meiner Kinder und Kindeskinder, daß ich jeden wachen Moment meines restlichen Lebens der Verfolgung Salinas und seinesgleichen widmen werde.

Es bestand kein Zweifel, daß Salinas glaubte, einen Verbündeten an der Spitze der Regierung zu haben. Damit lag er falsch. Sehr falsch.

10

Carlos warf den Hörer hin und signalisierte Llosa, das Tonband abzuschalten.

»Unser Kontaktmann hat aufgelegt. Ich glaube, ich habe ihn verärgert. Haben wir eine gute Aufzeichnung?«

Llosa setzte den Kopfhörer ab und reckte den Daumen nach oben.

»Exzellent. Dann schaff mal diesen *pendejo* MacLaglen ran. Sag ihm, ich muß ihn sofort sprechen.«

Während Llosa zu dem abhörsicheren Telefon ging, lehnte sich Carlos zurück und schloß die Augen. *Mierda!* Das hatte er befürchtet. MacLaglen hatte den Doktor nicht genügend eingeschüchtert. Jetzt waren Bundesbehörden im Spiel, was bedeutete, daß es höchste Zeit war aufzuräumen. Das Kind und MacLaglens zwei Helfer mußten beseitigt und vergraben werden, so daß sie niemals gefunden würden. Carlos wußte einen Parkplatz in Alexandria, der gerade neu asphaltiert wurde – ein perfekter Ort, um sich der Leichen zu entledigen. Er wünschte, er könnte auch MacLaglen auf diese Art für immer loswerden, aber dieser *cabrón* hatte ihn überlistet.

Er seufzte. Na ja, nicht so schlimm. MacLaglen war ein Profi; er stellte kein großes Risiko dar. Und er hatte den Doktor so weit unter Druck gesetzt, daß dieser Thomas Winston das Chloramphenicol verabreicht hatte. Das war das Wichtigste. Der Präsident war auf dem Weg ins Krankenhaus. Emilio Rojas würde erfreut sein, das zu hören.

Carlos hoffte, daß das Medikament seine Wirkung nicht verfehlte. Was nun auch geschah, es lag nicht mehr in seiner Macht. Das Geständnis des Doktors bedeutete lediglich, daß die Reinigungsaktion früher als erwartet stattfinden mußte. Das war kein Problem.

Llosa beendete sein Telefonat und wandte sich Carlos zu. Er sprach spanisch. »Ich habe eine Nachricht hinterlassen. Er müßte sofort zurückrufen.«

»Hast du gesagt, daß ich seinen Rückruf umgehend erwarte?«

»Wie Sie es wünschten.«

»Sehr schön. Übliche Routine, wenn er anruft.«

Llosa nickte und ging.

Carlos blieb sitzen und überlegte. Hatte der Doktor sich tatsächlich eingebildet, wir würden nichts erfahren? Wußte er, daß er dem Leben seiner Tochter mit seinem Geständnis ein Ende bereitet hatte? Was für ein leichtsinniger, unkluger Mensch!

11

Poppy schwitzte hinter ihrer Minnie-Mouse-Maske, als sie im Wohnzimmer ihr Hanteltraining absolvierte, während Katie im Fernsehen Trickfilme ansah. Als sie das Geräusch einer zufallenden Autotür hörte, schaute sie aus dem Fenster. Einen Moment lang setzte ihr Herzschlag aus, setzte aber dann in rasendem Tempo wieder ein, als hätte sie ein Gramm Speed geschnupft.

»O Gott! Mac!«

Sie hörte, wie ein Küchenstuhl umfiel, und schon kam Paulie ins Zimmer gestolpert. »Was? Wo?«

In panischer Angst lief sie im Zimmer umher. »Draußen! Er kommt herein!«

»Scheiße!« Er deutete auf Katie. »Bring sie raus! Ich räume hier auf. Beweg dich!«

Poppy packte Katie unter den Armen, hob sie hoch und rannte mit ihr ins Schlafzimmer.

»Was ist los?« fragte Katie. »Wovor hast du denn Angst?«

Poppy legte sie ins Bett und schloß die Tür. »Es ist unser Boß. Er darf nicht wissen, daß wir dich ohne Augenbinde rumlaufen lassen.«

»Warum denn nicht? Ich mach doch –«

Poppy legte den Finger auf Katies Lippen und flüsterte. »Schsch. Befehl vom Boß. Sei jetzt ganz still. Wie eine Maus. Okay?«

Sie starrte Poppy an und paßte sich ihrem Flüsterton an. »Okay.«

»Prima!« Poppy legte die Augenbinde über die großen blauen Augen und fummelte zittrig einen Knoten zusammen, bis die Binde fest saß. »Okay.« Sie schob ihre eigene Maske aus dem Gesicht. »Nun leg dich zurück, ich muß deine Hände ans Bett fesseln.«

Katie schob die Unterlippe vor und schluchzte. »Ich will nicht festgebunden werden.«

O Gott, Katie, dachte Poppy und biß sich auf die Lippen. Mach es mir doch jetzt nicht so schwer! Jetzt, wo Mac vor der Tür steht!

»Schsch, Katie, still wie eine Maus, denk dran. Ich muß dich festbinden. Anordnung vom Boß. Er wird böse, wenn wir nicht tun, was er befiehlt.«

Katie schluchzte wieder, und ihre Stimme wurde lauter. »Aber es tut *weh*!«

In dem Moment hörte sie, wie die Haustür aufgemacht wurde, und vernahm Macs Stimme. Sie konnte zwar die Worte nicht verstehen, aber er war es.

Lieber Gott, laß ihn noch nicht hereinkommen. Eine halbe Minute noch!

»Okay, ich binde nicht so fest zu, ja? Es tut nicht weh, ich versprech's. Aber es muß wenigstens so aussehen, Befehl vom Boß, weißt du noch? Du willst mich doch nicht in Schwierigkeiten bringen, oder?«

Sie schüttelte den Kopf. »Nein …«

»Gut, also, leg dich zurück, ich verspreche, daß es nicht weh tut.«

Katie jammerte, legte sich aber zurück und streckte die Hände aus.

»Du bist ein tapferer kleiner Soldat«, flüsterte Poppy. Sie konnte kaum die Schnur halten, so zitterten ihre Finger, aber irgendwie brachte sie eine knotenähnliche Verschlingung zustande. »Okay, du bist festgebunden. Tut's weh?«

Katie schüttelte den Kopf.

»Prima. Jetzt mach ich nur –« Poppy warf einen Blick auf Katies Füße. Ihr Herz raste, seit sie Macs Jeep vor dem Haus erblickt hatte, doch jetzt schien es Lichtgeschwindigkeit zu erreichen. Katies linker Fuß steckte in einer kleinen weißen Socke, doch der rechte war … nackt!

»Um Gottes willen! Wo ist dein Verband?«

Katie wackelte mit ihren fünf nackten Zehen. »Ich hab ihn verloren.«

Nein! Das konnte nicht sein! Nicht jetzt, wo Mac vor der Tür stand!

Wahnsinnig vor Angst suchte sie auf dem Boden und unter der Dekke. Er war nirgends zu finden. Und Mac konnte jede Sekunde hereinplatzen!

»Paß auf«, sagte sie. »Ich decke dich zu. Strample dich nicht frei! Selbst wenn es ein bißchen warm wird, laß deine Füße unter der Decke. Verstanden?«

Katie nickte.

»Braves Mädchen.« Sie beugte sich über das Kind und küßte es auf die Stirn. »Sobald der Boß wieder weg ist, spielen wir wieder ›Fang den Hut‹, ja?«

Katie lächelte. »Okay.«

Poppy zog die Decke hoch und ließ nochmals einen prüfenden Blick durchs Zimmer schweifen. Jetzt schien alles in Ordnung zu sein. Gut. Ein letzter Blick auf Katie ... Zeit, Mac dem Monster gegenüberzutreten.

Sie betrat das Wohnzimmer und schloß die Tür hinter sich. Paulie stand am Sofa, und Mac schlenderte durch den Raum, wobei er lässig seinen Schlüsselbund um einen Finger kreisen ließ. Er trug Jeans und eine offene Baseballjacke der Orioles. Man konnte die Spannung im Raum förmlich riechen.

Mac blieb stehen. Er lächelte, jedoch nur mit den Lippen. »Na, kümmerst du dich um unseren kleinen Schatz?«

Poppy nickte. »Hab sie gerade ...« Ihr Mund war so trocken, sie mußte sich räuspern. »Hab sie gerade zum Schlafen gebracht.«

»Gut. Ich wußte ja, daß du für diesen Job gut zu gebrauchen bist. Eine nette Glucke für unser kleines Paket.«

Poppy sah sich verstohlen um. Sah aus, als ob Paulie es geschafft hätte, alles wegzuräumen. Das Fang den Hut-Spiel war verschwunden, ebenso seine Mickey-Mouse-Maske. Sonst räumte er nie sein Zeug auf. Zu gegebener Zeit wollte sie ihn mal daran erinnern, daß er es sehr wohl konnte. Wo hatte er nur all das Zeug hingestopft? Unter das Sofa?

»Dein Freund gab soeben seiner Hoffnung Ausdruck, daß es keine Ressentiments mehr zwischen uns gäbe, nach unserer kleinen Auseinandersetzung gestern.«

Ressenti-was? Was quatschte der denn? Er hatte einen komischen Ausdruck in den Augen. Suchte er Streit?

»Wir wollen mit niemandem Streit«, entgegnete Poppy kühl. »Wir wollen nur diese Sache hier hinter uns bringen.«

Sie hätte gern noch etwas hinzugefügt, aber gerade hatte sie am hinteren Fuß des Couchtisches etwas Weißes entdeckt. Es lag zwischen ihren Hanteln. Aus den Augenwinkeln heraus betrachtete sie es, es war weiß mit roten Flecken … Verdammt! Der Verband! Katies Verband! Wenn Mac ihn entdeckte, würde er mit Sicherheit Fragen stellen und womöglich Katies Fuß sehen wollen! Oh, liebe Mutter Gottes, mach, daß er ihn nicht entdeckt!

»Ah ja?« sagte Mac in dem Moment und wandte sich an Paulie. »Darf ich das als Entschuldigung werten?«

Poppy schob sich näher an den Couchtisch heran. Wenn sie nur zwischen Mac und den Verband kommen könnte …

Paulie zuckte die Schultern. »Wenn du willst. Du bist der Boß, du gibst das Kommando. Aber wir haben eben unsere Grenzen.«

Mac zog seine Jacke aus und warf sie über einen Stuhl. Er versuchte lässig zu wirken, doch als Poppy den dunkelbraunen Pistolengriff aus dem ledernen Gürtelhalfter ragen sah, der neben seinem Piepser hing, wußte sie, daß es um etwas ganz anderes ging. Was hat er vor? fragte sie sich. Will er uns Angst einjagen? Danke, die habe ich bereits.

Sie sah, daß Paulie die Pistole ebenfalls entdeckt hatte. Hoffentlich macht er keine Bemerkung darüber, dachte sie und wünschte, Paulie könnte ihre Gedanken lesen. Sie arbeitete sich langsam an den Verband heran. Jetzt war es wichtiger denn je, daß Mac ihn nicht entdeckte.

Mac fuhr fort, »Wie soll ich das verstehen? Du sagst, ich bin der Boß, aber nur bis zu einem gewissen Punkt. Und dann hast du das Sagen oder was?«

»Nein, Mac.« Paulie versuchte ruhig zu bleiben. »So hab ich das nicht gemeint. Ich meinte nur, du hast mich zwar angeheuert, aber du hast mich nicht gekauft.«

Mac glotzte ihn an, als überdenke er das eben Gesagte. Poppy nutzte die Pause und arbeitete sich unauffällig näher an den Couchtisch heran. Fast hätte sie schon ihren Fuß auf den Verband stellen können, doch da nahm Mac seine Wanderung durch das Zimmer wieder auf. Kalte Angst ergriff Poppy.

»Aha, so meintest du es also«, sagte Mac. »Gar nicht schlecht.«

O Gott, jetzt kam er direkt auf sie zu! Er konnte ihn gar nicht übersehen. Hastig stellte Poppy ihren Fuß auf den niedrigen Tisch und fummelte an ihrem Schuhband herum. Mac war keine fünf Schritte von ihr entfernt. Mit klopfendem Herzen löste sie den Knoten, sagte laut »Tss«, drehte sich herum und knotete das Schuhband wieder zu. Hastig griff sie nach dem Verband und knüllte ihn in die Hand. Geschafft!

»Was ist das?« fuhr Mac sie an. Er hatte aufgehört, seine Schlüssel kreisen zu lassen, und fixierte sie mit kaltem Blick.

Poppy sah ihn an, dann das weiße Material in ihrer Hand. »Hmm?« Was sollte sie nur sagen? »Nur ein Taschentuch.«

Mac sah aus, als wollte er noch etwas sagen, aber da ertönte sein Piepser. Während er danach griff, um die Message zu lesen, schneuzte Poppy, wischte sich die Nase und stopfte das Ganze dann in ihre Hosentasche. Erleichtert atmete sie auf.

Mac drückte einen Knopf und hörte die Nachricht ab. »Sofort? Kann eine Weile dauern«, murmelte er und setzte seine Wanderung fort.

»Also, Paulie«, sagte er bedächtig, als wisse er nicht, wie er fortfahren solle, oder als wolle er nur die Zeit totschlagen. »Aber wenn jemand einen Job annimmt, hat er ihn doch auch auszuführen, oder wie siehst du das?«

»Klar«, entgegnete Paulie. »Nimm doch mich und Poppy, zum Beispiel. Wir haben als Babysitter angeheuert, und das ist okay. Wir erledigen unseren Job und machen unsere Sache gut. Aber wir haben nicht angeheuert, um ein Kind zu zerschnippeln und zu zerstückeln. Das stand nicht in der Jobbeschreibung, um es mal so auszudrücken.«

Poppy hörte kaum zu. Sie fühlte sich ausgelaugt und atmete tief durch, während sich ihre Muskeln entspannten und ihr Herzschlag allmählich wieder auf Normalstand kam.

Alles würde gutgehen, wenn Mac nur nicht ins Schlafzimmer ging.

Plötzlich hörte sie ein Klicken. Sie sah auf und dachte, ihr Herz würde stehenbleiben. Katie stand mitten in der Tür, ohne Augenbinde, ohne Fesseln und ohne Socke am rechten Fuß!

Trotz ihrer Panik erfaßte sie sofort, daß Mac sich abgewandt hatte und Paulie sie ansah, als hätte er ein paar Meter Stacheldraht verschluckt. Sie wollte zur Tür rennen, um Katie zu packen und ins Bett zurückzubringen.

»Ich muß zur Toilette.«

Mac wirbelte herum, und die Zeit schien stehenzubleiben, als würde ein Filmprojektor steckenbleiben und jegliche Bewegung kreischend zum Stillstand bringen. Die Luft schien aus dem Raum zu weichen, was allerdings nichts ausmachte, denn alle hielten den Atem an.

Das Leben im Zimmer war zur Fotografie erstarrt. Doch nur für einen einzigen, langen, verzweifelten Augenblick. Dann wurde alles zu gnadenloser Realität.

Mac riß die Augen auf, und sein Gesicht überzog sich mit dunkler Zornesröte, als er mit offenem Mund Katie anglotzte.

»Zum Teufel! Sie … sie!« Er schien nicht zu glauben, was er sah. Dann deutete er plötzlich auf ihre Füße, und seine Augen wurden noch größer. »Ihre Zehen! Wie kommt es, daß sie noch all ihre verdammten Zehen hat?«

»He, Mac«, mischte sich Paulie ein. »Es ist nicht, wie du denkst.«

Aber Mac zog bereits die Pistole aus dem Gürtel. Er entsicherte sie und zielte auf Katie.

Poppy war wie versteinert. Aber sie konnte schreien.

»Mac! Nein! Um Himmels willen, NEIN!«

Ob Mac sie hörte oder nicht, ob er das Krachen des Schusses und die Aufmerksamkeit, die er damit erregen konnte, vermeiden wollte – sie konnte es nicht beurteilen. Jedenfalls rammte er die Pistole wieder ins Halfter.

»Verdammt!« schrie er und schaute sich suchend um. »Verdammt!«

»Beruhige dich, Mac«, rief Paulie.

»Verdammt!« Mac konnte offenbar im Wohnzimmer nicht finden, wonach er suchte. Er rannte in die Küche.

Endlich erwachte Poppy aus ihrer Erstarrung. In panischem Schrekken bedeutete ihr Paulie, Katie außer Reichweite zu bringen, aber Poppy war bereits unterwegs. Sie wollte Katie gerade in ihr Zimmer zerren, als Mac hereinstürzte. Sein Gesicht hatte wieder normale Farbe angenommen, aber jeglicher Ausdruck war daraus gewichen, und seine Augen … sie waren leer und kalt, alles Menschliche darin erloschen. In der rechten Hand hatte er etwas Langes und Schlankes. Sonnenlicht spiegelte sich auf einer metallischen Oberfläche, als er am Fenster vorbeieilte.

O Gott, ein Messer, das lange, riesige Ginsu-Messer, das Poppy in einer der Küchenschubladen gesehen hatte.

Poppy wimmerte und zog Katie schützend an sich. Nein. Er konnte doch nicht … er würde doch jetzt nicht noch ihre Zehe abschneiden, oder? Das durfte nicht passieren!

»Paulie!« schrie sie. »Paulie, er hat ein Messer!«

Aber Paulie stand schon an der Tür und streckte die Arme vor sich aus. »Bleib stehen, Mac! Tu jetzt nichts Unüberlegtes! Es ist nicht so, wie es aussieht.«

Mac verlangsamte seinen Schritt, blieb aber nicht stehen. »Ach, ist es nicht?« sagte er mit einer Stimme, die genauso kalt war wie seine Augen.

»Wir haben das Druckmittel abgeliefert, wie du befohlen hast«, Paulie ratterte die Worte mit der Schnelligkeit eines Maschinengewehrs heraus. »Die Zehe eines kleinen Kindes. Es war nur nicht die Zehe von diesem Kind da. Aber es hat doch gewirkt, oder? Du … du sagtest doch, der Kerl war bereit, alles zu tun, nachdem er den Umschlag geöffnet hatte! Also ist doch nichts passiert, oder? Was bringt es dir denn, wenn du ihr die Zehe jetzt noch abschneidest?«

Da blieb Mac stehen. Er starrte Paulie mit einem Ausdruck tiefsten Abscheus an. »Du verfluchter Idiot. Was kümmert mich ihre verdammte Zehe? Sie hat mich *gesehen*! Sie hat uns alle gesehen!«

Die Worte drangen wie Stacheln in Poppys Herz. *Er wird sie töten! Er bringt meine kleine Katie um!*

»Das geht schon klar, Mac«, warf Paulie ein.

»Verdammt richtig!« knurrte Mac und setzte sich wieder in Bewegung. »Wenn ich mit ihr fertig bin.«

Er versuchte an Paulie vorbeizukommen, aber der blockierte den Weg. »He, Mac. Das meinst du doch nicht im Ernst. Du willst doch die Kleine nicht kaltmachen.«

»Aus dem Weg. Ich geh doch nicht in den Knast, nur weil das Balg mit dem Finger auf mich zeigt!«

Paulie schubste ihn zurück. »Jetzt reicht's aber, Mac! Denk mal nach, Mensch!«

Jetzt wurde Mac wild. Seine Lippen verzerrten sich zu schmalen Strichen, und er schlug mit dem Messer um sich.

Poppy schrie: »Paulie, paß auf!«

Paulie sprang zurück und hielt sich den Arm. Seine Hand war naß und rot.

»Du Hurensohn! Du hast mich verletzt!«

Poppy kannte den Tonfall – nun raste Paulie vor Zorn. Er machte einen Satz auf Mac zu, wich einem weiteren Messerstich aus, und dann kämpften sie, traten sich mit den Füßen, fluchten, stöhnten und schnaubten wie Raubtiere im Kampf um das Messer.

Poppy stieß Katie aufs Bett. »Du rührst dich hier nicht weg!« Dann hastete sie, mit dem Rücken an der Wand entlang, zurück ins Wohnzimmer, wo sich Mac und Paulie am Boden umherwälzten. Was sollte sie nur tun? Da fielen ihr die Hanteln unter dem Couchtisch in die Augen. Das war es!

Sie schnappte sich eine und hob sie genau in dem Moment auf, als Paulie auf Mac zu liegen kam. Sie kroch näher heran, und wartete auf einen günstigen Augenblick, um einen sicheren Schlag auf Macs Kopf ausführen zu können.

Da hörte sie diesen schauerlichen Laut von Paulie, halb ein erstickter Schrei, halb ein verzweifeltes Stöhnen, und sah im selben entsetzlichen, grauenhaften Moment, wie sich die Spitze des Messers durch Paulies Hemdrücken bohrte. Ein roter Fleck breitete sich aus.

Sie schrie seinen Namen und wollte sich auf ihn stürzen, als sich Mac von der Last des Körpers zu befreien versuchte. Sie hatte die Hantel in ihrer Hand völlig vergessen, aber als sie sah, daß Mac aufstehen wollte, stieß sie einen Laut aus, dessen sie sich nie für fähig gehalten hätte – es war ein Kreischen der Angst und des Zorns und hörte sich an wie alte Lastwagenbremsen. Mac sah hoch, und für einen Moment genoß Poppy das blanke Entsetzen, das plötzlich in seine Augen trat, als er erkannte, was sie über ihren Kopf geschwungen hatte.

»Nein!« schrie er und versuchte sich mit der Hand zu schützen, aber es war zu spät. Poppy schlug ihm das Hantelende genau zwischen seine kalten, kleinen tückischen Augen und zerschmetterte ihm die Nase, daß das Blut über sein Gesicht spritzte. Sein Kopf knallte auf den Boden, und er rührte sich nicht mehr.

Poppy ließ die Hantel fallen und vergaß Mac augenblicklich.

Sie wandte sich Paulie zu, der jetzt auf dem Rücken lag. Der schwarze Messerknauf steckte direkt unter dem Brustbein im Magen. Sein schwarzes Hemd zeigte keine roten Blutflecken, es sah nur noch schwärzer aus und war völlig durchnäßt. Paulies Gesicht war schneeweiß, und er schien kaum Luft zu bekommen. Poppy wollte nicht denken, wollte nicht glauben, daß es geschehen konnte, aber in diesem Moment wußte sie, daß ihr Paulie im Sterben lag.

»Paulie ...?«

Seine Augen suchten ihr Gesicht, und seine Finger zitterten, als er den Messergriff berührte. Er brachte ein gequältes Lächeln zustande und flüsterte: »Es ist nicht so schlimm, wie es aussieht. Es wird schon wieder.«

Poppy versuchte ihre Tränen zurückzuhalten, aber es brach aus ihr heraus. »O Gott, Paulie, es kommt am Rücken wieder heraus.«

Paulies Lider flatterten. »Tatsächlich? Oh.« Er schaute an sich hinab und berührte wieder das Messer. »Hilf mir, es rauszuziehen.«

»Nein! Das kann ich nicht!«

»Poppy, es tut so weh, komm, zieh es heraus. Bitte.«

»Okay.« Das letzte, was sie in dieser Welt tun wollte, war, diesen Griff zu berühren, aber wenn Paulie Schmerzen hatte ...

Sie zwang die Finger beider Hände um den schwarzen Plastikgriff und zog.

Paulie bäumte sich auf und stöhnte.

»Es steckt fest!« wimmerte sie. »Ich schaffe es nicht, Paulie.«

»Es ist meine einzige Chance. Zieh es raus, mach schon!«

Zitternd und schluchzend verstärkte Poppy ihren Griff und zog mit aller Kraft. Nach anfänglichem Widerstand löste es sich plötzlich ruckartig, so daß Poppy fast umgekippt wäre.

Paulie war noch bleicher geworden, aber er lächelte sie an. »Oh, das fühlt sich gut an.«

Aber Poppy sah das Blut, das nun über Paulies Brust sprudelte. Plötzlich lief ein Zucken durch seinen Körper, und er starrte sie an. Er war kaum zu verstehen.

»Vielleicht hätten wir es besser steckenlassen sollen.«

Und dann war er tot. Er bewegte sich nicht mehr, gab keinen Laut mehr von sich; sein Blick haftete noch auf ihrem Gesicht, aber Paulie war nicht mehr.

Nein … das konnte nicht sein …!

»Paulie?« hauchte sie. »Paulie?«

Poppy ließ das Messer fallen, beugte sich über ihn und wollte ihn umarmen, als sie eine Berührung an ihrem Bein verspürte. Sie fuhr herum. Mac bewegte sich. Seine Nase war zerquetscht, und er sah aus, als hätte ihn eine reife Tomate im Gesicht getroffen, aber seine Augenlider flatterten. Er kam zu sich.

Plötzlich erkannte Poppy, daß sie ihn töten mußte. Der Mann, der Paulie auf dem Gewissen hatte und der Katie töten würde, sollte keinen Atemzug mehr tun.

Sie sah sich nach ihrer Hantel um, sie war weggerollt. Poppy stand auf, um sie zu holen, da fiel ihr Blick auf die Pistole in Macs Gürtel.

Das war's. Mit seiner eigenen Pistole würde sie ihn umlegen.

Sie zog daran, doch da packte er ihr Handgelenk.

Undeutlich knurrte er: »Vergiß es, du Miststück.«

Poppy griff mit ihrer freien Hand nach der Pistole und riß sie heraus. Mac umklammerte immer noch ihr Handgelenk und versuchte jetzt, ihr mit der anderen Hand die Pistole zu entwinden. Aber Poppy ließ nicht locker. Nicht nur ihr eigenes, sondern auch Katies Leben stand auf dem Spiel. Plötzlich knallte ein Schuß, und Poppy fühlte einen scharfen Luftzug an ihrer Wange. Der Krach war so ohrenbetäubend, daß sie zusammenzuckte und fast losgelassen hätte. Sie sah hinunter auf Macs Finger am Abzug, dann in das siegessichere Grinsen in seinem Gesicht. Ruckartig verdrehte sie die Pistole, die sich erneut entlud, wobei die Kugel eine von Macs Haarsträhnen absengte.

Sein Grinsen erlosch. Wäre er nicht soeben aus seiner Bewußtlosigkeit erwacht, und hätte er nicht eine derart durchtrainierte Gegnerin gehabt, er wäre längst Sieger gewesen. Aber er war alles andere als in Bestform, ganz im Gegensatz zu Poppy. Und sie wußte, sie mußte schnell sein, bevor sein Muskel- und Gewichtsvorteil sich durchsetzen würde.

Sie quetschte ihren Daumen über den seinen in den Abzugsbügel und drückte, so fest sie konnte, während sie den Lauf auf ihn zudrängte. Ein Schuß löste sich. Er streifte Macs Schulter, bevor er durch das Fenster klirrte. Mac zuckte zusammen, und Blut begann durch das Loch in seinem Hemd zu sickern. Mit den Füßen tastete er auf dem Boden herum, auf der Suche nach einer Möglichkeit, sich abstützen zu können. Keuchend starrte Poppy ihn an, während sie nicht mehr um die Pistole kämpften, sondern nur noch um die Richtung, die die Kugel nehmen würde. Er mußte in ihren Augen etwas entdeckt haben, denn jetzt hatte er Angst.

Plötzlich hatten seine Füße irgendwo Halt gefunden. Er stemmte sich hoch und versuchte Poppy von sich zu schleudern. Wenn ihm das gelang, hatte er gewonnen. Verzweifelt nahm Poppy noch einmal all ihre Kraft zusammen. Der Lauf der Pistole änderte seine Richtung. Das Mündungsfeuer spritzte an ihrem Kinn vorbei. Mac stieß einen Schrei aus, dann fiel er auf den Rücken, und aus seiner rechten Kopfhälfte spritzte Blut. Sein Griff löste sich, und plötzlich hatte Poppy die Pistole allein in der Hand.

Auf allen vieren krabbelte sie rückwärts, spannte dann keuchend den Revolverhahn, bereit, eine weitere Kugel abzufeuern. Aber Mac bewegte sich nicht mehr. Er lag flach auf dem Rücken, Arme und Beine gespreizt, sein rechtes Auge war eine breiige rote Masse, und um den Kopf bildete sich eine immer größer werdende Blutlache.

Mac war tot. Sie hatte einen Menschen getötet, aber das störte sie nicht. Es war kein Mensch – es war Mac. Und er hatte Paulie getötet und hätte fast –

Katie!

Undeutlich nahm sie plötzlich durch das Rauschen in ihren Ohren das Geschrei eines Kindes wahr. Poppy ließ den Revolver fallen und rannte ins Schlafzimmer. Katie hatte sich in eine Ecke gekauert, ihre Hände über die Ohren gepreßt, die Augen zugekniffen und schrie aus Leibeskräften. Poppy hob sie hoch und drückte den kleinen, zitternden und bebenden Körper an sich.

»Schon gut, Baby«, flüsterte sie beruhigend in Katies Ohr. »Schon gut. Es ist vorbei, und niemand tut dir mehr etwas. Poppy paßt auf dich auf. Jetzt bist du sicher. Du bist ganz sicher.«

Sicher … Blitzartig erkannte Poppy, daß sie das ganz bestimmt nicht waren. Wie oft war der Revolver losgegangen? Dreimal? Viermal? Sie konnte sich nicht erinnern, aber mit tödlicher Sicherheit wählte gerade jemand in der Nachbarschaft die Notrufnummer und berichtete, daß sich die Sylmar Street in den Wilden Westen verwandelt hatte.

Sie mußte hier weg.

Aber wohin? Sie hatte kein Zuhause. Und sie hatte kein Geld. Paulie hatte immer –

Paulie! O Gott, ihr geliebter Paulie lag tot im Nebenzimmer! Sie schluckte. Daran durfte sie jetzt nicht denken. Sie mußte sich und Katie in Sicherheit bringen.

»Also, paß auf. Wir ziehen um, wir gehen wohin, wo niemand uns findet, okay? Aber zuerst mußt du die Augen schließen.«

Katie erwiderte nichts, kniff aber bereitwillig die Augen zu. Poppy trug sie durch das Wohnzimmer, vermied selbst jeden Blick auf das Blutbad und preßte Katies Kopf gegen ihre Schulter. In der Küche angekommen, setzte sie das Kind auf einen Stuhl.

»Bleib hier, Katie. Rühr dich nicht. Ich bin gleich zurück.«

Katie blieb bewegungslos und mit geschlossenen Augen sitzen. Poppy eilte noch einmal ins Wohnzimmer. Sie rang ihre aufkommende Übelkeit nieder. Überall Blut. Nichts wie weg hier, dachte sie. Doch zunächst brauchte sie Geld. Und den Schlüssel für den Lieferwagen.

Ohne ihn richtig anzusehen – sie konnte den Anblick seines bleichen, eingefallenen Gesichts nicht ertragen –, schlich sie sich an Paulies Leiche heran und kniete sich außerhalb der Blutlache, die ihn umgab, auf den Boden. Sie streckte die Hand aus, zog sie aber wieder zurück.

Armer Paulie. Sie schreckte davor zurück, ihn zu berühren. Aber es mußte sein. Sie hatte keine Zeit, hier händeringend herumzusitzen. Die Bullen waren bestimmt schon auf dem Weg hierher.

Sie riß sich zusammen, wagte nur einen Blick aus den Augenwinkeln und zwang sich, Paulies Taschen abzutasten. Die vorderen waren leer. Sie biß sich auf die Lippen und rollte ihn halb herum – oh, war er schwer! – und fand die Geldbörse, aber keine Schlüssel.

Das Geld in Paulies Börse würde sie nicht weit bringen. Da fiel ihr Mac ein. Er hatte immer jede Menge Geld bei sich. Sie stand auf und näherte sich Mac. Er war leichter zu durchsuchen, denn er blutete nur am Kopf. Und sie scherte sich einen Dreck um Mac. Sie zog seine Brieftasche heraus und seufzte vor Erleichterung. Sie war voller Zwanziger- und Fünfzigerscheine und enthielt außerdem ein halbes Dutzend VISA-Karten unter ebenso vielen Namen.

Okay. Jetzt hatten sie Geld. Sie brauchten nur noch ein Auto.

Da entdeckte sie Macs Schlüssel neben der Pistole auf dem Boden. Sie griff danach, überlegte es sich aber dann anders. Sie hielt sich zwar nicht für eine große Leuchte, aber sie wußte, daß der Jeep die ganze Zeit vor dem Haus gestanden war, als die Schüsse fielen. Vielleicht hatte sich jemand die Autonummer notiert. Der Lieferwagen war sicherer. Bis auf wenige Ausnahmen war er ständig in der Garage gewesen.

Sie sprang auf, lief in ihr Schlafzimmer und entdeckte Paulies Schlüsselbund auf der Kommode. Sie schnappte ihn, griff nach ihrer Handtasche und hastete zurück in die Küche. Auf halbem Weg fiel alles zu Boden. Eine Handtasche, zwei Geldbörsen und der Schlüssel, das war zuviel zum Tragen. Katie würde sie vermutlich auch noch tragen müssen. Keine Zeit, um richtig zusammenzupacken. Sie brauchte –

Da fiel ihr Blick auf Macs Baseballjacke, die er über einen Stuhl geworfen hatte. Eigentlich wollte sie nichts haben, was diesem Ekelpaket gehört hatte, aber im Moment konnte sie nicht wählerisch sein. Sie schlüpfte in die Jacke und stopfte alles in die Taschen. Dann schnappte sie Katie und lief mit ihr in die Garage.

»Komm, mein Schatz«, murmelte sie zärtlich. »Wir machen, daß wir wegkommen.« Gerade als sie die Tür zwischen Küche und Garage öffnete, erklang Macs Piepser erneut. Wer immer ihn auch sprechen wollte, er würde alt und grau werden, wenn er auf einen Rückruf wartete.

12

»Bist du sicher, daß du die richtige Nummer wählst?« fragte Carlos.

Llosa nickte bestimmt. *»Si!«*

»Ich habe es selbst versucht«, mischte sich Gold ein.

»Warum antwortet dieser *hijo de puta* dann nicht? Er hat doch sonst immer umgehend zurückgerufen.«

»Vielleicht hat er den Piepser ausgeschaltet«, gab Allen zu bedenken.

»Oder das Ding ist kaputt. Möglicherweise sind auch die Batterien im Eimer.«

»Und was ist mit seiner Voice-Mail?«

Allen zuckte die Schultern. »Wer weiß, wie oft er sie abhört.« Carlos begann sich Sorgen zu machen. MacLaglen sollte in einer derart kritischen Phase nicht unerreichbar sein. Das war äußerst fahrlässig von ihm, und wenn Carlos eins über MacLaglen wußte, dann war es, daß er nicht fahrlässig handelte. Ein ungutes Gefühl beschlich ihn.

Er deutete auf Allen. »Nimm Llosa und fahrt mal an seinem Haus vorbei.«

»Wissen wir denn, wo er wohnt?«

»In Alexandria. Ich gebe euch seine private und eine weitere Adresse, aber fahrt nur daran vorbei, sonst nichts. Ihr dürft auf keinen Fall stehen bleiben oder gar klopfen. *Comprende?*«

»Klar.«

»Ruft mich sofort an, wenn ihr etwas entdeckt.«

Als die beiden gegangen waren, schaltete Carlos seine automatische Rückenmassage ein. Seine Muskeln waren sehr verspannt.

Irgend etwas stimmte nicht ... er konnte es förmlich riechen.

13

Die Sonne stand hoch und hell am wolkenlosen Himmel, aber Poppy fuhr wie durch dichten Nebel. Sie spürte kaum ihre Hände auf dem Steuer. Sie war wie betäubt.

Sie holte das Letzte aus dem Lieferwagen heraus und schaffte gerade neunzig Stundenkilometer auf der Interstate 95 durch Maryland. Am liebsten wäre sie hundert, ja zweihundert gefahren, aber sie durfte sich jetzt auf keinen Fall von einem Bullen erwischen lassen. Neunzig war gerade noch vertretbar.

Sie warf einen Blick auf Katie, die auf dem Beifahrersitz angegurtet war. Während der letzten Tage hatte sie sich als gesprächiges kleines Ding entpuppt, aber seit sie das Haus verlassen hatten, hatte sie keinen Ton gesagt. Arme Kleine ...

Sie hatte heute Dinge erlebt, die selbst ein Erwachsener kaum verkraften konnte, geschweige denn ein sechsjähriges Kind.

Sobald wir irgendwo ankommen, dachte Poppy, muß ich mit ihr sprechen. Sie ein bißchen aufmuntern. Und überlegen, was ich mit ihr mache.

Ja. Sobald ich irgendwo ankomme.

Aber wo sollten sie hin? Und was würde sie tun, wenn sie irgendwo ankam?

Mein nächster Schritt, dachte sie. Gute Frage. Was habe ich eigentlich vor? Wenn doch nur Paulie bei ihr gewesen wäre! Ohne ihn war sie so hilflos.

Bei dem Gedanken an Paulie spürte sie einen Schmerz tief in ihrer Brust. Sie dachte an sein lustiges Lachen, sein verschmitztes Grinsen und an seine Versuche, stets wie ein hartgesottener Kerl zu wirken, obwohl er doch keiner Fliege etwas zuleide tun konnte. Und jetzt war er tot. Blutüberströmt, leichenblaß und mit gebrochenen Augen – so wollte sie ihn nicht in Erinnerung behalten. Sie wollte sich an ihn im Bett erinnern, wenn er sie mit seiner Zärtlichkeit verwöhnte.

»Warum weinst du?«

Katies Stimme schreckte sie auf. Sie wischte sich mit dem Handrükken über die Wangen und verschmierte dabei die schwarze Wimperntusche über das ganze Gesicht.

Poppy zog die Nase hoch und unterdrückte das aufsteigende Schluchzen. Sie durfte sich jetzt nicht gehenlassen. Sie mußte sich um Katies willen zusammennehmen.

»Ich bin so traurig, Katie.« Wie sollte sie sich nur ausdrücken? Sie konnte jetzt keine Fragen über ihren Liebhaber und dessen Tod beantworten. »Ich … habe heute einen lieben Freund verloren.«

Da spürte sie eine Berührung am Unterarm. Es war Katies kleine Hand, die sie streichelte.

»Sei nicht traurig. Ich bin doch dein Freund.«

Darauf weinte Poppy nur noch mehr.

Ich bin das reinste Nervenbündel, dachte sie. Ich werde uns noch beide umbringen, wenn ich nicht bald von der Straße komme und mich am Riemen reiße.

Irgendwo im Norden von Baltimore, kurz vor der Abfahrt nach Edgewood, sah sie ein Hinweisschild, das ein Motel, Tankstelle und Imbißmöglichkeiten ankündigte. Sie hatte noch nie von Edgewood gehört. Würde sie jemand in Edgewood, Maryland, vermuten?

Sie nahm die nächste Ausfahrt und entdeckte kurz darauf ein Best Western Motel. Gegenüber befanden sich ein Denny's und ein McDonald's. Perfekt.

Sie fuhr auf den Parkplatz, stellte den Motor ab und blieb bewegungsunfähig sitzen. Plötzlich fühlte sie sich tonnenschwer. Verunsichert stellte sie sich die Frage, ob es richtig war, hier zu übernachten. Was würde Paulie in dieser Situation tun?

Wahrscheinlich würde er vorschlagen, erst mal runter von der Straße zu fahren, das Auto möglichst abseits zu parken und sich zu verkriechen, bis man einen Plan geschmiedet hatte. Nur nicht planlos umherirren.

Okay, sie würde einen Plan schmieden. Aber zunächst mußte sie sich überlegen, wie sie bezahlen wollte. Bar oder Kreditkarte?

Sie öffnete Macs Brieftasche und ging die Kreditkarten durch. Lauter verschiedene Namen ... James King, Stephan Coral, Francis Black, Eric Garter, Jason Rattle, William Boa ... waren es gestohlene Karten oder echte Konten mit fingierten Namen?

Komisch, dachte sie. Durchwegs Schlangennamen. Das konnte doch kein Zufall sein! Sie erinnerte sich an Paulies Worte, Mac sei ein »Detailfetischist«. Er war bestimmt nicht der Typ, der sich mit heißem Plastik erwischen ließe. Höchstwahrscheinlich steckten durchwegs richtige Konten dahinter.

Gut. Wir werden die Karten abwechselnd benutzen und das Bargeld aufheben. Mit tödlicher Sicherheit würde Mac die Karten nicht als gestohlen melden.

»Warum ist denn dein Gesicht so schwarz?« fragte Katie.

Poppy warf einen Blick in den Rückspiegel. Ihre Wangen waren voller schwarzer Schmiere.

»Das ist Wimperntusche. Ich trage immer ziemlich viel davon auf.«

»Warum denn? Und warum sind deine Lippen so schwarz?«

»Weil ich schwarzen Lippenstift benutze, du Dummchen.«

Poppy wunderte sich über all die Fragen, doch dann fiel ihr ein, daß Katie sie bis heute ja immer nur mit Maske gesehen hatte.

»Und warum trägst du im Gesicht Ohrringe?«

Wieder blinzelte Poppy in den Spiegel. Der Brillantenstecker in linken Nasenflügel und der Silberring in der rechten Augenbraue fielen ihr gar nicht mehr auf. Niemand, mit dem sie sonst zusammen war, schenkte ihnen noch Aufmerksamkeit. Die meisten hatten viel mehr Piercings als sie. *Viel* mehr.

Aber in der Welt der Spießbürger würde sie damit natürlich auffallen. Bis jetzt hatte sie das jedoch nie gestört.

Dies war jedoch nicht der geeignete Zeitpunkt, um aufzufallen und zu provozieren. Die Ringe mußten weg.

Aber nicht alle.

»Willst du noch etwas sehen?« Sie zog ihre Bluse hoch und zeigte Katie ihren gepiercten Nabel. »Wie gefällt dir denn das?«

Katie verzog das Gesicht. »Iiih! Wieso hast du denn –?«

»Genug jetzt. Komm, wir nehmen uns ein Zimmer.«

»Bleiben wir hier?« Katies Augen leuchteten. »Oh, prima! Hoffentlich hat das Bett eine Matratze mit Magic Fingers!«

Nun tat Poppy etwas, was sie nicht gedacht hätte, jemals in ihrem Leben wieder zu tun: Sie lächelte.

14

»Es sieht so aus, als hätten wir Probleme.«

Allen hatte von einem Parkplatz in Falls Church angerufen. Seine Worte verursachten Carlos noch mehr Rückenschmerzen.

»Was ist los?«

»An seinem Haus tat sich nichts. Wir fuhren zweimal daran vorbei, konnten aber nichts Ungewöhnliches entdecken. Aber an der zweiten Adresse ist offenbar die Kacke am Dampfen.«

Das Haus in Falls Church! Carlos preßte die Augen zu. *Ich hab's doch gewußt!* »Was ist passiert?«

»Überall Bullen. Wir konnten nichts Genaueres sehen.«

»Der Wagen unseres Freundes … der Jeep?«

»Kann ich nicht sagen. Da standen eine Menge Streifenwagen, Ambulanzen und Notarztwagen herum. Wir haben uns wie typische Schaulustige benommen, aber die Polizei hat uns weitergewunken. Wir haben allerdings eine Leiche gesehen.«

»War es …?«

»Kann ich nicht sagen. War von Kopf bis Fuß zugedeckt und wurde in den Fleischwagen verladen.«

Mierda! Das konnte verhängnisvolle Konsequenzen haben. Aber er durfte sich vor Llosa und Allen seine Aufregung nicht anmerken lassen.

»Kommt sofort zurück. Wir müssen Pläne machen.«

Er legte auf und trommelte mit den Fingern auf seinen Bauch. Er hatte Kontaktpersonen im Hauptquartier der Washingtoner Polizei. Er mußte sie anrufen und herausfinden, was in dem Haus in Falls Church passiert war.

Im schlimmsten Fall wäre MacLaglen tot. Dann wäre in Kürze das verräterische kleine Tonband auf dem Weg zu den verschiedenen bundesstaatlichen Behörden. Und das wiederum hieße, daß Carlos sich schleunigst auf den Weg zu dem kleinen Privatflugplatz machen sollte, wo seine neue Gulfstream V wartete.

MacLaglen am Leben, aber in polizeilichem Gewahrsam, war fast ebenso übel. MacLaglen hatte seinen Stolz, aber ihn erwarteten schwerwiegende Anklagepunkte. Es würde sicherlich nicht lange dauern, bis er einen Handel vorschlagen und den Namen seines Auftraggebers kundtun würde. Carlos gab ihm höchstens einen Tag.

Auch diese Möglichkeit legte einen Aufbruch zum Flugplatz nahe.

Was würde dann aus Maria werden? Wenn Carlos flüchten mußte, war eine Rückkehr ausgeschlossen. Womöglich würde er Maria niemals wiedersehen.

Dann mußte sie eben sofort mitkommen – ob sie nun wollte oder nicht. Llosa sollte die *perra* ausfindig machen und sie notfalls mit Gewalt zum Flugzeug zerren.

Aber wo sollte er hin? Kolumbien wäre am sichersten, was die Auslieferung betraf, aber Auslieferung war nur eines seiner Probleme. Schließlich hatte er seinen Auftrag nicht erfüllt. Ob nun durch das verdammte Tonband oder sein Geständnis, MacLaglen würde in jedem Fall preisgeben, daß der Plan, Präsident Winston zu ermorden, vom Drogenkartell ausgegangen war. Dann würde man die Versuche, *la compañia* zu zerstören, entweder durch einen Frontalangriff oder durch die Legalisierung des Produkts intensivieren.

Emilio Rojas würde ihn jedenfalls nicht mit offenen Armen willkommen heißen.

Wahrscheinlich mußte er eine neue Heimat suchen. Doch darüber wollte er später nachdenken. Er schlug die Nummer des Flugplatzes auf. Am besten würde er sofort anrufen und die Maschine auftanken und startbereit machen lassen.

15

»Wupps, die Nachrichten«, sagte Poppy. »Warte mal einen Moment.«

»Ich mag keine Nachrichten«, maulte Katie. Sie hatte die Fernbedienung in der Hand und zappte durch die TV-Kanäle, als Poppy in einem der Lokalsender das Wort »Schlagzeilen« erhaschte.

»Nur eine Minute, Schätzchen. Ich will nur rasch etwas hören.« Gespannt beugte sich Poppy nach vorne. Das Wichtigste schien Präsident Winstons überraschende Einlieferung in das Marinehospital in Bethesda zu sein – *›wegen eines Check-ups vor seiner für nächste Woche geplanten Europareise‹*.

»Schau mal, das ist Onkel Tom«, rief Katie.

»Schon gut, Kleines. Laß mich schnell mal hören.«

Da war diese superbrave Tussi – Heather Soundso –, die aussah, als hätte sie noch nie ein Bier getrunken und schon gar keinen Joint geraucht, und palaverte über die Legalisierung von Drogen.

»Sie wissen, was wir mit der Aufklärung über die Gefahren des Rauchens erreicht haben. Noch 1950 konsumierte der Durchschnittsamerikaner dreizehn Pfund Tabak im Jahr. Der Pro-Kopf-Konsum liegt im Moment bei sieben Pfund, Tendenz fallend. Und doch ist Tabak legal zu erwerben. Der genau gegenteilige Trend ist bei illegalen Narkotika festzustellen. Die Schlußfolgerung ist offensichtlich: Wir können die Probleme und die Aufklärung der Öffentlichkeit

bei legalen Suchtmitteln viel effizienter anpacken als bei illegalen. Nehmen wir doch die Anti-Raucher-Kampagnen als Modell: Es gibt keinen Grund, warum wir in diesem unseren Lande nicht auch den Konsum der legalisierten Drogen um den gleichen Prozentsatz verringern könnten.«

Prima, dachte Poppy, jetzt, wo ich das Zeug aufgegeben habe.

Die Nachrichtensprecherin fuhr fort mit Berichten über Protestmärsche gegen den Legalisierungsvorschlag von Präsident Winston und endete mit einem Filmbericht über Reverend Whitcomb, der himmlische Strafen auf den Kopf des Präsidenten herabbeschworen hatte.

Verdammt. Kein Wort über einen Doppelmord in Falls Church. Hatte sie sich geirrt, und niemand hatte die Polizei informiert? Das hieße, Paulie würde dort herumliegen, bis der Vermieter irgendwann käme, um die Miete einzutreiben oder sich um den Gestank kümmerte, über den sich vermutlich die Nachbarschaft bald beklagen würde.

Der Gedanke war Poppy unerträglich. Wenn sie morgen noch nichts darüber melden würden, würde sie die Polizei in Falls Church anrufen und ihnen einen »Tip« geben.

Oder der Mord an zwei Unbekannten war schlichtweg zu unbedeutend, verglichen mit den Nachrichten, die derzeit aus dem Weißen Haus kamen.

»Okay«, sagte Poppy. »Jetzt kannst du umschalten.«

Trotzdem änderte sich der Sender nicht. Poppy schaute sich nach Katie um und sah dicke Tränen auf deren Wangen. Sofort nahm sie das Kind in die Arme und drückte es fest an sich. »Was ist denn los, kleines Mädchen?«

»Ich will nach Hau-se«, schluchzte sie.

Poppy drückte sie noch mehr. »Ich weiß, Kleines.« Aber ich will dich nicht gehen lassen, dachte sie. Du bist alles, was ich noch habe, nachdem Paulie nicht mehr ist.

Dennoch war ihr klar, daß es keine andere Möglichkeit gab. Sie mußte nur noch einen Weg finden, Katie ihrer Familie zurückzugeben, ohne sich dabei selbst in eine Gefängniszelle zu manövrieren. Poppy küßte sie auf die Haare. Vielleicht konnte sie Katie ja noch behalten, bis –

Plötzlich kam ihr ein schrecklicher Gedanke. Die Cops waren ja nicht die einzigen, die nach Katie suchten. Sobald Macs Auftraggeber herausfanden, daß Mac tot und sein wertvolles Paket verschwunden war, würden sie sich ebenfalls auf die Suche nach Katie machen.

Und nach mir.

Sie hatte keine Wahl. Um Katies willen mußte sie versuchen, sie noch heute nacht ihrer Familie zurückzubringen.

Plötzlich war Poppy nach heulen zumute.

Es war ihr unbegreiflich, wie sehr ihr das kleine Mädchen ans Herz gewachsen war. Als hätte sie eine Leere ausgefüllt, derer Poppy sich niemals bewußt gewesen war. Poppy ahnte, daß sie in der Leere versinken würde, die Katie hinterließ.

Verdammt, dachte sie, hör endlich auf, an dich selbst zu denken. Katie gehört nicht dir, sie schwebt in ständiger Gefahr, solange sie bei dir bleibt! Wer immer auch nach uns sucht, er hält Ausschau nach einer Puppe mit Piercings im Gesicht und einem kleinen Mädchen im Schlepptau. Es wird für uns *beide* besser sein, uns zu trennen.

»Weißt du was?« rief sie aufmunternd. »Wir versuchen jetzt, deinen größten Wunsch zu erfüllen! Wir werden eine Möglichkeit suchen, dich zu deinem Daddy zurückzubringen.«

Ungläubig starrte Katie sie an.

»Wirklich? Bringst du mich nach Hause?«

»Ja, mein Schatz, das mache ich.« Katie warf die Arme um Poppy und drückte sie an sich. »Oh, danke, danke!«

Wieder liefen Tränen über Poppys Wangen. »Ich werde dich vermissen, kleine Maus«, sagte sie und zog die Nase hoch.

»Nicht weinen«, tröstete sie Katie. »Du kommst mich besuchen. Dann spielen wir ›Fang den Hut‹ und ich zeig dir all meine Puppen.«

»Mhm«, entgegnete Poppy traurig. »Das wird bestimmt schön.«

Ich werde dich nie wiedersehen, kleine Katie …

Poppy befreite sich aus der Umarmung und stand auf. Sie wischte sich die Augen und sagte: »Okay, zunächst müssen wir uns mit deinem Vater in Verbindung setzen. Weißt du zufällig eure Telefonnummer?«

Katie ratterte sie herunter.

»Du bist ja wirklich ein kluges Mädchen«, lobte Poppy.

»Ich mußte sie auswendig lernen, damit ich sie weiß, wenn ich mich mal verlaufe.«

Also gut. Was nun? Wie ging sie jetzt am klügsten vor, ohne erwischt zu werden? Was würde Paulie als nächstes tun?

16

John hob inmitten des ersten Klingeltons ab und riß dabei vor Ungeduld fast das Gerät aus der Wand. Auf keinen Fall sollte das Klingeln seine Mutter aufwecken.

»Mr. VanDuyne?« Es war eine männliche, ruhig und offiziell klingende Stimme.

»Ja? Wer spricht bitte?«

»Hier spricht Sergeant James Waltham vom Police Department Falls Church. Sir, haben Sie eine Tochter namens Katie?«

O nein. Lieber Gott, bitte nein!

John riß den Mund auf, brachte aber keinen Ton heraus. Mit seiner freien Hand griff er ins Leere, fand eine Stuhllehne und ließ sich auf den Stuhl fallen. »Ja«, stieß er schließlich hervor.

»Wir haben ein Fläschchen mit Tabletten gefunden, auf dem ihr Name steht.«

»Tabletten? Was ist mit Katie? Haben Sie Katie?«

»Nein, Sir. Nur ihre Tabletten. Wissen Sie, wo Ihre Tochter ist?«

»Sie war –« Nein. Nur nichts aussagen. »Sie macht einen Besuch. Wo haben Sie die Tabletten gefunden?«

»An einem Mordschauplatz.«

»Mord –? Großer Gott! Ist sie –?«

»Nein, Sir. Es sind keine Kinder betroffen. Aber wir fanden Kinderkleidung. Eine Schuluniform von Holy Family und –«

»O Gott!«

»Sir, wo ist Ihre Tochter?«

»Hören Sie. Ich bin sofort da. Sagen Sie, wo Sie sich befinden, und ich bin in fünfzehn Minuten da.«

Sergeant Waltham buchstabierte seinen Namen und gab John die

Adresse des Reviers. John legte auf und rief sofort Decker unter dessen Privatnummer an. Er wiederholte fast Wort für Wort, was er eben gehört hatte. »Was bedeutet das, Bob?«

»Ich möchte keine Vermutungen wagen. Aber das könnte der Durchbruch sein. Sie bleiben, wo Sie sind. Ich fahre hin und –«

»Niemals! Ich kenne ihre Kleider. Ich kann sie identifizieren!«

Konnte denn Decker nicht verstehen, daß er den Blazer und den Trägerrock mit eigenen Augen sehen mußte, berühren und in der Hand halten wollte?

»Nein, bleiben Sie. Sie könnten in der Zwischenzeit eine Nachricht bekommen.«

»Sie haben ja mein Paßwort – Sie überwachen doch meine E-Mail! Ich fahre nach Falls Church. Bis dann.« Dann hängte er auf.

John hastete zur Garderobe in der Diele und riß seine Jacke vom Bügel. Da trillerte sein Mobiltelefon. Er nahm es von der Kommode.

»Mr. VanDuyne?« Eine Frauenstimme diesmal – jung und heiser.

Woher hatte diese Unbekannte seine Handynummer?

»Ja. Wer spricht, bitte?«

»Hier ist jemand, der mit Ihnen sprechen möchte.«

Ein Klappern, ein Rascheln, dann eine Kinderstimme.

»Daddy?«

John erkannte die Stimme, aber einen Moment lang weigerte sich sein Gehirn, sie zu identifizieren. Das war nicht möglich, konnte nicht sein … ein grausamer Trick.

»Daddy, ich bin's, Katie.«

Und dann schwamm die Küche um ihn herum. »Katie! Lieber Gott, Katie, bist du's wirklich?« John registrierte, daß er vor Aufregung schrie.

»Mhm.«

»Wo bist du … wie geht's dir?«

»Gut.« *Gut* … immer sagt sie *gut* … Die Hunde schneiden ihr die Zehe ab, und sie sagt *gut.* »Ich komme nach Hause.«

John sackte gegen die Wand und versuchte sein Schluchzen zu unterdrücken. »Oh, Katie. Ich hab dich so vermißt! Wo bist du? Ich komme und hole dich auf der Stelle!«

»Das geht jetzt nicht.« Die Frau war wieder in der Leitung. »Sie können sie heute abend zurückbekommen.«

In Johns Kopf drehte sich alles. Was sollte das? Wo war der Trick?

»Aber wie … warum …?«

»Sagen wir mal so, der echte Kidnapper ist tot, und ich habe Katie, ich will sie Ihnen aber zurückgeben. Selbstverständlich will ich dabei nicht geschnappt werden, klar?«

… der echte Kidnapper ist tot …? Sie muß diesen Mord in Falls Church meinen, wo sie Katies Pillen gefunden haben. Was hatte das Kind alles mitansehen müssen?

»Wollen Sie Geld? Ich gebe Ihnen alles, was ich habe! Ich werde –«

»Ich will Ihr Geld nicht, Mann. Ich habe hier ein süßes kleines Mädchen, das es kaum erwarten kann, ihren Daddy wiederzusehen, und ich sehe zu, daß ihr Wunsch in Erfüllung geht. Kommen Sie zum Maryland House an der Interstate 95. Warten Sie gegen 21.00 Uhr oben bei den Telefonen. Und keine Bullen, okay? Dann können wir *beide* von dort glücklich abziehen. Also, bis dann.«

»Warten Sie!«

Erneutes Geklapper und dann wieder Katies Stimme. »Bye, Daddy!«

Ein Klicken, und sie war weg. Er stand da, preßte den Hörer ans Ohr, lauschte der elektronischen Stille und suchte nach einem Echo ihrer Stimme. Er wußte nicht, ob er weinen oder lachen sollte.

Als er sich schließlich umdrehte, sah er seine Mutter unter der Tür stehen. »Katie?« fragte sie und krallte ihre Finger in den Hals. »War das Katie?«

Er brachte nur ein Nicken zustande. Er schlang die Arme um sie und begann zu schluchzen.

»Ich habe dich schreien hören«, sagte sie. »Es hörte sich an, als ob du –«

»Sie lebt, Mom! Das war sie! Sie lebt, und es geht ihr gut, und heute abend bekomme ich sie zurück!«

17

Agent Samson erwischte ihn auf dem Parkplatz vor dem Weißen Haus. Bob Decker sperrte soeben seinen Wagen auf, als er ihn über den Platz laufen sah, wobei er mit einem Blatt Papier winkte.

»Was gibt's, Tom?«

»Die VanDuyne-Leitung«, keuchte er, als er den Wagen erreichte. »Ich dachte, das würde Sie interessieren.«

Bob überflog das Papier und konnte sich ein maliziöses Grinsen nicht verkneifen. Das Komplett schien sich in Nichts aufzulösen. Sah so aus, als wäre da ein schwarzes Schaf unter den Kidnappern gewesen, das jetzt seinen Kopf retten wollte.

»Woher kam der Anruf?«

»Der Ort, den sie für den Austausch vorschlug – das Maryland House?«

»Was ist das?«

»Eine Raststätte ungefähr in der Mitte der 95. Sie wissen schon, Touristinfo, Hamburger, Erfrischungen.« Er räusperte sich. »Hört sich nach Kidnapping an. Wie kommt es, daß wir uns darum kümmern?«

»Ein Freund von Winston«, antwortete Bob kurz.

Samson nickte. Mehr mußte Samson gar nicht wissen, mehr würde er nie erfahren. Er überwachte lediglich die angezapfte Leitung von VanDuyne und sollte alle Gespräche aufzeichnen. Ansonsten blieb er im dunkeln.

»Sie hat sein Handy angerufen«, fuhr Samson fort. »Vermutlich hielt sie das für abhörsicher. Offensichtlich ahnt niemand, wie unsicher diese Dinger sind.«

Bob nickte, hörte aber nur noch mit halbem Ohr zu. Es hatte jetzt gar keinen Sinn, jemanden zum Maryland House zu schicken. Bis jemand dort ankäme, würde die Frau längst verschwunden sein. Am Abend hatten sie bessere Chancen.

Er fragte sich, ob VanDuyne ihm von diesem Anruf erzählen würde. Er beschloß jedoch sofort, sich in jedem Fall darum zu kümmern. Die Frau hatte gesagt, keine Cops, und der Doc wollte seine Tochter zurück.

Okay, VanDuyne würde sein Kind bekommen und er die Frau. Hatte er erst mal die Frau und wußte, was in diesem Haus in Falls Church vor sich gegangen war, wo die Tabletten des Kindes gefunden worden waren, dann würde er den Fall lösen können, bevor das Wochenende vorbei war.

Bob stellte sich vor, wie es wäre, morgen abend in das Bethesda Naval Hospital zu schlendern und Winston mitzuteilen, daß sein Patenkind in Sicherheit und die Kidnapperbande entweder hinter Schloß und Riegel oder auf der Flucht sei.

Wunderbar. Einfach wunderbar.

18

Schließlich hörte es Poppy in den Sechs-Uhr-Nachrichten …

»… In Falls Church steht die Polizei vor einem rätselhaften Mordfall. Nachbarn hatten die Polizei informiert, als sie in der ruhigen Vorstadtstraße Schüsse gehört hatten. In dem Haus fand man einen Toten. Der bis dato unidentifizierte Mann starb jedoch an Stichwunden. In der Nähe, in Alexandria …«

Dadurch, daß sie es im Radio hörte, wurde es erst richtig wahr. Paulie war tot. Poppy begann zu weinen, doch da wurde sie stutzig.

Der bis dato unidentifizierte Mann? … Wieso nicht *Männer*? Sie hatte zwei Leichen in diesem Haus hinterlassen. Paulie war erstochen worden, und Mac hatte eine Kugel im Kopf. Warum redeten die nur von Paulie?

War etwa …?

Ein Stich der Angst, so scharf wie die Klinge, die Paulie getötet hatte, durchfuhr ihren Körper.

»O Gott!« rief sie und sprang auf die Füße.

»Kann ich jetzt umschalten?« fragte Katie.

»Klar«, sagte Poppy, ohne sie anzusehen.

Sie ging zum Fenster und lugte hinter dem Vorhang auf die Straße hinaus. Der Parkplatz glänzte im Nieselregen. Die Leuchtreklame des Holiday Inn spiegelte sich auf dem nassen Asphalt wider.

Noch vor einer Minute hatte sie sich so sicher gefühlt. Alles war perfekt geplant. Heute abend wollte sie sich mit Katie wieder auf die 95 begeben, aber nicht, wie angegeben, am Maryland House anhalten. Sie hatte sich die Nummern einiger Telefone aufgeschrieben, als sie heute nachmittag von dort aus Katies Dad angerufen hatte. Um genau 21.00 Uhr abends würde sie eines der Telefone anrufen und ihrem Vater sagen, daß er seine Tochter im Roy Rogers Restaurant an der nächsten Raststätte auf dem Freeway finden würde. Dort wollte sie Katie mit Hamburger und Pommes an einem Tisch zurücklassen.

Wenn Katies Dad wie Macs frühere Opfer reagierte, hatte er die Bullen sowieso nicht informiert. Und selbst wenn sie informiert waren, würden sie am Maryland House auf der Lauer liegen. Bis sie bei Katie ankamen, würde Poppy bereits über alle Berge sein.

Poppy würde zwar das Herz brechen, aber wenigstens wäre Katie sicher bei ihrer Familie, wo sie hingehörte.

Wenn Mac jedoch am Leben war, war sie nirgendwo in Sicherheit.

Poppy erinnerte sich an seine Augen, als er mit dem Messer in der Hand aus der Küche gestürzt war. *Sie hat mein Gesicht gesehen!* Nur zwei Menschen konnten Mac mit dem Kidnapping und dem Mord an Paulie in Verbindung bringen, und beide waren hier in diesem Zimmer.

Selbst die geringste Chance, daß Mac noch am Leben war, veränderte alles. Ein völlig neues Spiel, eine komplett unterschiedliche Welt, wenn Mac überlebt hatte.

Aber wie konnte das sein? Sie hatte ihn doch in den Kopf geschossen! Bevor sie weitere Schritte unternahm, mußte sie sich Klarheit verschaffen.

Sie wandte sich an Katie. »Ich laufe schnell in die Lobby runter und hole mir eine Cola. Möchtest du auch etwas?«

»Kann ich ein YooHoo haben?«

»Klar.«

»Mein Daddy erlaubt es mir nämlich nie.«

Ihr Daddy, ihr Daddy. Nie war die Rede von ihrer Mommy. Poppy rang sich ein Lächeln ab. »Na ja, ich bin ja nicht dein Daddy. Bis gleich.«

Es war riskant, vielleicht sogar dumm, aber sie konnte nicht warten. Sie rannte durch den Regen zu der Shell-Tankstelle am anderen Ende des Parkplatzes und suchte nach einem Münzfernsprecher. Von der Auskunft erfuhr sie die Nummer der Polizei in Falls Church und sprach kurz darauf mit dem für Mord zuständigen Detective. Er versuchte, ihren Namen herauszubringen, und Poppy vermutete, er wollte sie in der Leitung behalten, bis man ihren Standort feststellen konnte.

»Hören Sie«, sagte Poppy. »Ich sag das nur einmal: Ich weiß die Namen der Toten in der Sylmar Street. Der Typ mit der Stichwunde ist Paulie DiCastro. Der Erschossene –«

»Moment, Moment«, unterbrach sie der Bulle. »Niemand wurde erschossen. Wir haben nur ein Opfer.«

O nein. Gütiger Himmel! Er mußte einfach lügen!

»Nein! Sie wissen verdammt genau, daß zwei Tote da waren! Über den erschossenen Typen weiß ich nur, daß er Mac hieß und mit dem blauen Jeep, der vor dem Haus stand, gekommen war.«

»Welcher blaue Jeep? Können Sie mir das Kennzeichen sagen?«

Poppy hängte auf. Der Regen war plötzlich kälter und die Nacht schwärzer geworden. Zitternd sah sie sich um, wobei sie das Gefühl nicht loswurde, beobachtet zu werden.

Mac lebte! Aber wie –? Sie hatte ihn doch mit der Kugel im Kopf dort am Boden liegen sehen! Irgendwie mußte er überlebt haben.

Sie stürmte über den Parkplatz, flüchtete in ihr Zimmer und verschloß die Tür hinter sich.

Katie saß auf dem Bett, den Blick fest auf die Mattscheibe gerichtet. Wie konnte sie das Kind zu ihrem Vater schicken, wenn Mac am Leben war und dort draußen Jagd auf sie machte? Katies Vater konnte sie nicht beschützen. Mac hatte genügend Infos über Katie. Es würde nicht lange dauern, dann säße er mit einem Gewehr vor ihrem Haus und würde sie erschießen, sobald sie nur einen Fuß vor die Haustür setzte.

Poppy schauderte. Auf keinen Fall konnte sie Katie heute abend gehen lassen. Hoffentlich setzten sich die Cops von Falls Church nach ihrem Telefonat wenigstens auf Macs Spur. Aber bis sie ihn hatten, wäre Katie bei ihr am sichersten.

Katie sah sie an. »Hatten sie kein YooHoo?«

Verdammt! Sie hatte die Getränke total vergessen.

»Ich hab keins gesehen. Soll ich dir etwas anderes bringen?«

»Ist schon gut. Dann nehme ich meine Tablette mit Wasser.«

Tablette? O Gott! Hab ich die Tabletten?

Poppy rannte zu ihrem Nachttisch, wo sie ihre Handtasche abgestellt hatte und leerte sie auf das Bett. Sie fand Valium, den Führerschein, einige Scheine und Münzen – aber nicht Katies Medikament.

Sie hastete zum Schrank und riß Macs Jacke vom Bügel. Vielleicht hatte sie ja die Tabletten noch schnell in die Tasche gestopft, bevor sie wegrannten. Sie glaubte selbst nicht daran, aber sie mußte nachsehen. Sie leerte die Taschen – Paulies Geldbörse, Kleingeld und eine Kassette fielen heraus, aber kein bernsteinfarbenes Fläschchen mit Pillen für Katie. Poppy kauerte sich auf die Bettkante und rang die Hände. In all dem Horror, dem Durcheinander und der Panik dort im Haus hatte sie die Tabletten total vergessen.

Was ging denn noch alles schief?

Sie begann im Zimmer auf und ab zu laufen. Es war an der Zeit, eine Entscheidung zu treffen. Sie mußte Katies Medikament beschaffen. Den Namen auf der Flasche wußte sie noch: Tegretol 100 mg. Wenn sie es nicht beschaffen konnte, hatte sie keine andere Wahl, dann mußte Katie nach Hause. Eine mögliche Bedrohung durch Mac war nicht so schlimm wie die mit Sicherheit eintretenden Krämpfe, wenn Katie eine oder zwei Dosen ihrer Tabletten verpaßte.

Poppy mußte sie sich irgendwie beschaffen.

Aber wo? Und wie?

Sie zog das Telefonbuch heraus und blätterte hastig durch die Gelben Seiten.

19

Carlos lauschte der verzerrten Stimme, die aus dem Hörer bellte.

»Was ist das für eine Stümperei, Salinas? Soeben ist durchgedrungen, daß die Tabletten des kleinen Mädchens in einem Haus in Falls Church entdeckt wurden. Im selben Haus findet man die Leiche eines Mannes. Was zum Teufel ist passiert?«

Carlos starrte an die Decke. Bitte, lieber Gott, wenn du mir jemals einen Gefallen tun willst, tu es bitte jetzt!

»Ein Toter?« fragte Carlos. »Wurde er bereits identifiziert?«

»Ja, sie bekamen einen Tip, der durch die Fingerabdrücke bestätigt wurde. Ein kleiner Ganove namens Paulie DiCastro.«

Dank sei Gott, dachte Carlos. Ich werde der Kirche eine großzügige Spende zukommen lassen.

»Sonst niemand? Keine Frau? Kein Kind?«

»Keine Spur, aber sie suchen. Und sie suchen genau, denn dieser Mord steht jetzt in Verbindung mit unserer Sache. Sie machen besser klar Schiff, Salinas. Und zwar schnell.« Dann war die Leitung unterbrochen, und Salinas hängte auf. Er wandte sich an Allen, der Unterlagen aus einem Aktenschrank in einen Koffer stopfte.

»Ich glaube, wir können uns noch eine Weile entspannen, Allen.«

»Entspannen?« fragte Allen. Sein Gesicht war sogar für seine Verhältnisse außergewöhnlich blaß. »Wie sollte ich mich entspannen?«

»Na ja, du wolltest ja unbedingt Bescheid wissen über meine Geschäfte mit MacLaglen. Jetzt weißt du's.« Er lächelte zynisch. »Fühlst du dich jetzt wohler?«

Als Carlos angenommen hatte, er würde das Land auf schnellstem Wege verlassen müssen, hatte er Allen in den Plan, Winston abzuservieren, eingeweiht. Schließlich hatte Allen ein Recht darauf zu erfahren, warum sie zum Flugplatz flohen.

Allen erwiderte Carlos' Lächeln nicht. »Sie wollten wohl sagen, ich habe es ja nicht anders gewollt – sagen Sie's ruhig. Aber wenn wir jetzt nicht sehen, daß wir hier fortkommen –«

»Beruhige dich. MacLaglen ist nicht tot. Er lebt und ist frei.«

Allen starrte ihn an. »Sicher?«

»Mein Informant.«

Allen stolperte zum nächsten Stuhl und ließ sich darauf fallen. »Welch ein Glück! Aber warum ruft der Kerl nicht an?«

»Das weiß ich auch nicht. Irgend etwas muß passiert sein. Ein Streit vielleicht. Oder er versucht, ein neues Versteck für das Kind zu finden. Oder einen Platz, wo er es loswerden könnte. Versuch weiter, ihn zu erreichen. Früher oder später wird er sich schon melden.«

Carlos stimmte mit der Stimme am Telefon überein: Zeit, klar Schiff zu machen.

20

»Schauen Sie, ich hab da ein Problem mit meinem Neffen«, sagte Poppy zu dem Apotheker und sprach so leise, daß er sich vornüberbeugen mußte, um sie zu verstehen. »Er ist bei uns zu Besuch, und ich fand diese Tabletten in seinem Zimmer. Nicht, daß ich ihm nicht trauen würde, aber ich stell mir natürlich dauernd die Frage: ›Was sind das für Dinger?‹ Verstehen Sie?«

Der Apotheker nickte und starrte sie über den Rand seiner Lesebrille an. Der alte Macker schien den Blick nicht von ihrem Augenbrauenring abwenden zu können. Lebte der noch in der Steinzeit oder was? Hatte er noch nie ein Piercing gesehen?

Mehr als eine Stunde war sie mit den Gelben Seiten auf dem Schoß umhergefahren und hatte einen Drugstore nach dem anderen gecheckt. Schließlich hatte sie sich für »Doc's Pharmacy« entschieden – klein, aber mit einem großen Schaufenster. Der Laden lag etwas abseits in einem Gebäude, das aussah, als wäre es zu einer Zeit errichtet worden, als man noch mit Lehm baute.

»Ich identifiziere die Tablette gerne für Sie«, sagte der Apotheker, als wäre es für ihn die normalste Sache der Welt. Wahrscheinlich war er nicht der »Doc« persönlich, eher schon der Enkel des ursprünglichen Besitzers. Ziemlich griesgrämig. Es war allerdings schon kurz vor Ladenschluß, und der Raum sah aus, als wolle er nach Hause gehen. »Geben Sie mir eine Tablette, dann sehe ich nach.«

»Das ist es ja. Ich habe keine. Er hatte nur noch eine in der Flasche, und, na ja, ich kann ihm doch nicht seine letzte nehmen. Aber ich kann mich an den Namen auf der Flasche erinnern. Es hieß ›Tegretol 100 mg‹. Was für ein Zeug ist denn das? Hat es was mit Drogen zu tun?«

»Leidet Ihr Neffe unter einer Anfallskrankheit?«

»Sie meinen, ob er Krämpfe hat?«

»Ja, so, äh, könnte man es auch nennen. Tegretol wird gegen Krämpfe eingesetzt.«

»Das hab ich nicht gewußt! Meine Schwester hat mir davon nie was erzählt, und jetzt ist sie verreist, und ich kann sie nicht erreichen. Können Sie mir mal eine zeigen?«

»Sicher. Warten Sie einen Moment.«

Poppy beobachtete ihn, als er zu den hinteren Regalen ging und mit einer weißen Plastikflasche zurückkehrte. Er schüttelte ein paar Tabletten auf ein kleines Tablett und gab ihr eine davon.

»Ist es die?«

Poppy hielt die kostbare kleine Pille gegen das Licht, aber ihre Augen fixierten die kleine Flasche, die zum Greifen nahe vor ihr auf der Ladentheke stand. So nahe! So verlockend! Sie müßte nur die Hand danach ausstrecken und davonrennen.

Aber sie könnte erwischt werden.

Es waren einfach zu viele Leute in der Nähe, und der Verkehr auf der Straße war ziemlich dicht. Sie konnte es nicht riskieren.

»Ja«, sagte sie. »Das sind sie. Könnten Sie mir ein paar davon verkaufen?«

»Nicht ohne Rezept.«

»Aber er hat doch nur noch eine.« Poppy schob einen Zwanzig-Dollar-Schein auf die Theke. »Nur ein paar, damit er über die Runden kommt, bis ich meine Schwester erreiche?«

Der Apotheker schüttelte den Kopf. »Ich würde Ihnen gerne helfen, aber es verstieße gegen das Gesetz.«

Sie handelten noch eine Weile, aber der alte Knacker gab nicht nach. Er machte ihr allerlei Vorschläge, die alle brauchbar gewesen wären, hätte ihre Geschichte der Wahrheit entsprochen, so aber halfen sie ihr keinen Schritt weiter.

Gerade als ihre Verzweiflung groß genug geworden war, um einfach nach der Flasche zu greifen, schraubte er den Deckel zu und nahm sie in die Hand.

»Sie können die eine behalten«, sagte er. »Dann haben Sie etwas mehr Zeit.«

»Oh, danke«, rief Poppy. »Was schulde ich Ihnen?«

»Vergessen Sie's. Die kann ich ohnehin nicht mehr verkaufen, da sie bereits berührt wurde.«

Poppy stellte sich auf die Zehenspitzen und merkte sich genau, an welche Stelle im Regal er die Flasche zurückstellte. Dann starrte sie die einzelne Tablette in ihrer Hand an. Wenigstens für diese Nacht hatte Katie ihre Medizin. Nett von dem alten Brummbär, ihr die Tablette zu schenken. Fast bedauerte sie ihren Plan.

21

John verließ die Interstate 95 und fuhr auf den Parkplatz vor dem Maryland House. Er parkte unter einer Laterne und betrachtete das riesige Backsteingebäude im Kolonialstil, das auf einer kleinen Anhöhe thronte. Regentropfen glitzerten im Licht.

Er sah auf seine Uhr. 20.35 Uhr. Er war früh dran, aber für das, was ihn hier erwartete, konnte es nie zu früh sein.

John zitterte. Nicht wegen der kühlen Witterung – im Auto war es ja warm und trocken. Nein, die Kälte kam von innen.

Irgend etwas mußte fürchterlich danebengegangen sein in diesem Haus in Falls Church, wo sie Katie gefangengehalten hatten ... so daneben, daß ein Mann erstochen worden war.

Wenn nun noch mal etwas schiefging und Katie verletzt würde?

John hatte ihre Kleider auf dem Revier identifiziert. Hätte er nicht eine Stunde vorher ihre Stimme am Telefon gehört, er wäre vor Angst, jemand könnte sie sexuell mißbraucht haben, halb tot gewesen. Sie hatte so normal, ja fast fröhlich geklungen. Darüber war er natürlich mehr als froh, aber er konnte es einfach nicht verstehen. Sie war gekidnappt worden, man hatte ihre Zehe abgeschnitten – sie hätte sich verloren, geschockt, verstört anhören müssen, statt dessen klang sie keck und frech wie eh und je. »Gut« ginge es ihr, hatte sie selbst gesagt. Als wäre sie mit ihrer Lieblingstante auf einer Reise, nicht bei ihren Kidnappern.

Wer war nur diese Frau, die angerufen hatte?

In ihrer Stimme hatte etwas wie ... ja, wie echte Sorge um Katie gelegen. Er betete, daß er recht hatte.

Und er betete, daß er das Richtige getan hatte, als er Decker über Katies Anruf nicht informiert hatte.

»Das wird er noch früh genug erfahren«, sagte er laut, als er aus dem Wagen stieg und sich auf die Suche nach den Telefonen machte.

22

»Da kommt er«, murmelte Gerry Canney.

Bob Decker hatte auf dem südlichen Teil des Parkplatzes geparkt. Mit zugekniffenen Augen blinzelte er durch die regennasse Windschutzscheibe und beobachtete VanDuyne, der auf das Gebäude zueilte. Die hohen Quecksilberdampflampen und das fluoreszierende Licht der Exxon-Tankstelle hinter ihm spendeten genügend Licht.

Er gähnte. Er hatte einen langen, anstrengenden Tag hinter sich, dennoch war er nicht müde, sondern, im Gegenteil, völlig überdreht. Sorge und ein Gefühl der Erregung brannten in ihm.

»Alle auf ihrem Platz?«

Canney setzte zu einer Antwort an, gab aber dann ein Handzeichen, als sein Walkie-talkie piepste. Er zog sein Empfangsgerät heraus.

»Gute Arbeit, Trevor«, murmelte er. »Behalte sie im Auge.«

Bob richtete sich auf. »Haben wir sie?«

»Es ist VanDuynes Frau. Sie ist ihm gefolgt, seit er zu Hause abfuhr. Als ich das hörte, habe ich Trevor Hendricks auf sie angesetzt. Er war früher Stunt-Fahrer. Ein paar Kilometer von hier hat er sie hinter einige langsamere Wagen gedrängt, bis VanDuyne außer Sicht war. Sie rast immer noch auf der 95 dahin und versucht ihn einzuholen.«

Bob grinste. »Hervorragend. So mag ich es.«

VanDuyne hatte ihm von seiner Frau und ihren peinlichen Fragen über Katies Aufenthaltsort berichtet. VanDuynes Anwalt hatte ihm dann ausgewählte Passagen aus dem Gerichtsurteil über Marnie VanDuyne gefaxt … ziemlich verrückt, die Dame.

Bob hatte Canney den Auftrag gegeben, sie beschatten zu lassen. War keine schlechte Idee gewesen.

Er blickte hinauf zu den erleuchteten Fenstern des Maryland House, das mit seinen hohen Ziegelkaminen und vielfach untergliederten Fenstern wie ein alter Herrensitz aussah, der bessere Zeiten erlebt hatte und nun Touristenführungen über sich ergehen lassen mußte, um die Kosten zu decken. Bis man dann die schrillen Neonschriftzüge von Big Boy, Roy Rogers, Sbarro und TCBY entdeckte.

Es war ein belebter Ort, Reisende jeden Alters und jeder Hautfarbe strömten aus und ein, und aus zahlreichen Touristenbussen quollen sogar noch zu dieser Stunde Horden von Menschen.

»Das Gebäude hat ein ganz erstaunliches Innenleben«, bemerkte Canney. »Telefone, eine Bank, Kopier- und Faxservice im zweiten Stock. Sieht eher nach einem Büro als nach einer Raststätte aus.«

»Was hast du deinen Leuten gesagt?«

Canney zuckte mit den Achseln. »Nur so viel, wie sie unbedingt wissen müssen. Sie haben alle Fotos von Katie und VanDuyne. Sie wissen, daß es hier um Entführung geht und dies möglicherweise – hoffentlich – der Übergabeort des Opfers sein wird.«

»Stimmt. *Hoffentlich.*«

Canney sah ihn an. »Denkst du, was ich denke?«

Bob nickte. »Daß es eine Falle ist? Ja. Wäre nur logisch, vor allem nach der Leiche in Falls Church. DiCastro steckte jedenfalls mit drin. Ich meine, die Fingerabdrücke des Kindes waren überall, im Schlafzimmer, im Bad, im Wohnzimmer. Sie *war* dort. Was ich aber nicht verstehe – wir waren doch so sicher, daß es sich um eine Operation des Kartells handelte, aber dieser DiCastro hat keinerlei Drogen-Connection.«

»Zumindest nicht nach unserem Wissen«, fügte Canney hinzu.

»Stimmt. Trotzdem hab ich einen anderen Typ erwartet. Vielleicht ist das Kartell auch gar nicht darin verwickelt. Aber nachdem der Präsident heute nach Bethesda ging, müssen die Drahtzieher annehmen, daß VanDuyne ihre Drecksarbeit geleistet hat. Das macht VanDuyne und das Kind entbehrlich.«

»Mehr als entbehrlich. Sie sind Risikofaktoren, wie DiCastro anscheinend auch, und schau, was sie mit ihm gemacht haben.«

»Ja«, sagte Bob und wünschte sich, VanDuyne würde ihn nicht kennen. Liebend gerne hätte er jetzt selbst einen Beobachtungsposten im Maryland House eingenommen. »Darüber mache ich mir auch Sorgen.«

23

Poppy fuhr dreimal an Doc's Pharmacy vorbei, ehe sie sicher war, daß die Straßen leer waren. Sie kannte nicht einmal den Namen der Stadt, aber hier schien nachts um elf jedermann zu schlafen.

Sie parkte den Lieferwagen um die Ecke und steckte das »Werkzeug« ein, das sie vorab in einem Heimwerkermarkt erstanden hatte: eine Taschenlampe, zwei Ziegelsteine und einen Baseballschläger. Den Sack mit den Farbsprühdosen ließ sie im Auto liegen. Sie schlüpfte in Macs Baseballjacke, stopfte einen Ziegel in die eine Tasche, die Taschenlampe in die andere. Sie stülpte sich das Fußteil einer abgeschnittenen Strumpfhose über den Kopf, zog sich gestreifte Arbeitshandschuhe an, nahm den zweiten Ziegel in die eine, den Schläger in die andere Hand.

Fertig.

Doch sie war zu keiner Bewegung fähig. Ihr Herz klopfte so heftig, daß ihr ganzer Körper zu vibrieren schien. Wenn sie nur klüger gewesen wäre, vielleicht hätte sie ja eine bessere Möglichkeit gefunden, dies zu erledigen. Aber was machte das schon? Sie mußte eben mit dem zurechtkommen, was sie hatte.

Nur nicht kneifen, dachte sie. Du mußt jetzt da rein, und dann so schnell wie möglich zurück zu Katie.

Arme Katie. Poppy hatte ihr doch noch ein YooHoo besorgt und hatte ein Valium darin aufgelöst. Die Kleine schlief jetzt tief und fest im Motel. Poppy haßte es, sie alleine zu lassen, aber sie war eingesperrt und sicher ... wenn man überhaupt irgendwo sicher sein konnte, solange Mac hinter einem her war.

Katie würde am Morgen etwas dusselig aufwachen, und Poppy müßte ihr dann vorlügen, sie hätte den Zeitpunkt verschlafen, an dem sie ihren Vater hätte treffen sollen. Aber sie würden bald einen neuen Termin ausmachen.

Stimmt. Bald. Poppy konnte allerdings nicht sagen, wie bald. Wenigstens würde sie das Tegretol haben.

Das hoffte sie wenigstens.

Also los jetzt, ermahnte sie sich.

Sie ließ den Motor laufen, sprang aus dem Auto und rannte zum Eingang von Doc's Pharmacy. Schnelligkeit war jetzt alles. Sie schleuderte mit aller Kraft den ersten Ziegel gegen die untere Hälfte des Schaufensters. Die Scheibe zersplitterte, ein gähnendes Loch tat sich auf und löste einen ohrenbetäubenden Alarm aus. Am liebsten wäre sie weggerannt. Statt dessen zog sie den zweiten Ziegel heraus. Das Loch war eigentlich schon groß genug, um hindurchschlüpfen zu können, aber bei ihrem Glück würde der Rest der Scheibe herunterfallen und ihr den Kopf abschneiden. Also zielte sie mit dem zweiten Ziegel höher, worauf der größte Teil der übrigen Scheibe klirrend aus dem Rahmen fiel. Mit dem Baseballschläger entfernte sie die restlichen schwertartigen Glasspitzen und sprang hinein.

Im Schein der Taschenlampe stürzte sie Richtung Theke, schwang sich darüber und fand das Tegretol genau dort, wo der Apotheker es abgestellt hatte. Um Verwirrung zu stiften, fegte sie alles, was sie erreichen konnte, von den Regalen und hetzte dann zurück zum Fenster, sprang hinaus und flitzte zum Lieferwagen. Mit ausgeschalteten Scheinwerfern fuhr sie davon.

Sie bekam kaum mehr Luft, schwitzte und bebte vor Angst und Aufregung, während sie ringsum nach der Polizei Ausschau hielt.

Nichts.

Schien alles gutgegangen zu sein. Nur noch ein paar Minuten, dann wäre sie in sicherer Entfernung - da tauchte weit vorne, am Ende der Straße, ein rot-blaues Blinkfeuer auf.

Sie nahm die nächste Seitenstraße und blieb hinter der Kurve stehen. Bibbernd vor Angst murmelte sie vor sich hin: Er hat mich nicht gesehen … er hat mich nicht gesehen …

Sekunden später rauschte der Streifenwagen vorbei. Sie wartete, bis er kreischend um die Ecke zu Doc's Pharmacy gebogen war, und setzte sich dann, immer noch ohne Licht, in Bewegung. Sie fuhr langsam, um keine Aufmerksamkeit zu erregen. Planlos kreiste sie eine Weile durch die Stadt. Bald war sie einen Kilometer, dann zwei Kilometer vom Tatort entfernt. Sie schaltete die Lichter ein.

Wie lange hatte ihr erster Einbruch gedauert – vom ersten Ziegel bis zur Abfahrt? Neunzig Sekunden?

Paulie hätte sicher schneller und eleganter gearbeitet, aber wichtig war jetzt nur eines: Daß neben ihr auf dem Beifahrersitz eine volle Vorratsflasche Tegretol lag.

»War nicht schön«, sagte sie laut zu sich selbst. »Aber es hat funktioniert!« Übermütig trommelte sie auf dem Lenkrad herum und lachte. »Es hat funktioniert!«

Wir sind wieder im Geschäft, Katie, dachte sie, als sie nun beschleunigte und die Richtung zum Motel einschlug. Jetzt können wir zusammenbleiben, solange wir wollen.

24

»Da kommt er«, murmelte Canney.

Bob sah auf die Uhr. Es war 1.28 Uhr. Er streckte sich in seinem Sitz, um die steifen Glieder zu lockern, und beobachtete VanDuyne, der mit schleppendem Gang aus dem Maryland House kam. Es war nicht mehr derselbe Mann, der vor fünf Stunden an ihnen vorbeigelaufen war.

»Armer Kerl«, sagte Bob.

»Ja. Ich sag dir, ich bin froh, daß ich nicht dort oben war. Ich hätte nicht beobachten wollen, wie er fünf Stunden lang auf einen Anruf wartet, der nicht kommt. Da bricht einem doch das Herz.«

Bob sah ihm ins Gesicht. »Identifizierst du dich mit ihm, Gerry?«

»Natürlich. Wenn ich in seiner Lage wäre und darauf warten müßte, etwas von Martha zu hören …« Er schüttelte sich. »Weißt du, was das Schlimmste ist? Wir könnten der Grund sein, daß die Übergabe ins Wasser fiel.«

Bob nickte. Daran hatte er bereits gedacht. »Glaubst du, die haben unsere Agenten entdeckt?«

»Immerhin möglich. Wer immer das Kind übergeben sollte, hat vielleicht etwas bemerkt und Angst bekommen.«

»Oder aber der Killer hat Angst bekommen.«

Canney ließ sich Zeit mit der Antwort. Beide beobachteten Van Duynes Wagen, der sich langsam Richtung Interstate 95 nach Süden in Bewegung setzte.

»Kein schlechter Gedanke«, bemerkte Canney schließlich. »Ich habe mir das auch schon gesagt. Immer und immer wieder. Bald glaube ich es vielleicht sogar.«

Bob wußte, was er meinte. Während der letzten Stunden hatte er sich mit dem Gedanken getröstet, daß sie heute abend möglicherweise Van-Duynes Leben gerettet hatten.

Aber warum fühlte er sich dann so beschissen?

Sonntag

1

»Weitere Zusatzkosten im Krieg gegen die Drogen hat zudem die beschleunigte Ausbreitung von Aids verursacht. Da wir HIV-infizierten Drogenabhängigen den Erwerb ungebrauchter Nadeln nicht erlauben, benutzen sie ihre Nadeln immer wieder. Deswegen sind vierundvierzig Prozent der während des letzten Jahres neu erfaßten Aids-Fälle in Verbindung mit Drogen zu sehen. ›Geschieht ihnen recht‹, mag jetzt so mancher sagen, aber diese Leute infizieren ihre Sexualpartner, die wiederum geben den Virus weiter an die heterosexuelle Allgemeinheit und an die Kinder, die aus diesen Kontakten hervorgehen. Aids-Babys sind die zivilen Opfer des Drogenkriegs.«

Wenn uns jemand sähe, dachte John. Wir sehen aus wie ein Gemälde von Hopper.

Er stellte sich vor, ein Fremder stünde an der Küchentür und betrachtete die Szene. Nana saß, halb abgewandt, an einem Ende des rechteckigen Tisches, den Blick starr auf den Fernseher gerichtet. *Meet the Press* wurde gezeigt, aber John bezweifelte, daß sie Tim Russert sah oder Heather Brents Worte aufnahm. John saß am anderen Tischende und starrte in den Garten hinaus, während die Morgensonne durchs Fenster schien und ihn einhüllte, ohne ihn zu wärmen. Zwei Menschen im selben Zimmer, durch Blutsbande verbunden, jedoch durch nichts weiter. Helles Licht und Entfremdung. Edward Hopper hätte sich geradezu auf die Szene gestürzt.

Das war jedoch nur die Oberfläche. In Wahrheit hatten er und seine

Mutter die Nacht gemeinsam durchlitten, den Schmerz geteilt, so daß nun reine emotionale und physische Erschöpfung den zeitweisen Rückzug in sich selbst verlangten.

Weshalb hatte man ihn denn gestern ins Maryland House bestellt? Ein grausamer Scherz? Anfangs schien der Alptraum rein politischer Natur zu sein – Tom seines Amtes zu entheben –, doch mittlerweile hatte er eine persönliche Note angenommen. Was hatten sie erreicht, außer ihn auf die Folter zu spannen?

Und es war Folter gewesen, dort in der Raststätte herumzuhängen, eine unablässige Qual, jeden, der eine Toilette aufsuchte oder ein Eis kaufte, argwöhnisch zu betrachten und jeden zu hassen, der ein Telefon benutzte, das eventuell die Kidnapper anzurufen versuchten.

Mit jeder Stunde war seine Hoffnung mehr geschwunden; zunächst war sie wachsender Unsicherheit gewichen, dann vernichtender Überzeugung, daß Katie nicht zu ihm zurückkommen würde.

Dabei war er so sicher gewesen! Die Anruferin schien aufrichtig um Katie besorgt zu sein. Hatte sie ihren Entschluß bereut? Oder, schlimmer – eine Person, die mit der Sache zu tun hatte, war bereits tot –, war etwas schiefgegangen?

Aber selbst, wenn das nicht der Fall war und Katie mit dieser Frau in einem anderen Haus, in einer anderen Stadt war, Katie hatte kein Tegretol. In der Flasche, die man in Falls Church gefunden hatte, fehlten nur einige Tabletten.

John seufzte. Auch das hatte er Nana verschwiegen, aber der Gedanke tat sich wie ein gähnender Abgrund vor ihm auf: Genau jetzt, während sie hier in ihren Kokons vor sich hinbrüteten, könnte Katie einen Anfall erleiden.

Das Telefon klingelte, und John sprang auf. Gute Nachrichten? Schlechte Nachrichten? Das Telefon war zu einer geladenen Waffe geworden; es abzuheben und ans Ohr zu legen, war wie russisches Roulette.

»Gute Nachrichten, Doc. Glaube ich.«

Die Stimme von Bob Decker. Deckers Umgangsformen am Telefon waren etwas mangelhaft, aber gerade jetzt schätzte John seine schnörkellose Art.

»Sie *glauben*?«

»Ja. Es geht um die Zehe.«

Decker schien sich seiner Sache nicht ganz sicher zu sein, und das verhieß nichts Gutes. John sah seine Mutter, die sich aufgerichtet hatte und zuhörte. Er tat ihren fragenden Blick mit einer Handbewegung ab und legte die Hand über die Sprechmuschel.

»Nur der aktuelle Stand«, beeilte er sich zu sagen. »Nichts Neues.«

Sie wußte immer noch nichts von der Zehe, und das sollte auch so bleiben.

So lässig er konnte, ging er mit der Telefonleitung um die Ecke in die Diele. Dort lehnte er sich gegen die Wand und versuchte sich zu wappnen.

»Was ist damit?«

»Es war nicht die Zehe Ihrer Tochter.«

»Was?« John wußte nicht, ob er lachen oder weinen sollte. »Aber ...? Ich ...?«

»Ja, verflucht komische Sache Ich habe bereits zweimal mit dem Labor des FBI telefoniert. Sie behaupten, die Zehe, die Sie uns gaben, sei voller Balsamierungsflüssigkeit gewesen.«

»Balsamierungsflüssigkeit?« John versuchte, seine Stimme zu dämpfen. »Aber es war doch frisches Blut drauf! Ich hab's doch gesehen!«

»Das stimmt. Das Blut entsprach der Blutgruppe Ihrer Tochter, aber –«

»Stop! Woher wissen Sie ihre Blutgruppe?«

»Der Krankenhausbericht, als sie die Kopfverletzung hatte.«

»Ah ja.« Natürlich hatten sie gründlich recherchiert und versucht, alles über Katie herauszufinden.

»Jedenfalls ist das Labor hundertprozentig sicher, daß das Blut auf der Zehe nicht von der Zehe selbst stammt. Die Zehe war bereits seit Tagen tot.«

John atmete tief durch. Gott sei Dank hatte er gestern mit Katie gesprochen, sonst wäre er jetzt restlos überzeugt gewesen, daß sie nicht mehr am Leben war.

»Das macht doch keinen Sinn!«

»Das meine ich auch. Aber das ist noch nicht alles. Die Zehe gehörte einem kleinen Jungen.«

»Einem Jungen? Wie zum Teufel haben sie denn das herausgefunden?«

»Durch die DNS. Sie fanden ein Y-Chromosom.«

John versuchte, seine kreisenden Gedanken zu ordnen, einen Zusammenhang aus dem Wirbel zu sondieren. Ein Y-Chromosom ... bei Frauen kam es nicht vor, also konnte die Zehe nicht von Katie sein.

»Kein Irrtum möglich?« fragte John.

»Das hat man mir gesagt. Die Jungs vom Labor behaupten, es mehrmals überprüft zu haben: Doppel-X im Blut, aber die Zellen der Zehe selbst tragen YX-Chromosomen.«

John biß sich auf die Lippen. Am liebsten hätte er gegen die Wand geschlagen und vor Freude gejubelt. Aber Verwirrung trübte seine Erleichterung.

Warum schickten sie die Zehe eines toten Jungen? Offensichtlich waren die Kidnapper ja brutale Killer ... die blutüberströmte Leiche in Falls Church war Beweis genug ... und doch hatten sie riskiert, eine fremde Zehe zu schicken, statt Katies Zehe abzuschneiden.

»Können Sie sich das erklären, Doc?«

»Nein. Ich habe keine Ahnung ...«

»Ich auch nicht. Sind Sie *sicher,* daß Sie uns nicht weiterhelfen können?«

»Wie meinen Sie das?« John erstarrte. Vermutete Decker etwa, daß sich die Entführer mit ihm in Verbindung gesetzt hatten? Waren sie ihm letzte Nacht gefolgt? Fast war er versucht, Decker von seinem Telefonat mit Katie zu berichten, aber die Frau hatte Angst, erwischt zu werden. Angenommen, jemand von Deckers Leuten war ihm letzte Nacht gefolgt und hatte sie verschreckt?

Verdammt, wenn das stimmte! Womöglich gab es keine zweite Chance mehr.

»Nein. Ich habe Ihnen alles gesagt, was ich weiß. Und ich habe kein Wort mehr von Snake gehört.« Letzteres entsprach zumindest der Wahrheit.

Es dauerte einen Augenblick, bis Decker antwortete. »Gut. Aber lassen Sie uns wissen, wenn Sie etwas hören. Auch das winzigste Detail könnte wichtig sein.«

»Natürlich. Aber was geschieht nun?«

»In einer Stunde trifft sich unser kleines Sonderkommando. Ich halte *Sie* auf dem laufenden.«

John legte auf und fragte sich: War es nur eine Einbildung, oder hatte Decker das Sie eben besonders betont?

Was kümmerte ihn das? Er sorgte sich um Katie. Wo war sie? Was machten sie mit ihr?

2

»Aber ich will nach Hause. Ich will zu meinem Daddy!«

Poppy bemerkte, wie Katie die Unterlippe nach vorne schob. Gleich würde sie zu weinen anfangen. Poppy konnte es kaum ertragen, daß sie die Tränen verursacht hatte.

»Das wirst du auch, Schätzchen«, sagte sie und umarmte die Kleine. »Es war so, wie ich dir gesagt habe. Du bist gestern abend eingeschlafen, und ich wollte dich nicht aufwecken. Weißt du was? Wir rufen deinen Daddy heute wieder an, und du sprichst mit ihm, okay?«

Katie nickte. »Okay.«

»Prima. Wie geht es dir?«

»Gut.«

Das arme kleine Ding hatte heute morgen einen Valiumkater. Gut, daß sie letzte Nacht wie ein Murmeltier geschlafen hatte, denn als Poppy sich neben sie legte, hatte sie an Paulie denken müssen und dabei literweise Tränen vergossen. Paulie war das Beste gewesen, was ihr im Leben passiert war. Und jetzt war er tot. Und es war ihre Schuld, denn sie hatte ihn veranlaßt, sich gegen Macs Regeln aufzulehnen. Hätte sie nur ihren verdammten Mund gehalten!

Aber was wäre dann mit Katie geschehen? Warum war das Leben nur so schwer?

Tja, alles wäre einfacher gewesen, wenn sie sich nicht mit Mac eingelassen hätten.

Die ganze Nacht hatte sie sich an Katie geschmiegt. Poppy wußte nicht, wie sie ohne das Mädchen die Nacht überstanden hätte.

Der Morgen war grau und bewölkt gewesen, aber nach einem Stapel heißer Waffeln in Denny's Restaurant auf der gegenüberliegenden Seite des Highways fühlten beide sich etwas erholter. Und jetzt, zurück im Motelzimmer, hätte Poppy Katie gerne mit Cartoons abgelenkt, aber die Glotze zeigte ausschließlich Quatschköpfe, die entweder über Drogen palaverten oder Spekulationen über den Krankenhausaufenthalt des Präsidenten anstellten. Als ob das jemanden interessiert hätte!

»Warum sind deine Hände ganz rot?« fragte Katie.

Poppy warf einen Blick auf ihre Hände. Schwarze Fingernägel und blutrote Finger. Abartig.

Sie stand auf und trat ans Fenster. »Komm her, dann zeig ich dir etwas.« Sie zog den Vorhang beiseite. »Schau dir mal unseren Lieferwagen an.«

Katie preßte die Nasenspitze an die Scheibe. »Er ist ja ganz rot!«

»Mhm, hab ich letzte Nacht selbst gemacht.«

Sie hatte den Wagen auf der Rückseite des Motels in der Nähe eines Lagerschuppens geparkt und dort, vor Blicken vom Parkplatz weitgehend geschützt, eine Sprühdose nach der anderen mit roter Farbe geleert. Noch immer schmerzten ihre Finger vom Pressen der Düsen. Der Wagen war zwar bestimmt nicht schöner geworden, aber sollte jemand nach einem weißen Lieferwagen Ausschau halten, würde er ihn eventuell übersehen. Hoffentlich.

Poppy zog den Vorhang wieder vor und dachte nach. Hier konnten sie nicht bleiben ... Sie hatte, in der Annahme, Mac wäre tot, das Zimmer mit einer seiner Kreditkarten bezahlt. Aber Mac war nicht tot. Konnte er sie wohl über die Karte ausfindig machen?

Poppy kam zu dem Schluß, daß sie so schnell wie möglich verschwinden mußten.

Doch zunächst wollte sie noch einige Veränderungen vornehmen.

»Hör mal, Katie«, sagte Poppy. »Wie wär's mit einem Spiel?« Sie tat, als denke sie angestrengt nach ... »Oh, was hältst du von ›Verkleiden‹?«

Katies Schmollmund war sofort verschwunden. »Ja! Als was denn?«

»Warum verkleiden wir uns nicht mal als Jungs? Das wäre doch lustig.«

»Als Jungen?« Katie schien nicht besonders begeistert von der Idee. »Wie sollen wir denn das machen?«

»Ganz einfach. Wir ziehen uns andere Kleider an und stellen uns dumm. Du weißt schon …« Poppy zog eine Grimasse. »Bäh!«

Katie kicherte. »Bäh! Das ist ja einfach!«

»Aber wir müssen auch aussehen wie Jungs.«

Wieder kicherte Katie. »Du meinst, wir ziehen uns wie Jungs an?«

»Stimmt! Und wir schneiden uns die Haare.«

Das Grinsen auf Katies Gesicht erlosch, und sie griff sich ins Haar. »Mein Haar abschneiden? Oh, also, ich weiß nicht …«

»Ja, wir schneiden es, verändern die Farbe und frisieren es anders. Das wird ein Riesenspaß!«

Katie schien davon nicht überzeugt zu sein.

Sie muß einfach, dachte Poppy. Ich habe die Wagenfarbe verändert, und ich werde die Nummernschilder und das Motel wechseln, aber wenn wir beide heil aus dieser Sache rauskommen wollen, müssen wir auch unser Aussehen verändern. Auf dem Rückweg von Denny's Restaurant hatte sie in einem Supermarkt die nötigen Utensilien gekauft. Nun mußte sie nur noch Katie überreden.

»Schau«, sagte sie und griff zur Schere. »Ich bin die erste.«

Sie packte ein Büschel ihres Haares und begann zu schneiden.

3

In dem kleinen, beengten Büro von W-16 saß Dan Keane mit wachsendem Entsetzen steif auf seinem Stuhl, während Gerry Canney das Sonderkommando über die letzten Informationen aus dem Labor des FBI unterrichtete.

»Und hier das Neueste: Auf dem Teppich des Hauses in Falls Church wurden zwei verschiedene Blutgruppen gefunden. Beide frisch. Eine gehörte dem Toten, DiCastro. Die andere konnten sie noch nicht identifizieren, aber mit Sicherheit ist es nicht die von Katie Van Duyne.«

Jetzt kommt alles ans Licht, dachte Dan. Am liebsten wäre er aus dem Zimmer gestürzt.

Decker fuhr fort: »Okay. Nun, Jim hat berichtet, daß die CIA in

Großbritannien den Kerl ausfindig machen konnte, der den Anonymous-Remailer betreibt, den Snake benutzte.«

Jim Lewis räusperte sich. »Sein Name ist Steve Fletcher, er verweigert uns jedoch den Zugang zu seinem Computer. Das einfachste wäre, uns an seine Fersen zu heften und den Computer zu stehlen. Auf seiner Festplatte fänden wir Snakes E-Mail-Adresse. Snake muß eine Online-Benutzerkennung oder einen privaten Anbieter haben, um ins Internet zu gelangen. Auf diese Weise kämen wir an ihn ran. Wenn wir aber den Computer klauen, schneiden wir ihm seine Kommunikationsmöglichkeit ab. Wir haben die Jungs von British Intelligence gebeten, Fletcher unter Druck zu setzen, damit er die Information herausrückt. Wenn allerdings der Amtsschimmel zu schwerfällig sein sollte, muß ich andere Mittel anwenden.«

»Zum Beispiel?« fragte Decker.

»Darüber spreche ich, wenn es soweit ist.«

Dan suchte nach Halt. Wenn sie durch Snake auf die Spur von Salinas kommen, sind wir fertig. Sollten sie den Zusammenhang zwischen Winstons Krankheit und den Drogenkartellen aufdecken, geriete das Legalisierungsprogramm auf die Überholspur.

Decker nickte. »Verstehe.« Er wandte sich an Dan. »Und was hat die DEA?«

Dan leckte seine trockenen Lippen. Die Wahrheit war, daß er nur äußerst halbherzig an die Sache herangegangen war. Doch das konnte er Decker gegenüber schlecht zugeben.

»Wir halten die Ohren offen. Ich habe mich nicht spezifisch zu Kidnapping oder Mordanschlägen geäußert, aber ich habe angeordnet, all unsere Informationen und Insider nach den Reaktionen der Drogenhändler und der Kartelle auf die Legalisierung der Drogen zu befragen.«

»Und?«

»Nichts Konkretes bis jetzt.«

Das entsprach sogar der Wahrheit. Es war zu früh, um Stichhaltiges zu erfahren, aber das Wenige, was durchsickerte, war negativ. Salinas hatte die Operation offenbar erfolgreich geheim gehalten, doch es schien, als habe er ein paar lausige Amateure mit ihrer Durchführung betraut.

»Also gut«, fuhr Decker fort. »Das ist der momentane Stand. Wir haben eine Menge Anhaltspunkte und neue Informationen, aber auch verdammt viele neue Fragen. Wenn die Zehe, die man VanDuyne zuschickte, nicht seiner Tochter gehörte, wem dann? Warum haben sie ihm überhaupt ein Stück von einem fremden Kind geschickt? Wir wissen, daß sich Katie VanDuyne in dem Haus in Falls Church aufgehalten hat, aber wo ist sie jetzt? Und warum wurde sie weggebracht? Warum wurde der kleine Ganove DiCastro in jenem Haus ermordet? War er von Anfang an dabei, oder hatte er versucht, sich einzumischen? Von wem stammt der andere Blutfleck auf dem Teppich? Von einem weiteren Kidnapper oder einem Outsider? Und wo befindet sich die verletzte Person nun? Haben wir es mit Kleinganoven oder mit Profis zu tun? War es unter den Entführern zu einem Streit gekommen? Ist die Verschwörung geplatzt? Wer ist die Frau, die VanDuyne angerufen und angeboten hatte, seine Tochter – ohne Lösegeld – herauszugeben, und dann nicht auftauchte? *Was zum Teufel geht hier vor?*«

»Verdammt richtig!« sagte Canney. »Das ist mit Sicherheit der bizarrste Entführungsfall, den ich je erlebt habe. Zum Teil sieht es wie das Werk eines Hochintelligenten aus, dann wirkt es wieder eher wie Stümperei.«

Damit hast du wohl recht, dachte Dan. Aber Carlos Salinas ist ein Profi. Einige seiner Söldner mögen ja Mist gebaut haben, aber während wir hier sitzen, schafft er wieder Ordnung.

Dan zwang sich zur Ruhe. Alles wird gut. Salinas hat mit Sicherheit bald wieder alles unter Kontrolle. Männer seines Schlages hinterlassen keine Spuren.

4

»Wo *steckt* er nur?« Carlos donnerte mit beiden Fäusten auf den Schreibtisch.

»Er kann praktisch überall sein«, sagte Allen. »Wir beobachten sein Haus, wissen also, daß er dort nicht ist. Wir müssen abwarten, bis er sich meldet.«

Carlos' betriebswirtschaftliches Genie war nervös, und Carlos freute sich darüber. Sollte er doch Angst haben! Und zwar nicht nur um sein künftiges Einkommen, sondern auch um sein physisches Wohlergehen. Angst um sein *Leben*!

Auch Carlos hatte Angst. MacLaglen mochte noch am Leben sein, aber er könnte verletzt sein und sich irgendwo verstecken oder gar im Sterben lieben. Carlos war nicht so sehr um die Gesundheit des *cabron* besorgt, sondern eher darum, daß sein Verschwinden dieses verfluchte Tonband ans Tageslicht bringen könnte.

»Ich will, daß er gefunden wird!« Er wandte sich an Llosa. »Nimm dir ein paar Männer. Wir haben ein Foto von ihm – macht Kopien. Wir wissen, daß er mit Vorliebe aus Hotels telefoniert. Macht die Runde. Geht von Hotel zu Hotel und haltet nach ihm Ausschau.«

Es war ein fast aussichtsloses Unterfangen, aber er konnte nicht tatenlos herumsitzen und warten.

Llosa nickte und zog seinen Revolver. »Wenn wir ihn finden, sollen wir ihn ...?«

»Madre, no!« Weder Allen noch Llosa noch sonst irgendwer sollte von dem Tonband erfahren. »Bringt ihn her. Er hat uns eine Menge zu erklären, und Tote geben keine Erklärungen.«

5

Im Badezimmerspiegel begutachtete Poppy ihren neuen Haarschnitt.

Es wächst ja wieder, tröstete sie sich zum hundertsten Male, seit sie begonnen hatte, es abzuschneiden.

Ihr Porzellanpuppen-Bob war weg. Ebenso der »Tödliche Nachtschatten«, ihre Lieblingshaarfarbe. Statt dessen glänzte ihr Haar jetzt tintenschwarz. An den Seiten lag es eng an, oben stand es stachelig ab. Ziemlich veraltet, wie in den achtziger Jahren. So wollte sie nicht mal begraben sein. Aber noch war sie ja am Leben.

Sie checkte den Rest ihrer Aufmachung: ausgebeulte Jeans, X-large-Baumwollhemd, Turnschuhe. Sie hatte Ohrringe, Brauenring und Nasenstecker abgelegt. Kein Make-up, keinen Nagellack – und dennoch sah sie immer noch nicht wie ein Kerl aus. Trotzdem – Mac würde schon genau hinsehen müssen, um die Poppy Mulliner, die er gekannt hatte, wiederzuerkennen.

Bei Katie war es etwas ganz anderes. Poppy ging wieder ins Schlafzimmer und bewunderte ihr Werk.

Katie saß auf dem Bett, die Fernbedienung in der Hand, und zappte durch die Kanäle. Poppy hatte ihre ganze Überredungskunst aufwenden müssen, aber es war die Mühe wert gewesen. Katie sah wahrhaftig wie ein kleiner Junge aus.

Wie ein rothaariger kleiner Junge. Poppy hatte sie blond färben wollen, aber ihre dunklen Haare waren vom Bleichmittel rot geworden. Aber das war okay. Mit dem Kurzhaarschnitt hätte Blond bestimmt cooler ausgesehen, dazu das Jets-T-Shirt, die Jeans und Turnschuhe. Sie sah aus, als wäre sie gerade auf dem Weg zum Zwergen-Fußballtraining.

Hoffentlich klappt es, dachte Poppy. Nur so lange, bis du in Sicherheit bist und ich untertauchen kann.

Poppy drehte ein Lächeln an und klatschte aufmunternd in die Hände. »He, Bruder, wie wär's mit einem Anruf bei deinem Daddy?«

Katie ließ die Fernbedienung fallen und rannte zum Telefon. »Kann ich wählen?«

»Klar kannst du. Aber wir suchen uns ein anderes Telefon, okay?«

Bevor sie das Zimmer verließen, durchstöberte Poppy noch einmal Bad und Schränke. Nein, sie hatten keine Spuren hinterlassen. Selbst wenn jemand ihre Spur bis zu diesem Zimmer verfolgen könnte, würde er kein Anzeichen dafür finden, daß hier Haare geschnitten und gefärbt worden waren.

Sie hielt mit ihrem neuen roten Lieferwagen an einer Tankstelle, nahm eine Hand voller Kleingeld und ließ Katie die Handynummer ihres Vaters wählen. Als sich Katies Vater meldete, hielt sie den Hörer zwischen sich und Katie.

»Hallo, Daddy, ich bin's!«

»Katie!« rief eine männliche Stimme. »Oh, Katie! Gott sei Dank, du bist's! Was ist passiert? Ich hatte gehofft, dich gestern wiederzusehen? Ich hab gewartet und gewartet.«

Poppy hörte, daß die Stimme fast brach; der Mann mußte am Ende sein. Das war gemein von mir, dachte sie. Ich hätte ihm sagen müssen, daß ich nicht kommen würde. Sie hatte ihn noch nie gesehen, aber seine Stimme verriet, daß er ein guter Mann war, der sein kleines Mädchen liebte und sich nichts sehnlicher wünschte, als seine Tochter wieder in die Arme schließen zu können.

»Ich bin eingeschlafen«, sagte Katie.

»Geht es dir gut?«

»Klar. Wir spielen ›Verkleiden‹ und rate mal, was wir gemacht haben?«

Poppy zog den Hörer an sich. »Darf ich mal kurz?« Man wußte ja nie wer mithörte. Womöglich sogar Mac. Paulie hatte ihn doch immer für ein Genie gehalten. Hatte er das Telefon von Katies Vater angezapft? Konnte man ein Mobiltelefon überhaupt anzapfen? Ohne Leitung?

»Es tut mir leid wegen gestern abend«, sagte sie. »Ich mußte unsere Pläne ändern.«

»Wenn es nur Katie gutgeht. Sie braucht ihre Medizin. Sie –«

»Dafür habe ich gesorgt«, unterbrach ihn Poppy.

Zunächst entstand Funkstille. »Aber die Tabletten wurden in dem Haus in –«

»Machen Sie sich keine Sorgen, ich passe gut auf sie auf. Solange sie bei mir ist, wird sie keine Krämpfe kriegen.«

»Darf ich Sie fragen, wie Sie an die Tabletten gekommen sind? Ich meine, ist es auch die richtige Dosis?«

»Es sind genau die gleichen wie die in der Flasche. Ich bin in einen Drugstore eingebrochen.«

Nach einer weiteren Pause, die diesmal noch länger ausfiel: »Das haben Sie für Katie gemacht? Sie machen sich wirklich Sorgen um sie, nicht wahr?«

»Klar. Sie haben ein prima Kind. *Total* prima. Aber woher hat sie denn diese Delle im Kopf?«

»Ein … Unfall. Schädelbruch. Daher die Anfälle.« Er räusperte sich. »Hören Sie … kann ich Sie fragen … ist sie … hat sie … ich meine … ihre Zehen?«

»Ja. Sie hat noch alle zehn. Wie haben Sie denn rausgebracht, daß es nicht ihrer war?«

»Ein Labor. Haben Sie sich darum gekümmert, daß … ich meine, daß sie nicht …«

»Daß sie nicht verletzt wurde? Ja. Ich und Paulie. Deshalb ist Paulie gestorben.«

»Der tote Mann in dem Haus in Falls Church?«

Jetzt versagte Poppy Stimme. Sie schluckte. »Ja. Er war ein guter Kerl. Er starb, weil er Katie beschützen wollte.«

»Ich … ich weiß nicht, wie ich Ihnen danken soll … Ich werde Ihnen niemals genug danken können … aber ich verstehe nicht …«

»Es ist eine lange Geschichte. Ich habe nicht soviel Zeit, sie zu erzählen. Sie müssen nur wissen, daß der Kerl, der Paulie umgebracht hat, noch am Leben ist. Deshalb habe ich Katie gestern nicht abgeliefert. Ich dachte, er wäre tot. Ich meine, ich habe ihm eine Kugel in den Kopf gejagt. Ich –«

»Sie?«

»Äh, ja. Er wollte Katie was antun. Sie weiß, wie er aussieht, deswegen ist er sicher immer noch hinter ihr her. Wenn ich sie zurückbringe, müssen Sie sie beschützen lassen.«

»Oh, vertrauen Sie mir nur. Ich habe den besten Schutz der Welt. Ich garantiere, sobald sie wieder bei mir ist, werden sie das FBI, der Secret Service, die DEA und sogar die CIA beschützen.«

Poppys Magen schlug einen Purzelbaum. All die staatlichen Stellen! Suchten sie bereits nach Katie? Das bedeutete, sie suchten auch nach ihr. Plötzlich wollte sie das Telefonat schnell beenden.

»Sie werden auch Ihnen Schutz anbieten«, sagte Katies Vater.

»Oh, da bin ich mir nicht so sicher. Meine Hände sind nicht gerade sauber.«

»Glauben Sie mir, wenn Sie für Katies Heimkehr sorgen und helfen, die Drahtzieher dingfest zu machen, kann man *jeden* Deal machen.«

»Ich glaube, ich tauche lieber unter, wenn Sie nichts dagegen haben.«

Sie dachte immer noch: FBI, Secret Service, DEA, CIA. Dann schaute sie auf die Uhr. Sie war schon viel zu lange in der Leitung. In ihrem Kopf drehte sich alles. Wie konnte sie Katie nur sicher nach Hause bringen? In der Umgebung von Washington wagte sie es nicht, hier durfte sie nicht länger bleiben. Aber wo sonst?

Da hatte sie eine Idee.

»Also gut. Hören Sie. Wir machen folgendes: Wir treffen uns morgen in AC, und ich übergebe Ihnen Katie.«

»Aycee?«

»Atlantic City.« Paulie liebte Blackjack; sie hatten häufig die Casinos aufgesucht. »Checken Sie heute abend unter Ihrem Namen in Bally's Park Place ein, und ich melde mich wieder. Morgen haben Sie Ihre Katie wieder, versprochen.«

»Können wir heute nichts mehr unternehmen?«

»Nein, tut mir leid, vor morgen geht es nicht. Bally's. Nicht vergessen.«

Sie hängte auf.

»Du hast mich nicht mal tschüs sagen lassen«, beschwerte sich Katie.

»Oh, das tut mir leid, Schatz. Aber weißt du was? Morgen kommst du ganz sicher wieder zu deinem Daddy.«

Katies glückliches Lächeln und das Strahlen ihrer Augen waren wie Pfeile in Poppys Herz. *Wirst du mich gar nicht vermissen? Nicht mal ein kleines bißchen?*

6

Immer wenn er dachte, schlimmer könnte es gar nicht mehr kommen, dann wurde es noch schlimmer.

Dan Keane hörte sich mit dem restlichen Einsatzkommando Bob Deckers Zusammenfassung der neuesten Informationen an. Es fiel ihm nicht leicht. Offensichtlich galt nun Murphys Gesetz.

»... es scheint so, als sei das eigentliche Kidnapping geplatzt. Wenn wir der unbekannten Anruferin glauben wollen, die mit VanDuyne telefonierte, hatten die Kidnapper einen Streit wegen des Abschneidens der Zehe des Kindes. Der Streit führte offenbar zum Tod von Paulie DiCastro und zur Verwundung eines Kerls namens Mac. Dieser Mac ist möglicherweise mit Snake identisch. Laut dieser Frau hat er eine Kopfwunde. Deshalb gaben wir die Personenbeschreibung eines Mannes mit Schußverletzung am Kopf raus, der offiziell als Hauptverdächtiger im

Mordfall Falls Church gilt. Wir kämmen jede Notaufnahme im Umkreis von fünfzig Meilen durch.«

Ich muß Salinas schnellstens benachrichtigen, dachte Keane. Er muß die Notaufnahmen durchkämmen lassen, sofort.

»Wir *wollen* diesen Kerl. Wir müssen ihn erwischen, bevor er Katie VanDuyne erwischt. Wenn wir ihn haben, können wir ihm den Mord und das Kidnapping anhängen. Mit dieser Anklage im Nacken kriegen wir ihn soweit, daß er die Namen derer, die ihn auf diese Sache angesetzt haben, ausspuckt.«

Canney unterbrach ihn. »Aber zuerst brauchen wir Katie VanDuyne – lebendig. Das letzte Telefonat kam von einem Münzfernsprecher aus Edgewood, Maryland, aber mittlerweile können sie überall zwischen Maryland und Atlantic City sein. Wir könnten uns natürlich auf den AC-Freeway konzentrieren und jedes Auto kontrollieren, aber dadurch würden wir sie vermutlich abschrecken. Wir wollen, daß dieser Austausch stattfindet. Wir wollen Katie. Wir wollen natürlich auch die Frau, aber Katie ist am wichtigsten. Sie kann diesen Mac identifizieren. Sie ist der Schlüssel.«

»Stimmt«, meinte Decker. »Deshalb werden wir uns für eine Weile nicht wieder treffen. Gerry und ich fahren heute abend nach Atlantic City. Dort soll die Übergabe stattfinden. Wir zapfen das Telefon in VanDuynes Hotelzimmer an und halten uns bereit.«

Nein, Moment, dachte Keane. Warum einen weiteren Anruf riskieren? Ich bin sauber. Keinerlei Beweise. Und so soll es auch bleiben.

Stimmt. Jetzt war sowieso alles im Eimer. Soll sich Salinas doch Sorgen machen. Zeit für Dan Keane, seine Hände in Unschuld zu waschen. Soll doch das kleine Mädchen wieder zu ihrem Vater heimkehren und Dekker und Canney den verletzten Kidnapper festnehmen. Es machte keinen Unterschied mehr. Er war sicher, daß Salinas sich längst abgesetzt hatte. Und wenn der unauffindbare Mr. X eine Gefahr darstellte, würde Salinas schon sehen, daß er keine Gelegenheit mehr bekam zu quatschen.

Wichtig war nur, daß der Plan geklappt hatte. Winston, dieser Narr, war im Krankenhaus und nicht auf dem Weg nach Den Haag. Sein Legalisierungsdebakel war entgleist. Ohne ihn würde es nie mehr ins Laufen kommen.

Und das war Dan Keanes Verdienst.

Nach dem Meeting fuhr Dan direkt nach Hause. Es war zwar noch früher Sonntagnachmittag, doch er brauchte jetzt einen Drink. Einen starken. Er wünschte, Carmella und die Kinder wären nicht in Florida. Heute war ihm nicht nach Alleinsein zumute.

Kaum hatte er sein Haus betreten, läutete das Telefon. Er eilte durch die enge Diele und hob ab.

»Hallo, Mr. Keane.«

Fast wäre Dan auf einen Stuhl gesackt, als er die Stimme erkannte. Er war unfähig, auch nur ein Wort zu sprechen.

»Hallo?« wiederholte Carlos Salinas. »Sind Sie noch dran?«

Panik ergriff ihn. Wie ... wie konnte er mir nur auf die Spur kommen? Was mache ich jetzt?

Ich stelle mich dumm.

»Wer – wer sind Sie?«

Ein Lachen. »Sie wissen sehr wohl, wer ich bin. Und ich weiß, wer *Sie* sind.«

Dan antwortete nicht. Sein Körper war zu Stein geworden ... *kaltem* Stein.

»Ich habe in der letzten Zeit wenig von Ihnen gehört, deshalb rufe ich an, um zu sehen, wie es Ihnen geht.«

»Es geht mir gut«, brachte Dan heraus.

Das konnte doch nicht wahr sein. Salinas konnte ihn nicht entlarvt haben. Unmöglich. Er hatte sich doch bestens getarnt.

»Was wollen Sie?«

»Ich hätte gern neue Informationen. Unser verschwundener *amigo* ist noch nicht wieder aufgetaucht. Hat ihn denn jemand aufgespürt?«

Stell dich dumm!

»Ich weiß nicht, wovon Sie sprechen.«

»Tatsächlich? Dann sagen Sie mir doch, ob Sie diese Stimme erkennen?«

Dan hörte ein Klicken, dann ertönte eine aufgezeichnete Stimme.

»Was ist das für eine amateurhafte Stümperei, Salinas? Soeben ist durchgedrungen, daß die Tabletten des kleinen Mädchens in einem Haus in Falls Church entdeckt wurden. Im selben Haus hat man die Leiche eines Mannes gefunden. Was zum Teufel ist passiert?«

Dan verspürte einen heftigen Brechreiz. Meine Stimme!

Hatte der Stimmverzerrer versagt?

»Wie …?«

»Leben wir nicht in einer Welt voller Wunder? Verschwundenes wird wiedergefunden. Verzerrtes wird wieder klar.« Salinas' Stimme hatte ihren heiteren Unterton verloren, als er fortfuhr. »Also, Señor, gibt es etwas Neues?«

Dan raste vor Zorn – auf sich selbst und auf diesen aalglatten Drogenschieber – und suchte krampfhaft nach einem Schlupfloch. Er konnte sprechen; die Chancen, daß sein privates Telefon angezapft war, waren gleich null, aber er haßte den Gedanken, dieser Kreatur als Strohmann zu dienen.

»Beeilen Sie sich, Señor, wir haben wenig Zeit. Das Ganze liegt übrigens in Ihrem eigenen Interesse, denn wenn ich in Gewahrsam genommen werde, nehme ich meine Sammlung von Tonbändern mit. Also, wo ist unser Freund?«

Dan sackte zusammen. Er saß in der Falle.

»Das wissen wir nicht. Er hat vermutlich eine Kopfwunde. Man sucht fieberhaft nach ihm. Wenn Sie wissen, was gut für Sie ist, finden Sie ihn am besten zuerst.«

»Und das Kind?«

»Offensichtlich hat sie unseren Freund gesehen und kann ihn identifizieren. Morgen soll sie in Atlantic City von einer Frau an ihren Vater übergeben werden.«

»Eine Frau … interessant. Ich werde mich darum kümmern. Ich hoffe, öfter von Ihnen zu hören. Denken Sie daran: Ihre Freiheit ist abhängig von meiner.«

Dann war die Leitung tot. Dan setzte sich, und der stumme Hörer baumelte in seiner Hand. Er fühlte sich wie gelähmt. Das einzige, was er empfand, war Angst. Doch es war keine Angst mehr um sein Land oder seine Karriere. Es war Angst um seine Freiheit, sein Leben.

Was hatte er nur getan?

Montag

1

»Du bist ja in einem schönen Zustand«, murmelte Snake, als er vor dem Badezimmerspiegel eines Motels stand und einen frischen Verband anlegte. »Aber du lebst.«

Und das war ein Wunder.

Der größte Teil des Samstags lag immer noch hinter dichten Nebelschleiern. Snake erinnerte sich vage daran, wie er in jenem leeren Haus zu sich gekommen war – Paulie hatte neben ihm gelegen, aber der zählte nicht mehr – und versucht hatte aufzustehen. Am besten erinnerte er sich an den Schmerz, den grauenhaften Schmerz im Auge und in seiner rechten Kopfhälfte. Und an das Blut. Es war seiner Kopfwunde entströmt und den Hals entlang ins Hemd gelaufen. Schließlich hatte er ein Handtuch gefunden und um seinen Kopf gebunden.

Er hatte seinen Schlüsselbund gefunden, hatte ihn zusammen mit seinem Revolver eingesteckt und war hinaus zu seinem Jeep getaumelt. Irgendwie hatte er es geschafft, den Wagen zu fahren.

Dabei hatte er ständig seinen Piepser gehört, und jeder Ton hatte sich schmerzhaft in seinen Schädel gebohrt.

Er hatte eigentlich nicht zu sich nach Hause fahren wollen, aber dieses Luder hatte seine Brieftasche und Jacke gestohlen, und er brauchte Geld. Viel Geld. Im Nordosten von D. C. kannte er einen Arzt, dem die Zulassung wegen seiner Vorliebe für ›kontrollierte Substanzen‹ und seiner Gewohnheit, Rezepte dafür zu verkaufen, entzogen worden war. Doch das hatte ihn nicht davon abgehalten, trotzdem zu praktizieren. In einschlägigen Kreisen kannte man seinen Namen. Hatte man eine meldepflichtige Verletzung, die man aus gewissen Gründen nicht melden wollte, mußte man zu Dr. Moeller gehen.

Dr. Moeller akzeptierte jedoch nur Bargeld.

Der Doktor nähte die Furche zusammen, die die Kugel von Snakes rechtem Augenwinkel über die Schläfe bis zu einer Stelle über dem rechten Ohr gerissen hatte. Er erklärte Snake, welches Glück er gehabt habe, daß die Schläfenarterie verschont geblieben war. Außerdem richtete er Snakes gebrochene Nase wieder ein. Das waren die guten Nachrichten. Für das rechte Auge hatte er allerdings nichts tun können. Es war buchstäblich zerschossen. Die Kugel hatte es gestreift, dadurch im Inneren des Auges eine Blutung verursacht, und das Mündungsfeuer hatte es versengt, so daß es vollkommen zerstört war. Vielleicht hätte ein Augenfacharzt es noch retten können, aber Dr. Moeller bezweifelte das.

Im besten Fall würde die Arbeit an dem Auge nur ein paar Tage in Anspruch nehmen, hätte aber sicherlich einen Krankenhausaufenthalt bedeutet. Außerdem kannte Dr. Moeller keinen Augenarzt, der diese Art von Verletzung nicht gemeldet hätte.

Das Thema war also erledigt.

Mein Name ist Einauge.

Die Blutungen hatten aufgehört, aber der Schmerz blieb. Eine Symphonie des Schmerzes – in hämmernden Bässen tobte der Schmerz in seinem Schädel, untermalt von regelmäßigen, schnell aufeinanderfolgenden, qualvollen Stichen in seiner Kopfhaut und Nase, akzentuiert von stakkatoartigen, splitterharten Dolchstößen in seiner Augenhöhle.

Das Percodan, das er schluckte wie manche Leute M & Ms, tat so gut wie nichts, um den Schmerz zu lindern.

Er drückte einen Klecks antibiotische Salbe auf die Gaze einer Augenklappe und preßte sie auf das blutige Grauen, das einmal sein Auge gewesen war. Dann wickelte er sich einen frischen Mullverband um den Kopf.

Plötzlich drehte sich das Badezimmer um ihn. Er ließ die Mullbinde fallen und hielt sich am Waschbecken fest. Seit zwei Tagen spielte ihm sein Kopf nun diese Streiche. Doc Moeller hatte ihn darauf vorbereitet

– es war eine Folge der Gehirnerschütterung, und es flößte ihm panische Furcht ein. Während des Autofahrens durfte ihm das keinesfalls passieren.

Aber heute mußte er sich hinters Steuer klemmen. Er mußte raus aus dieser Gegend und brauchte dringend ein Telefon. Nachdem er Doc Moeller verlassen hatte, war er im erstbesten Motel abgestiegen – es lag irgendwo an der Rhode Island Avenue. Im Umkreis von einigen Meilen war er bestimmt der einzige Weiße. Von diesem Zimmer aus wollte er jedenfalls nicht telefonieren. Vermutlich mußte er Richtung Stadtmitte, um ein intaktes Telefon zu finden, das nicht von einem Dealer belegt war.

Das Schwindelgefühl legte sich, und langsam konnte er sich wieder aufrichten und seine verkrampften Hände vom Waschbecken lösen. Nachdem der Verband fertig war, betrachtete er sein Werk. Die Gaze lag schräg über seiner Stirn, lief über das rechte Auge und bedeckte seine gesamte rechte Kopfhälfte sowie das Ohr. Der Verband des Arztes war schöner gewesen, aber es mußte auch so gehen.

Er dachte an Poppy, und eine heiße Woge der Wut und des Hasses verdrängte momentan sogar die Schmerzen. Das war alles ihr Werk. Was hatte sie sich nur dabei gedacht? Schoß auf ihn und rannte mit dem Kind auf und davon! War sie komplett verrückt geworden? Wenn er sie in die Finger bekam …!

Noch immer sah er den Ausdruck ihrer Augen vor sich, als sie abfeuerte. Das Miststück mußte durchgedreht sein. Um ein Haar hätte sie ihn getötet. Diese verdammte Schlampe hatte ihn überlistet. Wie zum Teufel hatte das nur passieren können? Klar, er war von dem Schlag auf den Kopf groggy gewesen, aber darüber hätte er noch kein Wort verloren. Und Paulie? Was war nur mit ihm los gewesen? Es war doch die einfachste Sache der Welt, dem Paket die Zehe abzuschneiden und dem Vater zu schicken. Was sollte das? Warum hatte er nicht einfach tun können, was ihm aufgetragen war? Der Kerl hätte noch am Leben sein können, wenn er sich daran gehalten hätte.

Oder auch nicht. Warum hatte er sich ihm in den Weg gestellt, als er sich auf das Paket stürzen wollte? Es machte keinen Sinn und entsprach gar nicht Paulies Art.

Es gab nur eine Erklärung dafür: Poppy. Sie hatte Paulie umgekrempelt. Möglicherweise hatte sie so was wie Muttergefühle für das Paket entwickelt. Snake erinnerte sich, daß sie das Kind in ihren Armen hielt, als er sich auf sie stürzen wollte. Ja, so mußte es wohl sein. Und sie hatte Paulie angesteckt.

Wie *dumm*!

Ja, all das war Poppys Schuld.

Im Nebenzimmer ertönte erneut sein Piepser. Scheiße, gab Salinas denn niemals auf?

Also gut. Er konnte es nicht mehr hinauszögern. Er mußte ihn anrufen.

Glücklicherweise sah die Sache nicht halb so schlecht aus, wie sie tatsächlich war. Äußerst unwahrscheinlich, daß Salinas von den Ereignissen in dem Haus in Falls Church gehört hatte. Die Nachrichten hatten zwar von einer Schießerei berichtet, sie aber nicht in Zusammenhang mit einer Entführung gebracht. Und niemand hatte Paulies Namen erwähnt.

Der Präsident war immer noch im Krankenhaus. Salinas konnte doch zufrieden sein.

Snake hoffte, Salinas davon überzeugen zu können, daß er das Kind noch immer hatte und alles nach Plan lief. Sie konnten VanDuyne weiter erpressen, während sie darauf warteten, daß Winston starb.

In der Zwischenzeit würde Snake die ganze verdammte Gegend nach Poppy und dem Gör abkämmen.

Und wenn er sie fand … o ja, wenn er sie fand …

Seine Fantasien mußte er auf später verschieben. Er brauchte jetzt dringend ein Telefon.

2

Decker wollte soeben W-16 verlassen, als Winston anrief. Er informierte den Präsidenten über die neueste Entwicklung.

»Also ist John jetzt in Atlantic City?«

»Ja, Mr. President. Gestern abend ist er im Bally's eingetroffen. Wir haben in seinem Zimmer Wanzen angebracht, während er essen war. Ich mache mich grade auf den Weg dorthin.«

»Glaubt er denn wirklich, daß er es im Alleingang besser schafft?«

»Offensichtlich. Er hat uns jedenfalls nichts von den Anrufen berichtet.«

»Gut, dann behaltet ihn im Auge. Sorgt dafür, daß er Katie unverletzt zurückbekommt. Und das heute noch. Informiert mich sofort, wenn sie in Sicherheit ist. Sobald ihr anruft, bin ich hier weg. Ich werde in diesem Krankenhaus noch verrückt.«

»Ja, Sir«, antwortete Decker und versuchte optimistisch zu klingen, obwohl er ständig vor Augen hatte, wie niedergeschmettert und verzweifelt VanDuyne ausgesehen hatte, als er am Freitag abend aus dem Maryland House geschlichen kam. Aber der Präsident hatte den Agenten offenbar durchschaut.

»Glauben Sie nur nicht, daß ich nicht nachempfinden kann, was John augenblicklich durchmacht, oder daß ich mir keine Sorgen um Katie mache. Aber hier stehen wichtigere Dinge auf dem Spiel. Sobald ich weiß, daß Katie in Sicherheit ist, kann ich wieder vor die Öffentlichkeit treten und denjenigen, die hinter dieser Sache stecken, verkünden, daß ihr Plan fehlgeschlagen ist.«

»Ja, Sir. Wir tun, was in unserer Macht steht.«

»Richten Sie John aus, er soll mich im Weißen Haus anrufen, wenn er mit Katie wieder zu Hause ist.«

»Machen wir, Sir.«

Decker legte auf und rief Gerry Canney an, der sich mit dem Beschattungsteam bereits in Atlantic City befand.

»Neuigkeiten von der Frau?«

»Nichts. Er hat seine Mutter angerufen, das war alles. Trotzdem haben wir ein Problem.«

»Welches?«

»Seine Exfrau. Sie ist ihm hierher gefolgt.«

»Wieso? Hat sie euer Mann nicht eingekeilt wie letztes Mal?«

»Das wollte er ja. Er war ihr auf den Fersen, bis er auf dem Turnpike hinter einem Lastwagen- und Busunfall eingeklemmt wurde. Van Duynes Exfrau kam durch; dann war es zu spät, um sie einzuholen.«

»Wissen wir, wo sie sich aufhält?«

»Nicht genau. Aber sie muß irgendwo in der Nähe vom Bally's sein. Wir halten die Augen offen. Sollte sie auftauchen und danach aussehen, als wollte sie Schwierigkeiten machen, halten wir sie natürlich fest.«

»Tut das. Ich erwarte, daß diesmal nichts dazwischenkommt. Übrigens, Winston erwartet dasselbe.«

»Hast du mit ihm gesprochen?«

»Ja, vorhin. Er will die Sache erledigt wissen, heute noch.«

»Verstanden.«

Decker hängte ein und fuhr zur Andrews Air Force Base, wo er in einen Hubschrauber sprang, der ihn nach Atlantic City bringen würde. Der Gedanke, daß VanDuynes Exfrau unbeschattet herumlief, beunruhigte ihn. Es war noch nicht einmal neun Uhr morgens, und schon war etwas schiefgelaufen.

Was würde als nächstes passieren?

3

»Ich will den Boß sprechen.«

»Was?« Pause. »Sind Sie ...?«

Snake erkannte Golds Stimme, aber er klang eigenartig. Angespannt.

»Ja. Ich bin's. Hier ist meine Nummer.« Snake begann, die Nummer des Hoteltelefons abzulesen, wurde aber von Gold unterbrochen.

»Moment, Moment. Ich brauche einen Stift.«

Was sollte denn das? Gold hatte doch stets einen goldenen Montblanc in seiner Brusttasche. Während er wartete, warf Snake einen schnellen Blick durch die Halle. Die plötzliche Bewegung verursachte einen neuerlichen Schwindelanfall. Er klammerte sich ans Telefon, um nicht zu taumeln. Niemand sollte auf die Idee kommen, er wäre betrunken. Man würde ihn sofort vor die Tür setzen.

Endlich legte sich der Schwindel, und niemand schien etwas bemerkt zu haben. Ein weites Sweatshirt mit Kapuze und die größte Sonnenbrille, die er finden konnte, versteckten neunzig Prozent seines

Verbandes. Trotzdem hatte er das Gefühl, ein blinkendes Neonzeichen vor sich herzutragen: Seht mich an … Seht mich an …

»Okay«, sagte Gold. »Jetzt habe ich einen. Geben Sie mir die Nummer.«

Snake las die Nummer ab und wollte soeben auflegen, als Gold nochmals sprach. »Er ist, äh … etwas indisponiert im Moment, es könnte eine Weile dauern, bis er zurückruft.«

Plötzlich stellte sich Snake vor, wie Salinas mit überhängenden Fettwülsten auf dem Klo saß.

Er verdrängte die Vorstellung. »Okay, ich warte.«

Er war nicht gerade begeistert davon, mit seinem auffallenden Verband in der Lobby des Westin Hotels herumzustehen. Jedermann würde ihn anstarren. Und man würde sich an ihn erinnern, falls jemand Fragen stellte.

»Wo haben Sie denn die ganze Zeit gesteckt?«

Smalltalk mit Gold – das war das letzte, wonach ihm zumute war.

»Ich war beschäftigt. Warum?«

»Na ja, wir versuchen seit Tagen, Sie zu erreichen.«

»Tatsächlich? Hm. Sollte wohl mal meinen Piepser checken lassen. Vielleicht liegt es an den Batterien. Ich habe nichts gehört.«

»Ja. Das sollten Sie auch verdammt noch mal tun. Der Boß hätte einige wichtige Dinge mit Ihnen zu bereden gehabt.«

»Ach, wirklich? Kann es kaum noch erwarten.«

Snake drückte auf die Gabel, hielt aber den Hörer weiter an sein freies Ohr, während er auf den Rückruf wartete.

Der Boß hätte einige wichtige Dinge mit Ihnen zu bereden gehabt.

Der Ton mißfiel Snake. Konnte Salinas von der Pleite in dem Haus in Falls Church gehört haben?

Er lehnte sich an die Wand der Telefonzelle. Hoffentlich beeilte sich Salinas mit seinem Rückruf. Zu dumm, daß diese Zellen keine Sitzgelegenheit boten. Er fühlte sich schwach und zitterig, und sein Kopf – sein verdammter Kopf brachte ihn um!

Komm schon, Fettsack! Bringen wir's hinter uns!

Da, endlich klingelte es. Snake nahm sofort die Hand von der Gabel. »Ja?«

Salinas' Stimme. »Miguel! Gut, Sie wieder zu hören! Ich habe mir Sorgen um Sie gemacht.«

Etwas in seiner Stimme ließ Snake das Blut in den Adern gefrieren. Er klang zu ruhig, zu verbindlich.

»Warum sollten Sie sich Sorgen machen?«

»Wir haben ständig versucht, Sie über Ihren Piepser zu erreichen, aber Sie haben sich nicht gemeldet.«

»Wie ich Ihrem Lakaien bereits sagte, ich muß die Batterie wechseln.«

»Tun Sie das. Nun erzählen Sie, wie geht es unserem Paket?«

»Es geht ihm gut.«

»Alles unter Kontrolle?«

Verdammt, er weiß irgendwas!

»Warum fragen Sie?«

»Ich habe da so Geschichten gehört ...«

Oh, oh. »Tatsächlich?« Snake versuchte unbeschwert zu klingen, während sich sein Magen mit Blei füllte. »Zum Beispiel?«

»Oh, daß unser Doktor mit dem Paket ein telefonisches Schwätzchen hatte und ihm eine Frau versprach, es ihm auszuliefern ...«

Nein!

»... und daß man im FBI-Labor herausgefunden hat, daß die Zehe nicht von dem Paket, sondern von einem kleinen Jungen stammte – einem *einbalsamierten* kleinen Jungen.«

Scheiße!

»Ja ... und was noch? Ah ja, daß in Falls Church ein Ermordeter aufgefunden wurde, der mit dem Paket in Verbindung gebracht wird, und daß man nach zwei Männern fahndet, die sich ›Snake‹ und ›Mac‹ nennen, möglicherweise sogar identisch sind und, wovon einer in jenem Haus möglicherweise schwer verwundet wurde.«

Jetzt brauchte Snake dringend einen Stuhl. Er fror und schwitzte gleichzeitig, jedoch nicht wegen des Fiebers. Er mußte hier raus.

»Hängen Sie nicht auf, Miguel«, fuhr Salinas fort, und jetzt klang seine Stimme gefährlich. »Wir sind noch nicht fertig. Wenn Sie sich umsehen, werden Sie ein bekanntes Gesicht entdecken.«

Snake drehte sich um – langsam – und unterdrückte ein Keuchen, als er nur wenige Schritte entfernt Llosa stehen sah. Ein hämisches

Grinsen hatte sich auf dessen narbigem Gesicht breitgemacht, und seine Hand steckte in der Manteltasche.

Jetzt wurde Snake der Grund der Verzögerung klar – Gold, der nach einem Stift suchte, und Salinas, der »indisponiert« war. Reine Verzögerungstaktik, damit sie seinen Anruf lokalisieren und Llosa Zeit geben konnten, ihn zu finden.

Die Scheißkerle hatten ihn reingelegt!

Snake schluckte. »Ich sehe ihn. Was macht er hier?«

»Er suchte laufend nach Ihnen. Nun wird er Sie zu einem meiner Lagerhäuser begleiten. Ich werde Sie dort treffen. Und dann werden wir eine eingehende Unterhaltung führen, Sie und ich. *Mano a mano.* Ich erwarte einige Antworten.«

Snake warf erneut einen Blick auf Llosa und sah, daß er nicht allein war. Jemand hatte sich zu ihm gesellt. Snake hatte den Mann noch nie gesehen, aber der Hautfarbe und Kleidung nach zu schließen, war er ebenfalls Kolumbianer.

»Vergessen Sie die Tonbänder nicht«, drohte er Salinas. »Denken Sie an die Bänder!«

»Ich denke daran. Auch darüber werden wir uns unterhalten.«

Snake wußte, welche Art von Unterhaltung Salinas im Sinn hatte – möglicherweise würden Fleischhaken und Ochsenziemer Teil davon sein.

Salinas würde wissen wollen, wo er die Tonbänder versteckt hatte, und Snake gestand sich ein, daß er bereits bei der ersten Androhung von Brutalität eins ums andere preisgeben würde.

Bei dem Gedanken, daß zu dem Schmerz, den er die letzten beiden Tage ertragen hatte, nun auch noch Folter kommen würde, fühlte er sich noch schwächer, als er ohnehin schon war.

Jetzt galt es, schnellstens eine gute Idee zu haben. Tu was, irgendwas, damit dir die Fahrt mit Llosa und seinem Kumpel erspart bleibt!

In seinem Hinterkopf formierte sich ein Gedanke, ein schrecklicher Gedanke … das Gerede über die Tonbänder hatte ihn ausgelöst. Ein Tonband … seine gestohlene Jacke …

Und dann traf ihn die Erkenntnis. Ihm wurde übel. Bis jetzt hatte er gedacht, die Lage sei kritisch. Aber plötzlich war sie noch kritischer geworden.

»Das Mädchen hat eines der Tonbänder«, stieß er hervor.

Zunächst antwortete Salinas nicht. »Das kann ich nicht glauben, Miguel.«

»Ich schwöre, daß es wahr ist! Sie hat mir das alles eingebrockt. Sie hat meine Jacke gestohlen, als ich bewußtlos war. Ich hatte eine Kopie des Tonbands in der Tasche. Sie muß es bei sich haben.«

»Dann müssen wir sie finden.«

»Ich werde sie finden. Ich kenne sie seit Jahren. Ich kenne sie besser als Ihre Männer. Wenn jemand sie finden kann, dann bin ich das.«

Das stimmte zwar nur halb, denn alles, was er über dieses Miststück Poppy wußte, war, was er von Paulie über sie gehört hatte, und das war verdammt wenig. Eigentlich gar nichts. Das jedoch wußte wiederum Salinas nicht.

»*No me jodas!* Llosa wird Sie herbringen … hier sind Sie sicher. Es ist zu Ihrem eigenen Schutz.«

»Mann, hören Sie doch«, rief Snake mit wachsender Panik. Er mußte diesen Fettsack überzeugen. »Mein Interesse, sie zu finden, ist ebenso groß wie Ihres. Nur im Falle meines Todes sollte jemand das Tonband hören. *Ich bin schließlich darauf auch zu hören!* Ich sitze genauso tief in der Scheiße wie Sie, wenn das Tonband in falsche Hände gerät!«

Salinas stieß einen Schwall spanischer Flüche aus. Snake verstand nur Bruchstücke, aber er ahnte, worum es ging.

Schließlich ging Salinas der Dampf aus, und er stimmte zu, Snake laufen zu lassen, um Poppy zu suchen. Llosa sollte ihn jedoch begleiten. Es kostete Snake seine ganze Überredungskunst, Salinas davon zu überzeugen, daß Llosa ihn nur behindern würde und es mehr Sinn hatte, wenn dieser auf eigene Faust Atlantic City durchkämmte.

»Also gut, suchen Sie allein. Aber keine Spielchen, wenn Sie sie finden. Beenden Sie die Sache, und geben Sie mir sofort Bescheid.«

»Ich schicke Ihnen ihren Kopf.«

»Sie finden sie in Atlantic City. Sie wird mit dem Doktor Kontakt aufnehmen, um das Paket heute zurückzugeben. Er ist in Bally's Park Place abgestiegen.«

Woher weiß er das nur? Wieder einmal wunderte sich Snake über Salinas' Verbindungen.

»Bin schon unterwegs.« Er warf einen Blick auf Llosa und dessen Kumpel, die ihn nicht aus den Augen ließen.

»Aber sagen Sie besser Ihrem *amigo* hier, daß sich sein Auftrag geändert hat.«

Salinas seufzte. »Okay, geben Sie ihn mir.«

Snake hielt den Hörer hoch und rief Llosa. »He! Der Boß will Sie sprechen.«

Während Llosa neue Anweisungen bekam, überlegte Snake, was er von Atlantic City wußte – es war reichlich wenig. Er war noch nie dort gewesen. Glücksspiel war etwas für Schwachköpfe.

Er wollte sich so schnell wie möglich auf den Weg machen. Irgendwie würde er diese Schlampe und das Kind schon aufstöbern, sich das Tonband wiederbeschaffen und dann kurzen Prozeß mit den beiden machen.

Anschließend würde er untertauchen. Auf die letzte Teilzahlung von Salinas wollte er verzichten. Dann wollte er so weit wie möglich von Carlos Salinas weg.

Singapur hörte sich gut an ...

Doch zunächst auf nach Atlantic City.

4

Über die Kante ihrer Zeitung hinweg beobachtete Marnie die Aufzüge. Sie war John in einem neuen roten Leihwagen hinterhergefahren. Sie hatte in der Garage des Hotels sogar ganz in seiner Nähe geparkt, war ihm dann gefolgt und hatte ihn an der Rezeption beobachtet.

Sie war müde, aber sie dachte nicht daran aufzugeben. Gleich heute morgen hatte sie sich an der Lobby postiert und ihren Wachposten seither nicht mehr verlassen.

Früher oder später mußte John auftauchen. Dann wollte sie sich an seine Fersen heften, bis er sie zu Katie führte.

Was hast du nur vor, John?

Marnie war mittlerweile sicher, daß sich Katie nicht in Johns Haus befand. Sie hatte während der Abendbrotzeit ab und zu durchs Fenster gespäht, aber nur immer John und seine Mutter, die alte Fregatte, am Tisch erblickt. Wahrscheinlich hatte er Katie in einem weiteren gemeinen Versuch, sie voneinander fernzuhalten, irgendwo versteckt.

Aber wenn du nicht hier bist, um Katie zu sehen, warum dann? Glücksspiel? Welcher Vater versteckt seine Tochter vor der leiblichen Mutter und lungert dann in Casinos herum? Und *mich* nennt er eine unfähige, ja, eine gefährliche Mutter. *Unverschämtheit!*

Vielleicht besuchte er hier eine seiner Huren. Marnie hatte ihn zwar nie ertappt, aber sie war sich sicher, daß er sich vor der Scheidung ziemlich oft in fremden Betten herumgetrieben hatte. Katie hatte bestimmt von seinen Freundinnen gewußt, aber sie hatte Johns Geheimnisse ja immer für sich behalten.

Immer hatten sie Heimlichkeiten vor ihr gehabt, die beiden.

Du hast sie dazu angestiftet, John, dessen bin ich mir sicher. Aber sie ist ja noch so klein. Der Schaden kann noch behoben werden. Ich werde sie zurückbekommen. Und ich biege sie mir schon zurecht.

5

Das Telefon klingelte um 11.02 Uhr. John wußte es deshalb so genau, weil er seit 7.13 Uhr morgens auf dem Bett gesessen und die roten LED-Ziffern beobachtet hatte, die Richtung Mittag kletterten.

»Hallo, Daddy!«

Katie! Johns Herz hüpfte vor Freude. Sie klang so nah. Und plötzlich war er sicher, daß es diesmal klappen würde. Heute noch würde er sie in die Arme schließen können!

»Hallo, Liebling! Wo bist du?«

»Bei Poppy.«

Poppy? War das …?

Plötzlich war die Frau in der Leitung. »He, Sie sollten vergessen, was Sie eben gehört haben, okay?«

»Gehört?« fragte John.

»Ich sehe, Sie haben verstanden.«

Er *hoffte,* daß sie sich verstanden. Wenn diese Frau wirklich Katies Zehe und ihr Leben gerettet hatte und sie ihm Katie unversehrt zurückbringen würde – sie hatte sogar diesen Drugstore überfallen, um an das Tegretol zu kommen –, dann wollte er alles vergessen, was er über sie wußte. Kein Gericht der Welt würde ihn dazu zwingen können, sich an ihren Namen oder ihre Stimme zu erinnern.

»Klappt es heute?«

»Ja. Gehen Sie um 15 Uhr zum Boardwalk, und warten Sie bei den Telefonen zwischen Boardwalk Rogers und Planet Hollywood.«

»Wo ist das?«

»Nicht weit von Ihrem Hotel. Sie können das Boardwalk Rogers gar nicht verfehlen – sieht aus wie eine kleine Keramikkirche oder so. Ich rufe das erste Telefon von links an und sage Ihnen, wo Sie Katie abholen können.«

15 Uhr ... das waren noch Lichtjahre!

»Warum erst so spät?«

»Es bleibt bei 15 Uhr. Ich muß noch ein paar Dinge abchecken. Wir wollen doch nichts vermasseln.«

»Nein. Natürlich. Erstes Telefon von links. Um 15 Uhr. Verstanden. Ich bin sicher schon viel früher da. Rufen Sie früher an, wenn Sie wollen.«

John wollte bereits gegen 14 Uhr dort sein. Er brauchte keine Neuauflage der Szene am Lafayette Square von letzter Woche. Keinen weiteren Streit, wer ein Recht auf dieses Telefon hatte. Er würde es besetzen und nicht mehr von der Stelle weichen.

6

Bob Decker nahm Canneys Anruf mit dem Autotelefon entgegen, während er sich auf den Weg vom AC Heliport in die Stadt befand. Er sah auf die Uhr.

»15 Uhr? Hast du jemanden, der dort das Telefon anzapft?«

»Schon unterwegs. Aber wir brauchen dringend Verstärkung. Wir müssen uns auf dem ganzen Boardwalk verteilen, denn sie wird ganz bestimmt die Hollywood-Methode anwenden.«

»Wie meinst du das?«

»Du weißt schon, wie im Film. Das hast du doch schon gesehen – wenn die Kidnapper jemanden von Telefon zu Telefon hetzen. Es wurde derart oft gezeigt, daß echte Kidnapper glauben, sie müßten die Methode imitieren.«

»Das hier ist mein erster Entführungsfall«, sagte Decker. »Ich muß mich da ganz auf deine Erfahrung verlassen.«

»Die Methode ist wirklich ziemlich wirkungsvoll, vor allem, wenn der Anrufer selbst ständig die Telefone wechselt.«

»Du meinst also, wir sollten unsere Truppen auf keinen Fall um diese Telefone konzentrieren.«

»Du hast's kapiert. Ich wette, VanDuyne wird erst noch woandershin dirigiert. Oh, übrigens, in dem Anruf haben wir den Namen der Frau erfahren – sie heißt Poppy.«

»Poppy ... könnte ihr echter Name sein, könnte aber auch nur bedeuten, daß sie ein Junkie ist.«

»Ich weiß. Aber wir lassen sie in New York durch die Computer laufen, dort hat DiCastro gewohnt. Vielleicht haben wir ja Glück.«

»Okay. Was die Verstärkung betrifft, erkundige dich, wie viele Männer du vom FBI bekommen kannst, und ich frage Keane, wie viele Leute die DEA beisteuern könnte. Die haben in Fun City sicher einige Agenten postiert.«

Decker legte auf und lehnte sich zurück. Die Sache sah gut aus. Vielleicht war um 16 Uhr schon alles vorüber.

7

Was für ein Drecksloch, dachte Snake, als er an der Ecke New York und Atlantic Avenue an einem Telefon stand und auf Salinas' Rückruf wartete. Das hier hatte nichts mit dem Atlantic City zu tun, das er aus dem Fernsehen kannte. Am liebsten wäre er gar nicht aus seinem Jeep gestiegen, aber es war strikt verboten, das Autotelefon zu benutzen.

Er fühlte sich beschissen. Seine Kopfschmerzen wurden einfach nicht besser. Er war drauf und dran, seinen Kopf auf den Asphalt zu donnern – vielleicht war das besser als dieser dumpfe, unbarmherzige Schmerz. Die Fahrt hierher war die reine Hölle gewesen. Mit einem Auge funktionierte das Tiefensehen nicht mehr, und er hätte um ein Haar mehrere Unfälle verschuldet. Und jetzt schien die Sonne so verdammt heiß, daß er unter dem Verband schwitzte und der ganze Kopf wie verrückt juckte. Und diese verfluchte Helligkeit verursachte seinem kaputten Auge sogar unter der Augenklappe und der Sonnenbrille noch Schmerzen.

Schwindelig, krank, voller Schmerzen und in seinem Sweatshirt mit Kapuze dem Ersticken nahe, hätte er kaltblütig einen Mord begehen können.

Ein ausgemergelter Schwarzer kam von einem unbebauten Grundstück auf Snake zugeschlurft und bot ihm einen Handzettel an. Snakes erste Reaktion war, ihm auszuweichen – das letzte, was ihn momentan interessierte, war eine Werbung für ein hiesiges Striptease-Lokal oder einen netten Begleitungsservice –, aber er beschloß, das Blatt zu nehmen, damit sich der Fixer verzog und sein Telefonat mit Salinas nicht störte.

Doch selbst als Snake den Zettel genommen hatte, blieb der Kerl stehen, starrte ihm ins Gesicht und betrachtete ungeniert seine Bandagen.

»Was glotzt du denn so?« schnauzte Snake ihn an.

»Nix.« Der ausgebrannte Typ schlurfte weiter. »Gar nix.«

Snake zerknüllte den Zettel und wollte ihn soeben in den Rinnstein werfen, als ihm das Wort BELOHNUNG ins Auge fiel. Er streifte das Papier wieder glatt und las von tausend Mäusen, die für Informationen über den Aufenthaltsort zweier Ausreißer geboten wurden. Gesucht wurde eine Achtzehnjährige mit ihrer kleinen Schwester. Die Beschreibung war identisch mit der, die Snake heute morgen Salinas gegeben hatte, bevor er nach AC aufgebrochen war. Poppy war keine achtzehn mehr, aber der Rest der Beschreibung stimmte. Wenn jemand sie erkannte, würde er sich von der Tatsache, daß Poppy nicht mehr wie ein Teenager aussah, nicht abhalten lassen, die unten angegebene Nummer anzurufen.

Tausend Mäuse. Das ist alles? Salinas sollte eine Million aussetzen, wenn er dadurch Poppy und das Kind in die Finger bekäme. Dann erkannte Snake, daß der Fettwanst durch ein höheres Kopfgeld nur die Wichtigkeit der beiden betont hätte. Ein Riese dagegen schien angemessen für ein paar Ausreißer – und man konnte sich davon schließlich eine Menge Crack kaufen.

Er fragte sich, wie viele von diesen Handzetteln im Umlauf waren. Hatte etwa jeder Junkie und Dealer in AC einen? Davon gab es bestimmt Tausende in dieser Stadt. Und jeder einzelne davon verschaffte den Händlern täglich einen Profit. All das Geld ... Millionen, ja Milliarden flossen Tag für Tag aus jeder Stadt auf der Landkarte in die Kassen der Drogenhändler. Kein Wunder, daß Salinas und seine Bosse den Typ ausbooten wollten, der ihnen das Geschäft vermiesen wollte.

Das Telefon klingelte. Es war Salinas, und er hörte sich an, als wäre er kurz davor, sich in einen Schnellfeuerkampf zu stürzen.

»Der Doktor wartet vor dem Boardwalk Rogers auf einen Anruf. Aber Sie können sicher sein, daß die Übergabe dort nicht stattfindet. Sein Telefon ist angezapft. Wir rufen Sie an, sobald er kontaktiert wurde; halten Sie Ihr Handy bereit. Seien Sie vorsichtig. Es sind eine Menge Feds in der Gegend.«

Das war alles. Die Leitung war tot.

Salinas mußte am Rande der Verzweiflung sein, wenn er plante, über ein Funktelefon Kontakt aufzunehmen. Aber Snake kannte Wege, um die Abhörgefahr zu umgehen. Der einfachste war, jemandem an einem relativ abhörsicheren Münzfernsprecher die Nachricht weiterzugeben, und der machte dann einen kurzen, möglichst unverständlichen Anruf am Handy.

Wie auch immer, Snake wollte jetzt keine Zeit verlieren, sich darüber Gedanken zu machen. Salinas würde nichts Unüberlegtes tun. Er war äußerst trickreich, was die Sicherheit seiner Telefonate anbelangte.

Im Augenblick interessierte ihn viel mehr, was er mit Salinas' Info über die FBI-Agenten, die angeblich in der ganzen Stadt umherschwirrten, anfangen sollte. Anscheinend hatte Salinas einen Informanten in deren Reihen, der ihm die aktuellsten Informationen lieferte. Aber was wäre, wenn Snake selbst Hilfe brauchte? Was sollte er dann tun – eine Horde Junkies rekrutieren?

Im Moment war es wohl das beste, in der Casino-Gegend umherzufahren und auf Glück zu hoffen.

Oder darauf, daß Poppy Pech hatte.

8

»Kann ich Ihnen helfen?«

Vor Schreck hätte Poppy fast laut aufgeschrien. Sie wirbelte herum und sah einer freundlichen Verkäuferin ins Gesicht.

»N-nein. Wir schauen uns nur um. D-danke.«

Lieber Himmel, dachte sie, innerlich ganz zittrig, während die Verkäuferin zu Katie hinüberlächelte. Ich zerspringe noch vor Aufregung!

Poppy und Katie hatten sich die letzten zehn Minuten im rückwärtigen Teil des riesigen Souvenir- und Süßigkeitenladens Peanut World aufgehalten. Zunächst hatten sie sich die T-Shirts, Kappen, Aschenbecher, Fingerhüte und den sonstigen Kitsch angesehen, der durchwegs mit dem Aufdruck »Atlantic City« versehen war. Dann hatten sie Elefanten, Alligatoren sowie Katzen, Hunde und anderes Getier, das aus Muscheln hergestellt war, bestaunt. Schließlich waren sie zu den Süßigkeiten geschlendert und hatten Gelee- und Sahnebonbons betrachtet, wobei sie so taten, als könnten sie sich nicht auf die Geschmacksrichtung einigen. Wenigstens tat Poppy so. Sie war nicht wegen der Sahnebonbons hier. Für Poppy bestand die Hauptattraktion des Geschäfts in der Aussicht auf die Telefone des Boardwalk, die sich nur einen Steinwurf südlich des Eingangs zur Peanut World befanden.

»Schwere Entscheidung, hm?« sagte die Verkäuferin zu Katie und sah dann Poppy an. »Glauben Sie, Ihr Kleiner möchte eine Kostprobe haben?«

Poppy verkniff sich ein Grinsen – ja, Katie sah wirklich aus wie ein rotblonder Junge. Aber Katie zog eine Grimasse und stemmte die Hände in die Hüften. »Ich bin doch kein –«

Hastig unterbrach Poppy sie. »Ja, sehr gerne.«

Während die Verkäuferin einige Bonbons aus den Glasbehältern fischte, gab Poppy Katie einen Stups und flüsterte: »Wir tun doch nur als ob!«

Die Verkäuferin hatte drei verschiedene Bonbons ausgesucht und bot sie Katie an. »Hier, mein Kleiner. Laß es dir schmecken.«

Dann wandte sie sich anderen Kunden zu.

Poppy sah sich in dem überfüllten Geschäft um. Gott sei Dank war es ein warmer und sonniger Tag. Die ganze Gegend um den Boardwalk war übervölkert mit Menschen, die ihre Häuser verlassen hatten, um diesen sommerlich warmen Frühlingstag zu genießen. Das einzig Dumme war, daß sie alle etwa hundert Jahre alt waren, wodurch Poppy mit Katie mehr auffiel, als ihr lieb war.

Als sie mit Katie im Schlepptau in den Laden gestürzt war, hatte sie nicht gewagt, auch nur einen Blick auf die Telefone zu werfen, aber nun würde sie einen Blick riskieren. Während Katie ein Erdbeerkaramelbonbon vom Papier befreite und genüßlich zu kauen begann, trat Poppy in den vorderen Teil des Ladens; aus einer Menschentraube, die sich am Lotterieschalter angestellt hatte, linste sie verstohlen hinaus.

Das glitzernde Blau des Ozeans konkurrierte mit dem Blau des sonnigen Himmels. Weißer Sand, durchsetzt von vereinzelten Tangbüscheln, erstreckte sich bis an den Rand des Boardwalk. Nur zwei Menschen befanden sich an den Telefonzellen – eine Frau stand in der mittleren Zelle. An der Telefonzelle links außen wartete ein großer, dunkelhaariger Mann. Er hatte ein wenig Ähnlichkeit mit Katie.

Nein … er hatte sogar große Ähnlichkeit mit Katie.

Und da traf es Poppy wie ein Hammerschlag.

Ich werde sie verlieren.

Plötzlich schnürte sich ihre Kehle zusammen. Sie drehte sich um und sah Katie an, die glücklich mampfend ein weiteres Bonbon auswickelte. Sie winkte Poppy zu und grinste, einen großen Klumpen Karamel in den Backen.

Poppys Augen füllten sich mit Tränen. Vor fünf Tagen erst hatte sie das Kind zum erstenmal gesehen, und doch konnte sie sich nicht mehr vorstellen, ohne sie weiterzuleben.

Ich kann sie nicht gehen lassen.

Dennoch wußte sie, daß es keinen Ausweg gab. Das kleine Mädchen gehörte zu ihrem Vater. Trotzdem …

Poppy lief hinüber, hob Katie in ihre Arme und drückte sie fest an sich. »Ich hab dich lieb, Katie.«

Katie schlang die Arme um ihren Nacken. »Ich dich auch, Poppy. Kannst du mit mir nach Hause kommen und bei uns wohnen?«

»Oh, das würde ich zu gern, Kleines, aber im Moment kann ich nicht. Ich muß noch ein paar andere Leute besuchen.«

»Aber wenn du zurückkommst?«

»Klar. Wenn es deinem Daddy recht ist.«

»Ich frage ihn, ’kay?«

»’kay.«

Lieber Gott, wie soll ich das nur schaffen? Wie kann ich dich je gehen lassen?

Poppy kniff die Augen zu und kämpfte mit den Tränen. Da spürte sie, wie Katie ganz steif wurde. »Mommy«, flüsterte sie.

»Ich wünschte, ich wäre das, Kleines, aber du hast doch –«

»Nein. Dort ist meine Mommy.«

Poppy erstarrte. Was zum Teufel machte Katies Mutter hier? In *diesem* Laden? Hatte sie Katie trotz der Haare und der Jungenkleidung erkannt und war ihnen gefolgt? Poppy glaubte nicht, daß jemand Katie erkennen konnte, es sei denn, sie bekamen Gelegenheit, sie genau zu betrachten. Oder hatten Mütter so etwas wie einen Instinkt für ihr eigenes Kind?

Okay, sagte sie sich, bleib ruhig.

Langsam und beiläufig drehte sie sich um, wobei sie Katie noch immer an sich gedrückt hielt.

Das Geschäft war voller Frauen. Keine von ihnen schien von Katie Notiz zu nehmen.

»Nicht mit dem Finger deuten«, mahnte Poppy. »Sag mir, wer sie ist.«

»An der Tür«, flüsterte Katie leise in ihr Ohr. »Mit dem großen Hut.«

Jetzt entdeckte Poppy sie: große, dunkle Sonnenbrille, breitkrempiger Hut, wie man ihn überall am Boardwalk erstehen konnte, darunter hatte sie ein Seidentuch um ihren Kopf geschlungen. Entweder litt sie unter Sonnenallergie, oder sie hatte sich absichtlich verkleidet.

Sie schien auch gar nicht zu wissen, daß Poppy und Katie hinter ihr standen. Sie war zu beschäftigt, durch die Tür hinaus den Mann zu beobachten, der Katies Vater sein mußte.

Ah, so mußte es sein – der gute alte Dad hatte Mom wohl geflüstert, daß er hier seine Tochter zurückbekommen sollte, und die arme Frau hatte sich nicht davon abhalten lassen mitzukommen.

Wieder spürte sie den Kloß im Hals: Sie mußte Katie ihrer Familie zurückgeben. Es war das einzig Richtige.

Und plötzlich erkannte Poppy, daß dies hier die absolut perfekte Chance war, genau das zu tun.

Sie hatte vorgehabt, Katies Vater am Telefon mitzuteilen, daß er seine Tochter in dem Souvenirladen zu seiner Linken finden würde. Sie hatte sich – extra für diesen einen Anruf – vorher ein Handy ausgeliehen, wofür sie mit einer von Snakes Kreditkarten bezahlt hatte.

Sie hatte Katies Dad klargemacht, daß sie erwartete, er werde niemanden davon informieren. Dennoch wollte sie sich darauf nicht verlassen. Zum Teufel, er hatte es immerhin bereits Katies Mutter mitgeteilt. Womöglich war längst das FBI unterrichtet.

Also mußte sie annehmen, daß da draußen eine Menge Leute auf der Lauer lagen. Und wahrscheinlich erwarteten alle, sie würde wie der typische Kidnapper in all den Filmen handeln, in denen die Leute von einem Telefon zum anderen gehetzt wurden.

Nein, sie wollte Katies Vater gleich beim ersten Anruf sagen, wo er Katie finden würde. Damit rechnete garantiert niemand!

Na ja, vielleicht war das auch ein Appleton-Plan, aber es war das Beste, was ihr einfiel. Und Appleton oder nicht, es schien richtig zu sein. Sie würde Katie hier mit einer Tüte Karamelbonbons zurücklassen, aus dem Geschäft gehen, die Straße hinunter zu ihrem Lieferwagen laufen und Daddy anrufen, während sie sich aus dem Staub machte. Es gefiel ihr nicht, Katie alleine zu lassen, aber es handelte sich nur um wenige Minuten, bis Daddy hier eintreffen würde, gefolgt von Hunderten von FBI-Agenten und Cops.

Irgendwo würde sie dann das Handy wegwerfen und fahren … fahren … und den ganzen Weg nach Hause weinen.

… den ganzen Weg nach Hause …

Wie kam sie denn darauf? Sie hatte kein Zuhause. Nicht mehr. In Sooy's Boot war sicher niemand scharf darauf, sie wiederzusehen.

Zu Hause … Sooy's Boot war gar nicht mehr so weit von hier entfernt. Hatte sie etwa deshalb Atlantic City vorgeschlagen? Damit sie sich hinterher in Sooy's Boot verkriechen konnte?

Sie schüttelte die Fragen ab. Darüber wollte sie später nachdenken. Jetzt mußte sie erst Katie dorthin zurückbringen, wo sie hingehörte.

»Paß auf, Kleines«, flüsterte sie. »Ich lasse dich jetzt runter und du gehst zu deiner Mutter … Du –«

»Nein!« Katies Arme schlangen sich fester um Poppys Nacken . »Das mag ich nicht!«

»Du mußt, Schatz«, sagte Poppy tief bewegt, weil Katie bei ihr bleiben wollte. »Du mußt zurück. Deine Mom wird dich dann zu deinem Dad bringen.«

Katie richtete sich auf und sah sich um. »Daddy? Ist mein Daddy auch hier?«

Poppy wunderte sich über die Veränderung, die mit Katie bei der Erwähnung ihres Vaters vor sich gegangen war. Sie war wirklich ein kleines Papa-Mädchen!

Wie ich … vor langer Zeit …

»Er ist in der Nähe. Du gehst jetzt mit deiner Mom und wirst dann bald bei deinem Daddy sein, okay?«

»'kay.«

Poppy setzte sie auf den Boden und strich ihr T-Shirt glatt. Sie biß sich auf die Lippen, um nicht loszuheulen.

Ich muß hier raus, bevor ich mich in Tränen auflöse.

»Du bist jetzt ein braves Mädchen«, sagte sie zu Katie, kniete vor ihr nieder und streichelte über ihr kurzes Haar. »Und du bleibst ein braves Mädchen. Denke ab und zu an mich, okay?«

»'kay.«

Wieder umarmte Poppy sie und drückte sie an sich, hätte sie am liebsten niemals losgelassen und hatte das Gefühl, gleich zu zerspringen, wenn sie jetzt nicht sofort von hier wegkam.

»Ich hab dich lieb, kleines Mädchen.«

»Ich hab dich auch lieb, Poppy.«

Sie zwang sich, Katie loszulassen.

»Warum weinst du?«

»Weil ich dich vermissen werde.« Mit dem Ärmel wischte sie sich übers Gesicht. »Paß auf. Warte eine oder zwei Sekunden, bis ich draußen bin, dann gehst du zu deiner Mutter und sagst ›Hallo, Mom‹. Machst du das?«

Katie nickte, und ihre blauen Augen gingen unruhig zwischen Poppy und ihrer Mutter hin und her. »Aber wo gehst du hin?«

»Ich bin draußen.« Nicht mal gelogen. Sie würde draußen sein – ja, weit draußen, und sich weiter und weiter von Katie entfernen. »Machst du das? Warte, bis ich fort bin, dann gehst du zu ihr.«

»'kay.«

Poppy richtete sich auf und sah zum letzten Mal in das kleine Gesichtchen. Sie streichelte Katies Wange und fand irgendwie die Kraft, sich umzudrehen, an Katies Mutter, die immer noch die Telefonzellen beobachtete, vorbeizuhasten und in die Nachmittagssonne hinauszurennen.

Mit dem Gefühl, ihr herausgerissenes Herz zwischen den Souvenirs zurückgelassen zu haben, schwenkte sie scharf nach links und zwang sich, mit gesenktem Kopf einen Fuß vor den anderen zu setzen und schnellstens den Boardwalk hinter sich zu lassen.

Sie schaffte es die Rampe zur Straße hinunter, war sich vage der Massigkeit des Hotels zu ihrer Rechten und eines unbebauten Grundstücks zu ihrer Linken bewußt, aber dann übermannte sie der aufsteigende Druck in ihrer Brust. Sie stolperte in den Schatten der leeren Laderampe, sackte gegen die Wand und begann hemmungslos zu schluchzen.

9

»Hallo, Mom.«

Marnie fuhr zusammen und drehte sich um. Dieser kleine Junge, dieses Gassenkind mit orangefarbenen Haaren, zupfte an ihrem Rock und sah sie an. Ungehalten wischte sie seine Hand fort.

»Geh weg«, fauchte sie. »Ich bin nicht –«

Diese Augen … diese blauen, blauen Augen …!

Sie betrachtete das Kind näher.

»O … mein Gott!« Es war Katie! Sie sank auf die Knie und umfaßte

Katies Schultern. »Was hat er nur aus dir gemacht? Dein Haar! Deine Kleider!«

»Poppy –«

»Nennt er dich jetzt so? Poppy? Was stellt er noch mit dir an?«

Sie schlang ihre Arme um Katie, aber das Kind erwiderte die Umarmung nicht. Hölzern und steif stand es da. Fast, als hätte es Angst. Das war Johns Werk – keine Frage. Hier war der Beweis, daß er dem Kind schreckliche Lügen über seine Mutter erzählt hatte.

Plötzlich wurde Marnie wütend. John war ein wahrer Meister im Entstellen der Wahrheit. Und nun hatte er auch noch das Äußere des Kindes entstellt. Wie sie nur aussah! Wie konnte er seiner eigenen Tochter das antun? War er pervers? Ihr Haar zu bleichen und sie in Jungenkleidung zu stecken? Sie witterte Verderbnis. Tiefe Verderbnis.

Verderbnis, von der das Gericht erfahren sollte!

Da kam ihr plötzlich eine wundervolle Idee.

»Katie«, sagte sie. »Ich bringe dich nach Hause.«

Plötzlich sah Katie erleichtert aus. »Prima! Ich werde meinen Daddy wiedersehen!«

Marnie warf einen Blick hinaus auf den Boardwalk. John stand immer noch an den Telefonen. Dieser gleichgültige Bastard! Läßt die arme Katie allein hier, während er auf einen Anruf wartet. Aber von wem nur? Von irgendeiner Hure? Oder, schlimmer … von jemandem, der kleine Mädchen in Jungenkleidung liebt?

Ihr Magen rebellierte. Es war eine kranke Welt da draußen, und kleine Mädchen mußten vor diesen Ausbeutern geschützt werden, vor allem, wenn der Ausbeuter der eigene Vater war.

John sah hinaus auf den Ozean. Der Augenblick schien günstig zu sein. Marnie nahm Katie auf den Arm und trug sie aus dem Geschäft, wobei sie Katies und ihr eigenes Gesicht von John abwandte. Es war eine Sache von fünfzehn Sekunden, und dann waren sie auf der Straße und vom Boardwalk her nicht mehr zu sehen.

Marnie seufzte vor Erleichterung und setzte Katie wieder auf den Boden. Sie faßte sie fest an der Hand und schleppte sie zu der Tiefgarage des Bally's Hotel.

»Wo gehen wir hin?« fragte Katie.

»Wir holen das Auto.«

»Und dann treffen wir Daddy?«

»Nein. Dann fahren wir zum Flughafen. Wir fliegen nach Hause.«

Ich kenne einen Anwalt und einen Richter, die es sehr interessieren wird, wie du aussiehst. Und dann werden sie ihre erhabene Meinung über Herrn Dr. Van-Duyne wohl ändern.

Katie riß sich los. »Nein! Ich will zu meinem Daddy!«

»Das wirst du auch. Ich verspreche es.« *Wenn er vor Gericht erscheint.*

»Ich will ihn jetzt sehen!«

Marnie packte Katies Oberarm und zog sie zu der verglasten Zone, in der sich die Aufzüge zur Parkgarage des Bally's Hotel befanden.

»Meckere nicht. Komm jetzt.«

»Nein!«

Marnie wurde langsam wütend. Aus den Augenwinkeln heraus sah sie ganz in der Nähe Leute auf dem Bürgersteig stehen. Sie durfte keine Szene riskieren. Während sie Katie Richtung Aufzüge zerrte, hob sie zwar die Stimme, blieb jedoch wegen möglicher Zeugen zuckersüß.

»Komm, mein Schatz«, flötete sie. »Du darfst den Knopf drücken, wenn wir im Aufzug stehen. Du mußt auf die Drei drücken. Kennst du die Drei?«

Ein Aufzug stand offen, und Marnie gab Katie einen Klaps auf den Po und schubste sie durch die Tür.

»Nein!« schrie Katie. »Ich will nicht zu dir! Ich will zu meinem Daddy!«

Jetzt reichte es! Bevor Marnie bewußt wurde, was sie tat, drückte sie selbst den Knopf mit der Drei und versetzte Katie quer über ihr kleines verweintes Gesicht die wohlverdiente Ohrfeige. Das Echo hallte noch in der kleinen Liftkabine, als die Türen leise zuglitten.

»Nun ist es aber genug«, fauchte sie. Sie sah Katie scharf an, die sich mit der freien Hand die Wange hielt, über die dicke Tränen kullerten. »Eines wirst du lernen, und zwar gut: Du wirst tun, was man dir sagt, und nicht so frech sein, verstanden!«

Der Aufzug blieb auf der dritten Etage stehen, die Tür öffnete sich, und Marnie trat hinaus und zerrte das widerstrebende Kind hinter sich her. Sie sah sich um … Wo hatte sie nur den Wagen geparkt?

Plötzlich hörte sie, wie hinter ihr die EXIT-Tür aufgestoßen wurde. Eine schlanke, junge Frau in Jeans und Karohemd kam keuchend auf sie zugelaufen. Sie hatte kurzes, tintenschwarzes Haar und rot geränderte Augen. Sie sah aus, als hätte sie geweint. Ihre Augen leuchteten auf, als sie Katie erblickte. Während sie noch mit großen Schritten auf Marnie zukam, knurrte sie zwischen zusammengebissenen Zähnen hervor: »Du Luder!«

Und dann spürte Marnie nur noch Schmerz, als die Frau ihr die Faust auf die Nase schmetterte.

10

Die liebende Mutter taumelte zurück, aus ihrer Nase tropfte Blut. Sie ließ Katie los und griff sich mit beiden Händen ins Gesicht. Als sie aufschrie, versetzte ihr Poppy noch einen Schlag, diesmal genau auf den Mund. Sie stöhnte, krümmte sich zusammen und torkelte ein paar Schritte, als wolle sie davonlaufen. Poppy setzte ihr nach, mit erhobenen Fäusten, und hätte sie am liebsten weiter verprügelt.

Poppy hatte sich in der Ladezone zusammengekauert, heulend und vor Selbstmitleid zerfließend, als sie die Mutter, Katie hinter sich herziehend, in Richtung Bally's Parkhaus eilen sah. Instinktiv hatte sie gespürt, daß hier etwas nicht stimmte. Warum hatte sie Katie nicht zu ihrem Vater gebracht?

Poppy war ihnen gefolgt und hatte beobachtet, wie die Frau Katie ins Gesicht schlug.

Das war zuviel. Poppy hetzte, Mordlust im Herzen, die Stufen hinauf, sah Katie in der dritten Etage mit tränenden Augen aus dem Lift steigen und bemerkte sofort den roten Handabdruck auf der Wange der Kleinen.

Etwas in Poppy war zerbrochen. Oh, tat das gut, diesem Drachen die Nase einzuschlagen! Sie hätte ihr zu gern noch ein paar verpaßt, damit sie wußte, wie es sich anfühlte, geschlagen zu werden.

Und jetzt versuchte das Luder, sich davonzumachen. Vornübergebeugt stolperte sie dahin. Aber sie kam nicht weit, denn plötzlich knallte sie mit dem Kopf gegen einen Betonpfeiler. Poppy hörte ein dumpfes Geräusch, dann krümmte sich das Weib auf dem Boden und blieb liegen wie ein leerer Kartoffelsack.

Poppy stand über ihr und wartete. Aber Marnie bewegte sich nicht mehr.

So plötzlich, wie die Wut über sie gekommen war, so plötzlich verebbte sie nun. Poppy wandte sich ab und ging zu Katie zurück. Sie nahm sie auf den Arm und trug sie zur Treppe.

»Komm, meine Kleine. Wir machen, daß wir hier wegkommen.«

Sie hatte den Wagen gegenüber vor einer Kirche geparkt. Sie stand zwar im absoluten Halteverbot, aber sie hatte einen Zettel an die Windschutzscheibe geheftet, daß sie einen Motorschaden hätte und einen Mechaniker holen wollte: *Bitte, bitte, schleppen Sie mich nicht ab!* Es war riskant, aber sie wollte nicht in einem dieser mehrgeschossigen Parkhäuser in der Falle sitzen, wenn sie einen schnellen Abgang machen mußte. So wie jetzt.

Poppy schnallte Katie auf dem Beifahrersitz an und fuhr los. Ohne recht zu wissen, wohin, flitzte sie von der Pacific Richtung Atlantic Avenue, vorbei an einem riesigen Krankenhauskomplex, und bog an einer roten Ampel rechts ab, um nur ja nicht stehenbleiben zu müssen. Erst an der Kentucky Avenue hielt sie vor einer Ampel und drehte sich zu Katie um, die immer noch leise vor sich hinwimmerte.

»Bist du mir böse, daß ich deine Mutter geschlagen habe?«

Katie zog die Nase hoch. »Nein. Ich bin froh. Sie hat mir weh getan«, jammerte sie und hielt sich die Wange. »Sie tut mir immer weh.«

»Wirklich? Nun, die wird dir nie wieder weh tun.«

»Das hat mein Daddy auch gesagt, und trotzdem hat sie's wieder getan.«

Dein Daddy hält seine Versprechen wohl selten, was? dachte Poppy. Hielte er seine Versprechen, wäre das jetzt nicht passiert.

Doch in bestimmter Weise war sie froh, daß alles schiefgelaufen war. Es war ein Zeichen.

Im allgemeinen hielt Poppy nicht viel von Zeichen und dem ganzen religiösen Hokuspokus, aber, lieber Gott, angenommen, es gab so etwas doch, dann war die Szene in der Garage eben ein Zeichen dafür, daß

Katie bei ihr besser aufgehoben war als bei ihrer eigenen Familie. Ein todsicheres Zeichen.

Mir ist es recht, dachte sie, und blinzelte zu Katie hinüber. Ich werde dich für den Rest meines Lebens behalten. Ich werde dich aufziehen, wie ich Glory aufgezogen hätte. Du wirst nie mehr alleine sein und nie, nie mehr Angst haben müssen, daß dir jemand weh tut.

Was war nur mit den Menschen los? Kinder waren doch etwas Wertvolles. Sie waren so hilflos. Sie waren so abhängig von den Großen – Essen, Kleidung, ein Dach über dem Kopf. Und Sicherheit. Die Großen waren doch dazu da, die Kleinen zu beschützen, bis sie selbst für sich sorgen konnten. Was mochte ein Kind von der Welt denken, wenn es schon vor der eigenen Mutter Angst haben mußte, die es eigentlich beschützen sollte?

Sie beugte sich hinüber und küßte Katie auf die Wange.

»Hier. Ist es jetzt besser?«

Katie hörte auf zu weinen, doch die Tränen saßen noch sehr locker.

»Glücklich siehst du immer noch nicht aus. Wie wär's mit einer Juniortüte beim ersten McDonald's, den wir sehen? Wie klingt das?«

Sie nickte … und da – endlich ein kleines Lächeln.

»Ich habe das Gefühl, du könntest außerdem eine dicke Umarmung brauchen, hm?«

Wieder nickte sie. Poppy öffnete Katies Gurt und drückte sie fest an sich. »Von nun an wird dir niemand mehr weh tun, Katie, das verspreche ich dir. Du wirst ein fröhliches und sicheres Zuhause haben, genau wie meines.«

Diese Erkenntnis traf sie wie ein Schlag. Ja, sie hatte ein gutes Zuhause gehabt. Geld war zwar immer etwas knapp gewesen, aber sie hatte sich stets sicher und geborgen gefühlt. Und da ihr Vater so viele Brüder hatte, war auch immer jede Menge Verwandtschaft in der Nähe.

Ja, sie alle wohnten immer noch in Sooy's Boot. Vielleicht würden sie sie auch wieder aufnehmen. Vielleicht – wenn sie ihnen Katie als ihre Tochter vorstellte, als Enkelin ihres Bruders Jake … vielleicht würden sie Vergangenheit Vergangenheit sein lassen und sie willkommen heißen?

Ja. Zurück in die Kiefernwälder. Niemand würde sie dort suchen. Und selbst wenn jemand auf die Idee käme, dort fände man sie niemals.

»Katie«, sagte sie. »Willst du sehen, wo ich aufgewachsen bin? Möchtest du all meine Onkel und Tanten kennenlernen? Ich weiß, daß sie dich gerne sehen möchten. Hm? Wir könnten –«

Der Wagen hinter ihnen hupte. Poppy sah hoch und bemerkte, daß die Ampel auf Grün geschaltet hatte. Rasch gurtete sie Katie wieder an und fuhr an.

»Ja«, sagte Poppy, übermannt von ihren Gefühlen. »Das machen wir.«

Wir fahren nach Hause.

11

Snake fuhr die Atlantic Avenue auf und ab. Sie war breit und schien Atlantic Citys Hauptverkehrsader zu sein. Den ganzen Vormittag hatte er die Seitenstraßen nach einem weißen Lieferwagen und einer Frau mit kleinem Mädchen abgesucht. Er hatte viele solche Paare laufen sehen, aber keine der Frauen hatte burgunderfarbenes Haar, und keines der Mädchen sah aus wie das Paket.

Er hatte das Autoradio auf einen Lokalsender eingestellt und hörte Nachrichten aus Atlantic City. Er wußte nicht, worauf er wartete, aber sollte etwas geschehen, wollte er es hören.

Statt dessen hörte er Reverend Whitcomb.

»... und woher wissen wir, daß Präsident Winston wegen eines Check-ups im Krankenhaus ist? Ist er gar wegen eines eigenen Drogenproblems dort? Ist er deshalb so erpicht darauf, dieses Gift zu legalisieren?«

Von plötzlichem Zorn gepackt, schaltete Snake das Radio ab.

Dieser Idiot! Nicht Drogen haben Winston ins Krankenhaus gebracht! Es war Snake! Er ist nicht wegen einer Entziehungskur dort! Er ist wegen *mir* dort!

Er kreuzte gerade die Kentucky Avenue, als er links von sich einen Hupton hörte. Er sah hinüber und bemerkte einen roten Lieferwagen, der vor der grünen Ampel stand. Es war das gleiche Modell, nach dem er suchte – schade, daß es nicht weiß war.

Er fuhr langsamer. Der Wagen sah aus, als hätte ihn jemand mit Spraydosen bespritzt – beschissen. Er warf einen Blick auf den Fahrer. Eine schwarzhaarige Punkerin, die einen kleinen rothaarigen Jungen umarmte. Nichts, was ihn interessiert hätte.

In dem Moment drehte sich die Fahrerin um und schaute in den Seitenspiegel. Da erkannte er das Gesicht.

Poppy!

Er riß den Jeep herum, wendete mitten auf der Straße, was ihm ein wütendes Hupkonzert einbrachte – leckt mich! – und schoß gerade noch in die Kentucky Avenue, bevor die Ampel wieder auf Rot schaltete.

Zunächst war er drei Wagen hinter dem Lieferwagen, dann nur noch zwei. Er streichelte über die Cobra in der Bauchtasche seines Sweatshirts. Am liebsten wäre er direkt neben den Lieferwagen gefahren und hätte das Fahrerhaus mit allen sechs Kugeln in der Trommel wie Schweizer Käse durchlöchert. Wenn es nicht wegen des verdammten Tonbands gewesen wäre, hätte er genau das getan und jeden einzelnen Schuß davon genossen.

Dieses Vergnügen mußte er jedoch auf später verschieben. Besser so. Später würde er es um so mehr auskosten. Er entschloß sich, die Vorfreude zu genießen und zu warten, bis er Poppy in die Augen schauen konnte. Dann würde er seinen Verband herunterreißen und ihr seine Wunden zeigen.

Schau, was du mir angetan hast, du Miststück! Dachtest wohl, du hättest mich erledigt, was? Aber Snake verreckt nicht so schnell. Snake steht sogar von den Toten wieder auf! Du nicht!

Und dann würde er zusehen, wie ihr Kopf explodierte.

O ja. Das würde ein gutes Gefühl sein. Ein sehr gutes.

Doch zunächst brauchte er das Tonband.

Er konzentrierte sich auf den Lieferwagen vor sich und blieb zwei Autos dahinter. Er hatte sie im Visier – nun hieß es, Geduld zu bewahren und den richtigen Moment abzuwarten.

Er bemerkte, daß sie das Kennzeichen von Maryland gegen eines von New Jersey ausgetauscht hatte und grinste.

Komplett neues Aussehen, was, Poppy? Neue Autofarbe, neue Nummernschilder, sogar neue Haarfarbe für dich und das Kind. Du denkst wohl, du kannst alle hinters Licht führen, was? Möglich. Aber nicht mich.

12

»Es ist für Sie.«

Bob Decker ging durch den Wohnwagen, den sie als provisorische Kommandozentrale an der Indiana Avenue aufgestellt hatten.

Er hörte Canneys Stimme aus dem Hörer.

»Wir haben sie gefunden.«

Bobs Herz machte einen Sprung. Gott sei Dank! »Katie?«

»Nein«, wehrte Canney ab. »'tschuldige, ich hätte mich klarer ausdrücken sollen. Ich meinte die Frau. Wir wissen, wer sie ist.«

»Oh.« Bob versuchte seine Enttäuschung zu verbergen. Einen Moment lang hatte er gedacht, alles wäre vorbei. »Wer ist sie?«

»Poppy Mulliner. Vor etwa drei Jahren wurde sie in New York zweimal festgenommen. Ladendiebstahl und Hehlerei. Beide Male auf Bewährung freigelassen. Seither ist sie ziemlich sauber geblieben.«

»Klar. Wechselte ins Fach Kidnapping.«

Immer und immer wieder hatte er sich die Tonbänder von Poppy Mulliners Anrufen bei VanDuyne angehört. Es fiel ihm schwer, diese fürsorgliche Stimme mit einer Frau zu identifizieren, die ein Kind entführt haben sollte.

»Sieht so aus. Ich hab mir ihr Foto faxen lassen, und wir verteilen es an unsere Leute draußen auf dem Boardwalk. Wenn sie sich nicht komplett verändert hat, glaube ich nicht, daß es schwierig sein wird, sie zu erkennen. Sie ist ein bißchen ausgeflippt, aber ein steiler Zahn.«

»Prima. Schick mir auch ein Foto. Sonst noch was?«

»Wir versuchen, mehr über sie herauszubekommen. Nur eines kann ich jetzt schon sagen, sie ist ziemlich unzuverlässig, was ihre Verabredungen betrifft.«

»Glaubst du, sie spannt den armen Teufel nur auf die Folter?«

Ein armer Teufel, ja, dachte Bob. VanDuyne muß da draußen auf dem Boardwalk durch die Hölle gehen. Er stellte sich vor, er stünde selbst dort und wartete darauf, daß das Telefon endlich klingelte …

Er war froh, beim Secret Service und nicht beim FBI zu sein. Er war nicht geschaffen für Entführungen. Es ging ihm zu sehr unter die Haut.

»Irgendwie glaube ich das nicht«, sagte er zu Canney. »Du hast doch die Tonbänder gehört. Sie hat einen Drugstore überfallen, um Katies Medikament zu besorgen. Jemand, der sich derart um dieses kleine Mädchen sorgt, quält doch deren Vater nicht.«

»Vielleicht sorgt sie sich *zu* viel.«

Daran hatte Bob noch nicht gedacht »Du meinst, sie will Katie eigentlich nicht gehen lassen?«

»Wäre nicht das erste Mal.«

»Oder sie hat unsere Leute bemerkt. Ich hasse den Gedanken, daß wir schuld daran sein könnten, daß der Mann sein kleines Mädchen heute wieder nicht zurückbekommt.«

»Wir sind ziemlich gut getarnt. Die Leute von der DEA, die Dan uns geschickt hat, sind ein Muster an Unauffälligkeit.«

»Wollen wir's hoffen!«

Wieder sah er auf seine Uhr. 15.12 Uhr.

Komm schon, Lady. Ruf endlich an. Erlöse doch den armen Kerl!

13

Snake folgte dem Lieferwagen, der an der Delaware Avenue nach links in den White Horse Pike einbog.

Sie will die Stadt verlassen, dachte er. Perfekt.

Je dünner die Besiedelung, desto leichter würde es sein.

Er blieb hinter ihr, bis sie in einer Stadt mit dem Namen Absecon zu einem McDonald's einbog. Snake blieb auf dem Bankett stehen und beobachtete Poppy, die in die Drivethru-Spur fuhr.

Was mache ich jetzt?

In seinem schmerzenden Kopf wirbelten Fragen und Möglichkeiten. Was hatte sie vor? Wollte sie in ein Motel? Sie konnte das Tonband sowohl bei sich haben als auch dort, wo sie übernachtet hatte. Wenn sie irgendwo ein Zimmer hatte, war es am besten, ihr dorthin zu folgen und alles auf einmal zu erledigen.

Wenn sie nun aber zurück nach Washington wollte? Wenn sie zurück auf die 95 fuhr und keinen weiteren Halt mehr einlegte, könnte es sein, daß sich ihm keine bessere Chance mehr bot. Dies könnte vorerst die letzte Gelegenheit sein, das Tonband in seinen Besitz zu bekommen.

Aber wie gehe ich vor?

Da erkannte Snake, daß er diesen Mutterkomplex, der Poppy anscheinend mit dem Paket verband – und woran letztlich das ganze Ding gescheitert war –, zu seinem Vorteil nutzen konnte.

Er sah, wie sich ein Wagen hinter dem Lieferwagen einreihte – nun saß sie zwischen zwei Autos fest.

Jetzt oder nie.

Snake zog die Cobra aus der Tasche, trat das Gaspedal durch und brachte Sekunden später den Jeep neben Poppys Wagen zum Stehen. Er stieß seine Tür auf und sprang hinaus. Blitzartig riß er die Beifahrertür des Lieferwagens auf und packte das Kind. Als es zu schreien begann, hielt er ihm den Mund zu und preßte die Mündung des Revolvers an den Kopf des Kindes.

Dann erst sah er Poppy an, die wie erstarrt am Lenkrad saß. Mit weit aufgerissenen Augen und offenem Mund glotzte sie ihn an.

Sogar diese Anstrengung hatte das Pochen in seinem Kopf zu einem gewaltigen Dröhnen anwachsen lassen, dennoch zwang er sich zu einem Grinsen.

»Überraschung, du Miststück! Es gibt mich noch!«

Poppys Lippen bewegten sich, aber sie brachte keinen Ton heraus. Sie langte nach dem Kind, aber Snake hielt sie zurück.

»Wage nicht mal, daran zu denken! Gib mir sofort das Tonband.«

»Welches Tonband?«

»Verarsch mich nicht! Ich blase ihr den Kopf weg, wenn du auch nur einen Blick auf sie wirfst!«

»Ich – ich habe es nicht!«

Das war keine Lüge. Snake konnte das Entsetzen in ihren Augen sehen. Sie war fast gelähmt vor Angst, daß er dem Balg etwas antun könnte.

»Wo zum Teufel ist es?«

»Ich hab es liegenlassen …« Ihre Augen glitten an ihm vorbei, als versuchte sie, sich zu erinnern.

»Hast du irgendwo ein Zimmer? Hast du es in einem verdammten Motelzimmer gelassen?«

Wie konnte sie nur so verflucht *blöde* sein?

Da erst kam er auf die Idee, daß sie möglicherweise gar keine Ahnung hatte, was auf dem Band zu hören war. Ihr Wagen hatte keinen Kassettenrecorder. Wo hätte sie es sonst abhören können?

»Ja«, krächzte sie heiser. »Ich hab es vergessen …«

»Dann werden wir es eben holen!« versetzte Snake. Er steckte die Pistole weg, lockerte den Würgegriff um Katies Hals nicht. »Du fährst voran. Das Kind und ich fahren hinterher.«

»Nein!« schrie sie und griff wieder nach Katie. »Bitte!«

Snake zerrte das Kind aus dem Wagen und trug sie zu seinem Jeep. Er drehte sich herum. Mit einem Auge konnte er nicht gut sehen, ob sie beobachtet worden waren. Eventuelle Zeugen mochten an einen Familienstreit glauben. Eines wußte er jedenfalls genau: Poppy würde mit Sicherheit nicht die Bullen informieren.

Die Tür des Jeeps war offen, und der Motor lief. Als er das Kind hochhob, um es in den Wagen zu stoßen, prallte plötzlich ein Gewicht auf seinen Rücken. Ein schrilles, wahnsinniges Kreischen drang in seine Ohren, während sich von hinten Fingernägel in seine Augen krallten, an seinem Verband zerrten und sein Gesicht zerkratzten.

Das mußte Poppy sein – es konnte nur sie sein –, aber es fühlte sich an, als hätte ihm ein Raubtier seine Reißzähne ins Gesicht geschlagen.

Snake schrie auf, als sich der Schmerz wie ein Pfeil in seine Augenhöhle spießte.

Das Kind war vergessen. Plötzlich war das Wichtigste im ganzen Universum, diese Krallen aus seinen Augen, aus seinem Kopf zu entfernen. Da bekam er einen Schlag auf seine rechte Kopfhälfte, quer über die Naht seiner Wunde. Es war kein kräftiger Schlag, aber Snake hatte das Gefühl, von einem Vorschlaghammer getroffen worden zu sein.

Der explodierende Schmerz zwang ihn in die Knie. Würgende Laute gurgelten aus seiner Kehle, und die Welt bebte und versank in dumpfem Wirbel.

Unklar vernahm er das Geschrei des Kindes und hörte Poppys Stimme. »Komm, mein Kleines, komm mit mir«, dann entfernten sich eilige Schritte.

Sie entkam, und Snake kümmerte es kaum. Er mußte sich an den Boden klammern, aus Angst, aus der rotierenden Welt geschleudert zu werden.

14

Keuchend, zitternd und ängstlicher, als sie es jemals zuvor in ihrem Leben gewesen war, setzte Poppy Katie auf den Beifahrersitz, schlug die Tür zu und rannte zur Fahrerseite. Sobald sie hinter dem Steuer saß, riß sie den Wagen hart nach rechts, fuhr über den Grünstreifen und brauste davon.

Zurück auf dem Highway, bereute sie, Mac nicht auch noch überfahren zu haben, um ihn für immer aus ihrem Leben zu verbannen.

Aber zu spät. Nur weg hier, um möglichst viele Meilen zwischen sich und diese Bestie zu bringen.

Vergiß den Sicherheitsgurt – sie drückte die schluchzende und bibbernde Katie an sich und raste auf dem Highway 30 nach Westen.

»Nur weg hier, Kleine. Mach dir keine Sorgen mehr wegen diesem Monster. Wir fahren an einen sicheren Ort – dort wird uns nie mehr jemand belästigen.«

Lieber Gott, war das knapp gewesen!

Mac in AC – wie war das nur möglich?

Poppy war wie gelähmt gewesen, als er die Pistole an Katies Kopf gehalten hatte. Und sie wäre fast gestorben, als er sie aus dem Wagen gezogen und zu seinem Auto geschleppt hatte. Augenblicklich hatte sie erkannt, wenn er es schaffte, Katie in seinen Jeep zu tragen, würde sie sie nie mehr wiedersehen.

Mac hatte nach einem Tonband gefragt! Welches Tonband denn? Handelte es sich etwa um die Kassette, die sie in Maryland aus dem Fenster geworfen hatte? Was mochte wohl darauf zu hören gewesen sein?

Ach, wen interessierte das schon? Die Kassette konnte sie ihm ohnehin nicht mehr verschaffen, aber Poppy ahnte, daß er etwas Abscheuliches tun würde, wenn er das jemals erführe.

Genau an dem Punkt hatte sie zu denken aufgehört. Irgendein blinder, verrückter Instinkt hatte sie veranlaßt, aus dem Wagen zu hetzen und Mac auf den Rücken zu springen, tierische Laute auszustoßen und ihn mit allem, was sie hatte, zu kratzen und zu verwunden.

Sie wußte immer noch nicht genau, was dort geschehen war, aber das Wichtigste war, daß sie Katie wiederhatte.

Nach ein paar Meilen bekam sie heftigen Schüttelfrost, aber sie wagte nicht anzuhalten. Sie war vollkommen erschöpft und hätte am liebsten losgeheult. Was mußte sie noch alles durchstehen? Wie lange sollte das noch so weitergehen?

Aber momentan durfte sie nicht weinen, nicht vor Katie. Das arme Ding brauchte ein Gefühl der Geborgenheit, und wie sollte eine schniefende Heulsuse jemandem dieses Gefühl vermitteln?

Poppy hätte sich selbst gerne sicher und geborgen gefühlt. Vor allem jetzt, da Mac sie hier gefunden hatte. Er hatte doch gar nicht wissen können, daß sie in AC war! Sie hatte es nur einer Person gesagt. Katies Vater.

Der Blödmann. Wem außer Katies durchgeknallter Mutter hatte er es noch erzählt? Was für eine Familie! Na, jetzt würde Katie ja bei ihr bleiben. Poppy hatte gute Lust …

Sie blickte auf das gemietete Handy, das neben ihr lag.

Ja, warum eigentlich nicht? Sie hatte die Nummer des Münzfernsprechers im Kopf. Wenn Daddy noch immer dort wartete, dann würde sie ihm mal anständig die Leviten lesen.

15

Bob Decker lief in der Enge der provisorischen Kommandozentrale im Trailer auf und ab. Es war 15.42 Uhr, und die Frau hatte immer noch nicht angerufen.

Bob wurde fast verrückt hier drinnen, aber VanDuyne erlitt dort draußen wohl Höllenqualen. Die Tür ging auf, und Gerry Canney kam herein. Er trug Fahrradhosen und ein Tank-Top. Mit seinem blonden Haar und den muskulösen Armen sah er fast wie ein Surfer aus. Fast – ihm fehlte lediglich die entsprechende Sonnenbräune.

»Du hast dir's aber bequem gemacht.«

Canney grinste. »Ich arbeite doch als Undercover-Agent, weißt du das nicht?« Er wedelte mit einem Blatt Papier. »Weitere Infos über unsere Freundin Poppy. Sie ist ein ›Joisey goil‹. Eine Eingeborene.«

»Dann sind wir schon zu zweit.«

»Du machst Witze!«

»Nein, ich bin westlich der George Washington Bridge in einem Ort namens Hackensack geboren.«

Canney schüttelte den Kopf. »Hackensack ... Sooy's Boot. Komische Namen habt ihr hier. Aber wie kommt es, daß du dich nicht anhörst, als kämst du aus ›Joisey‹?«

Canneys Akzent begann Bob auf die Nerven zu gehen. »Weil kaum jemand von uns ›Joisey‹ sagt, außer, er kommt aus Brooklyn zu uns herüber.«

»Na, wenn du es sagst. Unsere Freundin Poppy hört sich an, als käme sie aus den Südstaaten, statt dessen wurde sie in Sooy's Boot, New ›Joisey‹ geboren.«

»Sooy's was?«

»Boot. Sooy's Boot.«

»Nie davon gehört.«

»Die Landkarten, die wir uns angesehen haben, auch nicht. Wir haben ein Sooy Place gefunden, aber das ist es nicht. Schließlich haben wir Trenton angerufen, und selbst die hatten Schwierigkeiten. Aber sie fanden es dann nordwestlich von hier. Die nächste Stadt auf der Landkarte ist ein Ort namens Chatsworth.«

»Kenn ich auch nicht.«

»Irgendwo im Norden des Wharton State Forest. Sieht aus, als läge es im Wald, tief im Wald.«

Plötzlich hatte Bob einen Geistesblitz. »In den Pines! Ich werde verrückt – sie ist ein ›Piney‹!«

»Was ist das?«

»Das heißt, sie ist in den Pine Barrens aufgewachsen, einem riesigen hügeligen Waldgebiet, das sich über den größten Teil des Zentrums des Staates ausdehnt.«

»Ein ›Piney‹, hm?«

»Ja, das gilt kaum als Kompliment. In New Jersey wird es oft als Äquivalent zu ›Redneck‹ oder ›Hillbilly‹ gebraucht. ›Pineys‹ wurden schon immer mit Inzucht, Schwarzbrennerei und –«

»He«, rief Harris aus seiner Ecke bei den Monitoren. »Das Telefon klingelt.« Er zog sich den Kopfhörer herunter. »Sie ist es!«

»Stell sie auf den Lautsprecher durch«, kommandierte Canney. »Und zeichne das Gespräch auf.«

»Gott sei Dank!« murmelte Bob.

Aber seine Erleichterung löste sich in Luft auf, als plötzlich eine wütende Stimme durch den Wohnwagen hallte.

16

»Sie sind ein echter Blödmann, wissen Sie das?«

Die Worte der Frau – John hatte die Stimme sofort erkannt – trafen ihn wie ein Hammerschlag. Er wußte nicht, was er sagen sollte. »Stimmt etwas nicht?« fragte er lahm. Natürlich war etwas schiefgelaufen. »Wie geht es Katie?«

»Katie geht es gut – wenn man von den Spuren einer Ohrfeige absieht. Das hat sie Ihnen zu verdanken, *Daddy*!« Das letzte Wort spuckte sie förmlich heraus.

»Eine Ohrfeige?« John wurde übel. »O nein, Sie haben sie doch nicht etwa –«

»Ich? Sie Schwachkopf! Ich würde ihr kein Haar krümmen – aber Ihre Frau, das ist eine *ganz* andere Geschichte!«

»Meine Frau? Marnie? O Gott!« Wie war sie in diese Sache geraten? War Katie jetzt etwa bei ihr? Allein der Gedanke machte ihn schon krank. »Sie … sie ist nicht mehr meine Frau, wir sind geschieden.«

»Aber nicht so geschieden, daß Sie ihr nicht von Ihren Plänen in AC erzählen würden, was?«

»Ich habe ihr kein Wort gesagt. Sie –«

»Na, jedenfalls dachte ich, es wäre sicher, Katie mit ihrer Mutter gehen zu lassen, aber dann sah ich, wie sie Katie eine knallte. Also hab ich's ihr anständig gegeben. Aber Mom war heute Katies geringstes Problem. Mac ist plötzlich aufgetaucht.«

»Mac?«

»Der Kerl, der sie gekidnappt hat! Er hat versucht, sie wieder in seine Gewalt zu bekommen.«

»Nein!«

»Doch! Sie haben gequatscht, obwohl Sie den Mund halten sollten, Daddy! Und Sie haben immer mit den falschen Leuten gequatscht. Es ist fast, als hätten Sie an einer Plakatwand verkündet: ›Heute bekomme ich Katie in Atlantic City zurück!‹ Und jetzt sage ich Ihnen etwas, *Daddy*: Nein, tun Sie nicht! Ich behalte sie. Bei mir ist sie besser aufgehoben als bei Ihnen und diesem Weib, das eine Mutter sein will. Da bin ich mir verdammt sicher.«

John hatte das Gefühl, der Boardwalk würde unter ihm zusammenstürzen. »Nein, bitte! Sie haben das mißverstanden! Ich –«

»Kommen Sie mir nicht mit der Mitleidstour, Daddy! Sie haben es verbockt! Und Sie allein sind dafür verantwortlich!«

»Poppy, bitte! Das stimmt doch alles nicht. Lassen Sie mich mit Katie sprechen. Nur einmal. Ich ...« Irgend etwas war mit der Leitung geschehen. »Hallo? Hallo?« Die Leitung war tot. Sie hatte aufgelegt.

John lehnte sich gegen die Wand der Telefonzelle. Er war nahe daran, vor Kummer zu schreien. Dennoch mischte sich ein sonderbares Gefühl in seinen Schmerz.

... Sie haben gequatscht, obwohl Sie den Mund halten sollten, Daddy! Und Sie haben immer mit den falschen Leuten gequatscht ...

Aber das stimmte nicht. Er hatte doch keiner Menschenseele ...

Doch das hieß nicht, daß nicht jemand gelauscht hatte.

... Sie haben es verbockt! Und Sie allein sind dafür verantwortlich ...

Nein ... falsch. Dafür war jemand anderer verantwortlich. Und John ahnte ziemlich genau, wer.

Jäh aufflammender Zorn bezwang seinen Kummer.

Noch immer hielt er den Hörer in der verschwitzten Hand. Er hob ihn an sein Ohr und begann zu sprechen.

»Haben Sie das gut verstanden, Decker? Ist alles auf Band? Dann hören Sie: Ich gehe jetzt zurück in mein Zimmer. Ich bin sicher, Sie wissen, wo das ist. Ich will Sie dort sehen. Sollten Sie dort nicht auftauchen, werde ich Sie in Washington finden. Jetzt oder später, irgendwann werden Sie mir eine Erklärung geben müssen!«

Dann knallte er den Hörer auf die Gabel.

17

Bob Decker fuhr beim Echo des lauten Knackens zusammen. Harris schaltete die Lautsprecher aus, und Canney drehte sich herum. »Autsch!«

»Scheiße!« knurrte Bob. »Was geht denn noch alles schief? Wir haben VanDuynes Exfrau verloren, die wiederum Poppy Mulliner fand, die wir nicht finden konnten. Wir können diesen Snake oder Mac, oder wie er auch heißt, nicht finden, aber er findet wiederum Poppy! Wir haben all diese Männer da draußen und haben nicht mal einen Rockzipfel von ihr erhaschen können. Verdammt!«

Noch vor wenigen Minuten hatte er von einem triumphierenden Anruf in der Präsidentensuite des Bethesda Hospitals geträumt, in dem er Winston mitteilte, daß sein Patenkind in Sicherheit sei und er reinen Gewissens nach Den Haag reisen könne. Und nun …?

»Wie gedenkst du, mit VanDuyne vorzugehen? Willst du ihn hinhalten?«

Bob schüttelte den Kopf. »Nein. Er hat ein Recht darauf, es zu erfahren. Ich gehe zu ihm.«

»Soll ich mitkommen?«

Bob grinste bitter. »Als Bodyguard?«

»Sei vorsichtig.« Er deutete auf den Lautsprecher. »Das klang nach einem sehr wütenden Mann.«

»Ja, und er hat recht.« Bob wandte sich an Harris. »Sonst noch was?«

»Der Anruf kam von einem Mobiltelefon«, sagte Harris. »Und zwar über das Netz von Absecon, das heißt, sie fährt landeinwärts.« Er zuckte mit den Achseln. »Tut mir leid, hatte keine Zeit, sie besser einzukreisen.«

»Sie will in diese Pine Barrens, da wette ich«, sagte Canney. »Wenn wir nur wüßten, womit sie unterwegs ist, dann –« Er schnippte mit den Fingern. »VanDuynes Exfrau! Sie muß Poppy gesehen haben. Vielleicht hat sie auch ihr Auto gesehen.«

»Gute Idee«, sagte Bob. »Eine Frage noch: Es stört mich, daß dieser Mac hier aufgetaucht ist. Woher zum Teufel wußte er, daß VanDuyne oder Poppy mit Katie auf dem Weg nach Atlantic City waren?«

Canney zuckte die Schultern. »VanDuynes Telefon kann er nicht angezapft haben – das hätte unsere Technik registriert. Vielleicht ist er ihm gefolgt, wie seine Exfrau?«

»Möglich. Trotzdem, irgendwie irritiert mich das. Stell dir vor, VanDuyne wird sowohl von unserem Mr. X verfolgt als auch von seiner Exfrau, die wiederum von deinem Mann verfolgt wird – die Hälfte der Leute auf dem Highway 95 nach Norden verfolgen VanDuyne nach Atlantic City … also ich weiß nicht, Gerry …«

»Ich rede mal mit Trevor. Er war auf der Straße. Wir werden sehen, was er sagt. Aber so muß es sein. Wie sollte es sonst sein? Nur vier Leute auf unserer Seite wußten, was gespielt wurde.«

»Drei«, entgegnete Bob. »Jim Lewis ist in Großbritannien. Ich hatte gar keine Chance, ihm von Atlantic City zu erzählen.«

»Na, also. Drei von uns. Du hast nicht gequatscht, ich habe nicht gequatscht und Dan todsicher ebensowenig. VanDuyne ist mit Sicherheit verfolgt worden.«

»Vielleicht hast du recht.« Bob stand auf. »Zeit, sich Dr. VanDuyne zu stellen.«

»Viel Glück!« Canney sah auf seine Uhr. »Ich rufe jetzt alle vom Boardwalk zurück und lasse sie nach Marnie VanDuyne suchen. Vielleicht haben wir mit ihr Glück.«

»Das hoffe ich; wir hätten's dringend nötig.«

18

John mußte nicht erst durch den Spion seiner Hotelzimmertür sehen, um zu wissen, wer geklopft hatte. Bevor er nach der Türklinke faßte, nahm er sich selbst das Versprechen ab, seinen Zorn im Zaum zu halten.

Sicher, er war wütend, aber er war ein erwachsener Mann, ein rational denkender Mensch – und er war Arzt. Er würde nicht gewalttätig werden.

Als er jedoch die Tür aufriß und Decker gegenüberstand, versagten seine Nerven. Er hörte einen Aufschrei – den er erst im nachhinein als seinen eigenen identifizierte –, und plötzlich ballte sich seine Rechte zur Faust und raste auf Deckers Gesicht zu.

Der Secret-Service-Agent wich seitlich aus, und John schlug in die Luft. Als Decker sein rechtes Handgelenk umfaßte, schwang John die Linke. Doch auch diesen Schlag wehrte Decker ab.

»Ich weiß, wie Sie leiden, Doc«, sagte Decker beschwichtigend. »Aber wir kämpfen nicht in der gleichen Klasse.«

John wußte, daß er recht hatte. Er war keine Kämpfernatur. Er konnte sich nicht erinnern, jemals im Leben einer Kreatur etwas zuleide getan zu haben. Beschämt senkte er den Blick, und Decker ließ ihn los.

Völlig erschöpft, schwach und elend und mit dem Gefühl der Hilflosigkeit schleppte er sich in sein Zimmer zurück. Er hatte das Verlangen, eine Stehlampe zu packen und sie durch das Panoramafenster mit dem Weitwinkelblick auf den Atlantik zu werfen. Damit hätte er wenigstens etwas bewirkt, auch wenn es nur das Zersplittern einer Glasscheibe war.

»Sie hat Katie mitgenommen«, sagte er und bemühte sich verzweifelt um eine feste Stimme. Nicht vor Decker, bitte, lieber Gott, er durfte nicht zusammenbrechen, nicht vor diesem Mann. »Und es ist Ihre Schuld.«

Die Tür fiel ins Schloß, bevor Decker zu sprechen begann.

»Das ist nicht fair. Wir haben auf strengste Geheimhaltung geachtet. Wir –«

John wirbelte herum und deutete drohend mit dem Zeigefinger auf ihn. »Sie haben meine Telefone angezapft! Sie kannten all meine Pläne, jeden Schritt, den ich vorhatte. Genauso wie der Bastard, der Katie entführt hat. Er war *hier*, verdammt! Hier, in dieser Stadt, und hat darauf gewartet, Katie wieder in seine Fänge zu kriegen! Sie haben ein Leck, Decker! Sie haben einen Maulwurf in Ihren Reihen!«

Decker zuckte mit keiner Wimper. »Hat unser Maulwurf auch Ihre Exfrau informiert?«

Diese Frage brachte John aus dem Konzept. Decker hatte recht. Wie war Marnie hierhergekommen?

»Sie sollten sie doch überwachen.«

»Haben wir auch«, sagte Decker. »Wir haben sie beobachtet, als sie Ihnen zum Maryland House folgte. Bei der Gelegenheit konnten wir sie aus dem Verkehr ziehen, damit sie den Transfer nicht gefährdete.«

»Was? Sie ist mir gefolgt?« John hatte keine Ahnung gehabt.

»Und sie folgte Ihnen nach AC. Aber wegen eines Unfalls auf der Interstate konnten wir sie nicht abfangen. Wer wollte also behaupten, dieser Snake hätte nicht dasselbe tun können?«

Angestrengt blickte John hinaus auf die Brandung. Verdammt, der Mann hatte recht. »Lieber Gott, wie viele Leute beobachten mich denn noch?«

John drehte sich um und sah Decker an, zwischen dessen Brauen sich eine tiefe Furche gebildet hatte, als würde er scharf überlegen. Doch was immer es auch war, es führte zu nichts.

»Ihr Haus steht unter Beobachtung«, fuhr Decker fort. »Für den Fall, daß sie es nun auf Ihre Mutter abgesehen hätten.«

John ließ sich auf die Bettkante fallen und starrte Decker entsetzt an. Nana? »Gütiger Himmel! Daran habe ich gar nicht gedacht!«

»Aber wir. Doktor, Sie hätten uns von den Anrufen erzählen müssen.«

»Warum?« Johns Zorn flammte erneut auf. »Sie scheren sich doch einen Dreck um Katie! Ihr Hauptinteresse ist es doch gar nicht, Katie wiederzubekommen, stimmt's?«

Zum erstenmal gab Decker nun den Blickkontakt auf, und John verspürte ein schwaches Triumphgefühl. Hab ich dich erwischt, du Hundesohn!

»Natürlich will ich sie zurück, glauben Sie mir. Aber Sie haben recht. Meine Direktive lautet, den Präsidenten zu schützen und die Leute, die hinter dieser Sache stecken, festzunageln. Aber behaupten Sie nie mehr, daß mir Ihre Tochter egal wäre! Das ist nicht wahr!«

John sah ihn scharf an, und aus irgendeinem Grund glaubte er ihm.

Da läutete das Telefon. John sprang auf. Konnte es sein –? Sollte Poppy ihre Meinung geändert haben?

Aber nein – eine männliche Stimme wünschte Decker zu sprechen. John reichte ihm den Hörer und trat ans Fenster. Hinter sich hörte er Decker. »Tu mir den Gefallen, komm doch hoch und erzähle es mir. Ja, er ist hier, aber ich sehe keinen Grund, warum er das nicht hören sollte.«

Decker legte auf und John drehte sich um. »Was nicht hören sollte?«

»Neue Informationen über Poppy und Snake. Wir werden es gleich gemeinsam hören.«

John empfand dies als freundschaftliche Geste Deckers.

»Danke«, sagte er leise. »Ich weiß das zu schätzen.«

Während sie darauf warteten, daß der Anrufer aus der Lobby nach oben fuhr, unterrichtete ihn Decker von ihren Erkenntnissen über Poppy Mulliner und ihrer Theorie der Ereignisse in dem Haus in Falls Church. Dann klopfte ein blonder Mann, der aussah, als käme er soeben vom Strand. Er wurde John als Supervising Special Agent Gerry Canney vom FBI vorgestellt. Zunächst zögerte er, vor John zu sprechen, gab aber nach, als Decker darauf bestand.

»Also gut«, sagte er und blickte auf John. »Die Notaufnahme des Medical Centres in AC hat uns über eine Frau informiert, die angab, im Parkhaus zusammengeschlagen worden zu sein. Daraufhin hätte man ihre Tochter entführt. Wir überprüften die Sache, und raten Sie mal, wer es war?«

»Marnie«, stöhnte John.

»Stimmt. Sie behauptete, ihre Tochter sei alleine in einem Souvenirladen umhergelaufen, als sie sie fand –«

John erinnerte sich an einen riesigen Souvenirladen nördlich der Telefone, an denen er den größten Teil des Nachmittags verbracht hatte. »Doch nicht etwa der –?«

Canney nickte. »Doch. Peanut World. Rund fünfzig Meter von Ihnen entfernt.«

»O nein!« John wurde schlecht. Katie war *so nahe* gewesen.

»Sie behauptete, sie wäre mit Katie zu ihrem Wagen gegangen, als sich eine etwa zwanzigjährige Frau mit kurzem Haar auf sie stürzte. Sie hat ihr die Nase gebrochen und sie bewußtlos geschlagen.«

John schloß die Augen. *Ja!* Wie oft hatte er sich gewünscht, dasselbe zu tun? Marnie eine Kostprobe dessen zu geben, was sie Katie angetan hatte. Aber er hatte nicht *einmal* die Hand gegen sie erhoben. Immer hatte er sich gesagt, sie sei krank und könne für ihre Handlungen nicht zur Rechenschaft gezogen werden.

Noch einmal, Poppy Mulliner, danke!

»Das Resultat des Ganzen ist eine passable Beschreibung von Poppy – ziemlicher Unterschied zu dem drei Jahre alten Foto aus der Verbrecherkartei, glaubt mir – und von den Veränderungen, die sie bei Katie vorgenommen hat.«

»Veränderungen?«

Canney beschrieb Katies neues Aussehen: Jungenkleidung, kurzes, gebleichtes Haar.

»Aber das Tollste kommt noch. Wir haben die Parkgarage und deren Umgebung sondiert und jemanden gefunden, der eine Frau und ein Kind, auf die Poppys und Katies Beschreibung paßte, in einen roten Lieferwagen steigen sah. Die beiden waren ihr aufgefallen, weil sie vor einer Kirche im Halteverbot geparkt hatten.«

Decker schlug die Faust in die Handfläche. »Grandios! Hast du die Beschreibung rausgegeben?«

»Eben, bevor ich herkam. Die New Jersey State Cops haben sie, ebenso jeder Bulle in der Stadt. Jede Hauptausfallstraße wird überwacht. Aber ich möchte wetten, daß sie nicht das Geringste finden.«

»Warum nicht?« fragte John.

»Weil sie keine Hauptstraßen benutzt. Ich verwette mein nächstes Jahresgehalt, daß sie in die Pine Barrens fährt. Nach Hause ... nach Sooy's Boot.«

Decker sprang auf. »Okay. Nichts wie los.«

John erhob sich. »Ich komme mit.«

»Kommt nicht in Frage«, blaffte Canney.

»Sie haben recht«, sagte John. »Kommt nicht in Frage, daß Sie mich hier sitzenlassen. Wenn Katie in diesem Sooy's Boot ist, will ich da auch hin. Wenn Sie mich nicht mitnehmen, fahre ich eben allein.«

»Hören Sie«, sagte Canney. »Ich habe auch eine kleine Tochter. Ich weiß, wie Ihnen zumute ist. Aber wir können Ihnen nicht erlauben, eine bundesstaatliche Untersuchung zu gefährden.«

John konzentrierte sich jetzt ganz auf Decker. »Sie schulden mir was, Bob.«

Decker zögerte, nickte aber schließlich Canney zu. »Wir nehmen ihn mit.«

Canney riß die Augen auf. »Was? Wir dürfen doch –«

»Das diskutieren wir später, jetzt fahren wir erst mal los.« Er wandte sich an John. »Packen Sie schnell, dann –«

»Zum Teufel mit dem Zeug. Hier ist nichts, ohne das ich nicht auskommen könnte. Los geht's.«

Der Kummer, der Zorn und die Frustration der letzten Stunden waren verflogen. Plötzlich fühlte sich John wieder lebendig.

Halt durch, Katie. Ich komme.

19

Dreimal fuhr Poppy an dem Haus vorbei, bevor sie den Mut aufbrachte anzuhalten.

»Hast du da gewohnt?« fragte Katie.

»Nein. Das ist Onkel Lukes Haus. Er ist der Bruder meines Vaters. Sie mochten sich sehr gerne.«

So gerne, dachte sie, daß er vielleicht gar nicht mit mir spricht.

Vom Wagen aus starrte sie auf den Postkasten: »#528 … Luke Mulliner«. Dads Name war Mark, und er hatte fünf Brüder: Matthew, Luke, John, Peter und Paul. Ja, Großmutter Mulliner hatte wirklich nach der Heiligen Schrift gelebt! Alle Mulliner-Jungs hatten sich gut verstanden, aber Dad hatte Luke seinen Brüdern immer vorgezogen. Die beiden hatten meistens zusammengesteckt, weshalb Poppy natürlich Luke auch am besten kannte. Und am meisten liebte.

Sie erinnerte sich, daß Luke stocksauer gewesen war, als sie schwanger nach Hause kam und das Basketball-Training stecken mußte. Denn dadurch hatte sie den Traum ihres Dads, seine Tochter auf das College zu schicken, zerstört. Und wenn er schon deshalb so sauer war, konnte er dann je vergessen, daß sie weggelaufen war und ihren Dad alleingelassen hatte? Und nicht mal zu seiner Beerdigung erschienen war?

Ich wußte doch nicht, daß er gestorben war!

Aber das interessierte ihn vermutlich nicht. Alle Mulliners neigten dazu, ihren Groll mit ins Grab zu nehmen. Und Onkel Lukes Veranlagung dazu war geradezu legendär.

Sie besah sich den Garten. Das Gras war von Unkraut durchsetzt und hätte gemäht werden müssen. In der Einfahrt stand ein alter Ford Pick-up. Dahinter das kleine Ranchgebäude, das Onkel Luke, länger als Poppy zurückdenken konnte, ein Zuhause gewesen war. Poppy kam es vor, als stünde es schon immer dort, behaglich unter die dicht wuchernden Kiefern geschmiegt. Und in all den Jahren hatten sich keine weiteren Häuser dazugesellt. An dieser mit Schlaglöchern übersäten Asphaltstraße war Onkel Lukes Haus weit und breit das einzige.

Selbst jetzt, in der Dämmerung, konnte Poppy erkennen, daß es dringend frische Farbe gebraucht hätte. Ebenso der Propangastank, der hinter der rechten Hausecke hervorlugte. Und gar der Geräteschuppen, der windschief im hinteren Teil des Gartens hing.

Sie wurde ganz traurig. Onkel Luke schien ziemlich nachlässig geworden zu sein. Er war doch noch gar nicht so alt, er konnte noch nicht mal fünfzig sein.

Vielleicht war er nur einsam. Seine Frau, Tante Mary, war kurz nach Mom gestorben, und sein einziger Sohn, Luke Junior, der kleine Luke, war längst nicht mehr klein, sondern bestimmt verheiratet und wohnte vermutlich nicht mehr in der Gegend. Für wen also sollte er das Haus instand halten?

Im Haus ging ein Licht an.

»Er ist zu Hause«, sagte Poppy laut. Sie konnte es nicht noch länger hinauszögern. »Komm, mein Schatz. Wollen mal sehen, ob Onkel Luke uns aufnimmt.«

Sie nahm Katie auf den Arm und trug sie zur Haustür. Auf der Schwelle setzte sie das Kind nieder, streckte die Hand aus, um zu klopfen … und zögerte.

Sie schickte ein Stoßgebet gen Himmel: Wenn er nein sagen sollte, mach, daß er wenigstens nicht schimpft und schreit! Katie hat heute schon genug erlebt.

Sie klopfte. Zunächst öffnete niemand. Gerade wollte sie es erneut versuchen, da ging die Tür auf.

Er war groß, wie ihr Vater gewesen war, aber älter, schwerer, grauer und mit vielen neuen feinen Runzeln unter dem weißen Dreitagebart auf seinen Wangen. Doch er schien immer noch dieselben grünen Arbeitshosen und dasselbe rotschwarz karierte Hemd zu tragen, und seine blauen Augen waren so scharf wie eh und je.

Tief in ihrer Brust fühlte sie den Schmerz. Wie er sie an ihren Vater erinnerte!

Er sah sie an und fragte, »Was willst du?«

»Onkel Luke? Ich bin's, Poppy.«

Sein Gesichtsausdruck veränderte sich. »Welche Poppy?«

Der Schmerz wuchs. Wollte er etwa so tun, als kenne er sie nicht mehr?

»Deine … deine Nichte. Poppy Mulliner. Marks kleine Tochter.«

Mit zusammengekniffenen Augen sah er sie an. »Du bist nicht klein. Und du siehst nicht aus wie die Poppy, die ich kannte.«

»Onkel Luke, tu mir das nicht an. Ich weiß nicht, wo ich hin soll.«

Er schien sie gar nicht zu hören. »Die Poppy, die ich kannte, lief davon und ließ ihren Vater allein. Sie hat ihn auf dem Gewissen. Und dann ist sie nicht mal zu seiner Beerdigung gekommen.«

»Ich wußte doch nicht –«

»Ich hoffe, du sagst, daß du nicht jene Poppy bist.«

Es sollte also nicht sein. Besser, sie ging jetzt. Es hatte keinen Sinn, ein weiteres Wort mit diesem Mann mit dem versteinerten Gesicht zu reden. Aber sie mußte ihm doch sagen …

»Ich glaube, ich bin jene Poppy, aber es ist soviel passiert, seit ich damals weggelaufen bin. Das meiste davon war schrecklich. Ich brauche Hilfe. Ich dachte, ich könnte zurückkommen. Ich dachte, vielleicht würdest du …«

Der Schmerz war ihr in die Kehle gekrochen und schnürte ihr beinahe die Luft ab, so daß sie kaum mehr sprechen konnte. Luke wies sie ab, wie sie es verdiente. Sie hätte es wissen müssen, hätte sich die Mühe sparen können herzukommen.

Sie konnte kaum fassen, wie weh es tat.

Sie warf noch einen letzten Blick auf Onkel Luke – sah sie da etwa einen weichen Schimmer in seinen Augen?

»Ist das dein Kind?« fragte er und deutete mit dem Kinn auf Katie.

Poppy schüttelte den Kopf. *Frage bloß nicht nach Glory!* Tränen traten in ihre Augen und rollten die Wangen hinunter.

»Nein. Sie starb … als sie drei Monate alt war.«

Erschrocken sah er sie an. »Tot?«

Sie konnte nicht über Glory sprechen. Sie mußte hier weg, bevor sie einen kompletten Appleton aus sich machte.

»Tut mir leid, daß ich dich gestört habe, Onkel Luke.«

Sie nahm Katie wieder auf den Arm und tat die ersten Schritte Richtung Wagen, da hörte sie hinter sich einen gequälten Laut … fast wie ein Schluchzen.

Sie sah zurück, wo Onkel Luke mit verzerrtem Gesicht und hängenden Mundwinkeln am Türrahmen lehnte. Durch ihren Tränenschleier sah er fast aus wie die traurige Maske, die sie an Theatergebäuden gesehen hatte.

Seine Brust hob sich, und wieder hörte es sich wie ein Schluchzen an. »O Poppy«, sagte er mit brechender Stimme. »Er fehlt mir so! O Gott, du weißt gar nicht, wie ich deinen Vater vermisse.«

Und dann weinten sie beide – laut und hemmungslos.

Und zum erstenmal seit Tagen fühlte Poppy sich sicher.

Sie war zu Hause.

20

»Das verstehe ich einfach nicht«, schimpfte VanDuyne und lief auf dem Parkplatz des Pineconer Motels auf und ab. »Warum warten wir denn auf morgen? Wir müssen doch irgendwas unternehmen können!«

Bob Decker sah Canneys Geste, die wohl bedeuten sollte: Hab ich's nicht gesagt? Bob seufzte. Es mochte ja ein Fehler gewesen sein, VanDuyne mitzunehmen, aber er hatte das Gefühl gehabt, dem Mann etwas schuldig zu sein. Und außerdem war dies die beste Möglichkeit, ihn im Auge zu behalten.

»Wir sind doch nicht untätig, Doc«, entgegnete Bob schließlich. »Da draußen sind Männer, die die ganze Gegend und Sooy's Boot auskundschaften.«

»Sie sollten mehr als das tun. Und warum sind wir nicht dort, sondern hier in diesem Tuckerton, oder wie immer es sich nennt?«

»Erstens«, sagte Bob geduldig, »haben Sie eine Ahnung, wie viele Mulliners es hier in der Gegend gibt? Werfen Sie mal einen Blick ins Telefonbuch – und das sind nur die, die Telefon haben! Wir müssen die Einwohnermeldelisten durchforsten, und selbst dann werden wir sie nicht alle erwischen. Zweitens gibt es weder in Sooy's Boot noch irgendwo in der Nähe davon ein Motel. Und drittens ...« Bob deutete auf den Kiefernwald, der das Motel umgab und in der Dämmerung von Minute zu Minute dichter zu werden schien. »Sehen Sie sich um, Doc. Wir mögen zwar in New Jersey sein, vielleicht sogar nur fünfzig oder sechzig Kilometer von Philadelphia und dem Nordostkorridor entfernt, aber wir sind am Rande eines riesigen Waldgebiets. Tausende von Quadratkilometern voller Georgiakiefern. Keine Straßenbeleuchtung. Keine Wegweiser. Die meisten Straßen sind nicht mal asphaltiert, und die, die asphaltiert sind, haben keinen Mittelstreifen. Da draußen verirrt man sich schon am hellichten Tage. Was glauben Sie denn, was wir in der Dunkelheit ausrichten könnten! Poppy Mulliner könnte sich praktisch hinter jedem Baum verstecken!«

»Also geben wir auf?«

»Sie wissen verdammt genau, daß wir nicht aufgeben. Wir –« Er seufzte und warf einen Blick gen Himmel – dieser Kerl war halb verrückt vor Angst um seine Tochter. »Während wir alle Mulliners, die wir auftreiben können, befragen, fliegen zwei Helikopter ein Koordinatenraster über der Gegend ab und halten Ausschau nach einem roten Lieferwagen.« Bob wünschte, er könnte die Fahndung auf vollen Touren laufen lassen – inklusive State Cops, County Sheriff und Nationalgarde –, aber er hatte immer noch den Auftrag, möglichst verdeckt zu arbeiten. »Aber wir brauchen Tageslicht. Wenn die Sonne wieder aufgeht, werden Sie eine Menge Aktivität erleben. Wir werden uns morgen mit einem feingezähnten Kamm durch diese Wälder arbeiten. Und wir werden sie finden.«

»*Wenn* sie überhaupt hier ist«, blaffte VanDuyne.

»Natürlich ist sie hier. Wir hätten sie längst, wenn sie nach Norden oder Süden gefahren wäre oder eine größere Hauptstraße benutzt hätte. Sie kennt diese Wälder und weiß, wo sie sich verstecken kann. Aber sie wird damit nicht lange Erfolg haben.«

»Versuchen Sie, eine Mütze voll Schlaf zu bekommen«, forderte Bob VanDuyne auf. »Mit Beginn der Morgendämmerung brechen wir auf.«

John zögerte, als wolle er etwas erwidern, zuckte dann aber nur die Achseln und zog sich in sein Zimmer zurück.

»Endlich«, stöhnte Canney. »Und ich dachte, nur meine kleine Martha stellte sich so an, wenn's ums Schlafengehen geht!«

»Komm mit ins Auto«, sagte Bob. »Ich habe Neuigkeiten von Jim Lewis.«

Canneys Gesichtszüge hellten sich auf. »Hat er etwa den Remailer gefunden?«

Bob nickte, sprach aber erst weiter, als sie im Wagen saßen und die Türen geschlossen hatten.

»Ich weiß nicht, wie er es fertigbrachte, und habe ihn auch nicht gefragt, aber ich vermute, er hat jemanden eingeschleust, um die Datenbank zu kopieren. Wie auch immer, sie fanden jedenfalls eine Benutzerkennung auf den Namen ›Snake‹ mit einer Rückadresse auf dem Delphi-Server. Die Leute bei Delphi waren sehr kooperativ. Es stellte sich heraus, daß ›Snake‹ der Deckname eines Eric Garter ist, der für den Delphi-Service mit seiner Visa-Karte bezahlt. Die Visa-Abrechnungen werden postlagernd geschickt. Die Adresse im Visa-Computer ist gefälscht. Eric Garter existiert nicht.«

»Scheiße«, zischte Canney und rieb sich das Gesicht. »Meine Neuigkeiten sind auch nicht besser. Ich hatte ein längeres Gespräch mit Trevor. Er sagte, der einzige Wagen, der VanDuyne nach Atlantic City folgte, war der seiner Exfrau.«

»Er muß sich irren.«

»Das sagte ich auch, aber er behauptete, daß er, VanDuyne und seine Exfrau über weite Strecken die einzigen auf der Straße waren. Ausgeschlossen, daß sonst noch jemand hinter VanDuyne her war. Davon läßt er sich nicht abbringen. Und Trevor ist verdammt gut.«

Ein Wurm schlängelte sich durch Bobs Eingeweide. »Du weißt, was du da sagst?«

»Ja. Einer von uns ist ein Verräter.«

»Aber nur drei von uns wußten davon.«

»Stimmt. Hör mal zu, laß mich dir eine Frage stellen: Ist der Secret Service auf irgendeine Art durch die Drogenlegalisierung gefährdet?«

»Nein, verdammt. Wir müssen wahrscheinlich sogar aufrüsten, um die Sicherheit zu garantieren.«

»Stimmt. Und beim FBI spielen Drogen eher eine Nebenrolle. Unsere Existenz wird also kaum davon betroffen.«

»Halt«, schaltete sich Bob ein. »Ich weiß, worauf du hinaus willst …«

»Wen innerhalb der Bundesvollstreckungsbehörden trifft es am härtesten, Bob?«

»Du sprichst von Dan Keane.«

»Gut, ich beantworte meine Frage selbst: Die DEA wird durch die Legalisierung *ausgeweidet.*«

Bob fühlte, wie der Zorn in ihm hochstieg. Das war doch aus der Luft gegriffen und vollkommen unfair. »Ich kenne Dan seit über zehn Jahren! Niemand haßt das Drogengeschäft mehr als er. Niemand kämpfte verbissener gegen die Drogenbosse als er.«

»Stimmt, vielleicht haßt er sie so, daß er gar nicht aufhören kann, sie zu bekämpfen?«

Die simple Logik dieser Schlußfolgerung verschlug Bob für einen Moment die Sprache. Aber Logik war nicht immer gleich Wahrheit. Er hatte doch erst vor dreißig Minuten mit Dan telefoniert. Es war schlichtweg undenkbar …

»Das kann nicht sein. Ich glaube das nicht.«

»Also gut«, lenkte Canney ein. »Du kennst den Kerl. Ich vertraue deinem Urteil.«

»Es muß noch eine Erklärung geben«, fuhr Bob fort. »Wir haben nur noch nicht daran gedacht.«

Eine andere Erklärung … Es mußte so sein …

Aber welche? Und wer?

21

»Ich habe in der ganzen Stadt nach ihr gesucht, konnte sie aber nicht finden«, sagte Snake zu Salinas. Er rief aus einer Zelle auf dem Parkplatz vor seinem Motel an. Es lag nicht gerade in der besten Gegend von Atlantic City, aber hier erregte seine Erscheinung vielleicht am wenigsten Aufsehen.

»Das kommt daher, weil sie nicht in der Stadt ist«, schnauzte Salinas. »Sie ist in die großen Wälder im Zentrum des Staates geflohen.«

Snake zuckte zusammen, als der Schmerz aufs neue durch seinen Kopf und seine Augenhöhle stach. Die Tabletten hatten zwar seit dem Nachmittag die Qualen etwas gelindert, aber diese grauenhaften Stiche kamen immer noch häufig und heftig genug, um ihn an den Rand der Verzweiflung zu treiben. Und Poppy war daran schuld – dieses Miststück. Was zum Teufel wollte sie nur? Das Kind gehörte ihr doch gar nicht, und trotzdem hatte sie angegriffen wie eine Löwenmutter, die eines ihrer Jungen verteidigt … ihr Kreischen hatte geradezu unmenschlich geklungen. Verrücktes Weib!

»›Große Wälder‹? Hier ist New Jersey, hier gibt es nichts Großes.«

»Die anderen, die nach ihr suchen, sind offensichtlich nicht Ihrer Meinung. Sie starten morgen eine großangelegte Suchaktion. Und sie erwarten, sie zu finden. *Morgen.*«

Salinas ließ die Worte nachwirken, und die Betonung war Snake nicht entgangen.

Morgen …

Snake schloß sein gesundes Auge und versuchte, Klarheit in seine Gedanken zu bringen. Wenn sie Poppy fanden, hatten sie auch das Tonband. Vielleicht hatte sie heute das Tonband wirklich nicht bei sich gehabt, aber nach dem Wirbel, den er darum veranstaltet hatte, war sie – darauf hätte er den Rest seines Lebens verwettet – bestimmt zurückgefahren, hatte es an sich genommen, es abgehört und wußte jetzt genau, um was es ging.

Das Tonband würde ihn in ein Bundesgefängnis bringen und Salinas dazu zwingen, seinen Laden dichtzumachen und auf schnellstem Wege das Land zu verlassen. Aber Salinas vergißt nicht. Egal, welches Gefängnis, egal, welche Sicherheitsvorkehrungen getroffen würden, Salinas würde nicht ruhen, bevor er nicht Rache geübt hätte.

Doch selbst wenn Poppy das Tonband verloren hätte, sie konnte ihn immer noch als den Drahtzieher der Entführung entlarven. Und wie lange würde er als der einzige, der Salinas mit den Geschehnissen in Verbindung bringen konnte, überleben? Wie er die Sache auch betrachtete, es schien kein großes Risiko mehr zu sein, den Rest seines Lebens zu verwetten.

Morgen hieß also handeln oder sterben.

Aber er war Snake. Er konnte es schaffen. Nicht nur, um seine Haut zu retten, nein, Poppy hatte ihn nun schon zweimal attackiert – *zweimal.* Beide Male hatte sie ihn völlig überrascht. Ein drittes Mal gab es nicht. Er würde sie sofort umlegen, sobald sie ihm unter die Augen kam, und dann sie und ihren Lieferwagen durchsuchen. Und wenn er das Tonband nicht fand, sei's drum. Aber Poppy war bereits so gut wie tot.

»Ich glaube, Sie sollten zurückkommen«, sagte Salinas. »Wir sollten Pläne machen für den Fall, daß das Tonband gefunden wird.«

Snake ahnte, was Salinas vorhatte. Vergiß es!

»Mir bleibt immer noch morgen – genug Zeit.«

»Sie sind allein. Auf der Gegenseite sind eine Menge Leute und Hubschrauber. Sie können nicht hoffen –«

»Wenn Sie mir ein wenig Unterstützung anbieten würden, verdammt, dann könnte ich der erste sein!« Am liebsten hätte er Salinas angebrüllt. Wußte der denn nicht, mit wem er es hier zu tun hatte? Er war Snake! Er konnte diese Klugscheißer alle in die Tasche stecken! Er konnte diese Wichtigtuersuchaktion bestens zu seinem Vorteil nutzen.

»Welche Art von Unterstützung brauchen Sie?«

»Hauptsächlich Informationen. Sie verfügen doch über eine hervorragende Quelle. Folgendes brauche ich.« Dann begann Snake seine Liste herunterzurasseln.

22

»Das warst du?« fragte Katie und deutete auf ein Foto in dem Album. Poppy saß auf dem Sofa in Onkel Lukes Wohnzimmer und starrte auf ihr siebzehnjähriges Ich, das mit Basketballdreß Nummer 23 bekleidet, Pferdeschwanz, der den halben Rücken hinunter baumelte, langen nackten Beinen und gebeugten knochigen Knien an der Linie stand, um einen Freiwurf zu erzielen. Nur zehn Jahre her … und doch, es schien eine ganz andere Person zu sein, wie ein Foto aus einem anderen Jahrhundert.

Sie sah in dieses frische Gesicht mit den lebendigen Augen, in denen der Plan für eine völlig andere Zukunft gestanden hatte … und noch keine Ahnung von dem, was die nächsten zehn Jahre bringen würden.

»Ja, das war ich.« *Mein anderes Ich.*

Sie sah zu Onkel Luke hinüber. »Ich kann kaum glauben, daß du all das aufgehoben hast.«

»Was sollte ich denn tun? Nachdem dein Vater tot war, konnte ich die Sachen nicht einfach wegwerfen. Außerdem …« Er wandte das Gesicht ab.

»Außerdem … was?«

»Er bat mich, deine Alben und Trophäen aufzuheben. Er … er sagte, er wüßte, daß du eines Tages zurückkommen würdest.«

Poppy schloß die Augen und legte den Kopf in den Nacken. Sie wollte nicht schon wieder in Tränen ausbrechen.

All das Leid, das sie verursacht hatte. Was war nur los mit ihr? Ein Vierteljahrhundert war sie jetzt auf dieser Welt. Irgendwann mußte sie doch *einmal* etwas richtig machen! »Onkel Luke –?«

Heftiges Klopfen an der Tür unterbrach sie. In plötzlicher Panik schlang sie die Arme um Katie. »Warte!« flüsterte sie hitzig. »Geh nicht hin!«

Aber da rief eine Stimme von draußen. »Luke! Ich bin's – Matt.«

Poppy entspannte sich ein wenig. Onkel Matt, das war okay – hoffentlich.

Onkel Luke streifte sie mit einem eigenartigen Blick und öffnete dann die Tür. Onkel Matt, eine schlankere und bärtige Ausgabe von Onkel Luke, trat ein. Er war aufgeregt und legte sofort los. »Luke, in der ganzen Stadt sind Männer, die fragen nach –« Verdutzt verstummte er, als er Poppy und Katie entdeckte.

»Hallo, Onkel Matt!«

Seine Augen wurden groß. »Bist du das, Poppy?«

Sie nickte.

Er schluckte laut. »Dann ist es also wahr. Sie suchen dich. Sie sagen, sie sind von der Regierung und daß du –«

»Glaub ihnen nicht«, stieß sie hastig hervor und würgte ihre Angst hinunter. Wie konnte jemand – Mac, die Bundespolizei oder sonst wer – wissen, wo sie war? »Glaub ihnen nicht, nicht mal, daß sie von der Regierung sind!«

Sie gab ihnen eine leicht veränderte Version der Ereignisse, mit dem Inhalt, daß sie und Katie ein Verbrechen beobachtet hätten und die Kerle nun versuchten, ihnen den Mund zu stopfen. Sie behauptete, sie versuche ständig, Katie zu ihrem Vater zurückzubringen, aber ihre Pläne würden ständig vereitelt.

»Dann könnte es sein, daß diese Typen gar keine echten Bullen sind?« fragte Onkel Luke.

Poppy nickte und verkniff sich ein Lächeln. Die Ankündigung, von einer Behörde, gar von einer Bundesbehörde zu kommen, war der sicherste Weg, die Leute in dieser Gegend mißtrauisch zu machen.

»Mit dir gab's schon immer Schwierigkeiten, Poppy«, sagte Onkel Matt. »Als du fortgelaufen bist, hast du deinem Vater das Herz gebrochen. Das weißt du ja wohl.«

»Beruhige dich, Matt«, sagte Onkel Luke und legte die Hand auf seine Schulter. »Das haben wir doch alles schon hundertmal durchgekaut. Jetzt müssen wir sie erst mal verstecken, damit keiner sie findet, bis wir wissen, wer wer ist.«

»Nichts leichter als das«, sagte Onkel Matt. »Versteck sie bei den Appletons.«

Poppy wäre vor Schreck vom Sofa aufgesprungen, hätte nicht Katie auf ihrem Schoß gesessen. »O nein! Bloß nicht bei denen!«

»Wo willst du sonst hin, Mädchen?« entgegnete Onkel Matt. »Sie überprüfen jeden Mulliner in den Wäldern. Aber niemand wird die Appletons fragen – kaum anzunehmen, daß sie die überhaupt finden.«

O Gott, dachte sie. Nicht die Appletons!

»Er hat recht, Poppy«, meinte Onkel Luke. »Ich werde dich bei Tagesanbruch rausbringen. Keine Bange. Sie werden dich nicht fortschikken. Du gehörst ja zur Familie.«

Sie sah es ja ein, aber allein der Gedanke verursachte ihr Magenschmerzen.

23

Bob Decker lag in seinem knarzenden Motelbett und sah zum hundertstenmal auf die Leuchtanzeige des Radioweckers. Fast Mitternacht.

Er brauchte etwas Schlaf, verdammt. In fünf Stunden mußten sie alle schon wieder auf den Beinen sein.

Aber der Gedanke an ein Leck in seinem kleinen Team raubte ihm den Schlaf. Canneys Verdacht gegen Dan Keane hallte in seinem Kopf wie ein Echo.

... vielleicht haßt er sie so, daß er gar nicht aufhören kann, sie zu bekämpfen ...

Eines hatte er in all den Jahren beim Secret Service auf jeden Fall gelernt: Halte nie etwas für selbstverständlich.

Das bedeutete, er durfte nicht von Dan Keanes Unschuld ausgehen.

So sehr er die Möglichkeit auch bezweifelte, ja, haßte, er hatte sich doch einen Plan zurechtgelegt, um Keane auf die Probe zu stellen. Dazu brauchte er allerdings Hilfe. Er griff nach dem Telefon und wählte Canneys Zimmernummer.

Dienstag

1

»Wo sind wir?« fragte Katie und schaute aus dem Seitenfenster des Lieferwagens.

»Wir sind im Wald, Schatz. *Tief, tief* im Wald.«

Mit zusammengekniffenen Augen schaute Poppy durch die Windschutzscheibe in das trübe Licht kurz vor der Morgendämmerung und folgte dem Pick-up ihres Onkels über einen schmalen, gewundenen Waldweg. Unkraut wucherte auf dem schmalen Erdhügel zwischen den Fahrrillen und kratzte über den Fahrzeugunterboden. Die riesigen Georgiakiefern standen dicht am Weg, schienen ihn zu überdachen und sich zu öffnen, sobald man sich näherte, um sich hinter einem wieder zu schließen.

Als Kind war sie öfter mit ihrem Vater hier draußen gewesen, um den Appletons Weihnachtsgebäck zu bringen oder den Apfelschnapsvorrat ihres Vaters aufzustocken, doch sie hatte sich nie den Weg merken können. Hatte es auch nie versucht. Als Beifahrer war ihr nie aufgefallen, wie ein Wegabschnitt dem anderen glich. Es kam ihr vor, als führe sie ständig im Kreis umher.

Sie hätte gerne die Scheinwerfer angeschaltet, aber Onkel Luke hielt es für sicherer, ohne Licht zu fahren, sonst hätte er sie ja bereits während der Nacht hinausbringen können.

Man mußte ja für alles dankbar sein: Die Appletons bei Tag waren schlimm genug, aber Appletons bei Nacht …!

Poppy schauderte. »Es ist so einsam hier draußen«, flüsterte Katie.

»Es ist auch einsam. Aber manche Menschen mögen das. Sie bleiben lieber unter sich und leben deshalb in dieser Einsamkeit hier draußen.«

Und manche Leute sollten sich auch lieber nicht sehen lassen.

Wenigstens würde niemand Katie hier draußen finden, nicht in einer Million Jahre. Aber das galt auch für sie – sie war ebenso verloren in dieser Wildnis wie andere auch … sicher, aber gefangen.

Schließlich machte Onkel Luke eine scharfe Rechtskurve und hielt auf einer kleinen Lichtung an. Vier weitere Pickups in verschiedensten Stadien des Verfalls standen kreuz und quer im Sand.

»Also gut«, sagte Onkel Luke und half Poppy und Katie aus dem Wagen. In der freien Hand hielt er einen Kanister, in der anderen einen Schlafsack, den er den beiden leihen wollte. »Haltet euch dicht bei mir, bis sie uns erkannt haben.«

»Wissen sie denn nicht, daß wir kommen?«

Poppy sah sich um, und ihr Magen rebellierte. Bäume … nichts als Bäume, Sand und Gestrüpp … und ein schmaler Trampelpfad, der in das Dickicht führte.

»Wie sollte ich es ihnen denn sagen?«

»Du hast sie nicht –?« Sie brach ab. Eben wollte sie sich noch beschweren, daß er nicht angerufen hatte, als sie sich erinnerte, daß es hier draußen so gut wie keine Telefonleitungen gab. Ebensowenig wie Elektrizität und Wasserversorgung. »Na ja, macht nichts.«

Sie nahm Katie auf den Arm und hielt sich dicht hinter Onkel Luke. Wenigstens war es bereits etwas heller geworden. Der wolkenlose Himmel hatte ein bläßliches Blau angenommen und erhellte den schmalen Pfad, der sich den Hügel hinaufschlängelte. Es würde wieder ein wundervoller, sonniger Tag werden.

»Besuchen wir jetzt wieder einen Onkel von dir?« fragte Katie.

»O nein«, sagte Poppy. »Ich bin nicht verwandt mit –«

»Natürlich bist du«, knurrte Onkel Luke über die Schulter.

»Ja, ja«, fuhr Poppy schnell fort und wünschte, ihr Onkel würde den Mund halten. »Jedermann in diesen Wäldern ist irgendwie miteinander verwandt. Ich meine –«

»Nein, das sind echte Verwandte. Mein Urgroßvater Samuel – also dein Ururgroßvater hat seine Schwester Anna mit Jacob Appleton verheiratet. Diese Leute sind also deine Tanten und Onkel.«

Am liebsten hätte Poppy ihrem Onkel einen Tritt in den Hintern versetzt. Verdammt! Warum mußte er diesen Familienkram vor Katie ausbreiten? Katie hätte nicht erfahren müssen, daß in ihren Adern Appleton-Blut floß.

Unvermittelt blieb Onkel Luke stehen, und Poppy stieß gegen seinen Rücken. »Hallo, ihr da im Haus!« rief er.

Poppy fuhr zusammen, als weniger als zehn Schritte von ihnen entfernt jemand antwortete. »Wer zum Teufel kommt denn da so früh am Morgen?«

»Ich bin's, Luke Mulliner. Ich bringe meine Nichte Poppy und ein kleines Kind mit.«

Ein grauhaariger Kerl, der sechzig, aber ebensogut auch achtzig Jahre alt sein konnte, dürr wie die Kiefern, hinter denen er sich versteckt hatte, trat aus dem Dickicht hervor. Er hielt sein Gewehr im Anschlag und betrachtete sie mit abschätzigem Blick.

Nicht weniger abschätzig betrachtete ihn Poppy. Sein Overall war verschlissen – nicht modisch verschlissen wie in SoHo, sondern zerschlissen vom jahrelangen Tragen. Seine nackten Füße steckten in ausgetretenen Sportschuhen, und er hatte dreckverkrustete Knöchel. Seine Hände sahen nicht besser aus. Sein linkes Auge schielte Richtung Nase, und sein graues Haar sproß büschelweise aus der Kopfhaut. Er hatte einen buckligen und krummen Rücken, weshalb er seitlich verkrümmt und nach vorn gebeugt dastand.

An diesen Appleton konnte sie sich noch aus ihrer Kindheit erinnern, obwohl sich fast alles an ihm verändert hatte. Alles, außer seiner Zunge. Alle zwei oder drei Sekunden zuckte seine fleischige, rote Zungenspitze hervor und fuhr über die Lippen, bevor sie wieder verschwand. Diese Angewohnheit hatte sich in Poppys Gedächtnis eingebrannt.

»Ja«, murrte er schließlich. »Du schaust aus wie ein Mulliner.«

»Und du bist Lester, stimmt's?« fragte Onkel Luke. »Ich war lange nicht hier.«

»Das stimmt«, grunzte Lester und senkte endlich sein Gewehr. Ansonsten bot er ihnen keinen Gruß an. »Kommt mit, ich bring euch ins

Haus.« Er blinzelte zu dem Kanister, der in Onkel Lukes Hand baumelte. »Kommst wohl wegen Schnaps?«

»Ja, hab lang keinen mehr gehabt, aber er geht mir ab.«

»Der läuft runter, was?«

»Und wie.«

Poppy erinnerte sich, als Teenager an Dads Schnapsvorräte gegangen zu sein. Starkes Zeug, dieser »Jersey Blitz und Donner«. Und keiner brannte besseren Apfelschnaps als die Appletons. Tatsächlich war sie davon betrunken gewesen, als sie und Charlie Glory gezeugt hatten. Aber das konnte sie den Appletons schlecht in die Schuhe schieben!

Wenige Minuten später kamen sie an eine große Lichtung, über die Schwaden von blau-weißem Holzrauch zogen, und in deren Mitte räkelte sich … das Haus.

Poppy blieb wie angewurzelt stehen und starrte es an. Jetzt fiel ihr alles wieder ein. Das Haus … das verrückte Appleton-Haus.

Es sah aus, als wäre es ursprünglich eine Einzimmerhütte gewesen. dann mußte jemand an einer Seite einen Schuppen und an der anderen Seite vielleicht ein zusätzliches Zimmer angebaut haben, worauf man den Schuppen wieder erweiterte und so weiter und so fort.

Das kam daher, daß die Appletons nicht auszogen, wenn sie erwachsen waren – sie bauten sich einfach einen eigenen Unterstand an. Poppy vermutete, wenn die Appletons ein reicher, respektabler Clan wie etwa die Kennedys gewesen wären, hätte man ein Gebilde dieses Ausmaßes als »Anwesen« bezeichnet. Aber das hier war kein Anwesen, das war ein … *Bretterverschlag*. Ein Verschlag mit einer Menge Zinkrohre, die als Schlote dienten, und die alle Rauchwolken ausstießen. Das Gebäude sah aus, als wäre es aus jeder erdenklichen Art von Schrott zusammengeflickt, den sie aufgetrieben hatten, ohne Rücksicht darauf, ob es zu den vorher verwendeten Materialien paßte oder nicht. Kein Gebäudeteil schien mit dem benachbarten Teil, der daran lehnte, etwas zu tun zu haben. Korrodiertes Metall war neben Sperrholz genagelt, das wiederum an Preßspan und Kieferbretter grenzte. Auf den Dächern wechselten sich echte Schindeln mit Vinylverkleidungen, Eisenblechen, alten Teppichfetzen und Linoleumresten ab, die über Holzlatten genagelt waren.

An einer Wand entdeckte sie ein gespanntes Rehfell und weiter rechts drei tote Hasen, die kopfunter an einer Wäscheleine hingen. Sie drehte Katies Kopf leicht zur Seite, damit diese die Tiere nicht entdeckte und fragte, was Bambi und Meister Lampe zugestoßen sei.

Die Appletons hatten hier länger gehaust, als man denken konnte. Alle. Keiner war jemals fortgegangen, und keiner war dazugekommen. Da sie keinerlei Kontakte zu Fremden hatten, hatten sie sich immer wieder mit ihren nächsten Verwandten fortgepflanzt. Daher waren eine Menge Appletons ziemlich weich in der Birne und sahen so aus, wie sie eben aussahen.

»Besuch! Hallo, ihr da!« schrie Lester. »Besuuuch!«

Und da kamen sie nacheinander alle hervor. Die Männer in verdreckten Hemden und Jeans oder Arbeitshosen, die Frauen in fleckigen Kleiderschürzen; kaum jemand trug Schuhe, so daß ihre Füße hart wie Schuhsohlen und ebenso braun aussahen. Manche hatten keine Haare und mißgestaltete Schädel, einige Köpfe waren zu groß, andere wiederum viel zu klein; einige hatten weiße Haut, ebensolche Haare und rosafarbene Augen, andere sahen auf den ersten Blick ganz normal aus, der zweite Blick jedoch offenbarte, daß sie nicht alle Tassen im Schrank hatten. Manches Kind lief ständig im Kreis, während sich andere auf den Boden setzten und in sich versunken hin und her schaukelten ... immer wieder ... und wieder. Andere starrten Löcher in die Luft. Ein kleines Mädchen hing an ihrer Mutter und kaute an ihrem eigenen Unterarm.

Poppy spürte, wie Katies Arme sich fester um ihren Hals schlangen. »Ich will nach Hause«, jammere sie. »Ich will zu meinem Daddy.«

Tief in ihrem gebrochenen Herzen wußte Poppy, daß es das einzig richtige war. Katie konnte nicht hierbleiben – konnte *nirgends* mit Poppy bleiben. Vielleicht waren es die Angst, der ständige Druck und die Panik gewesen, vielleicht auch die Hitze, aber einen verrückten kurzen Moment lang hatte Poppy gestern geglaubt, Katie behalten zu können. Jetzt erkannte sie, daß das unmöglich war. Zu viele Menschen hatten sich auf ihre Spur gesetzt. Sie wollte das Beste für Katie – nicht ein Leben auf der Flucht.

»Ich weiß, mein Liebling. Ich werde dich zurückbringen. So schnell wie möglich.«

Sie würden heute hierbleiben – aber nur tagsüber, nicht über Nacht, auf keinen Fall über Nacht. Vielleicht konnte Onkel Luke nach Sooy's Boot fahren und die Leute vom FBI, die echten, ausfindig machen und einen Deal für sie aushandeln.

Ja, das könnte klappen. Sie hatte Katies Leben zweimal, sogar dreimal gerettet und sich gut um sie gekümmert. Vielleicht kam sie dafür mit einer Bewährungsstrafe davon, oder man bot ihr Personenschutz an? Ja, selbst ein kurzer Aufenthalt im Knast wäre besser, als bei den Appletons zu wohnen!

2

Dan Keane setzte sich gerade an seinen Schreibtisch, als Decker anrief.

Bitte, laß es gute Nachrichten sein, dachte er und war sich bewußt, daß gute Nachrichten für ihn etwas anderes bedeuteten als für Decker.

Dan wünschte sich verzweifelt, dieser Spuk möge endlich ein Ende finden. Gestern abend hatte ihn Salinas erneut angerufen und ihm etwas von einem Tonband erzählt, das Poppy Mulliner in Händen hatte und das ihr ganzes Kartenhaus zum Einsturz bringen konnte. Dann hatte er Telefonnummern und Funkfrequenzen verlangt. Als Dan Fragen stellte, wurde ihm gesagt, das ginge ihn nichts an, er solle lediglich Salinas' Aufträge ausführen.

… *Aufträge ausführen* …

Was erlaubte dieser Salinas sich eigentlich? Ihm, Dan Keane, Befehle zu erteilen! Noch vor zwei Tagen wäre das *unvorstellbar* gewesen!

»Wir haben Poppy Mulliner gefunden«, sagte Decker.

»Lebendig?« Dans Herz- und Lungenfunktionen setzten einen Moment lang aus.

Bitte, sage tot.

»Ja, ziemlich lebendig.«

Fast hätte er aufgeheult, während sein Herz und seine Lungen ihre Funktionen mit dreifacher Geschwindigkeit wieder aufnahmen. O Gott! Scheiße!

»Packt sie aus?«

»Ich sagte, wir haben sie gefunden – aber wir haben sie noch nicht.«

»Das versteh ich nicht.«

»Sie ist in einem Motel in einer Stadt namens Tuckerton – im Adamston Motel. Sie hat das kleine Mädchen bei sich. Wir könnten sie sofort festnehmen, aber die beiden scheinen sich sicher zu fühlen und wohlauf zu sein, daher beschlossen wir abzuwarten, um zu sehen, was sie vorhat. Wir haben ihr Telefon angezapft. Vielleicht haben wir Glück, und sie ruft einen ihrer Komplizen an. Heute warten wir noch ab. Sollte sich bis zum Abend nichts getan haben, oder es so aussehen, als wolle sie sich aus dem Staub machen, dann schnappen wir sie.«

In Dans Kopf hallte es: Es ist vorbei! Sie haben die Frau, also bekommen sie auch das Tonband. Was mache ich nun?

»Dan?«

Dan räusperte sich und schaffte es, seiner Stimme einen ruhigen Klang zu geben. »Tolle Leistung! Hat sie schon mit jemandem telefoniert?«

»Nein, aber es ist ja noch früh am Tag.«

»Ja, da hast du recht. Haltet mich auf dem laufenden, okay?«

»Willst du nicht aufs Schlachtfeld kommen?«

»Gerne, Bob.« Das war das letzte, wonach ihm zumute war. »Aber ihr leistet so gute Arbeit, ich würde mir überflüssig vorkommen; lieber halte ich die Stellung hier. Ach, übrigens, gibt's was Neues von unserem Patienten?«

Dan hatte alles mögliche versucht, um Details über Winstons Zustand in Erfahrung zu bringen, aber er hatte den Eindruck, man habe um die Präsidentensuite im Bethesda Hospital eine Mauer errichtet. Ständig meldeten sie, der Präsident sei bei bester Gesundheit. Seine Routineuntersuchungen seien in Bälde abgeschlossen.

Damit konnte er nichts anfangen. Winston könnte bereits im Sterben liegen, und die Meldungen würden immer noch gleich lauten.

»Ich höre nur, daß er wohlauf ist. Und du?«

»Dasselbe. Ich hoffe nur, es stimmt auch.«

»Wir alle beten für ihn«, seufzte Decker.

Nicht alle, dachte Dan, während er auflegte.

Er stützte den Kopf in die zitternden Hände und kniff die Augen zu.

Es war nur noch eine Frage von sechs oder acht Stunden – vielleicht sogar weniger –, bis Decker das Tonband in Händen hatte. Dan wollte fliehen, aber wohin? Es gab keinen Zufluchtsort. Er mußte die Sache bis zum bitteren Ende durchstehen.

Er atmete tief durch. Okay, sechs bis acht Stunden. Konnte Salinas in dieser Zeit noch etwas retten? Sein fetter Hintern stand auch auf dem Spiel. Wie war der Name des Motels?

Im Gehen schlüpfte er in seine Jacke und eilte aus dem Gebäude, hinaus auf die Sixth Street. Er hatte Salinas Leute bereits einmal angerufen, um ihm die geforderten Telefonnummern und Frequenzen zu geben. Nun rief er erneut an, aber dieses Mal würde er sich nicht wie Salinas' Handlanger behandeln lassen.

Er wählte ein Telefon an der Maryland Avenue. Gewohnheitsmäßig blickte er sich zunächst forschend um und vergewisserte sich, daß niemand in der Nähe war. Lediglich ein Brezelverkäufer, der mit seiner Karre Richtung Mall schob.

Er warf die Münze ein, sprach ein paar Worte und legte dann auf. Während er auf den Rückruf wartete, sah er in den Himmel. Es würde wieder ein heißer Tag werden. Der Brezelverkäufer stand immer noch an der nächsten Ecke und hantierte an seinem Karren herum. Anscheinend blockierte eines seiner Räder. An einem Tag wie diesem würde er sich am Smithsonian Museum postieren und das Geschäft seines Lebens machen – und vermutlich nur die Hälfte seines Profits versteuern.

Endlich klingelte das Telefon.

»Ja?« sagte Salinas.

Dan wollte keine Sekunde länger als nötig mit dieser Kröte sprechen und kam sofort zum Kern seiner Nachricht.

»Sie haben die Frau lokalisiert – Adamston Motel in Tuckerton, New Jersey. Sie beobachten sie, um zu sehen, mit wem sie Kontakt aufnimmt. Wenn Sie etwas unternehmen können, dann schnell. Ihr Schicksal liegt in Ihren Händen.«

Und dann legte er auf. So. Fertig.

Und mein Schicksal liegt auch in Ihren Händen, Salinas. *Tun* Sie was, verdammt. Dann hielt er inne.

Ich will, daß Salinas jemanden ermordet. Glückt es ihm, bringt er vielleicht auch das kleine Mädchen um. Wofür? Um meinen wertlosen Arsch zu retten!

Im Grunde hatte ich die besten Absichten. Meine Motive waren *ehrenwert,* und ich tat es für eine *gerechte* Sache. Verdammt, ich habe es für mein Land getan. Das sollte doch schließlich zählen.

Vielleicht. Irgendwie. Dennoch blieb der eisige, Übelkeit erregende Druck auf seiner Brust bestehen.

Im Weggehen bemerkte Dan, wie der Brezelverkäufer mit dem Fuß gegen das Rad seines Karrens schlug. Welch ein Leben, wenn deine größte Schwierigkeit ein verklemmtes Rad war! Momentan hätte Dan liebend gern mit dem Schicksal des Mannes getauscht. Ich schiebe den Karren, und er soll sich aus dieser Scheißsituation herausmanövrieren.

3

»War das eben eine Esso-Tankstelle?« fragte Decker, als sie Richtung Sooy's Boot fuhren.

»Ja«, antwortete Canney auf dem Beifahrersitz. »Man hat das Gefühl, in eine Zeitmaschine geraten zu sein.«

Schöne Zeitmaschine, dachte Decker. Eine Stadt in den Pine Barrens schien aus einer Zapfsäule, einer Kanuvermietung und einem halben Dutzend Sperrholzkisten auf Zementfundamenten zu bestehen, die sie hier als Haus bezeichneten. Sie befanden sich soeben auf einer Straße ohne Bankett, und an den vereinzelten Häusern wurden auf handgemalten Schildern Vogelfallen zum Verkauf angeboten. Friedhöfe bestanden aus fünf, sechs Grabsteinen. Und sie passierten eine Menge Schilder, die auf Angel- und Sportschützenvereine, Jagdreviere, ja sogar einen Club der Vorderladerschützen hinwiesen. Bob hatte den Eindruck, daß es hier mehr Schußwaffen pro Kopf gab als im ganzen Rest des Landes.

Bob beobachtete im Rückspiegel VanDuyne, der zusammengesackt auf dem Rücksitz des gemieteten Buick Roadmaster hing. Er hatte wenig gesprochen, seit sie ihn vor einer Stunde zum Frühstück abgeholt hatten. Er bot einen schrecklichen Anblick – blaß im Gesicht, tiefliеgende Augen, schlampig rasiert, und die verknitterte Kleidung schlotterte um seinen Körper.

»Das habe ich an der Motelrezeption gefunden«, sagte Canney und hielt einen Prospekt hoch. »Alles über die Pine Barrens. Wußtet ihr, daß sie genausogroß sind wie der Yosemite Park? Vier Millionen Morgen Georgiakiefern! Und wir befinden uns in einer der Gegenden davon, die am dünnsten besiedelt ist – durchschnittlich kommt hier ein Mensch auf dreizehn Quadratkilometer! Und hier steht, daß es in den Kiefernwäldern Plätze gibt, die noch nie ein menschliches Auge gesehen hat. Könnt ihr euch das vorstellen?«

»Hoffnungslos«, kam es von VanDuyne, der damit endlich ein Lebenszeichen von sich gab.

»Deswegen haben wir ja die Hubschrauber eingesetzt«, tröstete ihn Bob.

»Glauben Sie, das hilft etwas?«

»Von der Luft aus können sie weit mehr Gelände absuchen als wir. Sie beginnen mit ihrer Flugfahndung in Sooy's Boot und bewegen sich dann nach außen. Sie melden alles, was nur im entferntesten an einen roten Lieferwagen erinnert, und wir prüfen es dann vom Boden aus. Wir –«

Canneys Mobiltelefon piepste.

»Er hat tatsächlich angerufen«, sagte Canney. Er warf Bob einen Blick zu und nickte vielsagend.

O Scheiße, dachte Bob. O nein.

Canney sah wieder nach vorne, während er weitersprach. »Warte, laß mich zu einem Münzfernsprecher fahren und –« Er schüttelte den Kopf. »Ach, bin ich denn schon ganz verrückt? Okay. Gib mir die wichtigsten Details und erwähne keine Namen – ich spreche vom Handy aus, vergiß das nicht.«

Während Canney eine Reihe von Mhms von sich gab, verfluchte Bob sich insgeheim. Er hatte es nicht für möglich gehalten, daß es tatsächlich Dan Keane sein konnte. Hätte er das geglaubt, hätte er ihm eine bessere Fehlinformation zukommen lassen, und ein Motel gewählt, das es wirklich gab und das man in der Hoffnung beobachten lassen könnte, derjenige, den Keane mit Information fütterte, würde sich zeigen.

Schließlich beendete Canney das Gespräch.

»Also gut«, sagte Bob und wappnete sich für das, was nun kommen würde. »Gib's mir.«

»Er ist es. Wir haben diese Verkaufskarren, die mit Minikameras und Parabolmikrofonen ausgestattet sind. Einer davon stand nur dreißig Meter von dem Münzfernsprecher entfernt, den er benutzte. Das reichte. Wir wissen zwar nicht, wen er anrief, aber wir wissen, daß er Tuckerton und das Adamston Motel erwähnte.«

»O nein.« Bob wurde übel. Dan Keane … Was zum Teufel war mit ihm geschehen? »Für sein Verhalten muß es doch eine Erklärung geben.«

»Was ist passiert?« mischte sich VanDuyne ein.

»Nichts«, schnauzte Canney ihn gereizt an.

»Wir können es ihm ruhig sagen«, meinte Bob. »Wir haben unser Leck gefunden.«

VanDuyne lehnte sich nach vorn. »Dieser Hundesohn! Wer ist es?«

»Das geht Sie nichts an.«

»Ich habe ein Recht darauf, es zu erfahren! Ich hätte Katie längst wieder, wenn er nicht gewesen wäre! Wegen dieses Mistkerls wäre sie um ein Haar umgebracht worden!«

»Und Sie hätten um ein Haar den Präsidenten getötet!« fuhr Bob ihn entnervt an.

»Sie hatten meine Tochter!«

»Und woher wissen Sie, daß die nicht die Frau dieses Mannes haben? Oder eines seiner Enkelkinder?«

Beschämt lehnte sich VanDuyne zurück. »Wenn das der Fall ist, dann hat er mein ganzes Mitgefühl. Denn es gibt nichts … absolut nichts, was schlimmer wäre, als wenn das Leben eines geliebten Menschen abhängig davon ist, daß man selbst eine kriminelle Handlung begeht.«

»Laß deine Leute das mal überprüfen«, schlug Bob Canney vor. »Aber diskret, sehr diskret.«

Während Canney erneut telefonierte, fuhr Bob weiter in Richtung Sooy's Boot und hoffte fast, Dan Keane wäre zu diesem Verrat durch eine Bedrohung seiner Familie, nicht seiner Karriere, gezwungen worden. Und doch … die Aussicht, all diese Milliarden würden künftig nicht mehr seiner Behörde, sondern einer anderen zufließen … wer weiß, auf welche Gedanken das einen Mann bringen konnte?

4

Snake beendete die Programmierung des dritten Handys und streckte sich. Fertig.

Sein Kopf und sein Auge schmerzten immer noch, aber er fühlte sich heute morgen etwas besser. Er war zwar weit davon entfernt, sich fit zu fühlen, aber der Schwindel hatte sich gelegt, und Tabletten hatten den Schmerz gelindert.

Er ging ins Badezimmer. Nachdem er gestern abend seinen Streifzug durch diverse Elektronikfachgeschäfte gemacht hatte, hatte er seinen Verband abgenommen und war dann schlafen gegangen. Das hatte sich als gute Idee entpuppt. Die Wunden an der Kopfhaut waren ausgetrocknet, die Nähte verkrustet, und alles sah gut verheilt aus.

Nun schälte er den Augenverband ab und betrachtete sein Konterfei im Spiegel.

Er sah furchterregend aus.

Mit seinem halb kahlrasierten, kreuz und quer mit Nähten übersäten Schädel und dem kaputten rechten Auge sah er aus wie der Terminator nach einem schlechten Tag.

Dennoch – irgendwie gefiel ihm das.

Nicht, daß er den Rest seines Lebens so aussehen wollte, aber heute kam es ihm gerade recht. Zunächst hatte er geplant, sich wieder als Mumie zu bandagieren und das Sweatshirt mit der Kapuze zu tragen. Aber das hier war noch besser. Diese Hinterwäldler in den Pines würden sich vor Schreck in die Hose machen, wenn sie ihn so sähen. Und Poppy erst! Sie sollte ihn sich noch genau ansehen, bevor er sie von der Erdoberfläche pustete.

Er knöpfte sein Hemd zu. Über seinem rechten Auge plazierte er die schwarze Augenklappe, die er gestern erstanden hatte. Darüber setzte er eine schwarze Sonnenbrille auf.

Während er eine Melodie aus »Bad to the Bone« summte, packte er seine Sachen zusammen.

Es war Zeit, sich auf den Weg zu machen.

5

»Das gibt es doch nicht«, schimpfte Carlos Salinas. »Vielleicht handelt es sich um ein neues Motel, das noch nirgends aufgeführt ist.«

»Ich sage Ihnen, es existiert nicht!« Allen Gold war rot im Gesicht und schwitzte, als er mit dem Hörer in der Hand Carlos am Schreibtisch gegenüberstand. »Ich habe die Auskunft angerufen, aber ein Adamston-Motel in Tuckerton oder sonstwo im Ocean County ist und war noch nie eingetragen. Auch in keinem der umliegenden Countys. Ich habe sogar im Rathaus von Tuckerton angerufen, aber sie haben noch nie von einem Adamston-Motel gehört. Wissen Sie, was das bedeutet?«

Carlos wußte es nur zu genau. *»Mierda!«*

»Stimmt. Tiefe *mierda*! Sie sind uns auf den Fersen.«

»Möglich«, murmelte Carlos nachdenklich und versuchte, äußerlich wie auch innerlich ruhig zu bleiben. Kein Grund, in Panik auszubrechen. Noch nicht. »Vielleicht auch nicht. Es bedeutet sicherlich, daß sie Señor Keane auf den Fersen sind. Diese Falschinformation könnte auch ein Köder sein, damit wir uns verraten.«

»Und ich sage, weg hier«, sagte Allen schwer atmend, als wäre er soeben sechs Stockwerke hochgejagt. »Koffer packen und nichts wie weg!«

Die Versuchung war groß. Carlos' Überlebensinstinkt drängte ihn zur Flucht, seine *paisa*-Erziehung jedoch hielt ihn zurück. Gab man sein brennendes Haus auf, wenn noch eine Chance bestand, das Feuer zu löschen? Natürlich nicht. Er hatte zu lange und zu schwer gearbeitet, um seine gegenwärtige Position zu erreichen. So schnell war er nicht bereit aufzugeben.

»Nicht so hastig, Allen. Wir sind nicht in Gefahr.«

»Zum Teufel, natürlich!«

»Denk doch nach. Sie wissen nicht, wer wir sind, sonst hätten sie keinen derart plumpen Trick angewandt. Sie wußten, wir hätten zunächst die exakte Lage des Motels ausfindig gemacht, bevor wir etwas unternommen hätten. Nein, mein Freund, je länger ich darüber nachdenke, desto mehr glaube ich, daß das Ganze inszeniert wurde, um ihren Verdacht gegen Señor Keane zu bestätigen.«

Allen war immer noch nicht beruhigt. »Okay, wir sitzen zwar nicht in der Scheiße, aber im Regen. Wenn sie Keane verdächtigen, können wir uns auf seine Informationen nicht mehr verlassen.«

»Das ist klar. Wir nehmen keine Anrufe mehr von ihm entgegen.«

»Aber was noch schlimmer ist«, fuhr Allen fort, »wenn sie wissen, daß Keane Dreck am Stecken hat, und dies auch beweisen können, wie lange wird es dann dauern, bis sie versuchen werden, aus ihm herauszubekommen, an wen er seine Informationen weitergegeben hat?«

»Nicht lange«, sagte Carlos. »Bestimmt nicht lange.«

Daran hatte er bereits gedacht. Señor Keane war während eines einzigen Telefonats vom wertvollen Aktiv- zum gefährlichen Passivposten geworden.

Andererseits, was konnte Keane schon ausplaudern außer der Tatsache, daß er sich mit Carlos Salinas unterhalten hatte, wofür er keinerlei Beweise hatte?

Trotzdem, er war ein Passivposten. Ebenso wie MacLaglen. Sie beide waren die einzigen Menschen, die Salinas mit dem Kidnapping und der Vergiftung des Präsidenten in Verbindung bringen konnten. Und Salinas legte Wert darauf, Passiva aus seiner Bilanz zu entfernen. MacLaglen hatte sich mit dem Tonband eine Lebensversicherung verschafft … aber Keane …?

»Ich muß nachdenken«, sagte Salinas. »Vielleicht führen wir doch noch ein weiteres Telefonat mit Señor Keane.«

6

»Ja, Sir«, sagte Decker und hielt ihm das Handy entgegen. »Es ist für Sie.«

John starrte das Mobiltelefon an. »Für mich?«

Wer sollte ihn hier draußen, mitten in der Wildnis, in Deckers Wagen anrufen?

»Yeah, ein alter Freund.«

John nahm das Handy. Das konnte nur heißen …

»Jonny, ich bin's.«

»Tom!«

»Wie geht's dir, alter Kumpel?«

»Wie wohl? Ich habe Katie immer noch nicht. Aber das weißt du sicher.«

»Ja, aber der Kreis schließt sich. Noch ein paar Stunden, und sie ist wieder in Sicherheit.«

»Dein Wort in Gottes Ohr.«

John wollte fragen, warum er ihn hier, inmitten des Nichts und zu dieser Stunde anrief. Aber er ließ es bleiben.

Tom räusperte sich. »John … ich verlasse in wenigen Minuten das Bethesda.«

Trotz der laufenden Klimaanlage war es im Wageninnern unangenehm warm. Dennoch lief John nun ein kalter Schauer den Rücken hinunter. »Was?«

»Ich habe keine Wahl, Jonny. Ich muß mich morgen früh auf dem Drogengipfel zeigen.«

»Aber die haben doch Katie immer noch! Du sagtest –«

»John, das ist doch so gut wie vorbei. Sie –«

»Aber noch ist sie nicht zurück! Wir sind mitten im Wald, Tom, im größten gottverdammten Wald, den man sich vorstellen kann! Die könnten sie hier Tage, Wochen verstecken!«

»Du weißt, wenn ich glaubte, daß Katie die geringste Gefahr drohte, bliebe ich hier. Aber der Anschlag oder die Verschwörung, oder wie immer man es nennen will, ist geplatzt. Diese Frau, die Katie offensichtlich bei sich hat, kümmert sich doch um sie und –«

»Und kümmert sich zweifellos auch um ihre eigene Sicherheit! Das einzige, was wir von dieser Poppy Mulliner wissen, ist, daß sie aus dieser Gegend stammt, eine kriminelle Vergangenheit hat und an der Entführung meiner Tochter beteiligt war! Der Rest ist pure Vermutung. Sie könnte uns ebensogut von Anfang an nur hingehalten haben, bis sie ein neues Abkommen mit ihren Auftraggebern getroffen hat! Einer der Entführer ist schon tot. Vielleicht benutzt sie Katie nur, um ihren eigenen Hintern zu retten!«

»John –«

»Wenn du jetzt plötzlich gesund und munter in der Öffentlichkeit auftrittst, wissen sie, daß sie verloren haben. Dann werden sie alles tun, um ihre Verluste in Grenzen zu halten und jeden eliminieren, der sie mit dem Anschlag in Verbindung bringen könnte! Und Katie gehört dazu!« John hatte solche Angst ... seine kleine Katie in der Gewalt dieser gewissenlosen Bestien. »Tom, ich bitte dich! Nur noch einen Tag. Du hast doch versprochen –«

»John ...« Lange Pause, dann: »Ich muß mich dort zeigen, und zwar pünktlich und in erstklassiger Form. Du weißt ja, was sie über mich geschrieben haben: Ich wäre auf Entzug, in Rehabilitation, ich hätte einen Zusammenbruch gehabt – lauter rationale Erklärungsversuche für meine irrationalen Ideen.«

»Wen kümmert das schon? Hier geht's nicht um Gerüchte, hier steht nicht nur ein Ruf auf dem Spiel – hier geht es um Katies *Leben*!«

»Ich weiß, John. Glaube nur nicht, ich würde das vergessen. Unterschätze meine Sorge um Katie und meine Liebe zu ihr nicht. Aber hier geht es um mehr als dich und mich und Katie. Hier versucht ein Haufen mieses Pack, die politische Linie der Vereinigten Staaten zu diktieren. Mein Amtseid erlaubt mir nicht, eine Wahl zwischen unserem Land und dem Leben eines kleinen Mädchens zu treffen, das ich sehr lieb habe. Könnte ich tun, was ich –«

Johns kalte Angst wich seinem aufsteigenden Zorn. »*Lügen!* Tom! Nichts als *Lügen*!«

John fand die END-Taste und drückte darauf. Einen Moment lang starrte er noch wütend auf das Telefon, dann sah er Decker an, der sich auf die kurvenreiche Straße zu den nächsten Mulliners auf der Liste konzentrierte.

»Er verläßt das Krankenhaus«, stieß John hervor. »Er macht sich auf den Weg nach Den Haag.«

»Ich weiß.«

»Wie lange wissen Sie's schon?«

Decker warf ihm einen kurzen Blick über die Schulter zu. »Sind Sie sicher, daß Sie das wissen wollen?«

»Allerdings.«

»Seit Samstag.«

John schloß die Augen und preßte den Kopf gegen die Nackenstütze. *Samstag!* Das hieß, Tom hatte die ganze Zeit die Absicht gehabt, zum Drogengipfel zu fahren, ob Katie nun in Sicherheit war oder nicht.

Das tat weh! Tom … ausgerechnet Tom. Er hatte Katie über das Taufbecken gehalten. Wie konnte er …?

John fühlte sich, als drehte ihm jemand ein Messer in der Brust herum. O Gott, das tat weh!

Immer noch hatte er die Augen geschlossen, als er fragte: »Wie lange dauert es, bis die Kidnapper es erfahren?«

»Wenn sie irgendwo auf der Welt ein Radio oder ein Fernsehgerät laufen haben – sofort. Das Bethesda Naval Hospital ist von den Medien belagert. Wenn er auch nur einen Fuß vor die Tür setzt, geht es bereits über Satellit.«

»Sie haben gehört, was ich gesagt habe. Was denken Sie?«

»Ob es noch etwas ausmacht? Ich weiß es nicht, Doc. Ich wünschte, ich wüßte es. Alles hängt von dieser Poppy ab. Wenn sie ehrlich war, könnten wir Glück haben. Wenn sie uns nur hingehalten hat, ja … dann müssen wir hoffen, die Schnelleren zu sein.«

7

Snake saß in seinem Jeep und starrte das Handy in seiner Hand an. Verdammt, ich bin verflucht gut!

Das war gerade der Präsident der USA gewesen – höchstpersönlich!

Und er war gar nicht krank – nicht im geringsten! Er hatte alles nur vorgetäuscht! Das ganze Getue mit dem Bethesda Hospital war nur ein Täuschungsmanöver gewesen!

War doch eine verdammt gute Idee, sich von Salinas die Nummern und Provider der Handys zu besorgen, die diese Obermuftis während der Fahndung benutzten. Und Salinas hatte auch die VHF-Frequenz ausfindig gemacht, die die Helikopter benutzten. Danach hatte Snake nur noch ein paar Handys kaufen und sie so programmieren müssen, daß sie läuteten, wenn die Telefone der Fahnder läuteten. Als Vorsichtsmaßnahme hatte er die Geräte derart präpariert, daß von seiner Seite kein Geräusch eingespeist werden konnte.

Er hatte schon den ganzen Morgen die Gespräche von Leuten namens Canney und Decker abgehört. Meist belangloses Geschwätz … aber das letzte … Wow!

Wenn das Salinas hörte! Er würde mit seinem Speckwanst von einer Wand an die andere prallen vor lauter Zorn!

Snake gestand sich ein, daß auch er ziemlich sauer war. Und bestürzt. Der Doc hatte ihn aufs Kreuz gelegt, hatte dieses Chloram … wie auch immer es hieß, gar nicht verabreicht und hatte sich auf die Seite der Bundesbehörden geschlagen, und das alles, obwohl er doch annehmen mußte, daß man seiner Tochter die Zehe abgeschnitten hatte!

Was für ein Vater! Mann, heutzutage konnte man sich wirklich auf rein gar nichts mehr verlassen!

Aber die gute Nachricht war, daß auch das FBI keinen Schimmer hatte, wo sich Poppy mit dem Kind aufhielt – und das wiederum bedeutete, daß sie das Tonband nicht besaßen.

Er hatte also noch Zeit. Und er hatte noch alle Optionen in der Hand. Wenn er Poppy als erster fand, das Tonband an sich nahm und sie und das Kind umlegte, dann war er sicher. Und Salinas ebenso. Und sie beide konnten glücklich und zufrieden bis zu ihrem Tod leben – wenn möglich auf verschiedenen Kontinenten.

Snake fuhr weiter, hauptsächlich auf der 539. auf und ab, während er den Gesprächen der Bundespolizisten lauschte und die Berichte der Fahndungshubschrauber über seinen Empfänger verfolgte. Wenn Poppy oder ihr Wagen gefunden würde, würde er einer der ersten sein, die es erfuhren.

Er hoffte nur, auch der erste zu sein, der dort eintraf.

8

Allen Gold kam, bleich wie eine Tortilla, ins Büro gerannt.

»O Gott! O mein Gott! Wo ist die Fernbedienung? Das müssen Sie sehen! Schnell!«

Carlos deutete auf die Ecke seines Schreibtisches und beobachtete Allen, der wie ein Wahnsinniger auf den Tasten der Fernbedienung herumdrückte. Zweimal hätte er sie fast fallen lassen, bevor Leben auf den Bildschirm kam.

Carlos erhob sich halb von seinem Stuhl, als das Bild klar wurde. Ein sehr gesund aussehender Thomas Winston, eng umgeben von Secret-Service-Agenten, spazierte da aus dem Bethesda Hospital und strebte auf seinen gepanzerten Wagen zu.

Wie gelähmt von diesem Anblick und mit dem Gefühl, jemand hätte ihm den Lauf eines Maschinengewehrs in den Magen gerammt, verharrte Carlos in dieser Stellung, während seine Körpertemperatur gegen den Gefrierpunkt sank.

Nein! *Válgame Dios*! Das konnte nicht sein!

Er sah auf die Worte in der unteren linken Ecke des Bildschirms: CNN-LIVE. Die Worte des Reporters drangen nur noch schwach an sein Ohr, während die Luft im Raum immer dicker zu werden schien.

»Wie ich schon sagte, Bernard, dies ist eine totale Überraschung. Erst vor wenigen Momenten hatte die Pressesprecherin des Präsidenten angekündigt, daß er das Hospital heute verlassen würde, und hier ist er! Diese Kurzfristigkeit mag auf Sicherheitsfaktoren zurückzuführen sein. Wie wir alle wissen, bekam der Präsident mehrere Morddrohungen, seit er heute vor einer Woche seine Absicht, jeglichen Drogenkonsum zu legalisieren, angekündigt hatte. Und tatsächlich scheinen sich heute mehr als die gewöhnliche Anzahl von Secret-Service-Agenten in seiner persönlichen Eskorte zu befinden. Der Präsident sieht gesund und fit aus. In dem offensichtlichen Versuch, den Gerüchten der jüngsten Vergangenheit entgegenzutreten, gab das Ärzteteam des Bethesda eine Erklärung ab, die eindeutig klarstellte, daß Präsident Thomas Winston in allen medizinischen Tests glänzende Ergebnisse erzielte und sich in einem ausgezeichneten Gesundheitszustand befindet. Noch einmal möchte ich …«

»Wie ist das möglich?« stieß Carlos schließlich hervor.

»Das ist doch offensichtlich!« rief Allen mit sich überschlagender Stimme. »Er war keine Sekunde krank! Er hat diese verdammten Pillen nie geschluckt! Er hat uns die ganze Zeit verscheißert! Sie haben Keane entlarvt … als nächstes werden sie MacLaglen schnappen … und dann sind wir an der Reihe!«

Carlos plumpste in seinen Sessel zurück. Nein … das durfte einfach nicht wahr sein. Wie konnte nur alles so schieflaufen? Es war doch ein perfekter Plan gewesen!

Allen drehte sich zum Schreibtisch herum und beugte sich vor. »Wir müssen verschwinden, Carlos!«

Schon seit Tagen hatte Allen darauf gedrängt. Nun mußte ihm Carlos zustimmen. Die Vereinigten Staaten waren kein sicheres Pflaster mehr.

Aber wohin sollte er? Nach Hause?

Ein Gefühl der Übelkeit überschwemmte Carlos wie eine Wagenladung nasser Sand, als er erkannte, daß diese Reportage zweifellos auch in einem anderen Büro gesehen wurde … in Cali, Kolumbien. Er war sicher, daß Emilio Rojas den lächelnd winkenden Präsidenten Winston ebenso schockiert beobachtet hatte wie er selbst. Der Unterschied bestand nur in den verschiedenen Emotionen, die dieser Schock auslöste. Hier war es Entsetzen. In Kolumbien würde es grenzenlose Wut sein.

Nein, Kolumbien wäre noch gefährlicher als die USA.

Er hatte doch wirklich Geld genug, um sich niederzulassen, wo er wollte. Er brauchte nur den Globus zu drehen und sich einen Ort auszusuchen.

Warum nicht Spanien? Ja, das Vaterland! Er würde in das Land seiner Vorfahren zurückkehren.

Er nickte. Spanien … Eigenartigerweise empfand er über diese Entscheidung eine tiefe Befriedigung … als würde sich ein Kreis schließen, eine generationenwährende Reise zu ihrem Ende kommen.

Er warf einen Seitenblick auf seinen nervös schwitzenden Vermögensverwalter. Aktiv- oder Passivposten? Nach einigen Herzschlägen entschied er, daß Allen immer noch von Nutzen war. Er konnte seine

Hilfe brauchen, wenn es darum ging, sein Geld von den Cayman-Inseln, wo er das meiste angelegt hatte, in die Schweiz zu transferieren.

»Pack deine Sachen«, wies er Allen an. »Aber nur das Notwendigste.«

Allen verdrehte die Augen zum Himmel. »Dank sei Gott!«

»Und schick Llosa zu mir«, fügte Carlos hinzu. »Vor unserer Abreise gibt es noch ein paar Kleinigkeiten zu erledigen.«

9

»Bist du meine Cousine?«

Poppy fuhr zusammen und sah zu dem Appleton auf, der vor ihr stand oder besser, sich vor ihr auftürmte. Sie und Katie waren vor dem Teil des Hauses gestanden, der Lester gehörte, als der Hüne auftauche und sie nun ungeniert anstierte.

Er konnte zwanzig, aber ebensogut dreißig Jahre alt sein, war ungefähr zwei Meter groß und wog mindestens einhundertvierzig Kilo. Er schaukelte auf seinen nackten Füßen hin und her und versteckte die Hände hinter dem Rücken. Er hatte dünnes, krauses braunes Haar, trug Latzhosen und ein Flanellhemd, und sie konnte selbst aus dieser Entfernung seine Ausdünstungen riechen. Dennoch stieß sie am meisten sein Gesicht ab. Mit seinem großen, länglichen Kopf, den weit auseinanderliegenden braunen Augen und der langen Nase erinnerte er Poppy an ein Pferd … ein fettes Pferd, dem die Hälfte der Zähne fehlte.

»Ich schätze, das bin ich«, sagte sie und zwang sich hinzuzufügen: »Ja, ich bin deine Cousine Poppy.«

Er lachte, und Poppy fühlte sich unwillkürlich an das Geschrei eines Esels erinnert. »Und ich bin dein Cousin Levon.« Dann wandte er seine Aufmerksamkeit Katie zu. »Welche Cousine ist das?«

Katie hatte sich dicht an Poppys Oberschenkel gedrängt, aber nun preßte sie sich so fest dagegen, als wollte sie damit verschmelzen.

»Das ist Katie, aber sie ist keine Verwandte. Sie ist eine gute Freundin. Ich passe für ihren Daddy auf sie auf.«

»Das ist nett«, sagte Levon und glotzte weiter. »Ihr beide seid echt hübsch.«

Komm nur nicht auf komische Ideen, Freundchen, dachte Poppy. Sie hatte nicht den Eindruck, die Appletons wären in ihren Sexualpraktiken besonders anspruchsvoll. Mehr wollte sie darüber aber auch gar nicht erfahren.

Plötzlich zog Levon die Hände hinter seinem Rücken hervor und hielt Katie etwas entgegen. »Hier, das ist für dich.«

Katie stieß einen wimmernden Laut aus und schmiegte sich noch enger an Poppy. Poppy brauchte einige Sekunden, um zu erkennen, was Levon der Kleinen angeboten hatte. Es war ein ausgestopftes Stoffbündel, völlig zerschlissen und schmierig. Auf eine bizarre Art hatte es jedoch beinahe etwas Menschliches an sich.

»Das ist meine Puppe«, sagte Levon. »Ich hab sie schon, seit ich klein war. Ich schenk sie Katie, damit sie was zum Spielen hat.«

»Danke, Levon«, sagte Poppy gerührt. »Das ist wirklich … nett von dir.«

Levon grinste und streckte Katie die Puppe hin. Er wollte sie ihr tatsächlich schenken, aber Poppy ahnte, daß Katie sie niemals anfassen würde. Doch sie brachte es nicht übers Herz, das wohlgemeinte Angebot abzulehnen. Poppy riß sich zusammen und griff mit spitzen Fingern nach der Puppe.

»Katie ist noch etwas schüchtern … du weißt schon, all die … unbekannten Gesichter.« Himmel, fast hätte sie *komischen* gesagt.

»Sie kann ja mit den Kindern spielen. Wir –«

Ein plötzlicher schwirrender Lärm unterbrach sie. Irgendeine Maschine näherte sich mit tiefem, rhythmischem Donner und erfüllte die Luft mit ihrem Krach.

Und dann sah sie es – ein Helikopter.

Levon fuhr herum und schrie nach Lester, der, so schnell er mit seinem verkrümmten Rückgrat konnte, um die Ecke gehumpelt kam.

»Gewehre!« schrie er. »Die Bullen kommen wegen der Schnapsbrennerei! Holt eure Gewehre!«

Wo Poppy hinsah, liefen Appletons umher, verschwanden für Augenblicke in ihren Behausungen und kehrten bewaffnet mit Gewehren und Pistolen zurück.

»Geht lieber ins Haus«, rief Lester ihr zu, als er an ihr vorbeihinkte. »Das könnte ernst werden.«

Poppy stellte sich unter ein Vordach. Sie war ziemlich sicher, daß es nicht die örtliche Polizei war; höchstwahrscheinlich suchte der Helikopter nach ihr und Katie, nicht nach der Schwarzbrennerei. Aber das gestand sie ungern ein, konnte andererseits jedoch nicht zulassen, daß sich die Appletons wegen ihr ins Unglück stürzten und sich mit der Bundespolizei anlegten.

»Nicht schießen!« rief sie ihm zu. »Ihr bekommt nur Ärger!«

Lester starrte den Hubschrauber an, der am Fuße des Abhangs schwebte und nicht näher zu kommen schien.

»Wir suchen keinen Ärger«, knurrte er. »Aber die können ihn haben, wenn sie es darauf anlegen.«

»Nein. Du hast ja keine Ahnung –«

Plötzlich drehte der Helikopter ab und dröhnte davon.

»Glück für sie«, maulte Lester und spuckte aus. »Verdammtes Glück.«

Yeah, und Pech für mich, wetten? dachte Poppy.

10

»Seht doch!« rief VanDuyne und deutete nach vorne durch die Windschutzscheibe. »Reifenspuren. Ziemlich frisch sogar.«

Bob Decker verbarg seine Erleichterung. Endlich ein Zeichen von Zivilisation. Sie waren vor etwa dreißig Kilometern von der 539. abgebogen. Irgendwo auf dieser Strecke hatte der Asphalt aufgehört, aber sie waren auf hartem Sand weitergefahren. Aber wohin nur? Die letzten dreißig Kilometer hatten sie nicht nur keinen Menschen, sondern auch kein Zeichen von Zivilisation gesehen. Nicht einmal Abfall. Bis auf die Fahrspuren, denen sie folgten, mußte es hier schon vor Columbus so ausgesehen haben. Das Gefühl der Einsamkeit war mehr als bedrückend; Bob empfand es richtiggehend als beunruhigend.

Er hatte bereits geglaubt, sie hätten sich hoffnungslos verirrt, aber diese Reifenspuren legten die Vermutung nahe, daß die Zivilisation eventuell doch nicht allzu weit entfernt war.

»Moment mal«, rief VanDuyne. »Stop!«

Decker kurvte um die Äste eines umgestürzten Baumes, der halb über der Straße lag, stieg auf die Bremse und brachte den schweren Roadmaster zum Stehen.

»Dieser umgestürzte Baum!« rief VanDuyne. »Wir fahren bereits zum zweitenmal daran vorbei. Das sind *unsere* Reifenspuren. Wir sind die ganze Zeit im Kreis gefahren.« Er fiel zurück in seinen Sitz. »Es ist doch aussichtslos! Wir sind Katie seit heute morgen keinen Schritt näher gekommen, und jetzt –« Er schlug mit der Faust gegen die Wagentür.

Bob Decker sah auf den sandigen Pfad vor sich und mußte zugeben, daß VanDuyne recht hatte. Sie hatten sich komplett verirrt. Sie waren an dieser und jener Weggabelung abgebogen, in der Hoffnung, sie würden irgendwie wieder nach Sooy's Boot zurückfinden. Doch das einzige, was sie gefunden hatten, waren ihre eigenen Reifenspuren.

Was mußte der arme Kerl denn noch alles durchmachen, bevor er explodierte? VanDuynes ältester und bester Freund hatte ihn im Stich gelassen, als er ihn am dringendsten gebraucht hätte – Bob wußte zwar, daß Winston keine andere Wahl hatte, aber er war sicher, daß Van Duyne diese Tatsache anders beurteilen würde –, und von seiner Tochter gab es immer noch keine Spur. Hinzu kam, daß sie beide den ganzen Tag in diesem Wagen zusammengepfercht gewesen waren. Und jetzt hatten sie sich auch noch verirrt. Gründlich verirrt.

Bob verbarg seine eigene Verstimmung und Frustration und versuchte optimistisch zu klingen. »Stimmt nicht. Wir haben ein riesiges Areal abgesucht und mit einer Menge Mulliners gesprochen –«

»Aber der Nachmittag ist fast vorbei, und wir haben immer noch keinen Hinweis auf ihren Aufenthaltsort.«

»Wenigstens wissen wir, wo sie nicht ist. Wir –«

»Sie sagten, wir würden sie heute finden, Bob. Seien Sie ehrlich, glauben Sie immer noch daran?«

Zweifellos schmolzen die Chancen mit jeder weiteren Stunde dahin. Aber das hieß nicht, daß heute nicht doch noch etwas passieren konnte.

»Wir haben noch jede Menge Tageslicht vor uns.«

»Da bin ich mir nicht so sicher«, erwiderte VanDuyne, reckte den Hals und deutete an Decker vorbei. »Sehen Sie die Wolken? Das sind Gewitterwolken. Da zieht ein Unwetter auf, und zwar ein heftiges.«

Bob warf einen Blick auf die Haufenwolken, die den größten Teil des Himmels im Westen überzogen hatten. Sie waren zunächst weiß und wattig gewesen, sahen aber nun, nachdem sie die Sonne verschluckt hatten, dunkel und bedrohlich aus.

Ja, das Gewitter könnte zum Problem werden.

»Ich rufe mal Canney an, ob sich bei ihm etwas ergeben hat«, lenkte Decker ab. Der FBI-Mann hatte sich mit einem Kollegen eine andere Region vorgenommen. »Vielleicht hat er –«

Plötzlich erfüllte atmosphärisches Kreischen das Wageninnere. *»SSD, hören Sie? SSD, hier spricht Search One.«* Bob griff nach dem Empfangsgerät. »Ich höre Sie, Search One. Was gibt's?«

»Wir haben ein Fahrzeug unter uns, das dem gesuchten Fahrzeug ähnlich sieht.«

»Geparkt oder in Bewegung?«

»Er parkt mit vier oder fünf weiteren Fahrzeugen auf einer kleinen Lichtung ... am Fuße eines Hügels, auf dem ein äußerst merkwürdiges Haus steht.«

»Prima. Wo sind Sie?«

»Ich bin über dem tiefsten Wald, etwa acht Kilometer südöstlich von Sooy's Boot. Achtunddreißig Grad, sechsundvierzig Minuten Nord, vierundsiebzig Grad, dreiunddreißig Minuten West, um genau zu sein.«

Bob warf VanDuyne, der den ganzen Tag als Navigator fungiert hatte, einen Blick zu. »Hilft Ihnen das?«

VanDuyne schüttelte den Kopf und deutete auf der Karte auf ein Gebiet, das hauptsächlich grün war. »Dort ist nichts – nicht mal ein Weg.«

»Wie komme ich dort hin, Search One?«

»Also, wir sehen hier eine Straße, die aber auf keiner unserer Karten eingezeichnet ist. Hier kommen Sie nur her, wenn Sie jemand führt, und ich denke mal, das werden wir übernehmen. Geben Sie uns Ihren derzeitigen Standort, und wir werden Sie finden. Sie können uns dann nachfahren.«

»Wir haben uns verirrt, Search One.«

VanDuyne studierte erneut seine Karte. »Sagen Sie ihm, wir befinden uns irgendwo südlich der 532. und westlich der 563.«

»Okay«, tönte es aus dem Empfänger. *»Begeben Sie sich zu einer Lichtung und winken Sie mit einem Hemd oder so. Wir kommen.«*

»Jetzt haben wir sie«, sagte VanDuyne und starrte immer noch auf die Karte. Er war wie umgewandelt, als würde jemand Strom durch ihn hindurchpumpen. »Das fühle ich.«

»Erwarten Sie nicht zuviel. Da draußen gibt es bestimmt eine Menge rote Lieferwagen.«

VanDuyne schüttelte den Kopf. »Wir haben den ganzen Tag über nur drei davon gesehen, die alle offen an der Straße gestanden haben. Dies ist der erste, der tief im Wald versteckt ist. Das ist Poppys Wagen. Ich weiß es! Jetzt finden wir Katie!«

»Wenn ich Sie zitieren darf: Ihr Wort in Gottes Ohr.« Da kam Bob ein Gedanke, und er schlug mit der Hand auf das Armaturenbrett. »Wissen Sie, was uns jetzt fehlt? Ein GPS-Unit. Verdammt! Daß ich daran nicht gedacht habe!«

»Was ist das denn?«

»Ein globales Positionierungssystem. Es würde uns genau anzeigen, wo wir uns befinden.«

VanDuyne zuckte mit den Achseln. »Solange wir den Helikopter haben, dem wir nachfahren können, brauchen wir es doch nicht.«

Yeah, dachte Bob, aber ich hätte daran denken können. VanDuyne hatte allerdings recht. Der Helikopter würde sie ans Ziel bringen.

Außerdem, wer dachte schon an alles?

11

In einem kleinen Ort namens Jenkins fuhr Snake an den Straßenrand.

Er befestigte die GPS-Haftantenne auf dem Dach des Jeeps, stieg wieder ein und klappte sein Notebook auf. Die GPS-Karte steckte bereits im PCMCIA-Schlitz, und das Raster erschien auf dem Bildschirm. Er betätigte einige Tasten und wartete, bis das Programm die Signale der Satelliten kilometerweit über ihm empfing, die trigonometrische Netzlegung ausführte und dann seinen exakten Standpunkt auf der Erde wiedergab.

Snake war geradezu fasziniert: Er benutzte ein dreizehn Milliarden Dollar teures Satellitensystem des Verteidigungsministeriums, um die CIA und das FBI auszumanövrieren!

Das Notebook piepste leise, als ein blinkender Punkt im Zentrum des Koordinatensystems auftauchte und die Koordinaten lieferte.

»Okay«, murmelte er zufrieden. »Das bin ich. Nun wollen wir mal sehen, wo das gesuchte Fahrzeug ist.«

Snake gab die Koordinaten ein, die er sich während der Unterhaltung Deckers mit dem Helikopter notiert hatte. Wenige Sekunden später sprang der Punkt auf dem Monitor nach links unten, und ein blinkendes Sternchen erschien oben rechts. Der Standort wurde angezeigt: 11,2 km – 43° NO. Es war nicht weit … höchstens zwölf Kilometer Luftlinie. Aber hier konnten das zwanzig, fünfundzwanzig, ja dreißig Kilometer bedeuten – wenn es überhaupt eine Straße gab. Snakes Software bot die Möglichkeit, ihn mit einer Straßenkarte zu verbinden, die ihn zu seinem Ziel bringen würde. Aber leider hatte kein Software-Hersteller der Welt es für nötig erachtet, die Pinelands in sein Programm aufzunehmen. Schade, daß das GPS-Programm kein Satellitenfoto der Gegend auf den Bildschirm bringen konnte.

Vielleicht waren sie ja nächstes Jahr soweit.

Immerhin hatte er die zweitbeste Sache: Er hatte eine Landkarte von Zentral-New Jersey in seine Festplatte gescannt. Er zog seinen blinkenden Punkt auf das Örtchen Jenkins, gab die Lagekoordinaten ein, und – voilà! – er war wieder im Geschäft. Nun mußte er nur noch einen Weg finden, den Punkt, der seinen eigenen Standort anzeigte, vor den Feds zu dem blinkenden Sternchen in der Mitte des Nichts zu bringen. Das Fahrzeug mochte gar nicht Poppys Wagen sein, aber er konnte es nicht riskieren, hier herumzusitzen und nichts zu unternehmen.

Er hörte ein tiefes Grollen und schaute nach oben. Das Gewitter kam rasch näher.

Snake machte sich auf den Weg. Es war nicht so gut, einem Helikopter zu folgen, aber wenigstens würde er wissen, wann er in die richtige Richtung fuhr und wann nicht.

Und er näherte sich dem Punkt aus der entgegengesetzten Richtung. Möglicherweise war er näher dran als die Feds. Wer konnte das wissen? Vielleicht würde ihm das Gewitter zu Hilfe kommen, und er könnte den Punkt als erster erreichen.

Während der Fahrt passierte er ein Gebiet mit verbrannten Bäumen.

Blitzschlag? Ein unvorsichtiger Camper? Wie auch immer, hier mußte ein schrecklicher Brand gewütet haben. Die Stämme waren kohlrabenschwarz versengt, die kleineren Äste abgebrannt. Dennoch waren die Bäume nicht tot. An jedem Stamm zeigten sich kleine Schößlinge, die sich ihren Weg durch die verkohlte Kruste der Rinde bohrten und frische, grüne Nadeln hervortrieben.

Diese verdammten Dinger sind nicht umzubringen, dachte er. Dann grinste er. Vielleicht ist dies ein guter Ort für mich. Ich mag diese Kiefern. Was man ihnen auch antut, sie kommen immer, immer wieder.

Ich bin wie deine Kiefern, Poppy. Du bringst mich nicht um, du hältst mich nicht auf. Ich komme immer wieder. Und ich komme wegen dir, du Miststück.

12

Dan Keane starrte aus dem Fenster seines Büros und wunderte sich, den ganzen Vormittag noch nichts von Decker gehört zu haben. Er sah auf seine Uhr. Es war bereits nach fünfzehn Uhr. War in dem Motel in Tuckerton irgend etwas passiert? Sollte er etwa anrufen? Oder würde er sich durch *zu* großes Interesse verdächtig machen? Konnte man in einer Sache wie dieser zu interessiert sein? Ja, er würde anrufen. Er war hier ohnehin nutzlos, konnte sich nicht konzentrieren und keinen klaren Gedanken fassen.

Als er nach dem Hörer griff, summte das hausinterne Telefon. Vielleicht war das jetzt Decker. Er drückte auf den Knopf.

»Ja?«

»Soeben hat ein Restaurant angerufen«, teilte ihm seine Sekretärin mit.

»Ein Restaurant?«

»Ja. Ziemlich ungehalten. Sagten, Sie sollten Ihre Reservierung bestätigen. *Il Gia*-irgendwas. Sie legten auf, bevor ich den Namen richtig verstanden hatte.«

Dan erstarrte. Salinas' Restaurant. Warum rief er hier an? O verflucht, das verhieß nichts Gutes.

»Ach ja, ich erinnere mich.«

»Soll ich –?«

»Nein, danke. Ich erledige es selbst. Übernehmen Sie mein Telefon, Thelma. Ich verlasse kurz das Haus.«

Die Hitze auf der Sixth Street traf ihn, kaum hatte er den ersten Schritt vor die Tür gesetzt. Wie im Sommer. Er zog seinen Wollmantel aus und suchte nach einer Telefonzelle.

Die Gedanken kreisten wirr in seinem Kopf. Was war es wohl, was Salinas ihm mitteilen wollte? Was war so wichtig, daß er einen Anruf in den Büros der DEA riskierte?

An der Ecke beim NASA-Gebäude entdeckte er ein Telefon und strebte darauf zu. Während er in seiner Hosentasche nach einem Quarter fischte, versicherte er sich wie gewöhnlich, daß ihm niemand zuhören konnte. Ziemlich menschenleer. Nicht mal ein Brezelverkäufer heute. Nur ein Fahrradkurier, der in seine Richtung flitzte. Kein Problem. Diese Burschen waren erstaunlich flink. Er würde vorüber sein, bevor Dan gewählt hatte.

Er fand einen Quarter und steckte ihn in den Schlitz. Er wartete auf das Freizeichen und sah sich erneut um. Der Fahrradbote war jetzt fast auf seiner Höhe – Fahrradhelm, dunkle Sportbrille, hautenge Fahrradhosen und -top und ein elegantes, französisches Fahrrad. Er schien seine Geschwindigkeit verringert zu haben. Dan beobachtete, wie er etwas Metallisches aus seiner Umhängetasche zog. Das Ding zielte auf ihn, bevor Dan erkannte, daß es eine schallgedämpfte Automatik war. Er sah das kleine Mündungsfeuer, das aus dem Zylinder des Schalldämpfers blitzte. Bevor er sich bewegen konnte, bevor er schreien konnte, spürte er, wie die Kugeln ihn durchbohrten. Es war kein scharfer Schmerz, fühlte sich an wie eiserne Faustschläge auf seiner Brust und seinem Bauch, die durch seinen Rücken explodierten, ihn von den Füßen rissen und rückwärts schleuderten.

Einen Moment noch sah er das intensive Blau des Himmels, dann verdüsterte sich die Farbe. Die Straße, die Stadt und die Welt versanken im Dunkel.

13

»Beweg dich, du Scheißkarre, komm schon!«

John VanDuyne hatte das Gefühl, seine Schulter würde gleich aus dem Gelenk springen, aber er gab nicht auf. Er stemmte die Füße in den Sand und lehnte sich mit aller Kraft gegen den hinteren Kotflügel des Roadmaster, während über ihm die Blitze zuckten.

Der Reifen drehte durch und schleuderte Sand hoch, den der ständig zunehmende Wind aufnahm und John ins Gesicht warf. Verdammter Hinterradantrieb! Warum zum Teufel baute man die Dinger überhaupt noch?

Er preßte die Augen zu und schob fester. Der Wagen bewegte sich nach vorn, der Reifen kam halb aus dem Loch, in das er sich gegraben hatte.

»Gas geben!« rief er Decker durch das Donnergrollen und Motorengejaule zu. »Wir haben's fast geschafft! Wir –«

Doch da rutschte der Wagen wieder zurück in das Sandloch, und John konnte nichts, rein gar nichts tun, um ihn aufzuhalten.

Er lehnte sich gegen die Stoßstange und schlug mit der Faust auf den Kofferraumdeckel. Am liebsten hätte er geschrieen.

Es war so gut gelaufen. Sie waren dem Helikopter auf den sandigen Spurrinnen, die hier unter der Bezeichnung Straßen liefen, gefolgt, bis sie plötzlich um eine Kurve gekommen waren, hinter der ein Hirsch stand. Decker war auf die Bremse getreten, der Hirsch im Unterholz verschwunden, und seither hatten sie sich nicht mehr von der Stelle bewegt.

Und jetzt begann es auch noch zu regnen – schwere Tropfen platschten vom Himmel. John sah hinauf in die grauen, tiefliegenden Wolken und fragte sich, was ihnen wohl noch blühen mochte. Als eine Art Antwort zuckte ein greller Blitz vom Himmel. John taumelte zur Beifahrertür und ließ sich auf den Sitz fallen.

Decker hatte den Empfänger in der Hand. »Okay, Special One. Guten Flug. Und vielen Dank.«

John wußte, mit wem er sprach: mit dem Helikopter. »Sie brechen ab, stimmt's?«

Decker nickte. »Ja, sie fliegen zurück zur Basis. Das Wetter ist zu gefährlich für sie.«

John nickte stumm. Das hatte er bereits erwartet.

»He«, sagte Decker, »sie sind geblieben, so lange sie konnten – wahrscheinlich länger, als sie sollten. Ich hoffe, sie haben keine Schwierigkeiten, nach Lakehurst zurückzukommen.«

»Ich weiß. Es ist nur …«

Der Himmel öffnete seine Schleusen, und nun goß es wie aus Eimern.

»Bleiben Sie hier«, sagte Decker. »Der Regen weicht den Sand auf, dann kommen wir sicher raus aus diesem Loch. Sobald er nachläßt, fahren wir weiter. Wir können nicht mehr weit davon entfernt sein.«

»Aber wohin? Wir müssen warten, bis der Helikopter –«

»Nein. Sie haben mir den Weg beschrieben. Nach etwa einem Kilometer biegt rechts ein kleinerer Weg ab. Wir folgen ihm circa eineinhalb Kilometer, dann muß rechts ein weiterer Weg abzweigen. Dort steht irgendwo der Lieferwagen.«

Der Regen wurde stärker, und die Sichtweite war gleich Null. Die Kiefern wurden unsichtbar. Das ohrenbetäubende Trommeln des Regens auf dem Wagendach und das unaufhörliche Donnern hörte sich an, als säßen sie direkt unter den Niagarafällen.

Die Welt bestand nur noch aus John und Decker und dem Wagen.

14

Snake grinste, als er den Empfänger ausschaltete – den brauchte er nicht mehr. Er kämpfte sich weiter durch den Regen. Zwar kam er nur langsam voran, aber er lag tausend Prozent besser im Rennen als VanDuyne und sein Kumpel.

Versunken im Schlamm und keine Fluglotsen mehr, die ihnen den Weg gezeigt hätten, vorausgesetzt, sie hätten sich überhaupt befreien können. Ach, wie schade!

Snake wußte, ihm hätte dasselbe passieren können, hätte er nicht seinen Jeep mit Allradantrieb.

Er warf einen Blick auf sein Notebook und entdeckte, daß er näher am Ziel war als je zuvor. Das GPS-Programm besagte, daß sich sein Ziel ungefähr zwei Kilometer links von ihm befand.

Er schüttelte den Kopf und amüsierte sich über die Ironie, daß er mit dieser High-Tech-Ausrüstung eine Gegend absuchte, die mit Sicherheit den niedrigsten technischen Standard des ganzen Landes hatte.

Er blinzelte durch den Regen. Er mußte langsam fahren und Ausschau halten nach einer Straße, einem Weg, einem Trampelpfad, nach irgendeiner Möglichkeit, die nach links führte. Es war verdammt dunkel geworden. Unter diesen Bedingungen war es schon mit zwei Augen schwer, etwas zu erkennen, aber erst mit einem …

Und dann entdeckte er durch das linke Seitenfenster etwas und trat auf die Bremse. Er wischte das Kondenswasser weg und spähte in den Regen hinaus.

Zwei Spurrinnen führten nach links. Gut, daß sein kaputtes Auge rechts war und ein Blitz im richtigen Moment die Gegend erhellt hatte, sonst wäre er glatt daran vorbeigefahren.

Grinsend stieß er zurück und lenkte auf den Pfad.

Ich komme, Poppy-Miststück. Und ich hoffe, du genießt deine letzten Stunden auf dieser Welt.

15

»Ich habe Angst!« rief Katie und klammerte sich an Poppy, während der Donner grollte und der Wind an den Bretterwänden rüttelte.

»Ist schon gut, Schätzchen«, tröstete sie Poppy, die auf ihrem zusammengerollten Schlafsack saß und Katie sanft in den Armen wiegte. »Das Gewitter ist bald vorbei.«

»Hat wohl Angst vor dem Gewitter, was?« fragte Lester Appleton und leckte sich über die Lippen, während er eine Blechbüchse unter ein Leck im Dach stellte. Mittlerweile standen zwölf Büchsen auf dem Boden herum. »Die meisten Weiber und Kinder haben Schiß davor. Verstecken sich unterm Bett, sobald der erste Donner kracht. Die Kleine soll sich schon mal dran gewöhnen, wenn sie bei uns bleiben will. Hier draußen kracht es öfter so.«

Bei euch bleibt Katie bestimmt nicht, hätte Poppy gerne gesagt, aber sie wollte nicht unhöflich sein. Die Appletons waren alle so nett gewesen. Einige hatten erzählt, sie erinnerten sich noch daran, wie sie als kleines Mädchen öfter mit ihrem Dad vorbeigekommen sei. Aber vielleicht bildeten sie sich das auch nur ein. Jedenfalls waren sie herzlich aufgenommen worden, und die Appletons hatten ihr Haus, ihr Essen, ja sogar die Puppen mit ihnen geteilt. Die Auffassung der Appletons von Sauberkeit, Genießbarkeit und Geschmack ihrer Kochkünste waren Lichtjahre von Poppys Vorstellungen entfernt, aber sie meinten es gut. Was ihnen gehörte, gehörte auch Poppy.

Na ja, schließlich war sie eine Verwandte …

Lester hatte ihnen angeboten, einstweilen in seiner Wohnung zu übernachten. Seine »Wohnung« … das war ein winziger Raum, dessen Beleuchtung aus zwei Kerosinlampen bestand – eine baumelte von der niedrigen Decke, die andere stand auf einer Kiste, die als Geschirrschrank diente. Die Wände knarzten und wackelten unter dem Ansturm des Windes und versetzten die Lampe in Schwingung. Immer wieder blitzte Lesters Richtung Nase schielendes Auge im schwankenden Lichtschein unheimlich auf.

Ein ohrenbetäubender Donnerschlag, und Katie kuschelte sich noch näher an Poppy.

»Ich hoffe nur, die Brennerei ist in Ordnung«, knurrte Lester und nahm einen kräftigen Zug aus seinem Krug. »Wenn nur mein Rücken besser wäre – ich müßte denen da draußen helfen.« Er schüttelte den Kopf. »Erst der Helikopter, dann der Sturm. Böse Vorzeichen. Ich spür's in meinen Knochen – irgendwas Schlimmes wird passieren.«

Als der Helikopter aufgetaucht war, war Poppy zu ihrem Lieferwagen hinuntergerannt und hatte ihn unter ein paar Bäumen versteckt. Vielleicht hatte sie ja das Scheunentor geschlossen, nachdem das sprichwörtliche Pferd schon entflohen war, aber sie hatte es trotzdem getan.

Und dann hatte das Unwetter eingesetzt, und alle körperlich leistungsfähigen Männer und Frauen, darunter auch der hilfsbereite Levon, waren davongelaufen, um dafür zu sorgen, daß die Brennerei keinen Schaden erlitt und die Feuer nicht erloschen. Apfelschnaps war schließlich ihre Haupteinnahmequelle. Sie verkauften ihn oder betrieben Tauschhandel damit.

Poppy fragte sich, wie es wohl Onkel Luke mit den Feds erging. Er hatte versprochen, für sie einen Deal auszuhandeln. Wozu brauchte er nur so lange?

16

Carlos Salinas nahm die Fotografie Nixons von der Wand, warf sie in seinen Koffer und sah sich um. Es gab nichts mehr, wovon er sich hätte nicht trennen oder was nicht durch einen kurzen Telefonanruf hätte ersetzt werden können.

Allen hatte alle heiklen Informationen auf dem Computer im Büro gespeichert – verbal und digital verschlüsselt. Nun hatte er alle wichtigen Daten auf eine Zip-Drive-Disk kopiert und die Festplatte gelöscht. Als das geschehen war, wies Carlos Llosa an, einige Neun-Millimeter-Kugeln in die Festplatte zu jagen – nur um sicherzugehen.

»Alles bereit?« fragte Allen, als er zum drittenmal in ebenso vielen Minuten ins Büro gestürzt kam.

Carlos nickte. Zu schade, dachte er, die USA und dieses wohlorganisierte Dasein verlassen zu müssen. Sollte jedoch das Drogengeschäft tatsächlich legalisiert werden, hätte er sich ohnehin bald zur Ruhe setzen müssen.

Er bedauerte es, Maria zurücklassen zu müssen, aber das war nur vorläufig. Er würde sie später holen lassen.

Llosa wartete an der Hintertür. Carlos nickte ihm zu, als er auf ihn zuging. Llosa trat hinaus, sprang aber sofort wieder zurück.

Carlos erstarrte. »Was ist los?«

»Ein Wagen! Draußen in der Zufahrt!«

»O nein!« winselte Allen. »O Gott! Bitte, nein!«

»Ruhe!« zischte Carlos, dessen Herz bis zum Hals klopfte. Er wandte sich an Llosa. »Sitzt jemand drin?«

»Ich habe niemanden gesehen.«

»Schau noch mal nach.«

Llosa öffnete die Tür einen Spaltbreit und lugte hinaus. Er schüttelte den Kopf. »Ich sehe niemanden.«

»Wahrscheinlich hat es nichts zu bedeuten«, meinte Carlos.

»Aber er blockiert unsere Ausfahrt.«

Carlos dachte an seine vollgetankte Gulfstream, die fertig zum Abflug auf ihn wartete. Wenn er nur schon in der Luft wäre …!

Er drehte sich zu Allen um. »Rufe den Abschleppdienst. Jemand soll den Wagen entfernen. Pronto.«

Allen nickte. Er lächelte leidend. »Okay. Ich nähere mich dem Auto keinen Schritt.«

Während des kurzen Herzschlags, den Allen brauchte, um nach dem Hörer zu greifen, hörte Carlos ein Getöse, spürte, wie der Boden unter seinen Füßen erbebte, sah die zersplitternde Tür und einen heranbrausenden feuerroten Flammenball, der Llosa verschluckte und dann ihn selbst verschlang, nachdem ihm Millionen von winzigen hölzernen Dolchen aus der berstenden Tür zunächst den Seidenanzug, dann den größten Teil des Fleisches vom Körper gerissen hatten.

17

Als Snake die Lichtung erreichte, sah er zunächst nur vier oder fünf Pick-ups, aber keinen Lieferwagen. Er fluchte und schlug in ohnmächtiger Wut auf sein Lenkrad ein. Je näher er diesem Ort gekommen war, diesem blinkenden Sternchen auf seiner GPS-Landkarte, desto größer war seine Vorfreude geworden, Poppy zu finden, endlich Hand an sie legen zu können, ihr so weh zu tun, wie sie ihm weh getan hatte. Er brauchte das ebensosehr, wie er das Tonband brauchte, und das Bedürfnis war so groß geworden, daß er vor Erregung fast zersprang.

Aber sie war nicht *hier*! Vermutlich war sie geflohen, nachdem sie den Helikopter gesehen hatte.

Immer noch fluchend, wendete er den Jeep, und da sah er den roten Wagen, versteckt hinter einem der Pick-ups, unter Bäumen und Ästen verborgen.

Sofort sprang er aus dem Jeep und rannte durch den sintflutartigen Regen zu dem Lieferwagen. Ja! Das war er! Das war Poppys Auto! Aber wo war sie? Er bewegte sich am Rand der Lichtung entlang ... irgendwo mußte doch ein Weg, ein Pfad zu dem eigenartigen Haus führen, das der Pilot erwähnt hatte. Und da entdeckte er ihn. Eine Lücke im Unterholz. Er nutzte das Licht der Blitze, zog seine Cobra aus dem Gürtel und machte sich auf den Weg.

18

John hatte das Radio in der Hoffnung angestellt, eine Meldung über das zu erwartende Ende des Gewitters zu hören. Statt dessen ertönte die Stimme von Heather Brent.

»Erlauben Sie mir, Sie mit weiteren Statistiken zu langweilen. Bundes-, Staats- und Lokalpolizei nahmen im letzten Jahr mehr als eine halbe Million drogenbezogene Verhaftungen vor. Siebzig Prozent davon nur wegen Drogenbesitzes, nicht wegen Drogenhandels oder -herstellung – nur Besitz derselben. Und das war nur ein Tropfen auf den heißen Stein. Zwölf Prozent der Amerikaner bekennen – bekennen! – sich zum illegalen Drogenkonsum. Wie viele bekennen sich nicht dazu? Wenn wir die erklärten Ziele des Kampfes gegen die Drogen weiterverfolgen, müßten wir versuchen, all diese Millionen von Amerikanern einzusperren. Aber kann das unser Ziel sein? Sollten diese Geldmittel, diese zahllosen Arbeitsstunden zahlloser Arbeitskräfte, die letztes Jahr in diese millionenfachen Verhaftungen geflossen sind, nicht besser gegen Straßenräuber, Vergewaltiger, Mörder, prügelnde Ehemänner und Kinderschänder aufgewendet werden?«

»Ich wünschte, wir hätten einige jener Arbeitskräfte im Moment zur Verfügung«, knurrte Decker.

John wechselte den Sender. Er wollte den Wetterbericht, nicht Heather Brent hören.

»Das gibt's doch nicht«, rief Decker und sah in den Rückspiegel. »Da kommt jemand!«

John drehte sich herum und sah durch das beschlagene Rückfenster.

Tatsächlich, zwei verschwommene Lichtkreise bewegten sich hüpfend durch den Regen auf sie zu.

»Lieber Gott, seit Stunden haben wir keine Menschenseele mehr gesehen und jetzt – das grenzt an ein Wunder!«

Ein großer Pick-up mit riesigen Reifen kam rechts von ihnen zum Stehen. John kurbelte das Fenster herunter und blickte in ein wettergegerbtes, grinsendes Gesicht. Ein ähnliches und ebenso wettergegerbtes Gesicht, jedoch mit Bart, spähte über die Schulter des Fahrers. »Steckt wohl im Sand fest, was?« feixte der Fahrer.

»Können Sie uns da raushelfen?« fragte John.

Der Fahrer schüttelte den Kopf. »Das Zeug ist wie Suppe. Vielleicht, wenn sich das Wasser ein bißchen gesetzt hat.«

Es ist zum Verzweifeln, dachte John, als er eine Wagentür hörte und hinter ihnen noch ein Lichterpaar auftauchte. Jemand hielt sich eine Zeitung über den Kopf und patschte durch den Schlamm auf sie zu.

Es war Canney – der FBI-Agent.

»Kommt mit!« rief er und deutete mit dem Daumen über seine Schulter. »Steigt bei uns ein!« Er wandte sich an den Fahrer des Pick-ups. »Die beiden kommen mit uns.«

Der Fahrer nickte und kurbelte sein Fenster hoch.

John hielt nicht mal Rücksprache mit Decker. Er sprang aus dem Wagen und folgte Canney. Sekunden später gesellte sich der tropfnasse Decker auf dem Rücksitz von Canneys Auto zu ihm.

Während sich der Pick-up in Bewegung setzte, stellte Canney den Fahrer als Special Agent Geary vor. Der winkte über die Schulter und folgte dem Pick-up.

»Wie kommt es, daß ihr nicht steckengeblieben seid?« fragte Decker und wischte sich den Regen vom Gesicht.

Canney zuckte mit den Achseln. »Vorderradantrieb, vermute ich. Schaut. Die Burschen in dem Pick-up sind zwei Onkel von Poppy Mulliner. Sie bringen uns zu ihr.«

John schnellte nach vorn und packte Canney an den Schultern.

»Haben sie Katie gesehen? Ist Katie –?«

»Katie geht es gut. Sie und Poppy verstecken sich bei einigen Waldschratverwandten der Mulliners.«

»Und dort bringen sie uns jetzt hin?« Als Canney nickte, hätte John ihn am liebsten umarmt. »Gott sei Dank!«

Nun ist es fast vorbei, dachte er. Noch wenige Minuten, und Katie ist in Sicherheit.

»Sie wollten einen Deal mit uns machen«, fuhr Canney fort. »Ob wir etwas für sie tun könnten, wenn Poppy sich selbst stellte. Zum Teufel, sagte ich, selbstverständlich. Ich hab sogar angeboten, sie ins Zeugenschutzprogramm aufzunehmen, wenn sie sich als Kronzeugin zur Verfügung stellen wird. Was hältst du davon, Bob?«

»Damit habe ich kein Problem«, antwortete Decker. »Sie ist ein Engel im Vergleich zu anderen, denen dieser Deal schon angeboten wurde.«

Decker versetzte John einen leichten Rippenstoß. »Was halten Sie davon, Doc? Geht es Ihnen gegen den Strich, wenn wir Poppy dieses Angebot machen?«

»Absolut nicht«, entgegnete John. »Ich habe das Gefühl, meine Kleine hat es ausschließlich Poppy zu verdanken, daß sie noch am Leben ist. Was mich angeht, kann sie gehen, wohin sie will, wenn ich meine Katie nur wiederhabe.«

»Gut«, sagte Canney und wandte sich wieder Decker zu. »Erinnerst du dich an unser Leck?«

Jetzt war es Decker, der sich nach vorne beugte. »Ja, was ist mit ihm?«

»Gestopft. Mit vier Neun-Millimeter-Kugeln.«

Decker schnitt eine Grimasse und senkte den Kopf. »Wo?«

»Auf dem Bürgersteig in der Nähe seines Büros – er wollte eben telefonieren. Und noch etwas: Ich weiß nicht, ob eine Verbindung besteht, aber an der M Street gab es heute Nachmittag eine Explosion, die ein Restaurant dem Erdboden gleichmachte. Der Besitzer, ein Kolumbianer namens Carlos Salinas mit besten Verbindungen, befand sich gerade dort.«

Decker nickte. »Sie verwischen ihre Spuren. Wir werden diese Verschwörung keinem mehr anhängen können.«

Noch vor wenigen Stunden hätte John die Identität des Lecks und die Namen der Leute, die hinter Katies Entführung standen, brennend interessiert. Jetzt war es ihm egal.

Bringt mich nur zu Katie, dachte er und wünschte, das Auto könnte fliegen.

19

Gerade als Poppy dachte, das Gewitter könnte nicht mehr schlimmer werden, da donnerte es, daß sie befürchtete, das Haus würde schon von den Schallwellen zusammenklappen.

Als die Tür aufschlug und Wind und Regen in den kleinen Raum fauchten, dachte sie zunächst, es wäre der Sturm. Aber dann blitzte es, und sie sah einen Mann in der Tür stehen. Ein Frankenstein-Monster mit Augenklappe, fuhr es ihr durch den Kopf. Doch dann grinste er, und sie erkannte ihn.

Sie schrie, als er einen Schritt auf sie zu machte.

»Hallo, Pop –«

Aber er beendete den Satz nie. Plötzlich stand Lester vor ihm. »Was zum Teufel glauben Sie –?«

Mac hob die Hand, und Poppy sah die Pistole in seiner Faust. Lester griff danach, da löste sich ein Schuß. Er klang wie eine Explosion. Ein Wasserstrahl ergoß sich durch ein kleines Loch in der Decke.

Poppy drängte sich mit Katie, die vor Entsetzen wimmerte, in eine Ecke und beobachtete die beiden Männer, die um die Pistole kämpften. Lester hatte seine eigene Waffe in einer Hand, aber Poppy wollte nichts dem Zufall überlassen. Sie sah sich um und suchte nach einem Gegenstand, mit dem sie auf Mac einschlagen konnte. Da fiel ihr Lesters Schnapskrug ins Auge. Sie streckte bereits den Arm danach aus, als wieder ein Schuß fiel. Sie spürte den Luftzug der Kugel, die genau zwischen ihrem und Katies Kopf vorbeizischte. Katie warf sich mit zusammengekniffenen Augen, Hände auf die Ohren gedrückt, laut schreiend auf den Boden.

Ohne zu zögern, riß Poppy sie in ihre Arme und rannte durch die offene Tür. Sie mußte Katie schnellstens fortbringen, der nächste Schuß schon könnte eine von ihnen treffen. Dann würde sie zurückkommen, um Lester beizustehen.

Sie hatte Katie erst wenige Meter durch die Finsternis des Unwetters geschleppt, als ein dritter Schuß fiel, dicht gefolgt von einem wütenden Schmerzensschrei. Poppy lief um die Hausecke, blieb stehen und spähte zurück. Sie hoffte und betete, daß Lester in der Tür erscheinen möge. Es dauerte lange, bis endlich jemand heraustrat und sich umsah.

Mac.

Mit einem Aufschrei drehte sie sich um und rannte auf das Unterholz hinter dem Haus zu. Er hatte sie nicht gesehen – oder? Vielleicht suchte er in der anderen Richtung. Immer noch hatte sie Katie auf dem Arm, als sie durch die Büsche sprang, sich dann umdrehte und sich nach Luft schnappend hinter einen Baum kauerte. Sie und Katie waren naß bis auf die Haut. Vor diesem Regen gab es keinen Schutz, der Wind schien ihn aus allen Richtungen auf sie zuzutreiben. Katie zitterte vor Kälte und schluchzte. »Ich will nach Hause! Ich will zu meinem Daddy!«

»Pschsch, Schätzchen«, flüsterte Poppy erschrocken und preßte ihre Hand auf Katies Mund. »Wenn er dich hört, findet er uns.« Sie nahm Katie in die Arme und murmelte ihr beruhigende Worte ins Ohr. Aufgrund der Dunkelheit, des Regens und des Donners hatten sie vielleicht eine Chance zu überleben, bis der Rest der Appletons von der Brennerei zurückkam – vorausgesetzt, sie verhielten sich still.

Katie hatte sich etwas beruhigt, als ein Blitz zischend in einen Baumstrunk fuhr, der nur wenige Meter von ihnen entfernt war; der simultane Donnerschlag warf sie beide zu Boden. Katie heulte vor Entsetzen auf, lang und laut, und hörte auch nicht auf, als der Donner längst verhallt war. Da wußte Poppy, daß Mac sie gehört haben mußte – wie konnte es auch anders sein?

Sie mußten verschwinden, aber sie konnte mit Katie auf dem Arm kaum laufen. Es gab nur eine Lösung.

»Katie«, sagte sie und befreite sich von den Armen des tropfenden Kindes. »Ich hole Hilfe. Du bleibst hier, sei still wie ein Mäuschen, ich bin gleich zurück.« *Hoffentlich.*

Katie heulte wieder auf und klammerte sich an sie. »Nein! Laß mich nicht allein!«

»Ich muß aber, Schatz«, sagte sie und wehrte Katies Arme ab. »Es ist der einzige Ausweg. Bleib hier sitzen und gib keinen Ton von dir.« Poppy gab ihr einen flüchtigen Kuß und widerstand dem Impuls, das Kind in die Arme zu schließen. Dann drehte sie sich um und schlich davon.

Sie fühlte sich wie eine Verräterin, sie dort sitzenzulassen, frierend, naß, weinend und halbtot vor Angst. Aber es war die einzige Möglichkeit. Wenigstens würde Katie überleben.

Ihre Gewissensbisse wurden zu Angst, als sie sich in geduckter Haltung durch die Büsche schlug und dabei soviel Lärm wie möglich machte. »Hilfe!« schrie sie. »Hilfe! Mörder! Hört mich denn niemand? Hilfe!« Einerseits wollte sie Mac von Katie ablenken, aber andererseits hätte sie sich auch selbst gerne in Sicherheit gebracht.

Zu ihrer Rechten konnte sie das Haus der Appletons ausmachen. Einige der Fenster – und davon gab es weiß Gott nicht viele – waren beleuchtet, aber größtenteils sah es dunkel und leer aus. Hatte sie da gerade eine Bewegung wahrgenommen? Wo versteckten sich all die Frauen und Kinder? Hatten sie mehr Angst vor dem Gewitter oder vor den Schüssen?

Wo war Levon jetzt, wo sie ihn brauchte? Er sah aus, als könnte er Mac mit einer Hand in zwei Stücke reißen.

Poppys Herz pochte, aber sie rannte weiter durchs Unterholz und bewegte sich von Katie fort, wobei sie immer noch so laut wie möglich schrie. Mac mußte sie einfach hören.

Zwischen zwei Donnerschlägen blieb sie stehen und lauschte. Sie hörte den Regen, den eigenen Atem ... und da war noch ein Geräusch. Das Rascheln von Zweigen, abbrechenden Ästen ... es kam näher ... immer näher.

Oh, es hatte geklappt. Sie hatte Mac von Katie abgelenkt. Doch jetzt galt es, sich Mac so lange vom Leib zu halten, bis Hilfe eintraf. Weiter. Weiter.

Aber wohin? Wo war er? Aus welcher Richtung kamen die Geräusche? Sie vermischten sich mit dem Prasseln des Regens und schienen aus jeder Richtung zu kommen – wie der Regen.

Plötzlich ein lautes Knacken zu ihrer Rechten. *So nahe!*

Poppy preschte nach links, so schnell sie konnte. Das Unterholz war so dicht, daß sie sich seitwärts bewegen mußte, um durchzuschlüpfen. Es war ihr Vorteil, kleiner zu sein als Mac – dieses Dickicht kostete ihn noch mehr Zeit.

Fast wäre sie hingefallen, als sich das Unterholz plötzlich lichtete und sie auf eine kleine Lichtung hinausstolperte. Jetzt konnte sie richtig losrennen.

Da sah sie nur wenige Meter vor sich einen Schatten. Sie konnte zwar das Gesicht nicht erkennen, aber sie erkannte die Stimme, als er ihr ein einziges Wort entgegenschleuderte: »Miststück!«

Poppy schrie auf, drehte sich um und hetzte in die Richtung, aus der sie gekommen war. Da fiel ein Schuß.

Vorbei!

Sie duckte sich und schlug einen Haken. Vor sich sah sie das Haus. Lieber Gott, laß es mich bis dorthin schaffen!

Wenn sie das Haus zwischen sich und Mac brachte, hatte sie eine Chance!

Wieder ein Schuß, und plötzlich hatte sie das Gefühl, gegen einen Lastwagen gelaufen zu sein. Ein grauenhafter, reißender Schmerz im Rücken, zugleich ein Riß in der Brust, und sie wurde nach vorn geschleudert. Sie spürte, wie sie auf dem Boden aufschlug, spürte die Erde und die Kiefernnadeln im Gesicht, und dann spürte sie nichts mehr. Ihr letzter Gedanke, bevor die Dunkelheit sie auffing, war Entsetzen … Katie … allein hier … und keiner, der sie beschützen würde …

Katie … es tut mir so leid!

20

Snake rannte zu Poppy und drückte sie auf den Boden. Er fiel neben ihr auf die Knie und bohrte die Mündung seiner Cobra unter ihr Kinn. Am liebsten hätte er abgedrückt – verdammt, wie gern hätte er ihr die Kugel durch den Kopf gejagt –, aber es war zu früh. Er knirschte mit den Zähnen und hielt sich im Zaum.

»Das Tonband!« zischte er. »Wo ist das Tonband? Spuck's aus, dann lasse ich das Kind am Leben.«

Lüge, glatte Lüge. Na und?

Sie antwortete nicht. Er kochte vor Wut. Aber als er die rechte Hand hob, um ihr mit dem Handrücken ins Gesicht zu schlagen, zuckte ein Blitz, und er sah ihre schlaffen Gesichtszüge, das Blut auf ihrem Hemd und das blutige Rinnsal, das aus ihrem Mundwinkel sickerte.

»Scheiße!«

So ein Pech! Er war immer ein mittelmäßiger Schütze gewesen, und jetzt, wo es ihm genügt hätte, Poppy einen Streifschuß zu verpassen, hatte er sie gleich umgenietet.

Wutentbrannt stopfte er die Pistole in seinen Gürtel und begann ihre Taschen abzutasten. Dieses Rattenloch, in dem er sie vorhin entdeckt hatte, hatte er bereits durchsucht. Leer. Bei sich hatte sie auch nichts. *Nichts!*

Snake sprang auf die Füße. Das Kind! Sie war ohne das Kind davongelaufen. Sie mußte es irgendwo im Wald versteckt haben.

Er sah sich um und versuchte sich daran zu erinnern, wo er ihren ersten Hilfeschrei gehört hatte …

Da drüben? Oder diese Richtung?

Snake machte sich auf den Weg.

21

»Hört ihr das?« fragte Decker, als sie aus dem Wagen stiegen. »Klang wie ein Schuß.«

John spitzte die Ohren und wunderte sich, daß Decker außer dem Regen, dem Donner und dem Zuschlagen der Wagentüren noch weitere Geräusche unterscheiden konnte. Mit zusammengekniffenen Augen blinzelte er durch die Dunkelheit zu dem roten Lieferwagen hin, der hinter den kreuz und quer geparkten Pick-ups versteckt war. Die Mulliner-Brüder waren aus ihrem Pick-up gesprungen und besahen sich den Jeep Cherokee, der in der Mitte der Lichtung stand.

»Der gehört hier nicht her, Luke«, sagte der Bärtige. »Der gehört hier überhaupt nicht her.«

»Kommt, wir gehen besser schnell zum Haus«, sagte der Größere der beiden und holte aus dem Gestell am Rückfenster des Pick-ups zwei Gewehre.

»Hier soll Katie sein?« fragte John ungläubig.

Die Brüder Mulliner starrten unter den tropfenden Schildern ihrer Baseballkappen auf John. »Sind Sie der Daddy des kleinen Mädchens?« fragte der Größere.

John nickte. »Ist sie okay?«

»Heute morgen war sie es noch. Kommt jetzt.«

John heftete sich direkt hinter die Mulliners, die wundersamerweise den Pfad durch das Dickicht fanden. Er spürte, wie ihn jemand am Arm berührte.

»Lassen Sie besser uns vorangehen, Doc«, sagte Canney dicht hinter ihm.

John drehte sich nicht einmal um. Er schüttelte die Hand ab und marschierte weiter. Katie ... er war nun fast bei ihr, und er würde verdammt noch mal der *erste* bei ihr sein.

Es ging bergauf, dann auf eine größere Lichtung, wo Blitze ein wucherndes, wackeliges Haus erleuchteten, das aussah, als hätte es ein Schizophrener entworfen. Der größere der beiden Mulliners – mittlerweile hatte John aufgeschnappt, daß sein Name Luke war – legte einen Schritt zu und strebte direkt auf das erleuchtete Rechteck zu, das aus einer offenen Tür fiel.

Kaum war er eingetreten, sprang er nach links und rief: »Lester!«

John schlüpfte hinter ihn und sah einen buckeligen Mann auf dem Boden liegen. Er rang nach Atem, und sein Hemd war blutdurchtränkt.

»Katie?« rief John, vor Schreck fast unfähig, sich zu artikulieren. Er wirbelte im Kreis umher, durchsuchte jeden Schatten des kleinen, verschmutzten Raumes und betete, ihr Gesicht darin zu entdecken. »Wo ist Katie?«

»Poppy hat sie mitgenommen«, stieß Lester mühsam hervor. »Und er ist ihr nachgelaufen.«

»Wer?« fragte Decker.

»Der Kerl mit der Augenklappe.«

»Snake!« flüsterte Decker.

Canney nickte. »Das muß er sein.«

»Er hat auf mich geschossen«, sagte Lester, »dann ist er Poppy nachgelaufen! Schnell, sucht sie!«

»Du brauchst einen Doktor, Lester«, sagte Luke. »Ich hole Hilfe –«

»Los!« knurrte Lester. »Das sieht schlimmer aus, als es ist. Ihr müßt Poppy helfen. Der Kerl sah mordgierig aus. Der bringt sie um!«

Mehr brauchte John nicht zu hören. Snake war hinter Katie her! In panischer Angst rannte er nach draußen in den Sturm und schrie: »Katie! Katieee!«

Plötzlich verspürte er einen unsanften Schlag im Rücken. Er drehte sich um und sah Canney, der ihn wütend anfunkelte. »Hören Sie sofort auf damit!«

John wurde zornig – niemand würde ihn davon abhalten, nach seiner Tochter zu suchen. John packte Canneys Hemdbrust. »Sie ist da draußen – und ich werde sie finden!«

»Wir sind nicht die einzigen, die sie suchen«, blaffte Canney und schob Johns Hände von sich. »Wenn sie Ihnen antwortet, könnte Snake näher an ihr dran sein. Denken Sie daran.«

Blitzartig erkannte John, daß Canney recht hatte. »Aber was –?«

In dem Moment kam einer der Mulliners mit dem Gewehr in der Hand aus dem Haus. Er begann sofort zu rufen. »Poppy! Hier ist dein Onkel Luke! Bleib, wo du bist. Wir suchen dich. Mach dich bemerkbar, wenn wir in deine Nähe kommen! Wir beschützen dich!« Er drehte sich zu Canney um und deutete in verschiedene Richtungen im dichten Unterholz, das die Lichtung umgab. »Wir schwärmen fächerartig aus und durchkämmen das Dickicht. Ruft laut ihren Namen.«

Die zwei Mulliners marschierten los. John sah, daß die drei Feds sich etwas ratlos anschauten. Dann zuckte Decker die Achseln.

»Wenn keiner eine bessere Idee hat«, sagte er, »würde ich vorschlagen, wir überlassen uns ihrer Führung.« Er wandte sich an John. »Vielleicht sollten Sie lieber hierbleiben und –«

»Den Teufel werde ich«, fauchte John. Ohne jemandem Gelegenheit zu geben, ihn zurückzuhalten, schlug er eine der Richtungen ein, die Luke angegeben hatte.

Die Zweige des Gestrüpps klammerten sich an seine Kleidung, kratzten über seine Haut und Augen, aber er kämpfte sich weiter, rief ständig Poppys Namen und betete um eine Antwort.

»Poppy, ich bin's, Katies Vater! Wo sind Sie?« Immer und immer wieder. »Poppy, ich bin's, …«

Als er an den Fuß eines kleinen Anstiegs kam, zuckte ein Blitz auf. Er blickte auf und schnappte nach Luft. Dort oben auf der Anhöhe stand jemand, ein Hüne von einem Mann, und er hielt etwas im Arm.

Etwas Kindgroßes … und Schlaffes.

O Gott, dachte er. Ist das Snake? Warum habe ich nicht daran gedacht, ein Gewehr mitzunehmen?

Da rief die Gestalt: »Sind Sie Katies Vater?«

Nein, das war nicht Snakes Stimme.

»Ja … ja, das bin ich.«

Die Gestalt stürzte den Abhang herunter und stapfte auf John zu. Gütiger Himmel, der Mann war ja ein Riese!

»Ich glaube, sie ist verletzt.«

Mit ausgestreckten Armen taumelte John ihm entgegen. Lieber Gott, nicht jetzt, jetzt, wo sie so nahe daran ist, nach Hause zu kommen! »Geben Sie sie mir!«

Der Riese legte das Bündel sanft in seine Arme, und John preßte es an sich.

Katie? Da fühlte er, daß sie es war, o ja, es war Katie, seine Katie – o Katie, war das eine lange Zeit! Sie war durchnäßt und kalt, aber er konnte ihren Herzschlag fühlen, und er wollte auf die Knie fallen und sein Gesicht in die tropfenden Strähnen ihres durchnäßten Haares pressen und seine unermeßliche Freude und Erleichterung herausschluchzen, daß er sie wiederhatte. Doch nein, erst mußte er sie ins Trockene bringen, wo er sie ansehen konnte und –

»Ich hab sie in einem Wassergraben gefunden«, sagte der Riese. »Ich glaube, sie ist gestürzt und hat sich am Kopf verletzt.«

Nicht schon wieder der Kopf! Nicht schon wieder!

John drückte sie an sich und ging auf die Lichter des Hauses zu.

»Wo ist Poppy?« rief ihm der Riese nach.

»Sie versteckt sich irgendwo«, entgegnete John, ohne stehenzubleiben. »Ein einäugiger Mann verfolgt sie. Ihre Onkel und einige andere Männer versuchen, ihr zu Hilfe zu kommen.«

»Ich helfe ihr auch«, sagte der Mann. »Ich finde sie und beschütze sie vor dem einäugigen Mann.«

John warf einen Blick zurück. Im Blitzlicht sah er das Gesicht des Mannes, und die Diagnose schoß ihm augenblicklich durch den Kopf: *Fragiles X-Syndrom*.

»Das machen Sie am besten«, sagte John. »Und … vielen Dank, daß

Sie Katie gefunden haben.« Aber der Mann brach bereits in entgegengesetzter Richtung durchs Geäst.

»Halt durch, Katie«, murmelte er, während er sich weiter zum Haus kämpfte. »Daddy hat dich wieder, und er läßt dich nie, nie mehr los.«

Schließlich hatte er das Gebüsch hinter sich gelassen. Er legte einen Schritt zu und trug Katie auf die erleuchtete Tür zu.

»Haben Sie sie also gefunden«, sagte Lester, als John sich unter die Tür in das Haus duckte und atemlos auf die Knie fiel.

John konnte nur nicken. Er legte Katie vorsichtig auf den trockenen Boden und untersuchte ihren Kopf. Dabei entdeckte er einen blutigen, tiefen Riß in ihrer Kopfhaut – wenigstens war es nicht auf der Seite des alten Bruchs – und ein gänseeigroßes Hämatom, das sich darunter bildete. Schnell zog er ihre Augenlider hoch und sah, daß sich die Pupillen zusammenzogen. Gut! Sie atmete flach, aber regelmäßig. Fast wie im Schlaf. Nur das Blut …

War sie nur gestolpert und hatte sich aufgeschlagen? Oder hatte sie da draußen einen Anfall erlitten? Jedenfalls hatte sie eine ernstzunehmende Gehirnerschütterung. Sie mußte schnellstens ins Krankenhaus.

Er warf einen Blick auf Lester. Der alte Mann hatte sich gegen eine Wand gelehnt und preßte ein schmutziges Tuch gegen seine blutige Seite. Er sah blaß aus, war aber bei vollem Bewußtsein.

»Wie fühlen Sie sich?«

»Ungefähr so wie ein Mann mit einer Kugel in der Seite, schätze ich. Aber ich glaube, die Kugel hat nur meine Speckwülste und eine meiner Hinterbacken durchbohrt«, ächzte Lester und nahm einen großen Schluck aus einem Tonkrug. »Tut verdammt weh, aber das hier killt den Schmerz. Wollen Sie einen Schluck? Vertreibt die Kälte.«

John schüttelte den Kopf. Er wußte, er hätte den alten Mann untersuchen müssen, aber er konnte sich nicht von Katies Seite rühren. Noch nicht.

Da hörte er hinter sich ein Geräusch und drehte sich um. Er hoffte, es wäre Decker oder Canney oder wenigstens die Mulliners. Aber es war jemand anderer.

John hatte ihn noch gar nicht richtig angesehen – hatte sich keine Zeit dazu gelassen. Er hatte die Augenklappe wahrgenommen, und das nächste, woran er sich später erinnerte, war, daß er aufgesprungen war und mit ausgestreckten Armen einen Satz quer durch den Raum gemacht hatte, wobei sich seine Finger zu Krallen krümmten und sich in seiner Kehle ein animalisches Knurren zusammenbraute. Sechs Tage der aufgestauten Wut und der Angst, des Entsetzens und der Frustration hatten endlich ihr Ziel gefunden.

Snake!

John rammte dem Mann die Schulter in den Magen und warf ihn zu Boden. Dann stürzte er sich auf ihn, bearbeitete ihn mit den Fäusten, schlug ihm ins Gesicht, hätte ihm am liebsten die Haut abgezogen, ihn durch den Dreck geschleift und ihn zermalmt, bis nur noch eine blutige, glibberige Masse von ihm übrig wäre.

Aber sein Angriff dauerte nur Sekunden. Dann wurde seine blutrünstige Fantasie von einer ohrenbetäubenden Explosion dicht neben seinem Ohr jäh unterbrochen, und ein gewaltiger, erschütternder Hieb gegen seine rechte Schulter schleuderte ihn erst um die eigene Achse, bevor er schmerzverkrümmt und mit zerschmetterter Schulter auf den Boden prallte. Snake stand über ihm – sein Auge funkelte ihn böse an, seine Lippen schmal vor Wut, vernähte Risse kreuz und quer auf seiner kahlrasierten Kopfhaut –, und er zielte mit der Pistole zwischen Johns Augen.

»Sie haben mich angelogen, Dr. VanDuyne«, war alles, was er sagte, bevor er den Abzug betätigte.

Aber es geschah nichts. Durch den Schleier des Entsetzens sah John, wie Snake immer und immer wieder den Abzug betätigte, er hörte das Klicken des Hahns, aber es löste sich kein Schuß. Verzweifelt schlug er gegen Snakes Füße und brachte ihn für einen Moment aus dem Gleichgewicht. Doch dann schnellte Snake nach vorn und schlug mit der nutzlosen Pistole nach Johns Kopf. John kämpfte darum, das Bewußtsein nicht zu verlieren, während Snake sich rittlings über ihn stürzte und seinen Hals umklammerte.

»Das habe ich mir gewünscht, seit ich Sie zum erstenmal sah«, flüsterte Snake und drückte seine Daumen auf Johns Luftröhre. »Sie und Poppy … wegen euch beiden …« John schlug mit der Linken nach ihm, aber alles drehte sich um ihn, und sein Blick verschwamm, seine Kraft schwand, und er sehnte sich nur noch nach Luft … o Gott, Luft …

Kurz bevor er das Bewußtsein verlor, sah er einen Schatten hinter Snake; sah, wie sich etwas bewegte, und dann überzog sich Snakes Kopf plötzlich mit einer bernsteinfarbenen Flüssigkeit. Die Finger um Johns Hals lockerten sich, Snake bäumte sich auf, und sein Auge wurde weit … so weit … und dann sackte er nach links aus Johns Blickwinkel.

Eine junge Frau mit sehr kurzen, sehr schwarzen Haaren, einem kreidebleichen Gesicht, mit blutverschmierten bläulichen Lippen beugte sich über ihn. Der Henkel von Lesters Schnapskrug baumelte an ihren Fingern. Der Rest des Kruges lag in Scherben um den reglosen Snake. Sie torkelte nach links und rechts wie eine Betrunkene. Dann fiel sie vor John auf die Knie und starrte ihn an. Sie bewegte die Lippen, aber es kam kein Laut heraus.

Schwach drang Lesters Stimme aus dem Hintergrund an Johns Ohr.

»Dem hast du's aber gegeben, Poppy! Dem hast du's richtig gegeben!«

22

Poppy hätte gerne nach Katie gefragt, aber sie bekam keine Luft mehr. Sie hatte das Gefühl zu ertrinken, ihre Brust schien zu bersten, und ihre Beine wollten sie nicht mehr tragen. Ihr Blick hatte sich tunnelartig verengt, und durch schwarzen Nebel entdeckte sie am Ende des Tunnels – Katie. Sie wankte auf sie zu, aber da fiel sie flach auf den Bauch. Robbend bewegte sie sich weiter, und der schwarze Nebel wurde dichter, zog sich immer enger um sie. Sie streckte die Hand aus, wollte sie noch einmal berühren … ein einziges Mal noch, bevor der schwarze Nebel alles verschlang …

23

Als Poppy vornübergestürzt war, kämpfte sich John hoch. Er rang nach Luft und hatte bunte Kreise vor den Augen. Er stützte sich mit dem linken Arm ab, aber jede Bewegung drängte gegen die Knochensplitter in seiner rechten Schulter und fühlte sich an wie ein weiterer Schuß. Als er sich endlich aufgerichtet hatte, wobei er den rechten Arm mit dem linken stützte, sah er die Frau, die Lester »Poppy« genannt hatte, Richtung Katie robben und die Hand nach ihr ausstrecken.

»Ah, Poppy, was hat er mit dir gemacht?« vernahm er Lesters Stimme. »Was hat er mit deinem *Rücken* gemacht?«

Da entdeckte John die blutroten Blasen, die sich um das Loch in ihrem Rücken bildeten und die sich im Rhythmus ihres immer schwächer werdenden Atems auf und ab bewegten. Gütiger Himmel ... eine sikkernde Brustwunde! Wo war sie gewesen? Wie hatte sie es mit *dieser* Verletzung bis hierher geschafft?

Das Zimmer verschwamm um ihn herum, als er auf allen vieren zu Poppy krabbelte. Poppy ... eben hatte sie sein Leben gerettet, und Katies Leben hatte sie viele Male gerettet ... und nun, was hatte sie vor?

John war jetzt nahe genug, um in Poppys glasige Augen zu sehen. Sie hatten sich starr auf Katie gerichtet, der sie sich mit ausgestreckten Armen langsam näherte.

Sie weiß, daß sie sterben muß, fuhr es John durch den Kopf.

Und er konnte nichts für sie tun – nicht hier, nicht an diesem Ort, nicht einmal mit zwei gesunden Armen. Nichts.

Doch – etwas konnte er tun.

Er ignorierte den wahnsinnigen Schmerz, als er den rechten Arm losließ und mit der linken Hand nach Katies Hand griff. Er faßte ihre Finger und zog sie zu Poppys ausgestreckter Hand, dann schloß er Poppys Finger um Katies Hand. Er beobachtete Poppys Gesicht und meinte, den Anflug eines Lächelns auf ihren Zügen zu entdecken, bevor das Licht aus ihren Augen wich, und die Blutblasen um das Loch in ihrem Rücken zerplatzten ... und keine neuen mehr hervorsprudelten.

Obwohl John sie nie kennengelernt und nur dreimal mit ihr gesprochen hatte, war er fast überwältigt von dem Gefühl, einen schrecklichen Verlust erlitten zu haben.

Dann spürte er, daß er ohnmächtig wurde. Der Schmerz, der Blutverlust ... er wußte, daß sein Blutdruck im Keller war. Er versuchte noch, sich so nahe wie möglich an Katie zu drängen, um sie warmzuhalten, bis Hilfe eintraf.

Das Zimmer verblaßte ... verschwamm ... Er war nicht sicher, aber kam da nicht ein riesiger Mann herein und fiel neben Poppy auf die Knie? Sprach nicht Lester mit ihm und nannte ihn Levon? Sah er wirklich, wie der Riese Snake an den Füßen packte und ins Freie zerrte?

Doch da hatte ihn die Ohnmacht schon fast übermannt.

24

Er erwachte von regem Stimmengewirr. Der kleine Raum war voller Menschen, als er die Augen öffnete. Unklar vernahm er Canneys Stimme, die ihn nach Snake fragte, was geschehen sei, und ob er wisse, wohin Snake gegangen sei.

»Gegangen?«

Er wollte zu einer Erklärung ansetzen, erzählen, daß Snake nirgends hingegangen sein konnte, als er Lesters scharfen Blick aus der gegenüberliegenden Ecke des Raumes auffing.

»Wie ich Ihnen schon gesagt habe, Mr. Regierungsmann«, mischte sich Lester ein, »er kam zu sich und stolperte dann hinaus!«

John verstand es zwar nicht, aber Lesters Blick hatte er entnommen, daß er mitspielen sollte, und so murmelte er unzusammenhängendes Zeug, daß er nicht wüßte, wo Snake sein könnte.

»Ich will den Kerl!« knurrte Luke Mulliner, der mit tränenden Augen neben Poppys zugedeckter Leiche kniete. »Ich will ihn als erster!«

»Du wirst ihn schon finden«, sagte Lester beruhigend. »Du bist vielleicht nicht der erste, aber mach dir mal keine Sorgen, du findest ihn schon.«

Agent Geary legte John eine provisorische Armschlinge um die rechte Schulter, und Decker trat mit einem in Decken gehüllten Bündel auf dem Arm an ihn heran. Er kniete sich vor John hin, so daß dieser in ihr Gesicht sehen konnte – Katies Augen waren offen, aber sie sah benommen aus.

»Katie!« Wie gern hätte er sie in die Arme geschlossen, aber sein rechter Arm war nicht zu gebrauchen, und er war fast zu schwach, um den linken zu heben. »Katie, jetzt bist du in Sicherheit.«

Sie nickte verständnislos. Sie stand noch unter Schock. Würde sie jemals darüber hinwegkommen?

Dann half Canney ihm auf die Füße. Er legte sich Johns gesunden Arm um die Schulter und umfaßte Johns Taille.

»Canney«, sagte John. »Ich dachte, Sie könnten mich nicht ausstehen!«

Canney grinste. »Sie sind eine echte Nervensäge, Doc, und ich bring Sie hier weg, so schnell ich kann. Jetzt, wo Sie Katie wiederhaben, rechne ich nicht damit, daß Sie mir bald wieder über den Weg laufen werden!«

»Da rechnen Sie richtig.«

Er humpelte an Canneys Seite nach draußen und sah in den Himmel. Das Gewitter war weitergezogen, der Regen hatte aufgehört, und der Himmel war heller geworden, vielleicht würde sich sogar die Sonne noch zeigen, bevor sie am Horizont verschwand.

John sah sich um, und da standen sie – die Appletons: die zu kleinen und die zu großen, die geraden und die verwachsenen, die zu blassen und die rotgesichtigen, die mageren und die massigen – da standen sie auf der Lichtung vor ihrem Haus und starrten die Fremden an, die in ihre Welt eingedrungen waren. Es war ein stiller, unheimlicher Abschied.

John warf im Vorübergehen einen Blick auf sie. Er sah weitere fragile X-Syndrome, außerdem Fälle von Neurofibromatose, Pseudoxanthoma Elasticum, einige Marfan-Syndrome und das Kind, das da am eigenen Arm nagte, könnte ein Lesch-Nyhan-Syndrom sein.

»Lieber Himmel, ist das eine sonderbare Meute«, murmelte Canney. »Da läuft es einem ja eiskalt den Rücken runter.«

»Rezessive Merkmale«, flüsterte John.

»Was?«

»Inzucht. Bringt alle möglichen fehlerhaften Gene zum Vorschein.«

Wir geben auch keinen schlechten Anblick ab, dachte John, und betrachtete ihre kleine Prozession. Matt Mulliner führte die Gruppe an, gefolgt von Luke Mulliner, der Poppys verhüllten Leichnam trug, dann Geary und schließlich Decker mit Katie im Arm. Über die Schulter sah John, daß Levon Lester mit der gleichen Leichtigkeit trug wie Decker Katie.

»Sobald wir euch drei im Krankenhaus haben«, sagte Canney, »kommen wir zurück und suchen mit allen verfügbaren Einsatzkräften nach Snake. Jetzt haben wir ja keinen Grund mehr zur Geheimhaltung.«

»Wenn Sie von dem Kerl mit der Augenklappe reden«, warf Lester von hinten ein, »dann glaube ich nicht, daß das noch nötig sein wird.«

»Sie täuschen sich, den vergessen wir ganz bestimmt nicht.«

»Das sollten Sie auch nicht. Ich wollte nur sagen, daß die Wälder hier ihre eigene Art und Weise haben, mit Kerlen wie dem umzugehen!«

John sah Lester kurz an und bemerkte sein Augenzwinkern. Was meinte er nur?

Wenige Minuten später bekamen sie die Antwort. Als sie die Lichtung erreichten, fanden sie Snake mit dem Gesicht nach unten in einem Schlammloch.

Mit gezogener Pistole rannte Geary auf ihn zu, aber es war offensichtlich – Snake war tot.

»Ist wahrscheinlich ausgerutscht und gestürzt«, bemerkte Lester trocken.

Geary und Matt Mulliner mußten all ihre Kraft aufwenden, um den Körper herauszuziehen, denn Snakes Gesicht steckte tief im Schlamm, und als sie ihn endlich frei bekamen, geschah es mit einem schmatzenden *Plop*.

»Er muß ausgerutscht und ziemlich schwer gestürzt sein«, sagte Canney und bedachte Lester mit einem scharfen Blick.

John fragte sich, ob Canney Levons schlammverkrusteten Hände bemerkt hatte.

Lester ließ sich nicht aus der Ruhe bringen. »Wie ich schon sagte, die Wälder erledigen das auf ihre Art.«

Und plötzlich wurde John klar, daß sich durch den Tod Snakes der Kreis geschlossen hatte.

Es ist vorbei, dachte er, und seine Beine wurden schwach. Er mußte sich noch schwerer auf Canney stützen, bis man ihn auf den Rücksitz des Roadmaster verfrachtet hatte.

Er war am Rande der Bewußtlosigkeit, und der zermalmende Schmerz, den ihm das Gehen verursacht hatte, hätte ihn um ein Haar umgeworfen. Aber er riß sich zusammen, denn Decker setzte Katie neben ihn auf den Rücksitz. John legte seinen gesunden Arm um ihre Schulter und zog sie an sich.

Endlich, endlich war sie wieder dort, wo sie hingehörte. Er küßte ihre Stirn, und fast zersprang er vor Dankbarkeit. Für Decker, Canney, die Mulliners, ja sogar für die Appletons, aber am allermeisten …

Er beobachtete Luke, der sich auf den Beifahrersitz des Pick-ups setzte und Poppys Leichnam immer noch umschlang und liebevoll an sich drückte. Er schien sich nicht von ihr lösen zu können.

Ich danke dir, Poppy Mulliner, flüsterte John aus tiefstem Herzen, ja aus tiefster Seele. *Wo immer du jetzt bist, ich danke dir, Poppy!*

Als Decker, Geary und Matt Snakes Leiche anhoben, hörte er, wie ihnen der bärtige Bruder vorschlug, ihn auf die Ladefläche des Pick-ups zu werfen, »… zu dem anderen Müll«.

»Katie, Katie, Katie«, flüsterte John und drückte sie noch fester an sich, wobei er kaum die Tränen zurückhalten konnte. »Ist das gut, dich wiederzuhaben!«

Sie sah zu ihm hoch und schien jetzt etwas munterer geworden zu sein. Sie lächelte ihn an, dann schloß sie die Augen wieder. Sie flüsterte nur ein einziges Wort: »Poppy.«

John wünschte sich, sie hätte »Daddy« gesagt, aber er gab sich auch mit Poppy zufrieden … er gab sich mit allem zufrieden … ihre Stimme zu hören, war ihm genug.

Meinen Dank

an Robert Surgent, der seinen Schatz dämlicher Autotricks
mit mir geteilt hat,
an Mary, Meggan, Coates, Parvez Dara, Harriet McDougal,
Steven Spruill, Al Zuckerman
und die National Drug Policy Foundation.